Het netwerk

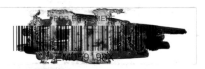

Charles McCarry

Het netwerk

Vertaald door Ankie Klootwijk
en Ernst de Boer

Anthos|Amsterdam

ISBN 90 414 0768 5
© 2004 Charles McCarry
© 2004 Nederlandse vertaling Ambo|Anthos *uitgevers*, Amsterdam en
Ankie Klootwijk
Oorspronkelijke titel *Old Boys*
Oorspronkelijke uitgever Overlook Press
Omslagontwerp Studio Jan de Boer BNO
Omslagillustratie Kaz Chiba / Getty Images
Foto auteur Jerry Bauer

Verspreiding voor België:
Veen Bosch & Keuning uitgevers n.v., Wommelgem

Opgedragen aan E.F.L. en N.C.S.

Proloog

Op de avond dat Paul Christopher verdween, hadden hij en ik samen gegeten in zijn huis aan O Street: koude waterkerssoep, saignant gebakken koude rosbief, bijtgare asperges, peren en kaas, en een heel fatsoenlijke fles pinot noir uit Oregon. Het was een mooie avond in mei. De ramen stonden open. We roken de azalea's in de tuin en zagen de laatste paarsblauwe kleuren van de ondergaande zon in de spiegels en ruiten weerspiegeld. Het was geen speciale gelegenheid. Paul en ik zijn neven die bij elkaar om de hoek wonen en voor hij verdween hadden we de gewoonte om een paar keer per maand samen te eten. Ikzelf heet Horace Christopher Hubbard. Zijn middelste naam is Hubbard.

De maaltijd verliep zoals altijd: minieme porties, miniem getinkel van het bestek op het porselein, minieme conversatie. Pauls maag was gekrompen door de tien jaar die hij in een Chinese gevangenis had doorgebracht, en zijn hang naar diepgaande gesprekken, die nooit al erg groot was geweest, was door toedoen van zijn maoïstische ondervragers helemaal verdwenen. Die terughoudendheid om woorden te verspillen had zijn tweede, veel jongere echtgenote het huis uit gedreven, een vrouw die van alles een punt maakte. Nu woonde hij alleen, kreeg van tijd tot tijd zijn twee dochters op bezoek, van wie hij veel hield, en een paar vrienden die geen behoefte hadden aan vragen stellen. Paul is vijftien jaar ouder dan ik – een te groot leeftijdsverschil om op voet van gelijkheid met elkaar om te gaan. Van kindsbeen af heb ik altijd grote bewondering voor hem gekoesterd – voor zijn intelligentie, zijn moed, en vooral zijn competentie; Paul zal zelden iets verkeerds zeggen of een verkeerde beweging maken. Als jochie probeerde ik zoveel mogelijk op hem te lijken. Natuurlijk was dat hopeloos. Niettemin hebben we meer gemeen dan alleen onze bloedband. We hebben allebei jarenlang voor de Outfit gewerkt, zoals wij Old Boys de Amerikaanse inlichtingendienst noemen; als we onder elkaar zijn gebruiken we nooit de drie ordinaire initialen die door journalisten en andere buitenstaanders worden gebezigd. Ik betwijfel of ik een spion zou zijn geworden als Paul me niet de weg had gewezen. En tenzij je een verre voorouder meerekent die ooit door de Mohawkindianen gevangen werd genomen, zijn Paul en ik de enige leden van onze familie die ooit in de gevangenis hebben gezeten – hoewel Christopher niet schuldig was aan de feiten waarvan de Chinezen hem beschuldigden en ik zo schuldig was als wat. Ik had niet alleen de wet overtreden maar ook nog eens alle regels, door als getuige in een presidentiële impeachment-procedure in de Amerikaanse Senaat te bekennen dat ik een supercomputer die aan de Outfit toebehoorde, had gebruikt om de uitkomst van de presidentsverkiezingen te manipuleren. Nadat ik schuld had bekend, werd ik tot vijf jaar cel veroordeeld en zat ik mijn hele gevangenisstraf uit in een federale gevangenis voor heren in Pennsylvania. De rechtbank nam me mijn overheidspensioen af, ik werd aan de media overgeleverd en financieel helemaal uitgekleed door advocaten – het was gewoon mijn verdiende loon. Ik kon de juridische bijstand betalen omdat Paul me het geld leende. Hij kwam me twee keer per maand in de gevangenis opzoeken, bracht dan boeken en tijdschriften mee, en lekkere dingen uit de delicatessenwinkel. Onder al dat vertoon van zelfbeheersing is Paul eigenlijk een levensgenieter.

De Paul Christopher die verdween was al een eindje in de zeventig maar verkeerde nog steeds in een uitstekende conditie – geen spoortje grijs te bespeuren in zijn donkerblonde bos haar, geen grammetje vet te veel aan zijn lijf. Hij leek helemaal niet op mijn kant van de familie maar op de foto's van zijn moeder. Ze leek op een vrouw zoals Dürer die zou hebben geschilderd. Paul was altijd goed geweest in sport, hij zag er nog steeds sterk en gespierd uit en was dat ook, speelde tennis met jongere tegenstanders, jogde iedere ochtend in het park en stond in de zomer greppels te graven en weer op te vullen in de stenige grond van het zomerverblijf van de familie in Massachusetts. In China had hij, als onderdeel van de dwangarbeid waartoe hij was veroordeeld, in zijn eentje een kilometers lange kaarsrechte greppel in de keiharde aarde bij zijn gevangenis gegraven. De greppel was sindsdien weer dichtgegooid maar als je weet waarnaar je moet zoeken, kun je hem op oude spionagesatellietfoto's nog steeds zien. Ik denk dat hij genoegen begon te scheppen in dit soort solitaire zware arbeid of de behoefte voelde eraan herinnerd te worden. Geestelijk bleef hij dezelfde als altijd, beschouwend en tegelijkertijd vol keurig gearchiveerde mysterieuze feiten, achtervolgd door herinneringen die ikzelf niet zou hebben kunnen verdragen, en tegen alle verwachtingen in een evenwichtig mens.

Het was donker tegen de tijd dat we klaar waren met eten. Terwijl het licht buiten afnam, werden de vele schilderijen in het lange vertrek plotseling verlicht door kleine spotjes die door een tijdschakelaar aangingen. Op de schilderijen van Christopher, voor het merendeel geërfd en voor het merendeel romantisch, schenen honingzoete bundels zonlicht door ramen naar binnen en onthulden een mooi gelaat of een volmaakte peer of iets anders wat uit verf was ontstaan – beelden die wij allebei al ons hele leven kenden. Op een schilderij van Edward Hicks dat ik nooit mooi had gevonden, liepen wezenloos kijkende koeien en schapen tussen zachtaardig uitziende wolven en leeuwen in het koninkrijk der hemelen te grazen. Hoewel zij niet op deze schilderijen voorkwam, was onze jeugd ook op een of andere manier aanwezig: spookkatten uit mijn jeugd, allang naar de kattenhemel gegaan, opgekruld onder de schilderijen op sofa's en stoelen. Spookachtige oude honden die op versleten en vertrouwde tapijten lagen te snurken.

Terwijl we de wijn opdronken, zittend in het donker, omringd door deze poelen van licht en kleur, praatten Paul en ik een tijdje over de families Christopher en Hubbard die al generaties lang over en weer met elkaar trouwen en verwarring zaaien bij doopplechtigheden. Pauls vader en de mijne waren allebei op dezelfde dag geboren als de twee-eiige tweeling van de familie Christopher die trouwens allebei weer met een Hubbard waren getrouwd, maar onze vaders leken zoveel op elkaar – lange, knokige mannen met grove gelaatstrekken zoals ik – dat vreemden hén voor een tweeling hielden hoewel de een donker was en de ander blond.

Om een uur of negen waren we een beetje uitgepraat. Paul stelde voor om met mij mee te lopen naar huis. Dat was ongebruikelijk; ik dacht dat hij misschien nog een boodschap moest doen nadat hij me had afgezet, een fles melk of een krant halen. Op de stoep bij de voordeur, nadat hij de sleutel in het slot had omgedraaid, gaf hij hem aan mij. 'Nieuwe sleutel,' zei hij. 'En ook een nieuwe alarmcode.' Hij gaf me de code, een bekende naam die ik gemakkelijk kon onthouden, die je gemakkelijk op het alfanumerieke toetsenbord kon intoetsen. 'Heb je het?'

'Ja.'

Paul knikte alsof er daarmee iets belangrijks was geregeld. We liepen over een smal ongelijk trottoir door rustige straten, besnuffeld door kleine hondjes aan riemen die werden vastgehouden door hooghartige regeringsambtenaren en advocaten van tweehonderd dollar per uur. Het was vrijdagavond. Een paar keer werden we van het trottoir verdrongen door halfnaakte, schattige tienermeisjes uit de buitenwijken die naar de stad waren gereden om de sfeer van Georgetown te proeven.

Voor mijn huis, heel klein en van hout, zei Paul: 'Horace, ik wil je wat vragen.'

Hij sprak op een ongebruikelijk gedecideerde toon. Ik was op mijn hoede. Eerst de sleutel en de alarmcode. Nu dit.

'Ik wil dat jij mijn executeur-testamentair wordt.'

Ik voelde me enigszins opgelucht. 'Natuurlijk,' zei ik. 'Maar ik ben wel veroordeeld voor een misdrijf.'

'Dat maakt niets uit; ik ben het nagegaan. Ik heb Stephanie haar deel al gegeven en voor Zarah en Lori heb ik kapitaal vastgezet. Het enige dat overblijft zijn aandenkens uit het verleden. Dingen waarmee ik de meisjes niet wil lastigvallen.'

'Goed. Hoe luiden je instructies?'

'Ik heb het opgeschreven,' antwoordde Paul. 'Je zult een notarieel schrijven aantreffen dat aan jou is gericht, en mijn testament zit in een safe onder mijn bureau in mijn werkkamer.' Hij glimlachte. 'Je zult al je oude deskundigheid moeten aanwenden om de safe te vinden. Hij is verstopt.'

'Daar twijfel ik niet aan. En hoe maak ik hem open?'

Hij overhandigde me de helft van een notitieblaadje met de combinatie erop geschreven in zijn kriebelige buitenlandse handschrift dat hij als kind op een Duitse school had geleerd.

'Verwacht je dat ik de safe binnenkort open zal moeten maken?' vroeg ik.

Paul zei: 'Ik ben zo gezond als een vis. De combinatie is een datum.'

Ik keek. Dat was zo – vandaag over een jaar.

'Maak de safe op die dag open,' zei Paul, 'of eerder, als de omstandigheden daartoe aanleiding geven.'

'Welke omstandigheden?'

'Dat merk je vanzelf wel, neef,' zei Paul. Hij gaf me een hand, bracht me een militaire groet die in een wuivend gebaar overging en wandelde weg.

Het was niets voor Paul Christopher om een theatraal gebaar te maken. Zijn gedrag verontrustte me. Wat was hij in godsnaam van plan? Ik wist dat ik Paul onmogelijk zou kunnen volgen zonder dat het opviel, dus ik ging maar naar binnen, zette de televisie aan en ging in het donker naar *Key Largo* zitten kijken. Een halfuur later, toen Lauren Bacall Edward G. Robinson in zijn gezicht spuugde, ging ik via de achterdeur naar buiten, stapte in mijn auto en reed, volgens de regels van het spionagevak zoals ik dertig jaar geleden in Beijing zou hebben gedaan, via een omweg naar Pauls huis.

Er brandde niet meer licht binnen dan toen ik bij hem wegging, maar door het raam zag ik Paul met een slanke zwarte man praten, geen Amerikaan. Ze stonden. De man was heel lang, hij torende boven Paul uit en had een knap Arabisch voorkomen en een fraai geknipte witte baard. Het pak dat hij droeg sloot perfect om zijn soepele lichaam en kon alleen maar in Londen zijn gemaakt.

De man overhandigde Paul een grote gele envelop. Paul maakte hem open en haalde er een stuk papier uit. Nee, een foto. Ik stelde de verrekijker beter in. Ik meende een gezicht op de foto te zien. Nee, een hand. Die iets vasthield. Een boek? Een brief?

Paul liep met de foto naar een van de lampen boven de schilderijen en keek er heel lang naar. Hij keek even de andere kant op en bestudeerde de foto toen opnieuw. En toen hij zijn uitdrukkingsloze gezicht weer oprichtte kreeg ik de indruk, hoe onvoorstelbaar het ook leek, dat er tranen in zijn ogen glinsterden.

Een speling van het licht en mijn fantasie. Welk recht had ik hem in die toestand te zien? Ik ging weg. Toen ik de volgende ochtend terugkwam, was Paul verdwenen, net als de katten die er niet meer waren.

DEEL I

1

Vlak voor Thanksgiving werd de as van Paul Christopher door een Chinese staatsambtenaar bij het Amerikaanse consulaat in Beijing afgeleverd. Volgens de Chinezen was Christopher een paar weken eerder overleden in Ulugqat, een afgelegen bergdorpje dicht bij de grens met Tadzjikistan en Afghanistan, helemaal in het noordwesten van de autonome regio Xinjiang-Uygur. Er werden geen details verschaft over de omstandigheden of de oorzaak van Christophers dood. Kennelijk vonden de Chinezen Christophers leeftijd, zoals die in zijn paspoort stond vermeld, reden genoeg voor zijn verscheiden. Zijn paspoort of verdere persoonlijke bezittingen werden trouwens niet teruggegeven. Helaas waren al die zaken samen met zijn lichaam verbrand in het volkscrematorium in Ürümqi, de hoofdstad niet ver van Ulugqat.

Ik werd telefonisch op de hoogte gesteld. De beller, een oude Chinakenner die David Wong heette, half Chinees, half Ashkenazi, was toevallig in Beijing en had een satelliettelefoon bij de hand. Ik vroeg hem niet naar de bron van zijn informatie: David kende de juiste mensen in China. Hij was een wandelend geschiedenisboek over de Amerikaanse geheime operaties in Oost-Azië, een aanstichter van revoluties en oproeren. Hij had voor me gewerkt toen ik chef van de geheime dienst was in de stad die toen nog Peking heette. Nu vulde hij zijn pensioen van de Outfit aan als adviseur voor Amerikaanse bedrijven die zaken deden in het nieuwe China. Hij had het voorkomen en de gebaren van een echte Han-Chinees en klonk ook als een Han in het Mandarijn, het Kantonees en een paar andere Chinese dialecten, maar als hij Engels sprak leek hij op Groucho Marx.

Met een Groucho-achtig accent putte hij zich uit in verontschuldigingen omdat hij slecht nieuws bracht.

'Je hoeft je niet te verontschuldigen,' zei ik. 'Ik ben je dankbaar. Alleen zijn as, zei je?'

'Dat klopt,' zei hij. 'In een fraaie rood gelakte en vergulde urn.'

'Enig idee wat Paul in Xinjiang deed?'

'Nee. Het gebied rond Ulugqat is nog steeds een verboden zone.'

Het is een verboden zone omdat daar dwangarbeiderskampen zijn voor de vijanden van het regime, voornamelijk intellectuelen die vanwege hun opleiding en buitengewone intelligentie, bruikbaar zijn in gevangenisfabrieken en daar goederen van hoge kwaliteit voor de export naar de Verenigde Staten vervaardigden. En omdat het niet ver ligt van de plaatsen waar China kernkoppen en kernwapens vervaardigt en test.

'En dan,' vervolgde David Wong, 'is er nog het curieuze feit dat Christopher indertijd niet ver van Ulugqat in de gevangenis heeft gezeten.'

'Waren de Chinese loopjongens zich daar ook van bewust?'

'Niet alleen van bewust. Gefascineerd. Voorzover ik het heb begrepen suggereerden ze onze mensen dat dat de verklaring vormde. Nostalgische Amerikaan, die zijn wijze overweldigers dankbaar was, bezoekt opnieuw de plaats waar hij zichzelf ontdekt heeft en verlossing heeft gevonden.'

'Zeiden ze dat echt?'

'Ja. Ze denken, of zeggen althans, dat Christopher vrede heeft gevonden en zichzelf in de grote Chinese woestijn te ruste heeft gelegd, wat de vraag oproept: waarom hebben ze hem dan niet begraven in de aarde die hij zelf had uitgekozen in plaats van hem te cremeren en de aan hem toegeschreven as naar Washington te verschepen?'

Interessante gedachte, een specialiteit van David Wong. In de hoogtijdagen van het maoïsme had Christopher gevangengezeten in een verlaten boeddhistische tempel midden in een kale woestijn – zonder water, zonder kleur, zonder mensen. Hij was de enige bewoner. Zijn straf getuigde van een zekere maoïstisch-confucianistische scherpzinnigheid: 'De doodstraf met tien jaar lang observatie van de resultaten.' Dat betekende dat Paul op ieder moment geexecuteerd kon worden als men oordeelde dat het hem aan wroeging over zijn contrarevolutionaire activiteiten ontbrak. Of voor hetzelfde geld werd zijn straf verminderd als hij de juiste instelling toonde en een schuldbekentenis aflegde. Op een persconferentie natuurlijk.

Omdat hij onschuldig was aan spionage in China (ongeveer het enige communistische land waar hij niet gespioneerd had) weigerde Paul schuld te bekennen. Hij werd tien jaar lang ondervraagd, waarbij hijzelf geknield op een stenen vloer zat en zijn ondervrager hem dag in dag uit dezelfde gekmakende vragen stelde. Uiteindelijk, nadat ze van bronnen die ik hier niet zal noemen bepaalde aansporingen hadden ontvangen om hem vrij te laten, geloofden zijn ondervragers hem. Of zeiden althans dat ze hem geloofden, wat voldoende was. Ze lieten hem gaan – en droegen hem aan mij over omdat ik toen in Beijing was gestationeerd. Onmiddellijk daarna bespeurde de Chinese inlichtingendienst een hartelijker en kameraadschappelijker houding van de kant van de Outfit. Ze ontvingen stapels onderschepte berichten van de Russische legertop en nog wat andere lekkernijen zoals een scheepslading zogenaamd niet-Amerikaanse tanks samen met zogenaamd niet-Amerikaanse adviseurs die hen vertelden hoe ze die tanks tegen de meest recente Russische pantservoertuigen moesten inzetten.

2

Ik weet niet hoe ze het tegenwoordig doen maar tijdens de Koude Oorlog clas-
sificeerde de Outfit inlichtingenrapporten als volgt: A, B, C, D voor de betrouwbaarheid van de informant en 1, 2, 3, 4 voor de nauwkeurigheid van de
informatie. A-1 betekende dat de informant honderd procent betrouwbaar
was en de informatie absoluut correct, terwijl D-4 aangaf dat de informant totaal onbetrouwbaar was en de informatie aantoonbaar onjuist. Iedere dag sor-
teerde een zwerm analisten het huiswerk van duizenden informanten door ruwe rapporten uit het veld te vergelijken met elk ander rapport in het archief
plus wetenschappelijke informatie, om de waarde ervan te kunnen evalueren.
Tijdens mijn lange carrière heb ik nooit een A-1 gezien en slechts een handvol
D-4'tjes. In negen van de tien gevallen was de aanduiding C-3, informant doorgaans betrouwbaar, informatie mogelijk juist. Logisch geredeneerd betekende
de dit dat de doorgaans betrouwbare informant soms onbetrouwbaar bleek en
dat de informatie die als mogelijk waar werd omschreven net zo goed mogelijk
onwaar kon zijn. Daaruit volgt dat de Amerikaanse inlichtingendienst gedurende een periode van veertig jaar honderden miljarden dollars uitgaf aan het
uitvlooien van belangrijke informatie die we, uit principe, niet zonder meer
wensten te geloven of, uitgaand van hetzelfde principe, zonder meer terzijde
wensten te schuiven.

Elke ochtend vroeg leverden wij deze dubieuze informatie bij de president
van de Verenigde Staten af in de vorm van een Dagelijkse Briefing. Het was aan
hem om te beslissen wat misschien waar en wat misschien niet waar was, en zo
nodig afgaand op zijn intuïtie de wereld op te blazen. Geen enkele president
heeft het zover laten komen, dus ik denk dat je zou kunnen stellen dat de per-
verse dubbelzinnigheid van het systeem onze beschaving heeft gered door de
machtigste man ter wereld zekerheid te onthouden.

Het rapport van David Wong over de as van Christopher kreeg van mij een

C-3: bron betrouwbaar, informatie mogelijk juist. Maar het kon net zo goed onjuist zijn. Er was inderdaad as afgeleverd maar was het de as van Christopher? Ik had al vele malen eerder slechts nieuws over mijn neef ontvangen maar uiteindelijk bleek hij altijd nog in leven te zijn. Er is mij verteld dat ik als kind hete tranen huilde toen ik hoorde dat hij op Okinawa gewond was geraakt, maar een paar maanden later kwam hij thuis in zijn marine-uniform en gaf hij mij een in beslag genomen Japans pistool (waarvan de slagpin was verwijderd) cadeau. Een kwart eeuw later was ik de eerste in de standplaats Saigon die te horen kreeg dat hij was ontvoerd en naar China was gebracht. Zoals we weten, heeft hij dat overleefd. De lijst is lang en waar het om gaat is dat Paul er altijd levend uitkwam, lichamelijk min of meer onveranderd maar altijd rustiger, alsof zijn droefgeestige noodlot hem geleidelijk in steen deed veranderen.

Ook deze keer, gedurende de maanden nadat hij was verdwenen, ging ik er natuurlijk van uit dat hij weer terug zou komen. Op een middag zou de telefoon gaan en zou ik zijn zacht mompelende stem horen die me voor het avondeten uitnodigde, alsof er geen onderbreking had gezeten in onze gewoonte om eens in de twee weken met elkaar te eten. Op dit moment ging het erom vast te stellen of Paul Christopher wel of niet een paar honderd gram as in een kitscherige Chinese urn was en, wat nog veel moeilijker was, te aanvaarden dat deze koene prins uit mijn jeugd eindelijk met een beproeving was geconfronteerd die hij niet de baas kon. Maar David Wongs rapport betekende vooral dat ik, als ik gemoedsrust wilde, erachter moest zien te komen wat Paul daar in zijn schild had gevoerd. Wat hem naar Ulugqat had gebracht moest wel heel belangrijk zijn geweest, althans voor hemzelf – iets waarvan hij vond dat hij het absoluut moest doen, moest weten, moest vinden om zin te geven aan zijn bestaan.

Nu kwam er een gedachte in me op: Paul die op een stoffige rots zat in het dorre landschap van Xinjiang, wachtend tot zijn oude ziel uit een lichaam ontsnapte dat zijn diensten had bewezen. Op mijn prozaïsche manier had ik gehoopt dat hij zou sterven met een boek op zijn schoot, gezeten in een lederen fauteuil na een lichte maaltijd en de afdronk van, laten we zeggen, een Château Pétrus 1973 die nog een tijdje op zijn tong bleef hangen. Geen laatste woorden, geen uitleg. Alles afgerond en in harmonie, schilderachtig en netjes. Ik had voor hem een zacht, welverdiend en heel harmonieus einde aan een woelig leven in gedachten. En als er in weerwil van zijn zeer grote twijfel daaromtrent, toch een hemel zou blijken te zijn, dan zou hij als hij zijn ogen weer opendeed begroet worden door de glimlachende, eeuwig jonge liefde van zijn leven. Haar naam was Molly.

Terwijl dit beeld mij voor de geest kwam, een minuut of tien na mijn gesprek met David Wong, glimlachte ik in dit visioen van eeuwig geluk tegen Paul. En toen moest ik plotseling huilen. Dat was mij al heel lang niet meer overkomen, afgezien van een paar sentimentele tranen die ik tijdens een film had vergoten. Mijn emotionele schaduw, een wezen dat gewoonlijk gedwee achter me aan loopt, pakte me zonder waarschuwing bij mijn kladden en schudde me heen en weer – schudde een snik uit me, en toen nog een. Ik was stomverbaasd, zelfs een beetje kwaad. Al in mijn vroegste jeugd had ik geleerd om emoties niet toe te laten. Toen ik als kind een keer een driftbui had gekregen, zette mijn vader me op een stoel en ging een kaartspelletje met me spelen. Hij liet me winnen en zei toen: 'Horace, je moet je gevoelens als een stel kaarten zien. Op zichzelf betekenen ze niets. De manier waarop je ze speelt, maakt een mens blij, rijk en wijs – door dezelfde kleur naast elkaar te leggen, opeenvolgende nummers achter elkaar te leggen, de kaarten die je niet nodig hebt weg te doen en de goede kaarten te houden.'

Hoewel, zoals mijn pa al suggereerde, het leven inderdaad wat van een kaartspel weg had, had ik zo'n stel kaarten nog nooit in mijn handen gehad. Dood of levend, had Christopher een vraag onbeantwoord gelaten waar hij zijn leven onder had verwed.

Maar hoe luidde de vraag? En waarom had ik het gevoel dat ik Christophers queeste had geërfd? Die wilde ik verdomme helemaal niet.

3

In het duister stak ik op het gevoel de sleutel die Paul me had gegeven in het slot van de voordeur van het huis aan O Street. Hij paste niet. Iemand had het slot vervangen. Ik overwoog even om het te forceren en bedacht toen dat de alarmcode waarschijnlijk ook was veranderd. 's Nachts ergens inbreken was geen slimme zet van een ex-veroordeelde als de enige persoon die moeite zou doen om hem weer uit de gevangenis te krijgen, Paul Christopher, dood was of anderszins telefonisch niet te bereiken.

Het was een uur of vijf op een frisse herfstochtend, een schitterend seizoen. De stad, die nevelig straatlicht op een laaghangend wolkendek wierp, was allesbehalve rustig. Verderop in de straat scheen er een geel licht door een paar slaapkamerramen – workaholics die vroeg naar kantoor gingen. Vanuit mijn ooghoek ving ik een lichtflikkering op en zag dat er op de bovenverdieping van Pauls huis een licht was aangegaan – niet in de grote slaapkamer maar in een kleinere kamer aan de andere kant van de gang. Ik kende de indeling van het huis heel goed want ik had er een tijdje gewoond toen Paul weer eens langdurig afwezig was. Ik maakte een wandelingetje rond het blok om de tijd te doden. Toen ik weer terugkwam, brandde het licht in de keuken. Ik belde aan.

De deurbel is niet een geluid dat men in de vroege uurtjes verwacht te horen, maar zodra de bel was gegaan kwamen er voetstappen aangelopen, snel en zelfverzekerd. Het licht boven de deur ging aan. Pauls huis was voorzien van bewakingscamera's die ik zelf had geïnstalleerd. Ik zag eruit als een ninja in marineblauwe joggingkleren en gympen en ik droeg een bivakmuts. Ik zette de muts af en keek recht in de piepkleine lens die in de deurklopper was ingebouwd. Een korte pauze, toen de klik van een grendel. De deur ging op een kier open, de ketting bleef op zijn plaats.

'Horace?'

Het was Pauls ex-vrouw Stephanie, eveneens in joggingkleren, met afgetrapte Nikes aan haar voeten en een mobiele telefoon in de hand, met haar duim op de belknop, 911 ongetwijfeld al ingetoetst. Stephanie was een vrouw die haar zaakjes goed voor elkaar had.

Ze zei niets. Stephanie had mij nooit gemogen; ik stond te dicht bij Paul, wist te veel dingen over hem waarvan zij dacht dat ze haar nooit verteld waren. Maar ze liet me wel binnen, nadat ze eerst een stap naar buiten had gedaan en de straat had afgekeken om zich ervan te vergewissen dat ik geen groep zwervers had meegenomen. Ze droeg een verschoten rood honkbalpetje van de universiteit, lichting 1950, waar de H van Harvard op was geborduurd, een beetje aanstellerig voor iemand die echt aan Harvard had gestudeerd (Ph.D. in psychologie). Het was een mannenpet, ongetwijfeld van Paul (op de universiteit was hij tweede honkman geweest), te groot voor haar kleine ronde hoofd, de klep te lang voor haar gezicht. Ze had hem met een veiligheidsspeld aan de achterkant kleiner gemaakt.

Ze keek me recht aan, zonder glimlach maar ook niet kil. Stephanie was geen mooie vrouw maar ze zag er wel interessant uit, om politieke redenen bewust onvrouwelijk qua gedrag, kleding en mening, maar tegelijkertijd ook supervrouwelijk.

'Je hebt het nieuws zeker wel gehoord,' zei ze.

'Ik heb gehoord wat ze in Beijing hebben gezegd.'

'En?' Stephanie keek me aan of ik een Jehova's getuige was die bij het ochtendgloren bij haar had aangeklopt – ongevaarlijk wellicht, maar die verder niets zinnigs had te melden en absoluut niet welkom was.

Ik zei: 'Ik vind het verwarrend.'

'Hoezo verwarrend?'

'Ik ben er niet zeker van of hij dood is.'

'En dus kwam je bij het licht van de maan even contact zoeken met de familiegeesten?'

'Nee, ik kwam om Pauls kluis open te maken en mee te nemen wat erin zat en aan mij gericht was.'

'Zijn kluis?' zei Stephanie, oprecht verbaasd. 'Paul heeft geen kluis.'

'Dan heeft hij me verkeerd ingelicht.'

'Heeft Paul jou verteld dat hij een kluis had?' Haar toon suggereerde dat ik vast en zeker loog. Ze bleef me aanstaren, uitdrukkingsloos, geïrriteerd door mijn woorden maar volkomen beheerst. 'Waarom kom je zo vroeg?'

Wat moest ik in deze fase van het gesprek zeggen dat niet tot misverstanden zou leiden, en heel waarschijnlijk het einde zou betekenen van onze toch al broze vriendschap? Met een plagerige grijns zei ik: 'Eerlijk gezegd, Stephanie, ben ik hier zo vroeg gekomen omdat ik hoopte jou dan niet tegen het lijf te lopen.'

Ze zag de grap er niet van in of weigerde die in te zien. 'Waarom?' zei ze. 'Ik woon hier niet meer. Hoe was je van plan om binnen te komen?'

'Paul heeft me een sleutel gegeven. Die paste niet.'

'Nee, ik heb de sloten veranderd. Er is een schilderij weg en ik wist niet of Paul het had meegenomen.'

'Welk schilderij?'

'De Hicks. Dat met die suffe koeien.'

Geen schilderij dat erg gemist zou worden, dacht ik, hoewel het vast veel geld waard was.

'Ik hoorde je met de sleutel rommelen,' zei Stephanie. 'Daarom ben ik opgestaan...'

Haar stem brak even – haar keel kneep samen, het was zeker geen spontane snik. Maar er veranderde iets in haar ogen; ze keek van me weg. Had ze bij het wakker worden misschien gedacht dat Paul voor de deur stond?

Ze zei: 'Heeft Paul je echt gevraagd om dat te doen?'

Ik antwoordde: 'Ja, Stephanie, dat heeft hij. Ik heb geen flauw idee waarom.'

'Ik wel,' zei ze. 'Hij vertrouwde jou.' Ze had er zichtbaar moeite mee om zich te beheersen. Haar volgende, onuitgesproken, woorden waren in haar ogen te lezen, in haar lip die heel lichtjes trilde: Waarom vertrouwde hij jóú? Waarom mij niet?

Ze vermande zich en zei: 'Hoeveel tijd heb je daarvoor nodig?'

'Ik weet het niet. Ik moest eerst de kluis zien te vinden.'

'Wat vinden?' zei ze.

'De kluis,' zei ik. 'Paul heeft alleen uitgelegd waar hij ongeveer zit. Weet je echt niet waar de kluis is?'

Haar hand rustte op de klink. Ze zei: 'Nee, dat weet ik niet. Ik wist niet eens dat er een safe was.'

'Hij was heel concreet.'

Nu stonden er tranen in haar ogen. Ik had die tranen daar veroorzaakt en omdat ik nu eenmaal een echte man ben, voelde ik een steek van wroeging.

Stephanie zei: 'Doe maar of je thuis bent.' Ze schudde haar hoofd, en veegde de tranen met de rug van haar hand weg. 'Wie anders dan Paul kon een kluis verborgen houden voor zijn vrouw in een huis waar ze samen vijftien jaar hebben gewoond?'

Ja wie?

Stephanie had zich weer hersteld en zei: 'Ik ga nu joggen. Daarna ga ik naar huis om me om te kleden en dan door naar kantoor. Doe wat je moet doen, maar zorg er alsjeblieft voor dat je hier tegen de avond weg bent. Ik wil hier vannacht slapen, God weet waarom.'

Ik dacht dat ik wel wist waarom, maar deze keer hield ik mijn mond.

4

Afgezien van de laag stof die zich tijdens zijn afwezigheid had opgehoopt, zag Pauls werkkamer eruit om door een ringetje te halen. Van nature was hij heel ordelijk. Het vertrek was spaarzaam gemeubileerd: een antieke schrijftafel met een lederen blad en stevige poten, die hij als bureau gebruikte, een bureaustoel op wieltjes, boekenplanken met boeken alfabetisch gerangschikt op auteur en onderwerp, een niet afgesloten dossierkast met zijn schamele correspondentie en de eerste versies van talrijke gedichten. In zijn jonge jaren had Paul een aantal dichtbundels gepubliceerd en het zag ernaar uit dat hij er daarna mee was doorgegaan. Ik las een paar regels van zijn ongepubliceerde gedichten en vond ze saai en veel te droevig. Zijn vroegere gedichten waren ook melancholisch maar hadden iets lichtvoetigs, een beetje zoals *A Shropshire Lad*. Alles bij elkaar was het niet zoveel, als aandenken aan iemands leven. Als ik het huis van een vijand had doorzocht, dan zou ik vermoed hebben dat de verdachte deze onschuldige documenten open en bloot als lokaas had laten liggen terwijl hij het belastende materiaal ergens anders had verstopt. Maar dit was Paul die wist dat veilige verstopplekken niet bestonden, dus wat ik hier aantrof was waarschijnlijk alles wat er was.

Hij had gezegd dat de kluis onder zijn bureau zat. Ik ging in de stoel zitten en reed heel langzaam om het bureau heen, terwijl ik de vloer vanuit iedere hoek aandachtig bestudeerde. Het leek alleen maar te zijn wat het was, een goed in de was gezette eikenhouten parketvloer, vermoedelijk de originele negentiende-eeuwse vloer, met zwart geometrisch inlegwerk, die door de tijd heen een beetje krom was getrokken. Ik zag geen sporen van nieuwe planken of inlegwerk of kleurverschillen, maar die zouden er natuurlijk ook niet zijn als het geheime vak vakkundig was aangebracht. Ik liet me op handen en voeten zakken en voelde centimeter voor centimeter de vloer af met mijn handen en vingertoppen, op zoek naar onregelmatigheden in het oppervlak en voelde of de vloer overal even strak was. Hout, zelfs eikenhout dat op vloerbalken is vastgespijkerd, blijft flexibel omdat het tussen de balken in een brug over de lege ruimte vormt. Een stalen kluis die onder de vloer tussen twee balken is aangebracht, creëert een ruimte die niet meegeeft en die je met je vingers kunt voelen, net als een knieschijf aan het eind van een soepel dijbeen.

Geen geluk. De kunst van het zoeken is net zo oud als de drang om te verstoppen en is net als iedere andere kunst aan regels gebonden. De eerste regel luidt dat een voorwerp op een beperkt aantal, voor de hand liggende plaatsen verstopt kan zijn. In een boek of tussen twee boeken, onder het tapijt of het matras, tussen een schilderij of een spiegel en de achterkant daarvan, in een plant of begraven in de achtertuin, tegen de achterwand van een lade geplakt of in een geheim vakje, in de koelkast, in de vuilniszak, tussen damesondergoed of gewoon open en bloot ergens neergelegd. Datgene vinden wat je zoekt is gewoonlijk simpelweg een kwestie van de plaatsen nagaan waar zulke zaken al sinds het begin van de mensheid worden verstopt, of in ieder geval zolang er meubels bestaan. Maar niet altijd. Een van mijn vroegere Outfit-teams vond eens een stuk microfilm in een drol die in de toiletpot dreef; ze haalden de film er met een pincet uit, kopieerden hem en legden hem weer terug waar ze hem gevonden hadden.

De ochtend was nu zo ver gevorderd dat ik de zon op mijn benen kon voelen. Ik was behoorlijk slaperig: als ik ergens geen zin in heb overkomt dat me altijd, en ik had er geen zin in om te vinden wat Paul voor mij had achtergelaten. Paul had me nog nooit eerder een gunst gevraagd. Nu hij dat wel had gedaan, kon het toch niet anders zijn dan de eerste stap naar een veel grotere verplichting en wie weet wat daar nog achter school? Mijn stemming werd steeds somberder en ik staarde naar de onderkant van Pauls schrijftafel. Het was een dubbel bureau met vier grote laden, twee voor en twee achter. Het rook licht zurig naar heel oud ongeverfd hout. Ik klopte op de tafelpoot en hoorde massief mahoniehout, klopte op een andere poot en hoorde hetzelfde geluid, toen klopte ik op de derde poot en hoorde en voelde metaal onder het oppervlak zitten.

Ik maakte het blad leeg, keerde het bureau om en legde het op een tapijt. De poot waar het om ging, kon er gemakkelijk worden afgeschroefd. Ik zette hem op zijn kop en een stalen cilinder met een stevige wand, ongeveer twee keer de doorsnede van een standaard koker voor de post, gleed naar buiten. Aan de ene kant van de cilinder zat een draaischijf. Ik voerde de combinatie in die Paul mij had opgegeven en de deksel kwam los.

In de cilinder vond ik Pauls handgeschreven testament, een brief die aan mij was gericht, een foto van een vrouwenhand die een manuscript vasthield dat in een alfabet was geschreven dat ik niet eens probeerde te ontcijferen, en het schilderij van Hicks, uit zijn lijst genomen en tot een stevig worstje opgerold.

5

Beste Horace,

Ik kom in de verleiding om deze brief te beginnen met: 'Als je dit leest...' Maar het zal wel duidelijk zijn waarom je deze brief in je handen houdt. Ik ben dood of ik ben er niet in geslaagd datgene te doen wat ik een jaar geleden van plan was om te doen. Ik wil duidelijk maken dat ik je niet vraag om af te maken waar ik aan begonnen ben, en dat je je op geen enkele wijze verplicht moet voelen, vanwege onze bloedband, vriendschap of vroegere werkzaamheden, om ook maar iets te doen wat je niet wilt doen. Zoals je echter zult lezen, ben je wel een belanghebbende partij.

Dit zijn de feiten:

1) Je oude vriend Ibn Awad, die jij tien jaar geleden dacht te hebben laten vermoorden, leeft nog.

2) Het is mogelijk dat mijn moeder, die nu vierennegentig jaar zou zijn, ook nog in leven is en een manuscript uit de eerste eeuw, geschreven in Oudgrieks, in haar bezit heeft waar Ibn Awad zijn zinnen op heeft gezet. Het manuscript zou een verslag bevatten van een Romeinse functionaris die rond de tijd van de kruisiging van Jezus op een geheime missie naar Judea was gestuurd om een clandestiene operatie van de Romeinen te onderzoeken die verkeerd was gelopen. Blijkbaar vertoont deze mislukte operatie grote gelijkenis met bepaalde gebeurtenissen die in het Nieuwe Testament staan beschreven. Het rapport zou daarom kunnen worden opgevat als een bewijs dat Jezus Christus zonder het te weten een pion van de Romeinse geheime dienst was. En dat is natuurlijk interessant voor Ibn Awad. Als het manuscript authentiek blijkt te zijn kan hij beweren (en misschien gelooft hij het ook echt) dat het christendom een valse godsdienst is.

3) Awad heeft de hand weten te leggen op minstens twaalf kleine kernkoppen, speciaal ontworpen door de sovjets om door hun speciale eenheden te worden mee-

gedragen tijdens gevechten, en heeft die ergens verstopt – niemand weet precies waar. Het schijnt om kernbommen van een of twee kiloton te gaan. Hierbij ingesloten tref je een document aan waarvan men zegt dat het een fotokopie is van een rapport van een officieel Russisch onderzoek naar de verdwijning ervan.

Ik werd hierop attent gemaakt door een man genaamd Kalash el Khatar, een Soedanees die ik in de jaren vijftig in Genève kende. We hadden al veertig jaar niets meer van elkaar gehoord tot hij me afgelopen mei in Washington kwam bezoeken. Misschien ken je Kalash nog uit de periode dat je in het Midden-Oosten zat. Hij is een afstammeling van Mohammed en is de erfelijk heerser en religieuze leider van een islamitische sekte in Soedan. Hij is een volle neef van Ibn Awad, die op zijn beurt natuurlijk ook een afstammeling van de profeet is. Zoals bijna iedereen op aarde, dacht Kalash dat zijn neef dood was. Tot hij op de bruiloft van een van zijn kleinzoons met een lid van Awads familie, Ibn Awad zelf zag.

'Hij werd geduwd in een rolstoel door een reusachtige domme gorilla terwijl de anderen in een kring om hem heen de wacht hielden, dus het was heel moeilijk om hem te zien,' vertelde Kalash. 'Maar, omdat ik langer was dan die gorilla's, zag ik meteen dat hij het was.'

Omdat Kalash nu eenmaal was die hij was, liep hij gewoon op de rolstoel af, schoof de bodyguards opzij en begroette zijn neef.

'Misschien kreeg hij door mijn begroeting de indruk dat ik altijd al had geweten dat hij nog leefde, maar wat hij ook dacht, hij was blij om me te zien,' vertelde Kalash. 'Als kind waren we dikke maatjes omdat ik hem Somalische meisjes bezorgde als hij bij ons kwam logeren en omdat ik de weg in de woestijn wist. Ik heb hem alles over de sterren geleerd.'

Die avond zaten de twee neven lang met elkaar te praten. Ibn Awad vertelde Kalash dat hij de aanslag op zijn leven had overleefd, hoewel het maar een haar had gescheeld, en omdat hij bang was dat de Outfit toch nog zou proberen om het karwei alsnog af te maken, had hij besloten de wereld te laten denken dat hij dood was tot het moment aanbrak om Amerika een klap uit te delen. Hoewel hij als gevolg van zijn verwondingen toen nog steeds in levensgevaar verkeerde, had Ibn Awad zich indertijd naar de woestijn laten brengen en had hij artsen, verpleegkundigen en een compleet veldhospitaal van Amerikaanse makelij meegenomen dat de Outfit hem in betere tijden cadeau had gedaan. Hij had altijd al de voorkeur gegeven aan de woestijn boven de stad en geloofde blijkbaar dat hij in de wildernis genezing zou vinden.

Uiteindelijk herstelde hij. Beschermd door zijn paleiswacht had Ibn Awad al die jaren het leven van een bedoeïen geleid terwijl een van zijn broers het land in zijn naam regeerde en hij zijn plannen beraamde om wraak te nemen op de Verenigde Staten van Amerika. En, naar het schijnt, op jou persoonlijk.

Er zijn natuurlijk redenen te over om aan Kalash' oprechtheid te twijfelen of vraagtekens te zetten bij zijn motieven. Misschien wil je hem persoonlijk spreken als je besluit om deze zaak zelf uit te zoeken. Hij woont het grootste deel van de tijd in Parijs, aan de Avenue Wagram 8-bis.

Mijn eigen belangstelling werd gewekt door het nieuws over mijn moeder. Het is de eerste aanwijzing die ik heb gekregen dat ze nog zou leven sinds ze in 1940 door de Gestapo was gearresteerd. Op de foto van de amforarol, houdt een vrouw de rol in haar linkerhand vast. De ring aan haar ringvinger, een robijn in een zetting van diamantjes, is de ring die mijn vader haar heeft gegeven toen ik werd geboren. En natuurlijk herinner ik mij die handen en weet ik dat het alleen haar hand kan zijn. Het vormt geen sluitend bewijs dat het inderdaad de hand van mijn moeder is en dat ze nog steeds leeft. Maar toen ik deze foto onder ogen kreeg, werd ik overspoeld door hoop dat ze nog steeds zou leven, dat ik haar weer terug zou zien, dat ik haar zou vinden. Het bewijsmateriaal duidt – in mijn ogen althans – op de mogelijkheid dat het manuscript dat zij daar vasthoudt, vermoedelijk in het bezit was van Reinhard Heydrich. Zoals je weet, was mijn vader ervan overtuigd dat Heydrich mijn moeder in 1940 heeft ontvoerd; en het is absoluut waar dat hij bezeten was van haar. Als de hand op de foto van mijn moeder is, en ik weet dat dat zo is, dan was ze dus met hem in Tsjechoslowakije. Deze foto vormt het enige bewijs dat we ooit hebben gehad dat mijn moeder nog leefde, als gevangene van Heydrich, lang nadat ze was gearresteerd. Als ze nog in leven is, dan is ze nu een heel oude vrouw. Ik ben ervan overtuigd dat ze nog leeft. Ik weet dat ik niet rationeel klink. Maar als er ook maar één kans op de zoveel miljoen bestaat dat zij degene is die de amforarol in haar bezit heeft, dan wil ik dat weten.

Voor het geval je mocht besluiten om de zaak Ibn Awad verder uit te zoeken, schenk ik je hierbij het schilderij van Hicks waar je altijd zo'n hekel aan had. Kalash vond het heel mooi en heeft me er al een flink bedrag voor geboden. Ik weet zeker dat hij er een miljoen in contanten voor zou betalen – meer dan voldoende om je onkosten te dekken voor het geval je op zoek gaat naar Ibn Awad en zijn bommen. Of voor het geval je je laatste jaren in vrede wilt doorbrengen. Aan jou de keus. Ik sluit hierbij een aanbevelingsbrief aan Kalash in.

Houd je ogen goed open, neef.

Je,

Paul

6

Geloofde ik wat Paul had geschreven?

Ik geloofde zeker dat hij naar de andere kant van de aarde zou reizen om zijn verloren moeder te zoeken, naar wie hij al op zoek was sinds Heydrichs mannen haar bij de Franse grens uit de trein haalden, een paar dagen voordat Duitsland in 1940 Frankrijk binnenviel. Paul, die toen een jaar of veertien was, was er getuige van en ook van de afranseling die zijn vader van de Gestapo kreeg. Heydrich was gefascineerd door Lori Christopher en wat toentertijd op een arrestatie leek, kan heel goed een ontvoering zijn geweest. Ik geloofde dat Paul verschrikkelijk graag wilde geloven dat zijn moeder door een wonder nog leefde. Ik geloofde ook dat als ze nog leefde, het heel wel mogelijk was dat hij haar op basis van een enkele aanwijzing zou weten te vinden. Paul was in staat tot opmerkelijke intuïtieve gedachtesprongen. Dat was zijn handelsmerk.

Zou de emir en heilige man Ibn Awad nog steeds leven ondanks al mijn inspanningen om hem te vermoorden? Dorstte hij naar wraak zoals alleen een gekrenkte Arabier naar wraak kan dorsten? Ik verkeerde in de veronderstelling – en de hele wereld met mij – dat ik hem jaren geleden had vermoord, maar ik had de moord niet eigenhandig gepleegd en er was geen reden waarom hij het niet overleefd zou hebben, ongeacht wat de rest van de wereld en ik ook geloofden. De ironie ervan was kostelijk, maar eerlijk gezegd wílde ik Pauls informatie niet geloven, of in ieder geval niet het deel over Ibn Awad. Per slot van rekening was ik daar verantwoordelijk voor geweest. Als hoofd geheime operaties van de Outfit in het Midden-Oosten, had ik deze moord beraamd, de moordenaar gerekruteerd en (naar ik dacht) het doelwit uitgeschakeld. Als ik gefaald had, dan verkeerde de wereld in de problemen. Ik kende deze man goed. De pelgrimage naar de woestijn, de langzame voorbereiding op een koelbloedige massamoord pasten geheel bij zijn aard. Zijn immense rijkdom – hij bezat een klein land met enorme olievoorraden – en zijn geheimzinnige entourage maakten dit absurde scenario plausibel. Wat de bommen betreft, hij had eerder kernwapens gekocht; dat en zijn krankzinnigheid vormden toen de directe aanleiding hem te vermoorden, zoals we dachten te hebben gedaan.

Nu leek het erop dat ik een kans voor open doel had gemist en mezelf daarna belachelijk had gemaakt door de actie in het openbaar te verdedigen als een gerechtvaardigde moord. Het was me een raadsel dat ik in het huidige tijdperk van terreur niet allang dood was. Aan de andere kant zou ik, als ik Ibn Awad was, ook niet tevreden zijn met alleen een kogel in het hoofd van Horace Hubbard. Nee, ik zou een langzamere dood hebben geëist. Het was overduidelijk dat ik mezelf niet alleen op dat cruciale moment in mijn leven belachelijk had gemaakt, maar dat ik altijd al een sukkel ben geweest.

Al jaren leefde ik, omdat ik in de veronderstelling verkeerde dat ik vergeten was en geen vijanden had, zonder de voorzorgen die bij mijn beroep horen. Ik had niets te verbergen, niets te vrezen. Maar nu, vanaf het moment dat ik Pauls huis verliet, begon ik weer systematisch op te letten. Als praktische maatregel had je daar ongeveer evenveel aan als niet op de barsten in het trottoir te stappen. Hoe professioneel je ook bent, je kunt je niet verdedigen tegen een vreemdeling die jou wil vermoorden en die weet waar je bent, tenzij je geluk hebt. De straat in Georgetown met zijn rij van veel te dure grotachtige huizen was bijna verlaten. Het was te laat voor de vrouwen en kinderen die in de huizen woonden om buiten te zijn, te vroeg voor de carrièrejagers om thuis te komen; het was maandag, niet de goede avond voor cocktailparty's. Ik was een eenzame voetganger, een onzekere oude figuur die door de avondschemering dwaalt met een boodschappentas vol geheimen in mijn hand en een opgerold schilderij dat een miljoen dollar waard was als een stokbrood onder mijn arm geklemd.

In de huizen bewogen gedaanten in gedempt licht. Ik herinnerde me de tranen in de ogen van Paul Christopher op de avond van de ontmoeting met zijn vriend uit Soedan. Toen ik hem vanaf deze zelfde stoep bespioneerde, moet ik hem precies betrapt hebben op het moment dat hij de ring van zijn moeder herkende en zich haar hand herinnerde. Terwijl ik door O Street liep in de steeds dieper wordende schaduwen en dingen wist die ik me gisteren zelfs niet had kunnen voorstellen, ving ik een glimp op van wat me te wachten stond nu Paul, God hebbe zijn ziel, me nieuwsgierig genoeg en rijk genoeg, en, laten we eerlijk zijn, zenuwachtig genoeg had gemaakt om terug te keren naar een leven van dwaasheid. Want dat ging ik doen, dat 'moest' ik doen, tenzij ik wilde wachten op het mes, de kogel, de bom die me zou afsnijden van de antwoorden op de laatste vragen die ik de moeite waard vond om te stellen. Waar was Paul

Christopher heen gegaan? Wat had hij ontdekt? Welk spoor had hij voor me achtergelaten?

Ik was al door de spiegel gestapt. Gisteren had ik me nog alleen gewaand in deze deftige straat. Nu zag ik met schichtige ogen gedaanten in de schaduwen, hoorde ze in mobiele telefoons mompelen en zag ze verdwijnen, en vroeg me af of ik langs een keten van vijanden werd doorgegeven en wat me bij de laatste schakel te wachten stond.

7

Het was zeven uur in de ochtend toen Paul, in theorie, te ruste werd gelegd. De soldaten, het paard zonder ruiter en de munitiewagen met de doodskist bewogen zich tussen de grafstenen door in de nevel waar hier en daar al zonnestralen doorheen piepten. Een begrafenis in Arlington is een typisch staaltje van puur patriottistisch praalvertoon zoals dat nog steeds voortleeft in het Amerika van de eenentwintigste eeuw. Manschappen in blauw uniform en witte handschoenen, krijgsmuziek, het nerveuze paard met omgekeerde laarzen in de stijgbeugels, het merkwaardig gedempte geluid van wat generaal MacArthur de klaaglijke klank van musketvuur noemde, hoornsignalen, het eindeloze inspecteren van grafstenen – dit alles roept herinneringen op en beroert het hart. Sterven voor je land is per slot van rekening een nobele daad. Dat had Paul Christopher wel niet precies gedaan, maar dat kwam niet doordat hij het niet had geprobeerd. De urn met Pauls as was in een staalgrijze doodskist geplaatst. Ik vroeg me af toen de kist in het graf werd neergelaten of Stephanie de as in een meer passende koker had gedaan. Als dat niet zo was, hadden toekomstige archeologen nog iets om over na te denken als ze een vermiljoen- en goudkleurige Chinese porseleinen urn opgroeven uit het graf van een Amerikaanse held. Christophers laatste mysterie.

Stephanie had alles geregeld. Alle aanwezigen hadden iets met de Outfit te maken; ze kende ze allemaal omdat ze zelf een Outfit-kind was geweest – haar overleden vader was Pauls chef in de Outfit geweest en ze beweerde dat ze verliefd op Paul was geworden toen ze nog een kind was. Desondanks werd de Outfit niet genoemd en werd Paul niet in gewijde grond begraven omdat al zijn roekeloze ondernemingen geheim gehouden moesten worden. De Outfit had Pauls bestaan, zijn onderscheidingen of zijn tijd in de gevangenis nooit openlijk erkend. Op zijn grafsteen stond: *Paul H. Christopher, Eerste luitenant* USMCR, *Silver Star, Purple Heart*, en de data. De ceremonie aan het graf werd voorafgegaan door een begrafenisdienst in de kapel van de marine, geleid door een vriendelijke episcopale legerpredikant die niet het flauwste benul had van wie of wat Paul was geweest. Paul zou dat allemaal best hebben gevonden, maar omdat een grafrede juist wordt gehouden om de overledene te prijzen en zijn prestaties op te noemen, weet ik niet of hij zo blij zou zijn geweest met wat er daarna in de officiersclub Fort Myer gebeurde. Ik hield mijn toespraak zo kort en zakelijk mogelijk, maar alle Old Boys die er waren, kenden Paul – velen van hen kenden hem alleen van reputatie, omdat hij op zoveel verschillende fronten werkzaam was dat hij in een soort bureaucratische luwte had geopereerd waarin hij niet veel met het hoofdkwartier te maken had gehad. Terwijl ik over zijn leven sprak, dat kon worden beschreven (wat ik overigens niet deed) als een dood door duizend wonden, kon ik bijna voelen hoe de toehoorders reageerden met één huilerige collectieve gedachte: *Zo worden ze tegenwoordig niet meer gemaakt.* In feite, een enkele uitzondering daargelaten, had dat soort mannen nooit bestaan. Maar dit waren oude mannen voor wie een verleden dat eigenlijk nooit echt had bestaan, werkelijker was dan het leven dat ze feitelijk hadden geleid. Een sterfgeval in de familie deed hen aan de dagen van weleer denken, en als de overledene ook nog eens iemand als Paul was, voelden ze zich trots dat ze zo'n held ooit hadden aangeraakt. Het feit dat hij een onnatuurlijke dood in het veld gestorven scheen te zijn, maakte het verlies extra schrijnend. De meeste oud-leden van de Outfit van zijn leeftijd waren op de knieën gedwongen door hartaanvallen of leverkwalen.

Stephanie had een open bar geregeld, wat de stemming onder de rouwenden zichtbaar ten goede kwam. Ik baande me een weg door de menigte en groette oude knarren die het gezicht hadden van de mannen die mijn meerdere waren geweest toen ze nog in de kracht van hun leven waren. Vanwege mijn lange vakantie in Pennsylvania en ook omdat de dingen soms gewoon zo lopen, had ik de meesten van hen in geen jaren gezien. Ik mocht ze allemaal op de manier waarop je de leden van je studentensociëteit nog steeds mag, als de jongens die ze vroeger waren, ook al zijn ze ondertussen behoorlijk veranderd. Maar slechts weinigen van hen waren zo succesvol geworden als ze gehoopt hadden.

Van de zestig aanwezigen had ik vier bejaarde grijze ijzervreters uitgenodigd om die dag met David Wong en mij te gaan lunchen. Als groep konden ze worden beschouwd als de beste achtervelders aller tijden van de oude Outfit. Behalve David, die de as vanuit Beijing had geëscorteerd, was Jack Philindros aanwezig, die directeur van de Outfit was geweest toen deze moeilijke tijden doormaakte en daarvóór een ijskoude geheim agent was geweest in Europa en daarbuiten; Ben Childress, die de Arabieren en de Arabische wereld kende zoals een baseballfanaticus de slaggemiddelden kent; Harley Waters, die in de Koude Oorlog meer Russen had gerekruteerd dan er sneeuwvlokken in Siberië waren; en Charley Hornblower, die veel wist van codes en mysterieuze talen en de menselijke psyche.

In films komen meesterspionnen 's nachts in het donker bij elkaar in spookachtige verlaten fabrieken of onder snelwegviaducten in een gevaarlijk deel van de stad. In werkelijkheid is het waarschijnlijker dat ze clandestiene bijeenkomsten beleggen in drukke restaurants. Dat geldt niet alleen voor decadente Amerikanen, maar ook voor alle anderen, inclusief de Russen, Chinezen en zelfs terroristen, hoewel die eerder kiezen voor gelegenheden die door hun neven worden gerund, die ook terroristen zijn. Gewilde tafels in populaire restaurants worden in alle landen van de wereld gewoontegetrouw voorzien van afluisterapparatuur door de mensen van de contraspionage, maar zelfs al weten ze het, toch voelen geheim agenten die anderszins bekendstaan om hun sluwheid zich gevleid als ze iedere keer dat ze uit eten gaan naar dezelfde prominente tafel worden geleid.

De Old Boys en ik gingen naar een peperduur steakhouse in K Street. Volgens de regels van het vak had ik onder een valse naam gereserveerd en we kwamen een voor een binnen alsof we eerzame burgers waren. De maître d'hotel schatte ons in als de onbeduidende figuren die we ook waren en gaf ons een tafel dicht bij de keuken die nog nooit door iemand was afgeluisterd. Na de martini's en de oesters en het ribstuk aan het bot, en diverse flessen prijzige maar middelmatige wijn, vertelde ik hun alles wat ik wist over Pauls verdwijning en de achterliggende redenen. Als sponzen zogen ze alles op. Het trok vooral de aandacht van Jack Philindros. Hij had een persoonlijk belang bij de zaak. Het was Jack die me het presidentiële bevel om Ibn Awad te vermoorden had doorgespeeld, Jack die de politieke consequenties had aanvaard toen de operatie aan het licht kwam. Jack was een volmaakte bureaucraat en het moet gezegd worden dat hij goede redenen had me als een ongeleid projectiel te beschouwen. Trouwens, alle anderen aan tafel waren ook ongeleide projectielen, en zelfs Jack had zijn zwakke momenten. Een van de redenen waarom ik hen had gekozen, was dat ze allemaal een zwaarwegend motief hadden om een hekel te hebben aan hypocrisie. Philindros was vanwege zijn zonden uit zijn directeursstoel geschopt en de anderen waren allemaal wel een keer gearresteerd of vernederd voor operaties waarvoor ze onderscheiden of bevorderd hadden moeten worden. Al deze kerels bezaten te veel fantasie om zich geen problemen op de hals te halen en in de slechte oude tijd toen mannen nog mannen waren en spionnen nog spionnen, waren ze allemaal getroffen door disciplinaire maatregelen. Harley Waters had in Helsinki een lucratieve callgirl-organisatie geëxploiteerd, over het algemeen Scandinavische blondines die gespecialiseerd waren in het bezoeken van hoge sovjetfunctionarissen. De meisjes waren inventief en de meeste sovjetkopstukken wilden wel meewerken als ze de filmopnamen van hun ontmoetingen hadden gezien. Lang voordat het in zwang kwam, had David Wong de Chinezen en de Russen een hartstilstand bezorgd door een geheim netwerk van moslimfanatici langs de Chinees-Russische grens te organiseren dat zichzelf financierde. De anderen waren zich aan soortgelijke fratsen te buiten gegaan, en dat had vergelijkbare resultaten opgeleverd.

Jack is de enige die ik ken die een zachtere stem heeft dan Paul Christopher. Deze dag moest iemand anders zijn lunch voor hem bestellen omdat de kelner hem vanwege het geroezemoes op de achtergrond niet kon verstaan. In vroeger tijden verkeerde hij natuurlijk in een positie waardoor mensen alle aandacht voor hem hadden.

'Heb je bewijzen?' mompelde hij.

'Geen enkel,' antwoordde ik, 'afgezien van het rapport van Kalash el Khatar.'

'En wat is dat waard?' vroeg Jack.

'Het doel van deze exercitie is daarachter te komen.'

'En als je vaststelt dat Kalash gelijk heeft wat betreft Paul en die perkamentrol van Jezus en Ibn Awads bommen?'

'Dan vinden we Christopher als hij nog leeft, en misschien kunnen we de wereld behoeden voor Ibn Awad als híj nog leeft.'

'En als ze allebei dood zijn en er geen bommen zijn te vinden?'

'Dan hebben we alle vijf lol gehad.'

Ben Childress zei: 'Is dit een poging tot rekrutering?'

'Ja, als jullie tenminste geïnteresseerd zijn,' zei ik.

'Je wilt dat we aan dit scenario meedoen op basis van wat een of andere Arabier Paul Christopher heeft verteld?'

Ik zei: 'Ja.'

'Waarom?'

'Omdat wij vijven samen de meeste mensen in de wereld hebben gekend die de moeite van het kennen waard waren. De generatie van contactpersonen die jullie hebben gerekruteerd en met wie jullie hebben gewerkt, woont nog steeds op de juiste plaatsen. Ze kennen nog steeds alle juiste mensen en kunnen aan de juiste touwtjes trekken.'

'Als ze nog met ons willen praten,' zei Jack.

Het was waar dat Amerikanen nu nóg minder geliefd waren bij de moraal-ridders dan toen we jong waren. Destijds was het anti-Amerikanisme meestal oppervlakkig geweest; iedereen, op rabiaat links na, mocht ons eigenlijk wel, en sommigen van hen koesterden zelfs sympathie voor ons. Tegenwoordig had het anti-Amerikanisme iets pathologisch, net als het antisemitisme. De mensen die de Outfit nu bestuurden, liepen over de hele wereld met hun hoofd tegen de muur in hun pogingen om islamitische terroristencellen te vernietigen die uit twee broers en een neef bestonden. Wij kenden de vaders van de terroristen, hun ooms en grootvaders, en beschikten, althans in theorie, over de capaciteiten iets voor elkaar te krijgen omdat de ouderen wisten dat ze ons konden vertrouwen. Eenmaal binnen, nooit meer buiten, zoals het oude gezegde luidt. Geloof het of niet, de waarheid achter dat gezegde heeft niets te maken met angst, maar is gebaseerd op de merkwaardige en diepe vriendschap die bestaat tussen een geheim agent en zijn informant. Dat soort vriendschappen is erg duurzaam.

'Er zijn een hoop mitsen en maren,' zei ik. 'Ik wil er graag over stemmen. Is er iemand aan deze tafel die er absoluut van overtuigd is dat Christopher dood is?'

Van alle aanwezigen was het antwoord nee.

'Denkt iemand dat Ibn Awad nog in leven is en zijn oude streken weer zal uithalen?'

Niemand maakte tegenwerpingen.

'Acht iemand het mogelijk dat wij vijven het er slechter af zullen brengen dan de Outfit als we besluiten achter de feiten aan te gaan?'

Bescheidenheid overheerste. Er werden geen hoofden geschud, heimelijke glimlachjes alom. Er werden blikken uitgewisseld. De deal was gesloten. Het hoefde niet gezegd te worden. We wisten het allemaal.

Harley Waters stelde als oude rot in het vak een vraag: 'Zit het erin dat we moeten reizen?'

'Dat hoop ik wel. Met de huidige toestand in de wereld is het niet genoeg je oude vrienden op te bellen. Je moet jezelf laten zien en hen duidelijk maken welke kaarten we in handen hebben.'

'Hen onze kaarten laten zien?' vroeg Harley, die zijn leven lang met Russen op Russisch grondgebied te maken had gehad.

'Als je wilt dat ze jou vertrouwen, zul je hén moeten vertrouwen. Dit is geen wedstrijd tussen de Verenigde Staten en de Sovjet-Unie, of tussen de Grote Satan en de islam. Het is een kwestie van oude vrienden die proberen te voorkomen dat het treurig afloopt. Dat is eigenlijk precies wat wíj in de Koude Oorlog probeerden te doen en dat is ons gelukt ook, dus waarom zou iemand die toen met ons te maken heeft gehad denken dat we dit keer bijbedoelingen hebben?'

Ondertussen waren de andere klanten die op een onkostenvergoeding hadden geluncht, vertrokken. Wij waren de laatsten in het restaurant. De enige overgebleven kelner raakte steeds meer in onze conversatie geïnteresseerd – niet omdat het hem een zorg was wat een stel kakelende 65-plussers tegen elkaar zeiden, maar omdat hij zijn fooi wilde hebben, al verwachtte hij waarschijnlijk dat die schamel uit zou vallen. Ik riep hem naar onze tafel en we lapten allemaal en betaalden de rekening contant, ook al weer volgens de regel dat je geen sporen moet achterlaten.

Voordat we van tafel opstonden, stelde ik de vraag. 'Wie doet er mee en wie niet?'

Iedereen deed mee.

'Laten we morgen weer afspreken om dit zaakje eens nader te onderzoeken,' zei ik. 'Bij mij thuis om 17.00 uur.'

8

De volgende dag was ik net een kaastosti voor de lunch aan het maken toen Zarah op het keukenraam tikte.

'Hoe wist je dat ik in de keuken was?' vroeg ik nadat ik haar had binnengelaten.

'Ik rook de tosti,' antwoordde ze. 'Heb je er nog één over?'

Om precies te zijn had ik er twee gemaakt. Ik gaf haar de extra sandwich met een augurk in dilleazijn en een glas ice tea. We aten aan mijn piepkleine keukentafel. Zarah en ik wisten niet veel van elkaar en we spraken amper onder het eten, maar de maaltijd was plezierig. Ze was een beeldschone vrouw van een jaar of dertig – ongeveer dezelfde leeftijd als haar grootmoeder had gehad toen Reinhard Heydrich voor haar viel. Het was niet moeilijk het monster te begrijpen.

Ik voelde een zekere ongemakkelijkheid, maar dat had niets te maken met hoe ze eruitzag. Zarah was niet bij de begrafenis van haar vader geweest. Het sprak vanzelf dat de liefde van Stephanie voor haar stiefdochter daardoor niet bepaald was toegenomen, en ze had me dan ook meegetroond naar een hoekje om mij er eens goed van te doordringen hoe schandelijk Zarahs gedrag was. Ik was geneigd haar gelijk te geven, maar wat wist ik nou van Zarah of haar motieven?

Ik zei: 'Ze misten je, gisteren.'

'Dat heeft Stephanie me gezegd.'

Ze was onaangedaan, beheerst. Het was opmerkelijk hoeveel je van Paul in Zarah herkende, vooral als je bedacht dat ze haar vader maar zes jaar persoonlijk had gekend. Ik was niet op de hoogte van de details, maar enig rekenwerk deed vermoeden dat ze rond de laatste dag van het huwelijk van haar ouders was verwekt. Haar overleden moeder, die even neurotisch als betoverend was geweest – als ze een paar sporten lager op de sociale ladder van Kentucky was geboren, had ze best Miss America kunnen worden – nam wraak op Paul door het bestaan van hun kind voor hem verborgen te houden. Hij wist niets van Zarah totdat, zoals Stephanie het uitdrukte, Helena van Troje op een dag op de deur klopte en zichzelf als zijn kind bekendmaakte. DNA-tests bevestigden dit, maar als ik naar haar keek en me haar vader voor de geest haalde, volstond dat alleen al als vaderschapsonderzoek.

'Dat is ook de reden dat ik langskom,' zei Zarah. 'Ik ben niet naar de begrafenis gegaan omdat ik vond dat het een schijnvertoning was. Als mijn vader dood is – en er is geen bewijs dat dat zo is – dan was het niet zíjn as die op Arlington begraven is.'

'Weet je dat zeker?'

'Nee, maar als hij dood zou zijn, zou ik het weten en het geloven.'

'Maar dat doe je niet.'

Ze schudde haar hoofd.

Ik zei: 'Ik ook niet. Ik ben geen waarzegger, maar ik geloof niet in het bewijs waarmee Pauls dood is aangetoond.'

'Waarom niet?'

'Omdat de man die ik ken te handig is om zich te laten vermoorden voordat hij het antwoord op zijn vraag had gekregen.'

Ik wachtte even om haar de kans te geven te antwoorden of een vraag te stellen, maar ze scheen te voelen dat ik nog meer te zeggen had en wachtte tot ik het zou zeggen.

'Maar,' zei ik, omdat ze mij het woord leek te geven, 'ik denk dat je voorzichtig moet zijn. Je vader heeft zijn leven lang gezocht naar een moeder van wie de rest van de wereld denkt dat ze al zestig jaar dood is.'

'Maar die uiteindelijk misschien nog leeft.'

'Dat geloofde je vader en voorzover we weten had hij gelijk. Maar er is niet meer bewijs voor het feit dat Lori Christopher op viernegentigjarige leeftijd nog leeft, dan voor het feit dat Paul dood is.'

Zarah veranderde van onderwerp. 'Mag ik je iets vragen?'

'Natuurlijk.'

'Als Ibn Awad niet dood is en dezelfde acties dreigt uit te voeren als waarvoor je eerder de opdracht kreeg hem te liquideren, hoe voel je je daar dan onder?'

'Incompetent.'

'Je wilt de fout rechtzetten.'

'Ik geloof van wel.'

'Waarom?'

'Ik heb deze puinhoop veroorzaakt. Dus moet ik die opruimen.'

'Alleen? Zonder hulp?'

'Je vader heeft me geholpen. Hij heeft me informatie gegeven en iets wat ik kan verkopen om de operatie te financieren.'

'Ja, de Hicks. Hij heeft het me verteld.'

Ze gaf me een vel papier, een pagina van een veel langere brief. Daar stond het, in Pauls handschrift.

Wat moest ik daarop zeggen? Wat wilde ze?

Ze zei: 'Ik wil je graag helpen. Ik spreek Arabisch. Jij ook, dat weet ik, maar niet zoals ik. Ik ben met Arabieren opgegroeid. Ik begrijp ze niet altijd, maar ik ken ze en ik heb een hoop vrienden onder hen. En ik weet dingen over mijn vader die jij misschien niet weet.'

Dat betwijfelde ik. Dat moet op mijn gezicht te lezen zijn geweest, want na een ijzige stilte besloot ze zichzelf nader te verklaren. 'Mijn vader heeft de taak op zich genomen me alles te vertellen wat hij zich van zijn leven herinnert.'

Hier stond ik versteld van. Paul die zijn emoties blootlegde, al was het voor zijn eigen dochter? 'Paul leek mij geen type dat iets met mondelinge geschiedschrijving had,' zei ik.

'Dat heeft hij ook niet,' antwoordde Zarah. 'Maar om welke reden dan ook wilde hij zijn kennis op mij overdragen en dat heeft hij ook gedaan. Althans in theorie weet ik alles wat mijn vader wist en ken ik iedereen die hij heeft gekend.'

'Alles?'

'Het zou toch niet bij hem passen om iets weg te laten als hij heeft gezegd dat hij alles zou vertellen?'

'Nee.'

Ze moesten dagenlang in afzondering hebben doorgebracht. Geen wonder dat Stephanie deze jonge vrouw haatte.

Ik vroeg: 'Heb je aantekeningen gemaakt?'

'Dat was niet nodig. Wat hij heeft verteld kun je onmogelijk vergeten.'

'En dat wil je me allemaal vertellen?'

'Alles? Nee. Wel de dingen die je moet weten, ja. Ik ken bijvoorbeeld de naam van een man die in de jaren dertig en veertig in het Vaticaan werkte. Hij was een vriend van mijn vader. Tijdens de Tweede Wereldoorlog onderhield die man de contacten met nazi-functionarissen.'

'En?'

'Hij leeft nog,' zei Zarah. 'Tenminste drie dagen geleden nog, toen ik het heb gecontroleerd. Erg oud, maar helder van geest. Hij ligt in het Salvator Mundi-ziekenhuis in Rome.'

'Goed. Maar hoe past hij in het verhaal?'

'Hij heeft mijn grootmoeder in 1942 in Praag gezien,' zei Zarah.

9

De Old Boys kwamen precies om vijf uur 's middags bij mijn huis aan. Dat lijkt misschien een onveilige ontmoetingsplaats, maar in feite zaten we in mijn wijk behoorlijk afgezonderd. Dit was een straat waar de bijna machtigsten der aarde woonden en om vijf uur 's middags werd onze privacy beschermd door de drie keuzes die het leven in Washington biedt. Toen de schemering viel zaten al mijn buren namelijk of te vergaderen of ze waren samen met iemand iets gaan drinken of ze zaten vast in het verkeer, en mijn gasten zouden weer in het duister oplossen voordat de buren thuiskwamen. Jack Philindros, die gekleed ging als een minister, zag eruit als een Helleen die in de tijd was verdwaald – olijfkleurige huid, vol, glad achterovergekamd haar en borstelige wenkbrauwen die boven zijn gebeeldhouwde neus samengroeiden. Charley Hornblower, een stevige lange kerel die wel een scheerbeurt kon gebruiken, was een Falstaff die vele jaren aan zijn rode neus had gewerkt en aan zijn connecties met mensen die dingen wisten. Ben Childress en Harley Waters hadden neven kunnen zijn – Yankee-gezichten, Yankee-zuinigheid; beiden waren gekleed in een versleten blazer, verschoten poloshirt en een gekreukte kakibroek en droegen een horloge waar je de goedkoopte aan afzag. David Wong was zoals altijd helemaal zichzelf, de oudste van de Marx Brothers – bodhisattva-glimlach, een snelle tong en een nog snellere geest. Hij was de enige van ons die geen tekenen van slijtage vertoonde. Philindros, een geheelonthouder, sloeg de Laphroigh single malt whisky af die ik aanbood, maar de anderen deden hem eer aan. Het was een genoegen om mannenstemmen te horen en whisky te ruiken in het huis waar ik zo lang helemaal alleen was geweest.

Die middag had ik vijf satelliettelefoons van $ 498 per stuk gekocht, inclusief een jaar toegang tot communicatiesatellieten in 130 landen. Ik deelde de telefoons uit. Iedereen kreeg een lijstje met de nummers van de satelliettelefoons van de anderen. Codenamen waren niet nodig; we zouden elkaars stemmen herkennen. Philindros, die altijd al een beveiligingsfanaat was geweest, zei: 'Denk je dat deze telefoons veilig zijn?'

'Nee, maar dit is het beste middel om contact te onderhouden.'

'Je vindt het niet erg als de halve wereld met ons meeluistert?'

'Wat maakt het uit?' vroeg ik. 'Deze operatie is binnen een maand geslaagd of vóór die tijd jammerlijk mislukt. Als ons plan slaagt, gaan we voor altijd uit de lucht. Als het mislukt en Ibn Awads bommen ontploffen, dan heeft de wereld wel iets anders aan zijn hoofd dan ons kleine groepje.'

'Als de verkeerde mensen erachter komen, worden we opgerold.'

'Dat lukt ze niet in dit tijdsbestek,' zei ik. 'Ons voordeel is dat we snel kunnen handelen omdat niemand nee tegen ons kan zeggen.'

Jack zei: 'Dat valt nog te bezien. Je bent er niet op tegen dat we ons aan de regels van het vak houden?'

'Nee.'

'Dat is maar goed ook,' zei Harley, 'want we weten nu eenmaal niet beter.'

Ik vertelde hen over het plan. Vanwege mijn verschijning leek het me niet verstandig naar Rome te gaan en Zarahs ex-monnik te bezoeken. Als hij van zijn doodsbed zou opkijken naar een Amerikaan van een meter vijfennegentig die Italiaans sprak als een Visigoot, zou dat hem niet in de juiste stemming brengen om vertrouwelijkheden uit te wisselen. Jack Philindros had daarentegen een persoonlijkheid waar een kalmerende werking van uitging en hij sprak vloeiend Italiaans. Ik vertelde Jack wat we van Pauls oude vriend wisten en hoe we dat te weten waren gekomen en gaf hem het stukje papier van Zarah met zijn naam erop.

'Als hij ons iets te vertellen heeft,' zei Jack, 'wat moet ik dan doen?'

'Vertel iedereen via de satelliettelefoon alles wat je weet,' zei ik. 'Ga daarna verder.'

'Hoe dan?'

'Ga overal naartoe waar je denkt dat je naartoe moet gaan, zoek iedereen op die je moet spreken,' antwoordde ik. 'Maar geef ieder van ons via de satelliettelefoon elk snippertje informatie zodra je het hebt. Wacht niet. Bel direct op als je iets weet.'

Ze kenden allemaal de reden hiervoor: als ieder van ons alles wist, hoefde maar één van ons te overleven om de laatste fase van de operatie uit te voeren.

Ben Childress, onze arabist, kende de Duitse lijfarts van Ibn Awad. Dit oudlid van de ss noemde zich Claus Bücher. Als Bücher nog leefde en Ibn Awad nog steeds verzorgde, zou zijn verblijfplaats natuurlijk onbekend zijn. We moesten erachter komen of hij op hetzelfde moment als zijn werkgever uit het zicht

45

was verdwenen en, wat nog belangrijker was, of hij sindsdien nog was gezien. Als hij zo nu en dan eens naar de stad ging, of ergens naartoe vloog om de bloemetjes buiten te zetten, zouden we hem misschien kunnen grijpen en als ons dat lukte, zou er een wonder kunnen gebeuren. Wie weet? Als we het goed aanpakten zou hij ons naar zijn patiënt kunnen brengen.

Harley Waters had een uitgebreide vriendenkring onder de vroegere hotemetoten van het voormalige sovjetblok. Hij zou proberen zoveel mogelijk in Moskou te achterhalen en daarna naar Praag en Boedapest gaan om rond te snuffelen naar recente sporen van Paul en oude verhalen over Lori Christopher proberen te achterhalen. Harleys eerste doelwit was de adel van het vroegere Oostenrijks-Hongaarse rijk. Deze mensen bestonden nog steeds en in Lori's dagen hadden ze een bevolkingsgroep op zich gevormd, die in een eigen wereld leefde en door de eeuwen heen zo vaak onder elkaar was getrouwd dat ze bijna allemaal neven en nichten waren.

De oude aristocratie verachtte de nazi's, die uit de goot kwamen. Rond 1942 vormden deze mensen een ondergrondse beweging die zijn kans afwachtte, en Lori was een van hen geweest. Als ze in Praag bij iemand hulp had gezocht, zou ze zeker naar hen toe zijn gegaan. Tenzij ze haar als eerste hadden benaderd om haar hulp te vragen bij het liquideren van Reinhard Heydrich.

Charley Hornblower, onze wetenschapper, zou in Washington blijven en de dossiers doorspitten. Hij had er een hele zolder vol van en een Rolodex vol collega-verzamelaars.

Ik zou naar Parijs gaan en de Hicks verkopen om de operatie te financieren.

10

In mijn armoede bezat ik nog steeds enkele van de attributen die een welgesteld man hoorde te bezitten: een garderobe, referenties, connecties, manieren en zelfs een geldige creditcard. Maar ik had haast geen contanten. Ik boekte de goedkoopste vlucht naar Parijs die er te krijgen was en nam een bus van het vliegveld naar de stad. Op de Avenue Wagram 8-bis overhandigde ik een van mijn laatste visitekaartjes aan de potige bediende die de deur van Kalash al Khatars appartement opende. Hij pakte het aan en sloeg de deur voor mijn neus dicht. Er ging flink wat tijd voorbij. Als ik niet te maken had gehad met een afstammeling van de profeet, was ik misschien bang geweest dat me de toegang was geweigerd. In het verleden had dit hooghartige slag me echter vele malen in vele delen van de islamitische wereld laten wachten, dus hing ik geduldig rond op de gang. De ramen keken uit op een binnenplaats met keien waar een fontein sproeide. Ik hoorde het gedempte geluid van het middagverkeer op de Place de l'Étoile. Dit deed me denken aan hoe Parijs in mijn jeugd tijdens het spitsuur had geroken, toen de verhouding van gelode uitlaatgassen tot frisse lucht maar ietsje lager was dan het niveau dat nodig was om zelfmoord te plegen.

Vijfenveertig minuten gingen voorbij. Een uur. Meer. Toen opende de bediende van Kalash – een andere dit keer – de deur. De man glimlachte niet, hij zei niets. Hij gebaarde me binnen te komen met een ruk van zijn kogelvormige hoofd.

Hij ging me voor naar een ontvangstkamer. Een zeer vorstelijke, rijkelijk gestoffeerde stoel stond tegenover verscheidene kleinere ongestoffeerde stoelen. Aan de ene wand viel een collectie messen met heften van neushoorn te bewonderen, aan de wand ertegenover een bronzen dienblad dat met zilver en koper was ingelegd en op de achterste wand prachtig gekalligrafeerde passages uit de koran. De kamer was indrukwekkend, maar niet overweldigend. Het appartement in zijn geheel was echter groot. Je voelde deze ruimtelijkheid zonder dat je de rest van het appartement werkelijk had gezien. Het moest een fortuin hebben gekost. Ik vroeg me af of de verarmde onderdanen van Kalash hem jaarlijks zijn gewicht in edelstenen of edelmetaal schonken, zoals de volgelingen van Aga Khan deden.

Na ongeveer een uur verscheen Kalash, gehuld in een Arabisch gewaad en met een ingelegde ebbenhouten staf in de hand. Hij was inderdaad opmerkelijk lang – bijna een kop groter dan ikzelf. Hij maakte geen aanstalten me de hand te schudden en sprak evenmin. Ook ging hij niet zitten. Vanzelfsprekend was ik opgestaan toen hij binnenkwam.

'Mijn excuses dat ik mijn komst niet heb aangekondigd,' zei ik.

Kalash zei: 'Wat wilt u?'

'Ik heb een brief voor u.'

Ik gaf hem de aanbevelingsbrief van Paul. Hij bonkte tweemaal met zijn staf op de marmeren vloer. Er verscheen weer een andere bediende. Kalash gaf hem de brief. De bediende boog en ging de kamer uit om een moment later weer met een buiging binnen te komen met de geopende brief op een zilveren schaal.

Kalash las de brief. 'Is dat het schilderij?' vroeg hij en staarde naar het opgerolde doek op de stoel naast me.

'Ja.' Ik bood niet aan het uit te rollen. Kalash was een bijzonder irritante vent.

Hij zei: 'Hoeveel wilt u ervoor hebben?'

'De prijs die u mijn neef hebt geboden, plus tien procent. In contanten.'

'Laat het me zien,' zei Kalash.

Ik rolde het schilderij uit en spreidde het uit op de tafel. Kalash onderzocht het centimeter voor centimeter en was kennelijk een expert.

'Dit schilderij ziet er niet uit zoals de laatste keer dat ik het zag,' zei hij. 'Het is beschadigd door die ruwe behandeling. Neem het maar weer mee.'

'Zoals u wilt.' Ik begon het schilderij op te rollen.

'Houd daarmee op,' zei Kalash. 'U maakt het alleen maar erger.'

'Als het schilderij u niet bevalt, wat maakt het dan uit? U zult het nooit meer zien.'

'Ik wil niet medeplichtig zijn aan deze barbaarse vernieling,' zei Kalash. 'Dus houd er onmiddellijk mee op.'

'Ik kan er toch moeilijk mee over straat gaan alsof het een vlag is,' zei ik.

Kalash' gezicht was uitdrukkingsloos, zoals het tijdens onze gehele ontmoeting was geweest. Ik wachtte tot hij weer zou spreken. Uiteindelijk zei hij:

'Waarom stuurt Paul u om deze boodschap in plaats van zelf te komen of de brief gewoon per post te sturen?'

Huichelen had geen zin. Ik zei: 'We hebben bericht ontvangen dat Paul in China om het leven is gekomen.'

'Waar in China?'

'In de provincie Xinjang. Het is een heel afgelegen...'

'Ik weet waar Xinjang is,' zei Kalash. 'Welk bewijs is er dat het waar is?'

'De Chinezen hebben ons zijn as gestuurd.'

'Is het echt zíjn as?'

'Dat weet ik niet.'

'Maar u bent van plan dat uit te zoeken.'

'Ja, als dat mogelijk is.'

We hadden tijdens het hele gesprek gestaan. Nu zei Kalash: 'Ga zitten.' Hij ging zelf ook zitten, niet in de grote stoel, maar in een van de kleinere. Blijkbaar zouden we enkele minuten elkaars gelijke zijn. Hij bonkte opnieuw met zijn staf op de vloer, ditmaal slechts één keer. Twee tellen later verscheen de huisslaaf met twee glazen kokendhete, mierzoete muntthee op een dienblad.

Kalash zei op niet onvriendelijke toon: 'Dus u bent de man die mijn neef Ibn Awad heeft vermoord.'

'Dat dachten we indertijd.'

'En nu?'

'Paul had een brief voor me achtergelaten. Ik weet wat u hem hebt verteld.'

'Heeft hij alles opgeschreven?'

'De hoofdpunten. Een overzicht.'

'Dus nu bent u van plan mijn neef opnieuw te vermoorden en u hebt daar geld voor nodig en u denkt dat ik u dat zal geven? U bent een merkwaardige vent.'

'Ik ben niet van plan Ibn Awad te vermoorden. Blijkbaar ben ik daar niet erg goed in. En het is niet langer mijn taak de wereld te redden.'

'Wat wilt u dan met één miljoen dollar doen?'

'Eén miljoen honderdduizend. Ik ga door met Pauls zoektocht.'

'Waarnaar?'

'Naar zijn moeder, mijn tante. Naar de amforarol.'

'Bent u van plan die ook te verkopen?'

'Bent u geïnteresseerd in het recht van eerste koop?'

Kalash deed net of hij die brutale opmerking niet had gehoord. Hij zei: 'En als u Ibn Awad toevallig tegen het lijf loopt?'

'Dan kunnen we over vroeger praten.'

'U had hem een van zijn bommen tot ontploffing moeten laten brengen en hem *daarna* moeten vermoorden. In die dagen zou Tel Aviv zijn voorkeur hebben gehad, dus zou Amerika geen schade zijn toegebracht. Dan was u in het Westen de gevierde man geweest en niet naar de wildernis verdreven.'

'Zou u dat op dit moment weer adviseren?'

'Nee. De tijden zijn veranderd. Als ik de kruisridder was die aan het hoofd van deze mensenjacht stond, zou het me het beste lijken te voorkomen dat hij uit de dood opstaat.'

'En hoe zou u dat willen bereiken?'

'Niet door hem opnieuw te vermoorden. Dat zou de gelovigen in woede doen ontsteken, en ze zouden geloven dat hij onsterfelijk was. Als hij één moordpartij heeft overleefd, waarom zou hij er dan niet nog één kunnen overleven? Als u hem opnieuw vermoordt, creëert u een Hydra.'

'Wat is het alternatief?'

'Neem hem gevangen. Ik realiseer me dat u een Amerikaan bent, maar onthoudt u zich voor één keer van snoeverij. Zeg er niets over tegen de buitenwereld. Laat hem dood blijven.'

'En dan?'

'Stuur hem naar een of ander St. Helena in de Indische Oceaan – in een koud klimaat zal hij niet gelukkig zijn – en laat hem zijn dagen al biddend en vastend slijten. Het zou vriendelijk zijn als u hem vertelde dat alle twaalf bommen zoals gepland in Amerikaanse steden zijn ontploft. Laat hem video's van de verwoesting zien. Veel lijken die kruisbeelden vasthouden.'

'Heel creatief. Maar ik dacht dat we dit allemaal deden om vernietiging te voorkomen.'

'Natuurlijk. Maar uw organisatie kan overtuigende vervalste filmbeelden maken voor een fractie van de prijs die het kost om New York, Chicago, Los Angeles enzovoort, weer op te bouwen. Er wordt wel gezegd dat die maanlandingen doorgestoken kaart waren, dus dit moet kinderspel zijn.'

'Gelooft u dat?'

'Van die maanlandingen? Nee. Maar ik ben niet mijn neef of een van zijn halfkrankzinnige volgelingen.'

Wat was hij dan wel? Zijn gevoelloosheid was zo nuchter dat het haast komisch was.

'Uitstekend advies,' zei ik. 'Maar denkt u werkelijk dat je zo'n operatie voor altijd onder de pet kunt houden?'

'U bent in een betere positie om dat soort zaken te beoordelen dan ik. Maar ik zeg nogmaals, als dit niet in volstrekte stilte gebeurt, als u Ibn Awads verrijzenis uit de dood van de daken schreeuwt, als u rondbazuint wat hij van plan is, als u CNN volplakt met zijn foto en met beelden van zijn niet-geëxplodeerde bommen, als u zichzelf op de typisch Amerikaanse manier gelukwenst met het feit dat u de wereld hebt gered, creëert u alleen maar nóg een monster.'

Ik zei: 'Wat bedoelt u daarmee?'

'Als u de wereld laat zien dat Ibn Awad, één enkele gelovige man, hoe rijk hij ook mag zijn, de middelen in handen had om de vijanden van de islam dodelijk te treffen, en dat hij dit kunststukje niet éénmaal maar twee keer heeft uitgehaald, toont u daarmee aan dat het toebrengen van die dodelijke verwonding haalbaar is. Daarmee creëert u de volgende Ibn Awad. En als u díe doodt, staat er weer een ander op. Er zal geen eind aan komen.'

'We hebben het hier over uw neef.'

'Precies. Ik probeer zijn leven te redden.'

'Vanzelfsprekend. Maar wat probeert u nog meer te redden?'

Kalash zei: 'Wat nog meer? Ik zou denken dat dat duidelijk was. Als de bommen in Amerika afgaan, zal de islam in brand gezet worden door de luchtmacht van de Verenigde Staten. Dat zou ik willen voorkomen.'

Hemelse goedheid, ik vond deze vent onderhoudend. Hoe had Paul in vredesnaam veertig jaar zonder zijn gezelschap gekund? Dat betekende echter niet dat ik bereid was met hem samen te zweren en mee wilde werken aan een of ander ingewikkeld web dat hij aan het weven was. Voorzover ik wist had hij Paul Christopher de dood in gejaagd met een onweerstaanbare leugen en hoopte hij hetzelfde met mij te doen. Ik vroeg: 'Waar is Ibn Awad nu?'

'Ik heb geen idee.'

'Wie weet het wél?'

'De mensen die bij hem zijn. Maar u zult ze eerst moeten vinden voordat u ze kunt ondervragen, en als u hen vindt, hebt u hém ook gevonden.'

'En als ik ze niet vind?'

'Dan moet u doen wat een dolende in de woestijn doet,' antwoordde Kalash. 'Ga terug naar uw beginpunt en begin opnieuw. Hebt u pen en papier?'

Ik gaf hem mijn Bic en een pagina uit mijn zakboekje. Kalash krabbelde een naam en een plaatsnaam, Manaus, op het papier.

'Met deze man moet u gaan praten,' zei hij. 'Hij weet interessante dingen en hij heeft Paul vrij recent gezien.'

Kalash stond op. Het gesprek was ten einde. Maar de onderhandeling blijkbaar niet.

Hij zei: 'Uw eis van contante betaling voor de Hicks is absurd. Toch wil ik hem hebben. Ik heb Paul een miljoen dollar voor het schilderij geboden. Ik zal zorgen dat dat bedrag in Zwitserland wordt gestort, als u daarmee akkoord gaat. Hebt u daar een rekening?'

Toevallig had ik dat. Ik gaf hem de bijzonderheden.

Hij zei: 'Goed dan. Bent u telefonisch te bereiken?'

'Ja.'

Ik schreef het nummer voor hem op. Hij dicteerde zijn eigen nummer – snel natuurlijk, en herhaalde het slechts eenmaal.

'En nog iets,' zei hij. 'Ibn Awad heeft een *fatwa* tegen u uitgesproken. U weet wat een fatwa is?'

'Ik denk van wel.' Ik probeerde een glimlach op mijn gezicht te toveren. 'Staat er een prijs op mijn hoofd?'

'Het paradijs is de prijs. Maar er is ook geld mee gemoeid. Je moet een gelovige zijn om dat te kunnen incasseren, dus mijd fanatiekelingen met baarden en wilde ogen, maar als ik u was zou ik bij alle vreemdelingen op mijn hoede zijn. Alles wat je hoeft te doen om je tot de islam te bekeren is zeggen dat er slechts één God is, Allah, en dat Mohammed zijn profeet is. Er zijn genoeg goede christenen op de wereld die deze woorden wel op een taperecorder willen inspreken, vervolgens de trekker overhalen en mijn neef uw hoofd brengen.'

Ik vroeg: 'Is uw man in Manaus een van hen?'

'Hij is dol op geld en haat Amerikanen en vindt dat Ibn Awad goed werk heeft verricht,' zei Kalash. 'Of hij van de fatwa weet, is een andere vraag. De fatwa is tamelijk recent. Het nieuws is nog niet ver doorgesijpeld.'

Ik werd op de Avenue Wagram geschaduwd door slenteraars met mobiele telefoons die me aan elkaar doorgaven, net zoals eerder in O Street was gebeurd en toen ik op de Étoile in een metro stapte, ging er achter me een crimineel type met borstelige wenkbrauwen naar binnen. Toen ik dicht bij Gare Saint Lazaire uitstapte, belde hij de volgende in de keten. In de trein naar Genève zat ik naast een Rus die naar ongepoetste tanden rook (of misschien was hij een Tsjetsjeen, een Bosniër, een Albanees – de wereld zit vol moslims die eruitzien als u en ik). Aan de andere kant van het gangpad trok een praktisch vleesloze vrouw met littekens op haar polsen haar rok omhoog en staarde hongerig naar me, wreef over haar magere been en sprak onophoudelijk zacht mompelend Zwitser-Duits in zichzelf. Sprak ze tegen mij, die er geen woord van begreep, of sprak ze in een verborgen handsfree telefoon?

Voorzover ik wist, wachtte niemand me op in het station van Genève, maar ik was er niet zeker van door de drukte en doordat alle inwoners van Genève de indruk wekken dat ze ons vreemdelingen in de gaten houden. Ik nam een hotel achter het station en at een kleverige *truite au bleu* in het afschuwelijke restaurant dat erbij hoorde.

De kelner was een Arabier. En de kok ook; overal waar ik keek zag ik Arabieren. Ze waren natuurlijk altijd al talrijk geweest. Ik was me er alleen nooit zo pijnlijk van bewust geweest als nu. Ik besloot na het eten geen wandeling langs het meer te maken.

Vanuit mijn kamer belde ik Charley Hornblower. Had hij ooit gehoord van Simon Hawk, Kalash' man in Manaus?

'Geef me tien minuten,' zei Charley.

Na vijf minuten belde hij terug. 'Echte naam Wolfram Ostermann als ik me niet vergis,' zei hij. 'We stuitten in de jaren vijftig op hem toen we probeerden Eichmann te vinden bij wijze van vriendelijk gebaar naar de Mossad.'

'En het hoofdkwartier heeft het niet aan de Mossad doorgegeven?'

'Blijkbaar niet, aangezien hij nog levend en wel in Brazilië woont. Wolfram was een druk baasje. Hij had contact met een hoop voormalige ss'ers en we dachten dat hij misschien iets bijzonders in zijn schild voerde. Ze spraken met hem en vertrokken dan naar exotische bestemmingen.'

'Zoals?'

'Eigenlijk bijna overal heen. Hij scheen hun reizen te financieren met de verkoop van schilderijen, die vermoedelijk tijdens de oorlog waren gestolen. Het was beter hem in de gaten te houden dan hem te arresteren, want dan zou hij vervangen worden door iemand die we niet kenden.'

'En wás hij iets bijzonders van plan?'

'We hebben het niet verder nagetrokken. In die dagen wilde het Witte Huis van alles over de Russen weten en niet over gevluchte ss'ers. In Duitsland hadden we veel van hen voor ons werken.'

'Nog meer?'

'Alleen een vage connectie,' zei Charley. 'Een van de mensen met wie Wolfram in Brazilië te maken had was een dokter die zich Claus Bücher noemde. We hebben zijn echte naam nooit kunnen achterhalen, maar je weet wie het is – Ibn Awads lijfarts.'

De wereld is klein.

11

Bij de bank was alles in orde. Kalash had het geld inderdaad gestort, het hele bedrag. Nadat ik $25.000 aan ieder van de Old Boys had overgemaakt en $25.000 in contanten voor mezelf had opgenomen, haalde ik uit mijn kluis een oud Canadees paspoort waarin de naam William O. Dyer stond met een foto van mij toen ik wat jonger was. Op het vliegveld boekte ik een ticket naar Frankfurt met een aansluiting naar Manaus en betaalde er contant voor. Aan boord van het vliegtuig viel ik vrijwel meteen in slaap. Sinds ik Washington zesendertig uur eerder had verlaten, had ik geen bed gezien. Ik proefde de afschuwelijke maaltijd nog die ik de vorige avond had gegeten. Mijn botten deden pijn. Ik droomde van Paul en mezelf als kind op een slee. We knalden tegen een sneeuwbank aan. De slee sloeg om. Ik had een bloedneus. Achter de schermen schreeuwde een vrouw. Herinneringen of symboliek? Wie kon het zeggen?

Ik was gelukkig nooit in Zuid-Amerika gestationeerd geweest, zodat mijn eerste glimp van Brazilië een tafereel onthulde dat ik me nauwelijks had kunnen voorstellen. Vanaf een hoogte van tienduizend meter strekte het regenwoud zich zo ver het oog reikte in alle richtingen uit, waarbij het golvende spinaziegroene bladerdak in meer overzichtelijke stukken werd opgedeeld door modderige rivieren die glinsterden in de zon. Net als in de liedjes en verhalen kon iemand werkelijk zonder een spoor na te laten in deze wildernis verdwijnen, als slaaf worden gehouden door een of andere indianenstam die aan de drugs was, door krokodillen worden verslonden of gewoon verdwalen, waarbij hij woeste rivieren stroomafwaarts volgde zoals door het padvindershandboek werd aangeraden, maar nooit iets anders vond dan wéér een andere modderige rivier. De meeste mensen, onder wie ik, zouden de voorkeur geven aan een andere dood op een andere plaats. Toch was ik hier in deze prehistorische wereld, onder een valse naam, op aanraden van een man die ik nauwelijks kende en die geen enkele reden had het goed met me voor te hebben, op zoek naar een neef die misschien wel dood was en een krankzinnige Arabier die dat misschien niet was.

Na fikse betaling van steekpenningen aan een douanebeambte op het vliegveld van Manaus werd mij met tegenzin een driedaags toeristenvisum verstrekt, dat me meer dan genoeg tijd bood om te doen wat ik moest doen. De Duitser naar wie ik op zoek was noemde zichzelf Simon Hawk. Ik belde het nummer dat Kalash me had gegeven in een telefooncel op het vliegveld en vroeg in het Duits naar Herr Hawk. Toen hij aan de lijn kwam, maakte ik me bekend als een vriend van Kalash.

'Uw Duits is niet zo goed als dat van de vorige Amerikaanse prins die Kalash bij me langs stuurde,' zei Hawk in een Engels dat alleen op een Britse particuliere school geleerd kon zijn. Dit was de stijl van de Schuztstaffeln: laat deze bastaard van een *Dummkopf* van meet af aan merken dat je al alles van hem wist, dat je indien nodig zijn langzame en uitermate oninteressante gedachten kon lezen. Dat hij maar beter ter zake kon komen.

'Excuseer me,' zei ik in het Engels, blij om nieuws over Paul te hebben. 'Ik vroeg me af of we elkaar zouden kunnen treffen.'

'Waarom zouden we dat doen?'

'Omdat ik een voormalige officier van de Amerikaanse inlichtingendienst ben die uitstekende contacten met de Mossad heeft en als u niet met míj wilt praten, ik met hén zal praten.'

Hiermee overtrad ik alle regels, inclusief de wet van zelfbehoud, maar het werkte.

'Wat merkwaardig,' zei Hawk op een andere toon. 'Ik had niet gedacht dat een man met dergelijke connecties een vriend van de Arabieren zou zijn.'

'Het is een merkwaardige wereld, Mr. Hawk. Mag ik langskomen of niet?'

'Vanavond, etenstijd,' zei hij. Het was geen vraag; het was duidelijk dat ik maar al te graag wilde.

'Dat is erg vriendelijk. Hoe kan ik u vinden?'

'Ik stuur een auto om u bij het Novotel op te halen. Halfnegen.'

'Ik kan makkelijk een taxi nemen.'

'De chauffeur zou me nooit vinden en u zou een dwaas zijn als u hem vertrouwde,' zei Hawk. 'Ik verzeker u dat u absoluut veilig zult zijn.'

Nou, dát stelde me gerust. Als je een voormalig lid van de Schuztstaffeln, die onder een pseudoniem in de jungle woonde en connecties met Ibn Awad had, niet kon vertrouwen, wie kon je dan wél vertrouwen? Ik besloot het Novotel te laten zitten en ging in plaats daarvan naar een hotel dat me door de taxichauffeur was aangeraden. De rit door Manaus was wat je in de tropen kon verwachten, een rit door een achterbuurt die als achterbuurt leek te zijn gebouwd met hier en daar een bank of kantoorgebouw die in inferieur beton waren opgetrokken en in dezelfde opzichtige kleuren waren geschilderd als de rest van de stad. Op de centrale markt werkten zwetende slagers in de openlucht in de hete zon, sneden stieren en varkens in stukken en verkochten het warme vlees terwijl het bloed heel traag als een flinterdun karmozijnrood kantpatroon over de rand van de tafels droop.

Ondanks het feit dat mijn chauffeur me verzekerde dat de manager zijn zwager was, zat het hotel, een van het nederigste soort, helemaal vol totdat ik een biljet van twintig dollar over de balie van de receptie schoof. Het bankbiljet verdween en er verscheen een bemoedigende glimlach op het gelaat van de receptionist, die vrijwel meteen ontdekte dat er een annulering was. Al snel stond ik onder een lauwwarme douche. Daarna at ik een droge sandwich van de roomservice, klemde de deurklink vast en viel nogmaals in een diepe slaap. Mijn hersenen wilden blijkbaar geen deel hebben aan de wakende wereld waar de rest van mijn lichaam me had gebracht.

Na mijn dutje trok ik schone kleren aan en liep naar het Novotel. Ik wachtte buiten op mijn rit. De auto waarmee Simon Hawk me precies om acht uur liet afhalen was niet de glimmende Mercedes die je op basis van het telefonisch contact had verwacht, maar een aftandse Subaru die een goeie schoonmaakbeurt kon gebruiken. De chauffeur, een pezige Braziliaan in een schoon maar tot op de draad versleten pak, had me meteen in de gaten.

'Bent u de Noord-Amerikaan voor Mister Doctor Hawk?'

Blijkbaar had Hawk wel afstand willen doen van de naam waarmee hij was geboren, maar niet van het *Herr Doktor* dat bij zijn oorspronkelijke identiteit hoorde.

Zijn huis lag een eindje buiten de stad. De weg liep door een soort geul waarlangs felverlichte winkels en cafés met open puien stonden. Er schetterde muziek, mensen waren in het naar buiten stromende licht van de winkels in de weer. Een dikke dronkelap piste op de weg en de chauffeur stuurde om de gele boog heen alsof hij een kuil ontweek.

Een paar kilometer verderop sloeg de chauffeur de wagen een smalle oprit in die in een bos met enorme bomen met gladde stammen was uitgehakt. Het huis zelf was bescheiden, begroeid met klimplanten en had een verfbeurt nodig. Volgens Kalash hield Hawk zich sinds 1945 schuil voor de nazi-jagers, en zo te zien was hij bijna door zijn reserves heen.

Hij begroette me op de drempel met een Leica in de hand en nam drie snelle foto's met flitslicht voordat hij de camera in bewaring gaf bij de chauffeur, die verdween.

'Hawk,' zei hij en gaf me een ferme handdruk.

'Dyer.'

'Zonder twijfel.'

Datzelfde had ik ook wel tegen hem kunnen zeggen en ik liet dat blijken door mijn wenkbrauwen even op te trekken. Hawk keek me aan terwijl er een flauw, nauwelijks zichtbaar grijnslachje om zijn lippen speelde.

'Kom binnen.'

We stapten een filmset van Sydney Greenstreet binnen: lage plafonds, betonnen muren, kleine hoge ramen, lui ronddraaiende plafondventilatoren. Rotan meubelen. Niets aan de muur, op een tweetal primitief geweven doeken na. Een paar bijzonder mooie exemplaren van wat zo te zien aardewerk van Amazone-indianen was. Buiten klonk het zachte geplof van de generator die de ventilatoren aandreef en een paar lampen van gedempt licht voorzag.

Zonder te vragen wat ik wilde, gaf Hawk me een drankje.

'Een Manaus Collins,' legde hij uit. 'Rum, suiker en het sap van vruchten uit de streek.'

Mijn gastheer was gekleed in een blauwe blazer met een dubbele rij knopen en een wapen op de borstzak en een witte broek en sandalen, geen sokken. Hij was niet lang en niet kort, niet slank maar ook niet gezet. Hij had een houding alsof hij nog steeds in het uniform liep dat hij meer dan een halve eeuw geleden had gedragen. Hij had een donkere huid voor een Duitser, vooral voor een voormalig lid van de ss, maar misschien had dat te maken met de lange blootstelling aan de tropische zon. Hij had een volle bos veerkrachtig staalgrijs haar dat bovenop lang was en recht naar achter was gekamd, maar aan de zijkanten kortgeknipt in de ouderwetse militaire coupe van het Derde Rijk. Achter de kleine ronde glazen van een bril met een metalen montuur zoals Himmler die ook droeg, stonden zijn ogen bruin, intelligent en alert. De sandalen waren een vergissing. De rest van zijn voorkomen mocht dan wonderlijk goed geconserveerd zijn, hij had de voeten van een oude man, vol vlekken en dikke aderen en met afgebroken kalknagels.

We nipten van onze zure drankjes. Hij vroeg: 'Hebt u de opera gezien?'

'Ik ben bang van niet. Jetlag.'

De opera van Manaus, die een eeuw geleden was gebouwd door puissant rijke rubberbaronnen die de beroemdste Europese zangers lieten overkomen, was het belangrijkste historische monument van de stad.

'Die moet u gaan zien,' zei Hawk. 'Hij is heel mooi gerestaureerd. Het had iets komisch. Stelt u zich voor dat de grootste zangers van die tijd een lange zeereis moesten maken en dan nog 1500 kilometer met een rivierboot moesten reizen om hier te zingen voor een stelletje barbaren zonder enig muzikaal gevoel.'

De chauffeur verscheen in een ander jasje en kondigde het diner aan. Hij diende een smakelijke Amazonevis op die ongewoon brede platte graten had, en vergezeld ging van een papperige groente die ik nooit eerder had gezien.

Hawk at de graatachtige vis met twee vorken.

'Tambaqui,' zei hij, doelend op de vis.

Hij gaf een uitvoerige biologische beschrijving van de vis, die blijkbaar enorme afmetingen kon aannemen en een gapende ronde bek had. De inlanders geloofden dat hij dol was op zuigelingen die hij met huid en haar verzwolg als ze door onoplettendheid in de rivier belandden.

'U begrijpt,' zei Hawk, 'dat Manaus aan de Rio Negro ligt, en niet aan de Amazone. In de Rio Negro leeft geen vis – dat heeft iets te maken met het zwarte slib waaraan de rivier zijn naam ontleent – dus de tambaqui en alle vis die in Manaus wordt gegeten, komt uit de Amazone.'

'Interessant.'

'Maar daarvoor bent u hier niet gekomen,' zei Hawk met een charmante glimlach; gele tanden. Hij liet een bel overgaan. 'Koffie in de salon graag, João.'

Toen we in onze stoelen zaten en onze piepkleine kopjes koffie hadden leeggedronken, kwam Hawk ter zake. 'Dus wat is het precies, meneer Dyer, dat u hier brengt?'

'U had het over een andere Amerikaan die pas geleden langskwam,' zei ik. 'Fotografeert u al uw bezoekers?'

'Alleen degenen die ik nog nooit heb ontmoet. Ik heb een slecht geheugen voor gezichten.'

'Hebt u de foto die u van hem hebt gemaakt?'

'Ja, ik heb hem zelfs in mijn zak zitten.'

Hij gaf me een foto van Paul Christopher, zijn gezicht verbleekt en op de donkere nacht geplakt door het flitslicht. De datum van het bezoek, minder dan een week na zijn verdwijning, was in een keurig Duits handschrift op de witte rand onder aan de foto geschreven.

Hawk zei: 'Kent u hem?'

Ik gaf de foto terug. 'Ja.'

'Zit u hem achterna?'

'In zekere zin. Hij is mijn neef. De familie is ongerust over hem.'

'Dus de eerste persoon die u om hulp hebt gevraagd was Kalash al Khatar.'

'Ja.'

'Waarom?'

'Hij heeft mijn neef hier ook heen gestuurd.'

'En uw echte naam is Horace Hubbard en niet Dyer?'

'Kalash heeft contact opgenomen, hoor ik.'

'Nee, ik kijk naar CNN. Ik herinner me uw hoogtijdagen. De spion die de verkiezingen in zijn eigen land had gemanipuleerd. Een fascinerend drama, zo door en door Amerikaans.'

'Inderdaad. U bent in het voordeel, Doctor. Ik ken u alleen als Simon Hawk. Ik heb geen belang bij het spitten naar vroegere identiteiten.'

'Zelfs niet als uw vrienden van de Mossad het u vriendelijk vragen?'

'Zelfs dan niet. Ik ben alleen geïnteresseerd in mijn neef en in de amforarol.'

'Natuurlijk. En verder?'

'Persoonlijke zaken.'

'Daar was uw neef ook in geïnteresseerd.'

'En hebt u hem kunnen helpen?'

'Dat heb ik inderdaad,' zei Hawk koeltjes en nu begon hij de situatie vermakelijk te vinden. 'Toevallig heb ik zijn moeder in Praag gekend toen ze, laten we zeggen, de metgezel was van een zekere belangrijke man. *Baronesse*, noemde hij haar, wat in het Duits de beleefde aanspreekvorm is voor de ongehuwde dochter van een baron, alsof haar Amerikaanse echtgenoot en uw neef nooit hadden bestaan. Ze was de grote liefde in het tamelijk korte leven van deze belangrijke man. Uw neef lijkt sprekend op haar, een mooi voorbeeld van het archaïsche aristocratentype. Hij spreekt Duits als een Bismarck. Ik heb hem foto's laten zien.'

'Ik hoop dat ik die ook mag zien. Zoals u weet is die vrouw mijn tante.'

Hawk glimlachte. 'Een glaasje cognac?' zei hij.

Ik had een fles belastingvrije VSOP Martell als presentje meegenomen en na het tweede glas bleek dat mijn eerste indruk onjuist was. Simon Hawk beschouwde me allerminst als een ongelooflijk onhandige Amerikaan, hij zag me als een verwante geest. We hadden allebei in het verleden weerzinwekkende opdrachten voor ons land uitgevoerd – in mijn geval de moord op Ibn Awad en vele vergelijkbare gruwelen. In zijn geval niet bij naam genoemde activiteiten, in een wanhopige poging zijn vaderland te steunen. De zaken waren voor ons allebei verkeerd afgelopen, en nu zaten we samen hier, twee verschoppelingen, oorlogsveteranen die niet meer als vijanden tegenover elkaar stonden, in zekere zin kameraden.

'Je bent een interessante vent,' zei Hawk tegen me. 'Je spreekt Duits over de telefoon, gebruikt een bespottelijk doorzichtig alias, dreigt me met de Mossad en komt daarna in je eentje bij me eten en legt je lot in mijn handen. Waarom?'

'Gewoon stommiteit, denk ik,' zei ik en sprak de waarheid.

Opnieuw liet hij zijn dunne, veelbetekenende glimlach zien. 'Weet je wat ik denk, mijn beste Horace?' zei Hawk. 'Ik denk dat je me graag wilde laten geloven dat je stom en onhandig was.'

'Waarom zou ik dat willen?'

'Om me te laten denken dat ik slimmer ben dan jij. Om in te spelen op de welbekende psychologische behoefte van mijn slag mensen om een voorsprong te hebben, meer te weten dan zijn tegenstander, hem te slim af te zijn en hem vervolgens te verpletteren.'

Gezeten in het zwakke lamplicht met zijn ene magere, in een witte broek gestoken been over het andere geslagen, de teennagels met tabaksvlekken breed in het zicht, zag Hawk er nog valer uit dan eerst. Naast hem op de tafel stond de fles cognac en daarnaast lag een grote strooien hoed. Hawk reikte naar de fles, maar liet zijn hand toen handig onder de hoed glijden en toverde een negen millimeter Walther automatisch pistool te voorschijn. Hij richtte het op mijn borst.

'Zoals je ziet zou dat heel makkelijk zijn,' zei hij. 'Een klein eindje lopen over een verborgen pad, een zacht geluid in een onmetelijk oerwoud dat toch al van allerlei raadselachtige geluiden is vervuld en dan een graf in deze wonderbaarlijke aarde van de Amazone, die menselijk vlees verteert en in enkele dagen tijd in iets onherkenbaars verandert. Eigenlijk net als een maag die een grote biefstuk verteert.'

Nou nou, wat sprak deze knaap mooi Engels. Hij spande de haan van het pistool. Ik maakte me ernstig zorgen. Hawk blufte misschien, maakte er een show van. Maar voorzover ik wist had deze hoffelijke oude idioot Paul neergeschoten en hem aan de wormen gevoerd en wilde hij nu hetzelfde met mij doen. In ieder geval had hij alle reden om te voorkomen dat mensen die hem gevonden hadden, anderen vertelden waar hij uithing, en als vriend van de Mossad was ik (althans op dit moment) het levende bewijs dat het liquideren van ongewenste gasten een gezond beleid was.

We zaten minder dan een meter van elkaar. Zoals ik al heb gezegd ben ik een lange man. Mijn bovenlijf was lang genoeg om die afstand te overbruggen. Met trillende handen nam ik een mondvol cognac, leunde voorover en spuwde in Hawks ogen. Toen nam ik hem het pistool af, tilde hem op en schudde hem hardhandig door elkaar. Zó hardhandig dat het pistool in mijn hand, dat op scherp stond, afging en de kogel een krater in de betonnen muur sloeg. Hawk was vrij licht, een en al botten op een paar pond slappe spieren na. Zijn weke gezicht trilde als een gelatinepudding, zijn hoofd sloeg naar achter en naar voren en zijn lange grijze haar wapperde mee. Ik was bang dat ik misschien te lang was doorgegaan en iets had gebroken. Dat kreeg je van de adrenaline en te weinig oefening.

Ondanks het pistoolschot en een hard keelgeluid van Hawk kwam João niet te voorschijn. Dit betekende dat Hawk ofwel de enige mogelijke getuige van wat hij met mij van plan mocht zijn geweest naar huis had gestuurd, of dat João niet het type was om een intiem moment te verstoren.

Niets helpt beter dan iemand flink door elkaar te rammelen om de conversatie wat vlotter te laten verlopen. Over het algemeen brengt het geen fysieke schade toe, maar het lijkt primaire collectieve herinneringen aan ontmoetingen met holenberen op te roepen. Nog geen minuut geleden had Hawk gezegd dat hij me in zijn macht had. Nu had hij een beter besef van wie in wiens macht was en kon hij zich waarschijnlijk wel de haren uit het hoofd trekken dat hij me niet zonder waarschuwing een kogel door het hoofd had gejaagd in plaats van een fraaie toespraak te houden. Als ik kleiner was geweest had hij dat ook kunnen doen, maar misschien twijfelde hij eraan of hij een kolos als ik naar die laatste rustplaats met die alles verterende maag kon slepen, waar hij het over had gehad. Of misschien had hij alleen maar een geintje gemaakt. Maar als dat zo was, waarom had hij de haan dan gespannen?

Ik schonk hem nog een glas cognac in. Hij lag wijdbeens, schokkend en naar adem happend in zijn stoel, waar ik hem had neergegooid. Afgezien van deze onvrijwillige bewegingen zag hij eruit of hij dood of bijna dood was – starende ogen, zijn huid lichtgeel getint en zijn zenuwstelsel blijkbaar uitgeschakeld. Hij was al erg oud. Misschien was hij toch stervende.

'Het spijt me erg,' zei ik. 'Maar ik ken je niet goed genoeg om je een pistool op me te laten richten.'

Er kwam enige uitdrukking in zijn ogen terug. Ik zette het glas aan zijn lippen en zei: 'Hier, drink maar. Dat zal je goed doen.'

Hawk gehoorzaamde maar al te graag, nam een te grote slok cognac en kreeg een hoestbui. Ik sloeg hem op de rug. Hij herstelde zich. Ik zette het glas op de tafel naast hem en vulde het opnieuw. Hij leefde op dit moment in een wereld van verbazing en ik had het idee dat hij me nu op een compleet andere manier bekeek. Wat ik hem had aangedaan, was, dat moet ik toegeven, het werk van een bullebak. Ik was zeker dertig centimeter langer en waarschijnlijk twintig kilo zwaarder en niet te vergeten minstens twintig jaar jonger. Maar het was nu net de bedoeling om de bullebak uit te hangen, als je het aspect van zelfverdediging even buiten beschouwing liet. Hawk had tenslotte deel uitgemaakt van een cultuur van bullebakken – van mensen die oude mannen met afranselingen tot onderdanigheid hadden gedwongen, die baarden van rab-bi's in brand hadden gestoken, voor de lol kinderen hadden neergeschoten, vrouwen smerige spoorwagons in hadden geschopt. Gewelddadigheid was iets wat hij begreep. Hij zat nog steeds roerloos in zijn stoel, blijkbaar te timide om zich zonder mijn toestemming te verroeren.

Het was niet bepaald het ideale moment om hem gerust te stellen. Ik legde de Walther op de tafel naast me.

'Ik hoop dat we nu ter zake kunnen komen,' zei ik.

Hawk, die mijn blik ontweek, knikte. Hij was, zoals ze bij de Schutzstaffeln plachten te zeggen, geheel tot mijn beschikking.

12

Toen de ondervraging begon was het mijn bedoeling Simon Hawk te kalmeren, dus koos ik een onderwerp waarvan ik dacht dat het neutraal was.

'Waarom beginnen we niet met iets wat me echt interesseert?' zei ik. 'Mag ik vragen waar je zo uitstekend Engels hebt leren spreken?'

'Ik ben in Engeland opgegroeid,' antwoordde Hawk. 'Ik werd naar de beste scholen gestuurd.'

'Welke?'

Hij vermoedde een valstrik. Als ik wist naar welke school hij was geweest en bij benadering wist hoe oud hij was, kon ik zijn echte naam achterhalen. En zou de Mossad niet reuzeblij met die informatie zijn geweest?

'Simon,' zei ik. 'Ontspan je. Ik wil je geen kwaad doen.'

'Worksop College,' zei hij uiteindelijk met trillende stem, alsof hij de sleutel tot de meest geheime code van het Derde Rijk had onthuld.

Daar had ik nog nooit van gehoord. Waar lag dat precies?

'Nottinghamshire,' zei hij.

'Ah, Sherwood Forest. Je zult daar wel dierbare herinneringen aan hebben.'

'Nou en of,' zei Hawk met bijtend sarcasme. 'Slecht weer, smerig eten, het goeie oude rietje dat tot bloedens toe werd gebruikt. Klappen, schoppen, vuistslagen. Puistige mietjes die aan elkaars beddengoed frunnikten. Vijf jaar lang heb ik dat moeten doormaken.'

'Maar je hebt wel geleerd hoe je een Engelse gentleman wordt, of een getrouwe kopie daarvan.'

'O, zeker. Jong geleerd, oud gedaan, zoals mijn klasgenoten altijd zeiden. Ze wisten dat ik een mof was, zie je? Mijn vader werkte jarenlang als vertegenwoordiger van de Duitse staalindustrie in Manchester. Vanzelfsprekend beschouwden de Britten hem als spion.'

Dat levert het nou op als je iemand door elkaar rammelt. Hij zou nooit zo eerlijk zijn geweest als hij niet de vergissing had gemaakt dat pistool op me te richten. Je weet bij een ondervraging nooit wat de sluizen zal openzetten. Op goed geluk had ik op de juiste knop gedrukt door via de hut van Robin Hood naar Worksop College te gaan in plaats van recht op mijn doel af te stevenen.

'Klinkt plausibel,' zei ik. 'Maar het moet een grote genoegdoening voor je zijn geweest dat je door deze rampspoed te doorstaan in staat was het Rijk te dienen.'

'Wat bedoel je daarmee?'

'Het is duidelijk dat je beheersing van het Engels, het feit dat je voor een Engelsman door kon gaan als dat nodig was – omdat je wist hoe je je moest kleden, grapjes moest maken, wist dat je vis met twee vorken moest eten in plaats van met vork en mes als een bootwerker – toch zeker de aandacht van hooggeplaatste personen zal hebben getrokken?'

'Om te beginnen waren het juist de hooggeplaatste personen die me naar Worksop stuurden. Ik werd beschouwd als een investering voor de toekomst.'

Hij speelde niet langer de excentrieke Brit en was nu vrij openlijk zichzelf, een Duitse anglofoob met een besmet verleden en een onbezwaard geweten.

Ik parafraseer wat hij me bij wijze van inleiding vertelde. Hawk kwam in de zomer van 1934 als negentienjarige terug in Duitsland. Zijn vader had hem een aanbevelingsbrief gegeven voor een vriendje bij ThyssenKrupp A.G. die in het geheim lid was van de nazi-partij. Ondanks het feit dat Hawks Engelse opleiding in Duitse ogen een minpunt was, regelde deze man dat hij werd toegelaten tot de universiteit van Marburg. Na enkele jaren verwierf hij cum laude een doctoraat in wat tegenwoordig kunstgeschiedenis wordt genoemd. Tegen die tijd was hij een toegewijd lid van de nazi-partij geworden. Een assistent van de Gauleiter van Hessen mocht Hawk wel en gaf hem een aanbevelingsbrief mee voor een kunstliefhebber in Berlijn. Hij werd uitgenodigd voor een dineetje in een indrukwekkend huis dicht bij Unter den Linden en voerde het grootste deel van de avond een gesprek over kunst met de eregast, een lange blonde man met een lang gezicht die, op zijn behoorlijk dikke billen na, model had kunnen staan voor de ideale ariër op een nazi-poster.

'Ik hoef je niet te vertellen wie die man was,' zei Hawk.

'Ach Simon, maar ik ben bang dat je dat wel moet doen.'

Hij aarzelde even voordat hij de naam uitsprak. 'Reinhard Heydrich, hoofd van de veiligheidspolitie van het Reich en directe plaatsvervanger van Himmler,' zei Hawk uiteindelijk. 'Hij droeg avondkleding in plaats van zijn uniform. Hij was zonder meer charmant, maar een onvermoeibare vragensteller. Hij ontfutselde me feit na feit alsof mijn geest een kluis was waarvan hij de geheime combinatie kende. Hij wilde vooral weten wat de mooiste, de meest waardevolle kunstobjecten ter wereld waren. En waar ze zich precies bevonden.'

De volgende ochtend vroeg stuurde Heydrich twee mannen om Hawk op te halen en naar het hoofdkwartier van de Gestapo in de Prinz Albrechtstrasse te brengen. Na eindeloos lang te hebben gewacht, werd hij Heydrichs kantoor binnengeleid waar de grote man hem met een korte hoofdknik begroette. Vandaag was hij een en al zakelijkheid in zijn strak getailleerde zwarte uniform waarvan het korte jasje en de strakke rijbroek zijn brede, welhaast vrouwelijke heupen helaas nog beter deden uitkomen. Zonder enige inleiding, maar met een imponerende plechtstatigheid bood hij Hawk een positie in de Schutzstaffeln aan die gelijkstond aan die van *Oberleutnant*.

'Heydrich wilde dat ik als kunstexpert tot zijn persoonlijke staf zou toetreden,' zei Hawk. 'Mijn eerste taak was een volledige geannoteerde lijst op te stellen van alle belangrijke schilderijen en beeldhouwwerken die in privé-bezit waren in Tsjechoslowakije en Polen. Daarna moest ik verdergaan met België, Nederland en Frankrijk.'

'En met "in privé-bezit" bedoelde Heydrich joods bezit?'

'Niet uitsluitend, maar wel voornamelijk, ja,' antwoordde Hawk. 'Dat kon moeilijk anders, want joden bezaten een onevenredig groot aantal van de mooiste Europese schilderijen en beeldhouwwerken. De rest bevond zich voor het overgrote deel in Amerika.'

En daarvoor had Hawk nog geen opdracht gekregen een inventaris op te stellen.

Heydrich stuurde Hawk naar zijn eigen kleermaker voor zijn uniform, vervolgens naar een trainingskamp voor ss-officieren om daar enkele weken militaire basistraining en indoctrinatie te volgen, plus onderricht in de vaardigheden van de geheime politie. Hij keerde geïnspireerd terug naar Berlijn en was klaar om aan het werk te gaan. Hawk mocht eigenhandig een kleine staf uitzoeken. De beste kunstexperts in Duitsland waren natuurlijk joods. Hij gaf Heydrich een lijst met kandidaten voor het project, die allemaal vooraanstaande wetenschappers waren. Heydrich arresteerde degenen die nog niet vastzaten en zorgde voor een grote, zonnige werkkamer in het hoofdkwartier van de Gestapo, compleet met een uitmuntende bibliotheek. Volgens Hawk waren zijn medewerkers redelijk tevreden met hun werk. Het was oneindig minder angstaanjagend dan het lot dat ze zich hadden voorgesteld toen de Gestapo op hun deur klopte. Ondanks zijn jonge leeftijd, bleek Hawk een echte wetenschapper, een witte raaf onder de nazi's en hij nam bepaalde maatregelen om het moreel hoog te houden – door bijvoorbeeld in werktijd geen ss-uniform te dragen en zijn assistenten gewone burgerkleren te laten dragen in plaats van gevangeniskleren. Hij regelde ook familiebezoek en koosjere maaltijden.

'Koosjere maaltijden in een nazi-gevangenis?'

'Heydrich had me zwart op wit de absolute bevoegdheid gegeven om het project zo aan te pakken als mij het beste leek. Met zijn handtekening en stempel was alles mogelijk.' Hawk begon bij die zoete herinnering te glimlachen, betrapte zichzelf, maar kon het grapje dat bij hem was opgekomen niet voor zich houden. 'We gaven gewoon opdracht een of twee joodse koks te arresteren,' zei hij. 'Heydrich was een man die in kronkels dacht maar rechtlijnig handelde.'

De lijsten van kunstobjecten voor Frankrijk en de lage landen, compleet met schattingen van de gangbare marktwaarde, waren in een paar maanden opgesteld. De gezamenlijke waarde van de kunstwerken in privé-bezit liep in de honderden miljoenen Reichsmark. Heydrich gaf Hawk opdracht om zijn persoonlijke speciale eenheid ss-soldaten te formeren en begon ze erin te trainen de huizen op te sporen waar de schilderijen op Heydrichs lijst hingen en die te herkennen als zij ze zagen. Hawks mannen brachten dagenlang door met het bestuderen van kunstwerken op de manier waarop rekruten van de Luftwaffe de silhouetten van geallieerde vliegtuigen leerden herkennen. Als de oorlog uitbrak zouden zij zich onder de eerste Duitse troepen bevinden die de te veroveren steden binnentrokken en bij de eersten die weer wegtrokken als ze zich met vrachtwagens vol schatten voor Heydrichs kunstcollectie terughaastten naar Berlijn.

Van een van zijn joodse wetenschappers, een specialist in oude manuscripten die in Jeruzalem en de bibliotheek van het Vaticaan baanbrekend werk had verricht, hoorde Hawk voor het eerst van het mogelijke bestaan van Romeinse manuscripten die door geheim agenten van de keizer in amfora's waren verborgen om ze van de uithoeken van het rijk naar Rome te vervoeren.

'Deze man werd geobsedeerd door de gedachte, die hij ook zeer goed wist te onderbouwen, dat de manuscripten nog steeds intact waren in de amfora's die als gevolg van Romeinse schipbreuken op de bodem van de Middellandse Zee terecht waren gekomen,' zei Hawk.

Hawk hield deze man nog een paar dagen op de bovenverdieping vast nadat de andere wetenschappers waren opgesloten. Na langdurige gesprekken en het raadplegen van vele Latijnse bronnen ondernam Hawk een reis naar de bibliotheek van het Vaticaan. Daar vond hij aannemelijk bewijs in oude verslagen dat de amfora's waren gebruikt als mobiele geheime bergplaatsen aan boord van Romeinse schepen en dat een aantal van deze schepen was gezonken – vele in de relatief ondiepe wateren rond Kreta terwijl ze op weg waren naar Ostia of Brindisi vanuit havens in Egypte, Phoenicië en Samaria.

'Een dergelijk manuscript was natuurlijk niet alleen een schitterend kunstvoorwerp maar het was ook van onschatbare waarde,' zei Hawk.

Hawk bracht zijn bevindingen over aan Heydrich, die zeer opgetogen reageerde.

'Hij zag de mogelijkheden onmiddellijk,' zei Hawk. 'Bovendien was hij geroerd door de romantiek ervan. Stel je in zijn plaats voor dat je het vooruitzicht hebt een authentiek verslag te bezitten van een geheim agent die voor Caligula werkte.'

Ja, stel je eens voor. Het fanfaregeschal moet oorverdovend zijn geweest. Direct daarop zat Hawk op een klein motorjacht langs de zonnige kust van Kreta en had de leiding over een tiental jonge soldaten die hun geluk niet op konden.

'Mijn jood had een vrij nauwkeurig idee waar de wrakken konden worden gevonden,' zei Hawk, 'en door zijn kennis en Heydrichs ongelooflijke geluk vonden we er binnen een paar weken één. Het was een galei geweest. De menselijke beenderen waren allang door het zout verteerd, maar de kiel en de ribben van het schip waren nog intact. Munten met de beeltenis van Augustinus en allerlei verweerde bronzen objecten lagen her en der verspreid. En natuurlijk massa's volledig gave amfora's.'

De Romeinse amfora, die kleiner was dan de Griekse die er model voor had gestaan, was een object dat Hawks ziel raakte omdat het schoonheid en nut in zich verenigde. Hij had ze natuurlijk in musea gezien, maar het was iets heel anders om drie of vier vadem in de diepte af te dalen en deze wonderen van klassieke handvaardigheid, zo fraai gevormd, zo perfect symmetrisch, daar in het gebroken licht van de zon te zien liggen. Ze lagen in groten getale op de zeebodem waar ze sinds de tijd van Christus hadden liggen rusten. De duikers haalden de amfora's een voor een naar boven. Op een paar lege of kapotte na waren ze nog steeds waterdicht en bevatten precies de 25,5 liter die de Romeinen erin hadden gedaan voordat ze uitvoeren. Onder Hawks persoonlijke supervisie werden de prachtige kannen netjes genummerd en voorzichtig geopend. De inhoud bestond onder meer uit dikke, zure wijn die soms nog drinkbaar was, water, graan en andere levensmiddelen. Nummer 87 was gevuld met tarwe ('Nog steeds zó geurig dat ik ervan moest niezen,' zei Hawk).

En begraven in de tarwe lag de amforarol.

'De rol was met dikke rode was verzegeld,' zei Hawk. 'Mijn hart klopte sneller dan ooit toen ik de verzegeling met mijn scheermes verbrak.'

Toen hij was afgerold, was de rol bijna een meter lang. Hij was in het Grieks van rand tot rand volgeschreven in het compacte handschrift van een Romeinse gezagsdrager die hem had ondertekend met Septimus Arcanus. Hoewel Hawk in Worksop College de beginselen van het Oudgrieks had geleerd en zijn kennis van die taal in Marburg had verdiept, was hij niet in staat de tekst te ontcijferen. Toen hij eenmaal aan het handschrift was gewend, realiseerde hij zich dat het manuscript in geheimschrift was geschreven. Het decoderen ervan ging hem boven zijn macht, zodat hij op dit moment geen idee had dat hij een document in handen had dat van onschatbare waarde was en de wereld op zijn grondvesten zou doen schudden. Het feit dat het in geheimschrift was geschreven, deed vermoeden dat het een geheime boodschap was en dat alleen al maakte het tot een nog fascinerender object dan een manuscript dat te ontcijferen zou zijn geweest.

Hij was doodsbang geweest dat de inkt door de blootstelling aan lucht en zonlicht zou verbleken of dat het perkament zou desintegreren. Het was per slot van rekening gemaakt van de huid van een kind dat bijna 1900 jaar geleden was vermoord.

Heydrich bevorderde Hawk tot *Hauptsturmführer*, een rang in de ss die gelijkstond aan die van kapitein, gaf hem een onderscheiding en een gegraveerd pistool. Heydrich was enorm opgewonden over het feit dat het manuscript in het Grieks en in geheimschrift was geschreven. Hij wilde meteen weten wat er in stond.

De joodse wetenschapper wiens briljante theorie zojuist door zijn grootste vijanden was gestaafd, werd opnieuw te voorschijn gehaald.

'Hij bleek een diepgaande kennis van klassiek geheimschrift te bezitten en hij had de code in een handomdraai gekraakt,' zei Hawk. 'Het was een eenvoudige code die gebaseerd was op een sleutel die snel kon worden afgeleid. Vanzelfsprekend beheerste hij ook het Oudgrieks, zodat we al snel een volledige vertaling hadden. Toen ik het las, kon ik het niet geloven.'

Hawk liet nog een geleerde arresteren die nog vooraanstaander was dan de eerste. Zijn ontcijfering en vertaling kwamen vrijwel volledig overeen met die van de eerste man.

'Daar stond het allemaal, gedateerd in het jaar dat we A.D. 36 noemen – namen, plaatsen en geheimzinnige gebeurtenissen,' zei Hawk. 'Wie van de discipelen de informant was, alles. Wat het doel van de Romeinen was.'

Heydrich was opgetogen over de rol. Hij was echter ook een achterdochtig man. Hij raakte ervan overtuigd dat de amforarol bedrog was, dat de joden die hem hadden vertaald hem voor de gek hielden en hem belachelijk wilden maken met het verhaal over Jezus. Het was gewoon te mooi om waar te zijn. Hawk bood aan arische geleerden te zoeken die de rol konden ontcijferen en vertalen, maar Heydrich besloot dat Lori het moest doen. Hawk kreeg gedetailleerde instructies om haar man en zoon te arresteren en Lori te ontvoeren als ze in het park reed. Zijn mannen leverden Hubbard en Paul voor ondervraging af bij het hoofdkwartier van de Gestapo, en Lori in een veilig pand van de Gestapo in een bosrijk gedeelte van Berlijn. Daar vroeg Heydrich haar hem een dienst te bewijzen door iets uit het Oudgrieks te vertalen.

'Volgens Heydrich kon ze de taal van Homerus met even groot gemak lezen en vertalen als Engels of Frans,' zei Hawk. 'En zo werd de baronesse, buiten Heydrich en mij, de derde nog in leven zijnde persoon op aarde die wist dat de amforarol bestond en de enige van de drie die met eigen ogen precies had gezien wat er stond.'

Haar vertaling van een Grieks typoscript van de rol, die zij met een verbazingwekkende snelheid voltooide, bevestigde de juistheid van de versie van de geleerden, die zij niet had gezien.

'Daarna raakte Heydrich meer dan ooit door deze vrouw gefascineerd,' zei Hawk. 'En toen hij in september 1941 werd benoemd tot plaatsvervangend gouverneur van het protectoraat Bohemen en Moravië, ging ze met hem mee. Net als de amforarol, die nu vacuüm was verpakt in een glazen buis. Heydrich bewaarde hem in een speciale standaard op zijn bureau in zijn officiële ambtswoning in Praag. Ik denk dat hij er genoegen in schiep de meest zeldzame schat van de afgelopen tweeduizend jaar openlijk zichtbaar verborgen te houden.'

Ik vroeg Hawk naar een foto van de gehele amforarol. Hij beweerde die niet te hebben. Maar hij liet me wel enkele van de vele foto's uit zijn verzameling zien van Lori in gezelschap van haar ontvoerder. Verder gaf hij me een afdruk van de foto waarop Lori's hand het manuscript vasthoudt en een foto van Lori en Heydrich in Berlijn, die met hun hoofden dicht bij elkaar de amforarol bestuderen, met aan de wand op de achtergrond een schilderij dat een Frans Hals bleek te zijn.

De compositie van de foto was gekozen alsof Frans Hals de spelers had gedirigeerd, de kostuums had uitgezocht en de decorstukken had bedacht. Maar natuurlijk was het Heydrich, op zijn manier een kunstenaar, die dat allemaal had gedaan.

DEEL II

1

Tijdens mijn korte afwezigheid was in Washington het voorjaar overgegaan in de zomer. Een felle witte zon brandde boven de stad toen mijn vlucht uit Miami, waar ik was overgestapt, de landing inzette naar Reagan National Airport. Ik geef toe dat ik in een klassieke bui was na al die verhalen over de amforarol, maar vanuit de lucht leken de glinsterende Grieks-Romeinse structuren op de Mall meer dan ooit op een buitenpost uit de tijd van de Romeinse keizers die op de verkeerde plek lag. Op Charley Hornblower, onze man in Washington, na waren de Old Boys uitgewaaierd naar de diverse bestemmingen van de operatie en ik had gehoopt dat ik onopgemerkt aan kon komen en weer weg kon glippen. Bij thuiskomst trof ik echter een lange reeks telefoonberichten van Stephanie aan. Elk volgend bericht was wat hoger van toon, dus geloofde ik het toen ze zei dat ze iets belangrijks met me te bespreken had. Mijn botten deden pijn. Mijn maag was van streek geraakt door de tambaqui van Simon Hawk, en door Simon Hawk zelf. Ik nam een hete douche en een grote kop espresso voordat ik besloot haar niet terug te bellen.

Terwijl ik mijn tweede kop koffie dronk, hoorde ik de brievenbus in de voordeur open- en dichtslaan. Had iemand een bombrief door de gleuf gegooid? Had Stephanie me eindelijk te pakken? Toen hoorde ik zware voetstappen in de tuin. Charley Hornblowers lange, sluwe gezicht – een Benjamin Franklin-brilletje, lange ingevallen kaken en een rode neus – verscheen voor mijn keukenraam. Toen hij me door de ramen zag, glimlachte hij. Het was dezelfde opgetogen grijns die hij als de enthousiaste jonge geheim agent had gehad met wie ik dertig jaar geleden had samengewerkt. Afgezien van de gesprongen aders en de witte wenkbrauwen en een glimmende kale kop in plaats van een rossig bloempotkapsel, leek Charley de 65-plusser nog behoorlijk veel op Charley de agent in opleiding.

Ik liet hem binnen en bood hem koffie aan. Hij schudde zijn hoofd. 'Nee, daar kan mijn maag niet tegen.'

Charley had geen cafeïne nodig; de opwinding stond op zijn gezicht te lezen. Een glas Laphroigh sloeg hij niet af.

Voordat ik naar Parijs vertrok had ik hem de foto gegeven van Lori's hand die een fragment van de amforarol vasthield en hem gevraagd het zichtbare gedeelte te ontcijferen.

'Dat was geen enkel probleem,' zei Charley en hij haalde de foto te voorschijn die nu helemaal was bedekt met aantekeningen in rode inkt. 'Het is geschreven in een code die een simpele verwisseling van letters gebruikt. Het Grieks is een beetje stuntelig vanwege de code en misschien omdat het eerst in het Latijn is geschreven en later is vertaald. Hoe dan ook, het is makkelijk genoeg te lezen als je er eenmaal in zit. Ik denk dat het een rapport van de inlichtingendienst is.'

Hij weidde nog wat uit over technische zaken die hem hadden gefascineerd. Charley, die tot tweemaal toe doctor in de filosofie was, hield ervan in te gaan op details die de ongeschoolde geest niet noodzakelijkerwijs boeiden. Ik wachtte. Er was iets met het fragment waar Charley ondersteboven van was geraakt en hij wilde nog even het plezier uitstellen het met me te delen.

Uiteindelijk zei hij: 'Het is natuurlijk maar een fragment, een paar honderd woorden. Het begint zó: "Aan Lucius Aelius Sejanus van Septimus Arcanus. In dat-en-dat jaar na de zoveelste Olympiade, kreeg ik opdracht naar de Aelia Capitolina te gaan..." dat is de Latijnse naam voor Jeruzalem... "met het doel de macht van de priesters te breken, wier hooghartige onverschilligheid tegenover de Romeinse belastingen en andere daden van ontrouw de toorn van de keizer hadden opgewekt." Weet je wat van Sejanus?'

'Ja.'

Charley gaf me voor de zekerheid de harde feiten. 'Een tijdlang was hij de rechterhand van Tiberius. Feitelijk was Sejanus de dictator van Rome in de jaren dat Tiberius op Capri woonde.'

'Wat stond er nog meer in het fragment?'

'Genoeg om je te doen watertanden. De volgende zin is doormidden geknipt door de rand van de foto, maar noemt de naam van een zekere Jozua ben Joseph die uit Galilea kwam en verwijst ook naar iemand die Paulus heet en geheim agent was en misschien met Jozua in contact stond. En daar houdt het op.'

'En Paulus wordt niet nader omschreven?'

'Alleen dat hij een inwoner van Rome was,' zei Charley. 'Je begrijpt dat de Hebreeuwse naam Jozua in het Grieks vertaald Jezus is?'

'Dat begrijp ik.' Ik ben allesbehalve een gelovig man. Desondanks gingen mijn nekharen overeind staan toen ik Charleys verslag aanhoorde. Ik zei: 'Dus wat denk je ervan?'

'Dat deze rol veel gevaarlijker is dan welke twaalf atoombommen ook die er ooit zijn gemaakt.'

'Als hij authentiek is.'

'Natuurlijk,' zei Charley. 'Maar als hij echt gevonden is in een verzegelde amfora uit een scheepswrak uit de eerste eeuw, hoe kan hij dan níét echt zijn? De code, het handschrift, de syntaxis, de context komen allemaal overeen met wat we van manuscripten uit die tijd weten.'

Charley was van nature geestdriftig. Hij begon nu à la Roosevelt in mijn oor te ratelen.

Ik zei: 'Kalm aan. Wanneer we het origineel hebben, kunnen we tests doen om te zien hoe oud het is en of de inkt klopt en de rest. Tot die tijd is het niet authentiek.'

'Áls we het te pakken krijgen. Ik betwijfel of onze gelovige vriend in de woestijn het eerst volgens de koolstofmethode laat testen voordat hij op de knop drukt.'

'Daar heb je gelijk in,' zei ik. 'En nu, Charley, moet ik echt naar bed.'

Toen ik naar boven ging hoorde ik Stephanies stem op het antwoordapparaat.

'Ik weet dat je er bent, Horace,' zei ze.

Maar ik was er niet, niet echt.

2

De volgende middag vloog ik, met een knagend schuldgevoel (maar ook weer niet zo ernstig dat het me ertoe bracht Stephanie vanaf de luchthaven te bellen), naar Delhi. Zoals afgesproken ontmoetten David Wong en ik elkaar in een restaurant dat volgens David bezocht werd door de mensen die het in New Delhi voor het zeggen hadden, en er zaten inderdaad veel mannen strak in het pak aan tafels die glinsterden van het zilver en kristal. Halverwege de soep kwam een vriend van hem bij ons zitten, een suffige, eerlijk uitziende oude man die David voorstelde als Yussuf. Hoewel hij geen Han was – hij droeg moslimkleren en zijn Turkse haakneus had de kleur van sterke thee – was hij een beambte van het Chinese consulaat die met de visaverstrekkingen belast was, en hij had zijn stempels meegenomen. Hij stempelde visa voor Xinjiang in onze paspoorten terwijl we daar zaten te eten.

Het was een hindoerestaurant. Yussuf sloeg het onreine eten af. Toen ik aanbood een bijdrage te leveren aan de opleiding van zijn kinderen, hief hij zijn hand op en weigerde. Ik wist niet waarvoor hij bij David in het krijt stond, maar het was hem aan te zien dat hij zich bepaald niet op zijn gemak voelde in gezelschap van een paar Amerikanen in een openbare gelegenheid waar de maaltijd van een eerlijke moslim wel eens vergiftigd zou kunnen zijn. Ik ging ervan uit dat Yussuf wel zou verdwijnen zodra hij ons geholpen had, maar David en hij waren al snel in een diep gesprek verwikkeld, in een taal die ik niet verstond en ook niet herkende. Ik was blij toe dat ik werd buitengesloten. De lange vlucht had er niet toe bijgedragen dat de pijn in mijn botten minder werd. Ik stierf van de dorst en had niets anders te drinken dan water dat ik niet vertrouwde. Het korrelige lauwwarme Indiase bier smaakte naar stof. Mijn tandoorikip was droog, net als de rijst trouwens. Ik at van beide een hap en legde mijn zilveren bestek neer. Uit krakerige luidsprekers klonk sitarmuziek en alsof zich in mijn brein een oog had geopend, werd ik herinnerd aan de verveling van het spionnenleven van alledag. Je wacht altijd op iemand die niet komt opdagen, op iets wat niet zal gebeuren. De onderdanige ober kwam aanlopen en trok een ongelukkig gezicht bij het zien van mijn vrijwel onaangeroerde bord.

Na een tijdje stapte Yussuf weer op, terwijl hij me een niet echt gemeend *namaste* toewenste. David had me iets te vertellen. Hij tipte de as van een denkbeeldige sigaar van een denkbeeldige Groucho en bewoog zijn wenkbrauwen op en neer. Hij legde uit dat de taal die hij en Yussuf hadden gesproken Kazaks was, de Turkse taal die in diverse dialecten door de moslimstammen aan beide zijden van de grens tussen Kazachstan en de autonome regio Xinjiang-Uygur wordt gesproken. Net als de andere moslimvolkeren langs de grens erkenden de Kazakken de lijn die door hun overheersers op de kaart was getrokken niet, en trokken ze er kriskras overheen om hun kudden te laten grazen en handel te drijven. En soms, wanneer aanstichters van plaatselijke opstanden zoals David erbij betrokken raakten, trokken ze er kriskras overheen met wapens, munitie en gevaarlijke plannen.

Yussuf had nieuws over Paul Christopher – nieuws uit derde hand, nauwelijks betrouwbaarder dan roddel, maar toch nieuws. Een van Yussufs neven had van een ander familielid gehoord dat een oudere man, die een rauw boerendialect van het Mandarijn sprak – Paul had die taal van zijn gevangenbewaarders geleerd – aan de Kazachse kant van de grens was opgedoken. Op een of andere manier was hij erin geslaagd te paard over de hoge bergen van de Borahora Shan te komen en had hij de rand van het afgegrendelde gebied bereikt. Op de poolstreken na was dit misschien wel de meest desolate streek op aarde.

'Ik vroeg welke vragen Paul had gesteld,' zei David. 'Het antwoord luidde dat hij informeerde naar een heel oude Europese vrouw van wie hij zei dat het zijn moeder was,' zei David. 'Ze dachten dat hij gek was. Het laatste wat ze van hem zagen was dat hij oostwaarts reed, in de richting van het verboden gebied. Ze waarschuwden hem dat als de Han-Chinezen hem te pakken kregen, hij voor altijd zou worden opgesloten, maar hij bedankte hen slechts en reed toen verder.'

Ik wist werkelijk niet wat ik hiermee aan moest.

David las mijn gedachten. 'Christopher moet iets van iemand hebben gehoord omdat hij de bergen in is getrokken,' zei hij. 'De mensen die hem hebben gezien, zeiden dat hij zich gedroeg als iemand die precies wist waar hij heen ging.'

'Waar baseerden ze dat op?'

'De manier waarop hij zich gedroeg. Hij maakte een opgewekte indruk. Daarom dachten ze dat hij gek was. In die contreien heeft een vreemdeling die alleen is en van mijlenver opvalt, niet zoveel om vrolijk over te zijn.'

David belde de andere Old Boys ter plekke en speelde deze nieuwe informatie door. Jack Philindros luisterde zonder commentaar en vroeg mij toen te spreken. Hij was in Rome. Hij had Zarahs monnik gesproken.

'Het was niet zo'n vruchtbaar gesprek, hoewel hij zich Lori's aanwezigheid in Praag wel kon herinneren,' zei Jack. 'Hij was moe. Hij is lid van een dominicaner orde. Hij is stervende en zal binnenkort aan de hemelpoort worden ondervraagd, dus is hij niet genegen geheimen prijs te geven die God eigenlijk toebehoren. Je moet weten dat de kerk hem naar Praag heeft gestuurd.'

'Is hij daar in de juiste periode geweest?'

'O ja, in januari 1942. Hij was taxateur voor de kerk – een expert op het gebied van privé-collecties in het Oostenrijks-Hongaarse rijk. Heydrich had van een van zijn mannen over hem gehoord en leende hem een paar dagen van de paus.'

'Dat betekent dat hij de laatste is geweest die Lori heeft gezien.'

'Dat klopt,' zei Jack. 'Ik heb hem een paar foto's van vrouwen uit de jaren dertig laten zien en hij pikte Lori er meteen uit. Hij herinnert zich haar goed. Ze woonde inderdaad bij Heydrich. Ze legde zichzelf een strikte zelfbeheersing op, maar was zó van haat vervuld dat hij vreesde voor haar ziel. Hij kon haar niet helpen want ze was niet katholiek of zelfs maar christelijk. Dat was alles wat hij over haar wilde zeggen.'

'Het is vast maar een klein stapje van daar naar de amforarol.'

'Dat zou je zeggen, maar hij heeft die stap nog niet gezet.'

'Hoe luidde zijn opdracht dan?'

'Dat heeft hij nog niet gezegd,' zei Jack. 'Maar het ijs is gebroken. Ik ga hem vandaag weer opzoeken.'

Ik vroeg: 'Zingt hij het nog lang genoeg uit om te praten?'

'Hij schijnt op te leven als hij praat,' zei Jack. 'Hij zag er veel gezonder uit toen ik wegging dan toen ik binnenkwam. Deze keer hoop ik hem de belangrijkste vragen te kunnen stellen.'

Een uur of twee later belde Jack me terug. Toen hij bij het ziekenhuis aankwam, was de kamer van de dominicaan leeg.

'Volgens de verpleegsters is hij een genadige dood gestorven,' zei Jack. 'Ik ga nog op een paar andere deuren kloppen.'

3

Hoe groot en overbevolkt China ook is, de politie weet precies wie iedereen is en waar ze precies horen te zijn. Ze houden de krioelende massa's op de ouderwetse manier in de gaten: op 1,25 miljard dossierkaarten. Mijn eigen kaart, die zo'n vijftien jaar lang stof had vergaard, dook op in de lijst van verdachte personen toen ik mijn paspoort liet zien op het vliegveld van Ürümqi, de hoofdstad van Xinjiang. Zoals ik al had verwacht, veroorzaakte het commotie. Ik mocht nu dan misschien een eerlijke toerist zijn die geen snode plannen tegen de Volksrepubliek China in de zin had, maar nog niet zo lang geleden was ik de belangrijkste Amerikaanse spion in Beijing geweest, en de Chinese beambte die bereid was te geloven dat ik niet meer was wie ik ooit was geweest, moest nog worden geboren. Het oponthoud duurde lang en de ondervragingen poetsten mijn stoffige Mandarijn op. Het visum dat Yussuf in mijn paspoort had gestempeld bleek echter authentiek, zodat ze me binnenlieten, zij het zonder glimlach bij wijze van welkom. David Wong passeerde de controles met veel minder moeite. De Chinezen wantrouwden hem net zo goed, misschien zelfs nog meer omdat hij er Chinees uitzag en in China woonde, maar ze hadden recentere rapporten over hem en hoefden hem daardoor minder vragen te stellen. Toen we samen een taxi in stapten, zagen we dat onze oppassers al aan het werk waren: twee overduidelijke stillen, verveeld maar bedreven, volgden ons op korte afstand op de fiets. De taxichauffeur wierp voortdurend een bezorgde blik in de achteruitkijkspiegel om ze niet uit het oog te verliezen in het verkeer dat zich met een slakkengang voortbewoog.

David en ik hadden geen reden ons niet als eerlijke mensen te gedragen. Ik had mijn ondervragers op het vliegveld een bepaalde versie van de waarheid verteld – dat ik hier in naam van mijn familie was om informatie te verzamelen over de dood van mijn neef. Ik speelde schaamteloos in op de eerbied die de Han voor graven hebben en zei dat we erg ongelukkig waren met het feit dat

Pauls lichaam in Ürümqi was gecremeerd en niet aan ons was teruggegeven om bij zijn voorouders te worden begraven. Ze konden me volgen zo lang als ze wilden zonder me er ooit op te betrappen dat ik ergens anders vragen over stelde.

Zodra we in ons hotel waren ingecheckt, een splinternieuw Holiday Inn, begonnen we met de lokale gezagsdragers te bellen. Uit een klein zakboekje met ezelsoren diepte David de naam op van de politicman die hoofd was van de afdeling die zich met buitenlanders bezighield. Ik belde zijn kantoor. Volgens de jonge politieman die de telefoon aannam had kapitein Zhang Qiying het verschrikkelijk druk. Ik moest mijn verzoek via het Amerikaanse consulaat laten lopen.

Ik zei: 'Wilt u alstublieft twee namen opschrijven?'

In het Mandarijn is mijn naam Han Huan Ren. Pauls gevangenisnaam was Yang Geng Qi geweest. Ik noemde de ideogrammen waarmee onze namen werden geschreven en onze geboortedata en andere standaardinformatie die op de dossierkaarten voorkwam. Dit nam over de telefoon een lange tijd in beslag, maar dat is een van de ongemakken van een taal die geen alfabet kent. De man aan de andere kant van de lijn vond het overduidelijk tijdverspilling, maar hij was erop getraind informatie over te nemen. Voor agenten van de politieke politie, van de FBI in het hart van onze grote Amerikaanse democratie, tot kapitein Zhang in de binnenlanden van de laatste grote totalitaire staat op aarde, was het vergaren van informatie het doel van het spel. Het maakt niet uit of alle informatie in de dossiers bruikbaar, of zelfs maar correct is. Het gaat erom het te achterhalen en ijverig op te bergen.

'Vraag kapitein Zhang alstublieft om zijn dossiers te raadplegen en na te gaan of die namen erin voorkomen,' zei ik. 'Ik verzeker u dat hij geïnteresseerd zal zijn. Ik wacht zijn telefoontje af.'

Onder het wachten maakte ik een wandeling, op de voet gevolgd door een van onze oppassers. De andere was zonder twijfel David achternagegaan die hoopte informatie bij het crematorium te vergaren. Het is een lastige klus om iemand een op een te volgen en ik had mijn schaduw waarschijnlijk wel kunnen afschudden, ondanks het feit dat mijn hoofd, met mijn grote neus en oren en een fikse stoppelbaard boven de menigte uitstak. Maar ik was blij met zijn gezelschap omdat ik mijn onschuldige bedoelingen kenbaar wilde maken, dus liep ik langzaam en bleef vaak staan. Net als de meeste Chinese steden was Ürümqi een combinatie van middeleeuwse doolhoven en splinternieuwe torenhoge kantoorgebouwen die in een zwavelachtige sluier van vervuiling waren gehuld. Auto's kropen door een verkeersopstopping die bestond uit voetgangers, fietsers en hier en daar iemand op een paard of kameel en daartussen koelies die ongelooflijke ladingen vervoerden. Een man op een ezel praatte luidkeels in een mobiele telefoon. De helft van de massa deed hetzelfde, als ze tenminste niet onbedaarlijk in het gezicht van anderen aan het hoesten waren of niet op de stoep spuugden. Volgens een toeristenfolder die ik in het vliegtuig had gelezen betekende Ürümqi 'mooie weide' in het Mongools, maar in de hele stad viel geen grasspriet te bekennen.

David en ik hadden afgesproken op het Rode Plein. Het bleek bijna net zo groot te zijn als het gelijknamige plein in Beijing, maar David kende de weg en had een herkenningspunt genoemd. Toen ik dat had gevonden, was David er al. In China bestaat er niet zoiets als een plek in het openbaar waar je kunt gaan zitten, tenzij je een plekje op de stoeprand wilt zoeken waar het speeksel redelijk is opgedroogd. Daarom liepen we verder, nu gevolgd door zowel Davids schaduw als die van mij. Door de herrie van de massa was het lastig een gesprek te voeren. Ik was blij dat het David Wong was en niet Jack Philindros, wiens woorden ik in dit rumoer moest zien te volgen.

David had natuurlijk vrienden gemaakt in het crematorium; hij liet me op de display van zijn digitale camera een foto zien van grijnzende arbeiders. Ze glimlachten niet, zo legde David uit, omdat ze hun werk zo leuk vonden. Ze hielden niet van het onnatuurlijke idee lichamen te verbranden. Het was dan wel overheidsbeleid om de doden te cremeren, maar het was een idee waarvoor China nog niet rijp was. David had uit Amerika een sporttas vol kleine cadeautjes meegenomen – pennen en potloden, goedkope horloges, sigaretten, kleine flesjes sterke drank. Een nieuw horloge, een pakje Camel en een scheut vuurwater in een kop thee om negen uur in de ochtend weten bijna iedereen te ontdooien.

'Die kerels in het crematorium zeggen dat ze meestal communisten verbranden die een goede indruk op hun superieuren proberen te maken, plus een paar buitenlanders,' zei David. 'Voor het overige is het stil, zo stil dat ze hun vaardigheid kwijtraken.'

'En hoe zit het met Paul?'

'Ze herinneren zich dat ze twee buitenlanders hebben verbrand – één ongeveer een jaar geleden en de ander in september van dit jaar. De eerste was een Rus die aan een hartaanval was gestorven. Ze hebben een goed dossier van hem – medisch verslag, overlijdensverklaring, fotokopie van zijn paspoort. Het was een dikke man. Ze hebben hem gezien omdat het de standaardprocedure is om de doodskist open te maken om de identiteit van de overledene nog een keer te controleren voordat hij de vlammen in gaat. En ook, denk ik, om te zien of er nog waardevolle spullen van het lijk zijn te plukken.'

'En die andere, die in september is verbrand?'

'Die is door de politie afgeleverd,' zei David. 'Die hebben ze niet openge-maakt omdat hun was verteld dat het lichaam in vergevorderde staat van ont-binding verkeerde.'

'Verrot?'

'Jawel.'

Dat was vreemd, want zelfs in de zomer rot vlees niet snel weg in de droge lucht en het zwakke zonlicht van de hooggelegen woestijn van Xinjiang. Ar-cheologen vinden er mummies die duizenden jaren oud zijn en nog steeds weelderig golvend haar hebben en het frisse gezicht van een jonge man of vrouw, zij het enigszins gebruind en verschrompeld.

4

Een van kapitein Zhangs politiemensen wachtte ons op in burger toen we weer bij het hotel aankwamen. Op zijn beleefde uitnodiging dompelde ik me weer onder in de massa en volgde hem naar Zhangs kantoor.

Ondanks zijn lage rang was kapitein Zhang niet zo jong meer – grijzend haar, een bleke kantoorkleur, vermoeide ogen, de lichtelijk ingezakte houding van een man die zich al veel te vaak door dezelfde plichtmatigheden heen heeft geworsteld. Zijn intelligentie sprong echter evenzeer in het oog als zijn vermoeidheid. Hij zat aan een leeg bureau, zonder aantekeningen, zodat ik begreep dat hij of de details van Pauls zaak vanbuiten kende of dat hij, wat waarschijnlijker was, niet van plan was me de waarheid te vertellen. Het lag in zijn macht me China uit te gooien, dus had ik me voorbereid op het spelen van twee verschillende rollen: uiterst beleefd zijn, om hem geen reden te geven me uit te wijzen, en tegelijkertijd zijn nieuwsgierigheid prikkelen zodat hij me zou laten lopen om me in het oog te houden en misschien iets te ontdekken. Tenzij Paul plotseling volslagen was veranderd, kon ik er rustig op gokken dat Zhang weinig of geen idee had wat hij nu eigenlijk in deze uithoek van plan was.

Na de gebruikelijke kop thee en het uitwisselen van grapjes, was kapitein Zhang opmerkelijk open en direct. Hoewel we Mandarijn spraken, noemde hij Paul bij zijn Engelse naam.

'We herinneren ons Mr. Paul Christopher behoorlijk goed,' zei hij en gebaarde met de bruine vingers van de zware roker. 'En u natuurlijk ook, Mr. Horace Hubbard.'

Ik knikte vriendelijk. Wat aardig. Paul was de meest beruchte Amerikaanse spion geweest die ooit door de Chinezen gevangen was genomen, en op een wat bescheidener manier had ook ik een slechte reputatie in dit land genoten.

Zhang zei: 'En nu horen we ook nog dat u neven van elkaar bent. Klopt dat?'

'Ja.'

'Dat is nieuwe informatie.'

'Werkelijk? We hebben er anders nooit een geheim van gemaakt.'

'Vreemd. U hebt in uw officiële hoedanigheid vaak met ons over hem gesproken, toen u hem uit de gevangenis probeerde vrij te krijgen. Toch is er nergens genoteerd dat u zo nauw verwant bent.'

Zhang keek verwachtingsvol, maar ik ging niet op zijn opmerking in. Het was niet mijn fout dat de Chinese contraspionagedienst niet de juiste vragen had gesteld.

Uiteindelijk zei ik: 'In naam van mijn familie wil ik de Chinese autoriteiten bedanken dat ze ons de as hebben teruggezonden, maar ik ben ervan overtuigd dat u begrijpt hoe bitter we het betreuren dat het lichaam van ons familielid niet op het familiekerkhof begraven kon worden. Er is onzekerheid ontstaan.'

Hij wachtte nog iets langer dan ik bij hem had gedaan voordat hij uiteindelijk antwoord gaf. Toen zei hij: 'Betreurenswaardig. Maar er zijn geen balsemers in Ulugqat. Ik geloof dat uw vriend Mr. Wong al heeft ontdekt dat het lichaam niet in goede conditie was toen het in Ürümqi aankwam.' Zhang wist dat David bij het crematorium had rondgesnuffeld. Zhang had overal ogen en oren. Hij wilde dat ik dat wist. Maar hij wilde me ook laten weten dat hij bereid was zich door mij te laten ondervragen, wat uitzonderlijk was voor een lid van de geheime politie. Hij wilde op zijn minst de schijn ophouden dat hij een gesprek met me voerde en niet zelf alle vragen stelde.

Ik zei: 'Ik vraag me af of u enig idee hebt van wat mijn neef in Ulugqat deed.'

Zhang gaf niet precies antwoord op de vraag, maar hij verbaasde me opnieuw door me wat informatie te geven. 'Mr. Paul Christopher is door een paar Tadzjiekse herders uit de bergen meegenomen, waar ze hem op de bodem van een diepe kloof hadden gevonden. Hij was zwaargewond, had veel botten gebroken en kon niet praten. Ze dachten dat hij van zijn paard was gevallen, dat ze boven bij de afgrond grazend aantroffen.'

'Hoe ver van Ulugqat was dat?'

'Behoorlijk ver, geloof ik. De Tadzjieken gebruiken geen kaarten, dus het is moeilijk vast te stellen.'

'Dat begrijp ik,' zei ik. 'Maar in elk geval hebben die herders hun kudden achtergelaten en Christopher voor medische hulp naar Ulugqat gebracht.'

'Ja,' zei Zhang met een blik die me zei vooral niet op te merken hoe uitzonderlijk dat was voordat hij de zaak had uitgelegd. 'Hij was een buitenlander en vrij oud. Ze dachten dat hij misschien een belangrijk man was. Of misschien een spion. Helaas stierf hij voor ze in Ulugqat aankwamen.'

'Ze vonden dat hij er oud uitzag? Waarom?'

'Hij was geloof ik vijfenzeventig.'

'Hm. Maar ze brachten zijn lichaam toch naar de stad?'

'Blijkbaar. Het was hun plicht om dat te doen. Hij was al geruime tijd dood toen zijn lichaam werd afgeleverd en toen kostte het nog een paar dagen om het naar Ürümqi te brengen.'

'Ik begrijp het niet,' zei ik. 'Waarom werd mijn neef niet gewoon in Ulugqat begraven?'

'Onmogelijk,' zei Zhang. 'Er was geen buitenlandse begraafplaats. Hij kon niet op een moslimbegraafplaats worden begraven, en ook niet op een van de onze, trouwens. Ten tweede is de dood van elke vreemdeling een ernstige zaak. En toen we deze vreemdeling eenmaal hadden geïdentificeerd, werd de zaak alleen nog maar ernstiger, gezien de voorgeschiedenis van Mr. Paul Christopher. Er kwam een bevel tot sectie. Die procedure kon niet in Ulugqat worden uitgevoerd.'

'En de uitslag van de sectie was?'

'Zoals ik zei, waren er veel fracturen en een ernstige beknelling van de schedel. Een gescheurde milt en lever, inwendige bloedingen.'

'Hebben ze hem te paard uit de bergen omlaag gebracht?'

'Ja. De Tadzjieken hadden geen motorfietsen.'

'Dus hij leefde nog toen ze hem vonden?'

'Dat heb ik zo begrepen.'

'Het is een wonder dat hij – hoeveel dagen nog? – leefde als hij als een zandzak over het paard heeft gehangen.'

'Inderdaad.' Zhang knikte vol respect voor Pauls bewonderenswaardige geest. 'Hij was een zeer sterk en vastberaden man, zoals we in China nog maar al te goed weten.'

Ik zei: 'Ik veronderstel dat er foto's van het lijk zijn gemaakt en vingerafdrukken zijn genomen?'

'Natuurlijk, maar dat zijn officiële stukken die niet openbaar kunnen worden gemaakt.'

'Dan kunt u me dus geen bewijs laten zien dat de man die de Tadzjieken binnenbrachten werkelijk mijn neef was?'

'Bewijs?' zei Zhang met oprechte verbazing. In China was bewijs niet iets waar je een politieman om vroeg; alleen de politie had het recht om bewijzen te vragen. Hij zei: 'U hebt zijn as.'

'We hebben as. We weten alleen niet of het zíjn as is.'

Stilte. Wrevel. Zhang stak een dunne sigaret op, zijn vijfde sinds we een halfuur geleden waren begonnen te praten.

Ik zei: 'Ik weet zeker dat u zich hebt afgevraagd waarom Christopher naar Xingjiang was teruggekomen.'

Turend door de sigarettenrook zei Zhang: 'Helemaal niet. Hij had op het vliegveld uitgelegd dat hij voordat hij zou sterven nog een keer de plaats wilde zien waar hij gevangen had gezeten.'

'En daar hebben u en uw superieuren genoegen mee genomen?'

'Waarom niet? Hij kende de plaats al en het is trouwens geen geheime locatie meer. Het is er nu helemaal leeg, verlaten. Hij ging erheen op zijn motorfiets.'

'Op zijn mótorfiets?'

'Ja, hij heeft er een gekocht, een nieuwe Suzuki, vlak nadat hij was aangekomen,' zei Zhang. 'Hij had een kampeeruitrusting meegenomen – een tent, een slaapzak, een kooktoestelletje, gevriesdroogd eten, enzovoort. Hij reed vrijelijk rond, praatte met mensen, stelde vragen.'

'Wat voor soort vragen?'

'Vreemde vragen. Hij scheen op zoek te zijn naar zijn moeder. Dat is raar gedrag voor een man van zijn leeftijd. Ik ben bang dat we tot de conclusie kwamen dat hij niet goed bij zijn hoofd was.'

'Maar u liet hem rondrijden en vragen stellen?'

'Het waren onschuldige vragen.'

Zhang gaf me met een klein gebaar en met een verandering van toon te kennen dat hij genoeg al dan niet onschuldige vragen had beantwoord. Toch stelde ik nog één vraag.

'Toen hij in de gevangenis zat, was de politieke functionaris die de leiding had over zijn heropvoeding, de man die hem tien jaar lang elke dag ondervroeg, een partijfunctionaris die Christopher kende als Ze Keli. Hebt u enig idee of Christopher contact met deze man heeft gezocht of gehad?'

'Nee,' zei Zhang. 'En nu, Mr. Hubbard, heb ik dit voor u.'

Terwijl hij met tot spleetjes geknepen ogen door de rook van zijn sigaret keek opende hij een la en haalde er een pakketje uit dat in lappen was gewikkeld. Hij maakte het open en legde achtereenvolgens Paul Christophers paspoort en portefeuille voor me neer, samen met het Rolex horloge dat hij sinds de jaren vijftig had gedragen. Hij droeg het toen hij door de Chinezen gevangen was genomen. Ze hadden het teruggegeven toen hij werd vrijgelaten. Het was een horloge dat zichzelf opwindt. Ik schudde het heen en weer en het begon onmiddellijk te lopen. Ik vroeg me af of Paul dat ook had gedaan na al die jaren in de gevangenis waar hij geen middelen had om de tijd te meten.

5

Het verhaal dat kapitein Zhang me had verteld, was vrijwel zeker onzin. Aan de andere kant was het overhandigen van Pauls persoonlijke bezittingen verontrustend. Op het oog vormden zij het bewijs dat Paul dood was of zich in Chinese gevangenschap bevond. Hoe was Zhang anders in het bezit gekomen van zijn paspoort, zijn portefeuille, zijn geld – de volledige inhoud van zijn zakken? Maar dit was een truc die zo oud was als de weg naar Rome. Door deze vertrouwde spullen voor me neer te leggen wilde Zhang bereiken dat ik zijn verhaal geloofde en alle hoop zou opgeven. Daarom nam ik het met een korreltje zout.

'Christopher kan een andere identiteit hebben aangenomen,' zei David.

Dat was mogelijk. Een dergelijke persoonsverwisseling was lastig voor een blanke man in een zee van Han-Chinezen, maar in zijn tijd had Paul wel sterkere staaltjes uitgehaald en was ermee weggekomen.

Alsof hij mijn gedachten kon lezen – tenslotte waren we beiden ons halve leven gepokt en gemazeld in het spionagevak – zei David: 'Hij kan zich geen nieuwe naam en nationaliteit hebben aangemeten toen hij nog in Xinjiang was en in de gaten werd gehouden. Maar als hij een grens is overgestoken...'

'Welke grens?'

'Kies er maar een uit. Maar als de verboden zone werkelijk zijn bestemming was, is hij misschien naar Tadzjikistan gegaan, heeft hij een trein naar Kazachstan gepakt en is via de Horgaspas naar Xinjiang teruggekomen'.

'Ondanks de uitdrukkelijke waarschuwingen dat hij vrijwel zeker zou worden ontdekt en gearresteerd.'

'Juist,' zei David. 'En als we het van de negatieve kant bekijken, als hij inderdaad is opgepakt, zou dat verklaren hoe zijn persoonlijke bezittingen in Zhangs bureaula terecht zijn gekomen.'

Ja, dat klopte. Het zou ook betekenen dat Paul weer in een Chinese gevangenis zat. Als dat het geval was, zou niemand hem ooit terugzien en voor de familie zou het veel beter zijn te geloven dat hij dood was.

Dit gesprek vond plaats in de bus naar Ulugqat. De mannen van kapitein Zhang wachtten ons op bij het busstation. Ze deden geen moeite zich discreet te gedragen. Ze wilden ons duidelijk maken dat ze deel van ons leven zouden uitmaken zolang we in China waren. Dat vonden we best; we waren hier voor het eerbare doel dat we al hadden genoemd, om alles uit te zoeken over mijn neef en zijn dood. Nadat we in een hotel hadden ingecheckt, begonnen we vragen te stellen. We vroegen alleen maar naar Paul. Blijkbaar had Paul zoals gebruikelijk een goede indruk gemaakt, want over het algemeen glimlachten de mensen als ze zijn naam in het Mandarijn hoorden. Verrassend veel mensen hadden Paul gezien en herinnerden zich hem, maar niemand had ons iets interessants te vertellen. Hij was aangekomen op een motorfiets, hij vond hun eten lekker. Ulugqat is niet bepaald een toeristenoord, zodat een bezoek van een vreemdeling voor de meeste inwoners een bijzondere gebeurtenis is.

David en ik maakten 's avonds lange wandelingen. Het was onze enige kans om met elkaar te praten en minder kans te lopen te worden afgeluisterd. De straten waren nauwelijks minder druk nadat de avond was gevallen en in de Tadzjiekse wijk kon je uitstekend eten – niet de gebruikelijke kleverige Handelicatessen, maar geroosterd vet schapenvlees met noedels en geroosterd brood en heerlijke yoghurt van schapenmelk. We vonden een bijzonder goed restaurant en gingen daar drie avonden achter elkaar heen. Op de derde avond, toen we nog steeds geen nieuwe informatie hadden en het bijna wilden opgeven, ging een Tadzjiek met de karamelkleurige huid van iemand die buiten leeft, aan een tafeltje tegenover ons zitten. Onze oppassers zaten achter hem zodat ze zijn gezicht niet konden zien. Hij begon een vrolijk gesprek met ons over religie. Hij had de oprechte, zelfverzekerde manier van doen van een Anglicaanse diaken. Als Mozes en Jezus Christus tot de christelijke profeten behoorden, waarom noemden de christenen God dan bij de verkeerde naam? Waarom verwierpen zij Allahs laatste boodschapper? Toen hij aanstalten maakte om te vertrekken kwam hij naar ons tafeltje toe, leunde erop en fluisterde, terwijl David aan het praten was, me langzaam en duidelijk twee korte zinnen in het Mandarijn toe.

Een van de zinnen bevatte de naam van een begraafplaats en de plaats van een graf. De andere was de naam van een man, Yang Geng Qi. Paul Christopher.

Op weg terug naar het hotel vertelde ik David wat de man tegen me had gezegd en wat ik dacht dat het zou kunnen betekenen.

David haalde zijn schouders op. 'We kunnen het graf wel openmaken, Horace, maar denk eens na. Misschien willen ze wel dat we dat doen, zodat ze ons op heterdaad kunnen betrappen en ze voorgoed van ons af zijn.'

Het was niet onmogelijk dat hij gelijk had. Grafschennis is waar ook ter wereld een ernstig misdrijf. In China, met zijn eeuwenoude eerbied voor laatste rustplaatsen, kon de straf wel eens een kogel door het hoofd zijn. Hoe dan ook, ik wilde het weten. David haalde zijn schouders opnieuw op en ging met me mee.

We gingen in de vroege uurtjes van de ochtend op weg naar de begraafplaats. Zelfs stillen hebben slaap nodig en die van ons waren buitengewoon moe na de uitputtende klus die we ze de vorige dag hadden voorgeschoteld. Ze deden een dutje in de lobby. De receptionist lag ook te slapen, maar we konden onmogelijk op onze tenen langs alle drie glippen. We namen een achterdeur, gingen uit elkaar en vervolgden onze weg door lege en stille straten, een verwarrende ervaring in China, waar je altijd verwacht dat er een massa mensen op de been is. Het was een maanloze nacht, maar de sterren schitterden in de zwarte woestijnhemel. Ze gaven genoeg licht om onze weg tussen de grafstenen te vinden.

Het kostte tijd om het graf van Yang Geng Qi te vinden. We hadden een metalen dienblad uit onze hotelkamer meegenomen en met dat onhandige gereedschap groeven we in het korrelige zand aan het hoofdeinde van het graf. Ik had nooit eerder geprobeerd zachtjes te doen in China, waar lawaai even alomtegenwoordig is als de lucht. Maar op dit uur van de nacht was het land zo stil als de slaap zelf en elke hap van het dienblad in het zand klonk als een cimbaalslag.

Uiteindelijk vonden we wat we zochten. Er was geen doodskist, alleen een lichaam dat in lappen was gewikkeld die met touw waren dichtgebonden. Op de tast ontblootte ik het gezicht. We schermden onszelf af met mijn regenjas en schenen met zaklantaarns in het graf. We keken naar de lege oogkassen van een jonge Han die door het achterhoofd was geschoten. David sneed de lijkwade open tot het middel van de man. Er was een gapend gat op de plaats waar zijn hart had gezeten en nog een waar de lever had moeten zitten. Ook zijn nieren ontbraken. Dit was een misdadiger wiens organen direct na zijn executie waren geroofd.

David nam met flitslicht verscheidene foto's van het verminkte lijk dat een eind op weg was een mummie te worden.

Het was duidelijk dat Zhang inderdaad van plan was geweest ons een graf te tonen voordat hij ons Pauls persoonlijke bezittingen zou teruggeven. Maar toen had iemand anders besloten ons in plaats daarvan de as te sturen. Een verstandige voorzorgsmaatregel.

6

Ik wilde de Anglicaan nog een keer spreken. David en ik gingen terug naar het restaurant waar de man zijn informatie had gefluisterd. We verwachtten niet hem daar te vinden – of als dat wel zo was, dat hij niet zo stom zou zijn om nog eens met ons te praten – maar het was onze enige kans. Onze schaduwen gingen natuurlijk mee. Naar het zich liet aanzien, hadden ze ons de vorige avond niet gemist. Ze lagen allebei nog in de lobby te slapen toen we net voor zonsopgang terugkeerden. Nu keken ze onverstoorbaar toe hoe David en ik nogmaals het eenvoudige barbaarse eten naar binnen werkten.

Van mijn informant was geen spoor te bekennen, maar David en ik vingen gesprekken van de klanten op over een *buz kashi*-wedstrijd. U hebt dat spel misschien wel eens gezien in de film of in de *National Geographic* – polo als jachtpartij met het karkas van een geit als bal. De wedstrijd tussen Tadzjiekse ruiters en een stel Kirgiezen uit het noorden zou over twee dagen ergens in de bergen plaatshebben. De conversatie verliep zo vrijmoedig en ongedwongen dat je had kunnen denken dat we in een vrij land waren en dat de twee chagrijnige Chinese politieagenten die tegen de muur zaten, ook bij de familie hoorden. We vroegen of we de wedstrijd konden bijwonen. De eigenaar, die het gesprek had geleid, zei dat we net zo welkom waren als de dag lang was. Trouwens, hij had een oom met een Toyota 4Runner en hoewel hij het niet met zekerheid kon zeggen, zou het kunnen dat zijn oom ons de bergen in wilde rijden. Hij had een taxibedrijf.

De oom met zijn 4Runner kwam bij zonsopgang bij ons hotel aan. Het was een grote, gebruinde Tadzjiek die Zikkar heette en enigszins op de Anglicaan leek, wat nergens op hoefde te duiden maar ook kon betekenen dat hij familie was – of dat beide mannen een van de pakweg vijf of zes gezichten hadden die de hele stam na duizenden jaren van endogamie gemeen had. Zikkar vroeg tweehonderd dollar in Chinees geld om ons de bergen in te brengen en terug.

Dat was naar lokale maatstaven een hoog bedrag. Omdat we niet wilden dat hij passagiers meenam voor wie hij geen respect had, dong David af tot honderdvijftig.

Of hij meteen kon vertrekken? Wij waren gereed. We hadden ons al in wollen kleren en donzen parka's gehuld – het was zelfs op de relatief geringe hoogte van Ulugqat koud in november. Zikkar gaf niet onmiddellijk antwoord. Zijn ogen waren op onze twee oppassers gericht, die als middenvelders door de massa op ons af spurtten, al zigzaggend en voetgangers ontwijkend. Ze hadden slaperige ogen, waren over hun toeren en hijgden. De oudste van de twee barstte los in een stortvloed van Mandarijn die ik niet kon verstaan omdat het te snel ging en te veel bargoens bevatte. De andere wierp David en mij een bijtende blik toe die bedoeld was om ons aan handboeien en kerkers te doen denken.

David zei in het Mandarijn: 'We hebben deze man ingehuurd om ons naar de buz kashi te brengen. Misschien krijgen we wel nooit meer de kans om zoiets te zien. U en uw kameraad mogen wel meerijden.'

Alsof er een fluitsignaal had geklonken dat de wedstrijd beëindigde, hield de oudste stille midden in een zin op met tieren. Hij overwoog het aanbod geruime tijd, ging toen de menigte weer in en draaide zich om voor het geval een van ons kon liplezen en belde met zijn mobiele telefoon. Terwijl hij aan het praten was, ging de zwijgzame oppasser voor de auto staan. Enkele ogenblikken later kwam de oudere man weer te voorschijn. Zonder een woord klommen hij en zijn assistent in de auto alsof ze ervoor hadden betaald. De spraakzame ging op de passagiersplaats zitten. Heel beleefd vroeg ik hem achterin bij David en zijn kameraad te gaan zitten. Er was achterin geen ruimte voor mijn benen. Bovendien had ik voor het vervoer betaald. Met onbewogen gezicht stemde hij toe.

De buz kashi-wedstrijd zou op een weide plaatsvinden die op grote hoogte lag. Er liep iets naartoe wat je een weg zou kunnen noemen – feitelijk een smal pad dat door de eeuwen heen door hoeven was platgetreden. De 4Runner, die 200.000 kilometer op de teller had staan, kwam langzaam en hobbelend maar gestaag vooruit op een helling die bij elke omwenteling van de wielen steiler leek te worden.

Het nam het grootste deel van de ochtend in beslag om het punt te bereiken waar Paul Christopher volgens kapitein Zhang zijn einde had gevonden. Zikkar stopte bij het noodlottige ravijn alsof het een vaste stopplaats op deze toer was. De gapende kloof in de aarde was werkelijk verbijsterend, met een koude woeste stroom die op de bodem door de mist denderde. Je kon de stenige geur van het snelstromende water met je tong proeven en met je neus opsnuiven. Er waaide een stevige wind. De lucht was nu tamelijk koud, dicht bij het vriespunt en waarschijnlijk zat de gevoelstemperatuur daar ruim onder. Onze schaduwen leegden haastig hun blaas en sprongen terug in de verwarmde auto. David nam foto's. De spraakzame schaduw draaide het raampje naar beneden en gebood hem op te houden. Dit was een gevoelig gebied, een grensstreek. We liepen het pad een stukje verder op, waarbij Zikkar wat achterbleef. David vroeg hem in het Tadzjieks of het gevaarlijk was hier paard te rijden. Zikkar grinnikte. 'Alleen voor zwangere vrouwen,' zei hij. 'En Han.'

'En een blanke man?'

'Die rijden in auto's.'

'Is er ooit een blanke man van zijn paard gevallen en in het ravijn terechtgekomen?'

'Een blanke man?' vroeg Zikkar. Hij keek ons lang aan voordat hij antwoord gaf. 'Dat denk ik niet. Maar u kunt het op de buz kashi vragen.'

Zikkar stond met zijn gezicht naar de zon en keek naar zijn schaduw. Volgens deze menselijke zonnewijzer was het ongeveer tien uur. Met een ruk van zijn hoofd die 'volg me' betekende, liep hij de berg af in de richting van de auto. De politiemannen, die katoenen broeken en overhemden en dunne gevoerde jacks droegen, huiverden van ellende op de achterbank.

Ongeveer een uur later kwamen we aan bij een bergpas, omgeven door witgetopte bergpieken die zich uitstrekten tot in Afghanistan. Volgens de kaart zaten we hier drieduizend meter hoog. Onder ons lag een ongelooflijk pittoreske vallei die door de steile rotswanden van de besneeuwde bergen werd omsloten. Het Tadzjiekse dorp in de vallei bestond uit enkele tientallen stenen hutten die grillig langs een snelstromende rivier waren gebouwd. Aan de andere kant van de vallei stonden een stuk of zes *yurts* – ronde inklapbare onderkomens van dik vilt.

Zikkar wees ze aan en zei: 'Kirgiezen.'

Het bezoekende team. De blauwe rook van vuren van gedroogde mest kringelde omhoog, de kristalheldere lucht in. Yaks, schapen, geiten en een paar Bactrische kamelen met twee bulten scharrelden rond. De paarden, ruig behaarde, dom uitziende dieren, stonden apart in twee groepen. Zikkar manoeuvreerde de auto door de kudde heen. De dieren sloegen geen acht op de stinkende machine, die net zo goed via een naad in de tijd in deze oude wereld terecht had kunnen zijn gekomen.

David en ik werden aan het dorpshoofd voorgesteld, een waardige man die Jafargul heette en die ons kopjes warme melk gaf die recht van de ooi kwam.

Daarna nodigde hij ons uit binnen te komen om nog meer te eten en te drinken. Onze oppassers werden genegeerd en op de achterbank aan hun lot overgelaten. Ik zou ze daar hebben laten rillen, maar Zikkar, een zakenman die aan de toekomst dacht, bracht ze thee, een plat brood en een paar schapenvachten tegen de kou.

De buzkashi-wedstrijd, die zich voor het grootste deel afspeelde in een stofwolk, bood niet de dramatische close-ups en geluidseffecten van de filmversies die ik had gezien, maar was opwindend genoeg. De geur van bloed, zweet, vuil en verse mest voegde een dimensie toe die in films ontbreekt. Door mijn verrekijker zag ik hoe ruiters elkaar in volle galop het karkas van een jonge geit probeerden te ontworstelen. In het begin van de wedstrijd hadden twee ruiters een rondje touwtrekken met de geit gedaan en zijn kop eraf getrokken. De man met de geitenkop ging de ander achterna en sloeg hem ermee op zijn rug. Toen de wedstrijd werd voortgezet werden de poten en de staart van de geit er ook een voor een afgetrokken, zodat het steeds moeilijker werd greep te krijgen op het glibberige, uiteengereten karkas. Met bloed besmeurde mannen werden van hun paarden geslagen, voortgesleept, vertrapt en hun tanden werden uit hun mond geslagen – je kon ze hun tanden zien uitspugen. Gewonde paarden lagen op de rotsachtige bodem te kronkelen van de pijn. Ik had geen idee wie er had gewonnen. Herrie schoppen scheen de enige regel te zijn. Voorzover ik kon zien had niemand het doel – als er al doelen waren – met de resten van de geit gepasseerd, dus misschien ging het helemaal niet om doelpunten, maar om hoe moorddadig je het spel speelde.

De gewonde mannen waren het veld afgedragen, maar Zikkar verzekerde ons dat er vandaag niemand om het leven was gekomen. 'Veel gebroken botten,' zei hij met een verrukte glimlach. 'Daarom spelen ze nu, zodat ze de hele winter hebben om te genezen.'

7

Het weer sloeg om. Een grote donkerblauwe bloeduitstorting verscheen boven de getande pieken in het westen. De lucht droeg de geur van sneeuw met zich mee. Een paar dikke vlokken dreven al binnen op een zachte westenwind. Het was uitgesloten dat we bij donker in een sneeuwstorm terug konden rijden. Zikkar leidde ons terug naar het huis van het dorpshoofd, waar we de nacht zouden doorbrengen.

Jafargul wachtte ons bij zijn deur op. Naast hem stonden twee mannen die een spartelend schaap vasthielden. Ze hielden het in de lucht, met de kop naar beneden en Jafargul sneed de keel open. Hij ving het bloed op in een schaal en vilde het schaap met een paar handige bewegingen van zijn mes, dat duidelijk zo scherp als een lancet was geslepen. Toen sneed hij het dier voor de kookpot aan stukken en nodigde ons met een stralende verwelkomende glimlach uit om binnen te komen. Er brandde een vrolijk vuurtje van gedroogde mest in de haard waarin de rook door een stookgat omhoogkringelde. De aarden vloer die gedurende vele jaren door honderden voeten glimmend was aangestampt, was bedekt met heldere roodzwarte kleden van zijn stam. Aan de muur hingen nog meer kleden. Er waren geen ramen. Het schouwspel werd verlicht door het haardvuur en de vlammetjes van olielampen. Ik bedacht dat ik deze gezichten en de zachte natuurlijke kleuren van de tapijten zag op een manier waarop weinig westerlingen ze hadden gezien sinds Edison het onheil van het elektrische licht over de mensheid had gebracht.

De Tadzjieken geloven dat ze afstammelingen zijn van de legers van Alexander de Grote en sommigen van hen hebben inderdaad Macedonische trekken. Jafargul had bijvoorbeeld groene ogen en dik kastanjebruin haar en wenkbrauwen. Vrouwen met hoedjes als pillendozen waaraan sluiers waren bevestigd, waren in de keuken aan het werk. Hun sluiers bedekten hun gezicht niet. Deze Tadzjieken waren Isma'iliten, volgelingen van de Aga Khan, en hebben hun eigen gewoonten. In dit huis maakte onthouding daar in elk geval geen deel van uit. Jafargul en zijn gasten hielden van whisky en we hadden ons al snel door een liter Jack Daniels heen gewerkt die David bij wijze van noodrantsoen had meegenomen.

Een van de gasten, die aan de andere kant van het vuur zat, was de Anglicaan. Hij klonk alsof hij weer midden in een filosofische discussie zat. De Anglicaan besteedde hoegenaamd geen aandacht aan ons. De tijd verstreek. Het feest en de whisky misten hun uitwerking niet. De conversatie viel stil tot een gemompel. Al snel hadden de meeste mannen zich op hun matten uitgestrekt en waren in slaap gevallen. Ook ik was gaan liggen en had mijn ogen dichtgedaan. Wat voor dromen zou iemand op deze plaats hebben?

Ik stond op het punt in slaap te vallen, toen ik in mijn arm werd geknepen. Zikkar. Hij wees op mijn parka. David was al opgestaan en ritste zijn jas dicht. Zikkar legde een vinger tegen zijn lippen en ging ons toen voor naar buiten. De wind was gaan liggen. Er lag een laagje sneeuw van een centimeter of vijf. Bij het melkachtige licht van de maan viel nog meer sneeuw en vormde een los geweven gordijn tussen het dorp en de bergen. Laarzen kraakten in de sneeuw, we volgden Zikkar naar een klein stenen gebouw aan het eind van het dorp. Het was omringd door besneeuwde dieren. Geen van deze spookachtige beesten besteedde enige aandacht aan ons, op een kameel na die zijn zwaarmoedige kop in de richting van onze onaangename geur keerde en spuwde.

Binnen in de hut was het pikdonker. David ging eerst naar binnen en toen ik mezelf vooroverboog om door de deuropening naar binnen te stappen, hoorde ik hem hard ademen: 'Oef!' Een mes? Een knuppel? Ik liet me op handen en knieën vallen en dook naar binnen als een verdediger – een trage, maar wel één met een behoorlijke massa – en kwam twee paar benen tegen. Het ene paar, in corduroy, was van David, het andere paar, in ruwe wol gestoken, behoorde zijn aanvaller toe, die mijn vriend in een dodelijke greep leek te hebben. Ik wilde de aanvaller net bij de keel grijpen, toen David, die klonk alsof zijn adem was afgesneden, hijgend uitbracht: 'Horace, wacht! Het is goed.'

Een zaklantaarn – die van Zikkar – werd aangeknipt en ik zag David in de omhelzing van een gespierde bergbewoner. Het was duidelijk dat moord het laatste was dat deze man in de zin had. Hij was opgetogen David te zien. De man was gekleed als de Kirgiezen die ik bij de buz kashi had gezien en de taal die hij sprak klonk anders dan Tadzjieks.

'Goeie genade,' zei David in het Engels. 'Het is Askar.'

'Wie?'

'Askar. Hij was nummer één in FILIBUSTER. We hebben in de jaren tachtig samengewerkt aan de grens.'

FILIBUSTER was de codenaam voor Davids beruchte operatie om een moslimoproer aan de Chinees-Russische grens aan te wakkeren. Askars titel, FILIBUSTER nummer één, betekende dat hij de belangrijkste agent was – commandant van het islamitische netwerk waarvan werd verondersteld dat de Chinezen het vijftien jaar geleden hadden opgerold. Hoe kon het dat hij nog steeds in leven was en kon rondlopen als een vrij man?

Zikkars zaklamp ging uit. Er werd een olielamp aangestoken. Bij het zachtere licht ervan bleek Askar een grijs hoofd te hebben met borstelige wenkbrauwen en een peper-en-zoutkleurige islamitische baard. In het verleden had David hem honderdduizenden Amerikaanse dollars gegeven – dat wist ik, omdat ik als hoofd van de post in China voor elke cent had moeten tekenen – maar de genegenheid die deze man voor zijn voormalige contactpersoon tentoonspreidde, kon onmogelijk met geld zijn gekocht.

David stelde me nu behoorlijk aan Askar voor. Andersom was dat niet nodig. Askar gaf een stevige hand, als een westerling. 'Ik weet wie u bent,' zei hij langzaam in het Mandarijn. 'Er was ons gezegd dat we u konden verwachten.'

Ik zei: 'Door wie?'

'Door de andere Amerikaan,' antwoordde Askar. 'Degene die u aan het zoeken bent. Hij zei dat u zou komen om hem te zoeken.'

'Wanneer heeft hij dat gezegd?'

'Niet lang geleden.'

'Waar is hij nu?'

Askar haalde zijn schouders op. Ik werd overspoeld door ergernis. David legde zijn hand op mijn arm.

'Met directe vragen bereik je niets,' zei hij. 'Rustig nou maar. Laat hem praten. Daarom hebben ze ons hierheen gebracht, om ons iets te vertellen. Luister nou maar gewoon.'

Zikkar wenkte. David en ik volgden hem naar de achterkant van de hut, waar een grote vierkante stapel dik vilt – een opgevouwen yurt? – tegen de muur lag. Hij schoof wat van het materiaal opzij en ik zag dat de stapel hol was. Zikkar verplaatste nog een paar balen en wenkte ons naderbij. Hij scheen met zijn zaklamp in de stapel, zodat een feloranje Suzuki crossmotor zichtbaar werd.

'Die was van de andere Amerikaan,' zei Zikkar in het Mandarijn.

Zikkar vertelde ons dat zij de motor met Paul hadden geruild tegen wat voedsel en twee paarden. Meer zei hij niet. Zikkar verborg de motorfiets weer en legde toen een kleed op de aarden vloer. We gingen in een kring zitten. David diepte een halve liter whisky en drie pakjes Amerikaanse sigaretten uit zijn parka op.

Terwijl de mannen zaten te roken en te drinken, praatten Zikkar en de Anglicaan uitvoerig in hun eigen taal. Toen ze waren uitgepraat, stelde David een paar vragen en richtte zich toen tot mij.

'Wil je het nu horen of wil je wachten?' vroeg hij.

'Nu,' zei ik. 'De verkorte versie.'

'Goed,' zei David. 'Op een dag kwam Paul opdagen op zijn motorfiets. Niet hier – hoger, op de weidegronden waar de mannen hun kudden lieten grazen, omdat het nog zomer was. Hij bracht enkele dagen bij hen door, zo lang dat ze hem aardig gingen vinden. Blijkbaar had hij al iets van hun taal opgepikt, en al snel sprak hij het redelijk goed. Was hij zo snel?'

'Ja, net een spons.'

'Hij zei dat hij zijn moeder zocht. Hij vertelde hun het verhaal van haar verdwijning. Dat deed hun harten smelten. Zoals ik zei, was er iets aan hem waardoor ze hem graag mochten, maar ze wilden zeker weten dat hij te vertrouwen was. Dus vertelde hij hen over zijn leven, dat hij al die jaren in een Chinese gevangenis had doorgebracht. Sommige van deze mensen hadden ook gezeten, en hij kende alle details van het gevangenisleven onder Mao. Ze hoorden ook van de greppel die hij had gegraven.'

'En?'

'Ze vertrouwden hem bijna, maar tegelijkertijd was hij een vreemdeling op de verkeerde plaats. Ze waren bang dat de Han elk ogenblik zouden opduiken en dat ze dan allemaal in de problemen kwamen. Ze wilden hem wel helpen. Maar ze wilden hem ook kwijt. Sommige van de ouderen kenden een verhaal over een Europese vrouw, geen Russin, die bij de Kirgiezen was komen wonen. Toen ze aankwam was ze nog jong. Ze is tot op hoge leeftijd bij de Kirgiezen blijven wonen. Het laatste dat ze wisten, was dat ze nog in leven was. Dat hebben ze hem verteld.'

'Was dat verhaal waar?'

'Dat weten ze niet. Maar voor Paul was het genoeg. Hij vroeg aanwijzingen en vertrok met de twee paarden waartegen hij zijn motorfiets had geruild. Een van de paarden heeft hij met zijn bezittingen – de spullen die Zhang je heeft laten zien – in de zadeltas bij het ravijn achtergelaten. Toen is hij in westelijke richting verdwenen. De Han kwamen uit Ulugqat en hebben het paard en de zadeltas meegenomen.'

'En wat weten ze van het stoffelijk overschot dat ze volgens zeggen naar Ulugqat hebben gebracht?'

'Daar weten deze mensen niets van.'

David en Askar spraken een paar zinnen in het Kirgizisch.

Toen wendde David zich tot mij en zei: 'Hij zegt dat deze Europese vrouw met zijn oom is getrouwd. Ze had blauwe ogen en blond haar. Ze had overal waar ze heen ging, een vreemde glazen buis bij zich. Hij zegt dat ze nog steeds in leven is en bij haar zoon woont.'

'Heeft Paul haar gevonden?'

'Niet díé zoon,' zei David. 'Askars neef, het kind dat ze met zijn oom heeft gekregen. Zijn naam is Tarik.'

'Heeft Tariks moeder een naam?'

'Ja,' zei David. 'In het Kirgizisch heet ze Kerzira.'

Askar vertelde ons de rest van het verhaal, of zoveel als hij ervan wist. Vijftig jaar geleden was Lori uit het niets komen opdagen in een ander niets; ze was in een Kirgizisch kamp aan komen rijden op een hengst en voerde twee merries mee. Ze betaalde de hoofdman bij aankomst een toegangsprijs in goud en ging bij de familie van de hoofdman wonen. Ondanks haar rijkdom – afgezien van het goud groeiden de hengst en de merries uiteindelijk uit tot een grote kudde – werkte ze even hard als de andere vrouwen. De vrouwen van de hoofdman mochten haar graag en leerden haar Kirgizische handvaardigheden. Zelfs in het begin sprak ze al voldoende Kirgizisch om zich verstaanbaar te maken. Al snel sprak ze de taal vloeiend en in de lokale kledij leek ze net een Kirgizische met een lichte huid en grijze ogen. Als er Russische of Chinese soldaten langskwamen, afhankelijk van de kant van de grens waar de kudden zich bevonden, sluierde ze haar gezicht en trok zich terug bij de rest van de vrouwen. Na een poosje trouwde ze met de jongste broer van de hoofdman en betaalde vijf veulens en goud als bruidsschat. Spoedig daarna kreeg ze een kind en daarna stond niemand er nog bij stil dat ze niet als Kirgizische was geboren, tenzij ze eraan werden herinnerd door een van haar eigenaardigheden, zoals haar weigering afstand te doen van de zware glazen buis en haar gewoonte om in haar eentje lange ritten te paard te maken, wat ongepast was voor een vrouw. De Kirgiezen wisten dat ze geen Russin was. Maar verder wist niemand waar ze vandaan kwam, hoewel ze een Perzische jurk droeg en op een Perzisch paard reed toen ze aankwam. Niemand zette vraagtekens bij haar wens om het wilde leven van hun bergstam te leiden. Wie zou dat niet willen?

8

De sneeuw bleef in grote, natte vlokken neervallen. De scherpgetande rotsen die het landschap gisteren zo mooi hadden gemaakt, hadden nu zachte witte rondingen. De sneeuw reikte tot onze schenen. Zikkar besloot dat het onverstandig was te blijven waar we waren.

'Hij zegt dat als het blijft sneeuwen we, zelfs met sneeuwkettingen om, niet tegen de heuvel op komen en uit de vallei kunnen raken,' vertaalde David. De arme stakker was hees door de lange nacht waarin hij van drie lastige talen Engels had moeten maken.

Na de thee en meer naanbrood en koud schapenvlees gingen we op weg. Onze oppassers kwamen gewikkeld in schapenvachten te voorschijn. We hadden hen sinds onze aankomst niet meer gezien. Ze waren te dun gekleed om ons in de sneeuwstorm te gaan zoeken, en degene die het woord deed, begon meteen te tieren toen hij ons zag. David besloot te doen alsof hij niet begreep wat de man riep. De man stond met stoffen schoenen in twintig centimeter diepe sneeuw. Halverwege zijn uitbarsting nam Zikkar de schapenvachten terug, zodat het een korte driftbui was. Beide Han sprongen meteen huiverend in de 4Runner. Of je wilde of niet, je had met ze te doen. Voordat ik instapte trok ik de dikke dichtgebreide Guernsey trui die ik droeg uit en gaf die aan hen. Hij was groot genoeg voor hen beiden en ze kropen er waarachtig allebei in. Al snel werden ze warmer en rustiger dankzij de gezamenlijke warmte van hun schriele lijven die in degelijke Engelse wol waren gewikkeld.

Maar blijer werden ze niet. De woordvoerder probeerde zijn mobiele telefoon uit zodra we de bergkam boven de vallei hadden bereikt. Hij moest hem met één hand bedienen omdat de andere in mijn Guernsey trui gevangenzat. Er was in geen velden of wegen een zendmast te bekennen, zodat de telefoon natuurlijk niet werkte, maar hij bleef het proberen terwijl Zikkar, die de kruipende auto nauwelijks onder controle kon houden, uit alle macht slippartijen probeerde te voorkomen en keer op keer ternauwernood kon verhinderen dat we een duikvlucht over de rand van de afgrond maakten.

Eindelijk kwamen we beneden aan en toen we door de buitenwijken van Ulugqat reden, kreeg onze oppasser eindelijk contact met zijn hoofdkwartier. Eerst zijn opgewonden verslag, daarna de instructies en vervolgens het Chinese equivalent van een enthousiast *Jawohl!*

Hij schakelde de telefoon uit en trok een paar handboeien te voorschijn. 'U staat onder arrest,' zei hij.

In elk ander land was ik in de lach geschoten omdat het zo absurd was om door een soort Siamese tweeling die samen een oversized trui deelden, in de boeien te worden geslagen. Maar niet in Xinjiang, waar de gevangenissen al zoveel mensen levend hadden verzwolgen. We werden in een regeringsauto gehesen en rechtstreeks naar het kantoor van Zhang in Ürümqi gereden. Dit keer was de kapitein niet alleen. Twee gespierde politieagenten stonden met getrokken wapenstok achter ons. Evenmin was Zhang nog de ontspannen vent die ik de vorige keer in zijn kantoor had ontmoet. Hij droeg zijn uniform en pet en rookte geen enkele sigaret. Hij stelde geen vragen en uitte geen beschuldigingen. Het was de bedoeling dat we dit zouden opvatten als een signaal dat hij alles van onze snode plannen wist, meer dan we ooit konden vermoeden.

'Paspoorten en vliegtickets,' zei hij gebiedend.

We gaven ze af. Ondanks het feit dat we waren geboeid, waren onze persoonlijke bezittingen niet afgenomen en waren we niet gefouilleerd.

Zhang bestudeerde de paspoorten pagina voor pagina alsof hij ze voor het eerst zag, schreef toen iets in beide documenten en zette er een stempel in. Hij gaf ze terug, maar hield de vliegtickets.

'Ik heb een aantekening in uw paspoorten geschreven dat u nooit meer toegelaten mag worden in de autonome regio van Xinjiang Uygur,' zei Zhang. 'Begrijpt u dat?'

We knikten en zeiden niets. Dit was een ernstige zaak – vooral voor David, omdat het betekende dat hij een deel van zijn extra inkomsten zou kwijtraken, afgezien van andere gevolgen die we niet konden overzien – maar niet zo ernstig als twintig of dertig jaar lang, of hoe lang het ook mocht duren voordat je stierf, in een gevangenkamp op je proces wachten.

Zhang zei: 'Over twee uur vertrekt er een vliegtuig naar Alma Ata.' Hij gaf twee nieuwe vliegtickets aan een van de twee spierbundels. 'Deze mannen zullen u naar de luchthaven begeleiden en ervoor zorgen dat u veilig aan boord van uw vliegtuig komt,' zei hij. 'Ik adviseer u uw medewerking te verlenen.'

We volgden zijn advies nauwgezet op. Maar onze uitzetting maakte de zaak afschuwelijk ingewikkeld. In Xinjiang was het water ons in de mond gelopen, maar we wisten nog steeds niet alles en nu konden we nooit meer terugkomen om onze vermoedens na te trekken.

In theorie althans.

9

David Wong wachtte tot we in Alma Ata waren geland, veilig voor Chinese oren, voordat hij me vertelde dat zijn vriend Askar het over de amforarol had gehad.

'Volgens Askar,' zei David, 'is er een bericht uitgegaan naar alle islamitische terroristengroepen in de wereld om de rol te vinden. Er is een beloning van vijf miljoen euro uitgeloofd voor degene die hem aflevert.'

'Waar moet hij worden afgeleverd?' zei ik. 'Bij wie?'

'Dat wist Askar niet. Hij zegt dat niemand het weet, maar het gerucht doet de ronde dat de beloning is uitgeloofd door een rijke heilige man die ergens in de islamitische wereld woont.'

Wie kon deze heilige man anders zijn dan Ibn Awad? Als dat het geval was, dan was dit de eerste bevestiging zijn van het feit dat die oude gek nog leefde en op weg was om de steden van de kruisvaarders te vernietigen. En Askar, een uitgerangeerde terrorist die weer een rol voor zichzelf wilde opeisen, had het manuscript onder handbereik.

Ik zei: 'Weet Askar wat er in de glazen buis van zijn tante zit?'

'Dat denk ik niet,' zei David. 'Maar hij heeft wel een probleem.'

'Wat? Loyaliteit jegens zijn familie?'

'Dat misschien ook. Maar het echte probleem is dat zij en haar glazen cilinder verdwenen zijn. Op een ochtend ging ze uit rijden en is niet meer teruggekomen.'

'Ga weg! Op een paard? Op haar vierennegentigste?'

'Ik citeer Askar. Ze is een vitale tante. Rijdt nog steeds twee of drie ochtenden per week paard, maar galopperen doet ze niet meer.'

'Zijn ze haar niet gaan zoeken?'

'Haar zoon Tarik is haar achternagegaan. Hij is evenmin teruggekomen, dus denken ze dat hij haar gevonden heeft en dat ze veilig is.'

'Maar ze hebben ze wél gezocht?'

'Op een gegeven moment wel, ja. Ze was niet in het dorp. Tarik ook niet. De vrouwen denken dat ze naar huis is gegaan om te sterven, waar dat ook mag zijn.'

Ik vroeg: 'David, hoe schat je Askars betrouwbaarheid in?'

'In het verleden heeft hij me nooit misleid,' antwoordde David.

'Destijds zou het hem veel geld hebben gekost als je hem op een leugen had betrapt. Dat is nu niet meer het geval.'

'Dat klopt,' zei David. 'Maar hij is niet straatarm. Hij heeft me het nummer van een satelliettelefoon gegeven voor het geval dat ik hem nog wilde spreken.'

DEEL III

1

De laatste keer dat ik in Moskou was, twintig jaar geleden, klopte haar hart nauwelijks. Nu leek het te fibrilleren. We vielen van de ene verbazing in de andere. Het eten in de restaurants was te eten, de obers glimlachten om een fooi te krijgen. Overal zag je blote huid en Duitse auto's, geld was een populairder gespreksonderwerp dan het weer, de grappen gingen over seks in plaats van over het politbureau. Maar de duisternis viel in december nog steeds om vier uur in. Op de eerste dag dat we in de stad waren, trok Harley Waters me om halfvijf mijn hotelkamer uit, een sneeuwstorm in.

'In de stad wordt alles nog afgeluisterd,' zei hij. 'Het enige verschil is dat er nu twee organisaties meeluisteren in plaats van een – de maffia en de Russische inlichtingendienst.'

Omdat de maffia voornamelijk bestond uit voormalige leden van de KGB, maakte die obscene nieuwsgierigheid nog steeds deel uit van het dagelijks leven. Harley had een goede avond uitgekozen voor de wandeling die hij in gedachten had. De sneeuw viel zo dicht dat het vrijwel onmogelijk was iemand te zien die meer dan een paar passen van je vandaan was. Het was ook het tijdstip dat de kantoren leegliepen en de massa liet zoveel verse voetsporen na dat het volgen van sporen onmogelijk was. Door de hevige sneeuwval plus Harleys kennis van Moskous hoeken en gaten kostte het weinig moeite het driekoppige team dat ons volgde van ons af te schudden.

Harley leidde me de storm uit en een metrostation binnen. Onze schaduwen lieten zich niet meer zien, zodat we dachten dat we ze echt kwijt waren. Zelfs nadat we kilometers rondjes hadden gelopen, was dat vanwege mijn lengte overigens lang niet zeker. Ik was hier minder een bezienswaardigheid dan in Brazilië of China, maar ik trok nog steeds veel aandacht. Ik ben eraan gewend, maar het staat als een paal boven water dat een lengte van een meter vijfennegentig een handicap is voor iemand die beroepshalve niet op mag vallen.

Daarom had ik ook altijd binnen gewerkt in plaats van buiten zoals Paul Christopher, de perfecte einzelgänger die zo stil kon zitten en zo weinig zei dat de obers soms niet merkten dat hij aan tafel zat en vergaten zijn bestelling op te nemen.

Er zaten nog maar erg weinig mensen in de metrowagon toen we bij onze halte aankwamen. We doken weer op in de sneeuwstorm in een onverlichte buurt in de buitenwijken van de stad. Enorme appartementsgebouwen met sneeuwbanken op hun platte daken stonden als gebochelden in de storm. Zwak licht dat de kleur van urine had was zichtbaar achter tientallen kleine raampjes. Een van deze mismaakte dozen was omgeven door een muur met prikkeldraad en glasscherven erbovenop. Dit betekende dat er ooit leden van de Russische geheime politie en dat soort mensen hadden gewoond.

Harleys vriend Michail Orlov, een voormalig kolonel van de KGB, woonde alleen op de bovenste verdieping van een flat die naar kool, worst en afval rook. Harley legde uit dat Michail, die in Afghanistan een been was kwijtgeraakt, moeite had het afval zestien verdiepingen naar beneden te dragen. Vanwege zijn verleden bood niemand in het nieuwe Rusland aan hem te helpen. Niet dat Michail moeite deed zijn verleden te verbergen: zijn keurig gestreken KGB-uniform, laarzen, medailles, de hele reut, hing op een kleerhanger aan een haak in de muur. Hij was duidelijk klaar om zijn functie op elk gewenst moment weer op te pakken.

Michail omhelsde Harley en kuste hem op beide wangen. Hij keek mij doordringend aan alsof hij gecodeerde boodschappen in mijn irissen las en schudde mijn hand krachtig om me te laten merken hoe sterk hij was, zelfs in een vriendelijke bui. Harley en deze KGB-man waren overduidelijk oude vrienden. Michail was een korte, gedrongen man met een kaalgeschoren hoofd, Slavische jukbeenderen en bleekblauwe ogen met een mongolenplooi. Hij had zijn houten been niet aan – het hing aan een andere haak aan de muur – maar hij gebruikte geen kruk of stok. In plaats daarvan hinkte hij op één been rond toen hij vieze glazen voor de wodka ging halen en een lepel – eentje maar – voor de kaviaar die Harley had meegenomen. Zelfs na een halve liter wodka verloor hij zijn evenwicht niet. Zijn ene been moet ontzettend sterk zijn geweest.

Harley had me nog niet gezegd waarom we hier waren – alleen dat Michail een interessante man was die in het verleden wel eens voor hem had gewerkt. Toen het peil van de wodka in de fles het juiste punt had bereikt, zei Harley: 'Toen hij door zijn verwonding niet meer als geheim agent kon werken, was Michail als officier verantwoordelijk voor de nucleaire veiligheid van het wetenschappelijke complex Darvoza-76 in Turkmenistan.'

Michail keek me weer strak aan. Tot nu toe hadden we in het Russisch over koetjes en kalfjes gepraat – in mijn geval hakkelend – maar nu begon hij Engels te praten.

Michail zei: 'U bent de man die de Amerikaanse verkiezingen heeft gemanipuleerd, klopt dat?'

Ah, de geijkte opmerking om het ijs te breken. 'Ja, zo ongeveer,' antwoordde ik.

'U bent op de Russische televisie geweest.'

'Echt waar?'

'Ja, heel brutaal. In elk ander land dan Amerika had u de kogel gekregen.'

Ik glimlachte, en daar had niemand deze avond nog een poging toe gedaan. 'Ongetwijfeld. Maar de straffen in de vs zijn niet zo mild als in de meer vooruitstrevende landen.'

'Denkt u dat er iets ergers bestaat dan de dood?' Zijn toon was geringschattend. Wat kon een Amerikaan nou van de dood af weten? Toegegeven, Michail zelf was een expert. Hij had bij een organisatie gehoord die in vredestijd meer sovjetburgers had opgehangen, uitgehongerd, neergeschoten en over de kling had gejaagd dan het totale aantal militaire slachtoffers aan beide zijden in de Tweede Wereldoorlog. Nu was de KGB in het niets opgelost, waardoor hij achterbleef met een uniform en onderscheidingen waarvoor hij op straat zou worden gestenigd, een volwaardig kolonelspensioen dat minder dan $2000 per jaar bedroeg en een houten been dat niet goed paste. Harley, die met een ironische blik in zijn scherpe ogen van de boze Rus naar de chagrijnige Amerikaan had zitten kijken, vond dat het tijd was om de bijeenkomst de goede kant uit te sturen.

'Misschien moeten we ter zake komen,' zei hij.

Michail knikte – dat werd tijd! Hij zette zijn radio harder en hinkte naar het fornuis om een pot thee te halen. Nadat hij de thee in de wodkaglazen had geschonken, ging hij zitten en trok zijn stoel dichterbij, zodat we met onze hoofden vlak bij elkaar zaten. De muziek stond zo hard – het koor van het Rode Leger dat gouwe ouwen brulde – dat we elkaar anders niet hadden kunnen verstaan.

Harley zei: 'Michail weet dat we geïnteresseerd zijn in vermiste nucleaire rugzakbommen en hij kan ons daar iets over vertellen.'

Harley had kennelijk al een aanbetaling op de informatie gedaan, want Michail stak meteen van wal. Elk spoor van minachting en superioriteit waren als bij toverslag verdwenen en plotseling was hij niet meer de van wodka doortrokken rancuneuze uitgerangeerde figuur maar een professionele inlichtingenagent die verslag uitbrengt.

'Jullie hebben gelijk dat je je ongerust maakt,' zei hij. 'Een aantal van onze bommen wordt vermist.'

'Hoeveel?'

'We denken dat het er twaalf zijn. Het inventariseren ging moeizaam. De ontbrekende bommen zijn klein, een of twee kiloton per stuk, maar het zijn speciale wapens.'

'Speciaal in welke zin?'

'Ten eerste omdat ze compact zijn,' zei Michail. 'Ten tweede omdat ze een omhulsel van kobalt hebben, zodat het niet zozeer om de explosieve kracht van de bom gaat als wel om het effect en de duurzaamheid van de straling.'

Ik moet geschokt hebben gekeken omdat Michail even de tijd nam en op haast vriendelijke toon zei: 'Wist u dat niet?'

'We wisten dat het vuile bommen waren,' zei ik. 'Maar van het kobalt wist ik niets af. U bent absoluut zeker van uw zaak?'

'Jazeker. Als zo'n bom op het Rode Plein zou afgaan, zou Moskou eeuwenlang onbewoonbaar zijn.'

'En jullie hebben er twaalf laten stelen?'

'Ja, dat is gebeurd. Het was een grote vergissing.' Michail boog voorover en priemde zijn korte wijsvinger in mijn borst. 'Het zou beter zijn, goede vriend, als u uw vragen tot het eind bewaart.'

Hij had gelijk en ik had trouwens geen vragen meer. Er was niets onwaarschijnlijks aan het verhaal dat hij ons vertelde. De sovjets hadden dertig ton pokkenvirus vervaardigd en opgeslagen als lading voor biologische wapens, dus waarom zouden ze geen kobaltbommen maken?

Ik zei: 'Sorry, ga door,' en pakte mijn glas thee. Het was gloeiend heet en nog zoeter dan de Tadzjiekse thee.

'In de nadagen van de Sovjet-Unie, net voor de val van Gorbatsjov...' Michail spuugde na het noemen van die naam... 'werd ik meteen uit het KGB-ziekenhuis naar Darvaza-76 gestuurd.'

'Wat is dat?'

'Een *naukograd*, een geheime stad waar wetenschappelijk onderzoek wordt verricht. De 76 betekent dat het zesenzeventig kilometer van Darvaza ligt, de dichtstbijzijnde stad in het noorden van Turkmenistan. Er zijn – of waren – ongeveer vijftig naukograds in de Sovjet-Unie. Op dat soort plaatsen werden nieuwe wapens uitgevonden, ontwikkeld en gefabriceerd en opgeslagen. Ik dacht dat jullie dat wel wisten door jullie spionagesatellieten.'

'Misschien wist Harley ervan,' zei ik. 'Maar dat was niet mijn pakkie-an.'

'Daar hebben we dan geluk mee gehad,' zei Michail. Deze man mocht me echt niet. Hij keek Harley aan en zei: 'Kan ik verdergaan?'

Harley maande hem met een priesterlijk gebaar door te gaan.

Michail haalde diep adem en zei: 'Dit probleem van die vermiste wapens was ontstaan door het gebrek aan discipline in het Rode Leger na de terugtrekking uit Afghanistan, om maar niet te spreken van de verwarring in het Kremlin die Gorbatsjov had veroorzaakt door de Partij om zeep te helpen.'

Michail was uitgekozen om het probleem op te lossen omdat hij een groep officieren van het Rode Leger had opgerold die sovjetwapens aan de moedjahedien verkochten.

Hij zei: 'Jullie begrijpen dat onze grootste angst was dat deze rugzakbommen in handen van religieuze idioten waren gevallen. De moedjahedien, of erger nog, de Tsjetsjenen. We wisten dat wapens die door de Saoedi's en anderen waren betaald, Tsjetsjenië binnenstroomden. Er gingen ook grote bedragen in contanten over de grens. Het vaderland werd geconfronteerd met een tweede Afghaanse oorlog, maar dit keer op eigen bodem. Uit de hele islamitische wereld kwamen vrijwilligers Tsjetsjenië binnengeslopen. En dan was er nog de jihadbeweging die jullie aan de Chinese grens financierden als tweede front in de Afghaanse oorlog.'

David Wongs project. De wereld is klein.

Bij aankomst in Darvaza-76 had Michail direct de officier die verantwoordelijk was voor de beveiliging laten arresteren en alle anderen die een sleutel van de opslagloods hadden.

'Ik zei ze dat ze me alles gingen vertellen wat ze ooit hadden gezien, iedereen die ze verdachten, elk detail van hun eigen bewegingen en verblijfplaatsen op elk moment van hun leven,' zei Michail. 'Om de anderen wat aan te moedigen, schoot ik een paar jonge officieren dood die duidelijk onschuldig waren en daarom van geen enkel belang voor mijn onderzoek waren.'

De overlevenden begrepen wat Michail hen duidelijk probeerde te maken, maar ze hadden een probleem. Niemand wist wanneer de wapens verdwenen waren en of het aantal wel klopte. Ze waren er niet zeker van hoeveel van die speciale kobaltwapens er aanvankelijk op de inventarislijst stonden of hoeveel er binnen het militaire apparaat zelf circuleerden. Soms onttrok het leger wapens aan de voorraad voor trainingsdoeleinden en vergat ze vervolgens terug te geven, tot het er door Moskou krachtig aan werd herinnerd.

Michail had de rest van de nacht nodig om ons een beeld te schetsen van zijn naspeuringen, waarbij hij heel grondig te werk was gegaan. Hij had elk veiligheidsverslag, elk logboek, alle lijsten van wachtposten gelezen. Hij had iedereen op de basis ondervraagd, soldaten en onderzoekers, mannen, vrouwen en kinderen. Maar het kwam erop neer dat Michail, ondanks zijn nauwgezette speurwerk, er niet in geslaagd was te ontdekken wie de bommen had verkocht of wie ze had gekocht. Of dat ze gewoonweg waren gestolen, hoewel dit onwaarschijnlijk leek omdat Darvaza-76 een gesloten stad was, die omringd werd door een vijf meter hoge betonnen muur met draden die onder spanning stonden en die dag en nacht door KGB-troepen werd bewaakt.

Natuurlijk moest iemand daarvoor boeten. De commandant van de basis en een tiental anderen, onder wie drie onbelangrijke technici en een handvol sergeanten, kregen de kogel na een proces waarin ze hun gezinnen redden door misdaden te bekennen waarvan de KGB wist dat zij ze niet hadden begaan.

Ik vroeg Michail: 'Maakte u zich geen zorgen dat een van deze kerels u niet alles had verteld voordat hij werd geëxecuteerd?'

'Dat is geen reële mogelijkheid.'

'Maar was u niet bezorgd over al die losse eindjes?'

'Nee,' zei Michail. 'Ik ging ervan uit dat we die ontbrekende bommen vroeg of laat zouden vinden. Om gewicht te besparen waren ze haast niet afgeschermd en ze gaven zoveel straling af dat ze gemakkelijk op te sporen zouden zijn. Maar ik had het mis. We hebben miljoenen roebels uitgegeven om ze in de hele Sovjet-Unie te zoeken, met van alles, variërend van satellieten tot soldaten met geigertellers. We hebben er nooit een spoor van teruggevonden.'

En waar duidde dat volgens Michail op?

'Er deden heel wat theorieën de ronde,' antwoordde hij. 'Ze konden in een diepe grot, een mijn of een oliebron zijn opgeslagen. Of ze konden verstopt zijn op een plaats waar al een hoop achtergrondstraling van vroegere testexplosies was. We hebben op al die plaatsen in de Sovjet-Unie gezocht – Kazachstan, Siberië, Kamtsjatka, de Arctische testgebieden, nucleaire vuilnisbelten, zoutmijnen, kolenmijnen. Het oude regime ging daar niet al te netjes mee om, zodat het land er vol mee zit. We hebben niets gevonden.'

'En het is niet bij u opgekomen dat de bommen naar het buitenland zijn gesmokkeld?'

'Natuurlijk. Maar we hadden geen verantwoordelijkheid tegenover andere landen.'

'U dacht nog steeds dat de bommen in de USSR tot ontploffing zouden worden gebracht?'

'Ja.'

'Er was een ander mogelijk doelwit.'

'De Verenigde Staten?' zei Michail. 'Er waren niet veel mensen in het Rode Leger of de KGB die tranen zouden hebben vergoten over een nucleaire aanval op New York of Chicago.'

2

Het was een lange metrorit terug naar het hotel, en toen we daar aankwamen, op tijd voor het ontbijt, was er geen heet water meer over voor een scheerbeurt en een douche. Harley en ik aten gerookte haring en eieren in de eetzaal en wachtten tot de boiler weer was opgewarmd, toen een jongeman kwam binnenlopen en recht op onze tafel afstevende. Het was een gespierd type met een scherpe blik. Goedgesneden marineblauwe blazer, een gekreukte flanellen broek, streepjesoverhemd, een namaak Eton stropdas, schoenen die te goedkoop waren en niet bij zijn kleren pasten. Tegenwoordig lijkt iedereen in westerse kleren op een Amerikaan. Daardoor wist ik niet of deze man een huurmoordenaar van de Russische maffia was, of een van ons of wat dan ook.

Hij zei met het nasale accent van iemand uit het middenwesten: 'Hallo Mr. Waters. Goedemorgen Mr. Hubbard. Mag ik bij u komen zitten?'

Harley negeerde hem.

Ik zei: 'Pak een stoel. Koffie?'

'Heb ik al gehad,' zei de man en stak een vinger op naar de ober. Hij moet een vaste klant zijn geweest die een goede fooi gaf, want de ober rende bijna door de zaal.

'Mineraalwater alsjeblieft, Boris, en breng maar nieuwe als het op is,' zei hij in goed Russisch.

Onze bezoeker zag eruit alsof hij nog niet zo lang geleden quarterback was geweest op een middelbare school in een stad waar dat erg belangrijk was en hij gedroeg zich navenant. Hij had zo'n Amerikaans hoofd dat een mengeling is van een Germaanse schedel en een Iers gezicht, onvindbare oren en mediterrane ogen. Zijn glimlach was voor honderd procent die van een Amerikaans rijkeluiszoontje – er was voor $15.000 aan zijn gebit vertimmerd.

Ik zei: 'U kent onze namen. Hoe heet u?'

'Kevin Clark,' zei hij. Geen visitekaartje, geen uitgestoken hand.

Harley zei: 'Kunt u daar misschien nog iets aan toevoegen?'

Kevin Clark wierp hem een charmante glimlach toe. Zijn mineraalwater stond in een oogwenk op tafel. Hij dronk een heel glas voordat hij weer sprak. De ober sprong toe om het glas te vullen en bleef toen binnen gehoorsafstand staan. Kevin besteedde geen aandacht aan hem.

'Nou,' zei hij luid en duidelijk, alsof hij bevelen blafte, 'ik ben gevraagd om uw vriend te zijn zolang u in Moskou bent.'

'Werkelijk?' zei ik. 'Wie heeft u dat gevraagd?'

'Mensen die zich zorgen maken om uw veiligheid.'

'Kunt u iets specifieker zijn?'

'Nee, het spijt me. Het is een vertrouwensrelatie.'

'Juist. Waarom maken deze goedaardige mensen die ons willen beschermen zich zo'n zorgen over ons?'

'Dat komt door de mensen met wie u omgaat, Mr. Hubbard. Uw recente activiteiten in Xinjiang zijn verontrustend en de man die u gisteren hebt bezocht is een gevaarlijk persoon.'

'Mijn hemel,' zei ik, 'u schijnt werkelijk overal spionnen te hebben.'

Daar kon hij niet om glimlachen. Boris bracht Kevin een tweede fles water.

'Het zou voor iedereen het beste zijn,' zei hij, 'als u Rusland verliet voordat onze gastheren een reden vinden om u eruit te gooien.'

Harley, die geboren was voordat orthodontisten deel uit gingen maken van de Amerikaanse samenleving, antwoordde met een glimp van zijn eigen onregelmatige, gelige tanden. 'Wij gaan nergens heen, vriend. En je kunt teruggaan naar je opdrachtgevers, zoals die Tom Berger, en ze dat vertellen. Horace en ik zijn gewoon een paar 65-plussers die op vakantie zijn en bezienswaardigheden bekijken.'

'Ik heb geen idee waar u het over hebt,' zei Kevin. 'En ik ken niemand die Tom Berger heet. Geloof me, ik probeer u alleen maar te helpen.'

'Werk je dan niet voor Tom op de Amerikaanse ambassade?' vroeg Harley. 'Wil je daarmee zeggen dat je geen lid bent van de Outfit?'

Kevin beantwoordde de vraag niet. Hij zei: 'Luister, wat jullie vriend Michail...' hij liet de naam terloops vallen... 'ook heeft gezegd, er zijn geen vermiste bommen. Dat is oude desinformatie van de KGB om de mensen als kippen zonder kop te laten rondrennen.'

'En dat weet je honderd procent zeker?'

'Klopt. En het zou een grote schande zijn als de Russische politie er op een of andere manier achterkomt dat je een veroordeelde crimineel bent die hun land is binnengekomen zonder dat te melden.'

Harley zei: 'Eerlijk gezegd, jongen, denk ik niet dat ze erg verrast of geschokt zouden zijn door dat nieuws. Misschien zouden ze Horace liever volgen om te kijken wat hij in zijn schild voert dan hem het land uit te gooien.'

'Dat betwijfel ik. Het is trouwens niet de Russische politie waar jullie je zorgen over moeten maken.'

'Om wie moet ik me dan wél zorgen maken?' vroeg ik. 'Ik barst van nieuwsgierigheid.'

'Ik ben bang dat u daar snel genoeg achter komt,' zei Kevin. Hij dronk nog een glas mineraalwater – het hele glas, in één keer. Hij stond op, liet een fooi voor de ober achter, maar liet de rekening voor ons liggen. 'Tot kijk, heren,' zei hij.

Harley trok een mobiele telefoon uit zijn zak en toetste een nummer in. Hij hield het apparaat ver van zijn oor alsof hij verwachtte dat degene die opnam, te luid zou praten. Ik hoorde de telefoon overgaan en daarna de stem van Tom Berger, het hoofd van de post in Moskou.

'Tom, met mij, het is lang geleden dat we elkaar hebben gesproken,' zei Harley met een stem en dictie die niemand ooit vergat als hij hem eenmaal had gehoord.

'Een korte vraag. Ken jij die jonge vent met wie mijn oude vriend en ik vanmorgen hebben ontbeten?'

De stem aan de andere kant zei: 'Neuh. Waar gaat dit over?'

'Dat proberen we uit te zoeken, Tom. Dus jij hebt ons geen loopjongen gestuurd?'

'Nee.'

'Bedankt Tom,' zei Harley. Hij verbrak de verbinding. 'Het lijkt erop dat Kevin niet bij Tom hoort – aangenomen dat we Tom kunnen vertrouwen.'

Bij wie hoorde Kevin dan wel? Het was allemaal erg mysterieus.

3

Harley en ik waren na ons avondje doorhalen te moe om ons zorgen te maken. Nadat we de bon voor het ontbijt hadden getekend, gingen we meteen naar boven. Na een dutje van een uur of vijf, een scheerbeurt, een douche en een versterkende pot thee gingen we bezienswaardigheden bekijken. Het was te koud om buiten rond te dwalen, dus namen we de metro naar het Tretjakovmuseum. Ik was elk gevoel voor tijd kwijtgeraakt, maar het moet zondag zijn geweest, want het museum was stampvol meisjes met roze gezichten in minijurkjes die allemaal op zoek waren naar jongens. Het was merkwaardig om in Moskou vrouwenbenen te bewonderen en parfum op te snuiven. Deze vrolijke massa was een zegen, omdat het eenvoudig was tussen de nimfen en fauns een stille te ontdekken. En als stoorzender voor verborgen microfoons was hun gegiechel bijna even effectief als Michails oude blikkerige radio.

Terwijl we van het ene verloren gewaande preleninistische Russische meesterwerk naar het andere slenterden, namen Harley en ik de zaken door. Harley sprak nu met een New Hampshire-accent, waarbij hele zinnen voorbijkwamen zonder dat er één g of r aan het eind van een woord werd uitgesproken.

'Het zou kunnen dat dat gedoe bij het ontbijt gewoon onhandigheid van de nieuwe Outfit was,' zei hij. 'Maar misschien zit er wel een kern van waarheid in. Misschien is er wel iemand die echt iets weet.'

'Waarover iets weet?'

'Nou, die Kevin had het vanmorgen over de maffia.'

'Denk je dat de Russische onderwereld belangstelling voor ons heeft?'

'Het kan verstandig zijn die mogelijkheid onder ogen te zien,' zei Harley. 'Vergeet niet wie die maffiabazen vroeger waren. Je zou het een vereniging van oud-KGB-leden kunnen noemen. Wat ons terugbrengt bij Michail. Is je iets vreemds opgevallen in zijn verhaal?'

Hij had net zo goed kunnen vragen of ik had gemerkt dat de meisjes met de minirokjes benen hadden, maar ik antwoordde: 'Een aantal zaken. Waar denk je aan?'

'Hij heeft ons alles verteld over de kolonels, majoors, kapiteins, sergeanten en soldaten eerste klasse die hij de duimschroeven heeft aangedraaid, en niet te vergeten de onderzoekers en andere lui die zijn ondervraagd. Duizenden mensen. Hij had het over terroristen die de opslagplaats misschien hadden beroofd. Maar hij heeft met geen woord gerept over een van de meest waarschijnlijke verdachten in een zaak als deze. De maffia natuurlijk.'

Een paar meisjes met lange benen schoven tussen ons en een schilderij en poseerden voor een foto. De fotograaf was een van hun vriendjes en was uitgerust met het nieuwste model digitale camera. Toen hij de camera omhoogbracht, zag ik dat hij een peperduur gouden polshorloge met een blauwe wijzerplaat om had. We liepen door om te voorkomen dat we op de foto kwamen. De kinderen liepen met ons mee, hoe onschuldig hun gegiechel misschien ook klonk, tot we ze in de menigte hadden afgeschud. Dat was nu eenmaal een tweede natuur van ons geworden.

In het volgende museum, dat volhing met Kandinsky's, waren we min of meer alleen. Toen kwamen dezelfde twee mooie meisjes en hun vriendjes de zaal binnen. Harley draaide zich naar hen om en zei in vlekkeloos Russisch: 'Laat mij die camera even vasthouden, jongeman, dan maak ik een *kulturny* foto van jullie alle vier vóór dit prachtige kunstwerk.'

De verraste jongeman gaf hem zijn camera. Harley nam zijn tijd om de camera te richten en scherp te stellen – Glimlachen! Nóg een! Uiteindelijk gaf Harley de camera terug. We keerden hen onze rug toe en liepen weg.

'Twee foto's van ons in de camera,' zei hij. 'Ze lijken niet erg. Laat ze maar. Ik denk niet dat ze dichtbij genoeg zijn geweest om iets te horen of op te nemen.'

Was dit de slimheid van door de wol geverfde spionnen of paranoia? 'Hoe zouden die kinderen moeten weten dat wij nou net in dát museum waren?'

'Ze zijn samen met ons de metro ingestapt, met dikke kleren aan,' zei Harley. 'Ze begonnen pas pret te maken toen we allemaal binnen waren. Je bent niet scherp meer, Horace.'

Ik zou willen dat ik kon zeggen dat Harley het bij het verkeerde eind had, maar feit is dat ik ze niet had opgemerkt omdat ik niet op jonge veelbelovende meisjes en jongens had gelet. Ik was op zoek naar het oude Peter Lorre-type in een zwart alpacawollen pak met een bovenmaatse gleufhoed.

Niet dat ik Harley mijn vergissing toegaf. In plaats daarvan zei ik: 'Heb je het horloge van die jongen met dat fototoestel gezien?'

'Ja. Tenzij de Russische inlichtingendienst zich $25.000 aan juweelrekwisieten kan veroorloven, lijkt het erop dat deze vogels voor een andere werkgever op pad zijn.'

'En wie heeft ze gezegd dat ze ons moesten volgen?'

'Twee mogelijkheden,' zei Harley. 'Michail of Kevin. Laten we 'm smeren.'

Het duurde even voor we onze jassen en hoeden terug hadden. Onze vier jonge vrienden stonden vlak achter ons in de rij en kwamen ook na ons de trappen van het museum af. Het sneeuwde nog steeds. Een van de meisjes, met een klein rond sensueel gezicht onder haar bontmuts, kwam op ons afrennen en omarmde Harley. Voordat ze dat deed, had ze haar lange burqa-achtige jas opengedaan, zodat er weinig tussen zijn oude botten en haar stevige jonge vlees zat. Met twinkelende ogen fluisterde ze iets in zijn oor. Harley was opgetogen, maar ik zag dat hij zijn hand in de zak stopte waar hij zijn geld had zitten. Hij fluisterde een antwoord in het Russisch. Ze pruilde en wilde een antwoord terugfluisteren, maar toen begon ze ineens angstig te kijken. Ik volgde haar blik en zag een man in een lange overjas die in de sneeuwstorm de *Izvestia* stond te lezen. Even verderop in de straat stonden nog meer mannen – niet een maar twee complete volgteams die ons stonden op te wachten. Harley zag ze ook. De metgezellen van het meisje vervaagden al in de vallende sneeuw en ze rende hen achterna.

'Ik voel me best gevleid door al die belangstelling,' zei Harley.

'Wat zei die kleine dame tegen je?'

'Ze zei dat Michail Dimitrovitsj ons wilde spreken. Dringend.'

Het sneeuwde nu nog harder. Met zijn sabelbonten muts en bontgevoerde jas ging Harley in de massa op. Ik droeg mijn splinternieuwe met ganzendons gevoerde Gore-Tex parka met de capuchon op. Smerige sneeuwprut drong mijn high tech waterdichte wandelschoenen binnen en ik was jaloers op Harleys overschoenen met gesp die uit het begin van de twintigste eeuw stamden. De stillen volgden ons. Wat het ook waren, politieagenten of criminelen, ze verloren ons geen moment uit het oog. We negeerden hen alsof we onschuldige mensen waren; als we ze probeerden af te schudden, als dat al mogelijk was, zouden ze alleen maar argwanender worden. Bovendien was er geen reden om ze kwijt te raken. Ik lag er niet bepaald wakker van dat we Michail in gevaar zouden brengen.

De duisternis was ingevallen toen we bij Michails zolderkamertje aankwamen. Harley zag wat bleekjes na de lange steile beklimming van de trap. Michails flat was niet op slot. En er was niemand thuis.

'Een slecht teken,' zei Harley.

We gingen toch naar binnen. Ik keek uit het raam. Drie donkere figuren hingen rond in de straat vol sneeuwprut – onze schaduwen. Er waren al enkele uren verstreken toen we eindelijk voetstappen op de trap hoorden. Het was onmiskenbaar de tred van iemand met een houten been. Michail opende de deur en knipte het zoemende peertje aan dat aan het plafond hing en zag dat Harley en ik hem opwachtten.

'Oéf!' zei hij toen hij ons zag. 'Wat doen jullie hier?'

Harley zei: 'Bedoel je dat je ons niet verwachtte?'

'Ben je gek?'

Harley nam Michail uitgebreid op. 'Waar ben je geweest?'

'Ik heb zitten wachten. Dit is nog steeds Rusland.'

Michail had zichzelf weer onder controle. Hij zag er niet langer uit als een man die dacht dat hij de kogel zou krijgen, maar meer als een gedesillusioneerde KGB-kolonel die door de geschiedenis, datgene waar hij het meeste vertrouwen in had gesteld, van zijn medailles en uniform was beroofd, in lompen was gekleed en was opgesloten in dit krot van een flat.

'Waar heb je op gewacht?' vroeg Harley.

'Hierop.'

Michail trok zijn broekspijp omhoog en liet ons de glimmende metalen schacht van een nagelnieuwe prothese zien. 'Titanium, Duits fabrikaat,' zei hij.

'Ziet er goed uit,' zei Harley. 'Hoeveel heeft-ie je gekost?'

'Alles wat je me gegeven hebt, tot de laatste kopeke.'

'Geen wonder dat je meer geld nodig hebt,' zei Harley. 'Is het een verbetering?'

'Alles zou een verbetering zijn geweest,' antwoordde Michail. 'De wezen in Afghanistan hebben betere protheses dan de rotzooi die ze míj hebben gegeven.'

Michail draaide het licht uit en keek naar buiten. De schaduwen waren er nog steeds, kleine zwarte figuurtjes tegen een fosforescerend wit vlak.

'Jullie zijn gevolgd,' zei hij.

'Dat weten we,' antwoordde Harley.

Omdat ik Michail zo irriteerde, liet ik Harley het woord doen tot de Rus was gekalmeerd.

'Het zijn er drie,' zei Michail. 'En nu ze gezien hebben dat mijn licht aanging, weten ze dat ik thuis ben.'

'Maar niet dat wíj er zijn. Wij hebben niet aan het licht gezeten.'

'Ha! Dat is precies wat zij ook hebben gezien.'

'Betekent dat dat jij de enige verdachte figuur bent in dit gebouw dat wel duizend ramen heeft?' zei Harley. 'Rustig maar, Michail, en doe het licht aan. We moeten praten.'

'We kunnen ook in het donker praten.'

Harley stond op, deed het gordijn dicht en trok aan het kettinkje van de lamp.

'Het is beter om gezichten te zien,' zei hij. 'Horace hier heeft je nog een paar vragen te stellen.'

'Wat voor vragen?' zei Michail diep beledigd. Toen won de hebzucht het van de verontwaardiging. 'Wat levert het op?'

'We handelen dit op de gebruikelijke manier af, honorarium op de geheime plek,' zei Harley. 'Je wilt toch niet dat die bullebakken daarbuiten je vinden met je zakken vol dollars?'

Hij bekeek Michail met het alziende oog van een bovenmeester: Denk eerst maar goed na, jongen.

'Goed dan,' zei Michail. 'Maar het zou sneller gaan als jullie me vertellen wat je wilt weten en het mij laat samenvatten.'

Die weg wilde ik niet weer bewandelen. De vorige nacht had hij ons met zijn samenvattingen nog in slaap gesust door betekenisloze details te spuien als in een van die oude Steinberg cartoons, waarin een mannetje in de hoek van de tekening onzin uitkraamt in een tekstballon die de rest van het kader opvult.

'De vragen nemen niet veel tijd,' zei ik. 'Eigenlijk gewoon wat losse eindjes.'

Ik gaf Michail een fotokopie van de lijst gestolen atoomwapens inclusief serienummers die Paul Christopher voor me had achtergelaten in de kluis in de poot van zijn bureau. Charley Hornblower had de handtekening ontcijferd die voor mij onleesbaar was.

Ik vroeg: 'Is dit een authentiek document?'

Michail wierp er een blik op, terwijl zijn lippen zich vol verachting krulden. Hoe kan dat nu echt zijn als een sufferd als jij het in zijn bezit heeft? Maar toen veranderde zijn gezichtsuitdrukking.

'Waar hebt u dat vandaan?'

'De vraag was of het authentiek is.'

'Dat is het, of het is een knappe vervalsing,' zei Michail. 'Hoeveel hebt u voor dit document betaald?'

'Ik kreeg het cadeau. Herkent u de handtekening?'

'Y.A. Kirov,' zei Michail.

Ik liep naar het gasfornuis, stak het aan en verbrandde de lijst. Ik wilde niet dat die op me zou worden gevonden als ik beneden werd aangehouden.

Michails handen trilden lichtjes, hij had een droge keel en zag eruit alsof hij wel een borrel kon gebruiken. Deze keer hadden we geen wodka meegenomen. Ook híj had de vorige nacht weinig slaap gehad en als zijn verhaal van vandaag klopte, moest hij afgepeigerd zijn.

Ik zei: 'Het was niet alleen Kirov die u gisteravond uit uw verhalen hebt weggelaten...'

Michail reageerde stekelig. 'Weggelaten? Wat wilt u daarmee zeggen?'

'Niets. Maar het heeft langer geduurd dan nodig was om spijkers met koppen te slaan, dus doe ik dat nu. Is het bij u opgekomen dat het criminelen zouden kunnen zijn – wat nu de Russische maffia wordt genoemd – die de diefstal hebben gepleegd?'

'Natuurlijk heb ik daaraan gedacht,' zei Michail. 'Maar het was geen Amerikaanse film waarin de criminelen de politie te slim af zijn. Darvaza-76 was een ommuurde stad, door de KGB bewaakt en zeer streng beveiligd. Hoe hadden ze binnen moeten komen?'

'Als ze binnen de muren een handlanger hadden,' zei ik. 'Net als in de film.'

'Onmogelijk. Zelfs áls ze de stad binnen konden komen, hoe konden ze dan doordringen tot de opslagplaats voor radioactief materiaal, een van de strengst bewaakte gedeelten van de basis?'

'Hoeveel mensen hadden toegang tot de nucleaire opslagplaats?'

'Slechts twee mensen hadden de bevoegdheid om toegang te verlenen,' zei Michail. 'De commandant van de basis en het hoofd van de veiligheidsdienst.'

'Waarvan er één dood is. De ander is Jevgeny Alexeivitsj Kirov, verblijfplaats onbekend.'

'Kirov was een KGB-officier,' zei hij.

'En om die reden werd hij niet verdacht?' vroeg ik.

'Natuurlijk niet.'

'Gewoon een man die aan de toekomst denkt. Die het spel speelt. Die een paar miljoen voor zijn oude dag wegzet.'

Michail glimlachte met samengeperste lippen. 'Ik zie dat u altíjd een praatjesmaker bent en niet alleen op de televisie,' zei hij. 'U zou wat bescheidener moeten zijn over uw genialiteit.'

Ik had hem op de kast gekregen. Ik reageerde niet, in de hoop dat hij door zou gaan me de les te lezen. Ik werd niet teleurgesteld.

'Moskou was vroeger de veiligste stad van het land,' zei Michail. 'Maar nu de gangsters het voor het zeggen hebben en geld alles is, gaat dat niet meer op. Ze gebruiken echte kogels. Er worden mensen vermoord. Onthoud dat goed, vriend Horace. Alle domme mensen moeten dat goed onthouden.'

Hij deed het licht uit en keek naar buiten.

'Ze zijn weg,' zei hij. 'Nu moeten jullie gaan.'

4

Bij het licht van een zaklamp gingen we de zestien trappen af. Ongeveer halverwege bleef Harley staan.

'Ik moet even gaan zitten.'

Zijn stem trilde. Hij zakte neer op de trap, voelde in zijn binnenzak en gaf me een potje pillen. Hij stak een vinger van zijn linkerhand op. Met zijn rechterhand greep hij naar zijn hart. Ik schudde een pil uit het potje en legde die op de palm van zijn bevende hand. Hij legde hem onder zijn tong. Een moment later leek hij weer de oude, maar zijn gezicht zag bleek en zijn stem was zwak.

'Nitroglycerine,' zei hij. 'Helpt tegen mijn angina pectoris. Had even een onregelmatige hartslag, niks om je zorgen over te maken, gebeurt vaker. Geef me een hand.'

'Weet je het zeker?'

Hij greep mijn arm en trok zichzelf overeind. 'Niet hier blijven.'

Hij was nog steeds onvast ter been. De trappen waren steil. Er waren geen leuningen. Toen we weer verdergingen, nam ik zijn arm. Hij schudde die van zich af. Er school echter weinig kracht in het gebaar. Harley was achtenzeventig, maar tot dit moment zou je dat niet geraden hebben.

Mijn satelliettelefoon, die op trillen stond in plaats van bellen, trilde. Ik haalde hem te voorschijn en nam op in de veronderstelling dat ik Charley Hornblower of een van de andere Old Boys aan de lijn zou krijgen.

In plaats daarvan zei een jonge, vaag bekende stem: 'Hallo, met Kevin.'

'Kevin?'

'Niet ophangen. Ik dacht dat je misschien zou willen weten dat het licht achter het raam van je vriend net is uitgegaan en toen weer aanging. Nu is het weer uit.'

'Misschien is hij gaan slapen.'

'Een van de mannen die jullie hierheen zijn gevolgd, seinde terug met een zaklamp.'

Het aan- en uitdoen van lampen is een typische spionagegewoonte van de KGB. Ik legde mijn hand op de hoorn en vertelde Harley wat er aan de hand was.

Hij wees op zijn hart. 'Goeie timing.'

'Nu gaan twee van jullie schaduwen naar binnen,' zei Kevin. 'Zijn jullie op de trap?'

Waar zouden we anders zijn? 'Ja.'

'Welke verdieping?'

Ik zag geen reden hem dat te vertellen. Ik zei: 'Hoeveel blijven er dan buiten over?'

'Eentje maar. Hij heeft zijn wapen in de aanslag.'

Ik hing op. Harley had zijn zaklampje al uitgedaan. Ik zei: 'Ga zitten, Harley. Houd je erbuiten.'

'Ik sta op dit moment niet te trappelen om te vechten,' zei hij. 'Maar ik kan het woord doen.'

'We zullen zien,' zei ik, terwijl ik me afvroeg of er veel woorden aan vuil gemaakt zouden worden. 'Als Michail naar beneden komt, laat hem dan struikelen.'

Ik ging de trap af en nam een bocht naar het portaal onder ons. Verder naar beneden zag ik geen licht, maar ik hoorde snelle voetstappen en zwaar gehijg. De twee mannen kwamen de trap op rennen. Ik had natuurlijk geen wapen. Toen ze hijgend bijna bij het trapportaal waren aangekomen, verschool ik me achter de bocht, drukte mijn lichaam tegen de muur en flitste mijn zaklamp aan, waarbij ik hem zo ver mogelijk van mijn lijf afhield. Een van de mannen vuurde een heel magazijn af. Er vlogen vonken van de loop van het pistool. Rood-blauw-geel mondvuur verlichtte zijn vollemaansgezicht, hij had een hoge bontmuts op en was ongeschoren. High velocity-kogels ketsten tegen de muren en van het plafond tegen de vloer, waarbij ze vurige strepen over het beton trokken en de lucht vulden met de geur van verbrand kruit.

Ik liet de zaklamp vallen en kreunde luid. Een leeg magazijn kletterde op de grond toen de schutter opnieuw laadde. De tweede man, die nog niet had geschoten, rende nu de trap op, het pistool recht voor zich uit, met twee handen zoals het hem was geleerd. Ik kon hem goed zien bij het licht van de gevallen zaklamp en ik denk dat hij míj misschien ook had gezien, vlak voordat ik het pistool uit zijn handen schopte en hem op zijn neus sloeg. Zijn wapen ging af toen het de grond raakte. De andere man schoot nog een magazijn leeg en veroorzaakte nog meer vuurwerk. Het lawaai was oorverdovend. Mijn oren suisden.

Zonder de tijd te nemen opnieuw te laden gooide de wilde schutter zich de trap op. Hij zag zijn vriend op de grond liggen en mij overeind staan en hield in. Om te beginnen was ik was langer dan hij en stond ik boven hem op de trap. Ik haalde naar hem uit, pakte hem bij zijn hoofd en zette mijn duimen in zijn ogen. Hij probeerde weg te komen door een plotselinge krachtige ronddraaiende beweging met zijn hele lichaam te maken. Zijn bontmuts vloog af. Hij was een grote, sterke man. Ik zette mijn voeten stevig neer en hield vast. Halverwege zijn berenpirouette brak de man zijn nek. Ik voelde hem knakken en tegelijkertijd het leven uit hem wegvloeien.

Ik liet hem vallen, raapte zijn pistool op en richtte het op zijn partner die met zijn gezicht naar beneden op de trap lag. Ik sprak de man in het Russisch aan. Hij gaf geen antwoord. Ik gaf hem een harde trap in zijn ribben. Hij gaf geen kik. Hij bewoog nauwelijks. Ook hij was dood, misschien was hij door een afgeketste kogel getroffen.

Harley raapte mijn zaklamp op en bescheen de lichamen ermee. Ze bloedden. Een van hen had zijn hoofd achterstevoren op. Hij leek veel op de man die naast me had gezeten in de trein van Parijs naar Genève. Ik liet me op mijn knieen zakken en rook aan zijn open mond. Hij rook ook hetzelfde, van tandpasta had hij nog nooit gehoord.

'Wat een puinhoop,' zei Harley. 'Je kunt Michail beter gaan halen, tenzij je hem in je rug wilt hebben.'

Harley pikte een vol magazijn van een van de dode mannen en gaf het aan mij. Daardoor bleef hij met een leeg pistool achter. Ik aarzelde.

'Ga nou maar,' zei hij en rolde een van de lijken om, om in de kleren naar meer munitie te zoeken.

Mijn satelliettelefoon trilde.

'Kevin hier. Hoorde schoten. Jullie oké?'

'Ja.'

'We komen meteen naar boven. En maak je geen zorgen. De derde man doet niet meer mee.'

Harley had nog een magazijn gevonden. Hij ramde het in het pistool.

Terwijl ik met drie treden tegelijk de trap op rende, met adrenaline in mijn aderen en oren die nog steeds tuitten, was ik banger dan ik drie minuten daarvoor was geweest toen de kogels me om de oren floten. Het trappenhuis was zo donker als de nacht en net zo stil – er brandde nergens licht, geen enkel nieuwsgierig hoofd liet zich zien.

Michail wist te veel en had me te weinig verteld om hem achter te laten, maar hij baarde me zorgen. Hij zat in de val – hij kon alleen naar het dak – en dat is nooit goed. Dat hij maar één been had, betekende niet dat hij weerloos was. Ik ging ervan uit dat hij gewapend was, al was het maar met een keukenmes of met zijn oude kunstbeen. Er was maar één manier waarop ik zijn flat binnen kon komen, door de gammele deur. Ik vormde een groot doelwit. Als hij een vuurwapen had, was ik dood. Zelfs een klap op mijn hoofd zou me kunnen uitschakelen – dan was ik misschien niet op slag dood, maar op zijn minst bewusteloos en als gevolg daarvan de gevangene van Michail of wie er ook als volgende via de trap naar boven zou komen.

Ver beneden me klonk een enkel schot dat een reeks echo's in het trappenhuis veroorzaakte. Net zoals bij American football en het bedrijven van de liefde moet je niet te veel nadenken bij een gevecht op leven en dood. Toen ik op de bovenste overloop aankwam, bleef ik dan ook niet staan om de situatie te overdenken, maar nam ik zonder eigenlijk te weten waarom ik het deed een aanloop van een paar passen en gooide mezelf toen horizontaal, met mijn benen vooruit, tegen Michails deur. Die versplinterde onder mijn gewicht. Ik kwam op mijn rug in zijn kamer terecht.

Michail was inderdaad gewapend. Het flikkerende mondvuur van zijn pistool maakte zijn contouren zichtbaar. Er vlogen kogels over me heen. Ik schopte naar wat ik hoopte zijn kunstbeen was. Hij viel met een dreun op de grond terwijl hij door bleef schieten, in het plafond ditmaal, tot de hamer op een lege kamer ketste.

Ik schopte Michail in zijn kruis – wat niet makkelijk was omdat het tuig van zijn prothese hem beschermde. Hij gromde luid en kort. Ik raapte zijn pistool op, bescheen hem met mijn zaklamp en fouilleerde hem. Geen verborgen wapens, maar een dik pak contanten en een extra magazijn in de zak van zijn wijde broek. Hij stootte een reeks vloeken uit in het Russisch.

Ik zei: 'Rol je om en maak je been los, Michail.'

Zijn ogen sperden zich open van angst en haat.

'Nu,' zei ik, terwijl ik in de stijl van Tombstone Raider beide pistolen op hem richtte, 'voordat ik het eraf schíet.'

Tot mijn eigen verbazing schreeuwde ik. Ik beefde ook van kwaadheid en had hem waarschijnlijk vol gaten geschoten als hij had geprotesteerd. Gelukkig voor ons allebei – wie zou kunnen leven met de gedachte dat hij een man met één been had doodgeschoten toen die op de grond lag? – deed Michail wat hem was gezegd. Na een paar minuten hinkte hij zonder broek de trap af. Het was een opmerkelijk staaltje van evenwichtskunst en atletisch vermogen, vooral voor een man die net een trap tegen zijn testikels had gehad. Ik sloot de gelederen met een pistool in de ene hand en Michails titanium been, Duits fabrikaat, met een zware Russische laars eraan in de andere.

De lijken lagen nog op dezelfde plaats. Ik deed de zaklamp aan om ervoor te zorgen dat Michail ze goed kon zien. Hij hinkte langs hen zonder spoor van herkenning te geven, maar hij was wel zo voorzichtig niet uit te glijden in het bloed, alsof de doden opengebarsten vuilniszakken waren waar de inhoud uit was gelopen.

5

Toen we beneden kwamen, vonden we een dode *muzjik* languit met openge-
sperde ogen in een hoek van het trappenhuis liggen. Hij was tussen de ogen geschoten.

Michail keek zwaar ademend naar het lichaam en zei: 'Jij zult in Rusland
sterven, mijn vriend Horace.'

'Waarom zeg je dat, Michail? Is er iets speciaals aan deze kerels?'

'Speciaal? Jazeker. Het zijn Tsjetsjenen. Je mag een schietgebedje doen, *wise
guy*.'

Wise guy? Had Michail Amerikaanse gangsterfilms gezien? Het beeld van
een kamer vol KGB-mensen die in het donker Engels leerden van Jimmy Cag-
ney kwam bij me op. Ik lachte hardop.

'Ja, vooruit maar,' zei Michail. 'Lach maar.'

Buiten, vlak voor de deur stond Harley met Kevin Clark te kletsen, terwijl
een andere op-en-top Amerikaanse jongen op de uitkijk stond. Naast hem
stond een Audi sedan met draaiende motor en een chauffeur achter het stuur.

'We moeten ervandoor,' zei Kevin.

'Waarnaartoe?'

'Overal behalve hier, Mr. Hubbard.'

Ik keek vragend naar Harley. Hij haalde zijn schouders op en glimlachte. We
hadden weinig keus.

'Oké,' zei ik. 'Wat doen we met onze vriend hier?'

'Hij kan achterin mee,' zei Kevin.

Een van Kevins zwijgzame mannen tastte Michail af, bond zijn polsen vast
met plastic strips en tilde hem toen in de achterbak. Vervolgens haalde hij een
injectiespuit te voorschijn en stak de naald in Michails bil voordat hij zijn titanium been achter hem aan gooide en hem met een deken afdekte en de klep
dichtdeed.

'U kunt beter voorin zitten, meneer. Meer beenruimte,' zei Kevin tegen me. 'Als een van u moet plassen, stoppen we wel ergens. Doe het niet hier. DNA en zo.'

'En hoe zit het met Michail?'

'Die slaapt een tijdje.'

Kevin zei niets over het pistool in mijn hand. Ik hield het daar.

De vierwielaandrijving van de Audi voerde ons veilig over sneeuw en ijs. Deze auto was een grote verbetering vergeleken bij de 4Runner van Zikkar. Dat gold ook voor de chauffeur, die ons zonder lichten onder een ster- en maanloze hemel vervoerde. Hij reed constant 80 kilometer per uur door de lege, onverlichte straten van de stad, en toen we de stad achter ons hadden gelaten en open terrein in reden, ging hij nog sneller rijden op de smalle snelwegen, waar de sneeuw tot wallen was opgewaaid. Het kompas in de achteruitkijkspiegel gaf aan dat we in oost-noordoostelijke richting reden. Af en toe veranderden we even van richting als we weer een ander landweggetje namen. Ik lette op de stand van de kilometerteller. We passeerden een paar grote vrachtwagens, maar op dit uur waren er verder geen personenauto's op de weg.

Harley zei: 'Waar gaan we naartoe – naar Leningrad?'

'Vandaag gaan we niet zover, Mr. Waters,' zei Kevin. 'We zijn er bijna. Jullie zullen wel moe zijn.'

'Heb je enig idee wie die dooie kerels waren?'

'Tsjetsjenen,' antwoordde Kevin. 'Kwaaie gasten.'

Bij het aanbreken van de dag sloegen we een smallere weg in die door een berkenbos liep. Ik stond op dat moment niet open voor de schoonheid van de natuur, maar ik moest Kevin wel gelijk geven toen hij een opmerking maakte over de pracht van de krijtwitte stammen in het waterige ochtendlicht. Hij had de hele rit weinig gezegd, en de andere twee al helemaal niets. Door de bomen was een suikertaartachtige datsja zichtbaar geworden, bedekt met bevroren sneeuw en versierd met ijspegels. Er kringelde rook van een houtvuur uit de schoorsteen.

'Oost west, thuis best,' zei Kevin. Hij glimlachte en wees op Harley, die diep in slaap was; zijn asgrijze haar zat in de war en zijn stalen bril stond scheef op zijn hoofd. Harley liet een luide snurk horen. Zijn ogen vlogen open.

'Wat is dit voor plek?'

'Een datsja,' zei Kevin.

'Van wie is hij?'

'We mogen er vandaag gebruik van maken,' zei Kevin.

Hij stapte uit de auto en rekte zich uit. Het was geen kwestie van je gewoon uitrekken en achterover buigen om de gewrichten te laten kraken. Hij deed een hele serie rek- en strekoefeningen volgens het boekje.

Terwijl Kevin zijn oefeningen deed, tilden zijn helpers een versufte Michail, die nauwelijks wakker was, uit de achterbak. Uit voorzorg hadden ze zijn ogen afgeplakt. Ze namen hem ieder bij een arm. Hij hinkte tussen hen in naar de datsja, waarbij hij een spoor van enkelvoudige voetstappen achterliet in het dunne laagje verse sneeuw dat die nacht was gevallen.

In de datsja brandde een vrolijk houtvuur in een stenen open haard. Bovendien brandde er een fornuis op volle kracht. De geur van koffie en gebakken spek vermengde zich met de muffe, rokerige lucht die in de datsja hing.

'Mijn voorstel,' zei Kevin, 'is te ontbijten, wat te slapen en daarna te praten.'

'Waarover praten?' zei ik.

Zijn gereguleerde gebit blikkerde. 'O, ik denk dat we allebei wel duizend vragen hebben,' zei hij. 'Het toilet is in die hal, eerste deur links.'

Als toonbeeld van gastvrijheid zei hij niets over het pistool dat ik nog steeds in mijn hand had.

Kevin diende een uitstekend Amerikaans ontbijt op – sinaasappelsap van concentraat, roereieren met dikke plakken spek, geroosterde Engelse muffins en mierzoete aardbeienjam. Koffie die het glazuur van je tanden oploste.

Kevin bracht Harley en mij naar onze kamer. Onze tassen waren al uitgepakt, onze pakken in de kast gehangen, de schoenen in een rij eronder.

Harley zei: 'Heb je ons uitgecheckt bij het hotel?'

'Ja meneer,' zei Kevin. 'Dat leek me het beste.'

'Heb je dat vóór het incident in het trappenhuis gedaan?'

'Ja, maar nadat jullie naar boven gingen om Michail te bezoeken.'

'Dus jullie waren hoe dan ook al van plan ons te ontvoeren als we beneden kwamen?'

'Ontvoeren?' zei Kevin. 'Kijk maar wat er is gebeurd met de mannen die dat écht van plan waren. Ons plan was jullie te ontzetten als jullie hulp nodig hadden.'

'"Ons ontzetten?"' zei ik. 'Dat klinkt bekend.'

Kevin glimlachte met zijn ogen. Wat een sympathieke ouwe zuurpruim bleek ik toch te zijn. 'We zijn allemaal moe, meneer,' zei hij. 'Gaat u nu maar slapen. Niemand zal u storen, dat beloof ik.'

'Dat is fijn om te horen.'

Weer een glimlach. 'Nog één verzoek,' zei Kevin. 'Niet de satelliettelefoons gebruiken.'

De kamer was gezellig en had een eigen badkamer. Terwijl Harley een douche nam, zette ik de deur en het raam vast en inspecteerde ons wapenarsenaal. Twee Glockners van de man met de gebroken nek en zijn vriend, één Makarov van Michail, een vol magazijn voor elk en een paar losse patronen. Dure spullen. Ik haalde de elastiekjes van Michails dikke bundel papiergeld en telde het geld: vijfduizend Amerikaanse dollars in nieuwe briefjes van honderd die zo statisch waren dat ze aan elkaar bleven plakken.

Harley kwam in een wolk van stoom de badkamer uit. 'Hoeveel heb je Michail betaald?' vroeg ik.

'Zevenentwintigenhalf.'

'Duizend?'

Harley snoof. 'Honderd.'

Ik liet hem Michails geld zien.

'Ik vroeg me al af waarom hij niet méér vroeg,' zei hij.

Onder de douche schrobde ik de geur van dode Russen – vers bloed, oud zweet – van mijn huid, maar niet uit mijn neusgaten. Harley lag al te slapen toen ik uit de badkamer kwam en voordat ik het wist was ik hem naar dromenland gevolgd.

6

'Als ik zo vrij mag zijn, heren,' zei Kevin, 'dat was een indrukwekkend staaltje, gisteravond in het trappenhuis.'

Het was laat in de middag en aan Kevin te zien was hij ook net wakker. We dronken koffie en aten tonijnsandwiches met veel mayonaise bij de haard. Even heerste er een vredig moment – vonken die uit de berkenstammetjes spatten, de sneeuw die buiten viel, de geur van het eten.

Harley dronk zijn koffie op, zette zijn kopje voorzichtig neer en richtte zich tot Kevin. 'Vergeef me, dat ik een vraag stel,' zei hij. 'Maar wie ben je in hemelsnaam? En wat ben je van plan? Ik weet dat je ons dat niet mag zeggen, maar doe het toch maar. Wij houden onze kaken op elkaar.'

Kevin keek ons een voor een lang aan.

'De Grijze Macht?' vroeg Harley.

Kevin was stomverbaasd. Ik ook – niet omdat Harley iets wist wat ik niet wist, maar omdat het niets voor hem was om zo onomwonden te onthullen dat hij iets wist, wat hij niet geacht werd te weten.

'De Grijze Macht is een van die clubs die niet bestaan,' legde hij uit. 'Hoort niet bij de Outfit, hoort niet bij defensie. Hoort nergens bij. Het is een private onderneming, zoiets als een civiele versie van Delta Force. Hun mensen zijn voormalige Groene Baretten of Navy Seals of wat dan ook. Huurlingen. Ze zoeken bijvoorbeeld naar connecties tussen de georganiseerde misdaad en het terrorisme, zoals tussen de drugsbaronnen in Colombia en het M-19 uit de tijd dat de maoïstische vrijheidsstrijders nog in de mode waren, en proberen die relaties dan te verzieken.'

Dat leek nuttig werk. Ik zei: 'Tenzij je Harleys informatie wilt bijstellen, Kevin, kunnen we dat als uitgangspunt nemen. Je werkt op een soort contractbasis. Is dat het?'

Kevin glimlachte. Dit keer moet het een oprechte glimlach zijn geweest want het ging vanzelf, zijn tanden bleven verborgen achter samengetrokken lippen.

'Het is grappig,' zei hij. 'Ons motto is: Onderschat de vijand nooit.' De glimlach verbreedde zich.

'En wat betekent dat?'

'Als u van die veronderstelling wilt uitgaan, heb ik er geen problemen mee.'

'Wie is de opdrachtgever?'

'U begrijpt vast wel dat ik die vraag niet heb gehoord,' zei Kevin. 'Door de manier waarop jullie werken, lopen jullie een goede kans in handen van de vijand te vallen en wij willen niet in opspraak worden gebracht.'

'De enige operatie waarin we geïnteresseerd zijn is die waarin jullie ons toch al hebben betrokken,' zei Harley.

Ik zei: 'Ik heb een makkelijke vraag voor je. Denk je werkelijk dat die gestolen kernwapens helemaal niet bestaan en dat het allemaal een oude desinformatiecampagne van de KGB is om, zoals je het uitdrukte, de Outfit als kippen zonder kop te laten rondrennen?'

'Zo te zien, verstaat de Outfit die kunst al,' zei Kevin. 'Het antwoord luidt dat ik het niet weet.'

'Weet je het niet of nóg niet?'

'U stelt lastige vragen, meneer.'

'Je weet wat Michail over de bommen zegt. Heb je dat gecontroleerd? Was hij in de juiste periode in Turkmenistan en deed hij daar inderdaad wat hij ons heeft verteld?'

'Op basis van andere gegevens denk ik dat hij er is geweest. Het probleem is dat de mensen thuis Michails verhaal niet geloven omdat ze hem niet willen geloven. Hij is een gepensioneerd folteraar en moordenaar, dus hoe kunnen ze hem vertrouwen?'

Harley zei: 'Nou, Horace hier en ik hoeven ons niet te bekommeren om Michails verleden. En ik maak er nog deel van uit. Ik zou graag afscheid van hem willen nemen.'

Kevin schonk Harley weer een scheve glimlach. 'Oké,' zei hij. 'Maar ik zou het op prijs stellen als jullie Michail zijn geld niet teruggeven.'

Harley zei: 'Waarom niet?'

'Om hem zijn alternatieven te ontnemen,' zei Kevin. 'Om weer aan geld te komen moet hij teruggaan naar de maffia, hen zijn blauwe plekken laten zien en ze vertellen dat hij is ontvoerd, in elkaar is geslagen en beroofd door twee bejaarde mafketels van de Outfit die nog een oude rekening te vereffenen hadden uit de Koude Oorlog.'

Harley zei: 'Als je hem dwingt dat te doen, ze dat te vertellen, is hij ten dode opgeschreven.'

'Fifty-fifty zou ik zeggen,' zei Kevin schouderophalend.

'Honderd procent, jongen. En voordat hij sterft, brengt hij ze naar deze datsja.'

'Dat mag. De eigenaar weet niet dat we er zijn. Kent ons trouwens niet eens. We maken het schoon voordat we weggaan – zetten de zenders terug waar we ze gevonden hebben, vegen onze vingerafdrukken weg, alles.'

'Bedoel je dat je hier gewoon hebt ingebroken en er een schuilplaats voor een dag van hebt gemaakt?' zei Harley.

Kevin schonk ons zijn breedste grijns, maar nadere uitleg bleef uit.

7

Ons laatste gesprek met Michail verliep niet bepaald vriendelijk. Ik stelde hem nog een paar vragen, maar hij protesteerde.

'Waarom zou ik je iets vertellen?' vroeg hij.

'Waarom niet?' zei Harley.

'Ik werk tegen betaling.'

Allemachtig, die Michail was een vastberaden Rus.

'Hoeveel wil je?'

'Vijfduizend Amerikaanse dollars in coupures van honderd.'

'Daar kunnen we voor zorgen,' zei ik. 'Maar eerst de informatie. Wat was de codenaam van de rugzakbommen van kobalt?'

'Ze waren te geheim om een officiële naam te hebben,' zei Michail. 'De soldaten noemden ze Ome Joe's. Om gewicht te besparen waren de bommen niet afgeschermd.'

'Dus waarom dan Ome Joe's?'

'Als je Ome Joe Stalin op je rug draagt, betekent dat dat je jong zult sterven.'

Wij stonden en Michail zat op het bed. Zijn titanium been was nergens te zien. Harley ging naast hem op het matras zitten.

'Nog een laatste kwestie,' zei hij. 'Dit heeft me vanaf het begin al dwarsgezeten, dus ik zou het waarderen als je me gerust kunt stellen.'

Michail knikte zonder iets te zeggen. Ondanks alles mócht hij Harley. Wat ze verder ook waren, ze hadden wel jarenlang samen in het vak gezeten.

'Het lijkt zo vreemd dat ze een gewonde officier uit een hospitaal op de Krim halen, zoals ze met jou hebben gedaan, en hem dan helemaal naar Turkmenistan sturen om zo'n belangrijke zaak als deze op te lossen,' zei Harley.

Michail zei niets.

Harley zei: 'Ze moeten veel vertrouwen in je hebben gehad.'

Weer stilzwijgen, maar Michails strakke gezicht ontspande zich.

Harley zei: 'Dus de vraag is, Michail, waarom heb je de verkeerde mensen doodgeschoten?'

Michail lachte overdreven als een leugenaar. 'Dat was in de Sovjet-Unie geen misdaad.'

'Nee, maar meestal was er wel een reden voor. Wat was deze keer de reden?'

'Krijg ik mijn geld?'

'Als je de waarheid spreekt.'

'Ze wisten van jou en mij, Harley,' zei Michail. 'Ze hadden foto's van onze ontmoetingen, opnamen van onze gesprekken, alles. Dus veel morele bezwaren kon ik niet hebben.'

Harley had Michails geld in zijn hand.

'Gebruik dit maar om de grens over te komen,' zei hij.

'Voor deze mensen bestaan er geen grenzen,' zei Michail.

Harley gaf hem een vriendschappelijke klop op zijn arm en ging de kamer uit.

Nu hij met mij alleen was, werden Michails ogen, die zo hadden geschitterd tijdens zijn laatste momenten met Harley, weer ijskoud. Hij zei: 'Ik denk nog steeds dat jij in Rusland zult sterven, vriend Horace.'

Ondertussen was het pikkedonker geworden en het sneeuwde hard. Toen ik Michails kamer uit kwam, zag ik dat mijn tas al was gepakt en in de zitkamer stond met mijn parka eroverheen. Een stofzuiger loeide. Kevins mannen, zwijgzaam als altijd, veegden overal vingerafdrukken weg en plaatsten afluisterapparatuur terug waar ze die gevonden hadden. Alle ramen stonden open. Ik vroeg me af of dat genoeg was om de geur van gebakken spek kwijt te raken.

Ik zei: 'Geen bewakingscamera's?'

'De technici hebben een lusverbinding geïnstalleerd,' zei Kevin. 'Daardoor lijkt het steeds alsof de kamers leeg zijn, zoals het hoort. De zenders reageren op stemgeluid, dus als ze niets horen, is alles normaal. De sneeuw wist de voetstappen en de sporen van de banden uit.'

'Je kunt ze maar beter wegvegen, jongen,' zei Harley. 'Op het weer kun je niet vertrouwen.'

Hij had zijn koffer opengemaakt en rommelde erin. 'Gevonden,' zei hij en haalde er een wollen vest met versleten ellebogen uit dat vast een erfstuk was en trok het aan. 'Het is hier killetjes.'

Kevin knikte toegeeflijk. 'Het spijt me dat ik u niet voor het avondeten kan uitnodigen, maar zoals u ziet gaan we verkassen.'

Hij wenkte ons naar een tafel waar een Michelinkaart lag uitgevouwen.

Snelwegen waren stonden in rood aangegeven, secondaire wegen in geel en onverharde wegen als onderbroken lijnen.

'Wij zitten hier, driehonderd kilometer van Moskou, zoals jullie vast wel hebben gezien,' zei Kevin en wees naar een plek tussen twee meren. 'De Letse grens is honderdvijftig kilometer naar het westen. Aan het eind van de oprit sla je linksaf. Bij de tweede kruising, achttien kilometer naar het zuiden, sla je rechtsaf. Dan kom je op de hoofdweg naar de grens. Het gebruikelijke tarief voor een probleemloze uitreis is voor de Russen honderd dollar per persoon. De Letten laten jullie gratis binnen als ze jullie paspoorten zien.'

Hij gaf me een set sleutels met een Avis-label. 'Als u de sneeuw vóór wilt blijven, moet u nu weggaan. De auto staat buiten met een volle tank. Laat hem alstublieft op slot achter op het vliegveld van Riga met de sleutels, papieren en het parkeerbewijs in het handschoenenkastje.'

Kevin gaf me een open papieren zak. Sandwiches en twee flesjes cola, ons avondeten. Hij keek me recht in de ogen en schudde mijn hand heel stevig.

Harley kwam aanschuifelen en stak zijn hand uit. 'Je bent me er een, Kevin,' zei hij. 'Ik wens je veel geluk.'

'Ik u ook, Mr. Waters,' zei Kevin.

'Val de oude Michail maar niet te hard,' zei Harley. 'Wij hebben hem gemaakt tot wat hij nu is.'

'Dat is erg menslievend van u.'

'Het is de waarheid, jongen.'

In de auto, waar de lichten van de koplampen werden weerkaatst door de wervelende sneeuw, zei Harley: 'Ik zocht zonet in mijn koffer naar het glas dat ik van onze ontbijttafel in Moskou had meegepikt.'

'Het glas met Kevins vingerafdrukken erop?'

'Precies. Het was er nog, maar het was schoongeveegd.'

Harley gooide de bruine zak met de lunch die Kevin voor ons had ingepakt uit het raam. 'Die sandwiches kunnen we maar beter niet eten,' zei hij.

DEEL IV

1

In de vijf dagen dat ik in Rusland was geweest, had ik geen moment aan Paul Christopher gedacht. Daar kwam verandering in op de eerste ochtend in Letland toen Jack Philindros me uit Jeruzalem belde.

'Ik heb met een vriend van de moeder van je neef gepraat,' mompelde hij. 'Het schijnt dat ze vlak na de oorlog door Palestina is gereisd.' Hij bedoelde de Tweede Wereldoorlog. Ik vroeg: 'Op weg waarnaartoe?'

'Hier bestaat de indruk dat zij dat zelf ook niet wist. Ze wilde gewoon verdwijnen. Maar ze heeft wel een bewijsstuk bij haar vriend achtergelaten. Haar trouwring.'

'Waarom?'

'Voor het geval haar zoon ooit kwam opdagen. Zes maanden geleden is hij inderdaad opgedoken en toen hij vertrok heeft hij de ring meegenomen.'

Terwijl Harley Waters naar Praag vloog op zoek naar mensen die zich Lori zouden kunnen herinneren, nam ik het vliegtuig naar Tel Aviv. Niemand wachtte me op bij het vliegveld. Jacks strikte naleving van de regels van het vak sloot dat uit, maar ik wist dat hij voor het eind van de dag zou verschijnen. Ik nam een taxi naar Jeruzalem, checkte in in het King David-Hotel en wachtte af. Mijn kamer keek uit op de verlaten tuinen en op de oude stad. Ik ging slapen en werd wakker uit een droom door een uzi-salvo in de verte. Of misschien was het wapen in mijn droom afgevuurd. Ik wist het niet zeker.

Om vijf uur precies ging de telefoon naast mijn bed. 'Welkom in Jeruzalem, Mr. Hubbard,' zei Jack. 'Ik wilde onze afspraak even bevestigen.'

Dat betekende dat hij beneden op me zat te wachten.

Ik kwam net onder de douche vandaan. 'Heb je tien minuten geduld?'

'Zeker.'

Jack wachtte me zonder enig blijk van herkenning bij de liften op, draaide zich om en liep voor me uit naar buiten. Zijn huid was na drie weken in de mediterrane zon nog olijfkleuriger dan anders. In een stad waar weinig mensen colberts of dassen droegen, was hij op zijn gebruikelijke manier gekleed: het zwarte pak van de hoge ambtenaar, een hagelwit shirt, een donkerblauwe zijden das en glimmend gepoetste brogues.

Hij leidde me door de Koning Davidstraat naar een binnenplaats waar zijn huurauto stond geparkeerd. Het was sabbat, dus viel het verkeer mee.

Jack zei: 'We zijn er in tien minuten. Het is behoorlijk veilig.'

Onze bestemming bleek een Grieks-orthodox klooster in de oude stad te zijn. Jack logeerde er. Voor een klooster was het aangenaam – stoffige bundels honinggeel zonlicht en het gedempte geluid van voetgangers dat door de open ramen binnenkwam, vergulde afbeeldingen op witgekalkte muren, oude monniken die met jeugdige stemmen de vesper zongen in een kapel aan de andere kant van het gebouw.

'Ik heb Lori's vriend gevraagd ons hier te ontmoeten,' zei Jack. 'Hij loopt hier minder in de gaten dan in het Koning David-Hotel. De monniken kennen hem.'

'Is hij een Griek?'

'Nee, een Israëli. Een wetenschapper. Het klooster heeft een uitstekende bibliotheek die teruggaat tot de bijbelse tijd.'

De man wachtte ons op in een voorkamer. Jack had me, afgezien van wat hij me over de telefoon had gezegd, niets over hem verteld. Hij zag er jonger uit dan ik me had voorgesteld – ongeveer Pauls leeftijd. Ondanks zijn kleine gestalte, kalende hoofd en kleine buikje, was hij nog steeds een bijna filmsterachtige knappe man. In zijn jeugd had hij vast veel op de filmacteur John Garfield geleken. Hij droeg sneeuwwitte gympen, een gloednieuwe spijkerbroek, een blauw geweven werkoverhemd en een leren jack. Hij had heel kleine handen.

Hij deed het boek dicht dat hij had zitten lezen, stond op en stak zijn hand uit.

'Norman Schwarz,' zei hij. Hij had de galmende stem van een acteur, die overliep van vriendelijke bereidwilligheid.

'Horace Hubbard.'

'Pauls neef. Hij heeft je precies beschreven.'

'Hoe was hij eraan toe toen je hem zag?'

'Het leek goed met hem te gaan. Hij was zelfs vrolijk. Niet veel veranderd sinds ik hem het laatst had gezien toen we jongens waren, alleen groter en ouder geworden.'

'Je hebt hem tóéntertijd gekend? Waar?'

'In Berlijn. Onze ouders waren vrienden. We gingen samen naar school, maakten samen lange wandelingen en speelden voetbal. Ik kan me hem en zijn vader nog levendig voor de geest halen. Dankzij de familie Christopher ben ik vandaag de dag nog in leven. Ik heb nu meer dan zestig jaar van het leven kunnen genieten die me anders afgenomen zouden zijn.'

Ik wist wat er komen zou, maar wachtte tot Schwarz zelf uitleg gaf.

'In 1939, toen ik veertien was,' zei Schwarz, 'hebben de Christophers mijn ouders, mijn zuster en mij op het allerlaatste moment Duitsland uit gesmokkeld. Op een zeilboot naar Denemarken. Er zijn vele anderen geweest die ook op die zeilboot aan Hitler zijn ontsnapt. Paul zei dat wij de laatsten waren.'

'De jol *Mahican*.'

'Precies. Dus je weet wat ze allemaal hebben gedaan?'

'Alleen de kale feiten. Paul en zijn vader spraken er zelden over. En hij heeft natuurlijk zijn moeder aan de Duitsers verloren.'

'Dat hebben we destijds gehoord,' zei Schwarz. 'En dat dachten we ook een hele tijd. Maar het was niet waar, tenminste niet in de zin dat ze haar hadden vermoord.'

'Weet je dat zeker?'

'Ik heb haar hier gezien, in Jeruzalem in 1945. Het was een gedenkwaardige ontmoeting. Ik was toen oud genoeg om me te realiseren hoe bijzonder ze was.'

Hij haalde een paar foto's uit de zak van zijn jack.

'Kijk,' zei hij. 'Hier is ze met mijn vader en moeder en mij.'

Een van de verbleekte gestalten op de overbelichte foto's was een bleke, slanke vrouw die heel goed Lori had kunnen zijn. Ze was iets langer dan de familie Schwarz. De jonge Norman droeg een Brits woestijnuniform: een kakishirt met korte mouwen met een rij lintjes die naar veldslagen verwezen, een wijde gesteven korte kakibroek en bruine kniekousen. Op de foto's was Lori de enige die niet glimlachte.

'Hoe is ze in vredesnaam in Jeruzalem terechtgekomen?' vroeg ik.

'Ze zat op een boot naar Haïfa vol joodse vluchtelingen.'

'En kon dat dan?'

'Ik denk dat de Mossad haar heeft geholpen. Zoals je ongetwijfeld weet, was hun oorspronkelijke opdracht joden te helpen die in gevaar verkeerden.'

'Maar ze was geen joodse.'

'Nee, maar veel joden die anders naar de kampen zouden zijn gegaan, leefden nog dankzij haar.'

'Was het bekend dat ze met Heydrich had samengeleefd?'

'O, ja hoor.'

'Dat speelde niet mee?'

'Ik denk dat het wel een rol heeft gespeeld,' zei Schwarz. 'Een positieve rol. Mijn vader zei dat Heydrich door haar toedoen om het leven is gekomen.'

'Wist hij dat zeker?'

'Mijn vader zei nooit iets zomaar,' zei Schwarz. 'Hij zat bij de Mossad voordat het de Mossad heette. Zelfs toen we in Duitsland woonden deed hij al dat soort werk. Hij stuurde een heleboel mensen naar de Christophers. Ze hebben ze allemaal gered. Daarom gingen we pas op het allerlaatste nippertje uit Duitsland weg. Er was altijd wel iemand die eerst nog gered moest worden. Uiteindelijk, toen het al bijna te laat was, kreeg mijn vader opdracht te vertrekken om zichzelf in veiligheid te brengen.'

'Wisten de Christophers dit allemaal?'

'Jazeker. Daarom hielpen ze ons.' Hij greep mijn onderarm met zijn kleine hand vast. 'Stel je eens voor hoeveel moed daarvoor nodig was.'

Ik vroeg: 'Waarom zeg je dat ze de hand heeft gehad in de dood van Heydrich?'

Schwarz' mobiele telefoon ging over in zijn zak. Hij besteedde er geen aandacht aan. Hij zei: 'Waarom vraag je dat?'

'Zoals ik het heb begrepen was de aanslag op Heydrich een Britse operatie, die met Britse wapens werd uitgevoerd.'

'Het is waar dat Heydrich met stenguns is vermoord. Maar de Britten waren niet de enigen die stenguns hadden. Of vrienden in Praag. Of degenen die het sterkste motief hadden om Heydrich te elimineren.'

'Wil je zeggen dat de moord op Heydrich een joodse operatie was?'

'Als ik dat zou doen, zou ik gokken,' zei Schwarz. 'Laat me je vertellen wat ik van Lori Christopher weet.'

Haar schip was vertrokken uit Bari, op de hak van Italië. Het was in de chaos van 1945 niet eenvoudig om vanuit Tsjechoslowakije dwars door Oostenrijk en bijna de hele laars van Italië te reizen. De wegen waren verstopt met vluchtelingen die voor de Russen vluchtten of gewoon naar huis probeerden te komen nadat ze door de Duitsers waren gedeporteerd. Lori had geen papieren, maar dat had eigenlijk niemand. Er reden geen treinen. Bijna niemand had een motorvoertuig en er was in elk geval geen benzine voor burgers. Je kon alleen lopend ergens komen.

'Ze dook onder in de massa tot ze Tsjechoslowakije uit was,' zei Schwarz. 'Toen is ze in haar eentje door Oostenrijk gelopen door 's nachts te reizen met haar bezittingen in een sjaal gewikkeld.'

'Welke bezittingen?'

Schwarz zei: 'Ik denk dat je het antwoord op die vraag al weet. De amforarol.'

Zijn mobiele telefoon ging opnieuw. Deze keer nam hij op en sprak Hebreeuws.

'Neem me niet kwalijk,' zei hij. 'Maar ik moet nu echt gaan.'

En met een charmante glimlach verdween hij.

2

Jack Philindros en ik aten bij de monniken, die wisten wat lekker eten was. Griekse salade, geroosterd lam, fruit, zure rode wijn aangelengd met water en zoete Turkse koffie. Afgezien van de koffie had Septimus Arcanus in deze buurt tweeduizend jaar geleden eenzelfde maaltijd hebben kunnen eten.

Na afloop praatten we in Jacks witgekalkte cel over Norman Schwarz. De muren en deuren waren dik. Hoog in de muur, boven een rijkversierde Byzantijnse crucifix, zat een klein raam met blinden. Het was bijna volkomen stil, zodat Jack was te verstaan.

Ik zei: 'Sympathieke kerel, je man Schwarz.'

'Dat vindt iedereen,' antwoordde Jack.

'Geloof je wat hij ons heeft verteld?'

'Met de nodige reserves, ja,' zei Jack.

'Heb je eerder met hem te maken gehad?'

'Ja.'

'Vanwaar dan je reserves?'

'Eerlijke mensen liegen soms en leugenaars zeggen soms de waarheid,' zei Jack. 'Overigens is Norman een eerlijk man.'

'Ik was enigszins verrast dat hij erop zinspeelde dat Lori een agent van de zionisten was.'

'Het is niet onmogelijk. Normans moeder, die Lori's contactpersoon was in de *Mahican*-operatie, was de zuster van Yeho Stern.'

'O.'

De overleden Yeho Stern was sinds de begindagen van de staat Israël hoofd van de Israëlische inlichtingendienst geweest. Yeho was legendarisch in de oorspronkelijke betekenis van het woord: gedurende zijn lange aanstelling als *Memuneh*, als hoogste baas van de Mossad, was niemand van buiten de dienst, en lang niet iedereen binnen de dienst, er helemaal zeker van of hij wel bestond.

'En de Britten?'

'Misschien heeft hij bij hun operatie aangehaakt,' antwoordde Jack. 'Meeliften met diensten die over een ruimer budget beschikten was een van zijn vele specialiteiten.'

'Dus je ziet geen lacunes in wat Norman ons tot nog toe heeft verteld?'

'Dat heb ik niet gezegd.'

'Wat dan?'

'Een mogelijke vreemde samenloop van omstandigheden,' zei Jack. 'Norman zat in de Joodse Brigade, een eenheid van het Britse leger die in Noord-Italië heeft gevochten in het voorjaar van 1945, vlak voor de bevrijding van Europa. In de zomer van 1945 waren de leden van de Joodse Brigade actief langs de hele Italiaanse grens met Joegoslavië en Oostenrijk om joden via geheime vluchtroutes te helpen naar Palestina te komen.'

'En?'

'Het kan zijn dat Norman op bevel van oom Yeho Lori in Italië heeft opgespoord en haar op de juiste boot naar Haïfa heeft gezet.'

Dat klonk logisch. Ze hoefden niet eerst kennis te maken en elkaar niets uit te leggen. Lori kende Norman uit haar tijd in Berlijn en alles wat hij voor haar deed kon worden uitgelegd als de inlossing van een persoonlijke schuld.

Toen hij dit zaadje had geplant, verviel Jack in stilte. Ondanks de omgeving was ik niet in de stemming voor een stilzwijgende gedachtewisseling en bovendien had hij me nieuwsgierig gemaakt naar Norman.

'Je hebt gezegd dat Norman een wetenschapper is,' zei ik. 'Op welk terrein?'

'Byzantijnse kunst,' zei Jack. 'Daarom komt hij hier vaak. Hij maakt gebruik van de bibliotheek. Sommige van de monniken zijn ook experts op dat gebied.'

'Je gaat me toch niet vertellen dat hij óók doctor in de filosofie is?'

'Nee, daar is hij zich na zijn pensioen in gaan verdiepen. Het grootste deel van zijn leven is hij beroepspokerspeler geweest.'

Volgens Jack had Norman het spel geleerd van zeelui aan boord van een Australisch schip op de grote vaart dat de familie Schwarz na hun ontsnapping aan de nazi's van Kopenhagen naar Haïfa had gebracht. Het pokeren ging Norman meteen goed af. Hij had uitstekende ogen, wat betekende dat hij elke kaart die gespeeld werd goed kon zien, een ijzersterk geheugen en een wiskundeknobbel. Doordat hij zijn kinderjaren had doorgebracht in het gezelschap van mensen van wie de meesten hem liever dood zagen, was hij ook goed in het lezen van gezichten en lichaamstaal.

Vlak nadat Norman uit de oorlog was teruggekomen speelde hij samen met zijn oom Yeho en een paar Mossad-vrienden een keer een spelletje poker met vijf kaarten. Hij schudde ze leeg.

Yeho zag direct de mogelijkheden die zijn neef in huis had. Het joch was jong, aantrekkelijk en slim en was al een koele ervaren killer – als soldaat in Italië was hij een uitzonderlijk bekwaam sluipschutter geweest. Een dergelijk cv zou Norman sowieso al interessant hebben gemaakt voor Yeho, zelfs al had hij geen andere kwalificaties gehad. Door zijn vaardigheid aan de pokertafel was hij speciaal. Het stelde hem in staat zonder dekmantel over de hele wereld te reizen en met iedereen te kaarten. En omdat gokkers 's nachts leefden als de andere mensen sliepen, kon hij ongemerkt vrijwel elke operatie uitvoeren.

Nog diezelfde nacht bracht Yeho de vraag naar voren.

'Norman stelde een voorwaarde,' zei Jack. 'Hij stond erop dat hij het geld dat hij met kaarten verdiende, mocht houden. Yeho stemde toe. Hoe zou hij zonder prikkel kunnen spelen?'

'En heeft het hem wat opgeleverd?'

'Nadat hij een paar jaar op die manier had gewerkt kocht hij van de winst een hotelletje in Miami Beach,' zei Jack. 'Het kon Yeho natuurlijk niet zoveel schelen waar Norman woonde.'

'Ging hij door met poker spelen nadat hij hotelier was geworden?'

'Tot hij van de jongere spelers ging verliezen, maar dat was pas jaren later,' zei Jack. 'Hij heeft over de hele wereld om hoge inzetten gespeeld. Norman heeft interessante mensen leren kennen, Arabieren en zo. Rijke Duitsers ook.'

Jack had me iets te vertellen, maar hij verwachtte dat ik ernaar vroeg.

Ik zei: 'Vertel me eens wat meer over die Arabieren en rijke Duitsers.'

'Je kunt het hem vragen als je hem weer spreekt.' Hij keek op zijn horloge. 'Middernacht. Weet je, Horace, ik denk dat je beter hier kunt blijven. De monniken zullen je graag onderdak verlenen en Norman komt bijna elke dag langs.'

'En morgen?'

'We zien wel wat er komen gaat,' zei Jack. 'In de tussentijd kun je hier mooi een paar dagen blijven. Het Koning David Hotel is een vissenkom, je valt daar te veel op.'

'Wil je dat ik onderduik?'

'Nee, maar je hebt niets te winnen door op te vallen. Ik weet dat je niet veel om veiligheidsvoorzorgen geeft, maar Israël zit vol Russen en dat zijn niet allemaal onschuldige immigranten.'

'Wat bedoel je?'

'Afgaand op wat ik heb gehoord over wat jij en Harley in Moskou hebben uit-gespookt, zou je in Rusland wel eens kwaad bloed kunnen hebben gezet.'

Ik zei: 'Is dit een waarschuwing op grond van algemene principes, of weet je iets specifieks?'

'Men maakt zich plaatselijk bezorgd over je veiligheid,' zei Jack.

'Wil je me vertellen dat zowel de Russische maffia als de Mossad achter me aan zit?'

'De Mossad niet, voorzover ik weet. Waarom zouden ze, als jij misschien meer geluk hebt dan zij bij het vinden van de verdwenen bommen. Ze houden liever in de peiling wat je doet.'

'En Norman is het peillood?'

'Een ervan misschien,' zei Jack. 'Maar ik denk dat het als blijk van vriend-schap is bedoeld. Een bemiddelaar tussen twee partijen die vergelijkbare doe-len nastreven.'

De andere partij was Yeho's vroegere organisatie. Ik had nog nooit gehoord dat iemand die een bondgenootschap met de Mossad had gesloten, er voorde-lig uitsprong.

Ik zei: 'Een bemiddelaar die bij de concurrentie hoort en toevallig een van de beste pokerspelers ter wereld is?'

'Ja, maar het is wél Norman.'

'Wat bedoel je?'

'Ik bedoel dat ik geen moment denk dat Norman tegen de neef van Paul Christopher zal liegen of hem zal verraden,' zei Jack. 'Het kan zijn dat hij een eigen agenda heeft, maar hij heeft ook zo zijn herinneringen.'

Op zijn eigen kronkelige manier probeerde Jack uit te leggen dat Norman een Old Boy was die er ouderwetse principes op na hield. De Christophers, die het gezin Schwarz met gevaar voor eigen leven hadden gered, waren zijn vrien-den. Dat gold ook voor hun vrienden, en zeker voor hun familie.

We waren klaar met het ontbijt. Jack zei: 'Waarom neem je vandaag niet ge-woon vrij? Blijf in je kamer en wacht tot Norman op komt dagen. Ik heb een paar dingen te doen.'

De monniken spraken niet met me, maar mijn aanwezigheid leek ze niet te storen. Nadat ik de halve ochtend door het klooster had gedwaald en iconen en boeken had bekeken, trok ik me terug in mijn cel met een roman die ik had meegenomen. Tegen één uur hoorde ik de monniken langs mijn deur schuife-len en daarna hoorde ik de gezellige geluiden van de lunch. Jack was er niet en ik was te beschroomd om alleen naar de eetzaal te gaan. Ik nam een appel en ging verder met lezen.

Ongeveer een uur later werd er op de deur geklopt. De bezoeker was Norman Schwarz, die een dienblad droeg dat met een servet was afgedekt.

'De monniken waren bang dat je zou flauwvallen van de honger,' zei Norman. 'En ik heb dit voor je.'

Uit een boodschappentas haalde hij een pakket met schone sokken en ondergoed, een scheermes en een tandenborstel en een tweedehands trui die oud en groot genoeg was om voor Goliath gemaakt te kunnen zijn. Jack had hem er blijkbaar op uit gestuurd. Weer keek ik naar zijn kleine handen. Zijn oom Yeho, op wie hij verder niet leek, was ook klein van stuk geweest. Een soort zwaar behaarde tienjarige.

Onder het servet vond ik een kom soep die getrokken was van het geroosterde lam van de vorige avond, een stuk brood, een flinke homp kaas en een karaf water.

'Eet,' zei Norman.

Terwijl ik at, vertelde hij. Hij had levendige herinneringen aan Lori Christopher zoals ze was toen ze 'nachts voet aan wal zette in Palestina.

'Ze was volkomen leeggezogen,' zei Norman. 'Alles wat ze vóór Heydrich was geweest, was door een soort psychologische afvoerpijp weggespoeld. Ze leefde, dat wel, en hoewel ze magerder was en heel, heel erg stil, zag ze er hetzelfde uit als in Berlijn. Maar destijds knetterde ze van intelligentie en straalde ze vitaliteit uit. Ze was nog steeds mooi, maar je voelde dat ze emotioneel ergens anders was. En dat was ook zo – ze zat ergens tussen haar laatste zelf en haar nieuwe zelf in.'

'Ik weet niet zeker of ik je begrijp,' zei ik.

'Vóór de oorlog, en zelfs toen de nazi's aan de macht waren, was ze een roekeloze vrouw geweest. Ze zei alles wat er maar in haar hoofd opkwam, ze deed wat ze wilde. Ze had alles – een oude naam, genoeg geld, schoonheid, een echtgenoot van wie ze hield, en Paul. Dat was ze allemaal kwijtgeraakt, zelfs de zeggenschap over haar eigen lichaam. Daardoor was ze niet langer de vrouw die ze was geweest, en kon ze die vrouw nooit meer zijn.'

'Is dit speculatie?'

'Nee,' zei Norman. 'Dat heeft ze me verteld.'

'Waarom in vredesnaam? Ben je haar psychiater geweest?'

'Nee,' zei Norman. 'Haar minnaar.'

Ik was met stomheid geslagen, alsof hij een pistool had getrokken en me ermee had neergeschoten.

Het was Lori geweest die de affaire was begonnen. Ze had bij de familie Schwarz in Jeruzalem gelogeerd. Norman had onbezoldigd verlof van het leger. Op een nacht was ze eenvoudigweg bij hem in bed gekropen. Norman was gewend dat vrouwen het initiatief namen, maar dit verraste hem. Het leeftijdsverschil was niet zo heel groot geweest. Hij was begin twintig; zij was achter in de dertig. Maar de laatste keer dat hij haar had gezien was hij een jongen geweest en zij Pauls moeder.

'Ik schrok,' zei Norman, 'maar ik was jong en ze wekte me uit een diepe slaap waarin ik waarschijnlijk van een vrouw had gedroomd, dus bedacht ik me geen twee keer. Ze had het lichaam van een meisje, ze rook als een meisje, maar ze beheerste de taal der liefde en had de seksuele ervaring van een vrouw die alles al had meegemaakt en voor wie niets taboe was.'

Hij had het over mijn tante. Ik voelde me hoogst ongemakkelijk.

Ik vroeg: 'Heb je dit ook aan Paul verteld?'

'Natuurlijk niet.'

'Waarom vertel je het dan aan mij?'

'Je hebt er recht op het te weten en er is geen reden waarom je het niet zou mogen weten,' zei Norman. 'En ik ga ervan uit dat je een geheim kunt bewaren.'

Norman werd verliefd op Lori. 'Ik maakte me geen illusies,' zei hij. 'Ze hield niet van me. Niet dat ze niet lief voor me was in bed of daarbuiten, maar ik wist dat ze niet van me hield.'

'Hadden je ouders niet in de gaten wat er aan de hand was?'

'Ik zag de glimlachjes op hun gezicht. Moeders vinden het fijn als hun zoon bemind wordt. Mijn ouders waren ouderwetse radicale socialisten die in de vrije liefde geloofden. Voor hen was seks zoiets als het eten van een ijsje op een warme dag. Wie houdt er niet van een ijsje?'

'Als ze niet van je hield en ze nog steeds in shock was vanwege wat er allemaal met Heydrich was gebeurd, wat is zij er dan mee opgeschoten?'

'Ze was bezig haar schepen achter zich te verbranden.'

'En ze gebruikte jou daarvoor?'

'Ze vroeg me mee te werken.' Norman hield op met praten, beet op zijn lip en keek naar de crucifix aan de muur van mijn cel. 'Ik had geen idee dat ik hier nog steeds zoveel verdriet om voel,' zei hij. 'Geef me een ogenblik.'

Hoewel ik mijn leven lang naar geheimen heb geluisterd, had ik nog nooit een geheim gehoord dat me zo in verwarring had gebracht als dit. Mensen, vrouwen in het bijzonder, doen voortdurend dingen die je niet verwacht en zijn onvoorspelbaar. Als Norman me iets over wie dan ook had verteld, mijn eigen moeder daargelaten, zou ik niet zo geschokt zijn geweest. Maar Lori Christopher – Pauls moeder, de vrouw van mijn oom – was de heldin geweest in een romance die mij en de rest van de Hubbards en de Christophers een halve eeuw lang in zijn ban had gehouden. Het was een verrassing om te ontdekken dat deze schimmige figuur uiteindelijk toch van vlees en bloed was geweest en dat ze had geprobeerd zich te verbergen voor haar echtgenoot en zoon die hun leven lang hadden gedacht dat ze ergens zat te wachten tot ze haar zouden vinden.

'Hoe dan ook,' zei Norman, 'ik zou alles voor haar hebben gedaan. Er bestond geen andere vrouw zoals zij. Ik heb het niet over haar schoonheid, haar intellect of over de seks, hoewel dat allemaal fantastisch was. Het kwam door de manier waarop het allemaal was verpakt – in een diepe droefenis, die nooit werd uitgesproken, zelfs niet in de vorm van een droevig gezicht of een traan. Maar het was er steeds. Ze had het geaccepteerd. Het was haar lot.'

'Je vond het niet theatraal?'

'Dat meen je toch niet? Ze bezat geen greintje theatraliteit. Ze was iemand die het ondraaglijke was overkomen, iemand die in de macht van maniakken had verkeerd. Wat haar was overkomen was al een nachtmerrie op zich. Wat zou daar aan overdreven moeten worden?'

Lori had hem het verhaal van de amforarol verteld en had die hem laten zien in de glazen cilinder en hem de inhoud ervan beschreven.

'Ze vertrouwde je dus.'

'En terecht,' zei Norman. 'Tot vandaag heb ik nooit iemand over het bestaan ervan verteld.'

'Zelfs niet je oom Yeho?'

Norman was helemaal niet verrast door de vraag. 'Zelfs hem niet,' zei hij. 'Ik weet natuurlijk niet wat zíj hem heeft verteld.'

Ik zei: 'Kende Lori Yeho Stern?'

'Hij kwam elke sabbat bij ons eten zodat hij lucifers kon aansteken en telefoongesprekken kon voeren zonder de orthodoxen aanstoot te geven. In die tijd was hij een kettingroker en hij moest altijd wel iemand bellen.'

'Heeft hij Lori in het huis van je ouders leren kennen?'

'Ze hebben elkaar via mijn ouders leren kennen, maar dat was al eerder, geloof ik.'

'In Berlijn?'

'Misschien wel.'

'Je weet het niet zeker?'

'Met Yeho was nooit iemand zeker van zijn zaak,' zei Norman.

'Heb je het Lori nooit gevraagd?'

'Ik heb nooit iemand vragen gesteld die iets met Yeho te maken hadden,' zei Norman.

3

In de winter van 1945-46, in de hele Oude Wereld een zeer strenge winter, werd Norman op een dag wakker in Jeruzalem en ontdekte dat Lori was vertrokken. Als een echte Christopher had ze geen afscheid genomen. Ze had een brief achtergelaten die zowel aan hem als aan zijn ouders was gericht.

'Wat er in wezen in de brief stond was: bedankt voor de gastvrijheid en vaarwel,' zei Norman. 'Geen aanwijzing over waar ze naartoe ging of waarom. Ik wist natuurlijk wél waarom. Mijn vader en moeder niet. Ze waren geschokt door haar plotselinge vertrek. Daardoor veranderde ze voor hen even weer in een Duitse. Toen herinnerden zij zich weer wie ze was en wat ze had gedaan.'

In die dagen was reizen, vooral in het Midden-Oosten, geen eenvoudige zaak. De Britten waren nog steeds de baas in Palestina en hielden de grenzen in de gaten. Ze begonnen zich al zenuwachtig te maken over de activiteiten van Yeho Stern en andere zionistische activisten – het binnensmokkelen van Europese joden in Palestina, terroristische incidenten die tot doel hadden de Britten schrik aan te jagen zodat ze het land uit zouden gaan. Voorzover Norman wist, had Lori nog steeds geen papieren. In 1945 was de kans dat een Duitse onderdaan, welke heldenrol die ook in de strijd tegen de nazi's had vervuld, vrijelijk grenzen kon oversteken, praktisch nihil. Tenzij ze hulp had gehad. Gelukkig was Norman in de positie om de juiste persoon daarnaar te vragen. Bij het krieken van de dag wekte hij zijn oom Yeho door op de deur van zijn kamer in de oude stad te bonzen. Dat was riskant.

'Yeho was niet blij me te zien,' zei Norman. 'Hij deed de deur open met een grote revolver in zijn hand. In die tijd werd hij natuurlijk beschouwd als de gevaarlijkste terrorist in Palestina. Maar toen ik de zaak uitlegde, had hij er begrip voor. Hij wist natuurlijk het naadje van de kous.'

Volgens Yeho had Lori een paspoort van het Rode Kruis weten te bemachtigen, dat haar identificeerde als een Tsjechische vluchteling. Ze was naar Haïfa gegaan om zich in te schepen op de *Amin Gulgee*, een Libanees vrachtschip dat op weg was naar de Perzische Golf. Norman kwam nog diezelfde ochtend aan, een uur voordat het schip vertrok, en kocht een kaartje voor de dekklasse naar de eindbestemming van het schip.

'Lori en ik kwamen elkaar op het dek tegen zodra het schip de twintig mijlszone uit was,' zei Norman. 'Ze vond het niet fijn me te zien, maar ze kon me moeilijk overboord gooien. Ze moet geweten hebben dat Yeho er de hand in had gehad, net zoals ik vermoedde dat zij haar paspoort van het Rode Kruis en wie weet wat nog meer aan hem te danken had.'

De *Amin Gulgee* was niet gebouwd op snelheid of luxe, maar het weer was koel voor die streek en de lange, slingerende, door de zon overgoten reis over de Rode Zee en om het Arabische schiereiland heen was wel aangenaam. Er was geen mogelijkheid om de liefde te bedrijven en weinig kans om met elkaar te praten. Lori deelde een hut met tien andere vrouwen en het dek waar Norman sliep was dag en nacht vergeven van zeelui en passagiers.

Ze gingen in Bandar-e Abbas van boord, de eerste aanloophaven in Perzië. De reis had meer dan een maand geduurd.

'Er waren maar weinig Britten in dat deel van Perzië en ik had een Brits paspoort,' zei Norman. 'Dus nadat we wat steekpenningen hadden betaald konden we zonder problemen van boord. Maar we waren wel in Baluchistan. Vrouwen mochten daar niet alleen reizen. Lori stemde erin toe dat we ons als een echtpaar zouden voordoen. Aan boord van het schip had ze een chador gekocht en die trok ze aan. Ikzelf zie er semitisch genoeg uit om voor een Arabier of zelfs voor een Baluch door te gaan.'

'Sprak je de plaatselijke talen dan?' vroeg ik.

'Genoeg Palestijns Arabisch om te worden verstaan door andere mensen die het niet erg goed spraken,' zei hij. 'Lori hield zich stom onder haar chador zoals elke moslimvrouw zou doen. Iedereen veronderstelde dat we waren wie we zeiden te zijn.'

Toen waren er net als nu geen spoorlijnen en nauwelijks wegen in dat gebied. En het zou nog lang duren voor er vliegtuigen kwamen. Norman en Lori namen een stokoude bus naar Kerman, een reis van hemelsbreed ongeveer driehonderd kilometer.

'De reis kronkelde zich voort als een worm, als een worm tenminste in die uitgedroogde wildernis kan leven,' zei Norman. 'De helft van de tijd was er geen weg. Dan moest iedereen uitstappen en duwen. Als het donker werd, stopte de bus en sliepen we binnen tot zonsopgang wanneer de startmotor knarsend in gang schoot en ons wakker maakte. Dat was altijd een spannend moment als de stokoude dieselmotor nadacht of hij aan zou slaan. Het kostte vijf dagen om in Kerman te komen, maar toen we daar aankwamen werden we verwelkomd door, hoe kan het anders, een vriend van Yeho.'

Lori wist de naam en het adres van de man, en kende een zin in het Hebreeuws waardoor hij begreep dat ze onder Yeho's bescherming viel.

'Deze kerel, Ibrahim heette hij, dreef een karavanserai,' vertelde Norman. 'Zijn herberg was een vierkante ruimte die was afgeschoten met rammelende blikken platen die bijna onder de wind bezweken. Binnen de afrastering was een binnenplaats met een waterput. Daar stonden tientallen kamelen gekluisterd. Zwermen grote, zwarte vliegen deden zich te goed aan hun mest. Het was afzien, dat kan ik je wel vertellen – er was geen glazen raam of hor te bekennen. De zon die op een metalen dak brandde, de vliegen, de stank en het stof dat de kamer kwam binnendwarrelen op een heerlijk woestijnbriesje dat de temperatuur van bloed had. Lori in die chador gewikkeld.'

Tot ze de kamelen hadden gezien en de ongure types die hun eigenaren schenen te zijn, waren Norman en Lori van plan geweest met een karavaan naar het oosten, naar Afghanistan te reizen. Dat was Lori's plan voorzover ze daar iets over wilde loslaten.

'Ibrahim schrok zich dood,' zei Norman. '"Ze weten al dat jullie geen moslims zijn," zei hij in het Hebreeuws, zodat Lori het niet kon verstaan. "Deze mensen zijn primitief. In de tweede nacht zullen ze u vermoorden en de vrouw nemen. Ze zullen haar stuk voor stuk gebruiken, haar tot slaaf maken en haar slaan en als ze versleten raakt, laten ze haar naakt in de woestijn achter om te sterven."'

Norman was overtuigd. Hij had al meteen gezien dat het woestelingen waren, en Lori ook. Maar toch wilde ze nog steeds met de karavaan meereizen.

'Ze kende gewoon geen angst,' zei Norman. 'Niet dat ze wilde sterven, maar het gevaar deerde haar stomweg niet. Dat zou voor een man al merkwaardig zijn geweest. Bij een vrouw was het ronduit griezelig. Het maakte dat je je afvroeg of een waarzegger haar soms een ander lot had voorgespiegeld en ze, hoe dat ook tegen haar karakter leek in te druisen, geloofde wat de kaarten haar hadden verteld.'

Norman was bang dat hij op een ochtend wakker zou worden en dat ze opnieuw verdwenen zou zijn. Ibrahim voorkwam dit door op de dag dat hij hen had gewaarschuwd, voor het vallen van de nacht alternatief vervoer te bezorgen.

'God weet waar hij hem vandaan had, maar Ibrahim had een oude Britse truck voor ons geregeld,' zei Norman. 'Bouwjaar van ver voor de oorlog, maar hij reed.'

Ibrahim verkocht allerlei zaken, waaronder vuurwapens en Norman en Lori kochten twee Engelse bruikbare jachtgeweren, waarvan er een een telescoopvizier had, en vijfhonderd patronen. Verder nog water en extra brandstof in geitenleren zakken, een kleine tent met kleden waarin, zoals ze al snel ontdekten, een hele vlooienkolonie huisde, drie schapen, een ooi die ze konden melken en twee hamels om te slachten. Het was allemaal niet goedkoop – Ibrahim was tenslotte een zakenman – maar Lori betaalde het allemaal grif.

'Geld leek voor haar even onbelangrijk als voorzichtigheid, alsof het iets was wat ze binnenkort toch niet meer nodig zou hebben,' zei Norman.

In de bazaar van Kerman kocht Norman mannenkleren voor hen beiden. Lori droeg haar chador tot ze een eind buiten de stad waren, vroeg Norman om te stoppen en verdween achter een paar rotsen. Ze kwam weer te voorschijn als een slanke jongeman in een broek en een wijde kaftan met haar opgestoken haar verstopt onder een tulband waarvan ze op een of andere manier wist hoe ze die moest wikkelen. Ze bewoog niet langer als een vrouw of zelfs maar als Europeaan, maar als de fellahien die ze blijkbaar aan boord van de *Amin Gulgee* en in Baluchistan had zitten bestuderen. Op het schip en tijdens de reis naar Kerman had ze een diepbruine kleur gekregen en hoewel haar huid goudkleuriger was dan die van de meeste Baluchi en ze bovendien grijze ogen had, zou ze – met een doek voor haar gezicht – kunnen doorgaan voor een jongen wiens moeder een nacht met een Engelsman of een blauwogige Afghaan had doorgebracht.

De enige weg naar het noorden vanuit Kerman liep door een heuvelachtige zoutwoestijn. Er lagen een stuk of drie oasedorpen tussen Kerman en het punt op de kaart waar de weg zo'n vierhonderdvijftig kilometer verderop naar het oosten afboog en de Afghaanse grens overging, en vandaar naar de stad Herat.

Norman zei: 'Ik was er heilig van overtuigd dat ik lang voordat we Herat hadden bereikt al dood zou zijn. Lori had niet gezegd dat dat onze eindbestemming was, maar ik kon me geen verborgener plaats op aarde voorstellen.'

Op de tweede ochtend na het vertrek uit Kerman werden ze overvallen door mannen die op kamelen vanuit een verblindend witte ochtendzon waren komen aanrijden en hun tent met kogels hadden doorzeefd.

'Vanwege de vlooien in de kleden die Ibrahim ons had verkocht, waren Lori en ik in de buitenlucht gaan slapen,' zei Norman. 'Die morgen lagen we op een heuveltje boven het kamp. We hadden onze geweren bij ons. Er waren zeven overvallers. Ze waren gewapend met *jezails*, ouderwetse voorladers die zwart buskruit gebruikten en schoten onze lege tent vol gaten. Zonder een woord te zeggen begon Lori te schieten. Ik wist niet eens dat ze dat kon. Maar ze had op tweehonderd meter al een man van zijn kameel geschoten voordat ik mijn eerste schot kon lossen. Ik had het geweer met de telescoop, waardoor ik er niets aan had omdat we tegen de zon in moesten schieten.'

Tegen de tijd dat Norman het vizier had losgemaakt, een kwestie van een paar seconden, had Lori nog een man uitgeschakeld en een kameel verwond, die zijn berijder had afgeworpen en nu in doodsangst rondrende. De rest van de bandieten vluchtte weg in het verblindende zonlicht. Norman, die een ervaren sluipschutter was, schoot een van hen neer en verwondde een ander, die in het zadel bleef en wist te ontkomen. De rest was nu buiten schootsafstand voor wapens met een open vizier.

'Voordat ik haar tegen kon houden, rende Lori de heuvel af naar het kamp toe,' zei Norman. 'Ze had haar tulband niet om en haar haar wapperde als een blonde vlag. Ik pakte het vizier en de munitie en volgde haar. Ik had geen keus. Ik had haar net ingehaald toen ze in de truck sprong. Ze startte hem met veel geloei en ging achter de vluchtende mannen aan.'

Ze reden van de weg af, het open veld in waar de ouwe rammelbak niet veel harder kon rijden dan een kameel, maar ook kamelen worden moe en na enkele minuten stopten de mannen op een heuveltop, lieten hun kamelen neerknielen en begonnen vanachter een rotspartij op de truck te schieten.

'Lori reed in een wijde cirkel om de heuvel heen, zette de truck in een lage versnelling en reed naar de top van een ander heuveltje, ongeveer honderd meter van de eerste heuvel,' zei Norman. 'De jezails van de vijand konden zo ver niet schieten.'

Maar dit keer hadden Norman en Lori de zon achter zich. Ze parkeerde de truck achter een grote rots, klom naar de top van de heuvel en begon de kamelen een voor een af te schieten.

'Elk schot ging door de kop,' zei Norman. 'Die kamelen maakten een sprongetje en waren dood. Ik lag naast haar. Ze zei: "De mannen zijn voor jou."'

Norman zou geen sluipschutter bij het Engelse leger zijn geworden als hij last had gehad van scrupules, maar dit leek hem te ver gaan. De mannen waren verslagen en waar konden ze heen zonder kamelen?

Lori zei: 'Maak ze af, Norman.'

'Ik begreep wat ze bedoelde,' zei hij. 'Als we ze niet allemaal vermoordden, zouden ze wraak willen en zouden we ze nooit meer kwijtraken.'

Hij zette het vizier weer op zijn geweer en schoot de mannen een voor een neer, de laatste was naar zijn behendigheid te oordelen nog maar een jongen die probeerde te ontsnappen door de heuvel af te rennen en steeds achter een rots weg te duiken.

'Binnen enkele minuten waren ze allemaal dood, de mannen en de dieren,' zei Norman. 'Toen de rook was opgetrokken, was Lori net zo kalm als een vrouw die net uit het theater kwam.'

Ze lieten de doden en hun kamelen achter waar ze lagen, als waarschuwing aan anderen.

4

Zelfs in Herat bleek Yeho een vriend te hebben. Hoewel er tegenwoordig in radicale islamitische kringen niet veel over wordt gesproken (en ik wist het ook niet tot Norman het me vertelde), geloofde de lokale bevolking in 1946 nog dat zij afstammelingen waren van een Israëlitische stam die na de verwoesting van Jeruzalem in 586 voor Christus door Nebukadnezar gevangen was genomen en naar Babylon was meegevoerd. Uiteindelijk vonden deze mensen hun weg naar Afghanistan, stichtten Herat, werden de stam die nu de Pathanen heet en begonnen hun buren aan te vallen. Net als hun veronderstelde voorouders ten tijde van Jozua en de moderne Israëli's met mannen als Yeho waren het meedogenloze krijgers en veroveraars. Ze noemden zich de Ben i-Israël, de zonen van Israël. Ze leefden volgens regels die leken op de oude joodse wetten, spraken een andere taal dan de rest van de Afghanen en geloofden dat zij door hun afstamming het nobelste volk waren en voorbestemd de heersers van Afghanistan te worden.

In de dertiende eeuw stuitten ze op de Ghuzz, een Turkmeens islamitisch volk dat met zijn zendingsleger Herat aanviel. De veertig inwoners van Herat die de belegering overleefden, bekeerden zich tot de islam – of dat uit overtuiging was weet niemand – maar hun legendarische geschiedenis en wetten waren in heilige boeken vastgelegd. Yeho's vriend Habibullah was de erfelijke hoeder van deze teksten. Weer was het Lori die wist waar ze Habibullah kon vinden en wat ze tegen hem moest zeggen.

'Met Yeho wist je het nooit, maar ik snap niet hoe het kon dat Habibullah ons verwachtte,' zei Norman. 'In elk geval ontving hij ons toen we Yeho's naam noemden.'

Van de buitenkant, zei Norman, zag Habibullahs huis eruit als een bouwval, maar vanbinnen was het ruim, met divans en tafels en Perzische tapijten die tegen elkaar aan waren gelegd. Het wemelde er van de bedienden. De ramen werden dichtgehouden tegen de stank, de hitte en de vliegen. Kleine jongens brachten de kwalijk riekende lucht in beweging door aan de touwtjes te trekken van de ventilatoren die aan het plafond waren opgehangen. Habibullah ging ervan uit dat Lori en Norman getrouwd waren.

'Misschien had hij zijn twijfels, maar omdat we ongelovigen waren maakte het niet uit,' zei Norman. 'Om wat voor reden dan ook bracht hij ons onder in een appartement voor onszelf. Zodra we binnen waren, trok Lori de chador af. Daaronder was ze natuurlijk geheel gekleed, maar Habibullah sloeg zijn ogen ten hemel om haar gezicht niet te hoeven zien. Ze bedekte haar gezicht en haar onmiddellijk met een sjaal. Habibullah ontspande zich weer. Maar hij gaf ons te verstaan dat Lori niet door het huis mocht lopen, gesluierd of niet, en dat hij naar ons appartement zou komen als hij iets te bespreken had. Ik zou de maaltijden samen met hem nuttigen. Lori's eten zou door vrouwen op haar kamer worden gebracht.'

Alle zaken werden door Lori afgehandeld, die kordaat lijstjes afwerkte die ze in haar hoofd had zitten. Ze wilde drie goede paarden, een hengst en twee merries, kleren die geschikt waren voor een reis door de bergen en minstens tweehonderd patronen voor haar pistool en ook voor de twee geweren. Verder wilde ze één goed rijzadel, twee pakzadels, voedsel voor dertig dagen, medicijnen voorzover die voorradig waren, kaarten met een grote schaal en mondelinge aanwijzingen om haar door Noord-Afghanistan en India helemaal naar China te brengen. Ze zou Habibullah in goud betalen.

De paarden moesten de beste zijn die er te krijgen waren en ze stond erop ze te inspecteren en te berijden voordat er een overeenkomst werd gesloten. Ze communiceerde in het Engels met Habibullah, die de taal goed sprak, net als de meeste ontwikkelde Afghanen en vele anderen die in de nadagen van het Britse rijk in de roze gebieden op de kaart woonden. Lori vond de paarden die ze wilde hebben – niet de prachtige Arabische renpaarden die Norman zich had voorgesteld, maar taaie beesten die stevig op hun benen stonden en niet veel groter waren dan pony's.

Vanzelfsprekend reed ze als een kozak en wist alles van paarden,' zei Norman. 'Ik stond versteld van haar repertoire aan vaardigheden. De meeste had ze als kind geleerd. Voordat Hitler aan de macht kwam, geloofden de Duitsers heilig in een gedegen scholing, en ik denk dat het vanzelfsprekend werd geacht voor de dochter van een Pruisische baron. Behalve misschien schieten. Dat had haar vader haar geleerd toen ze tien was, vertelde ze, voor het geval de Russen ooit zouden komen.'

In minder dan een week had Habibullah alles verzameld waar Lori om had gevraagd, inclusief de munitie voor de Britse jachtgeweren die ze had opgegeven. Dat mocht een klein wonder heten, gezien de plaats van Herat op de kaart en het feit dat Europa al zes jaar lang in oorlog was en niemand in die tijd munitie voor civiel gebruik had geproduceerd. Weten wat je wilt en je niet laten afschepen waren belangrijke motto's in haar Pruisische opvoeding.

'Ze zei niets over haar toekomstplannen, maar dat had ze daarvóór ook nooit gedaan,' zei Norman. 'Op een morgen werd ik wakker en was ze verdwenen. Alwéér. Ik wist natuurlijk dat dit uiteindelijk zou gebeuren en de manier waarop ze de avond ervoor de liefde had bedreven – alsof haar orgasme een punt aan het eind van een zin was – had me duidelijk moeten maken dat dit het enige afscheid was dat ze me ooit zou gunnen. Toch was het een schok. Ik wist hoe laat het was zodra ik mijn ogen opendeed, maar ik overwoog net zo min haar te volgen als wanneer ze mijn voeten had afgehakt en ze had meegenomen. Waar ze heen ging, was geen plaats voor mij en ik wilde de rest van mijn leven niet doorbrengen onder de mensen die ze zou vinden op de plaats waar ze heen ging, waar dat ook mocht wezen.'

Lori had een brief voor hem achtergelaten.

'De brief was nogal onpersoonlijk, in het Duits, de taal die we onderling spraken,' zei Norman. 'Ze had haar trouwring bijgesloten waarin aan de binnenkant haar initialen en die van haar echtenoot, de datum en een paar woorden over liefde waren gegraveerd. Hij was niet voor mij bedoeld, en ook niet voor haar echtgenoot, maar voor Paul in het geval dat hij ooit zou komen opdagen. Ik moest hem de ring geven en verder niets zeggen.'

'Niets zeggen?'

'Ik geloof dat ze hem wilde laten denken dat de ring het bewijs vormde dat ze dood was. Waarom zou ze er anders afstand van hebben gedaan? Maar ze zou niet gewild hebben dat ik erover loog.'

'En heb je gedaan wat ze je had gevraagd toen Paul je eindelijk had gevonden?'

'Nee.'

'Waarom niet? Dacht je dat ze van gedachten was veranderd?'

'Niet echt,' zei Norman. 'Ik wilde gewoon dat iemand haar vond. Ik heb mijn leven lang gewenst dat ik zelf het lef had gehad het te doen, maar ik wilde samen met haar in Parijs zijn, niet in een of andere uithoek.'

Hij verviel in stilte. Zijn grote bruine ogen die zo helder waren als die van een jongeman, staarden alsof hij in het verleden keek. Hij ging weg zonder te groeten.

DEEL V

1

Onze arabist Ben Childress en ik waren overeengekomen dat we nooit ergens zouden afspreken waar ook maar de kleinste kans bestond dat we door Arabieren samen gezien zouden worden. Hij koos Ierland, een landelijk hotel aan Lough Swilly in Donegal, helemaal in het noorden en zo afgelegen als in Ierland maar mogelijk is. Onafgebroken regen en een ijskoude wind verkilden je botten. Ben kwam op de tweede dag net op tijd voor de thee. Hij was in Massachusetts opgegroeid op een boerderij boven op een berg. Als kind had hij koeien gemolken, houtgehakt en ging hij lopend naar de school die maar één lokaal had. Waar hij vandaan kwam spraken de mensen zó nasaal dat Harley Waters daarbij vergeleken als een nieuwslezer klonk. Ben zelf sprak als iemand die in Princeton had gestudeerd, wat hij ook had gedaan op grond van de GI Bill of Rights, een wettelijke regeling die oorlogsveteranen het recht gaf een opleiding te volgen, nadat hij op D-day in Normandië aan land was gegaan en zich op een of andere manier door het resterende deel van de oorlog had heen geslagen.

Ben zei: 'Sorry Horace, maar ik heb informatie voor je waardoor je je misschien de blanke jager in het sprookje gaat voelen.'

'Welke blanke jager?'

'De jager die het spoor van de tijger volgt, maar zijn eigen sporen tegenkomt op een pad in de jungle en zich realiseert dat hij in een kringetje heeft rondgelopen en dat de tijger hem besluipt.'

Ik zei: 'Ga verder, Ben.'

'Ibn Awad weet dat je weer achter hem aan zit.'

'En jij weet dat hij het weet?'

'Klopt.'

'Dan weet je dus ook dat hij nog in leven is?'

'Ik heb redenen om dat te geloven.'

'Heb je hem met je eigen ogen gezien?'

'Nog niet. Maar ik heb de fatwa gezien die hij tegen je heeft uitgesproken. Alle gelovigen hebben opdracht gekregen je te doden als ze je zien. Er is een zeer goed signalement van jou bijgevoegd.'

'Heeft Ibn Awad de fatwa ondertekend?'

'Dat is een strikvraag,' zei Ben. 'Je weet dat hij niet kan lezen en schrijven, net als de profeet. En omdat hij officieel dood is en dat graag zo wil houden, heeft hij iemand anders de fatwa laten uitspreken. Maar hij zit erachter.'

'Weet je waar hij is?'

'Nog niet. Hij blijft voortdurend in beweging. En ik begin te vermoeden dat hij niet alleen van het ene deel van de Arabische woestijn naar het andere trekt, maar door heel Afrika en Azië van de ene woestijn naar de andere reist, overal waar moslims wonen.'

Dat 'nog niet' was Ben Childress ten voeten uit. Als Ben zei dat hij iets wist, dan wás dat ook zo. Hij had de hooghartige zelfverzekerdheid van een Sherlock Holmes – en in zijn geval voorzover ik wist zonder dat hij daarvoor cocaïne had moeten nemen. Hij léék zelfs op Sherlock Holmes, of eigenlijk op Basil Rathbone in de rol van Holmes – donker haar, een grote haviksneus, een zuinige glimlach, scheve witte tanden: een verstokte vrijgezel, hoewel hij niet half zo onverschillig tegenover vrouwen stond als Holmes. Evenmin gedroeg hij zich honds tegen de Watsons van deze wereld waaronder, naar Bens oordeel, ook ik viel en bijna iedereen die hij ooit had gekend.

Behalve tegen Arabieren. Na Princeton had Ben een graad in oosterse talen in Oxford behaald. Van zijn docenten of van de taal die hij studeerde of misschien door het verlangen aan de muffe somberheid van Engeland te ontsnappen, had hij arabitis opgelopen. Nadat hij was afgestudeerd, had Ben een jaar in de Ar Rub al-Khali woestijn geleefd met een groep bedoeïenen die beweerden dat ze de laatste afstammelingen waren van de Qurays-stam, die volgens geleerden het zuiverste Arabisch sprak. Veel mensen die onder de bedoeïenen hebben verkeerd, willen uiteindelijk juist niet op ze lijken. Ben vond ze echter schitterend. Hij bekeerde zich – oprecht – tot de islam en werd een van hen, en kon de rest van zijn leven, als de omstandigheden daarom vroegen, weer en van hen worden. Dat was een enorme aanwinst voor de Outfit, die hem in zijn studententijd had gerekruteerd en zijn studie in Oxford had betaald. In zijn hart was hij een Arabier, maar hij had het instinct van een Amerikaanse wereldverbeteraar. Hij wilde de Arabieren redden van hun eigen onwetendheid en van het zwaard van het christendom. Bovenal wilde hij niet een Amerikaanse T.E. Lawrence worden, één uit een lange reeks idealisten die betoverd was door de Arabieren, maar ze uiteindelijk verried. Hij was echter wel een idealist. Hij wilde de Arabieren tegen zichzelf beschermen en dat was de reden dat hij me indertijd bij de operatie tegen Ibn Awad had geholpen. Hij had als eerste begrepen dat de oude man krankzinnig was en dat het in zijn vermogen lag de gruwelijke wraak van het Westen over zijn onschuldige volk af te roepen.

Ben beschermde zijn bronnen goed. Desondanks stelde ik de noodzakelijke vraag – zij het voorzichtig.

'Kun je me hier wat achtergrondinformatie bij geven?' vroeg ik.

'Bedoel je dat je namen wilt horen?'

'Niet per se, Ben. Maar we hebben het hier wel over mijn hachje.'

'Dezelfde soort bronnen als gebruikelijk,' zei Ben. 'Ik heb een oude vriend wiens kleinzoon lid is van een terroristische cel. Mijn vriend was vroeger zelf terrorist, dus net als elke grootvader die een wilde jeugd heeft gehad maakt hij zich zorgen over de jongen en wenste dat die naar hem had geluisterd en arts was geworden.'

'Maar hij heeft zijn medicijnenstudie afgebroken?'

'Nee, hij is specialist, een chirurg die in de Verenigde Staten is opgeleid. Maar zijn praktijk beperkt zich tot terroristen. Hij is voortdurend op reis en lapt de gewonden op – zo'n beetje als een dokter van de Outfit.'

'Hoe weet hij waar hij heen moet?'

'Hij krijgt een e-mail van degene die hem zijn opdrachten geeft en neemt het vliegtuig.'

'Dus hoe weet hij dan iets over Ibn Awad?'

'Omdat de laatste patiënt die hij in een woestijnkamp in Tunesië heeft behandeld Ibn Awads Duitse dokter is geweest. Hij heeft kanker.'

Tunesië? Wilde dat zeggen dat Ibn Awad naar de Sahara was verhuisd? Ben Childress dacht van niet.

'Om te beginnen was onze jonge dokter – laten we hem Mubarak noemen – er niet zeker van dat hij in Tunesië was,' zei Ben. 'Hij had dat alleen geconcludeerd uit het feit dat hij in een privé-vliegtuig naar een landingsbaan was gebracht die tussen zandduinen lag die hem aan de Tunesische woestijn deden denken. Toen hij thuiskwam, beschreef hij zijn vader de Duitse dokter en begreep de oude man dat het Claus Bücher was.'

'Hoe wist hij dat zo zeker?'

'Hij wist het niet zeker. Maar hij kende Bücher van gezicht en kende zijn gewoonten, net als veel andere mensen die hem vroeger hadden gekend, voordat Ibn Awad zogezegd werd vermoord. Op dat moment verdween Bücher ook.

Maar voordien was hij een man van de wereld. Er was niets geheim aan zijn positie in de hofhouding van Ibn Awad.'

De thee werd op een blad binnengebracht door een jonge blonde serveerster. Ben begon een gesprek met haar en binnen een paar minuten had hij haar hele doopceel gelicht. Aanvankelijk dacht ze misschien dat ze met een aardige oude heer sprak, maar na de eerste vijf zinnen deed Bens leeftijd er niet meer toe. Hij was gewoon een schraal en hongerig mannetjesdier met een geïnteresseerde blik in zijn ogen. Ben had veel van de bedoeïenen geleerd, maar ascetisme hoorde daar niet bij. Hij stond erom bekend dat hij vrouwen kon betoveren. Op cocktailparty's had ik gezien hoe getrouwde vrouwen hun schoenen uitdeden, hun oorbellen afdeden, hun haar losschudden en op onhoorbare muziek dansten terwijl ze gewoon met Ben in een hoek van de kamer stonden te praten.

Toen de serveerster weer met tegenzin bij ons wegging, vroeg ik Ben waarom hij dacht dat Ibn Awad steeds een andere schuilplaats koos. Hij at eerst zijn scone met boter op voordat hij antwoord gaf.

'Omdat Mubarak weer teruggeroepen werd om Bücher te behandelen,' zei Ben. 'Dit keer vloog hij met een gewone lijnvlucht naar Teheran en ging toen aan boord van het privé-vliegtuig. Daarna volgde nog een lange vlucht in een helikopter. Hij kwam op een heel andere plaats terecht dan de vorige keer.'

'Ook in de woestijn?'

'Ja. Totaal ander landschap, andere atmosfeer. Maar wel dezelfde tenten, waaronder een compleet toegerust mobiel hospitaal. Operatiekamer, alle nieuwste instrumenten en snufjes. Hij zei dat het een veldhospitaal van het Amerikaanse leger was.'

'Hoe zou hij dat kunnen weten?'

'Misschien heeft hij M*A*S*H gezien. Hoe dan ook, dat dacht hij.'

'Waarom ging hij terug?'

'Om de uitslag van een biopsie te rapporteren,' zei Ben. 'De tests bevestigden dat Bücher kanker aan de alvleesklier heeft. Dat is steevast fataal. De patiënt accepteerde de diagnose niet. Ze hadden een woordenwisseling in het Arabisch. Deze keer zei Bücher Mubarak wie hij was. Hij vertelde dat hij was afgestudeerd aan de universiteit van Wenen, die in zijn tijd de meest prestigieuze geneeskundige opleiding ter wereld had. Hij benadrukte dat hij al vele, vele jaren de lijfarts van Ibn Awad was.'

'Bücher gooide dat er gewoon uit?'

'Hij wilde collegiaal respect. Hij was nog niet klaar om voor het hemelse gerecht te verschijnen. Hij wilde dat Mubarak iets dééd.'

'Hem zou redden.'

'Opereren. Maar Mubarak was niet bevoegd om een dergelijke operatie uit te voeren. Trouwens, zelfs als de operatie succesvol is, wat bijna nooit het geval is, rekt het de levensverwachting maar met een paar maanden.'

'Hoe lang heeft Bücher nog te leven zonder operatie?'

'Met de nieuwste medicijnen die hij krijgt, ergens tussen de drie en zes maanden. De diagnose is drie weken geleden gesteld.'

'Wat gaat er nu gebeuren?'

'Hij heeft al geelzucht en een jeukende huid waar niets aan te doen is,' zei Ben. 'Daarna komen de pijn, slapeloosheid, gewichtsverlies, zware vermoeidheid en bloedarmoede.'

'Geheugenverlies?'

Ben bekeek me met zijn kille Sherlock Holmes-blik van top tot teen, alsof hij de langste was. Waarom had ik nou gedacht dat hij zo'n belangrijk detail zou vergeten?

'Niet noodzakelijk,' zei hij. 'Maar de pijn en de vermoeidheid bereiken natuurlijk al snel een punt waarop het de patiënt niet meer kan schelen of hij zich iets kan herinneren, of hij zit zo vol met pijnstillers dat hij zich niets meer kán herinneren.'

Ben stond op. 'Tijd voor een wandeling,' zei hij.

We liepen in een ijskoude mist over het grijze strand langs het grijze, trage water van Lough Swilly. We moesten schreeuwen om boven het lawaai uit te komen van de regen die op onze hoeden roffelde, het water dat in de zeearm gevangenzat en de huilende wind. We liepen een paar kilometer zwijgend voort voordat we omkeerden. De duisternis viel in en de schuimkoppen werden minder zichtbaar en daarna fosforescerend. We bereikten het pad naar het hotel. Ondertussen was het helemaal donker geworden en Ben en ik konden elkaar niet meer zien. Ik kon hem echter wel ruiken: natte tweed, scheerzeep en zijn adem rook naar thee en cake.

Hij zei: 'Ik vermoed dat je met Bücher wilt praten voordat hij sterft.'

'Dat zou heel nuttig zijn.'

'Dat kun je moeilijk zelf doen,' zei Ben. 'De vraag is dus wie dat wel kan, zonder dat hij wordt vermoord.'

'Mubarak.'

'Hij is de beste kandidaat, maar hij is onbenaderbaar.'

'Hij schijnt zich anders niet door gewetensbezwaren te laten weerhouden om zijn grootvader allemaal geheimen te vertellen.'

'Dat klopt, maar Mubarak weet niet wat wij willen weten, namelijk waar Ibn

Awad precies uithangt en waar de bommen zijn.'

'Precies wat we hem willen vragen.'

'Misschien weet Bücher het ook niet,' zei Ben. 'Er is geen enkele reden waarom hij het zou moeten weten. Trouwens, nu Bücher stervende is en zelf geen medische zorg meer kan verlenen, ligt het ook niet voor de hand dat hij en Ibn Awad op hetzelfde tijdstip op dezelfde plaats zijn.'

Ik had mc altijd al aan Ben geërgerd. 'Ik ben niet geïnteresseerd in wat Bücher níét weet,' zei ik. 'Ik ben geïnteresseerd in wat hij wel weet.'

'Dan hoeven we hem alleen maar van zijn doodsbed te lichten of iemand naar hem toe te sturen die hij vertrouwt,' zei Ben. 'Iemand bij wie hij te biecht wil gaan.'

Dat ligt voor de hand, mijn beste Watson.

2

Als er een fatwa tegen je is uitgesproken, stelt dat de geest op een prachtige manier scherp. Voeg daarbij de wraakzuchtige stemming onder de Russische maffia, de moorddadige impulsen van een stelletje gepensioneerde leden van de Schutzstaffeln, de vrolijke dubbelzinnigheid van Kevin en zijn Grijze Macht (als die het werkelijk was) en de kansberekening voor iemand die in het tijdperk van terrorisme vaak het vliegtuig neemt, en je hebt een aardig probleem waar de verzekeringsbranche zich het hoofd over kan breken. Paranoia was niks nieuws in mijn leven. Maar je mag niet toestaan dat het je werk hindert of je vrije tijd verziekt. De truc, die me als rekruut werd geleerd door wat ik destijds als mijn oude, wijze instructeurs beschouwde, was te vermijden in situaties terecht te komen waaruit geen ontsnapping meer mogelijk was. Verken de zaak eerst voordat je naar binnen gaat, ga altijd met je rug naar de muur zitten, controleer altijd of er een achterdeur is. Het merendeel van mijn jaargenoten nam dit advies ter harte, maar ze hebben er niet veel aan gehad, net zomin als degenen die na hen kwamen. In de praktijk moet je gewoon meteen naar binnen lopen en direct gaan zitten. Als je via de achterdeur naar buiten wilt, betekent dat soms dat je in een pikdonker trappenhuis iemand de nek moet breken.

In wezen, als ik even een lesje mag afsteken, gaat het erom een manier te vinden om de dreiging om te keren en tegen de bedreiger te richten. Hij heeft een bepaalde actie ontketend, dus is het tijd voor jiujitsu: je gebruikt de energie van je aanvaller om hem uit te schakelen. Dat betekent dat je dicht bij je tegenstander moet komen en dat betekent weer dat je je instinct moet overwinnen om zo snel mogelijk zo ver mogelijk bij hem vandaan te komen. In een operatie luidt de vraag niet: Hoe kom ik hieruit? Het gaat om de vraag: Wat kan ik die andere kerel flikken? Jij moet altijd de agressor zijn en je nooit in de verdediging laten dringen. Altijd degene zijn die de streek uithaalt en nooit het mikpunt. Altijd de zorgeloze voorbeeldige Amerikaanse jongen uithangen (denk aan Kevin) die nooit van bedrog wordt verdacht tot het te laat is. De kansen liggen altijd anders dan je zou denken. Je tegenstander, die in de starthouding gaat staan, mag dan wel meer haar op zijn knokkels hebben dan jij op je hele lijf, maar jij hebt het onmetelijke voordeel dat hij denkt dat je hem weinig last zult bezorgen omdat je stomweg minder harig bent dan hij.

Dat is echter de theorie, en de werkelijkheid is vaak anders. Nadat ik Ben goedenacht had gewenst lag ik op bed in Donegal en deed ik wat ik in mijn schooltijd als veldloper deed, en later als infanterist, als geheim agent en als gevangene van mijn eigen regering – honderd aarzelende stappen tellen, en nog eens honderd, en nog eens, als manier om toch verder te gaan op weg naar een onwenselijke toekomst. We hadden in relatief korte tijd een hoop informatie vergaard, veel meer dan ik had verwacht. Men zegt dat de tijd voor grijze mensen voorbijvliegt, maar het leek een eeuwigheid geleden dat David, Harley, Jack, Ben en ik uit Washington waren vertrokken. Mijn hoofd was bij de toekomst. De beelden van Simon Hawk in Manaus, kapitein Zhang in Xinjiang en zelfs de recente herinnering aan Michail in Moskou begonnen in mijn geheugen te vervagen. In feite waren de Old Boys amper een maand aan de slag. Toch maakten we te weinig vorderingen; we lagen achter op schema. We wisten meer dan in het begin, maar niet genoeg om tot actie over te gaan. We waren nog steeds passief: kijken, luisteren, de lucht opsnuiven. We wisten nog niet precies waar we naartoe moesten of wat we precies moesten doen als we er waren. Niet dat dat ongebruikelijk was. Operaties ontwikkelen zich volgens hetzelfde patroon als de verleiding van een vrouw die weet dat ze wordt begeerd – valse hoop, faux pas, misverstanden, afwijzingen, radiostiltes, starende blikken in schijnbaar openhartige ogen die zelfs de eenvoudigste vraag niet willen beantwoorden. En dan, wanneer je wanhoopt dat het moment nooit zal komen, is het er.

Hoewel Ben Childress en Jack Philindros misschien op dit punt met mij van mening verschillen, vind ik het niet nodig dat je alles weet, alle losse eindjes aan elkaar hebt geknoopt voordat je de sprong waagt. We hadden in ieder geval een begin gemaakt met de zaken te ontwarren. Er hadden zich keuzemogelijkheden aangediend. Philindros en Childress hadden waardevolle tips gegeven. Jack had me eraan herinnerd dat Ibn Awad de prooi was en dat de buit bestond uit zijn bommen. Ben had opgemerkt dat Claus Bücher vinden niet hetzelfde was als het vinden van Ibn Awad. Maar geen van beiden begreep dat als we Paul Christopher vonden, hij misschien wel de sleutel tot alles zou zijn. En geen van beiden had het gehad over iets wat voor mij glashelder was – waar Ibn Awad zich ook bevond, de bommen hoefden zich niet noodzakelijkerwijs op dezelfde plaats te bevinden. Als hij van de ene plek naar de andere trok, kon hij moeilijk twaalf onafgeschermde bommen in zijn bagage meenemen. Als we de bommen vonden maar Ibn Awad niet, of andersom, zou dat een goed resultaat zijn, maar het enig acceptabele resultaat was dat we ze allebei vonden. Als we Ibn Awad vonden maar de bommen niet, zou dat betekenen dat degene die ze voor hem bewaarde ermee kon doen wat hij wilde. Je kunt maar beter weten met wie je te maken hebt.

Wat we wilden was de bommen én Ibn Awads hoofd. Geen apocalyps, geen opstanden meer. En de manier om dat te bereiken – en ik dacht echt dat het de enige manier was – was iets te bezitten wat Ibn Awad met heel zijn verwrongen geest begeerde.

De amforarol. Maar hoe moest ik hem laten weten dat ik hem had, terwijl dat niet eens waar was?

Na het ontbijt, het traditionele Ierse eieren-met-alles-erop-en-eraan-gebeuren inclusief bloedworst, maakten Ben en ik nog een wandeling in de motregen. Op het strand zagen we verse afdrukken van galopperende paarden en al snel zagen we de paarden met hun ruiters terugkomen, waarbij ze het zand deden opspatten en trillingen door de poreuze grond onder onze voeten zonden. Er was geen ander teken van leven onder deze loodkleurige hemel, zelfs de zeemeeuwen lieten het afweten.

Ik zei: 'Vertel me eens, Ben. Denk je werkelijk dat het buiten ons vermogen ligt om Mubarak in te zetten?'

'In de zin dat hij willens en wetens mee zou willen werken? Nee, dat kun je vergeten,' zei Ben. 'Maar zelfs als hij van niets wist, zou zijn motivatie om mee te willen werken wel heel sterk moeten zijn.'

'Zoals?'

'Er was een tijd dat geld in dat deel van de wereld in goede aarde viel, maar geld betekent niets voor een man als Mubarak. Zelfs als we genoeg hadden om hem een tijdje in te huren, maar ik veronderstel dat we dat niet hebben.'

'Niet genoeg om met Ibn Awad te concurreren,' zei ik. 'Hij zou er niets van mogen weten. De uitnodiging zou moeten komen van iemand die hij vertrouwt.'

'Als je zijn grootvader bedoelt, dan kun je die ook vergeten,' zei Ben.

'Ik bedoel Ibn Awad.'

'Ik kan je niet volgen.'

'Ibn Awad heeft een nieuwe arts nodig. Het is mogelijk dat hij een advertentie op het internet op een website van terroristen heeft gezet en Mubarak de eerste kandidaat is die voor een gesprek wordt uitgenodigd.'

'Dat is creatief denkwerk moet ik zeggen,' zei Ben. 'Maar wat hebben wij daaraan?'

'Mubarak kan ons Ibn Awad in handen spelen.'

'Hoe kunnen we zijn vertrouwen winnen om hem zover te krijgen dat hij dat doet?'

'Stel dat we het object hebben dat Ibn Awad het meest in de hele wereld begeert?'

'Een waterstofbom?'

'Nee, kleiner.'

'De amforarol?'

'Bingo.'

Hij sjokte verder tegen de kleddernatte wind in, met zijn hoofd omlaag, zwijgend. Hij wist natuurlijk allang wat ik van plan was. Ik wachtte tevergeefs tot hij dat zou zeggen. Op Lough Swilly was een zeil verschenen, dat wit afstak tegen de lucht en het water, die dezelfde grijze kleur hadden. Tijdens hun menslievende missies die hen hun toekomst hadden gekost, hadden de Christophers met de *Mahican* ook in zulk water en bij zulk weer gezeild.

'Wat we nodig hebben is een boodschapper die geloofwaardig is in de ogen van Ibn Awad, zoals zijn dokter,' zei ik. 'Als Mubarak hem vertelt wie de amforarol heeft, dan moet het lukken.'

Ben stond plotseling stil. 'Ik was al bang dat je dat zou voorstellen,' zei hij. 'Horace, je bent gek.'

'Denk jij dat Ibn Awad de amforarol niet wil hebben?'

'Hij wil je afgehakte hoofd.'

'Niet voordat ik hem vertel wat hij zo verschrikkelijk graag wil weten.'

Ben zei: 'Maar je weet helemaal niet waar die amforarol is.'

'Dan kan ik ook niet doorslaan als ik word ondervraagd, toch?'

Ben versnelde zijn stap en liep van me weg. Ik deed geen moeite om hem bij te houden, hoewel mijn benen langer zijn dan de zijne en het makkelijk had gekund. Dat ging zo ruim honderd passen door. Hij dacht na, maakte een afweging. Ben hield niet van plannen die hij niet zelf had bedacht. Het was een zwakte die hem voor het ongemak van een hoge positie bij de Outfit had behoed. Het levenssap van de oude Outfit had bestaan uit een combinatie van briljante jonge mannen die vrijuit hun mening konden zeggen en oudere mannen die naar ze luisterden omdat ze vroeger zelf ook briljante jonge mannen waren geweest. Ook Ben was ooit een briljante jonge man geweest. Het probleem was alleen dat hij tot op hoge leeftijd een briljante jonge man blééf.

174

Koppig. Kon niet goed luisteren. Maar wel iemand die van gewaagde ideeën hield, zolang hij dacht dat het zijn eigen ideeën waren.

Ik keek naar de zeilboot die bij windkracht vijf aan het laveren was – een goede zeiler aan het roer en aan de zeilen. Uiteindelijk stopte Ben, keerde zich om en wachtte op me. Toen ik bij hem was gekomen, zei hij: 'Ik begrijp wat je wilt, maar ik voorzie ook grote problemen.'

'Dat weet ik, Ben. Daarom vraag ik je ook om hierover van gedachten te wisselen. Trouwens, je hebt me het idee zelf aan de hand gedaan.'

'Nee hoor, ik niet.'

'Echt niet? Je weet toch nog wel dat je hebt gezegd dat ik het niet zelf kon doen – ik bedoel dicht genoeg bij Ibn Awad komen om hem te grijpen? Dat heeft me aan het denken gezet.'

'Die woorden herinner ik me. Maar ik kan me niet herinneren dat ik je heb gevraagd je hoofd in de muil van de leeuw te stoppen. Je gedraagt je net als Christopher.'

'Er zijn slechtere voorbeelden denkbaar.'

'Ja, ja. En kijk eens wat een geluk het Paul heeft gebracht de onversaagde ridder uit te hangen,' zei Ben. 'Horace, dit plan heeft geen enkele zin behalve als je ons precies kunt vertellen waar je zit en kunt blijven ademhalen tot de cavalerie je komt ontzetten.'

'En als ik dat klaar zou spelen?'

'Dan hadden we nog steeds geen cavalerie. Worden wij, Harley, Jack, David en ik – samen in leeftijd bijna driehonderd jaar oud – soms geacht uit de lucht te komen vallen, de slechteriken te vermorzelen en jou en de maagd te redden?'

'Nee,' zei ik. 'Maar ik ben niet van plan me gevangen te laten nemen. Ik wil alleen dat Ibn Awad dichterbij komt of ons een teken geeft zodat wij dichter bij hem kunnen komen.'

We bleven daar staan, huiverend, terwijl ik hem vertelde wat ik van plan was en de wind onze woorden wegrukte zodra ze uitgesproken werden.

Toen ik was uitgepraat, knikte hij alleen maar.

Ik zei: 'Betekent dat dat je meedoet?'

'Ik heb voor de hele reis ingetekend,' zei Ben. 'Maar je realiseert je toch wel dat je een blik vol oude horlogeonderdelen aan het heen en weer schudden bent en hoopt dat er dan een Rolex in zit als je het deksel eraf haalt?'

'Misschien. Heb jij een beter idee?'

'Elk idee zou beter zijn,' zei Ben. 'Maar ik zal het nieuws doorgeven dat jij de amforarol hebt, God sta je bij.'

3

De technologie is de vriend van de mensheid. Nummerherkenning is daar een typisch voorbeeld van. Mijn satelliettelefoon was ermee uitgerust en in het geheugen zat het nummer van de telefoon die Kevin had gebruikt om me in het trappenhuis van Michails flat te bellen. Dergelijke onthullende aanwijzingen zijn in clandestiene kringen minder zeldzaam dan je zou denken. Lang geleden had ik een informant in de ingewanden van de Chinese regering zitten die altijd zijn echte naam en afzender op de enveloppen zette waarin hij mij zijn rapporten over de post stuurde. Als door de wol geverfde bureaucraat vond hij dat het weglaten van een afzender eerder de aandacht zou trekken van de aan routine verslaafde snuffelaars die de post controleerden en hij zette altijd schaamteloos zijn echte naam in de linkerbovenhoek van zijn verraderlijke boodschappen. Hij moet het bij het rechte eind hebben gehad, want hij is nooit gepakt.

Toen ik Kevins nummer belde, kreeg ik zijn voicemail – dat was geen verrassing – die me met een vrolijke vrouwenstem in het Russisch vroeg een naam en nummer achter te laten. Ik zei: 'Dit is Horace Hubbard voor Kevin Clark met een fantastisch eenmalig aanbod. Bel me terug op het nummer dat je al kent. Tot horens!'

Ik at de droge sandwich en dronk het mineraalwater, die ik die morgen bij een benzinestation langs de weg naar Belfast had gekocht. Ik stond op een heuveltop naast mijn kleine huurauto op een smalle onverharde weg op een plek die zo verlaten was dat het haast onmogelijk leek dat die verborgen kon liggen op een eiland dat zo druk is als Ierland. Zelfs in Xinjiang of tussen de Russische berken bestond er niets wat zó wild en onbevolkt was. Afgezien van de weg was er niets binnen mijn gezichtsveld waaruit bleek dat de mens iets had verstoord. Honderden verwaarloosde schapen met zwarte koppen en vachten waaraan regendruppels parelden, liepen daar te grazen alsof het wilde beesten waren. Vogels deden zich tegoed aan hun uitwerpselen. De schapen noch de vogels maakten geluid; er heerste een donzige stilte. Vochtige groene graszoden, waarvan de kleur zich verdiepte wanneer de zon een spleet in het eeuwige wolkendek had gevonden, bedekten de aarde van horizon tot horizon.

Het contact tussen de Old Boys via de satelliettelefoons was een stuk minder geworden toen het nieuwtje er eenmaal af was. Dit waren mensen die door hun werk geleerd hadden telefoons te wantrouwen. Oude spionnen houden ervan alleen te werken, in stilte, en de gezichten van hun informanten af te speuren op zoek naar tekenen van begerigheid of angst – soms zelfs onbaatzuchtig idealisme – die het geoefende oog vertellen of het de waarheid is of waardeloze informatie die het willig oor hoort.

Mijn satelliettelefoon ging over. Ik dacht: Dat is snel, Kevin. De telefoon lag in de auto, in mijn canvas aktetas. Hij bleef overgaan tot ik de tas opendeed en het gesprek aannam.

Harley Waters zei: 'Ben je nog steeds in Jeruzalem?'

'Nee, ik hoed mijn kudde elders.'

'Is dat zo?' zei Harley. 'Kijk maar uit dat je niet vereenzaamt. Ik denk dat ik iets voor je heb. Kun je naar Boedapest komen van waar je nu bent?'

Aan de toon van zijn stem hoorde ik dat hij me iets te vertellen had wat hij niet over de telefoon kon zeggen.

4

Madame Károlyi, de oude vrouw met wie Harley in Boedapest had afgesproken, en die eruitzag als een goudvinkje, sprak over donkere tijden terwijl we in haar salon van onze koffie nipten en gebakjes aten. Het was een kleine stoffige kamer boven een smalle straat: lampenkappen met franje, kleedjes met franje over de meubels, donkere rechthoeken op het verschoten behang waar ooit schilderijen hadden gehangen. Het mantelpakje dat ze droeg leek op een Chanel uit de jaren zestig: het was roze met grote glasachtige knopen. De rok was kort. Haar kousen lubberden bij de knieën.

'Het was heel merkwaardig hoe goed van vertrouwen de mensen onder het communisme waren als het om seks ging,' zei ze. 'Ze geloofden dat ze alleen maar aan de geheime politie konden ontsnappen en privacy konden vinden door met iemand in bed te kruipen. Eenieder weet wel hoe hij een liefdesaffaire geheim moet houden – misschien heeft God daarom in het stof der aarde gespuugd en daar Eva van geboetseerd – dus geloofden we dat we veilig waren als we naakt naast een geliefde lagen. De Russische bezetting is misschien wel de meest erotische periode in de Hongaarse geschiedenis geweest, wat veelzeggend is.'

Ze bood me nog een éclair aan. Ik betreurde de onderbreking. Het was jaren geleden, als het al ooit was gebeurd, dat ik een vrouw was tegengekomen die haar eigen rol zo prachtig speelde. Elke stembuiging, elk gebaar, haar museumkleren, de zedige hoek van haar oude voeten in haar roze schoenen die de droom van iedere fetisjist waren, was een opname bij flitslicht van de schoonheid die ze ooit was geweest. Je zag de onzichtbare juwelen die ze ooit had gedragen, de hooghartige gezichten op de ontbrekende schilderijen. Geen wonder dat Harley, die haar twintig jaar lang als informant had gebruikt, naar haar keek als een man die hopeloos verliefd was. Hij moet haar rapportages in een hemelbed hebben vergaard.

'En het *dénouement!*' zei ze. 'Een toneelstuk van Molnár! Toen na de val van de communisten de dossiers van de geheime politie opengingen, bleek dat iedereen – íédereen – elk woord van de intieme gesprekken, elke huivering van extase, elke politieke grap die tussen geliefden was uitgewisseld, aan de geheime politie had gerapporteerd. En het waren niet alleen de overspeligen van *cinq à sept*. Vrouwen verklikten hun echtgenoten, en mannen hun echtgenotes. Dat was natuurlijk te verwachten. Maar geliefden? *Quel chagrin!* Een massaal vergeven en vergeten was noodzakelijk toen dat allemaal uitkwam, anders had niemand in Hongarije ooit meer seks gehad met een ander.'

Madame Károlyi, voornaam Marie, droeg een van de oudste familienamen van Hongarije, hoewel ze pas na de komst van het Rode Leger door haar huwelijk tot de familie was toegetreden, te laat om nog interessant te doen over het feit dat ze een lid van de hoogste adel was. Zelf was ze een verre afstammelinge van Sigismund Bathory, die in 1595 de Turken in Walachije had verslagen, en van de bloedige gravin Elisabeth Bathory: 'Natuurlijk ken je haar; als afrodisiacum nam ze een bad in het bloed van maagdelijke boerenmeisjes.' Madame Károlyi bracht deze informatie op hetzelfde opgewonden hoge kwettertoontje als waarmee ze de *ménages à trois* had beschreven waarbij de AVH, de Hongaarse geheime politie, tussen de geliefden in lag. Als jonge geheim agent in Boedapest was Harley de derde partij geweest in sommige van haar affaires met hooggeplaatste communisten. Onder hen was een sovjetambassadeur die later hoofd van de KGB werd. Een van de marionettenpremiers van Hongarije was ook haar minnaar geweest toen ze nog een tiener was. Hij kwam na de oorlog terug uit Rusland in een andere gedaante: de KGB had hem gecastreerd, een traditionele oosterse techniek die was bedacht om zeker te zijn van zijn onvoorwaardelijke gehoorzaamheid. Het gedetailleerde ooggetuigenverslag over de conditie van deze man dat Madame Károlyi tijdens de mislukte Hongaarse opstand van 1956 aan Harley had gegeven, werd beschouwd als een van de meest zinnenprikkelende meesterzetten op inlichtingengebied van die tijd. Er waren nog meer verslagen, waarvan sommige met foto's waren geïllustreerd. Tegen de tijd dat ze geen seksobject meer was, hadden Harleys overboekingen naar haar Zwitserse bankrekening haar naar de maatstaven van de geruïneerde aristocratie tot een rijke vrouw gemaakt. Ze leefde toen zoals ze nu leefde, armoedig, omdat ze wist dat ze beter niet de aandacht op zich kon vestigen. De nieuwe machthebbers van Hongarije dachten dat ze met de Russen had gecollaboreerd. Ze kon zich moeilijk verweren door te onthullen dat ze het allemaal voor de westerse beschaving en voor het geld van de Outfit had gedaan. Voor madame Károlyi was dit het laatste ironische feit in een leven dat ze als één grote grap scheen te beschouwen.

Harley, die haar verhalen al vaak had aangehoord, luisterde met een twinkeling in zijn ogen en een glimlach bij de herinnering die een weerspiegeling vormden van de levendige gelaatsuitdrukking van madame Károlyi zelf. Als maestro wist hij dat dit drukke gepraat van zijn agent haar manier was om ter zake te komen.

Het bleek namelijk dat ze Lori Christophers achterachternicht was. Ze gaf de complete stamboom – een Pruisische overgrootvader was getrouwd met een Hongaarse overgrootmoeder, geloof ik. In 1942 was madame Károlyi een twaalf jaar oude gravin geweest die Marie Bathory heette en met haar ouders, broers en zussen en verscheidene tantes, ooms en neven op een familielandgoed bij de Tsjechische grens woonde.

'Het landgoed ligt zelfs niet meer in Hongarije, maar in Slowakije, maar heeft eigenlijk nooit deel uitgemaakt van deze wereld,' zei madame Károly. 'Drieduizend hectare land dat zo slecht werd beheerd dat zelfs de boeren niet genoeg voedsel konden verbouwen om zichzelf in leven te houden. Natuurlijk gaven ze ons eerst te eten, omdat wij de eigenaren van het land waren en ze werkten om dezelfde reden zonder betaling als dienstboden in het huis. Hun families waren net zo oud als de onze en waren altijd lijfeigenen van de familie Bathory geweest, dus wat hadden ze anders kunnen doen? Als ze hun plicht niet hadden gedaan, had mijn familie ze van het landgoed afgegooid. Sociaal onrecht? Ongelooflijk. Maar in die tijd had niemand, of hij nu meester was of knecht, daar ooit van gehoord.'

In 1942 was Hongarije nog niet door het Duitse leger bezet; het land had immers een fascistische regering en was een bondgenoot van het Duitse Rijk. Het Hongaarse leger vocht zij aan zij met de Wehrmacht aan het Russische front en leed zware verliezen. De familie van Marie probeerde zich afzijdig te houden van de rechtse regering van Horthy, die net zo'n diep wantrouwen koesterde jegens de aristocraten als de Duitse nazi's en de communisten die na hen kwamen. Het landgoed lag meer dan honderd kilometer van Boedapest, een flink eind voorbij het laatste spoorwegstation en de laatste vijftig kilometer liepen uitsluitend over voetpaden en karrensporen.

'Geen elektriciteit, geen telefoon, geen stromend water,' zei madame Károlyi. 'Eens per maand namen alle kinderen een bad in een grote houten tobbe gevuld met lauw water dat door de boeren op een open vuur was verwarmd. Op mijn twaalfde verjaardag werd ik uit de tobbe verbannen en daarna waste ik alleen nog maar mijn handen, mijn gezicht, mijn oksels en mijn schaamstreek, net als de volwassenen. Tijdsbesef was er niet. Er gebeurde niets, helemaal niets. Geen kaartspelletjes, geen jachtpartijen, geen woordspelletjes, geen wandelingen in het bos, behalve om incest te bedrijven. Stel je voor! De verveling was zo intens dat een van mijn neven een bekend theoreticus over verveling is geworden. Als professor in de filosofie in Amerika heeft hij verhandelingen geschreven waarin hij uiteenzette dat verveling de bron van alle kwaad is, in het bijzonder van de politiek. Naar mijn mening was dat de meest briljante intellectuele doorbraak van deze moderne tijd, maar natuurlijk besteedde niemand er ook maar enige aandacht aan.'

Nog een éclair? Nee dank u. Weet u het echt zeker? Ze zijn heerlijk. Echt niet, dank u. Maar wat een fascinerend verhaal.

'Fascinerend?' zei madame Károlyi. 'Dat zou u niet hebben gezegd als u nooit schone kleren had, nooit een snoepje had geproefd of tussen mensen had geleefd die in Boedapest buitengewoon charmant waren, maar nu een stelletje slaapwandelaars waren geworden die nooit lachten en bijna nooit spraken. Ze waren al hun geld kwijtgeraakt en voor hen was dat hetzelfde als wanneer ze hun ziel hadden verloren. Het was erger dan Tsjechov, beste man. Het was puur Kafka! En toen, uit het niets, kwam deze schim opduiken. Lori.'

In de winter van 1942 was Lori Christopher aan komen zetten met een rugzak. Niemand wist hoe ze de weg had gevonden. Ze had als kind ooit een zomer op het landgoed doorgebracht. Hoe had ze zich de paden door het bos herinnerd, hoe was ze ontsnapt aan verkrachting en moord en aan de wolven? Toch stond ze daar.

'"Ik ben naar jullie toe gekomen," zei ze, "omdat ik nergens anders heen kan,"' zei madame Károlyi. 'Het was net een roman. Ze was op de vlucht voor de nazi's, op dat moment het gevaarlijkste volk in de wereldgeschiedenis. Toch zag ze er beeldschoon uit. Toen ze de blik in de ogen van hun mannen zagen, zeiden de vrouwen terwijl ze eensgezind hun hoofd schudden: "Ze brengt ons in gevaar." Maar mijn moeder, die de vrouw met de hoogste rang op het landgoed was, zei: "Ze blijft!"'

In haar jeugd was Lori tijdens haar bezoek op het landgoed dikke vriendinnen geworden met madame Károlyi's moeder en ze hadden hun hele leven, totdat de oorlog uitbrak en de post niet meer werkte, een regelmatige correspondentie onderhouden. Lang voor de oorlog had haar moeder, die Nandine Bathory heette, Lori en Hubbard met haar kersverse echtgenoot in Berlijn opgezocht. Nandine had Paul als peuter meegemaakt. Door hem was ze ertoe geïnspireerd zwanger te worden van Marie.

'Het was mamans droom dat Paul en ik, die maar een paar jaar met elkaar scheelden, op een dag met elkaar zouden trouwen, ondanks het feit dat hij een halve Amerikaan was,' zei madame Károlyi. 'Het was de gebruikelijke vriend-schap tussen meisjes, de een mooi en briljant, de ander, mijn moeder, wat minder. De een die de hartstochtelijke vriendin was, de ander die beleefd ge-noegen nam met de situatie.'

Lori had de Bathory's niet uitgelegd wat ze midden in een oorlog waarin Duitsland aan de winnende hand was, in Hongarije deed of waar ze vandaan was gekomen. Eigenlijk wilde niemand dat ook weten; dergelijke kennis was gevaarlijk. Uit Lori's brieven wist Nandine van haar politieke sympathieën, maar het leek haar verstandig daar niets over te zeggen tegen haar man of de andere leden van de familie.

'Weinigen van hen herinnerden zich Lori echt,' zei madame Károlyi. 'Maar iedereen wist waar ze in de familiestamboom thuishoorde en dat was genoeg, in combinatie met het feit dat maman haar kende en erop stond haar onderdak te verlenen. Lori vertelde haar verhaal aan mijn moeder – niet alles, niet ge-noeg om haar in gevaar te brengen als ze in handen van de Gestapo viel, maar genoeg om maman ervan te doordringen dat Lori alle reden had om diepbe-droefd te zijn. Hoewel ze in mijn herinnering niet bedroefd was, althans niet zichtbaar.'

Lori had geld. 'Duitse marken en ook gouden munten,' zei madame Károlyi. 'Daardoor was ze natuurlijk zeer welkom. Ze kocht kleine luxeartikelen als zeep en suiker. Niet dat je in die tijd veel kon kopen, maar het gaf de familie een prettig gevoel te weten dat het in sommige opzichten weer als vanouds was omdat ergens in huis geld was verstopt. Ze huurde zigeunermuzikanten in – destijds waren de Duitsers nog niet begonnen de Roma uit te roeien – en we dansten. Ze kon heel goed dansen, of het nu de *csárdás* was, een snelle Hon-gaarse dans, of de *lassú*, die loom is. Alle mannen wilden met haar dansen.'

Madame Károlyi zweeg zowaar even en excuseerde zich. Toen ze naar de badkamer verdween, grijnsde Harley haar wankelende gestalte na en was zeer tevreden over zichzelf. Daar had hij alle reden toe. Nog nooit eerder had ik in een operatie zoveel geluk gehad met mijn informanten als in deze. Ze waren al-lemaal oud en praatziek. Je hoefde ze alleen maar op een slee te zetten en ze een duwtje de berg af te geven. Daarna was het Marie, Marie, houd je goed vast! Dat betekende niet dat er geen enkele kwaadwilligheid of dubbelhartigheid in hen school, of dat hun geheugen altijd accuraat was, of dat ze niet probeerden hun gehoor te behagen. Maar je had tenminste een hoop materiaal waar je uit kon kiezen, zolang je maar in de gaten hield dat ze nog steeds de aalgladde types waren die ze altijd waren geweest. En zijn we dat niet allemaal?

Tegen Harley zei ik: 'Hoeveel denk je dat hiervan waar is?'

'De gedeelten die ik al ken, kloppen – of komen op zijn minst overeen met de verhalen die ze me al eerder heeft verteld,' antwoordde hij. 'De gedeelten over Lori zijn nieuw voor me, maar bevatten waarschijnlijk ook een kern van waarheid.'

'Ik hoop het. Wat komt er nu?'

'Ik heb geen idee. Ze kent iedere geest in Midden-Europa.'

Madame Károlyi kwam terug met een blad waarop flessen en glazen balanceerden. Het was vier uur in de middag.

'Het heksenuur,' zei ze. 'Harley, lieverd, neem jij de honneurs even waar? We hebben scotch, sherry en iets Hongaars.'

Ze had haar flamboyante make-up bijgewerkt en haar kanariegele haar gekamd. Harley gaf haar een grote bel scotch zonder ijs.

'Ik ben bang dat ik u heb verveeld,' zei madame Károlyi tegen me.

'Integendeel, madame Károlyi. Gaat u alstublieft verder. Ik ben geboeid.'

'Niet iedereen is zo vriendelijk dat te zeggen. Ik ben een vervelende kletskous geworden. Santé!'

Ze dronk de whisky in een keer op en hield haar glas omhoog zodat Harley haar nog een keer in kon schenken. Ik trok kennelijk mijn wenkbrauwen op, want madame Károlyi gaf me een tikje op mijn knie en zei: 'Dat genip aan cocktails is iets wat de nieuwe mensen hebben uitgevonden. Ze zijn zó welgemanierd. In mijn tijd sloegen we het achterover.' Ze dronk het tweede glas ook leeg.

'Tja,' zei ik. 'Wat gebeurde er daarna?'

'Daarna? Waarna?'

'Nadat nicht Lori de danspartij had georganiseerd.'

'Toen kwam er een afschuwelijke winter. Er waren wolven in de tuin. Niemand had eigenlijk ooit een winter op het landgoed doorgebracht. Het was een hel – hoesten, niezen, bevriezing, het water in de waskom was elke ochtend bevroren. Een hele generatie van onze jonge familieleden kwam die winter om in de strijd tegen Rusland. De Bathory's waren een militaire familie. Ze waren allemaal reserveofficier geweest. Degenen die de oorlog overleefden, werden nadien door de Russen doodgeschoten. Mijn neef Andreás, bijvoorbeeld, die majoor in het garderegiment was, knap als een plaatje, zong als een engel...'

Ik onderbrak haar. 'Ik ben eigenlijk meer geïnteresseerd in uw nicht Lori.'

Ze fronste, dronk toen een derde whisky, een dubbele zo ongeveer. De tranen sprongen haar niet in de ogen, ze haperde niet één keer bij het slikken.

'Ah, Lori. Waarom ben je in haar geïnteresseerd? Ze was *de passage*.'

'Toch was ze een romantisch figuur,' zei ik. 'Wat is er met haar gebeurd?'

'Je denkt dat ze een romantisch figuur was? Natuurlijk was ze dat, heel erg zelfs, maar ze maakte die indruk liever niet. Ze vertelde haast niets over zichzelf waardoor het gevoel van romantiek natuurlijk werd versterkt, maar het was haar bedoeling dat haar stilte werd uitgelegd als bescheidenheid en niet als geheimzinnigdoenerij. Van haar heb ik geleerd dat zij die werkelijk mysterieus zijn, zich niet mysterieus gedragen. Dat was een belangrijke les voor mijn latere leven. Vraag maar aan Harley.'

Ze hield haar glas weer bij. 'Nog een drupje alsjeblieft, Harley,' zei ze. 'Laat me eens kijken. Lori. Ze kocht een paard van een boer, een mooi beest, een vosruin, en maakte lange ritten door de sneeuw. Op haar tochten droeg ze een pistool, waar ze eens een wolf mee schoot. Die wolf en een paar maten van hem achtervolgden haar door het bos. De geur van bloed. Ze menstrueerde. Mijn vader werd verliefd op haar. Het feit dat ze een wolf had neergeschoten moet hem hebben opgewonden.'

'Dat moet vervelend voor uw moeder zijn geweest,' zei ik.

'Waarom? Mannen zijn nu eenmaal mannen. Lori was beeldschoon, exotisch en ze schoot wolven neer. Het huis bood geen privacy. Vader hunkerde naar haar van een afstand – vanzelfsprekend niet uit vrije wil, maar omdat Lori hem op afstand hield. Lori en mijn moeder hebben erom gelachen.'

Ik werd ongeduldig van al dat wereldwijze gekwetter. Het was me aan te zien en Harley wierp me een blik toe die zei: Niet forceren, laat haar maar praten.

'Uiteindelijk kwam de Gestapo natuurlijk,' zei madame Károlyi en wees op haar glas terwijl ze Harley een oogverblindende glimlach toewierp. 'Ze waren op zoek naar joden of Roma of wie ze die week ook maar wilden neerschieten. Tegen die tijd zag Lori eruit als een van ons. Ze waren trouwens niet speciaal in vrouwen geïnteresseerd. Ze had papieren. Tot Horthy hem ontsloeg, had mijn vader op het ministerie van Buitenlandse Zaken gewerkt. Als ze geen soldaat waren, waren de Bathory ambtenaar. Ze hadden geen benul van handel of politiek. Voor hen stond het bezitten van landerijen gelijk aan geld, zelfs als je er niets mee kon aanvangen. Hoe dan ook, vader had nog steeds discrete vrienden op het ministerie en hij had voor Lori een identiteitskaart met een Hongaarse naam geregeld, dus was ze veilig. De nazi's waren alleen op zoek naar mensen die ze wilden afslachten. Zelfs al droeg ze lompen, en stonk ze als een boer, dan nog leek niemand minder op een jood of een zigeuner dan Lori.'

'Wanneer was dat, weet u dat nog?'

'1944, waarschijnlijk. De Duitsers kwamen in 1943 en gingen in 1945 weg. Vraag me niet in welke maand het was. We hadden geen idee van tijd. Het moet in de zomer of in de herfst zijn geweest, want ze hadden 's winters nooit door de sneeuw en in het voorjaar niet door de modder hebben kunnen komen.'

Ondertussen had ze bijna een halve fles Dewar's op en ze vroeg om nóg een glas, maar vertoonde geen tekenen die erop wezen dat het iets anders dan mineraalwater was geweest. Haar uitgeteerde lichaam kon al die alcohol onmogelijk aan. Ze was vel over been. Ze moet een buitengewoon sterke lever hebben gehad.

'Door de Duitsers werd het nog oncomfortabeler op het platteland te leven, omdat ze de meeste boeren meevoerden,' zei madame Károlyi. 'Maar eindelijk was de oorlog over. We werden bevrijd door het Rode Leger. Ik weet niet waarom, maar niemand kon bevroeden dat de Russen eeuwig zouden blijven. Ik was vijftien tegen die tijd, en keek reikhalzend uit naar het leven. Lori was mijn vertrouwelinge. Ze raadde me aan om te wachten tot ik de liefde van mijn leven zou tegenkomen, omdat dat de seks een extra dimensie gaf. Ik vroeg haar hoe lang dat zou duren. Drie tot vijf jaar, zei ze. Daarna moest ik leven alsof ik alleen zou komen te staan, want op een of andere manier blijven vrouwen altijd alleen over. "Áls de liefde komt, komt hij in een gedaante die je zal verrassen," zei ze. "Geniet ervan zolang als het duurt." Mijn hoop was dat de liefde vaker langs zou komen, en als het kon een beetje snel. Daar zag ze niets verkeerds in, hoewel ze zelf streng monogaam was.'

'Sprak ze wel eens over haar man?'

'Nooit. Op een morgen in het voorjaar van 1945 – de Duitsers waren weg en de Russen hadden ons nog niet gevonden – werd ik wakker en vond twintig Maria-Theresia-daalders, een fortuin, gewikkeld in een zakdoek aan mijn nachthemd vastgespeld. Lori was vertrokken.'

'Heeft ze een briefje achtergelaten?'

'Nee. Zelfs mijn moeder had geen idee dat ze haar biezen zou pakken.'

'En het paard?'

'Het was een vos. Hij heette Maxel.'

'Heeft ze hem meegenomen?'

'Nee. Ze heeft hem achtergelaten voor mijn moeder.'

'Heeft u ooit nog iets van haar gehoord?'

'Hoe zou ik van haar hebben moeten horen? Hongarije was afgegrendeld door de Russen en bleef bijna vijftig jaar lang afgesloten. Maman dacht dat Lori naar Shangri-la was gegaan. Maar het Rode Leger was als een groot visnet dat helemaal over Europa was gespannen. Ze moet erin zijn gezwommen, net als alle anderen. Ik denk dat de Russen haar hebben gepakt en haar hebben vermoord nadat ze hadden gedaan wat het Rode Leger met verdwaalde vrouwen deed.'

Ik zei: 'Een vraag als dat mag. Had ze afgezien van haar pistool nog meer bij zich, andere bezittingen?'

'Haar geld natuurlijk,' zei madame Károlyi. 'En een of andere glazen buis, lang en zwaar. Het ding was haar heel dierbaar. Nadat de Duitsers Hongarije hadden bezet, heeft ze het in canvas verpakt en in een holle boom verstopt die ik haar heb gewezen. God weet of ze die boom ooit nog heeft teruggevonden. Mij is het niet gelukt.'

'Vertel me eens,' zei ik, 'hebt u Lori's zoon ooit ontmoet?'

'Nee, natuurlijk niet,' zei madame Károlyi. 'Heeft hij de liefde van zijn leven gevonden?'

'Hij heeft er wel hard naar gezocht,' zei ik.

5

Madame Károlyi had een paar stukjes van de puzzel op hun plaats gelegd. Maar ze had ook een paar dingen uitgesloten. We wisten nu dat Lori na de aanslag op Heydrich haar weg naar Hongarije had gevonden. Daar zat wel een zekere logica achter. In 1942 was Hongarije het enige land op loopafstand van Praag dat nog niet door de Duitse leger was bezet. We wisten dat ze onaangekondigd en zonder uitleg te geven bij haar Hongaarse familieleden was weggegaan, net zoals ze Normans ouders en Norman zelf had verlaten en daarvóór haar man en kind. U vraagt zich misschien af wat dat uitmaakt. Misschien betekent het niets; misschien is het van cruciaal belang. Omdat we haar gewoonten als jonge vrouw kenden – het gedrag dat voortkwam uit haar diepste natuur – gaf dat ons een idee hoe ze zich als iemand van in de negentig zou kunnen gedragen. Wat we na al onze inspanningen over Lori wisten was dat het niet genoeg was haar te vinden. Ze zou misschien blij zijn om ons te zien, misschien zou ze een nacht blijven logeren, misschien zou ze de csárdás dansen, aardige dingen doen en af en toe een wolf of negen kamelen schieten. Maar vroeg of laat zou ze 's ochtends zijn verdwenen. We hoorden in Xinjiang dat Paul haar bijna had gevonden. Omdat het Paul was, was het hem misschien ook wel gelukt. Maar zijn moeder had hem al eerder verlaten en als ze deed wat ze altijd deed, zou ze dat weer doen. Haar hele leven sinds Heydrich was ze zonder aankondiging van alles en iedereen weggelopen. En Paul was net als zij.

Ze had alles achtergelaten, behalve de amforarol. En het was de rol die we wilden hebben, niet Lori. Als we haar vonden, zou ze hem dan willen geven, zelfs als we haar niet vertelden dat we hem als lokaas wilden gebruiken voor een krankzinnige die de rol beschouwde als vrijbrief om Washington, Manhattan en Chicago op te blazen?

De dag na ons opwekkende gesprek met madame Károlyi, wachtte ik op Harley in een armoedig café met een mooi uitzicht op een brug over de Donau, die door het smerige raam gezien op de Wehrmachtgrijze somberte van de wintermiddag leek te zijn geplakt. Harley had madame Károlyi mee uit lunchen genomen, een weemoedig stemmende aangelegenheid, omdat het vrijwel zeker hun laatste ontmoeting zou zijn. Ik hield me erbuiten. De koffie was oploskoffie met geklopte room erin. In een tent waar eigenlijk een zigeuner op een citer zou moeten spelen, zong Nat King Cole 'Sweet Lorraine' en 'Embraceable You' door de krakerige luidsprekers. Halverwege 'You're Nobody Till Somebody Loves You' kwam de lange, knokige Harley binnen en vouwde zichzelf als een lucifermannetje in het thonetstoeltje tegenover me.

'Dit is voor jou, een cadeautje van Marie,' zei hij en haalde een pakje uit zijn binnenzak en legde het tussen ons in op tafel.

'Weet je wat dat is?' zei hij en klopte op het pakje dat in een glad gelig materiaal was verpakt.

'Nee.'

'Geolied doek. Dat maken ze tegenwoordig niet meer.'

'Wat zit erin?'

'Maak maar open.'

Uit het geoliede doek kwam een oude envelop met vetvlekken te voorschijn die in de verte naar lanoline rook. De envelop zat niet dicht en had geen adres. Hij bevatte vijf pagina's op fluwelig vooroorlogs correspondentiepapier dat aan beide kanten was volgeschreven met een gedecideerd rechtopstaand handschrift dat met een vulpen met een fijne kroontjespen in zwarte inkt was geschreven. Vergeten kunst, vergeten instrument. De regels liepen recht over het papier alsof het papier was gelinieerd. Er waren geen woorden doorgestreept of gecorrigeerd. Bij daglicht gezien waren in de oude zwarte inkt hier en daar groenige accenten zichtbaar.

'Je kunt toch Duits lezen?' vroeg Harley.

'Nauwelijks,' zei ik. 'Wat is het?'

'Marie weet het niet. Ik denk dat het Lori's vertaling van de amforarol is. Ze heeft het bij Nandine achtergelaten. Marie vond hem toen haar moeder was gestorven.'

Ik stond perplex en was zeer sceptisch. Niet dat ik niet in meevallers geloof. Net als in meer respectabele beroepen als wetenschappelijk onderzoek en makelaardij en de advocatuur, is spionage een gestructureerde zoektocht naar meevallers. Maar dit? In Boedapest, waar niemand ooit iets voor niets heeft weggegeven, zelfs geen liefde?

Ik zei: 'Waarom geeft ze dit zomaar aan ons?'

'Ik zeg maar wat Marie tegen mij heeft gezegd: iedereen met wie ze een familieband heeft is dood, vermist of in ballingschap,' zei Harley. 'Ze vond dat het in Lori's familie moest blijven, en daar hoor jij bij.'

'Wat een nobele gedachte.'

'Dat vond ik ook, dus heb ik een bontjas voor haar gekocht.'

Ondanks de waarde van het materiaal dat ik in mijn hand had, was ik geschrokken en kennelijk was dat te zien. Een bontjas? Dacht hij soms dat het geld me op de rug groeide?

'Maak je geen zorgen,' zei Harley, die mijn gedachten zoals gewoonlijk precies had geraden.

"t Was geen sabelbont. Hij was niet eens nieuw.'

Harley ging naar het toilet. De afgelopen tien minuten had hij mijn volledige aandacht opgeëist, maar daarvóór had ik een jongeman aan de andere kant van de ruimte gezien. Hij was vlak na mij binnengekomen, had een tafeltje bij het raam genomen en had koffie besteld. Hij droeg een kleine koptelefoon. Misschien luisterde hij naar muziek, maar daar leek het niet op, want hij bewoog niet op het ritme en zong niet mee, zoals mensen van zijn leeftijd meestal doet. Hij droeg een legergroene parka met daaronder een sweatshirt met de tekst 'UCLA Football XXL' op de borst. Een baseballpetje, een ribfluwelen broek en veelkleurige gympen met dikke profielzolen completeerden het geheel. Door die dracht viel hij op tussen de haveloze oude mannen en vrouwen die gekleed waren als Ronald Colman en Bette Davis. Hij zag eruit alsof hij uit het Midden-Oosten kwam. Niet direct een Arabier, maar misschien een Turk of een Armeniër.

Volgde hij me? Het feit dat hij een plaats bij het raam had gekozen – er waren overal tafeltjes waar hij minder was opgevallen – gaf hem het voordeel van mijn vage twijfel. Geen enkele getrainde spion zou zoiets doen – tenzij hij natuurlijk visueel of elektronisch contact had met iemand op straat. Het middaglicht bescheen hem van achteren, waardoor het moeilijk was zijn gezicht te zien. Was dat met opzet of was het toeval? Zijn gezicht, gladgeschoren, open en vriendelijk, had zelfs dat van een Amerikaan kunnen zijn.

Harley kwam terug. Ik vroeg om de rekening. Toen ik bezig was te betalen, stond de jongeman op en ging weg. De astmatische oude ober, die nog achterdochtiger was dan ik, liep piepend van opwinding haastig naar het lege tafeltje. Hij leek gerustgesteld en zelfs aangenaam verrast door het bankbiljet dat hij onder het koffiekopje van de jongeman vond.

Buiten op straat was de man in geen velden of wegen te bekennen. Ik beschreef hem aan Harley. Hij keek om zich heen en zei: 'Nergens te bekennen. Zullen we een eindje lopen?'

'Ik kan wel een Duits-Engels woordenboek gebruiken,' zei ik.

'Kom.'

Hij ging op weg met zijn gebruikelijke honderdtwintig passen per minuut. Nadat we in een rondje door een doolhof van middeleeuwse straatjes hadden gelopen, kwamen we bij een internationale boekhandel. De jongeman was al binnen, met zijn koptelefoon op en stond in een Franse Michelingids over Hongarije te bladeren.

'Ik vraag me af hoe hij dat heeft klaargespeeld,' zei Harley. 'Kan iets te maken hebben met de koptelefoon.'

Ik vond een Duits zakwoordenboek, betaalde en ging naar buiten. Harley wachtte tot de jongeman me volgde. Toen volgde hij hém. Zou de man in de gaten krijgen dat hij in de tang werd genomen? Daar zag het niet naar uit, maar in dit stadium kon schijn bedriegen. Hij liep al etalages kijkend achter me aan op zijn veelkleurige gympen.

Nadat we zo tien minuten hadden gelopen, stopte ik bij de ingang van een nauwe steeg die tussen de blinde muren van twee gebouwen door liep en wachtte tot de jongeman me had ingehaald.

Toen hij bij me was deed ik een stap opzij en zei in het Engels: 'Na jou, vriend.'

Zonder protest of verandering van gezichtsuitdrukking liep hij de steeg in. Harley wachtte bij de ingang. Een seconde later stak een tweede jonge vent, ook in Land's End-kleren, tegen het licht in de straat over, tikte Harley op zijn schouder en zei: 'Na ú, meneer.' Nu zaten Harley en ik in de tang. Tegen de eerste jongeman zei ik: 'Wat kan ik voor je doen?'

Hij was fysiek in topconditie. Brede schouders, platte buik, vierkante kaken, heldere bruine ogen zonder een enkel rood vlekje in het wit: een geheelonthouder. Hij had grote knokige handen die zich in een oogwenk tot grote benige vuisten konden samenballen. Zijn adem rook naar koffie en tandpasta. Zijn collega voldeed grotendeels aan dezelfde beschrijving.

De jongeman zei: 'Wanneer een man van uw leeftijd een man van mijn leeftijd vraagt een steeg in te komen, is de vraag meestal wat de jonge man voor de oude kan doen en tegen welke prijs.'

Hij sprak Engels met een licht accent dat ik niet kon thuisbrengen. Ik hoorde Harley zeggen: 'Kijk uit!' Zijn stem klonk afgeknepen. Ik maakte mijn blik even los van de jongeman en zag dat de andere vent zijn onderarm om Harleys keel had geslagen. In zijn andere hand had hij een mes, de botte kant van het lemmet hield hij tegen de brug van Harleys neus. Ik voelde metaal tegen mijn eigen huid, keek naar beneden en zag dat de jonge vent de loop van een pistool dat op scherp stond tegen mijn adamsappel drukte.

Hij was veel kleiner dan ik. Op vriendelijke toon zei hij: 'Doet u alstublieft niet iets stoms.'

Hij hoefde zich, vooralsnog tenminste, nergens zorgen over te maken. Ik maakte me echter wel zorgen over Harleys hart. Hij zag er bleek en slap uit en leek moeite te hebben met ademhalen.

'Mijn vriend heeft problemen,' zei ik.

'U ook,' zei de jongeman. Hij pakte een mobiele telefoon, koos een nummer met zijn duim en begon erin te praten. In gebroken Arabisch. Tegen mij zei hij in het Russisch: 'Zo dadelijk komt er een auto aan het eind van de steeg om ons op te pikken. U komt rustig met ons mee. Uw vriend blijft hier. We zijn niet in hem geïnteresseerd.'

'En waarom ben je in mij geïnteresseerd?' vroeg ik.

Zijn telefoon ging over. Hij nam op. Harley ademde nu krampachtig, alsof hij zijn longen voor het laatst volzoog. Plotseling verslapte hij en zakte in elkaar alsof zijn ruggenmerg was doorgesneden. De man die hem vasthield – en waarschijnlijk dacht dat hij hem een loer wilde draaien – verstevigde zijn greep om Harleys keel en hief zijn mes alsof hij hem wilde neersteken. Mijn eigen bewaker was nog druk in het Arabisch aan het telefoneren en sprak zo snel dat ik het niet kon verstaan. Hij stond met zijn rug naar Harley en de vent met het mes. Ik beging de vergissing er nog eens goed over na te denken of ik geweld zou gebruiken nu hij afgeleid was, maar ik was bang dat Harley zou worden neergestoken als ik een beweging maakte. Het zag ernaar uit dat Harley al dood was, maar op een of andere manier leek het me erger wanneer er een mes in zijn dode lichaam zou worden gestoken dan in zijn levende. De ogen van de man met het mes bewogen even alsof hij achter me iets had gezien. Ik hoorde de zachte knal van een gedempt pistool. Zijn rechteroog, dat donker en vochtig was geweest, veranderde in een kwak bloed. Hij liet het mes los en viel achterover. Ik duwde mijn belager zo hard als ik kon naar achter, waardoor we allebei omvielen en hij in zijn val een schot in de lucht loste. De schoten waren bijna niet te horen. Hij viel over de verstrengelde lichamen van Harley en de andere man. Een man met een zwarte bivakmuts en een zwartleren jack sprong langs me heen, schopte het pistool uit de hand van de schutter en gaf hem een karateslag op zijn adamsappel, waardoor hij bewusteloos neerviel, als hij al niet dood was. Hij tilde de bewusteloze man op, gooide hem over zijn schouder en rende de steeg door naar een open raam en gooide hem naar binnen. Een andere man, ook met bivakmuts en leren jack, deed hetzelfde met het lichaam van de man met het mes. Het ging allemaal heel koelbloedig.

Een derde man, die dezelfde kleren droeg als de andere twee, zei in het vlakke accent van Ohio: 'Het spijt me zeer.'

Het was Kevin. Ik zei: 'Niets om je voor te verontschuldigen.'

Zijn mannen maakten de straat schoon waar de dode had gelegen. Ze waren er snel mee klaar, deels omdat ze wisten wat ze deden en deels omdat hij op zijn rug was gevallen en het bloed in zijn eigen hersenpan was gestroomd.

Dit hele voorval had maar enkele seconden in beslag genomen. Harley bewoog en greep naar zijn borst. Ik schoof Kevin opzij en pakte hem beet. Zijn hele lichaam schokte. In zijn binnenzak vond ik zijn buisje met nitroglycerinepillen en legde er twee onder zijn tong. Hij begon iets makkelijker te ademen.

Met zwakke stem zei Harley: 'Ik geloof dat ik moet overgeven. Slecht teken.'

Hij verloor opnieuw het bewustzijn.

Kevin en zijn mannen kwamen onmiddellijk in actie. Een van hen toetste een nummer in op een mobiele telefoon en sprak Hongaars. Kevin en de andere man legden Harley languit op het plaveisel en begonnen hem te reanimeren. Kevin gaf hem mond-op-mondbeademing terwijl de ander de knopen van Harleys overhemd losrukte en ritmisch op zijn borst duwde. Onder de bleke kleur van zijn huid had Harley de ribbenkast van een roodborstje. Ik was bang dat deze bodybuilder zijn ribben zou versplinteren.

Kevin zei: 'Hij ademt.'

De andere man voelde Harleys pols en daarna zijn onderarm. Hij zei: 'Ik voel geen polsslag.'

Kevin nam de hartmassage over. Na een poosje zei hij: 'Het hart klopt. Maar erg langzaam en zwakjes. Hij voelt koud aan. We moeten hem toedekken.'

Ze legden hem op zijn eigen bontgevoerde jas en wikkelden hem in hun jacks. Ik legde mijn oude regenjas daar weer overheen. Het pistool dat de man tegen mijn keel had gedrukt, lag in het volle zicht naast Harleys hoofd op het plaveisel. Als je met dit soort cowboys omging, kon je er nog een aardige vuurwapencollectie aan overhouden. Ik wees naar het wapen. Kevin raapte het op en stopte het in zijn zak.

Ze droegen Harley naar de ingang van de steeg. Op hetzelfde moment, zo leek het, kwam er een auto aanrijden. Kevin kroop achter het stuur. De anderen tilden Harley op de achterbank. Ik ging bij hem zitten en hield zijn hoofd tijdens de tocht naar het ziekenhuis op mijn schoot. Toen we bij de nooduitgang arriveerden, kwamen er twee mannen en een onhandige vrouw met een ragebol vol donkere krullen over de oprit aanrennen, die een rammelende brancard voor zich uit duwden. Ze namen Harley mee.

Kevin parkeerde de auto en kwam binnen bij me zitten. Dat gebaar verbaasde me, maar minder dan zijn overduidelijke bezorgdheid om Harley. Je had gedacht dat hij zijn kleinzoon was. Terwijl we zaten te wachten tot de dokter verslag kwam uitbrengen, liep hij voortdurend naar het hekje en vroeg naar nieuws in wat mij vloeiend Hongaars leek, een taal die vrijwel niemand spreekt die geen Hongaar is. Hij moest in de rij blijven wachten. De potige vrouw die dienst had zag eruit als Leonid Breznjev die een operatie voor geslachtsverandering had ondergaan. Ze vertelde hem niets.

Er waren geen stoelen over in de drukke wachtkamer. Kevin nam me bij de schouder en leidde me naar buiten. Door het lawaai van het verkeer, de vervormde mineurtonen van het 'TA-TIE' van aankomende ambulances en de verwarring op het platform bij de ingang konden we relatief vrijuit spreken.

Ik zei: 'Wat is er nou gebeurd?'

'Ik snap er niets van,' zei Kevin. 'Die kerels waren Tsjetsjenen, huurlingen.'

'Ingehuurd door wie?'

'Er is een fatwa tegen u uitgesproken. Wist u dat?'

'Ik heb er iets over gehoord.'

'Daar zou het mee te maken kunnen hebben,' zei Kevin. 'Ze hebben een hoge beloning uitgeloofd. Maar het kan ook iets anders zijn. U hebt vijanden gemaakt in Moskou.'

'En jij was toevallig in Boedapest en besloot me op het nippertje te komen redden?'

'Om u de waarheid te zeggen, nee. We waakten over jullie veiligheid.'

'Heel erg bedankt. Maar waarom?'

Voordat hij antwoord kon geven, zag ik de dokter door de glazen deur. Kevin zag haar ook. Hij zei: 'Laten we om middernacht afspreken op de brug bij het café waar u vandaag met Harley was.'

Toen draaide hij zich resoluut om en liep naar de parkeerplaats. Ik ging naar binnen. De dokter droeg een lange witte doktersjas met haar naam, Józsa Fodor, op de zak geborduurd. Ze had de alerte, heldere blik van een vrouw die wist dat ze aantrekkelijk was, maar niet wilde dat ik liet merken dat mij dat ook was opgevallen.

In hakkelig Amerikaans Engels zei ze: 'Uw vriend heeft een episode van boezemfibrilleren doorgemaakt. Hij komt er weer bovenop.'

Ze wachtte op een vraag, maar toen ik die niet stelde, ging ze verder. 'Zijn pols was onder de dertig, zijn bloeddruk heel erg laag. Hij had geen verwondingen behalve een snee in zijn neus. Weet u hoe dat komt?'

'Nee.'

'We hebben hem medicijnen gegeven om het hartritme te herstellen en zijn bloed te verdunnen. Het zou kunnen dat hij een hartaanval krijgt. Hij zou een pacemaker-defibrillator moeten laten implanteren. Maar dan in Amerika, waar het door de ziektekostenverzekering wordt gedekt. Europese pacemakers kunnen in Amerika niet goed worden uitgelezen.'

'Bent u in de States opgeleid?'

In plaats van me te antwoorden, keek ze me diep in de ogen en zei nadrukkelijk: 'Hij moet voortaan voorzichtiger zijn.'

Ik was het helemaal met haar eens. 'Het is duidelijk dat hij beter op zichzelf moet letten,' zei ik. 'Wanneer kan ik hem zien, dokter?'

'Nu, als u dat wilt. Hij blijft vannacht in het ziekenhuis. Morgen wordt hij ontslagen, tenzij er complicaties optreden, maar die verwacht ik niet.'

'Waar is hij?'

'Loopt u maar mee.'

Ze bracht me naar zijn kamer en liet ons alleen. Harley zat rechtop in bed tegen de kussens. Hij had iets meer kleur dan toen hij in de steeg lag, maar hij zag er oud en uitgeput uit. Hij lag aan een infuus en een hartmonitor. Zijn dunne haar zat in de war, zijn perkamenten huid stond strakgespannen over de uitstekende sleutelbeenderen. Hij keek me met troebele ogen aan.

Ik zei: 'Sorry voor al dit gedoe, Harley. Mijn fout.'

'Leek op dat moment een goed idee,' zei hij. 'Wat is er met die kerels gebeurd? Heb je ze de nek omgedraaid?'

'Was niet nodig. De hulptroepen kwamen net op tijd.'

'De onze of die van hen?'

'Kevin en een paar commando's kwamen te hulp. Hij zei dat het hele voorval gewoon een samenloop van omstandigheden was.'

'Is dat zo? Je moet eens een hartig woordje met die jongen praten, Horace.'

Harleys stem stierf weg voordat hij mijn naam goed en wel had uitgesproken. Zijn ogen gingen dicht. Zijn mond viel open. Hij stootte een gorgelgeluid uit. Geschrokken riep ik zijn naam. Toen hij geen antwoord gaf, stak ik mijn hoofd om de deur en riep een dokter. Ze kwam met dansende krullen aanrennen, maar Harley was alleen maar in slaap gevallen.

6

Ik ontmoette Kevin op het afgesproken tijdstip op de brug. De duistere stad leek diep in slaap. Straatlantaarns maakten de contouren zichtbaar van een heuvel met een uivormige kerktoren op de top. Harley had me verteld dat deze brug tijdens de Russische bezetting zó'n ideaal ontmoetingspunt voor spionnen, contrarevolutionairen en subversieve geliefden was geweest, dat de geheime politie microfoons in de brugleuning had verstopt. Tijdens het communisme was er nog niet zoveel verkeerslawaai dat de microfoons erdoor werden gestoord. Blijkbaar had Kevin dit verhaal nooit gehoord of dacht hij dat het nieuwe democratische Hongarije de bedrading had verwijderd, want toen ik hem vroeg waarom hij Harley had geschaduwd, waarom hij het als zijn taak beschouwde ons te beschermen en wat ik van hem moest denken, begon hij vrijuit te praten.

'Luister,' zei hij. 'U wordt gevolgd. Elk telefoongesprek dat u voert, elke vlucht die u boekt, elke auto die u huurt, elke persoon die u ontmoet, verschijnt op het scherm. Voorbeeld: gisteren heeft u Marie Károlyi ontmoet, een voormalige stoeipoes van Joeri Andropov en andere vijanden van de mensheid, en elk woord van jullie gesprek, dat twee uur en tweeënveertig minuten heeft geduurd, is door een microfoon opgevangen. U begeeft zich op andermans terrein en wist door uw onhandigheid alle voetsporen uit, sir. Ze willen u weg hebben.'

'Wie wil me weg hebben?'

'Het gaat niet alleen om u. Het is uw hele ploeg. De Ouwe Lullenbrigade – zo noemen ze jullie. Ze zijn vreselijk geagiteerd.'

'Ik snap het. Laat het me nou nog eens vragen, wie zijn zé?'

Hij zei: 'Het systeem.'

'Ah, de Keystone Cops. Die jou als boodschapper hebben aangewezen?'

Kevin kromp ineen. 'De wereld is veranderd,' zei hij. 'Wat u en uw vrienden vroeger ook geweest mogen zijn, nu zijn jullie een stelletje amateurs. Jullie zijn uit de tijd, jullie zitten niet meer in het circuit, jullie zijn seniel: een gevaar voor uzelf en voor de rest van de wereld. We hebben het hier tenslotte wel over kernwapens.'

'Dus je geeft toe dat Ibn Awad kernwapens heeft?'

'Ik heb het over een hypothese. Dat is een van de bezwaren tegen u. U hebt een hypothese die u probeert te bewijzen, in plaats van op de harde feiten af te gaan.'

In mijn ervaring hebben harde feiten net zoveel betekenis in relatie tot elkaar als een hoopje ijzervijlsel dat aan een magneet kleeft. Waar het om gaat is wat mensen dóén en niet wat je over hun motieven denkt te weten. Ik zei: 'Is dat een bezwaar van jou persoonlijk?'

Kevin glimlachte. Hij zei: 'U had het over een fantastisch eenmalig aanbod in het bericht dat u voor me achterliet.'

'Dat is achteraf een kwestie van slechte timing geweest,' zei ik. 'Misschien kom ik er later nog op terug.'

Kevin knikte en gaf me een visitekaartje met klassieke krulletters: Mr. Osborn Denison. Op de achterkant was een telefoonnummer met een onbekende landencode geschreven.

'Als u dat doet, gebruik dan dit nummer,' zei Kevin. 'Gebruik een telefoonlijn die over land loopt en bel niet vanuit de Verenigde Staten.'

Nu was het mijn beurt om te glimlachen. Kon het zijn dat ik er een vriend bij had gekregen?

7

Mijn Duits was altijd net toereikend geweest. Tijdens mijn stageperiode in Frankfurt deden Engelssprekende Duitse informanten – hooghartige veteranen van de Abwehr die zich niet zonder reden gedroegen alsof hun Amerikaanse contactpersonen voor hen werkten, in plaats van andersom – al het veldwerk. Ik had in die periode amper een stap buiten het gebouw van I.G. Farben gezet. Nadat ik het grootste deel van de nacht was opgebleven om met behulp van mijn Duits-Engelse woordenboek Lori's vertaling van de amforarol te lezen, drong het tot me door dat het ontcijferen van het manuscript me boven de pet ging. Ik had hulp nodig van iemand die ik absoluut kon vertrouwen. Een lid van de familie. Ik boekte twee reserveringen voor een vlucht naar Washington.

In het ziekenhuis trof ik Harley klaarwakker aan: hij las met heldere ogen *Hetek*, een Hongaars dagblad. Hij scheen net zo makkelijk Hongaars te lezen als Russisch.

Ik vroeg hem hoe hij zich voelde.

'Kon niet beter,' zei Harley. 'Ik wacht tot de dokter me ontslaat.'

'Goed, want we vliegen om twee uur naar Frankfurt.'

'Wat is er in Frankfurt?'

'Niets, daar nemen we een aansluiting naar Dulles. We hebben allebei wat rust en ontspanning nodig.'

Tot mijn verrassing protesteerde Harley niet. Hij kreeg daar ook nauwelijks de kans toe, want het volgende moment kwam de langbenige dr. Józsa Fodor binnenstuiven. Zonder een van ons beiden te begroeten, drukte ze haar stethoscoop tegen de borst van de patiënt. Ze zei hem diep adem te halen, beklopte en beluisterde zijn borst en rug een tijdje, nam zijn bloeddruk op en drukte een vinger in zijn blote enkels om te kijken of hij vocht vasthield.

'U fibrilleert niet meer,' zei ze tegen Harley. 'Uw hartslag en bloeddruk zijn nog laag maar vallen weer binnen de normale waarden. Maar dat is allemaal te danken aan elektrische schokken en medicijnen en dat blijft niet zo. U moet zo snel mogelijk naar een hartspecialist. In Amerika.'

'Betekent dat dat ik mag reizen?' zei Harley.

'Vandaag nog, als u dat wilt, en ik adviseer u onmiddellijk naar Amerika te gaan. Maar vermijd situaties die opwinding veroorzaken.'

Dr. Fodor raakte Harleys gekreukte krant met een vinger aan en stelde een vraag in het Hongaars. Hij gaf in dezelfde taal antwoord, en omdat het Harley was plakte hij er nog een paar zinnen achteraan. Ze glimlachte verrast, wat een stralende metamorfose opleverde en antwoordde eveneens uitvoerig. Ik merkte voor het eerst op dat ze sproeten had – zeldzaam bij iemand met donker haar. Ik stelde me voor hoe ze was als ze verliefd was en gehaast aan kwam rennen voor een intieme afspraak. Ze keek me van opzij aan met een typisch vrouwelijke blik alsof ze mijn gedachten had gelezen. Ik was net zo verrast door deze prikkelingen van mijn lichaam en fantasie, die al zo lang buiten gebruik waren als zij door Harleys correcte Hongaars. Sinds mijn tijd in de gevangenis had ik vrouwen niet meer op die manier bekeken.

Na een snelle handdruk voor Harley en een kort knikje naar mij – zag ik daar een vrouwelijke twinkeling van plezier in haar ogen? – spurtte dr. Józsa Fodor de kamer uit.

Ik zei: 'Waar hadden jullie het over in het Hongaars?'

'Voor het grootste deel over jou,' zei Harley. 'Ze wilde weten of je dezelfde grote lange vent was die ze een paar jaar geleden op de Amerikaanse televisie had gezien.'

Ah, wat heerlijk, die roem. Ik zei: 'Heb je haar telefoonnummer?'

'Zeker,' zei Harley met een wellustige grijns. 'Hoeveel is het je waard?'

Niets, helaas.

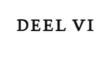

DEEL VI

1

Vanuit het raampje van de Airbus viel er tussen Boedapest en Frankfurt niets te zien. Op een hoogte van tienduizend meter was het zonlicht verblindend maar onder het aaneengesloten wolkendek dat Midden-Europa van de winterzon afsloot had net zo goed een onbewoond continent kunnen liggen. Daarbeneden, wist ik, had de wereld de kleur van beton, vreugdeloos en bedompt, en dat zou zo blijven tot juni. Geen wonder dat de zomerzonnewende vroeger zo'n feestelijke dag in Noord-Europa was, voordat de christelijke missionarissen vanuit het zonnige zuiden waren gearriveerd. Hoe zou het noorden eruit hebben gezien als de priesters de seks niet ondergronds hadden gedreven? Zou de kunst ook hebben gebloeid als er geen seksuele onderdrukking was geweest? Zouden we dan ook artillerie en vestingwerken hebben gehad? De Reformatie? De Dertigjarige Oorlog? De Franse Revolutie? De ultieme perfectionering van moord als bloedige sport in Verdun, Dresden en in de Goelag?

Kortom, waar zouden we staan zonder Jezus? Ik had genoeg begrepen van de brief van Septimus Arcanus om me dat af te vragen. Wat de amforarol ons vertelde, ervan uitgaande dat wat ik gelezen had een getrouwe vertaling was van een document dat op zijn beurt weer een getrouwe beschrijving had gegeven van de gebeurtenissen, was het volgende: Jozua ben Joseph had werkelijk bestaan en de dingen gedaan die in het Evangelie stonden. Of zijn handelingen wonderen waren of het resultaat van slimme manipulaties door een Romeinse inlichtingenofficier, was een kwestie van geloven, waarmee we weer bij het begin waren aangekomen. Het was heel goed mogelijk dat de inlichtingenofficier die deze operatie leidde de veelgemaakte fout had begaan het belang van zijn eigen rol te overschatten. Maar de onbedoelde gevolgen van een onbelangrijke lokaasoperatie die hij waarschijnlijk als een geintje beschouwde kon hij onmogelijk hebben overschat. Voor de tweede keer die dag voelde ik iets menselijks door me heen gaan. Eerst had Józsa Fodor me eraan herinnerd wat hartstocht was. Nu bracht Septimus Arcanus me door de eeuwen heen religieuze gevoelens in herinnering. Wat zou het een wonderbaarlijke grap zijn als deze brief uit Jeruzalem die het Jezusverhaal leek te ontkrachten uiteindelijk een bevestiging ervan zou blijken te zijn.

Harley Waters, weer uit de dood opgestaan, lag rusteloos naast me te dutten, praatte Hongaars in zijn slaap en droomde misschien wel van Marie Károlyi toen ze nog jong was. Of, ouwe geile bok, van de hedendaagse Józsa Fodor.

2

De laatste persoon die ik in Washington tegen het lijf wilde lopen was dr. Stephanie Webster-Christopher, dus was zij natuurlijk het eerste bekende gezicht dat ik zag nadat ik op Dulles was geland. Ze stapte net uit een taxi, met een grote bolle tas die als een schapenmaag over haar ene schouder hing, een laptop over haar andere, een kledinghoes op wieltjes die achter haar aan hobbelde en een uitpuilende aktetas in haar vrije hand.

Ik probeerde weg te glippen maar Stephanie riep hallo. Ik keek haar recht in het gezicht dus kon ik niet doen alsof ik haar niet zag of hoorde.

'Stephanie!' zei ik. 'Ga je of kom je net aan?'

'Ik ga,' zei ze, met een strak gezicht en krom lopend onder het gewicht van haar bagage. 'Daarom stapte ik úít die taxi.'

Een–nul voor de meisjes. Stephanie was een kleine vrouw en leek altijd in topconditie. Ze rende iedere dag acht kilometer hard, trainde op de sportschool, en deed voorzover ik wist ook aan boksen. Al met al leek ze in lichamelijk opzicht meer van zichzelf te verwachten dan haar lichaam kon waarmaken.

Ik zei: 'Laat mij die koffers maar dragen.'

'Niet nodig.'

Die twee woorden vormden in een notendop de politieke autobiografie van deze koppige feministe. Vroeger had Stephanies tactloze taalgebruik nog iets vertederends gehad, toen ze nog jonger en mooier was en de liefde voor haar echtgenoot haar zachter maakte. Nu was dat een stuk minder geworden.

'En,' zei ze, en ze stopte alle ergernis die ze leek te voelen in dat ene kleine woordje. 'Heb je het tegendeel al kunnen bewijzen?'

'Wat is het tegendeel, Stephanie?'

'Dat Paul niet dood is.'

'Bewezen? Nee.'

Ze staarde me uitdrukkingsloos aan. 'Wat dan wel?'

'Ik heb een paar interessante verhalen gehoord, maar ik heb niet zo dichtbij kunnen komen dat ik een foto van Paul kon nemen.'

'Als het om Paul gaat, zijn er altijd wel interessante verhalen en kan niemand dichtbij genoeg komen,' zei Stephanie. 'Is de gedachte wel eens bij je opgekomen dat je valse hoop wekt en dat het heel wreed is om dat te doen?'

Ze sprak met luide stem. Dit ontlokte veelbetekenende blikken aan andere reizigers, die haastig langs ons heen liepen. Het was duidelijk dat ze tijdens mijn afwezigheid heel onaardige dingen over me had gedacht. Het had geen zin om antwoord te geven. In feite was ze niet geïnteresseerd en wat ik ook zei, ze zou zich niet tot bedaren laten brengen.

'Je zou bijvoorbeeld eens kunnen denken aan de gemoedsrust van Pauls kinderen,' zei ze. 'Lori heeft nachtmerries waarin haar vader weer in een gevangenkamp in China zit. Wie weet wat er door Zarah heen gaat; die heeft al eens eerder meegemaakt dat haar vader dood werd gewaand en weer tot leven kwam.'

Ik kon weinig tot mijn verdediging aanvoeren aangezien de kans bestond dat Paul inderdaad weer in een Chinees gevangenkamp zat. Dit was een gedachte die ik mezelf al een aantal weken lang niet had toegestaan. Wat een goede psychotherapeut moest Stephanie wel niet zijn, zoals zij weggestopte gedachten naar de oppervlakte wist te halen.

Ik zei: 'Dat spijt me dan, Stephanie. Waar ga je naartoe?'

'Naar een conferentie in Cancun. Hoe lang blijf je hier?'

'Dat weet ik nog niet. Wanneer kom je terug?'

'Hoezo? Zodat je kunt zorgen dat je weg bent voordat ik terugkom?'

Alsof ze mijn gedachten kon lezen. Ik begon al te denken dat ik, en niet mijn ongelukkige neef, ooit met deze vrouw getrouwd was geweest. Aan de andere kant kon je je onmogelijk voorstellen dat iemand zo tegen Paul zou praten. Zwijgen en een begrijpende glimlach vormden de beste verdedigingswapens.

Stephanie zei: 'Ik blijf tien dagen weg. Ga je in je eigen huis zitten?'

'Voorzover ik weet wel, ja.'

'Ik bel je dan als ik terug ben.'

Wat een heerlijk vooruitzicht.

Ze zei: 'Ik moet rennen.'

Toen, totaal onverwacht, glimlachte ze – een echte meisjesachtige glimlach, met ondeugende ogen en al. Haar gezicht was roze van opwinding en ook, vermoed ik, van de inspanning omdat ze weigerde al die bagage op de grond te zetten terwijl ze me de les las.

'Ik ben eigenlijk heel erg dol op je, Horace,' zei ze. 'Maar je bent nu echt hele-maal doorgeslagen. Dat weet je wel, hè?'

Maar ze was al weg voordat ik iets kon zeggen, sleepte haar kledinghoes mee en baande zich een weg door de menigte.

3

Mijn huis, dat nauwelijks groter was dan een garage, lag weggestopt tussen twee veel indrukwekkender bouwwerken. Het zag er nog hetzelfde uit, maar als oudspion ging ik ervan uit dat iemand tijdens mijn afwezigheid in het geniep was binnengedrongen. Misschien was er afluisterapparatuur geplaatst, werd de telefoon afgetapt, was de koffie vergiftigd, liep er een struikeldraad naar een bom die ergens lag verstopt. Ik ging naar binnen via de achterdeur – de voordeur werd vanbinnen geblokkeerd door een kniehoge berg reclame – en controleerde de verschillende valstrikken die ik had gezet om te weten of er iemand binnen was geweest tijdens mijn afwezigheid. De haren die ik in de spleten tussen de deuren en de deurkozijnen had gespannen waren gebroken, maar vervolgens op een professionele wijze verwijderd en weer vervangen door andere haren in een iets andere kleur. Ook de slimme truc van oom Horace om bemoeials te betrappen, was gelukt. Voordat ik wegging had ik het toilet niet doorgespoeld maar tijdens mijn afwezigheid was er doorgetrokken. Heel weinig insluipers, hoe goed ze er ook in getraind zijn om alles precies achter te laten zoals ze het gevonden hebben, kunnen hun moeders vermanende stem vergeten als ze met een niet-doorgespoeld toilet worden geconfronteerd. Voor ze het weten, hebben ze al doorgetrokken.

Ik voelde krampen in mijn buik. Ik ging zitten. Al snel was ik in gedachten verzonken. Hoe zou ik Stephanie kunnen ontlopen? Hoe kon ik Zarah ontmoeten zonder haar aan gevaar bloot te stellen?

Ik was klaar. Automatisch reikte ik achter me naar de hendel op het reservoir. In mijn herinnering zag ik een beeld van de schoongespoelde toiletpot. Een boodschap kronkelde door mijn arm naar mijn hersenen. Ik haalde mijn hand van de hendel, trok mijn broek omhoog en liep naar de keuken om een aardappelmesje en een zaklamp te pakken. Met dat gereedschap onderzocht ik het deksel van het reservoir en toen ik geen draden zag, tilde ik het heel voorzichtig op en keek eronder. En ja hoor, net zoals in de afgezaagde detectiveverhalen, zat daar in het schijnsel van de zaklamp ongeveer een pond *plastique* aan de onderkant van het deksel vastgeplakt. Het was verbonden met een eenvoudig ontstekingsmechanisme dat afging als het toilet werd doorgetrokken. De bommenlegger had de volle pot eerst doorgespoeld om er zeker van te zijn dat niemand anders het zou doen voordat ik thuiskwam en zelf door zou trekken.

Ik ontmantelde de bom die ongeveer zo groot was als een sinaasappel, verpakte het *plastique* in aluminiumfolie en stopte het veilig in de zak van mijn regenjas. Vervolgens at ik een bord instant havermoutpap, en ging toen naar boven om een douche te nemen. Terwijl het hete water over me heen stroomde verzonk ik opnieuw in gedachten. Wat nu? Wie wáren die gasten? In theorie wist ik natuurlijk wel wie het waren; in de praktijk waren het natuurlijk onbelangrijke figuren en ik zou niet geweten hebben wie het waren als iemand me hun namen in mijn oor fluisterde of me een foto van hen liet zien. Maar waarom die thrillerachtige onzin met bommen? Waarom konden ze me niet gewoon doodschieten of doodsteken? Wie zou daarvan wakker liggen? Ik was zelf in elk geval te moe en te misselijk om er nog wakker van te liggen. Voordat ik ging slapen, zette ik nog een paar valstrikken, gewoon voor het geval dat, maar het leek niet waarschijnlijk dat de lui die de bom hadden geplaatst opnieuw mijn huis zouden willen binnendringen voordat de bom was afgegaan. Doodmoe liep ik de trap op en lag voor het eerst sinds weken in een bed waar mijn lijf in paste en sliep de slaap der rechtvaardigen.

4

Toen ik wakker werd was het al donker, hoewel het nog maar zes uur 's avonds was. Er was niets te eten of te drinken in huis, daarom liep ik de heuvel af naar M Street en draaide vanuit een telefooncel het privé-nummer van Zarah Christopher.

'Met Horace. Mag ik je mee uit eten vragen?'

'Kom maar naar mij toe,' zei Zarah. 'Dan mag jij koken.'

Ik kon geen taxi nemen in een stad waar de overgrote meerderheid van de taxichauffeurs flink besnord was en zich als verkenner voor de jihad gedroeg, dus wandelde ik het hele eind, hemelsbreed was het een paar kilometer, maar ik deed er langer over omdat ik een omweg nam. Ik bleef natuurlijk scherp om me heen kijken maar Washington is geen stad voor wandelaars en ik was dan ook de enige voetganger in de chique wijken waar ik doorheen kwam; waarschijnlijk liep ik hier minder gevaar om vermoord te worden en zou ik eerder voor een dief worden aangezien en bij de politie worden aangegeven.

Zarah woonde in een oud, slecht verwarmd huis dat in tudorstijl was opgetrokken en uitkeek op een met braamstruiken begroeid deel van Rock Creek Park, maar er eigenlijk overheen hing. De vorige eigenaar had het huis van allerlei snufjes voorzien, zoals een keuken in restaurantstijl met een Viking-fornuis met zes pitten, een volledige set koperen pannen die aan een rek daarboven hingen en een grote verzameling vlijmscherpe Duitse keukenmessen. Ik was dol op die keuken. Voor mij is koken wat golf schijnt te zijn voor mannen die van clubjes houden, iets wat je van je dagelijkse werkzaamheden afleidt omdat het een bepaalde vaardigheid en concentratie vereist en tegelijkertijd iets sociaals heeft.

Terwijl ik de *poule au pot* klaarmaakte met de ingrediënten die ik onderweg had gekocht, zat zij met gekruiste enkels op het aanrecht en nam een slok van een glas Grgich chardonnay. Op de keukentafel stond een ontkurkte fles Beaune te ademen. Op een plankje naast een schaal blauwe druiven lag een punt Reblochon op kamertemperatuur te komen. Zarah had voor de wijn, het fruit en de kaas gezorgd. En ook voor de conversatie. Ze sprak met geen woord over mensen die we allebei kenden. Ze vertelde over films die ze had gezien, boeken die ze had gelezen, iets over haar eigen jeugd, en over de valkerij.

Zarah bleek heel veel van roofvogels af te weten – hoe ze worden afgericht, hoe je met ze moet omgaan, hoe je ze moet belonen, hoe ze hun prooi doden. In het Atlasgebergte in Marokko, waar ze was opgegroeid terwijl haar rancuneuze moeder haar bestaan voor haar vader verborgen had gehouden, jaagden de Berbers met steenarenden op gazellen en jakhalzen. Alleen een sterke man kon zo'n vogel op zijn arm dragen. Voor woestijnmensen, dat wist ik al, was de valkerij een mystieke kunstvorm waar ze heel veel geld en moeite voor over hadden. Mijn oppervlakkige kennis hierover stelde niets voor vergeleken bij wat Zarah allemaal wist. Heel lang geleden was het alleen aan koningen voorbehouden om met arenden te jagen. De lagere edelen kregen slechtvalken toegewezen, de snelste en sterkste van vele soorten valken en haviken – ze kon ze allemaal opnoemen – die voor deze sport werden gebruikt. Rijke Arabieren zijn bereid om veel geld neer te tellen voor een schitterend exemplaar. Als ze, zoals Saoedische prinsen, steenrijk zijn, bezitten ze soms heel veel van dat soort vogels, die uit heel Azië worden gehaald. De slechtvalk kan zijn prooi vanaf een onmetelijk grote afstand in het oog krijgen en als hij zich uit de lucht laat vallen om zijn prooi te doden, vliegt hij razendsnel – hij kan pijlsnel duiken. Zarah beschreef de explosies van veren in de blauwe woestijnhemel, het ontbreken van iedere herinnering in de gele ogen van de valk nadat hij zijn prooi heeft gedood.

'Herinneren valken zich hun laatste slachtoffer of sturen de hersenen hen telkens als ze een prooi in het oog krijgen instructies?' zei ze. 'Niemand schijnt dat te weten.'

'Ibn Awad hield valken,' zei ik. 'Zijn vogels zaten altijd achter hem op een stok als hij in gezelschap dineerde – een stuk of twintig, allemaal op een rijtje, met een kapje op hun kop.'

'Twintig?' zei Zarah. 'Dat is dan voor ongeveer een half miljoen dollar aan vogels.'

Ik had er geen idee van. 'Hij kon het zich veroorloven,' zei ik. 'En hij had verder geen slechte gewoonten.'

Behalve, misschien, de lust om ongelovigen te vermoorden.

We dronken de rest van de chardonnay op en gingen daarna over op de kip en de bourgogne. Het gesprek – althans Zarahs aandeel erin – verliep sprankelend tot we aan de kaas en de druiven toe waren. Toen verdween de glimlach plotseling van haar gezicht.

Ze zei: 'Horace, denk je dat ze nog leven?'

'Kom, dan gaan we een eindje wandelen.'

Zarah woonde in een rustige, om niet te zeggen doodstille buurt, en op dat uur van de dag kwamen we alleen mensen tegen die hun hond uitlieten. Het was koud en vochtig, maar dat stelde niets voor vergeleken bij Noord-Europa. We bleven net zo lang doorwandelen tot ik haar alles had verteld wat ik tijdens mijn reizen te weten was gekomen. Urenlang. Ze viel me geen enkele keer in de rede tot ik was uitgepraat.

Toen zei ze: 'Dus je denkt dat ze nog leven?'

'Ik ga ervan uit dat het antwoord ja luidt. Waarom zou het anders nog zin hebben om hiermee door te gaan? Maar of Paul en Lori samen zijn, is een andere vraag.'

'Zelfs al stond hij op het punt om haar te vinden?'

'Misschien wilde Lori wel niet gevonden worden.'

'Ook niet door haar eigen zoon?'

'Je vraagt me of ik haar gedachten kan lezen. Voorzover ik weet, heeft niemand dat ooit gekund. Zelfs Paul niet, en in zekere zin heeft hij zijn leven daaraan gewijd.'

Zarah hield op met praten. We stonden aan de andere kant van het park onder een grote boom in een zacht verlichte, slapende buurt met herenhuizen. Ik had geen flauw idee waar we ons precies bevonden.

'Dat heb ik ook gedaan, weet je,' zei Zarah. 'Toen ik nog klein was, lang voordat we elkaar hebben leren kennen, fantaseerde ik over mijn vader. Hij was mijn vriend en vertelde me prachtige verhalen.'

'Ook al was hij er niet?'

'Precies. Hij zat in China, hoewel ik dat toen niet wist. Mijn lievelingsverhaal ging over dinosaurussen. In zijn verhalen waren het gevederde wezens en ze zongen als vogels, alleen klonken ze luider, als een pijporgel in plaats van als een piccolofluitje. Hij beschreef een grasvlakte waar ze in groten getale voorkwamen, een regenboog van kleuren in het zonlicht, iedere dinosaurus had zijn eigen verentooi en zijn eigen lied, maar samen harmonieerden ze prachtig met elkaar.'

'Hoe oud was je toen je dat bedacht?'

'Ik was een jaar of tien. En ik heb het niet bedacht. Het kwam gewoon bij me op.'

'Je was wel een kind met veel fantasie.'

'Was ik dat? Ik vraag het me af.'

Een gestalte trad uit de schaduw te voorschijn – een vrouw van middelbare leeftijd, met een Gucci-hoofddoek om en gehuld in een Burberry-regenjas, met een whiskywalm om zich heen en enigszins wankelend op haar hoge hakken, wierp een nijdige blik op Zarah en mij terwijl haar keffende schnauzertje haar over straat meetrok.

Zarah en ik liepen terug naar huis. Gelukkig wist zij de weg in de vreemde buurt waarin we verzeild waren geraakt. In mijn jaszak had ik de enige kopie zitten van haar grootmoeders vertaling van de amforarol. In Boedapest had ik me gerealiseerd dat Zarah de enige persoon was – de enige die in aanmerking kwam – die de door haar grootmoeder in het Duits vertaalde tekst van de amforarol kon vertalen. Nu overhandigde ik haar het manuscript van Lori dat nog steeds in wasdoek zat verpakt.

'Wiens handschrift is dit?'

Ik vertelde het haar en vroeg: 'Kun je dit vertalen?'

Ze las een pagina en knikte toen. We liepen zwijgend naar haar huis. Ik liet het manuscript onder haar hoede achter. Ik zal u iets wonderlijks vertellen: ik had niet de moeite genomen om een kopie van dit unieke en onvervangbare document te maken. Dat druiste in tegen een levenslange gewoonte, maar zo zie je maar. Ik leek in een Christopher te veranderen en plotseling blindelings op mijn impulsen af te gaan zoals ik vroeger alleen maar op zekerheden vertrouwde.

5

Hoewel ik ze bijna allemaal een keer apart had ontmoet en met hen allemaal over de telefoon had gesproken, wat me meestal veel informatie had opgeleverd, waren de Old Boys niet meer voltallig bij elkaar gekomen sinds ons laatste samenzijn in mijn huis, minder dan een maand geleden. Voor mij was de tijd omgevlogen omdat ik me in Xinjiang, Moskou en Jeruzalem zo geweldig had geamuseerd, maar ik had het gevoel dat die voor de anderen een beetje te langzaam was gegaan. Het werd tijd voor een vergadering. Ondanks mijn diepgewortelde overtuiging, gebaseerd op urenlange verveling, dat vergaderingen van meer dan twee mensen zonde van de tijd zijn en niets opleveren, vroeg ik Charley Hornblower een bijeenkomst te organiseren. Onder de omstandigheden konden we eigenlijk niet in mijn huis vergaderen, dus deden we een stropdas om en spraken rond theetijd af in de club.

De club was tussen de lunch en het diner vrijwel verlaten op een paar armoedige uitgestotenen als wijzelf na. Omdat Ben Childress en David Wong in het buitenland zaten, waren we maar met zijn vieren – Jack, Harley, Charley en ikzelf. Ik was nog steeds een gerespecteerd lid van deze club. Toen ik in de gevangenis zat, had ik zelfs de verlaagde contributie betaald van leden die buiten de stad woonden. Natuurlijk had Paul dat betaald, naar wiens adres al mijn post werd doorgestuurd. In het clubreglement stond niets over het royeren van veroordeelde leden, zolang ze maar niet de doodzonde begingen voor de rechtbank of ergens anders waar de kranten er lucht van konden krijgen, over clubaangelegenheden te praten.

We kwamen samen in de biljartkamer die geen ramen had en beter verwarmd werd dan sommige andere vertrekken in het oude herenhuis. Net als vroeger was Jack voorzitter. Jack was dol op vergaderingen. Hij zat vol vragen. Net als vroeger zo vaak het geval was geweest, was al zijn nieuwsgierigheid – ik zou zelfs durven zeggen zijn ergernis – op mij gericht.

Voordat hij kon losbarsten met zijn bekende ellenlange lijst van gefluister-de vragen, pakte ik mijn pond *plastique* uit en gooide het op de biljarttafel. Alle aanwezigen zagen onmiddellijk wat het was. Niemand stelde een vraag maar alle ogen waren op mij gericht – boze ogen, omdat ik de belangrijkste regel van alle vergaderingen had geschonden: je mag nooit iemand verrassen.

Ik vertelde hun het verhaal over de bom en deed verslag van mijn verdere avonturen. Nog steeds kwam er geen commentaar – geen 'Goh, Horace! Dat had niet veel gescheeld!' Geen: 'Wie zou zoiets nou doen?' We wisten namelijk allemaal heel goed wie zoiets zou kunnen doen, maar er zijn geen antwoorden op loze vragen en we hadden allemaal geleerd nooit van dat soort vragen te stellen.

Harley vroeg: 'Ga je nu verhuizen?'

'Nee. Onder deze omstandigheden zou het immoreel zijn om het huis te ver-huren of te verkopen. Trouwens, ik ben er bijna nooit en waarschijnlijk zullen ze het geen tweede keer proberen.'

'Maar jij kennelijk wel,' zei Jack. 'Horace, wij hoorden van Ben dat je een lokaasoperatie uit wilt zetten voor Ibn Awad. Hoe zit dat precies?'

Een lokaas uitzetten, dat moet ik even uitleggen, is een operatie waarbij je een tegenstander iets of iemand voor de neus houdt in de hoop dat hij toehapt. Als hij dat doet, kan dat aanzienlijke voordelen opleveren. Als de beruchte Ald-rich Ames bijvoorbeeld een lokaas was geweest in plaats van een door en door rotte appel, dan had hij de beste agenten van de Russen valselijk als Ameri-kaanse agenten kunnen ontmaskeren en glimlachend toe kunnen kijken ter-wijl de Russen hen de gloeiend hete oven in schoven. In plaats daarvan heeft hij natuurlijk echte Amerikaanse agenten aangewezen en waren zij degenen die levend gecremeerd werden.

Ik vroeg: 'Wat heeft Ben je verteld?'

'Dat je de amforarol als lokaas gaat gebruiken.'

'Dat klopt.'

'En als die nou niet bestaat?'

'Hij bestaat wel degelijk.'

Jacks uitdrukkingsloze bruine ogen keken me vorsend aan alsof ze de grote E op een leeskaart bij de oogarts probeerden te lezen. Hij kende me. En ik kende hem.

'Je realiseert je toch wel dat ze achter je aan zullen komen?'

'Het begint erop te lijken dat ze daar al mee bezig zijn.'

'Zou kunnen,' zei Jack. 'Ik zou alleen graag zeker van je willen weten dat je geen plannen hebt om jezelf nog meer bloot te stellen dan je tot nu toe al ge-daan hebt.'

'Ik heb geen plannen in die richting, Jack.'

'Ik ben blij dat te horen,' zei Jack. 'En ik weet zeker dat de andere aanwezigen dat ook zijn.'

De uitdrukking op Jacks gezicht – of liever gezegd het ontbreken van iedere uitdrukking op zijn gezicht – vertelde me dat hij me niet echt geloofde. De andere gezichten in het vertrek waren net zo uitdrukkingsloos als het zijne. Als Ibn Awad besloot mij te vermoorden, zou hij ons allemaal moeten vermoorden, en zeventigers doen niet filosofischer over een kogel in hun hersenen dan ieder ander mens. In feite zelfs minder. Hoe dichter men het onvermijdelijke moment nadert hoe begeerlijker het uitstellen ervan wordt. Wij zessen gaven samen waarschijnlijk meer aan pillen uit dan we ooit aan alcohol hadden gespendeerd, en dat wil heel wat zeggen.

Tijd om een ander onderwerp aan te snijden, dacht Charley. 'We moeten de satelliettelefoons maar niet meer gebruiken,' zei hij. 'Die gasten in Moskou, wie ze ook zijn, hebben het nummer van Horace te pakken gekregen en hem opgebeld. Ze zijn hem naar Boedapest gevolgd. Hadden ze je ook niet verteld dat ze al onze gesprekken konden onderscheppen, Horace?'

'Ze zeiden dat iemand dat deed,' antwoordde ik. 'Maar ik betwijfel of dat echt zo is. Er zijn gewoon zoveel gesprekken die heen en weer gaan tussen satellieten en zendmasten, miljoenen verschillende toestellen die vierentwintig uur per dag verbinding zoeken, dat je die zes mondharmonica's achter in het orkest echt niet zult horen.'

'Sterke metafoor,' zei Jack. Hij was écht nijdig. 'Hoe zijn ze dan wél aan jouw nummer gekomen?'

'Misschien zijn ze de winkels in de buurt van Washington langsgegaan, hebben ze de winkel gevonden waar ik die telefoons gekocht heb en de manager net zo lang onder druk gezet tot hij zich herinnerde dat hij een goede Amerikaan was en hen het nummer heeft gegeven.'

'Heb je die telefoons dan niet contant afgerekend?'

'Natuurlijk heb ik dat gedaan, maar dat is verdacht in een tijdperk waarin ieder eerlijk mens met een creditcard betaalt. Maar als je een winkelbediende mijn signalement zou geven en erop zou zinspelen dat ik een terrorist was, denk je dan niet dat hij zich mij zou herinneren?'

Jack zei: 'Je bent altijd al opvallend geweest, Horace.'

Wat was er toch met hem aan de hand? Ik was niet de enige die zich dat afvroeg. Harley Waters, bleek en in elkaar gedoken, had al die tijd gezwegen. Nu zei hij: 'Ik heb een voorstel. Jack, Horace – houd es op met dat gebekvecht. Het is slecht voor de spijsvertering.'

Nadat hij zijn zegje had gedaan viel Harley weer stil. Hij liet zich in zijn stoel zakken, zijn ogen afgewend, met zijn gedachten elders.

Ik zei: 'Er is nog een nieuwe ontwikkeling. Dankzij Harley hebben we, vermoeden we, een originele kopie met Lori Christophers vertaling van de amforarol in handen gekregen.'

Charley vroeg: 'In welke taal vertaald?'

'In het Duits.'

'Dat lukt me wel.'

'Ik weet dat je dat kunt, Charley. Ik heb Zarah Christopher gevraagd om de eerste vertaling te maken. We willen graag dat jij het daarna zelf nog eens leest, los van haar vertaling.'

Jack zei: 'Zei je nou Zarah Christopher?'

'Ja. Ze spreekt vloeiend Duits.'

'O ja? Hoe komt dat?'

'Ze heeft het als kind geleerd. Ze wilde haar vader verrassen als ze elkaar zouden ontmoeten. En daarna heeft ze het geperfectioneerd door veel met Paul te praten nadat ze met elkaar herenigd waren.'

'Maar ze maakt geen deel uit van deze groep.'

'Dat is waar, Jack. Maar ze is wel een Christopher. Als de vertaling al aan iemand toebehoort, dan is het aan de familie Christopher.'

'Wat fijngevoelig van je, Horace.'

Het komt niet vaak voor dat ik van fijngevoeligheid word beticht. Ik antwoordde: 'Ik dacht dat Zarah er misschien dingen in zou zien en begrijpen die een niet-Christopher over het hoofd zou zien.'

'Begrijpen of romantiseren?'

Harley stond op. 'Ik ga ervandoor,' zei hij.

Ik nam het hem niet kwalijk. Charley zei: 'Kom op, Harley, we hebben je nodig.'

'Het is niet persoonlijk bedoeld,' zei Harley. Zijn stem kraakte. Hij kuchte om zijn keel te schrapen. 'Ik heb over een halfuur een afspraak bij de dokter.'

Jack bood hem een lift aan.

'Nee, bedankt, ik neem de benenwagen wel,' zei Harley. Hoewel hij niet stevig op zijn benen leek te staan was hij al de deur uit voor ik iets tegen hem kon zeggen.

'Hoor eens, ik ga ook,' zei ik. 'Hij mag niet alleen worden gelaten.'

Jack kwam gelijk met mij overeind. 'Ik ga met je mee,' zei hij.

Het kostte ons geen moeite om Harley in te halen die de brede straat zo langzaam overstak dat het licht alweer versprong voor hij de overkant had bereikt.

Taxichauffeurs uit de hele moslimwereld drukten op hun claxon. De meesten hadden in hun geboortedorp nog nooit een klok gezien. Nu had Amerika hen betoverd en was tijd geld geworden. Ze schudden hun vuist tegen deze kuierende ouwe kerel die hen van hun kostbare seconden beroofde.

Jack en ik zigzagden tussen de auto's door om bij Harley te komen. Jack, altijd degene met tegenwoordigheid van geest, hield een taxi aan. We duwden Harley erin. Hij leunde met zijn hoofd achterover tegen de zitting en sloot zijn ogen. Hij zag er beroerd uit – kleine blauwe adertjes op zijn oogleden, een zichtbare hartslag op zijn slaap. Kortademig. Zweet op zijn voorhoofd. Bleke gelaatskleur.

'Het George Washington, eerste hulp, snel,' zei Jack tegen de chauffeur met zo'n diepe baritonstem dat ik ervan schrok. Alles wat harder klonk dan een fluistering zou hetzelfde effect hebben gehad, als het van Jack kwam.

Zelfs Harley kwam even bij kennis. 'Ik wist niet dat je zoveel decibel in je had, Jack,' zei hij en hij klonk zo vermoeid dat ik de woorden nauwelijks kon verstaan.

6

In de wachtkamer van de eerste hulp werden we omringd door de grootste sloebers van de stad. Omdat de meesten van hen non-stop in hun mobieltje of tegen elkaar aan het praten waren, wisten we dat ze alleen maar aandacht hadden voor schotwonden en messteken en overdoses en plotselinge weeën. Zelfs Jack begreep dat deze mensen er geen belang bij hadden om ons af te luisteren, zelfs als hun gehoor zo scherp was geweest dat ze ons gesprek in het geroezemoes konden verstaan.

Een halfuur later, terwijl we zaten te wachten tot een arts ons nieuws over Harley kwam vertellen, zei ik: 'Jack, wat was er nou met je aan de hand, daar in de club?'

'We maken ons allemaal zorgen,' zei Jack. 'Je bent gefixeerd op de familie Christopher.'

'En wat betekent dat dan?'

'Daardoor word je onvoorspelbaar. Zarah is de laatste Christopher. Voor jou is dat voldoende reden om de geheimhouding te verbreken en haar het belangrijkste bewijsstuk toe te vertrouwen dat we tot dusver hebben ontdekt. En dat doe je dan zonder iemand anders daarin te kennen.'

Jacks samenvatting gaf een perfecte en accurate weergave van de situatie.

Ik zei: 'Ik geloof niet dat ik helemaal begrijp waarom jij dat zo verontrustend vindt. Ze gaat heus geen kopie aan Ibn Awad sturen.'

'Daar gaat het niet om.'

'Vertel me dan eens waar het wel om gaat, Jack.'

Jack staarde me aan alsof hij perplex stond van mijn stompzinnigheid. Zijn gezicht kwam in beweging – veranderde zelfs van uitdrukking. Bij ieder ander mens zou dit op een emotie hebben geduid. Maar bij Jack?

Hij haalde diep adem. 'Ik moest de schade zien te beperken toen Zarah terugkwam uit die puinhoop waarin ze door toedoen van David Patchen was beland,' zei hij. 'Toen ging het ook om een lokaasoperatie. Als directeur van de Outfit – *directeur van de Outfit* – was Patchen zelf het belangrijkste lokaas. Ze deed met hem mee – zij was ook lokaas – ik denk omdat ze net als haar vader wilde zijn.'

'En?'

'Ze heeft een gruwelijke ervaring achter de rug. Patchen had het zo opgezet dat hij degene was die gekidnapt zou worden. Maar er ging iets mis met de timing en zij werd samen met hem gekidnapt. Hij had het krankzinnige idee opgevat dat als hij werd ontvoerd en gefolterd, de Outfit zó in opspraak zou raken dat ze een reorganisatie moesten doorvoeren. Dat de Outfit niet meer onder de president viel. Dat de dienst onafhankelijk werd. Dat ze opnieuw zouden beginnen. Hij zou de dienst van zijn vijanden redden.'

'En dat is ook precies wat er gebeurd is.'

'Ja. En heeft het niet allemaal fantastisch uitgepakt?'

'Niet zo fantastisch voor jou en mij, akkoord.'

'Het heeft ook niet zo fantastisch uitgepakt voor Zarah,' zei Jack. 'Weet je eigenlijk wel wat er met haar is gebeurd?'

Dat wist ik. Ik wist zelfs precies wat er met haar was gebeurd. Het was me als een familiegeheim door Paul toevertrouwd. Ik hoorde dat niet te delen, zelfs niet met Jack Philindros. Ik wilde het verhaal niet nog eens horen.

Ik zei: 'Niet nodig om me in vertrouwen te nemen.'

Jack negeerde mijn woorden en zei: 'Ze hebben haar platgespoten en haar met zijn allen verkracht terwijl ze bewusteloos was. Ze heeft daar geen herinnering aan.'

Jacks eerst zo onbewogen gezicht was aan het vervormen alsof er onder zijn huid iets op het punt stond uit te barsten. Op dat moment had ik van alles kunnen zeggen om het Jack wat gemakkelijker te maken. Maar er was een goede reden om niets te zeggen.

'Ik moest haar vertellen wat er was gebeurd,' zei hij.

Weer maakte ik geen bemoedigende opmerking. Het had geen zin gehad om te zeggen dat hij zijn mond moest houden. Jack verklapte een geheim. Dit was een zeldzaam, misschien zelfs uniek moment in zijn leven.

Hij zei: 'Ik móést het haar wel vertellen. Twee van de verkrachters waren HIV-positief. Paul en zijn reddingsteam hadden ze allemaal doodgeschoten, maar het kwam naar voren uit de autopsie.'

Hij zag er belazerd uit.

Ik vroeg: 'Heb je niet eerst bloed bij haar afgenomen?'

Jack antwoordde: 'Daarvoor hadden we haar toestemming nodig.'

'Haar tóéstemming nodig?'

'Wettelijk moet dat.'

'Maar heeft ze zich laten testen?'

'Ja, de uitslag bleek negatief,' zei Jack. 'Maar ze geloofde de uitslag niet.'

Ik was sprakeloos. Ik had me altijd al afgevraagd welke genius het aan Zarah had verteld. Jack Philindros, het boegbeeld van discretie, was de laatste van wie ik het zou hebben gedacht. Juist op dat moment dook Charley opeens op.

Het zou goed komen met Harley. Er werd een pacemaker bij hem ingebracht.

Precies wat de Hongaarse arts had aangeraden. Charley was zelfs vrolijker dan anders omdat hij goed nieuws bracht.

'Wanneer gaan ze dat doen?' vroeg ik.

'Ze zijn er nu mee bezig,' antwoordde Charley. 'Als alles goed gaat, mag hij morgen naar huis. Harley wordt weer helemaal de oude. Hij kan bij mij logeren.'

Nadat Charley was weggegaan, zei Jack: 'Hoor eens, sorry dat ik zo uitbarstte. Ik heb me geloof ik niet goed gerealiseerd hoezeer die hele toestand met Zarah me had aangegrepen tot ik erover begon te praten.'

'Dan is het maar goed dat je het er nu allemaal uit hebt gegooid,' zei ik.

'Misschien. Maar zoiets zou ze nooit meer mogen meemaken.'

'Daar ben ik het mee eens,' zei ik. 'Maar daar moet zij zelf over beslissen, nietwaar?'

'Dat heeft Patchen indertijd waarschijnlijk ook tegen zichzelf gezegd,' zei Jack.

'Maar hij was een bureauman.'

Dat was Jack natuurlijk ook. Zelfs toen hij overzee was gestationeerd, bleef hij achter een bureau op een ambassade werken terwijl anderen rotzooi maakten en die weer opruimden. Hij las er alleen maar over, schreef erover en ondertekende de kwitanties. Wat dat betreft, verschilde ik trouwens niet zoveel van hem.

Jack zei: 'Hij was een bureauman? Wat bedoel je daar nou weer mee?'

'Bloed en inkt ruiken niet hetzelfde.'

Jack wierp me een snelle blik toe, zijn sluwe ogen hadden de kleur van bruine eierschalen en waren even uitdrukkingsloos.

7

Het was ondertussen spitsuur geworden. Alleen al de auto's op Massachusetts Avenue, die van Union Station tot aan de Marylandlijn bumper aan bumper stonden, waren samen waarschijnlijk meer waard dan het bruto nationaal product van de meeste landen die een ambassade aan Embassy Row hadden. Ik heb nog nooit van mijn leven de trein genomen. Net als Harley heb ik altijd gebruik gemaakt van de benenwagen en ik heb het geluk gehad, dankzij belastingbetalers als deze passieve mensen in hun stilstaande Fords en Toyota's, het grootste deel van mijn leven door te kunnen brengen in steden waar wandelen een genoegen is.

Washington is zo'n stad, zij het alleen tijdens de koele weken tussen half oktober en half maart als je in de buitenlucht kunt sporten zonder in je eigen zweet te verdrinken. Op dit moment liep ik langs de versterkte vesting van de vice-president, op weg naar de reformwinkel op Wisconsin Avenue om wat eten te kopen en afkeurend te worden bekeken door de politiek geëngageerde kieskeurige vaste clientèle die in een oogopslag kon zien of iemands winkelwagentje groenten bevatte die bezoedeld waren door chemicaliën en pesticiden of kippen die niet vrij hadden rondgelopen voordat hun kop was afgehakt.

Ik voelde zuurstofgebrek na bijna een uur lang heuvelopwaarts te hebben gelopen en uitlaatgassen te hebben ingeademd. Geen wonder dat de chauffeurs er allemaal zo versuft, zo verdoofd uitzagen. Er was iemand naast me komen lopen. Ik keek over mijn schouder en zag nog twee andere voetgangers, eentje een meter of tien achter me en de ander aan de overkant van de straat. Onze oude vrienden A, B en C weer. Deze keer waren het geen Russen of Chinezen of propere jongens uit Ohio met een Glock in hun spijkerbroek, maar kerels in identieke donkere regenjassen en polyester hoeden met een tweedpatroon.

Toen ik de zijstraat insloeg die naar Wisconsin Avenue liep, wierp de voet-

ganger naast me, een stevige breedgeschouderde man met een zware baard-
groei à la Nixon, me een blik toe en glimlachte.

'Hallo,' zei hij.

Laten we hem A noemen.

Ik zei: 'Goedenavond.'

A zei: 'Mijn vrienden en ik zouden het op prijs stellen als u iets met ons wilt
gaan drinken. We zitten hier vlak om de hoek.'

'Heel vriendelijk van u,' zei ik. 'Maar ik moet nog boodschappen doen.'

'Het hoeft niet lang te duren. Gewoon even wat herinneringen aan vroeger
ophalen.'

'Misschien een andere keer.'

'We zouden het liever nu meteen doen.'

A liet me iets zien. Het was zo'n pasje dat je op tv zag als een agent van de FBI
zijn legitimatie laat zien en iedereen onmiddellijk meewerkt of begint te
schieten. A beschouwde het duidelijk als een soort talisman. Ik pakte het uit
zijn hand – het kwam niet tot touwtrekken: ik mocht het van hem vasthouden.
Een foto, onmiskenbaar van A, een gefingeerde naam, Robert F. Gordon, en de
officiële naam van de Outfit in reliëf boven het officiële stempel. Wat, geen
penning?

Ik gaf het aan hem terug en zei: 'Ik dacht dat geheim agenten nooit een legitimatie bij zich droegen.'

'De tijden zijn veranderd, Horace,' zei A. 'Deze kant op alsjeblieft.'

Hij was gedrongen en gespierd en zeker van zijn kracht en deed me denken
aan de man op de trap in Moskou. Misschien had Jack Philindros dan toch gelijk gehad. Ik viel inderdaad te veel op.

We stonden naast het ijzeren hek dat het terrein van de vice-president om-
gaf, niet bepaald de beste plek voor een clandestien gesprek. Langs dit hek wemelde het van de verborgen camera's, afluisterapparatuur en bewegingsde-
tectors en, in deze moderne tijd, misschien zelfs verstuivers met een of ander
geheim gas dat indringers onmiddellijk tot staan brengt. Met zijn voeten stevig op het trottoir geplant had A een zoals dat in politiehandleidingen heet,
autoritaire houding aangenomen: door mij niet echt de weg te versperren
maar door mij met zijn brede torso duidelijk te maken dat ik er niet verstandig
aan zou doen als ik om hem heen liep.

Ik zei: 'Ik spreek het volgende met je af, vriend. We spreken af dat degene die
nu op mij zit te wachten over een halfuur naar het café van de reformwinkel
hier om de hoek komt. Alleen. Hij of zij moet twee tomaten kopen en die op tafel leggen als hij of zij bij me komt zitten.'

'Dat was niet wat wij in gedachten hadden,' zei A.

'In het leven moet je je voortdurend aanpassen.'

'Je maakt het ons onnodig moeilijk.'

'Nou ja, jij en je vriendjes kunnen me natuurlijk ook overmeesteren, als jullie dat een goed idee vinden,' zei ik. 'Maar het zou heel goed kunnen dat ik een vriend heb die me in de gaten houdt en klaarstaat om 911 te bellen en met het nieuwste mobieltje foto's neemt van de overmeestering terwijl hij staat te wachten tot de politie eraan komt. Of misschien wordt het wel allemaal opgepikt door de beveiligingscamera's van de vice-president. "Knokploeg gaat beruchte voormalige spion te lijf." Het journaal zou ervan smullen.'

'Een ogenblikje,' zei A. Hij deed een stap opzij, draaide zich om en toetste een nummer in op zijn mobiele telefoon. Toen zei hij: 'Oké, het reformcafé om vijf voor zes.'

'Ik zal er zijn,' antwoordde ik. 'En ik bedoel het niet lullig, maar ik kom jou of jouw vrienden liever niet tegen in de lift of terwijl jullie bloemkolen aan het kopen zijn.'

A wist zich uitstekend te beheersen.

Precies om vijf voor zes, net toen ik aan een gloeiend hete *caffé latte* was begonnen waar te veel melk en te weinig koffie in zat, kwam een stel van een jaar of dertig binnen, gehuld in vrijetijdsjacks met kantoorkleren eronder, en kwam bij me zitten. De man legde met een nors gezicht twee helderrode, aan de plant gerijpte tomaten op tafel. Hij hield ze vast alsof hij ze gestolen had en ze reuze interessant zouden kunnen zijn voor eventuele spionnen. De vrouw was tenger gebouwd en had een kortgeschoren kapsel, ze droeg onopvallende gouden oorringen en had grote, blauwe, ietwat wazige ogen met contactlenzen. Ze beantwoordde mijn glimlach niet. Haar collega evenmin. Ze hadden allebei een trouwring om. De ringen waren niet identiek. Blijkbaar waren ze niet met elkaar getrouwd, alleen beroepsmatig. Ze zagen eruit alsof ze in schaal GS-12 of GS-13 zaten, ambitieuze jonge ambtenaren die nog maar net begonnen waren met het beklimmen van de smalle carrièreladder die voor hen waarschijnlijk, zoals voor de meesten, bij GS-14 zou eindigen.

Ze keken wanhopig om zich heen. Alle tafeltjes in het café waren bezet door juristen en dergelijke die op weg naar huis waren, dus zaten we dicht op elkaar gepakt in een ruimte vol vruchtensap- en koffieverkeerddrinkers die geen van allen het recht hadden om ons gesprek af te luisteren.

'Dit zijn niet de ideale omstandigheden voor een dergelijke ontmoeting,' zei de man.

Van zijn kant gezien had hij daar volkomen gelijk in. Op heldere en duidelijk verstaanbare toon zei ik: 'Ik ben Horace Hubbard. Hoe mag ik u noemen?'

'Ik ben Don,' mompelde hij. 'Dit is… Mary.'

'Doe maar net alsof je nog nooit van het woord *beveiliging* hebt gehoord, Don en Mary, dan komt het allemaal dik in orde. Willen jullie iets drinken? Ik trakteer. Mary? Nee?'

Ze schudden eensgezind hun hoofd. Hun ogen waren strak op me gericht en probeerden hetgeen ze zagen in overeenstemming te brengen met de beschrijving die ze hadden gekregen. Ik vermoedde dat ik als moeilijk en onvoorspelbaar was afgeschilderd, een in ongenade gevallen dinosaurus. Ik had de indruk dat ik aan hun ergste verwachtingen zou gaan beantwoorden, hoe hard ik ook mijn best deed om prettig gezelschap te zijn.

Ik vroeg: 'Als jullie toch geen dorst hebben, waarom handelen we het dan niet meteen af? Wat kan ik voor jullie doen?'

'We hebben slecht nieuws voor je,' zei Don. 'Je wordt in Moskou wegens moord gezocht.'

Natuurlijk werd ik gezocht. Ik stelde geen vragen en liet, naar ik hoopte, niet blijken dat ik me daar zorgen om maakte.

'Ik ben onschuldig.'

'Ze hebben een ooggetuige,' zei Don.

Natuurlijk hadden ze een ooggetuige. Ik zei: 'Hebben ze ook een uitleveringsverdrag met de Verenigde Staten?'

Nu was het Dons beurt om te zwijgen.

Mary zei: 'Dat is nog niet alles, Horace. Op de Parijse kunstmarkt is een zeldzaam en zeer kostbaar schilderij van Edward Hicks opgedoken, dat vroeger in het bezit was van wijlen Paul Christopher.' Ze had een schattig kleine meisjesstemmetje dat perfect bij haar grote blauwe ogen paste. 'Volgens onze informatie is het schilderij door een particulier van de hand gedaan,' zei ze. 'Als het door een Amerikaanse staatsburger is verkocht, dan heeft die persoon de federale wetgeving overtreden.'

Ik nam een slokje van mijn *latte* en hield mijn kaken op elkaar. Dat had het gebruikelijke effect. Mijn ondervragers vulden de stilte op.

Mary zei: 'Je hebt de laatste tijd heel wat geld uitgegeven, Horace. Aan vliegtickets, hotels, chique restaurants.'

Ik kon me die chique restaurants niet herinneren, maar ontkende niets.

'Dat uitgavenpatroon is interessant,' zei Mary. 'Daardoor gaan mensen zich dingen afvragen.'

'Wat voor dingen vragen ze zich dan af?' vroeg ik.

'Nou, eigenlijk twee dingen,' zei Don met een sarcastische ondertoon in zijn stem. 'Waarom je zoveel geld uitgeeft en waar je het vandaan hebt.'

'Het antwoord op de eerste vraag is algemeen bekend,' zei ik. 'Ik probeer mijn neef, Paul Christopher te vinden.'

'Maar die is dood.'

'Zo luidt de officiële versie. Maar ik twijfel aan de juistheid daarvan.'

Don vroeg plompverloren: 'Waar heb je het geld vandaan?'

'Wat een onbeschofte vraag, Don. Dat gaat je helemaal niets aan.'

'Maar misschien is de belastingdienst van mening dat het haar wel aangaat.'

'Bedoel je daarmee dat jullie dus niet voor de belastingdienst werken?'

Mary knipperde snel met haar ogen, alsof die aantijging – De belastingdienst! Het idee alleen al! – een zandkorrel was die in haar ogen terecht was gekomen. Don werd rood en sloeg een dreigender toon aan.

'Misschien vind jij dit allemaal grappig,' zei hij. 'Maar ik kan je verzekeren dat het echt niet grappig is.'

'Misschien moet je me maar eens uitleggen waar het dan wél om gaat.'

'Dat hebben we geprobeerd.'

'Dan moet je wat meer je best doen. Jullie zijn me te vaag.'

Na mij heel lang strak te hebben aangekeken, zei Don: 'Mary, probeer jij het maar.'

Mary, de aardige agente van het tweetal, zei: 'Kijk, Horace, eigenlijk is het doodeenvoudig. We proberen je alleen maar op een vriendelijke manier te waarschuwen dat je op je hoede moet zijn.'

'Heel hartelijk bedankt. Waarvoor? En waarom?'

'Omdat je vroeger voor ons gewerkt hebt,' zei Mary. 'Je verkeert in gevaar. Je moet voorzorgsmaatregelen treffen voordat het te laat is.'

Eerst probeer je iemand op klaarlichte dag te ontvoeren en vervolgens raad je hem aan voorzorgsmaatregelen te treffen? Wie had dit stripverhaal eigenlijk getekend?

'Grappig is dat,' zei ik. 'Een paar dagen geleden voerde ik eenzelfde gesprek met een paar aardige jonge mannen in Boedapest, en daarvoor ook nog eens in Moskou. Alleen waren die tot de tanden gewapend. Vriendjes van jullie?'

Don zei: 'Daar weten wij niets van.'

Ik geloofde hem. Hij en Mary zaten niet hoog genoeg in de totempaal om iets over interessante figuren als Kevin te kunnen weten.

'Hoor eens, het is allemaal heel simpel,' zei Mary. 'We zijn dol op mensen als jij. We hebben dierbare en dankbare herinneringen aan jou. Maar jij en je veteranenvriendjes veroorzaken nu een hoop onnodige problemen. Jullie zitten ons in de weg. Wat wij willen – en dit komt van het allerhoogste niveau – is dat jij en je sjoelbakkenteam ophoepelen. En opgehoepeld blijven.'

Misschien was Mary toch niet de aardige agent.

'Ik volg het niet helemaal,' zei ik. 'Ik ben alleen maar op zoek naar mijn ver- miste neef die, als ik het zo mag uitdrukken, degene is aan wie jullie werkelijk dierbare en dankbare herinneringen zouden moeten hebben.'

Mary's glazige ogen werden scherper achter de contactlenzen. Met opeen- geklemde kaken zei ze: 'Luister, Horace. De boodschap is duidelijk. Ik zal het nog een keer zeggen. Hoepel op. Als je liever de draak met ons steekt in plaats van verstandig te zijn, moet je dat vooral doen. Je kunt je wel van de domme houden maar je kunt er ook iets aan overhouden dat ook met een d begint.'

Dat klonk heel schokkend uit Mary's mond. Ik staarde haar aan.

'Je hebt ons in het verleden al eens in verlegenheid gebracht,' zei ze. 'Het eni- ge dat we van je vragen is dat je ervoor zorgt dat jij en je irritante vriendjes niet om zeep worden geholpen en ons nog meer in verlegenheid brengen.' Met een gekras van stoelpoten kwam Mary overeind. 'Ik hoop dat dat niet te veel ge- vraagd is,' zei ze. 'Want dit is de laatste keer dat we het je vriendelijk vragen.'

De Outfit gebruikte duidelijk gespierdere taal sinds er vrouwelijke case-of- ficers waren komen werken.

Mary schreed weg. Op tikkende hakjes, mooie benen in een kort rokje. Don liep achter haar aan. Hij vergat zijn tomaten.

8

Toen ik met een zak vol boodschappen weer op Wisconsin Avenue stond, zag ik dat A, B en C me stonden op te wachten. Ze stonden in een groepje bij het zebrapad, net een stel schooljongens die elkaar op de hoek tegenkomen. Alle drie staarden ze me brutaal aan, maakten me duidelijk dat ze barstensvol testosteron zaten en geen vriendelijke bedoelingen hadden. Ik ging naast hen staan op het trottoir en wachtte tot we mochten oversteken. Met zijn ogen strak op het voetgangerslicht gericht, zei A: 'Kijk eens goed naar de mensen om je heen.'

'Waar moet ik naar kijken?'

'Let bijvoorbeeld eens op de etnische kenmerken.'

Aan de overkant zag ik drie oosterse types, een van hen praatte in een mobiele telefoon. Een eindje verderop stond een andere vent ook te praten in zíjn mobieltje. Ik veronderstelde dat ze met elkaar aan het praten waren en misschien nog met anderen ergens in de menigte. Toen zag ik ze overal waar ik keek. Het leek wel of de moskee uitging. Het was ongelooflijk maar het zag ernaar uit dat ik belaagd werd. Dat was een onverwacht compliment. Een dergelijke operatie, een zogeheten surveillance volgens het watervalmodel, kost heel veel geld en kan erop wijzen dat de lui die je in het oog houden erkennen dat ze een nederlaag hebben geleden. Het watervalmodel houdt in dat je recht op je doel afloopt en oogcontact maakt in plaats van zoals gewoonlijk stiekem achter hem aan te sluipen. Je hebt er een klein legertje agenten voor nodig die zich allemaal op een enkel individu richten, dat natuurlijk blind en doof zou moeten zijn om niet door te hebben wat er aan de hand is.

Het gaat er juist om dat het slachtoffer wel degelijk begrijpt wat er aan de hand is, dat hij het niet verkeerd kan interpreteren. De bedoeling is een spel van intimidatie op te voeren, en de dag, zo niet het leven, te vergallen van iemand van wie je weet dat hij een slechterik is maar die je om een of andere reden niet met behulp van de gebruikelijke smerige trucjes kunt uitschakelen. Het gaat er natuurlijk om, tenzij je hem de rest van zijn leven op zijn huid wilt blijven zitten en je hele budget erdoorheen wilt jagen, dat de schrik er bij hem de eerste dag al zo goed in zit dat hij een ander beroep kiest of het land uitvlucht. Of, als je echt nijdig bent, kun je hem vermoorden of verminken als je klaar bent met het kat-en-muisspelletje. Was dit soms een komisch bedoelde Outfit-operatie? Het leek me niet erg waarschijnlijk, maar we leefden nu wel in een nieuw tijdperk met een nieuwe ethiek, en het was heel goed mogelijk dat de mensen van de nieuwe Outfit precies beantwoordden aan het beeld van de oude Outfit dat Hollywood, de media en de academische wereld de jongeren hardnekkig hadden voorgehouden – een meedogenloze, boven de wet staande organisatie bevolkt door moordlustige maniakken.

Het watervalmodel werkt het best in een verlaten buurt waar het doelwit zijn tegenstanders duidelijk kan zien en zich afvraagt wanneer de angst in zijn hart door een kogel wordt uitgebannen. Het was echter vrijdagavond in het centrum van Georgetown, het moment waarop jonge mensen met geld in hun zak, een beschaafde stem en een brede glimlach de bars en de restaurants afstruinen. Afgezien van die kerels met hun baarden en woeste ogen, leken deze jongelui net een stelletje Kevins bij elkaar en zo klonken ze ook. Dit was niet het soort menigte waarin ik kon verdwijnen. Die andere gasten natuurlijk ook niet. Maar dit was wel Amerika, niet Xinjiang of Rusland, en alles was nog niet verloren – nog niet helemaal tenminste. Ik kon nog gered worden, in theorie althans. Ik zou de politie kunnen bellen en precies kunnen vertellen wat er aan de hand was. In dat geval zouden ze me naar het St. Elizabeth's afvoeren, het plaatselijke gekkenhuis, me daar een nacht in observatie houden en niemand bij me laten – geen slecht vooruitzicht. Ik had een schuilplaats nodig, een plaats waar mijn vijanden niet binnen konden. Ik kon hen haast onmogelijk van me afschudden maar ik zou ze misschien wel in verwarring kunnen brengen, al was het maar heel even zodat ik snel weg kon glippen.

Het licht was nog niet op groen gesprongen. Het was spitsuur en de auto's hadden voorrang, dus bleef het licht heel lang op rood staan. A en zijn vrienden stonden nog steeds naast me. Nog steeds met zijn ogen strak op het voetgangerslicht gericht, mompelde A, terwijl hij nauwelijks zijn lippen bewoog: 'Wat we al zeiden, je zit in de problemen. En we kunnen niets doen om je te helpen.'

'Ik dacht erover om de politie te bellen.'

'Die kan niets beginnen. Die gasten hebben niets gedaan, behalve op de stoep staan en in hun mobieltje praten. We leven in een vrij land.'

O, was dát het probleem?

Maar ik was nog steeds in het voordeel. Strategisch gezien was dit een slechte plek voor een dergelijke vorm van surveillance omdat we midden op een steile heuvel stonden, voorlopig zonder zijstraten in beide richtingen. Zo'n operatie werkt namelijk als volgt: de stillen lopen langs het doelwit, slaan de eerste zijstraat in, springen in een wachtende auto of een busje en worden een paar straten verder afgezet in de richting waarin het doelwit loopt. Dan stappen ze weer uit en lopen recht op de arme donder af, terwijl ze rare gezichten trekken. Het is ontzettend leuk als je er het juiste karakter voor hebt.

Ik had de volgende voordelen: 1) ik wist waar ik heen ging en mijn kwelgeesten niet; 2) mijn achtervolgers vielen in deze menigte net zozeer op als ik; 3) het werd al snel donker en 4) ik heb er het juiste karakter voor.

Het hoeft geen betoog dat mijn gedachten elkaar niet zo opvolgden als hier lijkt. Het moment dat ik hiervoor zo gedetailleerd beschreef was niet meer dan dat – een moment. Wat ik daarna deed, deed ik zonder er bewust bij na te denken. Die ene nanoseconde waarin je misschien aan de waterval kunt ontsnappen is de eerste, voordat je niet meer in het voordeel bent. Voorzover ik kon zien stonden alle schurken heuvelafwaarts van me. Mijn huis lag een paar straten verder in die richting. Blijkbaar waren deze lui zo stom om te denken dat ik zo menselijk was om naar huis te gaan.

Toen ik heuvelopwaarts keek, de enige kant waar ik heen kon, zag ik een stadsbus aankomen en een eindje verder mensen wachten aan de overkant van Wisconsin Avenue. Eindelijk begon het voetgangerslicht te tikken, zodat ik kon doorlopen. Ik wierp me in het verkeer, nog voor het tot stilstand was gekomen. Ik had er ongeveer dertig seconden voor nodig – hoewel ik me dat natuurlijk alleen maar in slowmotion herinner – om de straat over te rennen en de bus in te springen vlak voor de deur sissend dichtviel en het voertuig zich in beweging zette. Samen met een paar andere mensen die ook geen tijd hadden gehad om een zitplaats te zoeken, worstelde ik om overeind te blijven staan. Ik had nog nooit van mijn leven de bus genomen en ik wist absoluut niet waar hij heen ging of hoeveel ik voor de rit moest betalen. Een moederlijke Haïtiaanse vrouw die onder haar jas het uniform van een dienstmeisje droeg, hielp me het kleingeld uittellen terwijl de bus de heuvel af reed en steeds meer snelheid begon te maken.

Ik reed mee tot M Street. Er stapten geen gorilla's in bij de twee bushaltes die daar tussenin lagen, misschien omdat ze allemaal op de andere richting waren geconcentreerd en opnieuw geprogrammeerd moesten worden. Ik liet mijn zak met boodschappen op een lege stoel achter en hoopte dat de Haïtiaanse vrouw ze mee naar huis zou nemen, stapte via de achterste uitgang uit en sprong in een taxi waar al twee getuigen in zaten – taxi's delen is een curieuze oude gewoonte in Washington – en vroeg de Pakistaanse chauffeur om me naar de club te brengen.

Hij bleek geknipt als chauffeur van een vluchtwagen. Terwijl hij soepel door het verkeer zigzagde en rode stoplichten negeerde, hadden we het over zijn neven, van wie er ook een stuk of wat taxichauffeur in de staat Columbia waren. Tot slot maakte hij met piepende banden een scherpe bocht naar links, dwars door het verkeer heen, schoot de ronde oprijlaan van de club op en zette me voor de deur af. Ik hoefde niet eens de stoep over te lopen. Ik gaf hem een flinke fooi, liep de lobby in en was daar zo veilig voor mijn vijanden als een van de adellijke vluchtelingen van Alexandre Dumas in de Notre Dame. Niemand kon hier binnen, alleen leden en hun gasten, en geen van de kerels die ik vanavond had gezien maakte veel kans om voor lidmaatschap in aanmerking te komen – laat staan dat hij voor de lunch zou worden uitgenodigd.

Gelukkig – dit leek mijn geluksdag wel – had de receptie net een annulering ontvangen van iemand die een van de grote kamers boven voor het weekend had geboekt, dus ik kon er meteen in. Dat bood heel wat voordelen: een gerieflijk bed, een onbeperkte hoeveelheid schone handdoeken en een plank vol onleesbare boeken die door clubleden waren geschreven. Het belangrijkste voordeel was een niet-afgetapte telefoon, waarmee ik in elk geval voorlopig veilig kon bellen.

Ik belde onmiddellijk Zarah op en legde haar de situatie uit. Ik nodigde haar uit om de volgende dag op de club te komen lunchen. Zarah aanvaardde de uitnodiging heel kalmpjes. Ik hoefde haar niet uit te leggen dat het me nu niet zo verstandig leek om naar haar huis te komen. Dat zou waarschijnlijk ook zo blijven tot de huidige commotie was weggeëbd. Zoals het er nu naar uitzag, was dat voorlopig nog niet het geval.

9

'Ik vind het werkelijk verbijsterend,' zei Zarah.

'De fatwa?'

'Nee,' zei ze. 'Die klus die ik voor je moest doen.'

We zaten aan een tafeltje in een nisje van de eetzaal van de club. Ik was me ervan bewust dat Zarah geen parfum op had en realiseerde me voor het eerst dat ze dat ook nooit gebruikte. Ze rook naar huid en haar, gepoetste tanden, de wol van haar jurk, het leer van haar schoenen en de karakteristieke geur van zilverpoets op de prachtige Arabische zilveren ceintuur die ze droeg.

'Vond je de vertaling moeilijk?' vroeg ik.

'Nee, Lori's vertaling is verwoord op een manier die je onmogelijk verkeerd kunt uitleggen,' zei Zarah. 'Maar het is onthutsend om een vijfde evangelie te lezen dat klinkt alsof het door een onderzoeksjournalist is geschreven. Deze man, Septimus Arcanus, geeft een heel eigen interpretatie aan de wonderen. Hij beschouwt de wonderen zoals die beschreven worden in Mattheus, Marcus, Lucas en Johannes als een reeks grappen die door Romeinse geheim agenten zijn bedacht. Hij moet ontzéttend lachen om al die goedgelovige types.'

'Beschrijft hij wat de Romeinen met deze operatie van plan waren?'

'In glasheldere bewoordingen. De Israëlitische priesters waren de Romeinse gouverneur een doorn in het oog omdat ze alleen maar onrust stookten. De Romeinen wilden ervoor zorgen dat de priesters bij hen in het krijt kwamen te staan zodat ze ze onder de duim konden houden. Daarom verzonnen ze een bedreiging voor hun gezag, in de gedaante van een zekere Jozua ben Joseph, financierden het onheil dat hij aanrichtte en ruimden het probleem vervolgens weer uit de weg door hem te kruisigen.'

'En dat zit je dwars?'

'Iets zegt me steeds dat ik dat niet moet geloven.'

'Een stem van boven?'

'Een innerlijke stem,' zei Zarah. 'Als ik het verslag van Septimus Arcanus lees, heb ik het gevoel dat ik iets verbodens doe, alleen al door het te lezen. Ik voel me niet meer alleen in huis.'

Ze meende het. Geen verontschuldigend glimlachje.

'Lieve hemel,' zei ik, 'ik had me niet gerealiseerd dat jij christelijk was. Als ik dat had geweten, had ik je niet in zo'n ongemakkelijke positie gebracht.'

'Ik ben niet christelijk. Ik ben niet als christen opgevoed. De Jawabi, de Berberstam waar we in Marokko bij leefden, geloofden dat ze joden waren die ten tijde van koning David uit Israël waren weggevlucht. Ze beschouwden de God van het Oude Testament als een onvoorspelbare psychopaat die de mensen met plagen, overstromingen, oorlog of verbanning zou treffen tenzij hij constant tevreden werd gesteld. Ze dachten dat hij een plaatselijke godheid was die ze daar hadden achtergelaten, maar vierduizend jaar later richtten ze nog steeds gebeden tot hem en offerden ze dieren voor het geval hij toch weer kwam opdagen. Moeder nam een Engelse geestelijke in de arm om mij over de bijbel te leren. Hij was zeer onderlegd en vroom, maar nadat ik de bijbel vers voor vers had gelezen hield ik er de indruk aan over dat de Jawabi gelijk hadden over Jahwe en dat het verhaal van het Nieuwe Testament volstrekt ongeloofwaardig was. Ik heb nooit begrepen waarom het zoveel invloed op de mensen heeft gehad.'

'Tot nu.'

'Dat is waar,' zei Zarah. 'Overdag zeg ik tegen mezelf dat het gewoon het effect is van tweeduizend jaar bijgeloof. Maar wanneer de zon ondergaat, ben ik er niet meer zo zeker van.'

'Misschien is het eerder de geschiedenis van de familie Christopher dan het verhaal op de perkamentrol waar je mee zit.'

'Misschien wel,' zei Zarah. 'Per slot van rekening is het in het handschrift van mijn grootmoeder geschreven, alsof ze het aan mij richt.'

Het eten werd geserveerd. Zarah, die altijd de vriendelijkheid zelve tegen bedienend personeel was, gedroeg zich alsof ze de gegrilde baars – we hadden hetzelfde besteld – en de vrouw die hem opdiende, niet zag staan.

Ze zei: 'Je zult wel denken dat ik helemaal gek ben geworden.'

Ik had nog nooit meegemaakt dat een Christopher mij zo duidelijk om een bevestiging vroeg. Ik werd erdoor verrast.

Ik antwoordde: 'Helemaal niet. Ik loop als heiden al veel langer mee dan jij en ik dacht hetzelfde toen ik de amforarol onder ogen kreeg. Eerlijk gezegd, ik weet niet waarom, word ik er een beetje zenuwachtig van.'

Zarah had Lori's vertaling bij zich. 'Ik wil het origineel echt niet bij me houden,' zei ze.

'Maar als erfgenaam heb je er recht op,' zei ik.

'Als jij er niet was geweest, had ik nooit van het bestaan ervan afgeweten,' zei Zarah.

'Betekent dat dat je de vertaling niet wilt doen?'

'Die heb ik al klaar.'

Ze gaf hem aan me, afgedrukt in Times New Roman op wit papier.

'Heb je dit in je computer opgeslagen?'

'Nee. Het staat op een diskette.'

'En bevindt die zich op een veilige plaats?'

'Hij ligt in de safe die niet bestaat.'

Het duurde even voordat ik me realiseerde dat ze de safe in Pauls tafelpoot bedoelde – de safe waarin Stephanie weigerde te geloven.

'Heb je een fotokopie van het origineel gemaakt?'

'Ja, drie. Eén ligt bij de diskette, de andere in een bankkluis en de derde houd je je in je handen. Ik heb ook nog een diskette voor jou gemaakt. Alles zit in deze envelop.'

Die schoof ze ook over tafel naar me toe. Een paar stokoude leden die dit van het tafeltje naast ons allemaal gadesloegen, fronsten afkeurend hun wenkbrauwen. Het druiste tegen de regels in om binnen in de club met papier te zwaaien. Trouwens, een herenclub was juist bedoeld als toevluchtsoord waar je geen vrouwen tegenkwam. Dus wat deed die vrouw hier eigenlijk?

Er ging een telefoon. De twee fossielen wierpen een boze blik in Zarahs richting – typisch een vrouw! – maar het bleek mijn satelliettelefoon te zijn. Onder normale omstandigheden zou ik de clubregels niet hebben overtreden, maar onder de huidige omstandigheden voelde ik me verplicht dat wel te doen. Het was Ben Childress die me uit Jemen belde. Hij stond buiten, blijkbaar midden in een zandstorm. Ik hoorde de avondwind gieren. Ben was kort en bondig, zoals altijd. Hij had goed nieuws over Claus Bücher. Natuurlijk noemde hij hem niet zo over de telefoon maar hij liet me wel verstaan over wie hij het had. Terwijl hij aan het praten was kreeg ik een idee – of nee, een ingeving.

Ik hing op en zei: 'Zarah, hoe zou je het vinden om naar Wenen te gaan?'

10

We namen afzonderlijke vluchten, ik reisde via Frankfurt met Lufthansa, en Zarah kwam een dag later via Parijs met Air France. Bij het verlaten van de club en op de luchthaven van Dulles werd ik door niemand geschaduwd, maar dat betekende niet dat er ook niemand was of dat ik bij de landing niet zou worden opgewacht. Het was me een raadsel waarom de Outfit me steeds zo op de huid zat. Ik maakte daar een opmerking over. Charley Hornblower die in de stoel naast me op zijn laptop patience zat te spelen, gaf zijn mening.

'De wereld zoals wij die kenden bestaat niet meer,' zei Charley. 'Geen regels, geen taboes, geen straf. De organisatie die de oorlog tegen het terrorisme leidt is als een Tyrannosaurus Rex: weinig herseninhoud en maar één gedachte: "Als het beweegt, vreet je het op." Jij hebt bewogen.'

'Charley, dat klinkt heel poëtisch.'

'Het is eerder allegorisch bedoeld. Wanneer krijg ik de vertaling uit het Duits van die mooie dame te zien?'

Ik gaf hem de diskette van Zarah. Charley deed hem in zijn laptop en haalde de tekst op het scherm. Terwijl hij zat te lezen, keek ik uit het raampje. Diep onder ons ijlden lage wolken in oostelijke richting over de Atlantische Oceaan op weg naar onze grauwe winterse eindbestemming. Vroeger waren dat soort bestemmingen omgeven door een waas van romantiek, toen Charley en ik nog jong waren en de Outfit stukjes van die bevende Oude Wereld aan jonge jochies als wij uitdeelde en ons op het hart drukte ze tegen het kwaad te beschermen. Wat een saaie indruk maakten ze, nu we de draak hadden verslagen en tot de ontdekking kwamen dat de jonkvrouw, in plaats van 'Mijn held!' uit te roepen, naar het weerzinwekkende schepsel terugverlangde.

Charley maakte een grommend geluid toen hij was uitgelezen. 'Dat is me wel explosieve antieke tekst, zeg,' zei hij.

'Wat vind je ervan?'

'Verbrand het voordat iemand anders óns verbrandt. Op de brandstapel.'

11

Ben Childress had het volgende goede nieuws: dr. Claus Bücher had zijn wens vervuld gezien om door Weense artsen gered te worden. Natuurlijk viel iemand met deze vorm van kanker niet te redden, en heette hij niet echt Claus Bücher en was hij ook geen Duitser maar een Oostenrijker, maar het belangrijkste was dat we hem eindelijk hadden opgespoord.

'Het kon alleen maar *Wien, Wien, nur du allein* zijn,' zei Ben Childress toen we elkaar in een verlaten museum ontmoetten. 'Alleen Wenen kwam in aanmerking. Mubarak is gezwicht toen Bücher hysterisch bleef volhouden dat Weense artsen een goed medicijn hadden tegen kanker aan de alvleesklier.'

'Is dat zo?'

'Natuurlijk niet. Eigenlijk wilde Bücher alleen maar naar huis gaan om te sterven. Voor het eerst sinds 1945 kan hij dat doen zonder voor de rest van zijn leven de gevangenis in te moeten. In het geval van Bücher zou dat volgens Mubarak op een gevangenisstraf van een à twee weken neerkomen.'

'Heb je hier met Mubarak persoonlijk over gesproken?'

'Niet echt. Maar zijn grootvader heeft me het een en ander verteld. En dan heb ik ook nog dit.'

Ben overhandigde me een foto van een knappe blonde vrouw die een lief blond hummeltje aan de hand hield. Aan de kleren en het kapsel van de vrouw te zien, leek de foto uit de jaren zeventig te dateren. Ze glimlachte en haar kindje stond ernaast te gniffelen. Ze waren buiten, misschien ergens in een park, en stonden naar iets grappigs te kijken wat buiten het beeld viel. Het kind, een meisje, wees ernaar met een mollig vingertje. De foto was een tikje onscherp. Doordat ik mijn leven lang naar clandestiene foto's had gekeken, wist ik wel hoe dat kwam. De foto was met een telelens genomen, vervolgens bewerkt en vergroot.

Ben gaf een klopje op de foto. 'Dat is de reden waarom Bücher in Wenen is.

Dit kind is zijn enige kleindochter. Ze is nu een jaar of dertig. Hij wil haar zien voordat hij sterft, haar kinderen zien als ze die heeft, en eens goed uithuilen. Het is een droevig verhaal.'

'Vertel eens.'

Ben begon te vertellen: 'Bücher had een vrouw en kinderen. Toen hij er in '45 tussenuit kneep, liet hij hen in hun onderkomen in Treblinka achter, zonder geld en zonder een huis. Toen het ware verhaal over Büchers diensten voor het Reich bekend werd, werd zijn gezin natuurlijk geboycot door fatsoenlijke mensen. Zijn vrouw, die naar Wenen terugkeerde, werd door haar eigen familie verstoten. Na de oorlog heeft ze een aantal jaren als prostituee moeten werken om eten en kleren voor haar kinderen te kunnen kopen. Ze had drie kinderen. Het jongetje stierf aan buikvliesontsteking toen ze een nachtje weg was, het tweede kind verdween gewoon. Toen bleef alleen nog de jongste over, een dochter die Renata heette. Ze haatte haar vader en wilde geen contact met hem nadat haar moeder was overleden, maar via zijn kameraden van vroeger wist Bücher wel hoe het met haar ging. Hij wist zelfs een paar foto's van haar te bemachtigen. Zij is de vrouw op de foto. Het kindje is haar dochter.'

'Heeft hij contact met zijn kleinkind?'

'Nee. Ook nooit gehad. Maar hij weet wel dat ze bestaat en ook hoe ze heet: Gretchen. Hij weet niet hoe haar echtgenoot heet, als ze die al heeft. Hij denkt dat ze naar hem toe zal komen als ze hoort dat hij in Wenen is.'

'Hebben wij een naam van een echtgenoot?'

'Nee,' zei Ben. 'Maar Bücher ook niet. Hij heeft advertenties in alle kranten gezet. "Voormalig monster van Treblinka, echte naam op aanvraag, nu stervende aan ongeneeslijke vorm van kanker in Weens ziekenhuis, zoekt kleindochter Gretchen, kind van Renata, voor hereniging op sterfbed. Bel a.u.b. dit nummer."'

Hij gaf me een heel klein krantenknipseltje dat uit de *Wiener Zeitung* van gisteren was geknipt. Als je tussen de regels door las, verschilde de boodschap niet eens zoveel van de karikaturale versie van Ben.

Ik vroeg: 'Denkt hij dat ze dit zal lezen en zal reageren?'

'Dat betwijfel ik. Ik denk dat hij de publiciteit zoekt. Bücher hoopt dat een redacteur van de plaatselijke krant het zal zien en dan een verslaggever stuurt om hem te interviewen. Als hij een verhaal in de krant krijgt met foto's, en deze erbij' – hij wees naar de foto in mijn hand – 'dan zal ze dat zien. En als bij toverslag verschijnen.'

'Zodat háár foto in de krant komt te staan en háár leven en dat van haar kinderen, als ze die heeft, kapot wordt gemaakt?'

'We hebben niet van doen met een man die erg veel realiteitszin heeft,' zei Ben. 'Maar het biedt ons wel een kans.'

Ik was zelf ook al op de gedachte gekomen die Ben op het punt stond te verwoorden. Niettemin keek ik hem bemoedigend aan. Het kwam niet vaak voor dat Ben Childress en ik op één lijn zaten.

'Als we haar kunnen vinden en haar zover weten te krijgen dat ze haar grootvader een bezoek brengt,' zei Ben, 'kunnen we het gesprek misschien afluisteren.'

'Je bedoelt dat we haar uitrusten met afluisterapparatuur?'

'Zoiets. Of dat we haar in elk geval een aantal vragen meegeven die ze hem kan stellen.'

'Denk je dat ze zich door een stelletje Amerikaanse slechteriken zal laten gebruiken?'

'Heb jij dan een beter idee?'

Dat had ik inderdaad – Zarah zou zich voor Gretchen kunnen uitgeven. Ik vertelde Ben wat ik in mijn hoofd had. Het zou overdreven klinken als ik zei dat er een bewonderende blik in zijn ogen verscheen, maar ik geloof wel dat ik met enige gerechtvaardigde trots kan zeggen dat ik hem verraste. Of het aangenaam was? Dat is weer een heel ander verhaal.

Ben zei: 'We hebben het toch over de dochter van Paul Christopher?'

'Dat klopt.'

'De dochter die bijna vermoord is door toedoen van David Patchen en haar vader?'

'Nou, ik geloof niet dat haar vader daar veel mee te maken had.'

'Ze is in Wenen, ze spreekt goed genoeg Duits om de klus te kunnen klaren en ze wil het doen?'

'Ze komt morgen aan. Het antwoord op al je andere vragen luidt "Ja".'

'Ik kijk ernaar uit om met haar kennis te maken,' zei Ben.

'Het is misschien beter om dat voorlopig nog maar niet te doen,' zei ik. 'Ondertussen laten we Charley de plaatselijke archieven doorsnuffelen om de kleindochter op te sporen. Het zal toch niet zo moeilijk zijn om achter haar identiteit te komen, aangezien we Büchers echte naam weten en haar meisjesnaam, en de Oostenrijkers heel goed zijn in het bijhouden van gegevens.'

'Dat zijn ze zeker, godzijdank,' zei Ben.

12

Met een goedkope bril op, een pruik waar grijze strepen doorheen liepen en een vormeloze jurk die bij een Weense kringloopwinkel was gekocht, leek Zarah een beetje op Donna Reed in haar rol van schuwe, ouwelijke bibliothecaresse in de droomscène met de engel in de film *It's a wonderful life*. Niettemin was ze helemaal de kleindochter zoals Claus Bücher die zich ooit had gedroomd, en dan nog veel beter. Toen ze zich voorstelde, zei Bücher: 'Je hebt een Berlijns accent, Gretchen.'

Dat was een geruststellend moment. De Oostenrijkse vriend van Charley Hornblower had Zarahs Duitse accent vanaf een cassettebandje beoordeeld en het als ouderwets en te Pruisisch bestempeld maar het kon wel voor haar moedertaal doorgaan. Zarah had alleen maar geglimlacht om Büchers opmerking alsof ze het als een compliment beschouwde. Ze hoefde eigenlijk nauwelijks iets tegen Bücher te zeggen. Ondanks het feit dat hij aan congestieve hartinsufficiëntie leed en nauwelijks genoeg zuurstof in zijn longen had om meer dan twee woorden tegelijk uit te brengen, was hij de hele tijd aan het woord. Dit was de laatste rol die hij zou spelen na een levenlang toneelspelen. Hij was niet geïnteresseerd in het leven van zijn kleindochter. Hij was hier om zijn eigen levensverhaal te vertellen zodat zij en haar kinderen zich hem zouden herinneren als de drieste Zwarte Pimpernel die hij vroeger was geweest.

Bücher vertelde Zarah hoeveel verdriet het hem had gedaan om afscheid te moeten nemen van haar grootmoeder en zijn kinderen in de chaos na de capitulatie van Duitsland. Niettemin was hij het aan zichzelf verplicht geweest om zijn werk in dienst van het Derde Rijk voort te zetten. Zijn eed als *Schutzstaffel* was een eed voor het leven, dus hij had geen keus gehad. Je zou je kunnen afvragen, zei Zarah later, hoe een echte Oostenrijkse kleindochter op dat soort sentimenten gereageerd zou hebben. Bücher kon haar niet alles vertellen wat hij had gedaan – het was beter dat ze dat niet wist – maar het werk waaraan hij zijn leven had gewijd, was voor haar en voor haar kinderen geweest. Hoeveel kinderen had ze trouwens?

'Ik heb geen kinderen,' zei Zarah droevig. Zij en haar echtgenoot Horst Zechmann, een geweldige man, konden gewoon geen kinderen krijgen.

En wat voor werk deed Horst?

'Hij is chef-kok.'

Chef-kok? Zijn kleindochter – het vlees en bloed van een Duitse officier en arts die in Wenen had gestudeerd – was getrouwd met een chef-kok en had werkelijk geprobeerd samen met deze *Untermensch* een kind te krijgen?

Zarah las de verontwaardiging in zijn ogen en zei: 'Verleden jaar heeft Horst de eerste prijs voor de beste *Schwarzwaldertorte* van de Oostenrijkse branche-organisatie van kleine hotels gewonnen.'

Bücher reageerde op deze trotse mededeling met wat op het bandje als een ingeklapte long klonk.

Zarahs grapje over de Schwarzwaldertorte deed ons bijna de das om. Bücher vroeg zich duidelijk af – je hoorde het aan zijn neerbuigende toon – of dit laag-bij-de-grondse wezen het wel waard was om te horen welke grootse dingen hij tijdens een leven van eenzame opoffering tot stand had gebracht. Uiteindelijk besloot hij dat ze dat wel was – of hij realiseerde zich in elk geval dat hij niemand anders had om het aan te vertellen als hij het niet aan haar vertelde. En dus stak Bücher van wal. Dat bleek een pijnlijk proces vanwege de problemen met zijn ademhaling die met de minuut moeizamer leek te worden. Zo nu en dan hoestte hij de longen uit zijn lijf. God mag weten wat voor moeite het Zarah kostte om hem gewoon aan te horen, in aanmerking genomen wat haar eigen familie met de nazi's had meegemaakt. Maar ze speelde voor verpleegster en liet Bücher slokjes water drinken en veegde met een papieren zakdoekje de fluimen van zijn lippen.

Hij vertelde: 'Toen ik van het front terugkeerde' – kennelijk dacht hij dat hij aan het front zat toen hij in Treblinka met zijn experimenten bezig was – 'en de schade zag die de Britten en de Amerikanen de Duitse steden en het arme Duitse volk moedwillig hadden toegebracht, wist ik dat ik nooit zou kunnen rusten tot degenen die deze misdaden tegen ons volk en onze cultuur hadden begaan, de pijn, het verlies en de smart zouden voelen die wij hadden gevoeld.'

Hij had over de hele wereld gezworven, zich verborgen gehouden, en zijn plicht gedaan, maar altijd uitgekeken naar de dag dat alles weer bij het oude zou zijn. Hij had er nooit een moment aan getwijfeld dat die dag zou komen. Zijn kleindochter zou er ook niet aan mogen twijfelen. En omdat ze elkaar nooit meer zouden zien en omdat hij zijn kinderen en kleinkinderen altijd had beschouwd als boodschappers van de geweldige toekomst die hij zijn hele leven lang voor hen had proberen te verwezenlijken, ging hij haar een fantastisch nieuwtje vertellen.

Zijn fluitende ademhaling, die stokte door de emotie, ging steeds moeizamer.

'Door mijn leven als voorbeeld te stellen heb ik je al duidelijk gemaakt hoe zwaar een eed weegt,' zei hij tegen haar. 'Nu moet je me zweren dat je het geheim dat ik je ga vertellen nooit zult verraden.'

Zarah knikte. Maar dat was niet genoeg.

'Leg je hand op mijn hart en zweer het,' zei Bücher.

Dat deed Zarah. Alweer kon ik me niet voorstellen hoe ze de gruwelijke herinneringen aan wat haar eigen familie was overkomen, opzij kon zetten en deze man echt durfde aan te raken, maar ze deed het toch.

'Goed,' zei Bücher. 'Luister. Er is een man, een Arabier, een soort koning, die de vijand van onze vijanden is. Het noodlot doet op wonderbaarlijke wijze zijn werk. Ik had nooit kunnen denken dat deze oude man met zijn haviksneus, die een baard draagt en besneden is en zo verbazingwekkend veel lijkt op...'

Op dat moment kwam Zarahs maag in opstand en waarschuwde haar hem niet verder te laten praten. Ze zei: 'Vermoei uzelf niet te veel. Wie is deze man?'

'Ik kan zelfs aan jou zijn naam niet onthullen, maar je zult het snel genoeg weten. Onze ergste vijand, Amerika, de vernietiger van het oude Duitsland, denkt dat ze hem jaren geleden hebben vermoord. Maar ze hebben het mis. Deze man leeft nog steeds. Verleden week nog omhelsde en bedankte hij me en nam hij afscheid van me. We wisten allebei dat we elkaar niet meer zouden terugzien. Jij en ik zullen elkaar ook niet meer zien, mijn lieve kind. Jarenlang heb ik met deze man samengeleefd. Ik heb zijn leven gered nadat hij gewond was geraakt door een Amerikaanse huurmoordenaar. Sindsdien heb ik voor hem gezorgd omdat hij een groots plan heeft bedacht en over de middelen beschikt om het ten uitvoer te brengen.'

Zarah wachtte zwijgend op wat er ging volgen.

'Binnenkort komt hij weer tot leven – dat zullen de Amerikanen denken – en zal hij de walgelijke, afstotelijke Amerikaanse steden aandoen wat de Amerikaanse bommenwerpers onze prachtige, eeuwenoude Duitse steden hebben aangedaan. New York zal branden als Hamburg. San Francisco wordt verpulverd als Dresden. Washington wordt in de as gelegd.'

Zarah vroeg: 'Beschikt deze Arabier over kernwapens?'

'Heel veel, heel veel,' zei Bücher. 'Verborgen in de woestijn. Niemand zal ze ooit kunnen vinden.'

'Welke woestijn?'

Bücher gaf haar zowaar antwoord en zei iets wat op een naam leek. Maar de naam, als het dat tenminste was, ging verborgen in zo'n hevige hoestbui dat we er niets van begrepen, hoe vaak we het bandje ook afluisterden, hoe hard Charleys geniale assistenten ook hun best deden om de weergave te verbeteren.

Het was echt zijn laatste woord. Zarah kon hem er niet toe verleiden om het nog eens te herhalen omdat hij vlak daarna in coma raakte. Hij deed er bijna een week over om dood te gaan, maar al die tijd kwam hij niet meer bij kennis. De verpleegkundigen zeiden dat hij niet leed, dat hij geestelijk ergens anders was, op een plaats waar de stervenden vaak heen gaan.

Je zou je kunnen afvragen waar dat in het geval van Claus Bücher zou kunnen zijn.

DEEL VII

1

Na haar gesprek met Bücher had Zarah het cassettebandje aan Charley Horn-blower gegeven die, zoals van tevoren was afgesproken, tegen haar opbotste in de gang van het ziekenhuis. Vandaar was ze onmiddellijk naar het station ge-gaan waar ze de trein naar Istanboel had genomen. Toen Charley, Ben en ik een paar dagen later ook naar Istanboel kwamen – we waren in Wenen blijven wachten tot Bücher was gestorven en waren daarna afzonderlijk vertrokken – troffen we Zarah daar niet aan. Ze had niet ingecheckt in het Hilton zoals we verwacht hadden. Volgens de receptionist had ze geen kamer gereserveerd. Dat klonk verontrustend. We hadden haar niet op de trein zien stappen en ze had evenmin opgebeld of op andere wijze contact gezocht met ons.

Zou ze zijn ontvoerd door hetzelfde stelletje imbecielen dat achter mij aan jaagde – of, nog erger, was ze in de klauwen terechtgekomen van het *Schutzstaf-fel*-equivalent van de Old Boys? Bücher had vast ergens geld verstopt. Volgens de informatie van Charley Hornblower en de indruk die ik zelf had gekregen van de berooide Simon Hawk, zat Büchers oude organisatie dringend verlegen om geld. Zarah was in haar Gretchenvermomming naar het station gegaan. Hadden Büchers kameraden van vroeger misschien gedacht dat zij de echte erfgename was? Schenen zij op dit moment met een verblindend licht in haar ogen en vroegen ze haar waar het geld van grootvader was verstopt?

Ben Childress vond dat mijn verbeelding met me aan de haal ging.

'Beheers je,' zei hij. 'Misschien is ze onderweg ergens uitgestapt. Heb je ge-zegd wanneer we precies in Istanboel aankwamen?'

'Nee.'

'Waarom zou ze zich dan moeten haasten?'

Ben keek van een grote hoogte op ons neer en vroeg: 'De trein naar Istanboel gaat toch via Praag en Boedapest?'

Dat was natuurlijk zo, en misschien was Zarah wel uitgestapt om op eigen houtje wat genealogisch onderzoek te verrichten. Alles wat Ben zei klonk altijd logisch. Logisch klinken was zijn specialiteit. Niettemin had ik me nog nooit zo ongerust gemaakt als nu, terwijl ik uit het raampje over het eindeloze allegaartje aan daken keek waaronder Istanboel verscholen ging.

Dankzij alweer een klasgenoot van Charley, ditmaal een erfgenaam van een Turks kauwgumimperium, logeerden we in een villa aan het water op een eilandje in de Bosporus. We waren natuurlijk heel voorzichtig – ieder van ons was vanuit een andere windstreek gearriveerd, we mochten slechts om de beurt naar buiten en dan nog alleen na het donker, er werd niet getelefoneerd, niet voor het raam gestaan, geen harde muziek gedraaid. Omdat ons voorlopige onderkomen een zomerhuis was en het nu hartje winter was, waren er geen bedienden. Het was echter voorzien van een goedgevulde provisiekast en een niet-afgesloten wijnkelder met zeer drinkbare Turkse rode en witte wijnen en parelende rosés. We konden alleen maar wachten en doorspitten wat we al wisten en bespreken wat er daarna zou kunnen gebeuren. We hadden echt geen idee. Er ontbraken stukjes van de puzzel. We hadden hier en daar wat succesjes geboekt maar we wisten niet welke kant we op moesten. We beluisterden keer op keer de bandopname van Büchers laatste gesprek met Zarah. Er waren woorden bij die we niet begrepen, verwijzingen die we niet konden thuisbrengen.

'Betekent het eigenlijk wel iets?' vroeg Ben.

'De puzzel past niet in elkaar zoals het zou moeten,' zei Jack.

Wat we eigenlijk nodig hadden was een portie geluk. Alle operaties bereiken een punt waar niets meer logisch lijkt. Dan valt één klein op zichzelf staand detail je in de schoot en passen de stukjes opeens allemaal in elkaar. Zoals Harley zou kunnen zeggen: dat gebeurt altijd, behalve als het niet gebeurt.

We begonnen ons steeds meer zorgen te maken over Zarah, vooral Jack. Hij sprak Turks en had in Istanboel een mobiele telefoon gekocht. Hij gebruikte het mobieltje om het Hilton te bellen en te vragen of Zarah er al was. Uit voorzorg ging hij een heel eind van de villa af staan voordat hij de telefoon aanzette. Aan het eind van de derde dag – dat wil zeggen de achtste dag nadat ze uit Wenen was vertrokken – was er nog steeds geen nieuws over haar. Zelfs Ben begon zorgelijk te kijken.

Op de vierde avond zat ik nog laat naar een Turkse aflevering van *Bonanza* te kijken toen er werd aangebeld. Ben, die in bed had moeten liggen, was eerder bij de voordeur dan ik. Zarah kwam binnenwandelen. Ze droeg een spijkerbroek, gympen en een zwartleren jas. Haar weggestopte haar zat onder een gebreide muts die iets weg had van een clochehoed uit de Roaring Twenties zoals mijn moeder die op familiekiekjes droeg. Al met al, paste deze kleding veel beter bij haar dan de kleren die ze als Gretchen had gedragen. Ik had haar natuurlijk om de hals moeten vliegen maar die gedachte kwam absoluut niet bij me op. Ik legde een naar ik hoopte warme glimlach op mijn gezicht maar het had waarschijnlijk meer weg van een pijnlijke grimas, afgaand op de verbaasde blik in Zarahs ogen.

Ik zei: 'Hé, hallo. Goeie reis gehad?'

'Heel interessant,' zei Zarah. 'Ik ben uitgestapt in Praag en Boedapest. Jullie hebben je toch niet ongerust gemaakt, hoop ik?'

'Een tikkeltje ongeduldig waren we wel.'

Ben zei: 'Mag ik je even iets vragen voor ik weer naar bed ga? Hoe heb je dit huis gevonden?'

'Horace heeft me de naam van dit eilandje gezegd voor het geval we elkaar zouden mislopen,' zei Zarah. 'Ik ben naar de waterkant gegaan en heb een bootjesverhuurder gevraagd of drie Amerikanen van jullie leeftijd onlangs toevallig een watertaxi hadden gehuurd. Hij vroeg: "Is een van hen heel lang?" Ja, zei ik en toen heeft hij me naar dit eilandje gebracht. Toen we hier aankwamen heeft hij een paar andere verhuurders wat vragen gesteld en me de weg naar dit huis gewezen.'

'Geweldig,' zei Ben. 'Welterusten, mijn lieve kind.'

2

De volgende ochtend verscheen Zarah om halfzeven aan het ontbijt en zag ze eruit alsof ze acht uur had geslapen in plaats van de drie of vier uur die ze eigenlijk in bed had gelegen. Ik maakte een omelet met paddestoelen en klopte de eieren los met yoghurt. Charley had een koffiezetapparaat en een pond Maxwell House gevonden. Ben, die de voorkeur gaf aan Arabische koffie, nipte van dit milde brouwsel alsof zijn ingewanden in accuzuur werden gedompeld. Voordat met de afwas werd begonnen, haalde Ben een walkman te voorschijn waarin het bandje van Zarahs gesprek met Claus Bücher zat.

'Dit ben jij met Bücher,' zei hij tegen Zarah. 'Aan het eind zegt hij een woord dat niemand van ons echt goed kan verstaan. Misschien kun jij het wel omdat jij erbij was.'

Zarah zette de koptelefoon op en luisterde. Er lag een volkomen neutrale uitdrukking op haar gezicht. Ze spoelde het bandje een paar keer terug en luisterde naar het mysterieuze woord.

Uiteindelijk zei ze: 'Hij spreekt Arabisch of denkt dat hij dat doet. Ik dacht toen ook al dat hij *houbara* zei. Nu ben ik er zeker van. Hij slikt de laatste lettergreep in maar misschien spreken de Arabieren met wie hij optrok het zo wel uit.'

'Is houbara een Arabisch woord?' vroeg Charley.

'Het is een vogel,' zei Zarah. 'De grote kraagtrap. Ik had hem net gevraagd waar Ibn Awad of de bommen konden worden gevonden en dat was zijn antwoord.'

'Door de naam van een vogel te noemen?' vroeg Ben. 'Wat is dat dan, een codenaam?'

'Dat denk ik niet,' zei Zarah. 'De grote kraagtrap is voor valkeniers de beste vogel die er is.'

Ben wist dit natuurlijk al.

'Bestaan er nog valkeniers?' vroeg Charley.

'Een heleboel zelfs,' zei Zarah. 'Rijke Arabieren leggen honderden kilometers af om met valken op de grote kraagtrap te jagen. Ze doen dat deels voor de kick maar ook omdat ze geloven dat deze vogel als een afrodisiacum werkt. In het seizoen eten ze er honderden van.'

'Vliegende viagra,' zei Charley. 'Wauw. Zou er iets van waar kunnen zijn?'

'Dat zou je aan de man moeten vragen die er één gegeten heeft.'

Ben ergerde zich aan deze schertsende opmerking. Dit was geen moment om grappen te maken. Hij was bezig deze nieuwe informatie te verwerken. Ik was ook razend nieuwsgierig.

Charley vroeg: 'Waar wordt op die vogel gejaagd?'

'In alle woestijnen,' zei Zarah. 'Hij broedt 's zomers in Centraal-Azië en West-China, daarna migreert hij naar Afrika. Aan het eind van de winter vliegt hij weer naar het noorden. In Baluchistan wordt er ieder jaar in januari een grote jacht georganiseerd.'

'En waar zit de grote kraagtrap op dit moment?' vroeg ik.

'Na Baluchistan vliegen ze door naar Centraal-Azië en verder,' zei Zarah. 'Turkmenistan, Noord-Iran, West-Afghanistan. Daarna naar Kazachstan, Tadzjikistan, Xinjiang en Mongolië. Ze vertrekken niet allemaal vanaf hetzelfde punt of op precies hetzelfde tijdstip, dus ze komen ook niet allemaal tegelijk aan.'

'In welke periode vindt dat ongeveer plaats?' vroeg Ben.

'Dat weet ik niet precies.'

Ben was zichtbaar teleurgesteld over deze leemte in Zarahs kennis. De rest van ons ook. We begrepen allemaal wat deze informatie zou kunnen betekenen, als het iets te betekenen hád.

Ben vroeg: 'Zarah, hoe kom jij toch aan al die kennis?'

'Ik heb in Marokko mensen gekend die met valken op de grote kraagtrap jaagden,' zei ze. 'Ze waren erdoor geobsedeerd. Daarom dacht ik de Arabische naam te verstaan die Bücher gebruikte.'

Ik vroeg: 'Goed, maar hoe gaan we nu verder?'

Zarah zei: 'De sleutel vormt het precieze migratiepatroon van de grote kraagtrap.'

'Waarom vormt dat de sleutel?'

'Omdat Ibn Awd een steenrijke Arabier is en Horace, jij hebt me verteld dat hij graag met valken jaagde in de tijd dat jij hem kende.'

Charley zei: 'En ik dacht dat hij een asceet was.'

'Eens een valkenier altijd een valkenier,' zei Zarah. 'Als dat voor Ibn Awad ook opgaat, dan zal hij op de grote kraagtrap jagen, en misschien op verschillende plekken in de woestijn langs hun migratieroute. Lokaliseer die plaatsen en het tijdstip waarop de grote kraagtrap daar aankomt, breng het allemaal in kaart en je weet waar je Ibn Awad moet zoeken.'

Ben zei: 'Uitstekend werk, Zarah.'

En dat was het ook: een doorbraak. Ik zei: 'Charley?'

'Ik begin er meteen aan,' zei hij.

'Hoe lang duurt het om een kaart te maken?'

'Niet lang als het allemaal goed gaat. Ik ken een vogelaar in het Smithsonian. We kunnen gebruik maken van satellietfoto's.'

Ben knikte. Dat betekende dat Charley terug moest naar Washington, en daarmee namen de gebeurtenissen wat Ben betrof een prettige wending. Zijn gedachten waren net dia's die achter elkaar op het scherm klikten: laat Charley het uitvoerende werk maar doen. Ik doe het denkwerk wel.

Ben vroeg: 'Zarah, doe je met ons mee?'

'Van een afstandje,' zei ze. 'Ik was van plan om een reisje te gaan maken.'

Een réísje?

Waarnaartoe? Vast en zeker niet naar de Faubourg Saint-Honoré om lekker te gaan winkelen. Ik voelde aan mijn water dat de bestemming geen veilig en beschaafd oord was als zoiets al bestond in de gevaarlijke wereld van de eenentwintigste eeuw.

Eventuele plannen die ik had om de route alleen met Zarah door te nemen, gingen niet door omdat Ben besloot dat de luie momenten na het ontbijt een uitstekende gelegenheid vormden om haar Arabisch eens te testen. Ze gingen aan tafel zitten praten in die taal, terwijl Charley en ik de afwas deden. Voor mij, die het in geen jaren meer gesproken had, was het alsof ik naar een Arabische film zonder ondertiteling keek. In het begin begreep ik er bijna niets van. Na tien minuten kon ik ongeveer de helft verstaan. Na nog eens tien minuten begreep ik bijna alles behalve de schuttingtaal en de grapjes. Ben en Zarah spraken allebei zo goed Arabisch dat ik echt niet alles verstond wat ze zeiden. Als ze dat hadden gewild, hadden ze op een andere versnelling kunnen overschakelen en me ver achter zich gelaten.

Ben was onder de indruk. Hij trad Zarah tegemoet alsof ze een veelbelovende jonge man was die hij misschien wilde rekruteren. Gezien zijn reputatie als het om vrouwen ging – ik moet toegeven dat ik enigszins geaarzeld had om hem aan mijn mooie jonge nicht voor te stellen – was dit een gedenkwaardig moment.

Bens gesprek met Zarah nam natuurlijk de vorm van een verhoor aan. 'Waar in de Maghreb ben je precies geboren?' vroeg hij Zarah toen ik er eindelijk ook bij kwam zitten.

'In de Idáren Dráren,' antwoordde ze.

'Dat is de Berbernaam voor het Atlasgebergte?'

Nu was het Zarahs beurt om onder de indruk te zijn. Er waren niet veel mensen die dat wisten.

'Dat klopt,' zei ze.

'Spreek je Berbers?' vroeg Ben.

'Wij woonden bij de Berbers.'

'Welke stam?'

'De Jawabi.'

'Aha, het volk van Joab. De verborgen joden. Doen ze nog steeds net alsof ze moslim zijn?'

'Als ze dat al doen, dan hebben ze daar al twaalfhonderd jaar hun leven aan te danken.'

'Wil je beweren dat jij je hele jeugd bij de Jawabi hebt doorgebracht en niet wéét of ze net doen alsof?'

'Religieuze vraagstukken hebben mij nooit geïnteresseerd,' zei Zarah.

Het was zelfs Ben duidelijk dat hij met dit antwoord genoegen zou moeten nemen. Dat beviel hem wel. Zarah wist wel degelijk het antwoord op die vraag maar ze kon een geheim bewaren. Ze had een plichtsbesef tegenover anderen die hetzelfde geheim deelden. Een goed teken. Je kon Ben in gedachten een vinkje achter 'loyaliteit' zien zetten.

Ben vroeg: 'Heb ik het in principe goed? De Jawabi geloven dat ze Israël onder leiding van Joab, de beroemde generaal van koning David, hebben verlaten en na omzwervingen door Egypte en de Sahara in de bergen van de Maghreb terecht zijn gekomen?'

'Op de hoogste plaats van de wereld, ja.'

'Er waren nog meer stammen van joodse Berbers,' zei Ben. 'Ze hebben zich allemaal bekeerd toen de Arabieren de Maghreb hebben veroverd, behalve de Jawabi, klopt dat?'

'De Berbers beleven de islam op hun eigen manier,' zei Zarah.

'Zoals wild zwijn eten en alcohol drinken, niet vasten tijdens de ramadan en niet te moeilijk doen over rituele wassingen?'

'Dat allemaal,' zei Zarah. 'Maar de Jawabi gaan wel naar de moskee en ze bidden net als iedereen vijf keer per dag.'

'Ja, en de maranen in Spanje gingen net als iedereen naar de mis nadat ze met behulp van het zwaard tot het katholicisme waren bekeerd, maar bleven nog eeuwen daarna stiekem het joodse geloof belijden.'

Ze gaf geen antwoord. Zelfs haar gelaatsuitdrukking veranderde niet.

Ben begreep al snel wat er speelde en bood tot mijn verbazing zijn excuses aan. 'Het spijt me,' zei hij. 'Maar de wereld waarin jij bent opgegroeid is de wereld die ik altijd graag had willen ervaren.'

Ze antwoordde: 'Jij spreekt anders Arabisch als iemand die met Arabieren is opgegroeid.'

'Ik heb wel bij de Arabieren gewoond, maar ik ben in Williamstown, Massachusetts opgegroeid. Waar ben jij geboren als ik vragen mag?'

Ben was weer helemaal op dreef. Aan de blik in haar ogen zag ik dat Zarah dat doorhad en begreep dat ze alleen maar aan Bens spervuur van vragen kon ontkomen door antwoord te geven op de vragen die haar uitkwamen en doofheid voor te wenden bij alle andere vragen.

Geduldig antwoordde ze: 'Ik ben in een grot in de Idáren Dráren geboren toen mijn moeder op weg was naar de Jawabi om daar te gaan wonen.'

'Hadden ze haar uitgenodigd?'

'Ze reisde samen met een vriendin van mijn grootouders die zelf een Jawaab was. Ze hadden elkaar in Europa ontmoet toen mijn moeder zwanger was en helemaal alleen. Die vriendin, die Lla Kahina heette, heeft haar toen min of meer geadopteerd.'

'Waarom?'

'Omdat ze zag hoe ongelukkig mijn moeder was en hoe weinig plezier ze nog in het leven had. En omdat mijn moeder het kleinkind van haar vrienden droeg en Lla Kahina bang was dat het kind voor de Christophers verloren zou gaan. Ze vond dat ze al genoeg hadden verloren.'

'Heeft die Jawabi-vrouw jou dat allemaal verteld?'

'Toen ik volwassen was en nadat mijn moeder was overleden, ja.'

'Hoe is je moeder overleden?'

'Ze is door terroristen vermoord. Ze kampeerde per ongeluk vlak bij een van hun trainingskampen. Mijn moeder was een paardrijdster. Ze hield graag wedstrijden met struisvogels. Een struisvogel is veel sneller dan welk paard dan ook, en kan urenlang op topsnelheid lopen terwijl een paard dat maar een paar minuten kan volhouden. Het was altijd een hopeloze race. Maar dat vond mijn moeder er juist leuk aan.'

'Heb je daarom zo'n hekel aan terroristen?'

Die vraag benam me de adem. Wíst hij dan niet waarom? Er volgde een moment van stilte dat zich eindeloos uitrekte.

'Dat hangt van de terrorist af,' zei Zarah uiteindelijk. 'Maar zou je me nu willen excuseren, want ik moet nog pakken.'

Ben ontplofte bijna van teleurstelling. Hij was door het dolle heen van opwinding. Zarah wist dingen die hij altijd al graag had willen weten. En nu zou hij ze nooit meer te weten komen, zelfs niet als ze elkaar nog eens zouden ontmoeten omdat ze hem duidelijk had gemaakt dat het gesprek voor altijd was afgesloten. Zarah zat daar roerloos alsof ze onder Bens overval in een olieverfschilderij van zichzelf was veranderd – prachtig verlicht door de honingkleurige zon van Klein-Azië, uiterst beleefd en met een open blik. Maar stil en inert.

3

Ik klopte op de deur van Zarahs kamer.

Zonder de deur open te doen – ik denk dat ze mijn voetstappen in de gang had gehoord – zei ze: 'Kom binnen, Horace.'

Ze stond voor de spiegel haar haar te kammen. Ze had een zachte wollen trui aangetrokken en een grijs plooirokje. Op haar bed lag een blauwe blazer naast haar reistas die nauwelijks groter was dan een aktetas.

'Had je alles in die kleine tas gepakt?' vroeg ik.

'Samen met nog een paar andere spullen,' zei Zarah. 'Ik pak als een zeeman, alles is opgerold zodat het niet kreukt.'

'Van wie heb je dat geleerd?'

'Van de Jawabi.' Ze wierp me een glimlach toe in de spiegel. 'De Sahara is per slot van rekening een zee van zand, nietwaar?'

'Hoor eens, ik wil mijn excuses maken voor Sherlock Holmes.'

'Hoeft niet,' antwoordde Zarah. 'Ben zou een geweldige psychoanalyticus zijn geweest, de oprichter van de luister-jij-eens-even-goed-jongedame-the-rapie, die vragen stelt in plaats van ze te omzeilen. Op een bepaalde manier heel verfrissend.'

Haar stem klonk luchtig maar ze bleef met haar rug naar me toe staan. 'Voordat je gaat, wil ik je nog bedanken voor alles wat je hebt gedaan,' zei ik.

In de spiegel wierp ze me een Mona Lisa-achtige glimlach toe. Ze draaide haar haar in een wrong en zette die vast met een haarspeld. Ook al een schilderij.

'Sorry dat ik twee keer achter elkaar mijn excuses moet maken,' zei ik, 'maar ik had geen flauw idee dat Claus Bücher zo erg was.'

'Dat geeft niet. Het was niet echt een verrassing voor me. Ik had al heel veel over Heydrich gehoord van Lla Kahina. Van hetzelfde laken een pak.'

'Je hebt echt geweldig werk geleverd in Wenen,' zei ik. 'En nu lijk je het probleem over de verblijfplaats van Ibn Awad te hebben opgelost.'

'Denk je?'

'We zien voor het eerst een patroon van waaruit we verder kunnen werken.'

'Het is maar een ingeving,' zei Zarah. 'Zelfs als het klopt, dan hebben we met een enorm groot gebied te maken. Half Azië, half Afrika, de grootste woestijnen ter wereld.'

Ik vroeg: 'Wat wil je daarmee zeggen?'

'Dat de hypothese ook fout kan zijn, een slag in de lucht.'

Dat geloofde ik niet. Gedurende het grootste gedeelte van mijn bewuste leven had ik gezien dat haar vader de toekomst had voorvoeld. Waarom zou Zarah, die zo ontzettend veel op haar vader leek, anders zijn?

Zarah, met haar jas aan, haar tas in de hand, een sjaal om haar hoofd, klaar om te vertrekken, keek me aan alsof ze mijn gedachten kon lezen.

Ik vroeg: 'Mag ik weten waar je heen gaat?'

'Naar Kirgizië.'

'Waarom?' vroeg ik verbijsterd.

Zarah was geen vrouw die een typisch Amerikaanse brede glimlach op haar gezicht kon toveren. Ze keek me ernstig aan en zei: 'Er zijn dingen die ik wil weten, vragen die ik moet stellen.'

'Wat voor dingen, wat voor vragen?'

'Dat weet ik niet zeker.'

'Juist. Nou ja, we houden in elk geval contact.'

'Daar kun je van op aan.'

Haar kamer had balkondeuren die op een winterse bruine tuin uitkwamen. Achter de tuin lag Istanboel met zijn koepels en minaretten die beschenen werden door het waterige ochtendlicht. Ze liep de deur door en de trap af, een jonge vrouw met een kaarsrechte rug in een blauwe blazer, en voorzover ik wist, helemaal alleen op de wereld. Op weg naar Kirgizië.

4

Zarah had ons een nieuwe richting gewezen. Ben Childress nam 's ochtends het vliegtuig naar Caïro, Charley Hornblower nam 's middags een vlucht naar New York. Ze moesten aan de slag. Ik had even niets te doen en hoefde nergens heen tenzij ik mijn verrekijker om mijn nek hing en naar Xinjiang wilde lopen om de grote kraagtrap op te sporen. Zoals dat gaat in het leven, vooral in een leven dat gewijd is aan met blote handen glibberige forellen vangen, zat ik even op een dood spoor. Dankzij wekenlang methodisch onderzoek door de Old Boys en een briljante ingeving van Zarah wist ik nu veel meer dan ik eigenlijk over mijn doelwit hoorde te weten. Maar ik wist nog niet genoeg. Het leek me een goed moment om Zarahs vertaling van de amforarol eens te lezen.

Ondanks de felle zon was het te koud om in de tuin te lezen, zelfs als er geen goede redenen waren geweest om mezelf overdag niet buiten te wagen. Ik trok een trui aan, zette de elektrische kachel in de zitkamer aan, zette een kop thee voor mezelf en ging zitten met Zarahs vertaling. Ze had hem op zwaarder papier afgedrukt dan gebruikelijk was. Er verstreken een paar minuten – lang genoeg om de thee koud te laten worden – terwijl ik naar de tekst staarde alsof hij nog steeds in het Griekse alfabet was geschreven. Toen ik mezelf uiteindelijk dwong om te beginnen, bleken er aardige dingen in te staan. Het was haast griezelig hoezeer de stem van Septimus Arcanus, onbevangen en werelds, leek op de stemmen in de strikt geheime telegrammen en rapporten die ik het grootste deel van mijn volwassen leven onder ogen had gehad. Arcanus was het soort man dat ik maar al te goed kende – intelligent, waarheidsgetrouw tot in de details, toegewijd en buitengewoon neerbuigend over de buitenlanders over wie hij verslag moest uitbrengen. Het was bepaald geen troostrijke gedachte dat Simon Hawk me had verteld dat hij en Reinhard Heydrich zich allebei verwant voelden aan deze dode Romein. De overeenkomst zou ongetwijfeld nog sterker zijn geweest als ik de oorspronkelijke tekst van de auteur in het

Grieks had kunnen lezen, maar zoals Homerus en het Nieuwe Testament de wereld wel hebben geleerd, zijn vertalingen uit het Grieks op zich al indringend genoeg. Hoe het ook zij, het manuscript voerde me al snel een andere wereld binnen.

Septimus Arcanus begon met een beschrijving van een luie slaaf die op straat een pak slaag krijgt van zijn rood aangelopen meester.

'Iedere klap met de stok van zijn meester deed een stofwolk uit de smerige tuniek van de slaaf opstijgen,' schreef hij. 'Daar moest de meester van niezen maar hij ging onverdroten door met slaan: Pats! Hatsjie! Pats! Hatsjie! Het was heet in Jeruzalem. Zoals u weet, geachte Sejanus, is Judea een land zonder water waar de mensen hun hele leven lang met een laag vuil zijn bedekt en eigenlijk nooit water op hun huid voelen. Onlangs zag ik een doper aan het werk die bekeerlingen in een rivier onderdompelde. Er wordt mij verteld dat de dopelingen het gevoel hebben dat hun zonden van hen worden afgewassen en dat verbaast me niets. Volgens mijn informant was het de specialiteit van een religieuze excentriekeling genaamd Yonahan, een Hebreeuwse naam die "Jahwe is genadig geweest" betekent – Jahwe is hier de plaatselijke godheid die in tegenstelling tot Jupiter, geen behoefte heeft aan ondergeschikte goden en de wereld zonder hulp regeert. Ik zei "was" omdat Yonahan, die een behoorlijk aantal volgelingen onder al die ongewassenen had doordat hij voorspelde dat er binnenkort een boodschapper van Jahwe op aarde zou komen die de wereldlijke leiders zou vervangen, door Herodes is onthoofd omdat hij zoveel onrust zaaide.'

De onthoofding van Yonahan maakte Septimus Arcanus alert op de operationele mogelijkheden van religieuze dissidenten. 'Ik redeneerde,' schreef hij, 'dat als een halve idioot als Yonahan Herodes al zo wist te irriteren dat hij gearresteerd werd en vervolgens onthoofd omdat hij voorspellingen deed over de ophanden zijnde komst van een Messias die over de joden zou regeren, dat religieus fanatisme iets was om eens nader te onderzoeken. Dit zijn primitieve mensen, die zich laten leiden door bijgeloof, en die zo lang in angst voor hun woedende afwezige godheid hadden geleefd dat ze al begonnen te beven bij het geringste teken dat hij zou terugkeren en hen met de vreselijkste straffen zou treffen.'

Ik wil benadrukken dat het bovenstaande en hetgeen hierna volgt, de interpretatie van Septimus Arcanus is van wat de christenen kennen als de verhalen van Johannes de Doper en Jezus van Nazareth. In die tijd bestonden er natuurlijk geen christenen zoals wij die tegenwoordig kennen. Jezus probeerde het jodendom te perfectioneren, niet een nieuwe godsdienst te stichten, en totdat de buitengewoon praktische apostel Paulus erop wees dat de beweging weinig bekeerlingen zou aantrekken als niet-joden werden verplicht zich aan de strenge voorschriften van de Hebreeuwse religieuze wetten te houden, waren alle volgelingen van Jezus streng gelovige joden. Sinds het lezen van Septimus Arcanus' verslag heb ik mijn kennis van de evangeliën opgefrist en passages in de bijbel opgezocht die met zijn versie overeen lijken te stemmen. Vaak zijn de overeenkomsten frappant. Volgens Handelingen der Apostelen 1:15 waren er na de kruisiging honderdtwintig mensen in Judea die in de wederopstanding geloofden. Dat aantal stemt min of meer overeen met de informatie waar Septimus Arcanus over beschikte, die een lijst met de namen van honderddrieëntwintig gelovigen had die in de onsterfelijkheid van wijlen Jozua ben Joseph geloofden. De namen omvatten elf van de oorspronkelijke discipelen of 'lijfwachten' zoals Arcanus ze hardnekkig bleef noemen.

In het begin, zoals in het verslag van Arcanus en in de evangeliën staat opgetekend, werden de priesters er door de Romeinen van verdacht het ontduiken van Romeinse belastingen aan te moedigen. Omdat het er in een keizerrijk om gaat de mensen juist zoveel mogelijk belastingen af te troggelen, vond Rome dit zeer verontrustend. Stel dat deze gekte zich naar Egypte verbreidde en nog verder?

'Ik nam een agent in de arm die al ter plekke was, en gespecialiseerd is in het in de gaten houden van religieuze oproerkraaiers,' schreef Septimus Arcanus. 'Deze man, een Farizeeër die in Tarsus woonde, was een Romeins staatsburger met de pittoreske naam Gaius Julius Paulus. Ik gaf Paulus opdracht om de felste en radicaalste prediker die er op dat moment rondliep te vinden en hem te omringen met lijfwachten zodat hij door het hele land kon reizen en de priesters als ketters kon ontmaskeren. Het doel was de anti-belastingcampagne van de priesters te verstoren door hun geloofsovertuiging in twijfel te trekken. Dat moest op een grove manier en openlijk gebeuren en zelfs gepaard gaan met godslastering. Er mocht eventueel geweld worden gebruikt tegen een paar priesters. En het zou nog mooier zijn als de man zo nu en dan iets positiefs kon zeggen over de Romeinse belastinggelden.'

'Maar het allerbelangrijkste was: deze prediker, wie het ook zou worden, mocht nooit te weten komen dat hij voor de Romeinen werkte. En ook zijn lijfwachten mochten er niets van weten. Het was van essentieel belang dat hij en zijn lijfwachten in hun eigen echtheid geloofden. Dat betekende dat één Romeinse agent – maar niet meer dan één – in de groep moest infiltreren als informant. Deze man zou de prediker en zijn aanhang van geld voorzien voor eten, onderdak en aalmoezen voor de armen. Ik gaf toestemming voor de uitgave van tweehonderd zilverlingen voor dat doel. Onze man zou natuurlijk ook verslag uitbrengen aan Gaius Julius Paulus, en Paulus zou op zijn beurt weer aan mij rapporteren. Het was van het grootste belang dat het strikt geheim werd gehouden. Niemand anders in Judea of elders, zelfs de gouverneur niet, mocht iets over deze operatie vernemen. Met het lot van Yonahan in gedachten ging ik ervan uit dat deze onderneming zou eindigen met de dood van de prediker. Het leek me beter de anderen niet te vermoorden, want daarmee zou de aandacht van de hoofdpersoon worden afgeleid. We hadden een martelaar nodig, geen stelletje schurken die hun verdiende loon kregen omdat ze een lange neus maakten naar de priesters van Jahwe.'

Zoals het een geheim agent betaamt, sprak Arcanus de plaatselijke talen vloeiend, had hij inzicht in de politieke situatie ter plekke en kende hij de zeden en gewoonten. Hij sprak Aramees en kon Hebreeuws lezen. Hij kende alle Israëlitische stammen en gaf Sejanus een korte uiteenzetting: 'Gaius Julius Paulus hoort tot de stam van Benjamin, waar ook koning Saul toe hoorde, en die bekendstond om zijn krijgshaftige soldaten. De slingeraars bezaten de opmerkelijke vaardigheid om met twee slingers tegelijk te kunnen zwaaien, een in elke hand.'

Gedurende het deel van zijn leven dat hij niet undercover opereerde was Paulus godsdienstleraar geweest die filosofie aan de befaamde universiteit van Tarsus had gestudeerd. Hij kwam uit een welgestelde familie en was betrouwbaar omdat hij niet alleen Romeins staatsburger was maar ook nog eens de zoon van een Romeins staatsburger. Paradoxaal genoeg was Paulus vooral zo betrouwbaar omdat hij een patriot was. Dat verbaasde me niet. Ik ben nog nooit een politieke dissident tegengekomen die niet de diepgevoelde behoefte had om zijn eigen verraderlijke gedachten en handelingen als patriottisme te omschrijven. Uit eigen ervaring weet ik dat dit voor alle landen opgaat, ook voor mijn eigen land. Paulus' liefde voor zijn volk en godsdienst vormden de keiharde garantie dat hij de Romeinse belangen zou dienen. Door geld en bescherming van de Romeinen te aanvaarden om een corrupt regime omver te helpen werpen, diende hij ook het belang van zijn eigen volk. Zijn Romeinse staatsburgerschap was de deur waarop Septimus Arcanus klopte en Paulus had die deur plichtsgetrouw opengedaan. Maar hij had ook zijn eigen agenda en hij was niet verplicht om de bezoeker het hele huis te laten zien.

'Nadat hij zijn instructies had ontvangen, reisde Paulus terug naar Tarsus,' schreef Septimus Arcanus. 'Kort daarna wenste hij een ontmoeting met me te hebben. We spraken af in Damascus, waar de kans dat we zouden worden herkend kleiner was dan in Tarsus of Jeruzalem, in het huis van een Romein. Paulus droeg de toga van een Romeins staatsburger en als hij wil, kan hij zich ook gedragen als een Romein. Paulus houdt zich aan de Romeinse omgangsvormen maar geeft daarbij blijk van een ergernis die u zou amuseren, mijn waarde Sejanus. In zijn hart is hij een asceet die niets moet hebben van wijn en Romeins voedsel, wat hem vanwege zijn geloof verboden is. We hadden nauwelijks een slok genomen toen hij van wal stak met zijn nieuws. We hoefden de prediker naar wie we op zoek waren, niet te bedenken. De man bestond al. Hij was een Amharetz, een inwoner van Galilea, net als de elf volgelingen die met hem meereisden. Deze prediker, die Jozua ben Joseph heette, was een man zonder enige opleiding. In tegenstelling tot Yonahan beschikte hij niet over veel redenaarstalent. Tot nu toe was dat nog geen probleem geweest omdat hij maar heel kleine menigten had aangetrokken, en voornamelijk inwoners van Galilea. Hij was echter wel de meest roekeloze prediker die Paulus ooit had horen spreken. Hij viel de Farizeeërs aan die de hoeders van de Hebreeuwse wetten en tradities waren, waarbij ook fascinerende vraagstukken aan de orde kwamen zoals de Dag des Oordeels, de wederopstanding van het lichaam en de komst van de Messias. Jozua gebruikte grove, om niet te zeggen godslasterlijke taal. Zijn boodschap was in essentie verregaand subversief: de priesters hadden Jahwes wetten en bedoelingen verkeerd geïnterpreteerd. Tot dusver was zijn boodschap nog niet bij het gepeupel aangeslagen. Maar volgens Paulus zou Jozua, met of zonder Romeinse hulp, de priesters een doorn in het oog worden.'

Paulus kreeg toestemming om in het groepje van Jozua te infiltreren. Dat ging gemakkelijk en tegelijkertijd moeilijk: gemakkelijk omdat Jozua en zijn volgelingen straatarm waren, een groepje bedelaars dat om geld en voedsel bedelde, moeilijk omdat het allemaal Galileeërs waren, vaak broers of neven of oude vrienden van elkaar. Ze vormden het soort cel dat betrekkelijk veilig bleef, zelfs als er van buitenaf iemand bij kwam omdat de broers en neven geen leden van de cel in vertrouwen namen met wie ze niet verwant waren. Het was moeilijk om achter hun identiteit te komen omdat Jozua sommigen van hen een andere naam had gegeven en anderen zelf hun naam hadden veranderd, kennelijk als teken dat hun leven was veranderd door de boodschap van hun meester. (Arcanus beschouwde die naamsveranderingen natuurlijk als een slimme zet.) De status onder de discipelen hing af van hun mate van vertrouwelijkheid met Jozua. Sommigen stonden dichter bij hem dan anderen. Drie broers genaamd Jacobus, Petrus en Johannes stonden het dichtst bij hem. Anderen, de meesten zelfs, vielen buiten de kring van vertrouwelingen en vrienden en telden nauwelijks mee. Zij waren stroopsmeerders en werden ook als zodanig behandeld door Jozua, die hen de les las en hen voortdurend uitbranders gaf. Keer op keer zei hij tegen hen dat ze hem en zijn boodschap niet begrepen en waarschijnlijk ook nooit konden begrijpen. Maar hij ging dan in een adem verder en zei dat ze zijn werk moesten voortzetten als hij er niet meer was. Hij werd geobsedeerd door de gedachte dat hij vermoord zou worden omdat hij de waarheid sprak.

' Gaius Julius Paulus was van mening,' schreef Septimus Arcanus, 'dat Jozua gewoon de gebruikelijke dingen nodig had: geld en informatie.' Die konden alleen worden geleverd door iemand buiten de kring, die betrouwbare informatie had over wat de priesters van plan waren, wat de Romeinen ervan vonden, enzovoort. Geen van Jozua's discipelen beantwoordde aan dat profiel. Paulus raadde een zekere Judas aan. Hij kwam uit Kerioth, een armzalig dorpje ten oosten van de Dode Zee in Moab. Zijn volledige naam, Judas Iskariot, betekent Judas uit Kerioth. Behalve dat hij er aardig en representatief uitzag, werd Judas mij beschreven als zeer intelligent, ervaren, heel ijverig, toegewijd aan zijn werk en betrouwbaar zolang jouw ideeën en doelstellingen maar precies met de zijne overeenstemden. Zo luidde de beoordeling van Paulus. Uit zijn beschrijving maakte ik op dat Judas ook een soort Paulus was.

'Paulus realiseerde zich dat geen van de Galileeërs Judas zou mogen of hem zou vertrouwen. Ze zouden hem haten en tegen hem samenspannen en Jozua waarschuwen dat hij niet te vertrouwen was. Maar hun vijandigheid zou juist in het voordeel van Judas kunnen werken omdat Jozua daardoor over een onafhankelijke adviseur beschikte die alles aan hem te danken had en niets aan de groep – er speelden geen broederlijke genegenheid of oude loyaliteiten mee. Judas zou eveneens voor het geld zorgen, en dat zou ook een geheim tussen Jozua en Judas blijven. Als dat de gevoelens van vijandigheid zou aanwakkeren, wat meestal gebeurde als er plotseling ergens geld opdook, dan was dat alleen maar beter. In de ogen van Jozua kon dit alleen maar betekenen dat Judas nuttig was voor hem en voor niemand anders.'

Septimus Arcanus was onder de indruk van Paulus' opzetje. Tweeduizend jaar later was ik dat ook. Een geest zoals die van Paulus duikt misschien eens in de duizend jaar op, de profeet Mohammed was de volgende en daarna kwam Karl Marx. Als zo'n geest zijn intrede in de wereld doet en de verlossing in een nieuw jasje besluit te steken, vormt dat een bedreiging voor de status-quo. We hebben nooit door wie ze werkelijk zijn tot het al te laat is. Net als Paulus en de twee hiervoor genoemden, werden ze nooit ontmaskerd – en zelfs als dat wel was gebeurd, dan zou niemand geloven dat ze niet degene waren voor wie ze zich uitgaven. Wat hierna volgde, maakte dat ik de papieren even neer moest leggen en door het raam naar het klotsende donkere water van de Bosporus staarde.

'Paulus opperde dat het misschien wel handig was als Jozua een paar wonderen zou kunnen verrichten,' schreef Septimus Arcanus. 'Wonderen zouden de menigten doen aanzwellen en bovendien worden dit soort dingen van profeten verwacht. Ik vroeg wat hij onder wonderen verstond. Paulus bedoelde daarmee goocheltrucs zoals een staf in een slang veranderen of de ene vloeistof in de andere omzetten, of een kreupele, een melaatse of een blinde genezen.'

Septimus Arcanus gaf zijn goedkeuring aan Paulus' idee en noteerde plichtmatig alle wonderen die daarop volgden. Hij was vaag over de plaatsen en de volgorde van de gebeurtenissen, waarschijnlijk omdat die hem via een aantal stromannen ter ore kwam, maar de gebeurtenissen zelf waren meestal wel herkenbaar. In zijn relaas was het veranderen van water in wijn op de bruiloft in Kana (Johannes 2:1) eenvoudigweg een kwestie van alle waterkruiken op één na met wijn te vullen terwijl niemand keek (betere wijn, mopperde Paulus, dan Judas strikt noodzakelijk met overheidsgeld had hoeven kopen). Judas betaalde de voor die dag ingehuurde bedienden steekpenningen om de gasten over de wonderbaarlijke verandering te vertellen en Jozua alle eer toe te kennen. Jozua kreeg de opzienbare informatie over de vijf ex-echtgenoten van de Samaritaanse vrouw bij de put van Jakob (Johannes 4:15) van Judas, die het weer van een roddeltante in het dorp had. Een blinde bedelaar werd genezen toen Jozua met speeksel over zijn ogen wreef en hem wegstuurde om zich te wassen in een poel die niemand van de aanwezigen bij naam kende. Hij kwam een paar uur later terug, als een andere man die wel op de blinde leek, maar hem eigenlijk niet was. Hij werd door enkelen in de menigte als bedrieger ontmaskerd en weggestuurd. Maar zoals dat gaat in dat soort gevallen, geloofden anderen wel in de genezing (Johannes 9:1-34). Lazarus (Johannes 11:1) was net uit een coma ontwaakt en Jozua was toevallig ter plekke toen het gebeurde. Het feit dat Lazarus niet stonk na drie dagen in het graf te hebben gelegen, waar zijn eigen zuster Maria Jozua nota bene voor had gewaarschuwd, vormde voor de nuchtere Paulus voldoende bewijs dat Lazarus nooit dood was geweest.

'Het grappige, mijn waarde Sejanus, is echter het feit dat deze Jozua leek te geloven dat hij werkelijk de wonderen had verricht die Judas met behulp van steekpenningen en trucs in scène had gezet,' schreef Septimus Arcanus. 'De elf andere discipelen geloofden het ook – of ze deden in elk geval alsof ze het geloofden. Maar tegen Judas deden ze onvriendelijker en hoewel ze nu beter aten dan voorheen, beschuldigden ze hem ervan geld van de groep te stelen. Toch speelde hij zijn rol goed. Hij riep hun woede over zich af door Maria, de zuster van Lazarus, nadat ze Jozua's voeten met een geparfumeerde zalf had ingewreven en die vervolgens met haar haar afdroogde, te vragen waarom ze de zalf niet verkocht had en het geld aan de armen had gegeven. Jozua veegde zijn kritiek van tafel door te zeggen dat de armen altijd bij Judas en de anderen zouden blijven, maar niet omdat het zijn lot was dat hij door zijn vijanden zou worden gedood.'

Arcanus was opgetogen over Paulus' verslag van Jozua's inval in de tempel. Toen hij de tafels van de wisselaars en die van de handelaren in vogels en offerdieren omverschopte en hen de tempel uitdreef met een zweep die hij van eindjes touw had gemaakt, was dat precies het soort rauwdouwerige gedrag dat hij en Paulus voor ogen hadden gehad. En Arcanus vond het buitengewoon grappig toen hij hoorde wat Jozua een man had geantwoord die hem had gevraagd of het de gelovigen was toegestaan belasting aan de Romeinen te betalen. De zin 'geef de keizer wat de keizer toekomt' is zo overbekend, dat ik de woorden niet zal verhaspelen door hier Arcanus' levendiger en mogelijk gekleurde versie weer te geven.

'Nu had Judas vreemd genoeg niets te maken met het in scène zetten van beide voorvallen,' schreef Septimus Arcanus. 'Dat wekte nauwelijks verbazing, want zelfs Judas wist vaak niet wat Jozua ging doen of zeggen. Hij begon bijvoorbeeld al te zeggen dat zij die in hem geloofden zijn vlees zouden eten en zijn bloed zouden drinken. Dat had tot gevolg dat een aantal bekeerlingen zich vol afschuw van hem afwendde. Zijn gevolg, dat altijd al klein was geweest, begon nog kleiner te worden. Bij ten minste één gelegenheid dreigde een menigte hem te stenigen, maar hij verstopte zich en wist zonder kleerscheuren weg te komen. Ook al bleef Jozua een obscure figuur die nooit erg populair werd, toch begon ons plan vruchten af te werpen. De Farizeeërs begonnen zich zorgen te maken. Ik zorgde ervoor dat ze nog ongeruster werden door boodschappers naar hen toe te sturen die vragen stelden over Jozua en daarmee de indruk wekten dat hij zich tot een gevaarlijk man ontpopte. Als de Farizeeërs hem zijn gang lieten gaan, kon hij nieuwe gelovigen aantrekken en moesten de Romeinen er misschien aan te pas komen. Misschien zouden de soldaten zelfs de tempel innemen. De hogepriester van het jaar, een man genaamd Cajafas, wilde dat hij ter dood werd gebracht. Hierna waren Jozua en zijn discipelen ervan overtuigd dat de prediker werkelijk in levensgevaar verkeerde, net zoals hij had voorspeld. Judas maakte zich zoveel zorgen dat hij Jozua wist te overreden zich voor een tijdje in de bergen in de buurt van Efraïm te verschansen, een verafgelegen stad. Natuurlijk gaf ik Paulus opdracht om deze vergissing ongedaan te maken zodra ik ervan hoorde. Wat hadden we aan een prediker die niet predikte?'

Septimus Arcanus stuurde Paulus een brief, samen met een beurs die vijftig zilverlingen bevatte voor het geval er meer geld nodig was, waarin hij hem instrueerde om een beetje haast te maken – en als dat mogelijk was, Jozua aan te moedigen om de priesters nog meer tegen zich in het harnas te jagen. Daar stond tegenover dat er twee zorgwekkende ontwikkelingen dreigden plaats te vinden. Judas was zoveel sympathie gaan koesteren voor Jozua dat hij vaak, zelfs doorgaans, Jozua's belangen boven die van de missie stelde. Zoiets is zeker niet ongebruikelijk. In vertrouwelijke situaties als die van Judas en Jozua komt het wel vaker voor dat de agent meer sympathie gaat opvatten voor degene die hij manipuleert dan voor de operatie zelf. Dat heeft te maken met het emotionele isolement. En ook met de nabijheid van de ander en het schuldgevoel dat je over alles moet liegen tegen iemand wiens leven in jouw handen ligt. Er treedt bijna altijd morele verwarring op als de agent intelligenter is dan strikt noodzakelijk is voor een klus. De Judas van de amforarol lijkt een hoog IQ te hebben gehad.

'Daar kwam nog eens bij,' schreef Septimus Arcanus, 'dat Jozua afstand leek te nemen van Judas. Op een keer, toen hij zijn discipelen onderwees, zei hij midden in een zin: "Een van u is een duivel." Dat soort uitbarstingen vond wel vaker plaats maar Jozua's woorden vormden wel een aanmoediging voor Judas' vijanden in de groep. Hij raakte steeds meer geïsoleerd en kreeg steeds minder toegang tot Jozua. Dat kwam omdat hij hem voortdurend maande voorzichtig te zijn en hem aanraadde zich een tijdje in Efraïm schuil te houden. Wij waren er natuurlijk op uit dat het wel fataal zou aflopen voor Jozua. Ik gaf Paulus opdracht om Judas eraan te herinneren voor wie hij werkte en hoe zijn werkelijke opdracht luidde. Omdat Jozua in Galilea grotere menigten trok en omdat zijn discipelen geloofden dat hij in Judea niet veilig was, bracht hij het grootste gedeelte van de tijd door in zijn geboortestreek. De verhalen over zijn wonderen waren als een lopend vuurtje door de hele streek gegaan – kort daarvoor had hij het herstel van een stervend kind voorspeld en daarna, op de sabbatdag, een zieke man in Bethesda genezen. De genezing op de sabbat en het feit dat hij steeds vaker suggereerde dat Jahwe zijn echte vader was, schokte zijn toehoorders. De Galileeërs kenden hem als de zoon van Jozef de timmerman en wisten dat hij nog een aantal broers en zussen had. Hoe was het dan mogelijk dat hij, zoals hij het uitdrukte, het brood was dat uit de hemel was gekomen?'

Hoewel in de evangeliën wordt gezegd dat er grote menigten samenkwamen om Jezus te horen spreken, beweert Septimus Arcanus dat het kleine groepjes mensen waren. Maar al die wonderen maakten wel dat er steeds meer mensen kwamen luisteren.

'U zult het wel vermakelijk vinden, geachte Sejanus, dat Judas voor een aantal van deze wonderen geen verklaring had. Jozua scheen werkelijk in staat te zijn zieken te genezen, demonen uit te drijven en andere wonderen te verrichten waar Judas of anderen niet de hand in hadden gehad. Dat was natuurlijk onzin. De mensen die door Jozua genezen werden waren ofwel simulanten of hij had zelf een andere manier gevonden om de gelovigen voor de gek te houden. Judas en Paulus hadden geen van beiden de hand gehad in de keren dat de doden weer tot leven werden gewekt. Het was niet altijd duidelijk of iemand die dood leek ook werkelijk overleden was. De Judeeërs hebben weinig of geen medicijnen. Er worden wel eens fouten gemaakt. Heel wat mensen worden levend begraven. De plaatselijke gewoonte om de doden voor zonsondergang te begraven droeg er alleen maar toe bij dat mensen die bewusteloos waren, voor dood werden aangezien. Daarom gooiden ze bij de begrafenis altijd aarde op de in doeken gewikkelde lijken voordat het graf werd gedicht – om te kijken of ze nog tot leven konden worden gewekt. De gelukkigen gingen dan overeind zitten of schreeuwden iets voordat het scheppen begon.'

Septimus Arcanus verklaart het wonder van de vermenigvuldiging van de broden en de vissen als het werk van een goochelaar die deze ingenieuze truc weer van de Egyptenaren had geleerd. Hij laat doorschemeren dat hij die goochelaar zelf had gestuurd, aangezien je voor een dergelijk ingewikkelde truc een professional moest inhuren met heimelijke medeplichtigen en peperdure rekwisieten die Judas onmogelijk had kunnen organiseren zonder zich bloot te geven. Hoewel er volgens de rol slechts vijfhonderd mensen bij waren in plaats van de vijfduizend die in Johannes 1:10 worden genoemd, werd deze vertoning een doorslaand succes. Jozua verliet het feest echter terwijl het nog in volle gang was, liet de discipelen achter en verdween alleen de heuvels in (Johannes 6:15). Volgens Judas was Jozua vervuld van walging over deze truc. Zelfs Jozua kon niet geloven, vertelde Judas aan Paulus, dat hij in staat was om vijf vissen en vijf gerstebroden in het honderdvoudige te veranderen. Judas waarschuwde dat hij niet nog eens door dit soort verrassingen overvallen wenste te worden.

'Tegen de avond was Jozua nog steeds niet teruggekeerd uit de heuvels,' schreef Septimus Arcanus. 'En toen gebeurde er iets wat mijn vertrouwen in Judas schokte.' Hoewel er een straffe wind waaide en het al donker was geworden, besloten de discipelen om onbegrijpelijke redenen in het pikkedonker het meer van Galilea over te roeien en op zoek te gaan naar Jozua. Toen ze een paar kilometer van de oever waren, werd het water opeens heel ruw. Ze dachten dat de boot zou omslaan. Toen zagen ze in de stormachtige duisternis Jozua *over het water* op hen aflopen. Volgens Judas was hij het ene moment zichtbaar en het volgende moment weer onzichtbaar, nu eens liep hij op de fluorescerende top van een golf, dan weer in een golfdal. Voordat de discipelen, die als verlamd toekeken, het beseften was hun bootje aan de andere kant van het meer op de oever gestoten.

'In de ogen van een Romein of elk ander beschaafd mens zou zoiets volstrekt ongeloofwaardig zijn, maar iedereen die in dat bootje zat, zei dat hij hetzelfde had gezien en dat wat hij had gezien een wonder was. Judas vormde daarop geen uitzondering. Hij verzekerde Paulus dat wat hij gezien had echt was gebeurd. Ik vroeg me af: bestonden er eigenlijk wel rationeel denkende mensen in dit land, of maakte het niet uit hoeveel Romeinse beschaving er in hun harde schedel was gepompt? Konden we van nu af aan nog wel geloof hechten aan de verslagen van Judas? Konden we erop vertrouwen dat hij de simpele taken die hem waren toegewezen zou uitvoeren of was hij zo bezeten door bijgeloof dat hij vervangen moest worden? Paulus adviseerde mij geduld te betrachten: Judas was een intelligente jongeman die wist waar zijn werkelijke belangen lagen. Het was niet eenvoudig om je weken- of maandenlang bedrieglijk voor te doen, voortdurend onder verdenking te staan, een onwelkome vreemdeling te zijn in een groep mannen die hem verachtten ondanks de goede diensten die hij hun bewees. Vroeg of laat zou Judas zijn eigen dwaasheid inzien. Gun hem tijd en het voordeel van de twijfel. Binnenkort zou het afgelopen zijn met die poppenkast.'

Septimus Arcanus besloot Paulus' advies op te volgen. Hij had ook geen keus, omdat Judas onvervangbaar was, maar hij gaf Paulus wel opdracht om een stevig woordje met Judas te wisselen. Judas' verslagen werden steeds onsamenhangender en emotioneler van toon. Hij maakte zich grote zorgen om Jozua. Het joodse paasfeest kwam eraan. Jozua was van plan zich op deze belangrijke feestdag in Jeruzalem te presenteren.

'Hij kon de verleiding niet weerstaan,' schreef Septimus Arcanus. 'De priesters hadden bevolen dat de prediker onmiddellijk gearresteerd diende te worden. Eenieder die de gezochte man zag, moest dit meteen aan de tempel melden. Na Jozua's provocerende intocht in Jeruzalem – een groep volgelingen stond hem wuivend met palmbladeren op te wachten bij de stadspoort, en hij reed op een ezel, het traditionele zogenaamd nederige rijdier van een koning die de troon van Judea kwam opeisen – maakte Judas zich nog meer zorgen dat zijn vriend zijn eigen arrestatie en dood zou uitlokken.'

Judas riep de hulp in van Paulus om Jozua tegen zichzelf te beschermen. Dat was natuurlijk wel het laatste waarin Septimus Arcanus wilde toestemmen.

Terwijl Paulus en Judas in het huis van een van onze handlangers in Jeruzalem met elkaar aan het praten waren, luisterde Arcanus in het andere vertrek mee. Judas was zo emotioneel dat de tranen hem in de ogen stonden.

'Deze jongeman was duidelijk zozeer veranderd dat ze er niet op konden vertrouwen dat hij zou meewerken aan de arrestatie van Jozua tenzij hij erin werd geluisd,' schreef Septimus Arcanus. 'Daarom werd Judas verteld dat hij Jozua alleen maar zou kunnen redden als hij hem aan de Romeinen uitleverde. In Romeinse handen zou hij veilig zijn omdat alleen de Romeinen doodstraffen mochten voltrekken en Arcanus ervoor zou zorgen dat dat niet gebeurde. Ondervraging door de hogepriesters? Ja. Berechting door de Romeinen? Ja. Gevangenisstraf? Mogelijk, maar die zou van korte duur zijn. Maar de doodstraf? Nee. Ik gaf Judas zelf de nodige garanties, zorgde ervoor dat ik een schitterend gewaad aanhad en de onderscheidingstekenen van mijn functie droeg. Zijn dankbaarheid, geachte Sejanus, was zeer groot. Hij kuste mijn hand en maakte hem nat met zijn tranen, een buitengewoon gebaar voor een man van zijn geloof. Ze zijn hooghartig, deze berooide aanbidders van Jahwe. Zoals je je wel kunt voorstellen, was ik diep ontroerd terwijl ik op de ongewassen haren van deze snikkende kerel neerkeek waarin ik talloze piepkleine beestjes zag marcheren, en de stoffige vodden rook waarin hij gehuld was en het zweet dat hij sinds Galilea onder zijn oksels had zitten.'

Septimus Arcanus laat de beschrijving van het laatste avondmaal weg. Een etentje onder een stelletjes armoedzaaiers die in het Aramees zaten te wauwelen interesseerde hem niet. Volgens Arcanus nam Judas Jozua in vertrouwen over de plannen van de Romeinen, en zou deze hem niet meteen antwoord hebben gegeven. Maar later, in aanwezigheid van de andere discipelen gaf hij Judas een boodschap (of juist niet – Jozua drukte zich zoals gewoonlijk cryptisch uit) die door Judas werd geïnterpreteerd als een opdracht om de Romeinen te gaan halen en hem te arresteren. 'Als je het gaat doen, doe het dan snel,' zei Jozua tegen hem.

'Vol vertrouwen ging Judas in de nacht op pad,' schreef Septimus Arcanus. 'Al snel keerde hij weer terug met een groep Romeinse soldaten en enkele dienaren van de hogepriesters, die op mijn bevel hadden staan wachten. Hoewel het een koude nacht was, stond Jozua hen in de tuin op te wachten. Hij toonde zich niet verbaasd bij het zien van de soldaten en maakte zich rustig bekend aan de dienstdoende officier. Hij gaf zijn lijfwachten opdracht om niet tussenbeide te komen. Niettemin trok een heethoofd die Petrus heette zijn zwaard en probeerde met een kreet van woede de schedel van een van de dienaren van de hogepriesters te klieven, een kerel die Malchus heette. Gelukkig miste hij en sloeg hij in plaats daarvan Malchus' oor af (Johannes 18:10). Daarna vluchtte hij weg samen met de meeste anderen. Jozua werd gearresteerd en weggeleid.'

In de rest van het rapport beschrijft Septimus Arcanus hoe woedend Pontius Pilatus reageerde omdat hij zich gedwongen zag om de puinhoop op te ruimen die door Arcanus en zijn mannen was achtergelaten.

'U weet toch hoe klein en kaal en bijziend onze vriend Pilatus is, mijn waarde Sejanus,' schreef hij. 'Hij besproeide zijn vragen met rijkelijk veel speeksel. Uit vriendelijkheid gaf ik op zoveel mogelijk vragen antwoord maar gaf zo weinig mogelijk details prijs. Niettemin had Pontius Pilatus door dat hij buiten een geheime operatie was gehouden. Hij was perplex en zo beledigd dat hij bijna ademnood kreeg. Hij gaf bevel om de gevangene voor te leiden, wat heel uitzonderlijk was, en ging tegen hem tekeer alsof hij Septimus Arcanus was in plaats van een arme sloeber. Was hij op een ezel de stad in komen rijden omdat hij dacht dat hij de koning der joden was? "Als u dat zegt," antwoordde de man arrogant. Jozua beantwoordde de vragen van Pilatus met raadsels en behandelde hem met de minachting waarmee Pilatus hém eigenlijk had moeten behandelen. Pilatus werd steeds kwader. Uiteindelijk liet hij de man geselen om hem manieren bij te brengen en hem tot praten te bewegen. Dat had geen succes. Op een gegeven moment zei de gevangene die naar zijn eigen idee nog steeds de meest diepzinnige filosofieën verkondigde, iets over waarheid. Pilatus die mij met rood doorlopen ogen een woeste blik toewierp, riep uit: "Waarheid? Waarheid? Waarheid? Wat is dat?"

Na alles wat er gebeurd was, had ik niet gedacht dat Pilatus nog iets zou kunnen doen wat mij verraste, maar vlak na zijn uitbarsting draaide hij zich naar me om en zei: "Deze man is nergens schuldig aan." Zoals u zich kunt voorstellen, geachte Sejanus, werd ik daardoor van mijn stuk gebracht. Natuurlijk was hij nergens schuldig aan. *Dat was het hem juist*. Zou Pilatus deze gevangene nu loslaten om mij te treiteren en zo alles verpesten? Ik bracht Pilatus in herinnering wat er op het spel stond en van wie ik mijn bevelen had ontvangen. Hij was te boos, te beledigd, te zeer vernederd om naar rede te luisteren. Ik kon onmogelijk vrijuit tegen hem spreken waar de gevangene bij was, zelfs al lag de arme sloeber er na de geseling halfdood bij.

Een menigte – die naar Romeinse maatstaven niets voorstelde maar groot genoeg was om flink wat lawaai te maken – had zich buiten verzameld om Pilatus' oordeel af te wachten. Hij zei: "Goed, dan laten we het aan hen over." Hij bedoelde de menigte! Voor ik kon protesteren greep Pilatus Jozua bij zijn arm (om het nog komischer te maken, hadden de soldaten die Jozua hadden gegeseld, hem als een koning in een purperen gewaad gestoken en een doornenkroon op zijn hoofd gedrukt) en sleepte hem naar het balkon. De menigte begon te jouwen toen ze hem zo komisch uitgedost zagen en zweeg daarna in afwachting van de woorden van Pilatus. Die pakten heel anders uit dan ze verwacht hadden.

"Ik acht deze man niet schuldig," brulde Pilatus. "Moet ik hem laten gaan?"

Wat had die Pilatus een bulderende stem voor zo'n klein dik kereltje! Zijn woorden brachten de menigte tot zwijgen. Ze brachten mij in elk geval tot zwijgen. Ik stond achter hem in de schaduw, terwijl ik me afvroeg of het misschien niet beter was om Jozua gewoon over het balkon te duwen of hem aan het zwaard te rijgen. De gevangene zelf leek niets op te merken. Hij leek volkomen onverschillig te staan tegenover zijn lot. Hij leek het zelfs te verwelkomen maar dat is vaak het geval met veroordeelden. Misschien leed hij ook te veel pijn om te beseffen of zelfs maar te horen wat er gebeurde. Het zwijgen van de menigte duurde slechts heel even. Toen rees er een storm van protest uit duizend woedende kelen omhoog. Pilatus bleef op zijn stuk staan en herhaalde dat de gevangene onschuldig was. Hij bood zelfs aan hem vrij te laten omdat het het joodse paasfeest was. Een geschenk! Het enige geschenk dat zij wensten was de dood van deze man en hoe pijnlijker hoe beter. Uiteindelijk haalde hij met een theatraal gebaar dat een acteur op het toneel in Rome hem niet had kunnen verbeteren zijn schouders op en gaf hen wat ze wilden. En toen, geachte Sejanus, vroeg hij *om een kom water en waste voor het oog van de menigte zijn handen in onschuld!* U kunt zich mijn verbazing voorstellen. Hij had net zo goed zijn handen op de trap van het paleis in Rome kunnen wassen na de keizer te hebben aangeraakt. Het was, wil ik u respectvol onder de aandacht brengen, het vuil van zijn gekwetste trots en de afschuw van zijn taak die hij probeerde af te wassen.

En zo, mijn waarde Sejanus, deed het lot in dit bijzondere geval zijn werk. Wij Romeinen kregen van het gepeupel het bevel een van hen te doden – een man die van de Romeinse procurator had mogen blijven leven uit haat jegens mij en jegens degenen in Rome die mij hiernaartoe hebben gestuurd. Gelukkig zijn we voor Pilatus' dwaasheid behoed dankzij dezelfde mensen die we nota bene hadden bedrogen. De priesters en hun volgelingen eisten dat we hem onder onze hoede zouden nemen. Het was een mooi einde. Zelfs voor Pilatus komt er een dag waarop hij zal genieten van de ironie ervan. Maar dat zal nog even duren, waarde Sejanus, voorlopig nog niet.'

In een postscriptum van een paar regels meldt Arcanus nog dat Judas verdwenen is en dat hij vermoedt dat Paulus hem naar het buitenland heeft laten gaan, misschien naar Griekenland met een nieuwe identiteit, buiten bereik van de wraakzuchtige lijfwachten. Misschien komen ze elkaar nog eens tegen, merkt Arcanus op. Paulus was niet iemand die een goede agent zomaar liet lopen.

'Wat de zeer loyale en bruikbare Romeinse burger Gaius Julius Paulus betreft,' schreef Arcanus, 'hij legt veel ijver aan de dag in het vervolgen en vernietigen van Jozua's volgelingen. Ik heb gezegd dat hij de elf lijfwachten met rust moet laten. Daardoor is hij op een nieuw idee gekomen. Hij wil kijken wat hij kan doen om Jozua's volgelingen te verenigen in een sekte die voor Rome nog nuttig zou kunnen zijn. Blijkbaar zijn ze ten einde raad en hebben ze een leider nodig. Hij wil ze op het idee brengen dat ze in ballingschap moeten gaan en bekeerlingen moeten maken. Het schijnt dat Jozua ook al zoiets had voorgesteld tijdens een van zijn preken. Ik zie daar weinig heil in, want wie zou nou geloven dat een doorgedraaide zwerver die zichzelf door gewone stervelingen laat doden, een onsterfelijke god in vermomming was? Maar ik zie er ook geen gevaar in. Het is wel een goed idee om die simpele zielen op een Grieks eiland achter te laten. Misschien kunnen ze daar dan hun memoires schrijven. Het zou wel nuttig en vermakelijk zijn om een verslag van deze gebeurtenissen te lezen van mensen die werkelijk geloofden wat ze zagen en hoorden. Daarom neig ik ertoe de goede Paulus zijn zin te geven. Als we elkaar de volgende keer in Damascus ontmoeten, zal ik hem wat geld geven en hem toestemming verlenen om zijn plan uit te voeren.'

Allen die het negende hoofdstuk van de Handelingen der Apostelen gelezen hebben, zullen zich herinneren dat Saulus van Tarsus, de Romeinse burger die daarna bekend werd als Paulus de Apostel, op weg naar Damascus verblind werd door het stralende licht van een visioen in de hemel. Een donderende goddelijke stem sprak tot hem. Kort daarna werd zijn blindheid door een wonder genezen waardoor de schellen hem van de ogen vielen en begon hij te verkondigen dat Jezus Christus de zoon van God was. Septimus Arcanus die over zoveel betrouwbare bronnen beschikte, was hier vast en zeker van op de hoogte. Je zou je kunnen afvragen wat hij ervan vond. Niet veel, waarschijnlijk. Hij had in zijn lange carrière al zoveel gezien dat niets hem meer verbaasde.

DEEL VIII

1

In het hier en nu hing alles opeens af van de grote kraagtrap. Wie had dit ooit kunnen voorspellen? En valt er eigenlijk überhaupt iets te voorspellen? Als Septimus Arcanus behalve de onstuitbare Gaius Julius Paulus en de schizofrene Judas nog andere agenten had gerekruteerd, zou de Heilige Rooms-katholieke Kerk dan ook naar het keizerrijk zijn vernoemd, of naar de goddelijke Drie-eenheid die zij vereert? Door het lezen van de amforarol verkeerde ik in een stemming waarvan ik niet zeker wist of ik er ooit nog aan zou kunnen ontsnappen. Het leven leek mysterieus, gebeurtenissen onverklaarbaar, uitkomsten onzeker, betekenissen niet te bevatten, alsof ik weer twintig was. Misschien is ironie wel voor het leven wat zwaartekracht voor het universum is, de onzichtbare kracht die alles samenhoudt en alles uit elkaar drijft.

In een opwelling (ik wilde absoluut, nog voor het donker als het kon, die bedompte villa achter me laten waarin ik de geesten van Septimus Arcanus, zijn agenten en doelwitten had binnengelaten), besloot ik mezelf nuttig te maken en Kalash el Khatar op te zoeken. Ik kan geen verklaring geven voor deze opwelling maar ik volgde mijn gevoel. Als jagen op de grote kraagtrap het favoriete tijdverdrijf van de afstammelingen van de profeet was, moest Kalash daar het een en ander van afweten. Of over het favoriete jachtterrein van Ibn Awad. Het kon in beide gevallen geen kwaad daar eens naar te informeren. Ik nam een boot naar de stad en een taxi naar de luchthaven. Er waren strenge veiligheidsmaatregelen van kracht – zo streng dat een streng kijkende Turk met donkere, ongeschoren kaken die de toegangsdeuren tot de terminal bewaakte, mijn satelliettelefoon uit elkaar haalde en hem in onderdelen weer aan me teruggaf. Afgezien van het feit dat het gewoon bijzonder onhandig was, kon ik nu ook niet de Old Boys bellen en hen vertellen wat ik van plan was. Ik vermoedde dat iedere poging om de telefoon weer in elkaar te zetten terwijl ik op de luchthaven was of in een vliegtuig zat, tot mijn arrestatie zou leiden op verdenking van het in elkaar zetten van een moordwapen, dus stopte ik hem maar in mijn zak. Ik kocht een telefoonkaart en belde in een telefooncel het nummer dat Kalash me had gegeven na ons gesprek in Parijs. Tot mijn verbazing nam hij zelf op met zijn satelliettelefoon. Het woord *Allô* galmde in de hoorn.

In het Engels zei ik: 'U spreekt met de neef van Paul.'

Stilte.

Toen zei ik: 'Ik wil iets met u bespreken.'

In het Frans antwoordde Kalash: 'Wat zou dat kunnen zijn?'

'Zit u in Parijs?'

Kalash schakelde over op het Engels. 'Ik zie op mijn telefoon dat u vanuit Istanboel belt. Neem een vlucht naar Caïro. Bel me weer als u door de douane bent.'

Hij hing op.

Caïro? Ik had me juist verheugd op Parijs, op een *plateau de fruits de mer* en een fles Meursault, op Franse meisjes, op het licht van de impressionisten, op schurken die ik kende, de mannen van Kalash, en niet op Egyptenaren die ik niet kende. Het laatste wat ik wilde was naar een stad vol maniakale debielen gaan die allemaal Horace Hubbard mochten vermoorden.

Op de luchthaven van Caïro bekeek de douanier, die een volle islamitische baard droeg, mijn blauwe Amerikaanse paspoort alsof het een varkenskop was die ik met mijn linkerhand onder het loket doorschoof. Maar nadat hij op zijn stempel had gespuugd en dat op een lege pagina had laten neerkomen, gebaarde hij dat ik door kon lopen. De douane besteedde geen enkele aandacht aan me. En buiten de aankomsthal lette ook niemand op terwijl ik tegen een muur stond en mijn telefoon weer in elkaar zette.

Deze keer kreeg ik de voicemail van Kalash. Ik liet een boodschap achter. Twee minuten later ging mijn telefoon. In het mondstuk zei Kalash' stem in het Engels: 'Bent u in Caïro?'

'Ja.'

'Waar?'

'Op de luchthaven.'

'Ga naar de hoofdterminal. Vraag daar naar mijn piloot. Hij heet kapitein Khaldun. Net als de overleden historicus.'

'Hoe kan ik hem herkennen?'

'Hij herkent u wel. Hij brengt u naar mij toe. Hebt u warme kleren in uw koffer?'

'Ja.'

'Mooi. Het is hier 's nachts koud en de vrouwen slapen niet met een heiden.'

Klik.

Kapitein Khaldun bleek een knappe kerel van een jaar of dertig te zijn waar geen woord uitkwam. We vertrokken bij zonsondergang in een Lear Jet die respect inboezemde en landden ongeveer drie uur later op een landingsbaan in een woestijn. Kalash had gelijk gehad met de temperatuur. Het was koud. De maansikkel hing in een fluwelig veld van sterren die zo helder tegen de achtergrond afstaken dat ik me ineens de namen van de sterrenbeelden weer herinnerde die ik in het planetarium van het Museum of Natural History had geleerd. Kapitein Khaldun verdween. Ik was helemaal alleen in de woestijn (maar welke woestijn?) waar niets te zien viel behalve de sterren en niets te horen was behalve de vliegtuigmotoren die in de koude lucht stonden af te koelen.

Een Griekse sluipschutter die als jonge man op Turken jaagde, vertelde me eens dat hij als hij 's nachts aan het werk was, altijd voor de wind ging liggen. Als een Turk dan ging plassen, wat hij vroeg of laat deed, vuurde hij een heel magazijn leeg in die richting. Vaak kreeg hij de man dan te pakken. Het gaf een bijzonder bevredigend gevoel, vertelde hij, om een vijand die je haatte, te kunnen doden op het moment dat hij zijn kostbaarste bezit tussen zijn vingers en duim hield. Ik legde mijn blaas. De urine kletterde in het zand en maakte behoorlijk veel lawaai. Afgezien van de dissonerende muziek van de afkoelende motoren, heerste er een totale stilte, zodat iedere sluipschutter die opdracht had gekregen om mij te liquideren, minstens twee van de vijf zintuigen als hulpjes voor zijn scherpschutterskunst had kunnen inzetten. Het leek me onwaarschijnlijk dat Kalash, zelfs al had hij een reden gehad om mij te willen vermoorden, me eerst naar een mysterieus oord had gebracht om me daar dan neer te schieten. Het was veel gemakkelijker en goedkoper geweest om me dan op het vliegveld uit te schakelen. Weer een dode Amerikaan. Moordenaar onbekend, motief zonneklaar.

Er stond een harde wind. Ik haalde mijn parka uit mijn tas en trok hem aan. Hij was eigenlijk te warm voor de woestijnkou, maar ik had niets anders. Buiten de heldere verlichting van de parkeerlichten van de Lear strekte zich in alle richtingen een onmetelijke, doodstille duisternis uit. Ik besloot een wandelingetje te maken. Ik hield de Grote Beer achter mijn linkerschouder – niet dat ik de sterren nodig had zolang ik het vliegtuig met zijn gloeiende lichtjes op de staart en de vleugels maar niet uit het oog verloor. Deze woestijn was vol struiken en rotsblokken. Het was moeilijk om in een rechte lijn te blijven lopen. Na een minuut of tien draaide ik me om om me op de Lear te oriënteren en zag niets dan duisternis. Iemand had de lichten uitgedaan.

Ik ging op een rotsblok zitten en zocht de hemel af. Daar was warempel de Grote Beer, en daar in zijn eentje stond de poolster, precies op de plek waar een beginnende padvinder ze zou zoeken. Aangezien ik geen flauw idee had waar ik was, had ik weinig aan deze wetenschap. Omdat ik geen kaart had, wist ik niet waar ik terechtkwam als ik de poolster bleef volgen. Ik zei hardop: 'Je bent lekker bezig, Horace.' Het grootste deel van mijn leven ben ik alleen geweest – in min of meer lege huizen die naar afwezigheid roken nadat mijn ouders waren gescheiden, in slecht verwarmde, ingesneeuwde scholen waar alle andere jongens jurist of effectenmakelaar wilden worden, in een beroep waar niemand bij zijn echte naam werd genoemd, in Pennsylvania. Ik heb de gewoonte om in mezelf te praten. Zelfs als ik geen monologen houd, denk ik aan Horace als 'hij', een andere man die ik observeer, naar wie ik luister, en die ik niet helemaal begrijp.

Een stem zei: 'U eindigt nog als hyenastront als u dit blijft doen. Weet u hoe hyenastront eruitziet?'

Het was de onnavolgbare Kalash. Ik zei: 'Hyenastront? Nee, eigenlijk niet.'

'Het ziet eruit als verpulverd aardewerk omdat hyena's de botten kapot kauwen en ze verteren.'

Het was niet zo donker als ik dacht. De maan en de sterren verspreidden genoeg licht om mijn gastheer zichtbaar te maken, een zeer lange gestalte in een Arabisch gewaad. De duisternis waarin ik mezelf verloren waande, was alleen maar duisternis geweest omdat er niets te zien viel.

Kalash vroeg: 'Waarom loopt u zo rond te dwalen?'

'Ik geniet van de sterren. Ze zijn vanavond heel helder.'

'In de woestijn zijn ze altijd helder tenzij er een zandstorm woedt. Kom.'

Hij draaide zich om en liep de nacht in alsof hij over de Champs-Élysées wandelde met de Arc de Triomphe als oriëntatiepunt. Nu mijn ogen aan het licht van de sterren gewend waren kon ik hem in het oog houden. Ik hoorde een geluid achter me, keek over mijn schouder en zag twee gehurkte gestalten die eruitzagen als worstelaars met wapperende kaffiya's en gehuld in kaftans. Ze droegen AK-47's, die zelfs in silhouet duidelijk te herkennen waren.

Een paar honderd meter verder kwamen we bij twee Range Rovers die met hun lichten uit stonden geparkeerd. Ik was er rakelings langsgelopen. Een andere worstelaar, met zijn kalasjnikov over zijn schouder gehangen, hield het portier van de ene auto open voor Kalash. Ik maakte aanstalten om naast hem in te stappen, maar de twee lijfwachten achter me loodsten me naar de andere auto. Behalve de chauffeur was ik de enige passagier. Er werd melancholieke Arabische muziek gedraaid – een altstem die in een snel ritme zong hoe de vliegtuigen van de grote Satan de enige ware liefde in Afghanistan hadden gedood.

Kalash was een emir, bij alles wat heilig en eeuwig is, maar op dit moment was een erfelijke titel in Soedan geen aanbeveling. Zowel in de woestijn als in Parijs leidde hij het leven van een emir. De tent waarin ik na de rit werd ontvangen, werd gebruikt om in te dineren. De zandbodem was bedekt met schitterende zware, dikke tapijten. Verder lagen er zoals altijd grote kussens en was een lange, lage eettafel neergezet. Wandtapijten waarin met gouddraad verzen uit de Koran waren geborduurd, hingen boven in de tent zachtjes in de wind te zwaaien. Onzichtbare musici waren bezig hun instrumenten te stemmen. Bedienden renden af en aan. Een van hen bracht me een gin-tonic in een theeglas. Niet mijn favoriete drankje maar ik was er blij mee. Een andere bediende bood me vijgen aan. Ik at er twee, het was het eerste dat ik te eten kreeg sinds ik uit Istanboel was vertrokken. Achter de tafel zaten vijf slechtvalken op een rijtje met een kapje op hun kop roerloos op schouderhoge stokken die met ivoor en lapis lazuli ingelegd leken te zijn.

Een halfuurtje later kwam Kalash binnen. Hij had een gewaad van kamelenhaar aangetrokken. Hij werd gevolgd door een bediende die op zijn arm een grote valk met een kapje op zijn kop droeg – Kalash' favoriete valk, veronderstelde ik. Er kwamen nog meer bedienden binnen met nog vijf andere valken die ze op de stokken zetten. Toen Kalash ging zitten – indrukwekkend om te zien bij een witbebaarde man in een golvend gewaad, die minstens twee meter lang was – nam de eerste valkenier plaats aan Kalash' elleboog, met zijn valk op zijn onderarm, en elke spier strakgespannen. Ik vroeg me af hoeveel die vogel woog.

Ik vroeg me ook af wanneer sir Cecil Hardwicke zou binnen schrijden, gekleed als een Britse generaal in een scharlakenrode tuniek met onderscheidingen, en de beste wensen van de koningin aan de emir zou overbrengen, die als een slang zou glimlachen tegen deze eunuch die in dienst stond van een vrouw.

Kalash keek vol genegenheid naar de vogels. 'Weet u wat voor vogels dat zijn?'

Ja, dat wist ik. Maar hoewel ik hem nog maar net kende, wist ik ook dat Kalash graag doceerde, dus liet ik een vraagteken aan het eind horen toen ik zei: 'Valken?'

'Slechtvalken. Ze worden voor de jacht gebruikt.'

'Wat is hun prooi?'

'Andere vogels,' zei Kalash. 'Soms kleine dieren. Een slechtvalk doodt zijn prooi door hem met zijn klauwen vast te pakken terwijl hij meer dan driehonderdtwintig kilometer per uur vliegt.'

'Dan zullen de veren wel in het rond vliegen.'

'Ja. En het bloed. Iemand van *National Geographic*, een opgewonden standje genaamd Wilbur nog wat, heeft eens een aantal foto's gemaakt van het moment waarop de prooi gegrepen werd.'

'Hebt u die nog?'

'Nee. Foto's liegen. De kleuren waren verkeerd, net een stripverhaal, en zo ziet het er helemaal niet uit, bevroren in een enkel moment, doodstil.'

'Maar hoe ziet het er dan wérkelijk uit?'

'Zoals het is, als een epifanie. Er gebeuren heel veel dingen in een fractie van een seconde maar het kan langer lijken als je weet hoe je ernaar moet kijken. De impact, de klauwen, de prooi die terugvecht, probeert los te komen, niet meteen dood is. Morgen zult u het zien.'

'Ik kijk ernaar uit.'

Kalash zei: 'Mijn vader jaagde met arenden. Een arend kan een jakhals doden, en zelfs een antilope.'

'Geen hyena?'

'De hyena zou eerst de arend opeten en daarna waarschijnlijk de andere hyena omdat hij gewond is door de klauwen van de arend. De arend van mijn vader heeft ooit eens een struisvogel aangevallen. De struisvogel rende weg met de arend. De arend hield zich als een jockey kilometerslang aan hem vast, en probeerde dit enorme beest te doden, maar moest hem uiteindelijk loslaten en terugvliegen naar de arm.'

Een bediende kwam binnen en hield een enorme schaal omhoog waarop een heel geroosterd lam lag. Hij werd gevolgd door andere bedienden met schalen rijst, groenten, vijgen en dadels, en heet ongedesemd brood.

'Als hooggeëerde gast wordt u geacht de ogen, de hersens, de tong enzovoort te eten,' zei Kalash. 'Dat is een grote eer.'

'Nee dank u. Ik gruwel van geroosterde schapenogen en halfgare hersens.'

'Prijzenswaardig eerlijk. De meeste ongelovigen werken ze uit beleefdheid naar binnen. Ze zijn bang om de gastvrije woestijnbewoners met hun eeuwenoude gewoonten voor het hoofd te stoten. Ze zien eruit alsof ze elk moment moeten overgeven. "Neem vooral nog wat!" zeggen wij dan. En meestal doen ze dat dan ook. De bedienden vinden het altijd reuze grappig.'

Terwijl we de vettige verrukkelijke gerechten met alleen onze rechterhand aten – moeilijker voor een ongelovige dan je zou denken – vervolgde Kalash zijn college over de valkerij. De valken in het vertrek reageerden uitsluitend op zijn stem, vertelde Kalash. De meeste valkeniers van zijn rang gebruikten ondergeschikten om de vogels op te schieten, maar zijn vader had hem geleerd dat een man die dat deed, slechts toeschouwer was.

'Schoot hij de arenden ook zelf op?'

'Zeker. Hij was natuurlijk wel groter dan ik en heel sterk. Met een scherp zwaard kon hij een man met één houw in tweeën splijten. De vogel wordt altijd op de rechterarm gehouden, die daardoor krachtig blijft voor het zwaard.'

Hij gedroeg zich niet zo hooghartig als in Parijs. Ik vond het prettig om naar hem te luisteren. Uit ervaring weet ik dat een afstammeling van de profeet zelden iets interessants zegt in de eindeloze periode voordat hij ter zake komt. Tijdens onze jarenlange vriendschap was Ibn Awad vaak onduidelijk geweest en zei hij zelden wat hij precies bedoelde. Natuurlijk was Gods wil het enige waar hij zich om bekommerde en daar kon ik niet zoveel belangstelling voor opbrengen. Van Kalash daarentegen kon ik een heleboel over praktische zaken leren.

Voor het africhten, legde Kalash uit, was alleen een in het wild gevangen valk geschikt. Het moest een vrouwtje zijn omdat bij valken het vrouwtje groter, sterker en agressiever is maar gemakkelijker om te temmen.

'Ze wordt verliefd op haar meester,' zei Kalash. 'Dat is het doel van de training. Je houdt haar in een donkere kamer opgesloten, altijd met een kapje op haar kop, en een belletje met een lederen riempje aan haar poot bevestigd. Het riempje zit aan de stok vast. Natuurlijk valt de vogel op den duur in slaap. Dan ga je naar binnen en spreekt tegen haar in het donker. Ze wordt dan wakker. Ze mag alleen jouw stem horen en je moet altijd hetzelfde geluid maken.'

'Wat voor geluid?'

'Ik kan het geluid nu niet maken want dan vliegen al deze valken op. Elke keer als je naar de valk toe komt en haar wakker maakt, moet je tegen haar spreken en haar iets te eten geven. In het begin rauw vlees. Daarna een levende muis of een duif. Die stop je niet in haar bek, je strijkt met de prooi langs de poten en de veren van de vogel en laat haar ernaar grijpen. Daarbij draag je een dikke handschoen. Je moet fluiten, twee korte noten, terwijl zij het eten opschrokt. Na verloop van tijd leert ze het geluid in verband te brengen met het voeden en zal ze haar klauwen al krommen als ze het geluid hoort. Hierna kun je haar onder de mensen brengen om haar aan hun geluiden te laten wennen, en daarna doe je hetzelfde met het kapje af zodat ze ziet hoe mensen er van dichtbij uitzien. Wilde vogels weten dat niet. Valken zien ons altijd van grote hoogte, dus ze realiseren zich niet hoe groot wij zijn, hoewel hun gezichtsvermogen acht keer beter is dan dat van ons.'

Hij ging verder: 'Geleidelijk aan raakt de vogel gewend aan licht en beweging en wordt ze buiten de donkere kamer gevoed. Ze krijgt overdag voedsel terwijl ze op de arm van de valkenier zit. Daarna wordt ze verder afgericht. Uiteindelijk zal de vogel opvliegen, de prooi doden en die laten liggen zonder hem op te eten, wat tegen haar natuur indruist. Daarna komt ze weer op de arm van de valkenier zitten.

De valk scheurt haar slachtoffer niet aan stukken en zal hem niet opeten omdat ze voor de jacht gevoerd is zodat ze geen honger heeft,' zei Kalash. 'Nu is de vogel een echte moordenaar geworden, die puur voor de lol doodt en altijd klaarstaat om opnieuw te doden. Het trainen van een maagd gaat op dezelfde manier. In het geval van een maagd gebruik je chocolade, mooie kleren en parfum, en soms juwelen in plaats van rauw vlees en dode duiven. Maar beide trainingen vinden het in duister plaats en de stem van de meester speelt er een heel belangrijke rol bij. Gehoorzaamheid creëert begeerte en begeerte creëert gehoorzaamheid.'

De koffie werd binnengebracht. Kalash dronk het op, een heel klein kopje, en kwam toen overeind.

'Morgen gaan we jagen,' zei hij.

Hij schreed de tent uit. Zijn vertrek verliep zeer ceremonieel. Zijn lijfwachten die al die tijd achter de valken hadden gestaan volgden hem naar buiten met hun kalasjnikovs schuin voor de borst. De muziek hield halverwege een akkoord op toen hij over de drempel de duisternis in stapte.

2

Ik bleef niet lang alleen. Er kwam een bediende binnenlopen die in het Arabisch iets grofs tegen me zei. Het kwam geen moment bij hem op dat ik hem verstond. Ik liet hem in die waan. Glimlachend gebaarde hij dat ik hem moest volgen. Hij ging me voor naar een kleine tent die op dezelfde manier was ingericht als de eettent maar dit keer met een bed in het midden. Net als in een hotel waren de dekens teruggeslagen. Ik was vermoeider dan ik had gedacht. De vluchten, de zware maaltijd, en het ingespannen luisteren naar Kalash' college voor de eenvoudigen van geest, hadden me uitgeput. Ik kleedde me uit, waste mijn gezicht in de kom water die de bediende had neergezet en stapte in bed. Het was een extra lang bed. Kalash was de eerste gastheer die langer was dan ik.

Toen ik mijn hoofd op het kussen legde, knisperde er iets. Ik keek onder het kussen en vond een vliegkaart van Centraal-Azië. Ik spreidde de kaart op het bed uit. Hij was heel groot en gedetailleerd. Het gebied bestreek het Arabische schiereiland tot aan Noord-Iran en Noord-Afghanistan, en vandaar naar Turkmenistan, Kazachstan, Oezbekistan, Tadzjikistan, Kirgizië, Mongolië en Xinjiang. Dit uitgestrekte gebied vormde in feite een lappendeken van woestijnen. Op verscheidene punten op de kaart waren met de hand landingsbanen ingetekend, met de lengte en breedtegraden en de lengte van de landingsbaan in het keurige handschrift van de tekenaar erbij geschreven.

Ik wist wat die kaart betekende. Ik meende te weten waarom ik die kaart gekregen had. Toch stond ik ook stil bij de lange lijst van andere mogelijke motieven. Maar niet lang. Ik viel in slaap alsof ik gedrogeerd was. Afgaand op mijn dromen, waarin Michail me verzekerde dat werkelijk niemand mijn vriend was en Kevin me Christopher in een kist liet zien, was dat misschien ook zo.

De sterren stonden nog aan de hemel toen ik door de norse bediende werd gewekt die me de avond daarvoor naar mijn tent had gebracht. Hij bracht thee en yoghurt, ongedesemd brood en vijgen. Ik dronk de thee voor mijn tent. Venus scheen groot en helder te midden van de verblekende sterrenstelsels. De hemel van Septimus Arcanus moet er ook ongeveer zo hebben uitgezien, maar (dat had ik ergens gelezen) met een Venus ter grootte van een citroen.

Opeens hoorde ik Kalash' stem vlak achter me zeggen: 'Kent u de dierenriem?'

'Uit mijn hoofd.'

'Christopher ook. Een merkwaardige vaardigheid voor een man die niet in het noodlot gelooft. Gelooft u in het noodlot?'

'Misschien wel in geluk.'

'Geluk is het noodlot van de ongelovige.'

Terwijl we met de raampjes open wegreden, hoorde ik een stem in het kamp de gelovigen voor het gebed oproepen. Kalash besteedde er geen aandacht aan. De chauffeur had radiocontact met iemand die hem vertelde hoe hij moest rijden en waar hij moest afslaan. Op onze bestemming, een stuk woestijn dat veel leek op het terrein waar we de vorige nacht doorheen waren gereden, werden we door een tiental mannen van Kalash begroet. De helft van hen had een deken om tegen de kilte van de nacht die nog steeds in de lucht hing. De andere mannen hadden een valk op hun rechterarm zitten.

'Dit is een goede plek om de grote kraagtrap te vinden,' zei Kalash. 'Hebt u er ooit één gezien?'

'Zelfs geen foto.'

'Zelfs met een camera kun je ze niet vastleggen als ze zich niet wensen te laten zien.'

Het was niet meer donker maar ook nog niet licht geworden. De zon kwam op over de rand van de woestijn. Er vormden zich lange, rimpelende schaduwen. De valken, die allemaal een kapje op hun kop hadden, verroerden zich niet. De mensen hadden hun rug al naar de zon gekeerd om hun ogen te beschermen. Vanaf de allereerste zonnestraal voelde je de hitte al door je kleren heen dringen. Kalash liep heel snel, zonder acht te slaan op het ruige terrein. Ik kon hem wel bijbenen. De anderen moesten op een drafje lopen om ons bij te houden. Een paar meter verder lagen twee verkenners in zandkleurige gewaden op hun buik in het zand. De mannen achter ons bleven allemaal tegelijk stilstaan alsof ze op een stilzwijgend bevel reageerden. Kalash liet zich op zijn knieën zakken. Hij kromde zijn vinger naar mij en een van de valkeniers, en kroop toen naar de verkenners die een eindje voor ons lagen. We volgden hem en een paar seconden later lagen we naast de verkenners. Ze maakten gebaren met hun handen. Het was heel bizar om me in gezelschap van vier Arabieren te bevinden en geen woord te horen.

De mannen van Kalash tuurden ingespannen naar een struikje dat ongeveer twintig meter voor ons lag. Eerst zag ik niets. Toen herinnerde ik me de lessen van mijn vogelaar en zocht naar schaduwen in het horizontale licht. Ik kreeg een bepaalde schaduw in het oog en volgde die terug naar een bruin gespikkelde vogel ter grootte van een patrijs maar met een langere nek en langere poten en een scherpere snavel. Hij stond doodstil, met zijn kop naar voren, en een poot omhoog. Hij was schitterend gecamoufleerd. Hij zag er niet uit als iets wat leefde – als een graszode die uit de woestijngrond was gestoken. Zonder de hulp van de schaduw had ik hem nooit gezien. Ik snoof bewonderend.

Kalash had de kraagtrap nog niet in het oog gekregen maar door het geluid dat ik zojuist had gemaakt, begreep hij dat ik hem wel had gezien. Hij stond op en nam de valk van de valkenier over, die in een vloeiende beweging het kapje van haar kop trok terwijl hij de vogel aan Kalash gaf. De verkenners stonden ook op en renden op de kraagtrap af. Hij vluchtte – niet de lucht in maar over de grond, en bewoog zich voor een dier op twee poten ongelooflijk snel voort. Behalve in tekenfilms had ik een vogel nog nooit zo snel zien lopen. Een van de verkenners vuurde een schot op hem af. Hij miste en miste daarna nog eens. Ik realiseerde me dat hij het dier wilde laten opvliegen in plaats van hem te raken. Een derde schot sloeg ongeveer een halve meter links van de vogel in en wierp een stofwolkje op. Eindelijk schoot de kraagtrap de lucht in.

Hij vloog als een houtsnip, snel en laag bij de grond, zigzaggend om obstakels heen alsof hij met sonar was uitgerust. Er klonk weer een schot. De kraagtrap klom de lucht in. De zon was minder dan tien minuten geleden opgekomen maar de hemel vormde al een omgekeerde kom van indigoblauw, geheel wolkeloos, met het sikkeltje van de maan nog steeds zichtbaar aan de westelijke horizon en het speldenknopje van Venus in het oosten. Zelfs terwijl hij de lucht in klom, vloog de kraagtrap razendsnel. Toen de vogel vanuit ons perspectief gezien tussen de hoorns van de maan door vloog, liet Kalash een tweetonig fluitje horen en liet de valk los. De vogel schoot sneller dan de kraagtrap de lucht in en zat een paar seconden later boven hem.

Toen dook de valk naar beneden terwijl hij met zijn brede vleugels de luchtweerstand overwon. Kalash had helemaal gelijk gehad. Wat daar plaatsvond, kon onmogelijk op foto's worden vastgelegd of zelfs maar gesuggereerd worden. De valk viel naar beneden, de kraagtrap deed wanhopige pogingen om te ontkomen. De valk dreef zijn prooi terug naar Kalash die zijn bril had afgedaan en naar boven tuurde, terwijl zijn ebbenhouten gezicht straalde van verrukking. Met uitgestrekte klauwen wierp de valk zich op de kraagtrap met een snelheid die ik oogverblindend zou noemen, alleen leek dat niet zo. Op het moment van de botsing vielen de vele elementen van het beeld in duizend stukjes uit elkaar. Klauwen grepen zich vast, de kraagtrap kronkelde in zijn doodsstrijd, veren vlogen alle kanten op, het bloed spoot eruit en viel vervolgens in talloze vermiljoenkleurige druppeltjes uit elkaar. De valk sloeg toe met zijn bek, de kraagtrap werd slap. De valk die zijn prooi in zijn klauwen vasthield, brak zijn val met gespreide vleugels.

De vogel liet zijn prooi een paar honderd meter voor ons op de grond vallen. De vier bedienden renden naar de plek toe, menselijke jachthonden die de prooi ophaalden. Kalash wachtte kalm af, met uitgestrekte arm en zijn gezicht opgeheven naar de rondcirkelende valk. Hij floot. Na wat mij een heel lange tijd toescheen maar waarschijnlijk minder dan een minuut duurde, zette de valk zich op Kalash' arm neer. Haar kromme bek zat vol bloed en haar borstveren zaten er ook mee onder. Kalash gaf de vogel een stukje vlees en sprak haar in een soort woordeloos babytaaltje toe. De ogen van de vogel waren precies zoals Zarah het had beschreven: zonder herinnering of genade. Als de vogel zich al iets kon herinneren, herinnerde ze zich haar verre voorvader die met de voorvader van de kraagtrap deed wat zij tweeën zojuist opnieuw hadden opgevoerd in een nieuwe wereld waar alles kleiner was maar waarin de uitkomst hetzelfde was.

Kalash vroeg: 'Hebt u het allemaal kunnen zien?'

'Ik betwijfel het. Maar wel genoeg.'

'Genoeg?' Hij zweeg even. 'Het doet me genoegen om dat te horen want het wordt nu tijd om te gaan. Kapitein Khaldun zal u naar Caïro terugvliegen.'

'Goed, bedankt dat u me dit hebt laten zien.'

'Onthoud het goed en dan zult u andere dingen ook begrijpen. Begrijpt u de kaart?'

'Ik denk het wel. De vliegroute van de wintertrek van de grote kraagtrap staat erop aangegeven.'

'Dan hebt u het begrepen. Ibn Awad is een enthousiast valkenier – of wist u dat misschien al? Hij volgt de kraagtrap. Dat is het enige waar hij genoegen aan beleeft.'

Kalash keek me heel lang aan. 'Ik kan niet nog meer voor u doen als ik mijn neef toch nog in het paradijs wil ontmoeten,' zei hij.

Als hij het al sarcastisch bedoelde, dan kon ik dat niet aan hem zien. Ik hield mijn mond. Vragen stellen had geen nut, zelfs als ik vragen had gehad. Voorzover ik uitdrukking kon geven aan mijn dankbaarheid, was het denk ik onbehoorlijk geweest om de ene afstammeling van de profeet te bedanken voor het verraden van de andere. Ook niet goed voor je kismet, denk ik.

Kalash zei: 'Niet te lang treuzelen. Op dit moment amuseert Ibn Awad zich, maar als de grote kraagtrap weer thuis is, en dat is zeer binnenkort, dan komt hij in actie.'

De verkenners en de lijfwachten liepen naar ons toe, een van hen had zijn arm uitgestrekt en hield de dode kraagtrap aan zijn poten vast, de anderen grinnikten triomfantelijk.

Kalash zei: 'Denk eraan, hij is een oude man aan wie u iets verschuldigd bent voor al het ongemak dat u hem al hebt bezorgd. Dit keer geen moordenaars. Het noodlot zal niet toestaan dat een moordenaar succes heeft. Geen kogels, geen zwaard, geen vernedering. Een nieuw Sint Helena, maar dan warmer en met intelligentere bewakers.'

Hij zette zijn zonnebril weer op en droeg de valk aan de drager over. De verkenners waren al een eind vooruitgelopen, en zochten de hemel af naar nog meer kraagtrappen.

3

'Als je uitgaat van een gemiddelde snelheid van tegen de zeshonderd kilometer per uur, zou dat betekenen dat het kamp van Kalash ergens in het lege kwadrant ligt,' zei Ben Childress.

We waren in Rome. Het werd tijd dat de Old Boys bijeenkwamen voor een vergadering. Ben en ik waren als eersten gearriveerd en hadden onszelf binnengelaten in het appartement aan de Campo dei Fiori dat Charley Hornblower via internet had gehuurd. Het appartement lag op de bovenste verdieping. We huurden het voor een week. Ben en ik dronken een flesje Campari-soda op het piepkleine balkon. Een groepje acrobatische katten trok langs de voorkant van ons gebouw en sprong van het ene balkon naar het andere. Als we onze hals uitrekten konden we de schitterende koepel van de St. Pancrazio van Michelangelo zien liggen. Om ons heen kermde het verkeer waardoor het moeilijk werd om een discrete conversatie te voeren.

Ben probeerde de precieze locatie van Kalash' kamp te bepalen op basis van de ruwe informatie die ik op de terugvlucht naar Caïro had weten te vergaren aan de hand van mijn trouwe kompas. Het vertelde me dat de Lear Jet naar het noordoosten vloog. De vlucht had drie uur en zevenendertig minuten geduurd, gerekend vanaf de start tot aan de landing. Die gegevens waren samen voor Ben voldoende om zijn vinger op zijn mentale kaart van het Arabische werelddeel te kunnen zetten.

Ik had geen idee wat het lege kwadrant was of waar het lag, en toen Ben me verbaasde door verder geen tekst en uitleg te geven, vroeg ik: 'Het lege wát?'

'Kwadrant,' antwoordde Ben. 'Het gebied waar Soedan, Tsjaad en Libië aan elkaar grenzen. Zei je nou dat er vegetatie was?'

'Lage struikjes. En rotsblokken.'

'Heuvelachtig?'

'Een beetje.'

'Noord-Tsjaad, waarschijnlijk,' zei Ben. 'In de buurt van de Aouzou-strook. Jef Jef el Kébir, misschien. In die buurt in elk geval. Daar is honderden kilometers in de omtrek niets te zien, zelfs geen oase. Je had geluk dat de inheemse bevolking zo vriendelijk was. Meestal zijn ze dat niet.'

Hij noemde een stam van rovers, vertelde anekdoten over berovingen, verkrachtingen en moorden op reizigers. Ben haalde die gedetailleerde informatie uit zijn geheugen alsof hij in een reisgids zat te bladeren. Ik had alle reden om aan te nemen dat hij wist waar hij het over had. Ben had Jef Jef el Kébir waarschijnlijk ooit een keer als geheime bergplaats gebruikt om iets achter te laten of er een agent gerekruteerd die het gebied als zijn broekzak kende. En natuurlijk was hij altijd al iemand geweest die iedere waterput in de Sahara kende.

Ik zei: 'Ik geloof dat er een waterput bij het kamp was.'

'Echt waar?'

Het was overduidelijk dat Ben dat betwijfelde maar hij ging geen discussie aan met iemand die niet wist waar hij over praatte. De waarheid was dat Ben een tikkeltje op zijn teentjes was getrapt omdat Kalash mij de route van Ibn Awad in de schoot had geworpen. Ben zelf had ook geweldig nieuws toen hij aankwam. Mubarak had zich van ons geld, hoewel hij niet wist dat het van ons kwam, een GPS aangeschaft. Ben legde uit dat GPS voor Global Positioning System stond. Tijdens zijn meeste recente bezoek aan het kamp van Ibn Awad, die keer toen hij Claus Bücher op weg naar Wenen hielp, was het signaal van Mubaraks toestel opgevangen door de satellieten van de Amerikanen waardoor zijn positie tot op een paar meter precies kon worden vastgesteld.

'En moet je eens raden,' zei Ben. 'Hij zat niet zo ver van de plek waar jij Kalash hebt ontmoet.'

'Hoe ver dan?'

'Dan zou ik precies moeten weten waar het kamp van Kalash zich bevond, maar Mubarak denkt dat hij in Zuid-Libië zat. De afstand tussen hem en Kalash kan niet erg groot zijn geweest.'

De kaart van Kalash lag tussen ons uitgespreid. Ik legde mijn vinger op de landingsbaan die volgens mij door zijn Lear Jet was gebruikt. Honderden kilometers in de omtrek was er geen andere te zien.

'Misschien is het wel dezelfde landingsbaan,' zei Ben. 'Mubarak werd na de landing nog een halfuur met een helikopter ergens naar het noorden gevlogen. Zat jij in de buurt van de landingsbaan?'

'Met de jeep op ongeveer vijftien minuten.'

'Misschien waren jullie wel allebei te gast bij Ibn Awad,' zei Ben. 'Zou dát niet een goeie grap zijn, als zijn valk aan de andere kant van de heuvelkam een kraagtrap ving op hetzelfde moment als die van Kalash?'

'Kostelijk,' antwoordde ik.

Eén ding was me echter niet duidelijk. Als Ibn Awad inderdaad in de buurt was geweest toen ik bij Kalash op bezoek was – en ik moest toegeven dat dat best mogelijk kon zijn – waarom was ik dan nog steeds in leven?

Ben beantwoordde die vraag voor me hoewel ik hem niet hardop had uitgesproken. 'Misschien betekenen Kalash' gastvrijheid en de miraculeuze kaart eigenlijk dat Kalash het hulpje is van Ibn Awad en dat vanaf het begin ook is geweest. Als dat het geval is, dan is het best mogelijk dat hij je de ene kant op stuurt en dat zijn beruchte neef ondertussen de andere kant op gaat.'

'Alles is mogelijk,' zei ik.

Maar ik geloofde het niet. Ik kon me haast niet voorstellen dat Kalash, die erg egocentrisch was, iemands hulpje zou spelen. Het is goed om een advocaat van de duivel in je team te hebben. Om die reden zat Ben in ons team. Hij was gespecialiseerd in de duistere kanten van de menselijke natuur. Hij was meer geïnteresseerd in schaduw dan in zonlicht, hij wantrouwde deugdzaamheid, hij had gezien dat mensen pas werkelijk gelukkig waren als ze iemands vertrouwen konden beschamen. Hij had te veel mensen weten over te halen andere mensen te verraden in ruil voor geld en de illusoire vriendschap die hij hen bood. Te veel vrouwen hadden hun kleren voor hem uitgetrokken, daarna zijn geur van zich afgewassen, hun haar en hun gezicht weer gefatsoeneerd en waren weer teruggestapt in de saaie huwelijksfilm waaruit ze een middagje waren ontsnapt terwijl hun tegenspeler Johnny de Hoorndrager zijn glansrol op kantoor speelde. Anderzijds had Ben zijn beperkingen. Iemand die goed is in het optimaal benutten van situaties – en dat was Bens grote kracht – bezit meestal niet de verbeeldingskracht om zelf situaties te creëren die hij kan uitbuiten. Hij moet wachten tot de kans hem in de schoot valt.

Ik zei: 'Ben, ik begrijp het wel. Maar we kunnen niet opnieuw beginnen. We moeten doorgaan in de richting die we zijn ingeslagen. Alles wat we weten of denken te weten, duwt ons die kant op. Als ik ongelijk heb, dan heb ik ongelijk.'

Charley Hornblower was de eerste die zich bij mij en Childress in Rome voegde. Hoewel ik nu de kans liep met twee dwangmatige pedagogen opgesloten te zitten, was ik blij om Charley weer te zien. Hij had goed nieuws over Harley die weer op de been was en volgens Charley weer helemaal de oude was. Misschien nog wel meer dan dat als zoiets mogelijk was. Hij had meer energie, was minder kortademig en kon zich beter concentreren sinds hij een pacemaker had gekregen. Behalve dat had Charley ons natuurlijk nog veel meer te melden, maar voor hij met zijn briefing kon beginnen, begonnen de klokken van St.

Pancrazio te luiden. Het geluid was oorverdovend en golfde naar je toe zodat je het gevoel had dat je je hand kon uitsteken en er een handvol van kon pakken. Een geelbruine kat bleef stokstijf staan met een gekromde rug en zijn staart strak omhoog terwijl hij zijn tanden liet zien, hij schudde zijn kop en miauwde terug tegen de klokken. Het duurde even voordat we weer wat konden horen.

De trek van de grote kraagtrap, vertelde Charley ons, werd vanuit de ruimte gevolgd. Een aantal vogels was voorzien van lichtgewicht zenders –miniatuurversies van Mubaraks GPS-toestel. Die zonden signalen naar de drie GPS-satellieten die op duizend kilometer hoogte in een vaste baan om de aarde draaien. Eén vogel, die in februari in Abu Dhabi was losgelaten, had ruim elfduizend kilometer gevlogen. Hij was gestopt in Iran, Turkmenistan, Kazachstan en Oezbekistan voordat hij vijfenvijftig dagen later in april in Xinjiang was aangekomen. Hij vloog met een gemiddelde snelheid van 29,82 kilometer per uur en legde steeds een gemiddelde afstand van 1260,67 kilometer af voor hij ging rusten. Andere vogels waren ook van zenders voorzien en losgelaten. Uit het onderzoek kwam naar voren dat er twee zwermen trekvogels waren waarvan de een in het westen van Kazachstan broedde en de andere verder naar het oosten.

We spreidden de kaart van Kalash uit op de grond, gingen op onze knieën zitten en maten de afstand tussen de landingsbanen. De landingsbanen in de woestijn lagen ongeveer 1300 kilometer uit elkaar en kwamen ongeveer overeen met de afstand tussen de halteplaatsen van de migrerende kraagtrappen. 'En moet je kijken!' zei Charley en hij trok een spoor met zijn wijsvinger. De landingsbanen zigzagden naar het oosten, langs de vliegroute van de kraagtrappen die naar Xinjiang en Mongolië trokken.

'Hebbes!' riep hij uit en wreef in zijn handen. 'Klopt perfect.'

Té perfect, maakte Ben Childress met zijn lichaamstaal duidelijk, maar voor een keer hield hij zijn mond.

Die middag arriveerden ook Jack Philindros en Harley Waters. David Wong kwam een uurtje later opdagen, doodmoe van de lange vlucht uit Hong Kong. Zonder een woord te zeggen, een zeldzaamheid bij de altijd zeer spraakzame David, nam hij een douche en rolde zijn bed in. Terwijl we zaten te wachten tot hij weer wakker werd, speelde ik een spelletje gin rummy met Philindros. Dat was een ontmoedigende ervaring. Jack nam kaartspelletjes even serieus als alle andere dingen in het leven. Hij toonde geen genade, pakte zelf de beste kaarten en zadelde mij met de slechtste op, en fluisterde steeds 'Gin' als een robot die maar één woord kent. Dat had niets met geluk te maken. Hij zat me gewoon te belazeren. Na afloop was ik hem ruim tweehonderd dollar schuldig.

Door die ervaring herinnerde ik me weer waarom ik altijd zo'n hekel aan spelletjes had gehad.

Toen David wakker werd, was het negen uur 's avonds. Aan de Middellandse Zee is dat zeker niet te laat om nog te eten. Het was vroeg lente in Rome en dat had zijn uitwerking op iedereen. In de veel te warme schemering zaten jonge mensen elkaar te kussen en te liefkozen bij de fonteinen. De volwassen Romeinen waren zelfs nog vriendelijker en spraakzamer dan anders. De restaurants hadden tafeltjes op het trottoir gezet. We besloten een avondje uit te gaan – voor alle zekerheid gingen we afzonderlijk op pad, maar we togen allemaal naar hetzelfde restaurant, een soort chique catacombe. De muren waren gemaakt van de restanten van oude zuilen. Neusloze marmeren gezichten keken opzij of ondersteboven uit brokken steen. Ze waren allemaal nep, nagemaakt in gips. Als ze echt waren geweest, zei Charley, zou hij ze in de eerste eeuw v.Chr. hebben gedateerd.

David Wong was dol op Italiaans eten. Hij bestelde eerst antipasto en daarna een groot bord pasta, gevolgd door een flinke biefstuk en als dessert gestoofde peertjes en ricotta. Zelfs voor iemand van mijn postuur zou dit een enorme maaltijd zijn geweest, maar David werkte het allemaal moeiteloos naar binnen. Het restaurant was luidruchtig als veel goede restaurants, met veel gerinkel van borden en mensen die door elkaar heen praatten. David ging daar enthousiast in mee. Gezelligheid was heel belangrijk voor hem. Onder het eten werd er geen woord over zaken gesproken.

Na afloop vertrokken we apart. Ik zag het als een uitdaging om de weg naar het appartement terug te vinden. In de oude wijken van Rome zijn de straten smal en donker en vertakken zich onmerkbaar in een andere richting zodat je flink kunt verdwalen. Iedereen die de verborgen logica achter al die bochten en kronkelingen begreep was allang dood. Voordat ik het wist, was ik verdwaald. Het kon me eigenlijk niet zoveel schelen. Ik hield van de geuren, de kleuren en de geluiden van deze stad. Het deed er niet toe hoe vaak je al door dezelfde straat was gelopen, er viel altijd wel iets nieuws te ontdekken – een raam, een standbeeld, een fontein. Verdwalen in Rome stond gelijk aan een verheffende culturele reis door haar verleden. Ik kwam uit op een klein met keien geplaveid pleintje met een zuilengang en verlicht door schijnwerpers die de mooiste details lieten zien – een kerkje, een nis waarin water uit de bek van een stenen vis in een schelpvormig bassin stroomde. Buiten een restaurantje zaten een paar late gasten aan een tafeltje op het trottoir. Een stokoude tenorzanger, begeleid door een piepjonge gitariste, zong een bibberend *Come le rose*. Ik kende de melodie en de naam van het liedje omdat ik het vele jaren terug al eens had gehoord toen ik in Rome buiten zat te eten met Paul en zijn eerste vrouw, de moeder van Zarah. Misschien was het wel dezelfde tenor.

Achter me klonk de stem van David Wong: '*Americano, Lei?*'

Ik wou dat ik kon zeggen dat ik aldoor had geweten dat David me volgde. Maar ik wist het niet. Ik was weliswaar volledig in beslag genomen door de avond en de stad, maar ik had hem waarschijnlijk sowieso niet opgemerkt, ook niet als ik op mijn qui-vive was geweest. Zelfs als hij niet omringd werd door een menigte andere Chinezen, verstond David de kunst om zichzelf onzichtbaar te maken. Hij had daar zijn leven lang op geoefend, waardoor hij kon sluipen als een zwerfkat.

David zei: 'Ik ruik koffie. Kom, dan gaan we ernaar op zoek.'

We volgden zijn neus. Tot mijn verrassing lag het Pantheon vlak om de hoek – blijkbaar had ik langer rond lopen dolen dan ik had gedacht – en een eindje verder in de straat was een koffiebar. Op dit uur van de avond zat er niemand. David betaalde de slaperige kassajuffrouw en verraste haar door voor mij een dubbele espresso en voor zichzelf een cappuccino te bestellen in tamelijk vloeiend klinkend Romeins. Er kwamen hier vast niet veel Ashkenazi-Chinezen over de vloer die het plaatselijke dialect spraken.

David dronk zijn cappuccino in één teug op en liet toen een boer, wat niet zo vreemd was, in aanmerking genomen wat hij die avond allemaal gegeten had. Hij leunde achterover in zijn stoel alsof hij zich eens goed wilde uitrekken. Ik wist echter dat hij alleen de omgeving wilde verkennen en de straat in de gaten wilde houden. David had me iets te vertellen. Het stond op zijn gezicht te lezen. Wat ik daarop las leek me geen goed nieuws.

'Er hebben ontwikkelingen plaatsgevonden,' zei David uiteindelijk. 'Ik wilde het jou eerst vertellen voordat de anderen het horen.'

Hij keek ernstig. Dat was heel ongewoon. Ik zei: 'David, je maakt me zenuwachtig.'

Hij deed geen poging me gerust te stellen. 'Kun je je nog herinneren dat je het tegen kapitein Zhang over een zekere Ze Keli hebt gehad toen we in Ürümqi waren?'

Ze Keli was de naam die de partijfunctionaris gebruikte die Christopher had ondervraagd toen hij in de gevangenis van Xinjiang zat. Hij was de man die Paul tien jaar lang elke dag had ondervraagd. Ik had verwoede pogingen gedaan om hem te rekruteren of om te kopen, en David Wong daarbij als lokvogel gebruikt. Mijn poging was mislukt. Ze Keli was onkreukbaar, een soort van maoïstische jezuïet die van mening was dat Paul een ziel was die de moeite waard was om voor de revolutie te redden, als hij er maar toe kon worden overgehaald zijn zonden te bekennen.

Ik zei: 'Dat weet ik nog, maar jij was er niet bij toen ik naar Ze Keli vroeg.'

'Ik heb het later gehoord,' zei David, 'toen de jongens van Guoanbu me in Beijing kwamen opzoeken.'

Guoanbu is het acroniem voor Guojia Anquan Bu, het Chinese ministerie voor Staatsveiligheid.

David zei: 'Ze waren heel nieuwsgierig. Dat vond ik een beetje lastig, gezien mijn geschiedenis met Ze Keli.'

'Wat wilden ze weten?'

'Waarom je na zoveel jaar met die naam aan kwam dragen. Ze vroegen hoe je die naam trouwens kende. Goeie vraag. Ik deed alsof ik van niets wist.'

'En toen?'

'Ze zijn weer weggegaan. Ik hoef je niet te zeggen dat mijn nieuwsgierigheid was gewekt. Waarom bleven ze zo op dat ene kleine detail hameren? Vooral als Christopher dood was zoals ze hadden gezegd. Dus ik heb een paar lijntjes uitgezet.'

'Na al die jaren?'

'De familie van Ze Keli woonde in Shanghai toen ik hem om probeerde te krijgen. Ik had daar nog wat andere zaken te regelen, dus bracht ik een bezoekje aan de familie. Ze woonden daar nog steeds.'

'En toen kreeg je beet?'

'Christophers naam was het lokaas, dus ja, ik had beet. Een dag of wat later kwam Ze Keli me opzoeken. Wandelde op klaarlichte dag mijn hotel binnen.'

In Rome was het nu middernacht. Het was doodstil in de koffiebar. De juffrouw achter de kassa riep: 'Signori, het is sluitingstijd.'

We gingen meteen weg. Het metalen rolluik van de bar gleed met een ratelend geluid naar beneden. De juffrouw deed het rolluik op slot en wandelde op klakkende hoge hakken de nachtelijke duisternis in. David sloeg rechtsaf; ik zou zelf de andere kant op zijn gegaan. We liepen langs het Pantheon. Niemand te zien. Schaduwen, zwakke verlichting, keistenen onder mijn voeten, de geur van koffie die nog overal hing.

Ik vroeg: 'En?'

'Er ging geen ellenlange inleiding aan vooraf,' zei David. 'Hij begon meteen over Christopher te praten. Hij vertelde me het hele verhaal van de tien jaar durende ondervraging, hoe Paul nooit was gezwicht, dat hij liever stierf dan dat hij zou liegen om zijn hachje te redden, zoals Ze het uitdrukte. Om een of andere reden dwong dat bij Ze grote bewondering af. Blijkbaar was Paul zijn eerste zondaar die vrij was van zonden. Deze gevangene was als een voorouder, zei hij, hij kende geen enkele zwakte en ijdelheid. Dat zei hij letterlijk.'

Paul maakte werkelijk een onuitwisbare indruk op mensen. Ik vroeg: 'Hoe oud is Ze nu?'

'Dat weet ik niet precies. Maar hij zal binnenkort zelf wel voorouder worden. Misschien dat het hem daarom niets kon schelen wat hij tegen me zei en of er iemand meeluisterde. Hij moet geweten hebben dat hotelkamers voor buitenlanders door de Guoanbu worden afgeluisterd, maar daar leek hij niet mee te zitten.'

'Misschien moest hij wel een boodschap overbrengen van de Guoanbu.'

'Of misschien wel niet. Ik denk dat hij gevoelsmatig niet meer tot de partij hoort.' Heel rustig, nadat hij een moment van stilte had laten vallen, zei David: 'Hij had bericht over Paul.'

'Wat voor bericht?'

'Een paar mensen van de Guoanbu waren naar hem toe gekomen om vragen te stellen over Christopher. Ze hebben hem zelfs uit zitten horen. Ze wilden elk detail weten, alles wat hij zich nog kon herinneren, elke karaktertrek, elk gebaar, elke zwakte. Ze Keli vertelde hun dat Paul geen zwakten had, behalve dat hij zijn moeder had verloren toen hij nog klein was. Hij vertelde dat Paul altijd over haar begon te praten als ze tijdens de ondervraging in een impasse terechtkwamen. En dat was zo ongeveer wel iedere dag.'

'Verzint Ze dit nu allemaal?'

David zei: 'Ik denk van niet. Hij zei dat de jonge kerels die hem ondervroegen plotseling opveerden toen hij het over Pauls moeder had. In de verboden zone hadden ze namelijk een man gearresteerd van wie ze dachten dat het Paul Christopher was, en een heel oude vrouw. Ze hadden geen papieren. De oude vrouw was gekleed als een Kirgizische en sprak ook Kirgizisch tegen hen. De man sprak Mandarijn alsof hij analfabeet was. Ze wisten niet wat ze met hen aan moesten.'

Die woorden benamen me de adem. Ik kreeg kippenvel, ik kreeg koude rillingen, ik was sprakeloos, ik trilde als een riet. Clichés worden nu eenmaal niet voor niets bedacht.

We stonden midden op straat. David legde zijn hand op mijn arm en zei: 'Misschien is het niet zo erg als je denkt. Ze vroegen of Ze met hen naar Xinjiang wilde komen om met zijn oude vriend Paul Christopher te praten. De dag dat ik hem sprak, zou hij naar Xinjiang vertrekken. Ik heb hem mijn satelliettelefoon gegeven.'

'Welke satelliettelefoon?'

'Die jij me gegeven had. Ik heb een andere. Waar het om gaat is dat hij hem heeft aangenomen. Ik heb hem jouw nummer gegeven.'

Door de stilte van de slapende stad om ons heen leek het alsof ik onder water zat en doof was – een herinnering aan geluid in plaats van het geluid zelf.

'Ik geloof niet dat je het begrijpt,' zei David. 'Dit is goed nieuws, Horace. Kop op. Paul leeft nog.'

Ik begreep het maar al te goed. Het geluk bleef Christopher goedgezind. En zijn talent om de boel ingewikkeld te maken terwijl hij juist helderheid wilde scheppen was hij ook nog niet kwijt.

4

Twee uur later bracht David Wong verslag uit aan de voltallige groep. Ogen verkilden, gezichten verstrakten. Volgens de anderen was de informatie die Ze Keli over Paul en Lori had op geruchten gebaseerd. En wat zelfs nog erger was: het was speculatie op basis van een gerucht. Het leidde de aandacht af, het stond buiten het werkelijke doel van de missie. De realiteit was dat we heel dicht bij succes of totale mislukking zaten. Tegen wil en dank, zoals dat altijd gaat in onze beroepsgroep, waren we in het bezit gekomen van een aantal feiten. We wisten dat Ibn Awad nog leefde. We wisten waar hij de volgende maand waarschijnlijk zou zitten. Eindelijk maakten we kans op succes. Het werd hoog tijd om te handelen.

Jack Philindros zei: 'En wat doen we met Christopher?'

'Zelfde missie,' zei ik. 'Is het ook altijd geweest. Paul doolde niet voor de lol in de verboden zone van Xinjiang rond. Hij weet iets.'

'Wat zou dat kunnen zijn?'

'Daar komen we wel achter als we hem gevonden hebben.'

'Hem gevonden hebben?' zei Jack. 'Wat heeft het vinden van Christopher hiermee te maken?'

'Die vraag heb je van het begin af al gesteld, Jack. Het antwoord luidt nog steeds hetzelfde. Ik ben het hem verschuldigd. En zelfs als dat niet zo was, dan zeg ik weer: hij weet iets wat wij ook moeten weten.'

Jack zei: 'Ook al hebben we geen flauw idee wat dat zou kunnen zijn. Ik geef het op. Hoe luidt het plan?'

Ik vertelde het hen. Ze luisterden aandachtig met uitdrukkingsloze gezichten. Nadat ik de details uiteen had gezet, bleef iedereen een tijdje stil. Toen begon Ben te glimlachen. Hij was zoals altijd degene die het snelst van geest was.

'Ik zeg het nog maar even voor alle duidelijkheid,' zei ik, 'dit kan ons het leven kosten. Misschien leidt het allemaal nergens toe.'

'Is het ooit anders geweest?' vroeg Harley.

Niemand gaf antwoord. Maar niemand zei ook dat hij de hele zaak wilde vergeten en naar huis wilde.

Jack vertrok even zijn lippen, wat bij hem doorging voor een glimlach, en iets van plezier – de herinnering eraan of de voorpret – leek zichtbaar te worden. 'We zullen ons moeten verlaten op de vriendelijkheid van vreemden,' zei hij. 'Is dat het plan?'

Ik antwoordde: 'We hebben geen alternatief. Niemand die ons kent wil ons hiermee helpen.'

Ik liet ze stemmen. De schouderophalers waren in de meerderheid.

DEEL IX

1

De belangrijkste toeristische bezienswaardigheden in Sofia, voorheen de somberste hoofdstad van Oost-Europa, zijn verbonden door een gele klinkerweg – of althans door een spoor van gele bakstenen die in het trottoir liggen. Dat was misschien de reden waarom Mr. Osborn Denison, die ik vroeger kende onder de naam Kevin Clark, Sofia had gekozen als een geschikte ontmoetingsplaats, hoewel het er krioelde van de Russische gangsters. Volgens Kevin waren deze lokale slimmeriken provinciaaltjes, die geen echte banden hadden met het centrale zenuwcentrum van de Russische misdaad. Anderzijds werden ze wel door de Russische maffia gebruikt als moordenaars, kidnappers en ondervragers die geen geintjes maakten, net als in de sovjettijd toen diezelfde maffialieden nog lid waren van de KGB en de Bulgaren hun hulpjes waren.

We waren geen van beiden ooit eerder in Sofia geweest. Kevin leek te denken dat we daardoor relatief veilig waren en in zekere zin had hij gelijk. Het duurt een dag of twee om een surveillanceoperatie op onverwacht aangekomen vreemdelingen te organiseren en tegen die tijd waren wij allang de stad uit. Niettemin zou het flink wat verbeeldingskracht vereisen om Sofia als een veilige haven te beschouwen. Zoals afgesproken ontmoetten we elkaar in een ondergrondse passage in de buurt van het Nationaal Paleis van Cultuur. Toen Kevin me aan zag komen, kocht hij een ijsje, het teken dat we niet geschaduwd werden. Hij droeg een pak met een stropdas, een regenjas en een opvouwbare hoed, en voor de verandering droeg hij eens echte schoenen. Vreemd genoeg maakte hij daardoor een jongensachtige indruk. Ik volgde hem de trap op naar de straat en vandaar langs de gele klinkerweg. Het was avond en het was kil en vochtig. De mensen waren griezelig stil. De politiestaatachtige stilte, de kleren en de grauwe gezichten gaven ons het gevoel dat we door een onderbelicht decor in een stomme film uit de jaren twintig liepen, gemaakt door een toegewijd marxist. Kevin leidde me door een labyrint van straatjes naar een onwaarschijnlijk restaurant dat de Mexicano heette. Ze hadden Texaans-Mexicaanse gerechten en andere Latijns-Amerikaanse specialiteiten op het menu staan. Het entertainment werd verzorgd door een duo dat de Zingende Tweeling heette en zich als Mexicanen uit een film had uitgedost en Mexicaanse liedjes zong inclusief het gehuil van coyotes en *ai-ai-ai-ai*'s. Het restaurant zat stampvol. De herrie was gigantisch. Ik vermoedde dat Kevin de Mexicano had uitgekozen omdat het hem een goede plaats leek om vrijuit te kunnen praten, maar we konden onszelf niet eens horen denken. Daardoor bleven alleen nog de dubieuze genoegens van de menukaart over. We bestelden een biertje en de combinatieschotel. Na de eerste hap schreeuwde ik: 'Hoe heb je deze tent in godsnaam gevonden?'

Kevin antwoordde dat het restaurant hem door een vriend was aanbevolen. De Tex-Mexgerechten waren niet slecht, hoewel ze volgens Kevin niet echt Texaans waren. Ik zou het niet geweten hebben. Texas was ook al zo'n plaats waar ik nog nooit geweest was. Nadat we onze bonen met rijst op hadden en nog wat niet-identificeerbare rubberachtige dingen, verlieten we het restaurant. Toen een torenklok negen sloeg gingen we op een bankje in een parkje zitten naast de Russische kerk. Blijkbaar ging Sofia vroeg slapen. De straten waren uitgestorven. We waren alleen. Omdat Kevin en ik in de Mexicano niet over het Latijns-Amerikaanse ritme heen hadden kunnen schreeuwen, was het ijs nog niet helemaal gebroken. Hoe moest je beginnen?

Ik zei: 'Het zal je wel plezier doen te horen dat alles weer goed is met Harley. Hij heeft twee zware weken achter de rug en heeft nog iets langer in het ziekenhuis gelegen, maar nu gaat het goed met hem.'

'Bedankt dat je dat met me wilt delen,' zei Kevin. 'Dat waardeer ik echt.'

Van die new age-achtige woorden gingen mijn haren overeind staan maar er lag een heel oprechte blik op Kevins gezicht. Ondanks alles wat er tussen ons had plaatsgevonden – of misschien juist daarom – mocht ik hem eigenlijk heel graag. Tijdens mijn hoogtijdagen was ik altijd op zoek geweest naar jongemannen als Kevin. Hij bezat onmiskenbaar alle eigenschappen die hij nodig had voor het soort werk dat hij deed. Daarom stond ik nu op het punt om hem te rekruteren. In een bepaald opzicht was dit een nieuwe ervaring voor me. Met hem deed ik mijn eerste poging om een Amerikaan tegen zijn eigen regering op te zetten, maar ik zag niet in waarom dat moeilijker zou zijn dan het omkopen van een Chinees of een Arabier. Het principe was hetzelfde – hem laten geloven dat ik hem vroeg iets te doen voor zijn land. In dit geval was dat nog waar ook. Het andere magische ingrediënt, voldoening, was ook aanwezig. Ik wist wat hij wilde doen en het lag in mijn macht om dat voor hem mogelijk te maken.

'Ik zei: 'Kevin, ik heb je hulp nodig.''

Natuurlijk had hij al zoiets verwacht. Waarom had ik hem anders gevraagd om elkaar te ontmoeten? Geen verraste blik. Geen reactie. Hij wachtte gewoon af om te horen wat ik zou gaan zeggen.

'Je hebt geprobeerd om mij en mijn vrienden uit de weg te krijgen,' zei ik. 'We zijn daartoe bereid.'

Nu was Kevin een en al aandacht. 'Bedoel je dat jullie het opgeven?'

'Tot op zekere hoogte. Het doel ligt buiten ons bereik.'

Hij legde zijn hand op mijn arm. Het was een gebaar waar vertrouwelijkheid uit sprak, vond ik. 'Het ligt buiten ieders bereik,' zei hij.

Ik vroeg: 'Wat bedoel je daarmee?'

'Ik bedoel dat wij ook geen idee hebben. Echt waar.'

'En moet ik dat geloven?'

Hij aarzelde, heel even maar. Toen zei hij: 'Nee. Ik denk dat jij en Harley en wie er verder ook bij betrokken is, het bij het juiste eind hebben. Dat denken een heleboel mensen, diep in hun hart. Dat is het probleem.'

Aha. De kiem van de twijfel. Ik zei op heel zachte toon: 'Waarom houd je je dan voortdurend van de domme?'

Kevin zweeg. Met zijn handen in zijn zakken, zijn benen voor zich uitgestrekt, zijn hoed schuin over zijn ogen, staarde hij aandachtig naar de opmerkelijke kerk. Het was geen weer voor lange gesprekken in de buitenlucht. Vochtige kou sijpelde door drie lagen wol heen. De kleffe bal onverteerd Bulgaars Tex-Mex voedsel lag zwaar op mijn maag.

Uiteindelijk zei Kevin: 'Me van de domme houden? Zo kun je het ook zeggen.'

'Hoe zou jij het dan zeggen?'

'De juiste woorden kiezen hoort niet tot mijn taakomschrijving.'

'Is het niet jouw taak om de Verenigde Staten te beschermen en te verdedigen?'

Dat was een slag onder de gordel. Ik probeerde hem erin te luizen en hem te laten zeggen dat hij voor de Amerikaanse inlichtingendienst werkte – of, afhankelijk van hoe berekenend je was, hem de kans te geven mij in de waan te laten dat hij voor Amerika werkte terwijl hij eigenlijk voor iets of iemand anders opereerde. Kevin reageerde daarop door mij te laten denken dat hij erin was geluisd. Of misschien deed hij wel alsof. Of allebei. Ik had hem niets waard gevonden als hij dat niet had gedaan.

'Wat moet ik doen?' vroeg hij. 'Doen wat jij hebt gedaan en een operatie tegen de Grondwet uitvoeren?'

'Dat zou ik je niet aanraden,' zei ik. 'Maar ik wil je wat vragen. Hoeveel vakantiedagen heb je opgespaard?'

'Waarom wil je dat weten?'

Kevin was nu een en al aandacht. Hij herkende de duivel als hij hem zag.

Ik zei: 'Omdat ik denk dat het voor ons allemaal beter zou zijn als jij een tijdje vrij nam in plaats van achter ons aan te jagen. Het leidt iedereen alleen maar af.'

'En wat bedoel je daarmee?'

Ik zei: 'Als je een maand of wat vrij kunt nemen van je werk wilde ik je uitnodigen om met mij en een paar vrienden te gaan jagen.'

'Waarop? Op de sjeik van Arabië?'

'Nee. Op de grote kraagtrap.'

Ditmaal snapte Kevin er echt helemaal niets van. Hij vergat zelfs te glimlachen. De wát? Ik vertelde hem alles – of bijna alles – wat ik over deze vogel wist en over Ibn Awads enthousiasme om met valken op de kraagtrap te jagen. Ik beschreef de kaart van Kalash en schetste hem mijn plan om via de grote kraagtrap bij Ibn Awad uit te komen. Ik liep weinig risico met het verklappen van deze gegevens. Zelfs als Kevin de informatie die ik hem gaf aan zijn opdrachtgevers zou doorspelen, wie dat ook waren, bestond er weinig kans dat ze geloof zouden hechten aan mijn theorie. In hun wijsheid zouden zijn bazen de waarheid voor een list aanzien.

Nadat ik mijn verhaal had gedaan was ook Kevin er niet zo zeker van of hij me moest geloven, maar ik had wel zijn belangstelling gewekt.

Hij vroeg: 'Maar waarom vertel je me dit allemaal?'

'Laten we zeggen dat ik sympathie voor je heb opgevat,' zei ik.

'Horace, ik denk echt dat je me probeert te rekruteren.'

'Op tijdelijke basis, ja.'

Eerlijk duurt het langst. Kevin begon te glimlachen. Het deed me genoegen om de quarterback uit Ohio weer terug te zien. Hij zei: 'Je bent knettergek.'

'Ben ik dat? Waarom?'

'Waarom zou iemand die bij zijn volle verstand is in vredesnaam denken dat ik op zo'n aanbod in zou gaan?'

Nu was het mijn beurt om te glimlachen. Als Kevin er niet op in had willen gaan, zou hij die vraag niet hebben gesteld. Hij zou overeind zijn gesprongen, me voor een vijand van alles wat goed en fatsoenlijk was hebben uitgemaakt en woedend zijn weggelopen.

'Laten we zeggen dat ik een bepaald gevoel bij jou heb,' zei ik. 'Ik denk dat jij stiekem wel sympathie voor ons koestert. Ik denk ook dat je niet helemaal tevreden bent met de mensen voor wie je werkt.'

'Maar dat betekent nog niet dat ik bereid ben om ze te verraden.'

'Wat heeft verraad hier nou weer mee te maken?'

Kevin zei: 'Niets zeggen, laat me eens raden. Ik schat je helemaal verkeerd in. Jij geeft mij de kans om iets heel bijzonders voor de mensheid te doen.'

Wat een cynisme! Wie had kunnen denken dat er achter die typisch Amerikaanse brede glimlach zoveel bittere humor school?

Ik zei: 'Nee, ik bied je de kans om de Outfit te kakken te zetten.'

'Waarom?'

'Puur omdat het voldoening geeft. Je zegt zelf dat je denkt dat wij ouwe zakken gelijk hebben over Ibn Awad en dat de Outfit het bij het verkeerde eind heeft. Denk eens aan de consequenties als je voor de gemakkelijke weg kiest en met die sukkels meegaat en als deze dienaar van God vervolgens een stuk of tien Amerikaanse steden opblaast.'

Stilte. Volgens de regels van de rekruteringskunst mocht ik niet de eerste zijn die hem verbrak. Kevin moest als eerste iets zeggen. En als hij dat deed, had ik hem over de streep getrokken.

Na een tijdje zei hij: 'Oké, laten we eens een stapje verdergaan. Wat wil je van me?'

Halleluja. Ik zei: 'Twee dingen. Jouw commandovaardigheden en dekking.'

'Wat bedoel je met commandovaardigheden?'

'Ik wil Ibn Awad levend in handen krijgen. Hij heeft lijfwachten om zich heen, en het zijn er heel wat. Ik hoop dat jij en de manschappen de oude man 's nachts kunnen ontvoeren en weg zijn voordat zijn mensen wakker worden.'

'Denk jij dat wij dat kunnen?'

'Ik heb gezien wat je kan. De vraag is of je ertoe bereid bent.'

Uit Kevins antwoord bleek dat hij besloten had dat hij het zou doen en al met de praktische aspecten bezig was.

Hij vroeg: 'Hem levend gevangennemen? Dat kan ik niet beloven.'

'Dat weet ik. Maar denk je dat het kan?'

'Dat hangt van de omstandigheden af. En wat je daarna met hem van plan bent. '

'Niet folteren of vermoorden,' zei ik.

'Waarom denk je daar opeens anders over?'

'Al doende leert men. Ditmaal wil ik die ouwe gek geen kwaad doen. Ik wil hem alleen maar tegenhouden, zijn bommen vinden en ze ontmantelen. Echt waar.'

Kevin dacht erover na en besloot mijn vraag te beantwoorden. 'Ja, in theorie is het mogelijk hem levend in handen te krijgen, als we ervan uitgaan dat we hem kunnen vinden en dat zijn lijfwachten niet het bevel hebben gekregen hem te doden om te voorkomen dat hij gevangen wordt genomen.'

'Begrepen.'

'Ik heb nog een vraag,' zei hij. 'Je wilt dat ik je dekking geef. Wat bedoel je daar precies mee?'

Ik dacht dat hij het nooit zou vragen. Ik zei: 'Iemand moet met de eer gaan strijken. Wij hebben daar geen behoefte aan.'

'En als ik daar nou ook geen behoefte aan heb?'

'Dan zul je erop moeten rekenen dat Washington zelf met alle eer gaat strijken.'

Kevin glimlachte weer, maar ditmaal in zichzelf.

Hij zei: 'En ik moet het doen met de grote voldoening dat ik de wereld heb gered. Is dat het?'

'Wat zou je nou nog meer kunnen wensen?'

Kevin lachte hardop. 'Goed,' zei hij. 'Wat is de planning?'

Ter plekke namen we de details door.

2

Daarmee bleven alleen de financiën nog over. Die besprak ik met de andere Old Boys. We hadden geld zat op de bank staan – bijna $900.000 plus nog een paar duizend die over waren van de $25.000 die ieder van de Old Boys aan het begin van de operatie had ontvangen. Het was geen overheidsgeld dat nog voor het eind van het belastingjaar even snel moest worden verspild. Het was echt geld, Pauls geld, en iedereen begreep dat. Het kost niet veel om economy class te vliegen. Voor weinig geld overnacht je in goedkope hotelletjes en kloosters en eet je kliekjes schapenvlees in clandestiene restaurantjes in het binnenland van China.

Charley vroeg: 'Hoeveel mensen neemt je vriend Kevin mee?'

'Een stuk of zes,' antwoordde ik. 'Niet zijn eigen mensen. Freelancers. Voormalige agenten die speciale operaties deden. Hij is op dit moment bezig om ze te rekruteren.'

'Moeten we ze betalen?'

'Ze willen Ibn Awad. Ik heb gezegd dat ze hem mochten hebben.'

'Leuk gebaar, Horace.'

Ik gaf Charley de lijst met wapens en andere benodigdheden die door Kevin was opgesteld. De lijst was gedetailleerd en heel specifiek. Hij wierp er een blik op.

'Allemachtig,' zei hij. 'Belgische automatische geweren met granaatwerpers en granaten, een scherpschuttersgeweer met telescoop, Zweedse 74U machinegeweren, 9 mm Beretta's, handgranaten, semtex, ontstekers, munitie, messen. Kant-en-klaar maaltijden voor een maand. Een medische uitrusting. Radio's met zend- en ontvangstinstallatie. Satelliettelefoons. GPS-dinges.' Charley tuurde mij over zijn brillenglazen aan. 'Ik dacht dat het de bedoeling was om Ibn Awad levend in handen te krijgen.'

'Dat is ook zo. Al die vuurkracht is voor degenen die ons daarvan proberen te weerhouden.'

Charley had niet veel op met wapens. De andere Old Boys evenmin. In onze tijd werd een schot beschouwd als het geluid van een onvergeeflijke mislukking. Toen ging het erom op je tenen binnen te komen en weer even zachtjes naar buiten te sluipen, en niemand iets wijzer te maken. De tegenstander (die nooit bot de *vijand* werd genoemd) werd niet geacht erachter te komen wat je had aangericht tot het al te laat was, als hij er al ooit achter kwam.

'Ik heb geen idee waar ik die spullen moet halen of hoeveel het allemaal kost,' zei Charley. Ditmaal wierp hij zich niet op als de glimlachende vrijwilliger die het allemaal wel zou regelen.

'Kevin regelt dat allemaal,' zei ik. 'Het kost minder dan je denkt. Je moet rekening houden met vijftigduizend vooraf, zonder de auto's.'

'Als het jou hetzelfde is,' zei Charley. 'Dan wil ik het liever allemaal niet weten.'

'Maar nu weet je het,' zei Jack Philindros. 'Nou moet je niet de linkse rakker uithangen, Charley.'

Jack deed nu helemaal mee. En Ben ook. De Washingtonse gedragscode trad nu in werking. Als de beslissing eenmaal is genomen, is de tijd voor kritiek verstreken. Of je steunt het plan of je trekt je terug en houdt je mond dicht. Dat wilde niet zeggen dat de zwartkijkers zich niet bezorgd maakten over het ad hoc karakter van mijn plan. Ze hadden allebei altijd wat moeite met improviseren. Maar aangezien we niet over duizenden manschappen beschikten kónden we alleen maar improviseren. Geen van beiden sprak de gedachte uit die hen vooral bezighield: door Kevin erbij te halen zetten we de poorten van Troje open voor een houten paard. Wie wist wat het was en wie erin zou kunnen zitten? Het bracht inderdaad een risico met zich mee, dat was duidelijk. Het was alleen verrassend dat Ben en Jack de anderen daar niet op wezen: zij wisten het natuurlijk allang maar hadden zin in het spannende smerige spel dat we gingen spelen. Ze hadden in geen jaren zoveel lol gehad.

We waren weer terug in Italië – dit keer in Florence, in een ander appartement vlak bij de Ponte Vecchio. Dit was een veel chiquere woning dan de eenvoudige flat in Rome en godzijdank veel verder van kerkklokken vandaan. Na het Restaurante Mexicano had ik behoefte aan een goede maaltijd, dus ik volgde ik het voorbeeld van Disraeli die zelf aan het schrijven ging als hij een goed boek wilde lezen. Ik bereidde zelf een maaltijd. Prosciutto met asperges, spaghetti met schelpjes, een hele geroosterde zeebaars en meer Toscaanse wijn dan goed was voor de oude knarren in het verzamelde gezelschap. Harley bracht een toast uit.

'Op de levenslust die er nog in de Old Boys schuilt,' zei hij.

Iedereen toastte daarop. Maar het was al laat. Al snel stokte het gesprek, werd er minder gelachen. Charley en ik deden de afwas. De rest lag om tien uur al in bed. Midden in de nacht werd ik wakker uit een droom. Alle andere Old Boys lagen te snurken – tenoren, baritons, een 'Old man River' bas. Op een stille nacht in de woestijn, als de sterren boven ons hoofd stonden, zou je deze oude mannen tot kilometers in de omtrek kunnen horen.

De volgende ochtend gingen we uit elkaar, om ieder onze eigen taak uit te voeren. David Wong en ik togen naar het oosten, op weg naar Xinjiang.

3

We ontmoetten Zarah in Karakol, vlak bij de Chinese grens met Kirgizië. We namen alle drie een ontbijt met yoghurt en thee in de kleine eetzaal van het pension waar we logeerden. Aan de andere tafeltjes zaten mannen met merkwaardige vilten hoeden in het Kirgizisch tegen elkaar te schreeuwen. Hun kleren roken sterk naar verbrande mest en de scherpe geur vermengde zich met het aroma van de warme schapenmelk die ze dronken en de lucht van paarden, natte schaapsvachten en hun eigen lichaam. Het pension stond helemaal uit het lood. Streepjes daglicht schenen door de raamkozijnen en deurstijlen heen. Je kon je wel voorstellen dat het lang geleden gebouwd was door mensen met vingers die gevoelloos waren van de kou en die alleen de beschikking hadden over het meest primitieve gereedschap. Door de micaraampjes hadden we een vlekkerig uitzicht op het Ala Taugebergte, met sneeuw bedekte pieken die roze leken in het vroege ochtendlicht. Bij mijn leven had geen enkele Amerikaan een dergelijk beeld gezien en lang genoeg geleefd om het te kunnen navertellen – tot voor kort tenminste. Het enige dat je nu hoefde te doen om plaatsen te kunnen bezoeken die drie generaties lang verboden gebied voor buitenstaanders waren geweest, was een paar toetsen op de computer aanslaan en een vliegtuig nemen. In de zomer krioelde het in deze bergen van de Amerikaanse en Europese rugzaktoeristen. Het kapitalisme! De apparatsjiks waren er met recht bang voor geweest.

Ik vertelde Zarah over mijn gesprek met Kalash, over de GPS van Mubarak, over Charleys onderzoek.

'Dan is Ibn Awad dus inderdaad een valkenier.'

'Daar lijkt het op, tenzij we besodemieterd worden. Voor de achterdochtige geest past het allemaal een beetje te perfect in elkaar.'

Zarah keek me zuinig aan. Ze zei: 'Ik ken iemand die illegaal in valken handelt. Hij zegt dat de beste valk voor de jacht op de grote kraagtrap niet de slechtvalk is maar de sakervalk.'

'En waarom is dat zo?'

'De sakervalk is groter dan de slechtvalk, met een veel grotere spanwijdte,' zei Zarah. 'Hij heeft niet zulke grote klauwen als de slechtvalk maar kan wel griezelig laag over de grond vliegen. Dat betekent dat hij de grote kraagtrap zelf kan opsporen, hem op kan jagen en de lucht in kan drijven, waar hij hem afmaakt. Vanwege zijn kleinere klauwen brengt hij het karkas veel minder schade toe als hij zijn prooi doodt, dan de slechtvalk. Dat is van belang als je de kraagtrap wilt opeten.'

'En?'

'Het is een bedreigde diersoort,' zei Zarah. 'Omdat hij zo zeldzaam is, wordt de sakervalk fel begeerd door Arabische valkeniers. Je hebt ze in allerlei kleuren, variërend van donkerbruin tot blond, van askleurig tot wit. Wit is de zeldzaamste kleur.'

'Het zal wel moeilijk zijn om die te vinden.'

'Heel moeilijk. Het is ook illegaal. Maar niet onmogelijk. Een spierwitte wilde, vrouwelijke sakervalk is wel honderdduizend dollar waard.'

Ik zei: 'Laat me eens raden. Jouw vrienden weten waar je er één kunt kopen.'

'Ja. Een spierwit vrouwtje. In een dorpje hier niet ver vandaan.'

'Ik zou die vogel graag willen zien. Maar wat moeten wij met een spierwitte vrouwelijke sakervalk?'

'Ik dacht dat het een aardig geschenk voor Ibn Awad zou kunnen zijn,' antwoordde Zarah. 'Iets wat zijn aandacht trekt, hem naar ons toe brengt.'

Na het ontbijt ging David Wong op zoek naar een Kirgizische vriend die ons naar het dorpje zou kunnen rijden waar de sakervalk en zijn eigenaar op ons zaten te wachten. De Kirgizische vriend bleek Askar te zijn, de revolutionair die we in het Tadzjiekse dorp waren tegengekomen na de *buz kashi*, de man die ons verteld had dat Lori bij de Kirgiezen had geleefd. Hij was nog steeds even joviaal, vol patriottisch vuur, trots op zijn heldhaftige reputatie. Hij wist precies wie Zarah was, en nadat hij haar had verteld dat ze sprekend op haar grootmoeder leek, begon hij zijn stamboom op te lepelen.

'Mijn grootvader en jouw overgrootvader waren volle neven,' zei hij tegen Zarah. Tegen mij zei hij: 'Zarah is de dochter van een volle neef van jou. Dus jij en ik zijn ook neven.'

In mijn geval was die bloedband meer voor de eer, maar dit was een moment dat om een gebaar vroeg. Ik stak mijn hand uit. Askar nam hem aan en kneep hem bijna fijn.

Askar en David waren in een Subaru pick-up gearriveerd. Zarah en David gingen bij Askar in de cabine zitten. Vanwege de beenruimte koos ik ervoor in de achterbak mee te rijden. Dat was een onverstandige beslissing. De combinatie van Askars rijvaardigheid – hij had als stuntman in Hollywood zo aan de slag gekund – en de weg, die volgens de meest erbarmelijke collectivistische maatstaven was aangelegd, maakten dat ik daar na een kilometer al spijt van kreeg. Het was steenkoud. Sneeuwvlokken wervelden achter de pick-up omhoog.

Het dorp, toen we het eindelijk bereikt hadden, bleek een verzameling stenen hutten te zijn die tegen een bergwand aan stonden. Vlak boven de kriskras door elkaar staande hutjes kwam een hete bron uit de rotsen geborreld waar flarden stoom afkwamen. Askar vertelde ons dat er in de buurt grotten lagen waar hij en zijn mannen zich in de goede oude tijd verscholen hielden nadat ze aanvallen op Chinees grondgebied hadden uitgevoerd. Tijdens de strijd om het Kirgizische volk te verenigen, had het dorp als uitkijkpost gefungeerd en kwamen de mensen Askar en zijn partizanen waarschuwen als de Russen eraan kwamen. En wat hadden Askar en zijn mannen gedaan als de sovjettroepen hen kwamen zoeken?

'We staken de bergen over tot in Xinjiang en verstopten ons in de grotten aan de andere kant,' zei hij. 'De Han en de Moskovieten vertelden elkaar nooit iets.'

Askar kende natuurlijk iedereen in het dorp. Hij werd als een beroemdheid ontvangen. Wij dus ook – althans David en ik. Zarah werd, nadat Askar haar stamboom had uitgelegd, door de vrouwen meegetroond als de lang verloren zuster. In het huis van het dorpshoofd kregen wij mannen gefermenteerde merriemelk aangeboden. Ik was er dik tevreden mee. Het verminderde de pijn in mijn lijf een beetje en hoewel ik niet kan zeggen dat ik het beter vond smaken dan Schotse whisky had het wel een lekkere moutachtige smaak. Het dorpshoofd verzekerde ons dat hoewel er in vrij Kirgizië nog steeds flink wat wodka werd gedronken, gefermenteerde merriemelk hun enige echte nationale drank was. Dit werd wel bewezen door het feit dat de hoofdstad Bisjkek genoemd was naar de karnton waarin de merriemelk wordt gefermenteerd.

Het was al laat in de middag voordat de gastvrijheid over zijn hoogtepunt heen was en het tijd werd om ter zake te komen. Zarah was niet verdwenen. Ze amuseerde zich met de rest van de vrouwen in de keuken. Afgaand op het gelach daar en de glanzende glimlachende gezichten van de vrouwen die ons eten en drinken kwamen brengen, beleefden de dames veel genoegen aan haar gezelschap.

Toen we eindelijk naar de sakervalk werden gebracht, werd duidelijk dat het feit dat Zarah Lori's kleindochter was, in ons voordeel werkte. Lori – of Kerzira zoals de Kirgiezen haar noemden – was altijd op háár voorwaarden met mannen omgegaan. Iedereen leek van Zarah hetzelfde te verwachten. De sakervalk werd in een grot hoog op de berghelling gehouden – eigenlijk in een soort nis diep in de grot zelf. Zarah wilde met alle geweld alleen naar binnen met een kaars. Ze bleef ongeveer een kwartier in de grot. Het leek mij langer, omdat ik helemaal dubbel gebogen stond onder de lage zoldering in de grot, en voor de valkeniers leek het helemaal lang te duren. Of ze nu wel of geen nicht was, wel of geen buitenlander, wel of niet Kerzira's kleindochter, Zarah was en bleef een vrouw. Vrouwen en valken gingen niet samen. Er werden blikken gewisseld, woorden gemompeld. Er ontstond een wrevelige sfeer. Ze werden steeds ongeruster. Wie wist wat voor schade deze buitenlandse vrouw kon toebrengen aan een wezen dat meer geld waard was dan de gezamenlijke inkomens van alle mensen in het dorp? En wie kon met zekerheid zeggen dat ze geen spionne was voor idiote buitenlanders die met de politie hierheen zouden komen om de vogel te redden, zodat de commissaris voor de rest van zijn leven op rozen zat en iedereen in deze grot in de gevangenis werd gegooid?

Eindelijk dook Zarah weer op uit de duisternis in het rokerige licht van de lantaarn in de voorste grot. Het dorpshoofd, een man die Turdahun heette, pakte haar hand vast en rook eraan. Ik vond dat merkwaardig vrijpostig van hem, maar Zarah liet het zonder morren toe. Turdahun wilde alleen maar controleren of ze de vogel had aangeraakt. Blijkbaar was dat niet het geval, want hij maakte verder geen opmerkingen. Ik weet niet of dit een Kirgizische gewoonte was of dat het aan de taalbarrière lag of dat het een onhandige reactie was op deze vreemde vrouw die net als haar grootmoeder uit het niets was opgedoken, maar er werd in elk geval geen woord over gezegd.

Gelukkig stond Askar er ook bij. Hij nam de onderhandelingen over en sprak tegen Zarah een soort pidgin-Arabisch en tegen de anderen gebrekkig Kirgizisch. Voor hem en voor de dorpelingen was dat een volstrekt normale gang van zaken. Hij was Zarahs mannelijke bloedverwant. Dus was het vanzelfsprekend dat hij voor haar praatte, haar beschermde en ervoor zorgde dat ze kreeg wat ze wilde en tegen de beste prijs. Terwijl de meeste andere mannen van het dorp vanaf de zijlijn toekeken, namen Askar en Turdahun op een tapijt plaats om thee te drinken en te onderhandelen, waarbij ze in elkaars oor fluisterden als het belangrijk werd. Dat ging zo urenlang door. Op een gegeven moment viel ik in slaap door de gefermenteerde merriemelk en de warmte van het mestvuur. Toen ik weer wakker werd, was de deal gesloten. Askar had de sakervalk voor drieduizend gram goud gekocht, ongeveer $35.000, een kwart van de oorspronkelijke vraagprijs.

Het goud werd plechtig afgewogen in aanwezigheid van getuigen. Tot mijn verbazing had Zarah het meegenomen in kleine goudstaafjes; als een toegeeflijke vader was ik ervan uitgegaan dat ik het zou moeten betalen. Nadat de overeenkomst was gesloten en het goud was betaald, gingen we weer eten (nog meer schaap) en dronken daar de uitstekende Russische wodka bij die David had meegebracht. Het was ondertussen te laat geworden om nog terug te gaan, dus bleven we daar overnachten.

4

We hoefden niet bang te zijn dat we ons zouden verslapen. De hele huishou-
ding van Turdahun was tegen zonsopgang al op de been. De vrouwen stonden
met de pannen te rammelen, de mannen waren aan het schreeuwen en de schapen blaatten. Ik slenterde naar buiten en kwam jongens tegen die ooien aan het
melken waren. Een van hen bood me een kom melk zo uit de uier aan. Na de gefermenteerde merriemelk en de wodka had ik net zoveel zin in schapenmelk
als in schapenogen. Toch dronk ik het uit beleefdheid maar op en sprak het
Kirgizische woord voor *Dank u* uit.

Ik wandelde naar de hete bron en waste mijn gezicht. Het zwavelachtige water rook enigszins naar rotte eieren maar het was echt heet, het had de temperatuur van een Japans bad. Aan de dorpelingen te zien en te ruiken maakten ze
niet vaak gebruik van het borrelende water. Na de tocht in de pick-up van Askar en een nacht opgevouwen slapen op een heel kort stromatras, had ik me
graag in de stomende bron laten zakken om mijn vermoeide botten te weken,
maar op dat moment trilde mijn telefoon. Het toestel trilde nog een keer of drie
voordat ik het hinderlijke ding had geïdentificeerd en onder mijn parka en trui
vandaan had gehaald.

Ik speelde de man die niets te verbergen heeft en blafte: 'Met Horace.'

Ik verwachtte een Old Boy aan de lijn te krijgen – Charley met een mededeling uit de ruimte of Jack of Ben of Harley met een handige tip. In plaats daarvan hoorde ik een mij onbekende stem. In mijn verwarring dacht ik heel even
dat iemand het verkeerde nummer had ingetoetst maar toen realiseerde ik me
dat de beller, die een kunstmatig soort Engels sprak – wel grammaticaal maar
zonder enige klemtoon – een Chinees moest zijn. Zijn stem klonk piepend,
zwak, onzeker, alsof de eigenaar gehoopt had dat hij mijn voicemail zou krijgen in plaats van mijzelf. Het geluid van mijn naam, hardop uitgesproken in
de oren van wie er op dat moment ook maar zat mee te luisteren, had hem de

stuipen op het lijf gejaagd. Ik begreep wel waarom.

Hij bleef zo lang stil dat ik even dacht dat de lijn dood was. Toen zei hij: 'Ah! Ik heb u bereikt.'

Op de achtergrond hoorde ik Chinese muziekinstrumenten, trommels en fluiten. Ik hoorde ook het lawaai van een menigte. Hij kon me waarschijnlijk niet goed verstaan. En waarom belde hij stiekem tijdens iets wat klonk als een Chinese begrafenis?

Ik ging wat harder praten en zei: 'Ja, en daar ben ik ook blij om. Ik wil graag een trektocht door de bergen maken en ik hoop dat uw reisbureau me daarbij kan helpen.'

Het duurde even voordat de beller die dubbelzinnige taal begreep. Toen ging hij meedoen. Zijn stem klink nu wat krachtiger.

'Misschien kunnen wij u van dienst zijn,' zei hij. 'Hoewel u natuurlijk wel de nodige vergunningen van de autoriteiten moet krijgen.'

'Dat begrijp ik. Mag ik u iets vragen? Beschikt u over referenties?'

Mijn Outfitgeest van weleer begon weer op gang te komen, zij het traag. Het is niet eenvoudig om iets niet rechtstreeks te zeggen en er toch voor te zorgen dat je boodschap overkomt bij iemand die Engels van Chinese leraren heeft geleerd op een school ergens in de verste uithoek van Mantsjoerije.

Hij zei: 'Referenties?'

Ik antwoordde: 'Precies, referenties. Ik zou graag met iemand willen spreken die van uw diensten gebruik heeft gemaakt. Ik heb met name een bepaalde persoon in gedachten.'

Er volgde weer een lange stilte terwijl hij deze informatie verwerkte. Toen hij uiteindelijk weer begon te praten, klonk zijn stem iets luider. Misschien begon hij lol te krijgen in dit spelletje.

'Een tijd geleden voerde ik veel gesprekken met een interessante man,' zei hij. 'Misschien is hij wel de geschikte persoon.'

'Juist. En vond u hem een onderhoudende gesprekspartner?'

'Ik vond hem heel oprecht.'

De beller kon alleen maar Ze Keli zijn, Pauls voormalige ondervrager. Ik was er zeker van.

Ik vroeg: 'Hebt u contact onderhouden met deze cliënt?'

'Ik heb hem onlangs nog gezien.'

'En ging het goed met hem?'

'Hij was blij om bij zijn moeder en broer te kunnen zijn.'

'Kunnen ze nu even aan de telefoon komen?'

'Sorry. Ze zijn wel in de buurt maar dat is op dit moment niet mogelijk.'

'Dan kunnen u en ik elkaar misschien ontmoeten. Ik zit ook heel dichtbij.'

Ik hoorde een geweldig lawaai. Het klonk als een mitrailleursalvo.

'Wat was dat?' vroeg ik.

'Voetzoekers,' zei de man. 'Er vindt een huwelijk plaats. Maakt u zich alstublieft niet ongerust. Hoe dichtbij zit u?'

Ze Keli had zich in een huwelijksprocessie verstopt om te kunnen telefoneren. Slimme vent – gewoon een Chinees die in een vrolijke optocht mee over straat loopt met zijn telefoon tegen zijn oor gedrukt.

Ik zei: 'Op dit moment volg ik de zijderoute. Ik zit in de bergen, niet ver van Karakol.'

'Ah,' zei hij. Weer stilte, nog meer muziek en voetzoekers. Toen zei hij: 'Luister goed. Eday etehay ronbay ijbay eday edelpasbay.'

De wát? Ik zei: 'Kunt u dat nog eens zeggen, alstublieft?'

Hij herhaalde de woorden, als het tenminste woorden waren. Ik diepte een pen op en krabbelde de woorden op de rug van mijn hand.

'Ik heb het.'

Ze Keli zei: 'Moay waalftay uruay veroay weetay agenday.'

Hij verbrak de verbinding. Ik ging op een rotsblok zitten en staarde naar de blauwe balpenkrabbels op de rug van mijn hand.

Ik hoorde tumult en stond weer op. Onder me in het dorp verscheen een aantal mannen. De eerste twee droegen een doos die de vorm en de afmetingen had van een op zijn kant gezette legerkist. Ze werden omringd door een stuk of tien andere mannen. Ze droegen de doos aan Askar over die naast zijn pick-up stond terwijl zijn grijzende baard opzij wapperde in de wind en achter hem een schitterend uitzicht op de bergen en de geelbruine akkers zichtbaar was. Zarah stond vlak achter hem, vrouwelijk en bedeesd, met haar handen zedig ter hoogte van haar middel gevouwen.

Een van de valkeniers overhandigde Askar iets. Ze stonden een paar honderd meter van me vandaan en ik kon met het blote oog niet goed zien wat het was. Askar draaide zich om en gaf het aan Zarah. Het leek alsof hij haar hielp het aan te doen, en het om aan haar arm gespte, maar zijn brede gestalte stond in de weg dus dat kon ik ook niet goed zien.

Opeens stapte Turdahun, het dorpshoofd, de kring binnen. Hij droeg de sakervalk op zijn rechteronderarm. De vogel was echt helemaal wit. Hij liep op Zarah af en zette de vogel op haar arm. Hoewel ik het nog steeds niet kon zien, begreep ik nu dat Askar haar een kaphandschoen had gegeven om haar arm tegen de klauwen van de valk te beschermen. Askar deed een stap naar achteren. De rest van de mannen volgde zijn voorbeeld. En daar stond Zarah, helemaal alleen, met het grote gevederde wapen dat ze had gekocht, met een kapje op zijn kop en vastgemaakt aan haar arm. Deze vogel was veel groter dan de slechtvalken die ik eerder had gezien. Ik dacht terug aan Kalash en aan de grote kraagtrap die zich door zijn schaduw had verraden.

De 'taal' die Ze Keli over de telefoon had gesproken was een geheimtaaltje dat kinderen gebruiken. '*Eday etehay ronbay ijbay eday edelpasbay Moay waalftay uruay veroay weetay agenday*' stond voor 'de hete bron bij de Bedelpas om twaalf uur over twee dagen'.

Hoe kwam het dat hij dit kindertaaltje kende? Misschien had Paul het hem wel geleerd tijdens een moment van ontspanning tussen de harde ondervragingen door. Alles in deze operatie was met Paul begonnen, zelfs mijn kater, want als ik er niet op uit was gegaan om hem te vinden, zou ik nu zeker niet naast een hete bron staan waarin de Mongoolse horden misschien nog wel hun voeten hadden gewassen, terwijl ik uitkeek over een verloren wereld waarin witte valken honderd keer hun gewicht in goud waard waren.

5

De Bedelpas ligt op 4200 meter hoogte en is de oudste doorgang tussen Kirgizië en Xinjiang. Van het Kirgische dorp was het een dag rijden met de auto naar het eind van de weg, en daarna nog twee stevige dagmarsen naar de pas. Het pad volgde een smalle rivier langs de voet van het Kaksaalgebergte, en liep daarna recht tegen de berg omhoog en naar de pas. De rivier die te snel stroomde om te kunnen bevriezen, kletterde over een steile rotsachtige bedding en deed een ijskoude nevel opwaaien die alles langs de oever met een vrijwel onzichtbare zwarte ijslaag bedekte – het pad waar we overheen sjokten, rotsen, bomen, opgewaaide sneeuw. Van tijd tot tijd zagen we een explosie van sneeuw boven ons op de berg en hoorden we seconden later de knal van de lawine. Dode lastdieren – een kleine ruwharige pony met grote ogen lag met zijn poten in de lucht, een kameel die bevroren was tot het stuk chagrijn waar zijn ras om bekendstaat – lagen naast het pad. We zagen geen menselijke overblijfselen, maar je kon je afvragen of Ze Keli ons misschien in de val probeerde te lokken door ons te laten doodvriezen.

Askar was er schoorvoetend mee akkoord gegaan om ons te gidsen. In China werd hij gezocht, er was een prijs op zijn hoofd gezet. We hadden een afspraak, in theorie althans, met een Han-Chinees die we geen van allen kenden en wiens enige aanbeveling was dat hij een van de bewakers van Paul Christopher was geweest. Hoeveel soldaten of politieagenten van het Rode Leger zou deze partijganger, deze agent van de Guoanbu, bij zich hebben? Askar had vier jongere mannen meegenomen, strak kijkende Kirgizische strijders gehuld in vilt en schaapsvachten. Pony's die zich al glijdend en glibberend een weg over de verraderlijke bodem zochten, droegen onze bagage. De dieren waren zeker zo nors als Askars mannen. Er werd ons niet verteld hoe de mannen heetten en wat er in de pakzadels zat, maar in de pure, schone berglucht was de scherpe geur van wapenolie bijna net zo overweldigend als de stank van het wolvet.

Naarmate we hoger klommen, werd het steeds kouder. We kampeerden op een punt waar de rivier vanonder een muur van ijs te voorschijn kwam. Een paar mannen van Askar zadelden de pony's af en verdwenen met twee ervan tussen de gigantische met ijs bedekte rotsen. Terwijl zij weg waren stampten de overige mannen een cirkel van sneeuw aan door in concentrische cirkels rond te lopen aan een touw dat door iemand in het middelpunt werd vastgehouden. Daarna legden ze er tapijten op en maakten ze een vuur. De anderen kwamen terug met stokken voor de yurt die blijkbaar in de buurt verstopt hadden gelegen. Ze trokken dikke lappen vilt van de ruggen van de andere pony's en hadden in een mum van tijd een lage, ronde yurt opgezet. Door het vuur van gedroogde mest en de hitte die door acht dicht op elkaar gepakte menselijke lichamen werd verspreid, werd het binnen al snel warm. Onze gidsen hadden gekookt vlees en ander voedsel meegebracht dat ze onder hun kleren droegen om te voorkomen dat het zou bevriezen, en deelden het met ons op lichaamstemperatuur. Hiervoor betaalden wij natuurlijk in goud. Dat veranderde echter niets aan het feit dat geen van hen hier eigenlijk wilde zijn. Er werd niet geglimlacht en niet gesproken, zelfs niet met Askar, de gewoonlijk zo goedlachse bandiet.

's Nachts begon het flink te sneeuwen en er vielen nog steeds dikke vlokken naar beneden toen we bij het ochtendgloren op weg gingen naar de bergpas. Als je nog nooit zeven uur lang op sneeuwschoenen en ingepakt in vilten dekens en schaapsvachten tegen een berghelling van twintig graden op hebt gelopen, kan ik je verzekeren dat dat zweten is. Rond de middag waren we bij de bergpas. De hete bron waar Ze Keli het in zijn geheimtaaltje over had gehad lag een eindje van het pad af, aan de andere kant van de bergtop, aan de Chinese kant van de grens. Onder ons zagen we het verse ribbelspoor van een rupsvoertuig. Toen ze dat zagen, versmolten Askar en zijn mannen onmiddellijk met de bergen.

Een eenzame gestalte, slank ondanks de donzen kleding die hij droeg en lang voor een Chinees, stond bij de hete bron op ons te wachten. Hij droeg een hoge bontmuts, als een Rus.

'Dat is 'em,' zei David.

Ze Keli leek alleen te zijn gekomen. Een snelle verkenning van de omgeving leerde ons dat er geen commando's van de Han in de buurt waren, alleen de Honda sneeuwmobiel die de verdachte rupsbandsporen had gemaakt en uit de wind achter een rotsblok stond geparkeerd.

Ik zei: 'Hopelijk hebt u niet al te lang staan wachten.'

'Helemaal niet,' zei Ze Keli. 'Het is lekker warm hier, bij de bron. Daarom had ik deze ontmoetingsplaats uitgekozen.'

Ze Keli sprak Davids naam uit, knikte formeel en staarde toen vanonder zijn borstelige witte wenkbrauwen aandachtig naar Zarah.

Ik zei: 'Mag ik u Miss Zarah Christopher voorstellen?'

Ze Keli antwoordde: 'Christopher?'

'Zij is de dochter van Paul.'

Ze Keli herinnerde zich zijn goede manieren en zei: 'Het is mij een waar genoegen, Miss Christopher.'

Ik had niet verwacht dat Ze Keli zo'n toonbeeld van confuciaanse hoffelijkheid zou blijken te zijn.

Zarah schudde hem de hand, keek hem recht in de ogen en zei: 'Hoe maakt u het?' zoals ze ongetwijfeld van haar moeder had geleerd of van degene die haar moeder had ingehuurd om haar dat te leren. Goede manieren zijn er per slot van rekening om je door ongemakkelijke momenten heen te loodsen, en je komt niet iedere dag de man tegen die jouw vader tien jaar lang elke dag heeft ondervraagd en uiteindelijk zijn leven heeft gered. Als het dan eindelijk zover is, kun je maar het beste je toevlucht nemen tot wellevendheid.

Ze Keli had een thermoskan thee meegenomen en een met soep. Hij had ook kartonnen bekertjes bij zich die op een of andere manier vanuit hartje Amerika hun weg naar deze verre uithoek in China hadden gevonden. Hij schonk in en het volgende moment stonden we in een kringetje, ieder met een dampend kartonnen bekertje zoete thee in de ene hand en een bekertje noedelsoep in de andere. Allebei smaakten ze verrukkelijk en Ze's praatje – een erudiete verhandeling over de geologie en geschiedenis van de Bedelpas – was op een prettige manier leerzaam. Hij had de manier van praten van een Lowell Thomas, warm en rustig maar toch spannend zodat je aan zijn lippen bleef hangen. Als hij al wist, en dat moest haast wel, dat Kirgizische strijders vanuit verschillende richtingen geweren op hem gericht hielden, dan gaf hij daar geen blijk van. Het had geen zin om hem aan te sporen. Wat hij ons te vertellen had, zou hij ons straks wel laten weten. Ondertussen dienden we ons aan het ritueel te houden. Er valt veel te zeggen voor deze manier van nieuws overbrengen. Het geeft je de kans om je op mogelijke gebeurtenissen voor te bereiden. Uiteindelijk verzamelde Ze alle kartonnen bekertjes weer, schroefde de doppen op zijn thermoskannen en stopte alles in het opbergvak van zijn sneeuwmobiel.

Toen zei hij glimlachend: 'Miss Christopher, ik moet u de groeten doen van uw vader en uw oom, en ook van uw grootmoeder.'

Zarah antwoordde: 'Dan zijn ze dus nog in leven.'

'O, ja. Maar ze worden vastgehouden.'

'In de gevangenis, bedoelt u.'

'Nee, dat niet echt. Ze zitten in hechtenis. Er wordt een onderzoek verricht om vast te stellen of ze een misdaad hebben begaan.'

'Hebben ze dat?'

'Naar mijn mening niet. Maar ze toonden belangstelling voor een gebied waar niemand zonder toestemming mag komen, en zeker buitenlanders niet. De lokale autoriteiten koesteren bepaalde verdenkingen.'

'Wat voor verdenkingen?'

'Van spionage, misschien. Op zijn minst een ernstige overtreding omdat ze zich op verboden terrein bevonden. Het gebied is afgesloten voor buitenstaanders omdat er wapens worden getest en andere geheime activiteiten plaatsvinden. Christopher en zijn moeder zijn vlak bij een van deze locaties gearresteerd.'

Ze Keli haalde een envelop te voorschijn. 'Ik heb wat foto's meegebracht,' zei hij op een heel andere, opgewekte toon.

Hij liet ze ons een voor een zien – gewone zwart-wit politiefoto's van Paul, en face en en profil, en nog een paar soortgelijke foto's van een vrouw die alleen maar Lori kon zijn. Op deze onbarmhartige kiekjes zag ze er natuurlijk oud uit, maar niet zo oud als je zou verwachten. Wat ik zag was niet alleen de oude vrouw op de foto maar ook de Lori uit de legende. Haar eerdere gezichten waren veranderd in het gezicht dat ze nu had. Je kon niet zeggen dat ze nog steeds mooi was, maar haar vroegere schoonheid was nog steeds zichtbaar. De gelijkenis met Paul en Zarah was voor mij niet zo onmiskenbaar als hij voor de anderen scheen te zijn, maar ik keek dan ook naar een foto, niet naar iemand die in levenden lijve voor me stond.

Zarah verslond de foto's, de emotie veranderde haar gezichtsuitdrukking. Ze keek naar een foto van geesten. Ze Keli sloeg haar zeer aandachtig gade maar zonder sympathie te laten blijken. Hij had een geoefend oog en interpreteerde haar reactie volgens zijn eigen maatstaven. Was haar reactie oprecht? Ze leek te denken van wel. Zarah wilde hem de foto's teruggeven maar hij wuifde ze weg.

'Ik heb nog meer foto's die ik zelf heb genomen,' zei hij.

Hij haalde een digitale camera te voorschijn. Op het piepkleine schermpje achterop konden we kleurenfoto's bekijken van Paul en Lori samen en ieder apart. Op alle foto's stonden ze stijf en met een strak gezicht te poseren voor iets wat eruitzag als een vervallen legerbarak.

Ze Keli drukte steeds op het knopje en liet de ene foto na de andere zien. Zarah zag iets op de achtergrond van een van de foto's en vroeg Ze even te stoppen. Dat deed hij en gaf haar de camera.

'Het is een man,' zei ze. 'Maar wat draagt hij om zijn nek?'

Ze Keli nam niet de moeite om net te doen alsof hij de foto weer moest bestuderen.

'Het is een kraag, een vierkant gemaakt van ruw hout, aan alle kanten iets langer dan een arm, met een gat in het midden voor de nek,' zei hij. 'Het is om de man heen gebouwd. En de constructie wordt met schroeven bij elkaar gehouden. De kraag kan niet worden verwijderd door de man zelf omdat de schroefkoppen aan de bovenkant zitten en hij er niet bij kan. De commandant van het kamp heeft de geschiedenis van de lijfstraffen bestudeerd. In het keizerlijke China werden recidivisten er soms toe veroordeeld om dit tuig te dragen. Het betekende natuurlijk de doodstraf want als je die kraag draagt, kun je niet alleen de schroeven niet zelf losdraaien maar je kunt ook niet bij je eigen mond komen. Daarom kun je dus niet eten of drinken. Je kunt ook niet gaan liggen want dan wurg je jezelf. Je kunt nergens naar binnen om tegen de regen of de sneeuw te schuilen omdat de kraag te breed is voor de meeste deuren. Het is verboden om iemand die zo'n kraag draagt, op welke wijze dan ook te helpen. Degenen die in het oude China tot deze straf werden veroordeeld, werden uit de gevangenis vrijgelaten en mochten vrij rondzwerven tot ze stierven. Het was niet nodig ze op te sluiten. Ze droegen hun gevangenis met zich mee.'

Zarah vroeg: 'Is deze praktijk weer opnieuw ingevoerd?'

'Niet officieel,' antwoordde Ze, 'maar zoals ik al zei, de huidige commandant van dit kamp gelooft dat je van het verleden kunt leren.'

Tot nu toe was Ze het grootste deel van de tijd aan het woord geweest maar hij had alleen maar zitten babbelen. Wat hij ons vertelde bracht ons geen stap dichter bij ons doel: namelijk Paul en Lori redden. David Wong had niet deelgenomen aan de conversatie. Nu mengde hij zich ook in het gesprek. Misschien ergerde hij zich aan mijn passieve houding. Ik stond er zelf ook een beetje verbaasd over. Misschien vond ik wel dat Zarah degene was die het recht had om de keiharde vragen te stellen. Misschien lag het aan de hoogte. Op 4200 meter bevonden we ons dan wel niet op het dak van de wereld maar de lucht bevatte weinig zuurstof en ademhalen ging niet meer vanzelfsprekend. Ik voelde me een beetje misselijk.

David stelde de voor de hand liggende vraag: 'Waarom vertelt u ons dit allemaal?'

Ze Keli nam een hap lucht, hield zijn adem even in en liet zijn woorden toen komen. 'Ik ben er niet zeker van of jullie de waarheid zullen geloven,' zei hij, 'maar ik vind dat ik Christopher iets verschuldigd ben. Hij heeft al eens eerder gevangengezeten in China toen hij geen enkele misdaad tegen ons had begaan. Nu is dat weer gebeurd. Vanwege zijn leeftijd en omwille van zijn moeder, en omdat hij pech heeft gehad, vind ik dat hij zo snel mogelijk vrijgelaten moet worden.'

David vroeg: 'Denkt u dat hij zal worden vrijgelaten?'

'Als het aan de kampcommandant ligt, niet,' zei Ze.

'Hebt u het advies gegeven om hem vrij te laten?'

'Natuurlijk. Maar de commandant blijft ervan overtuigd dat Christopher een misdaad heeft begaan.'

'Wat voor misdaad?'

Ze Keli gaf zonder aarzeling antwoord op Davids vraag. 'Spionage,' zei hij. 'Hij is niet formeel in staat van beschuldiging gesteld maar volgens de commandant is Christopher schuldig, en de commandant is heer en meester in zijn eigen kamp. Hij verwijst naar Christophers dossier. Christopher is een Amerikaanse beroepsspion. Hij heeft eerder in China gespioneerd. Nu is hij teruggekomen om het weer te doen.'

Ik zei: 'En waar bestaan die vermeende spionageactiviteiten dan precies uit?'

Ze Keli had er een paar seconden voor nodig om mijn Engels te begrijpen. Uiteindelijk zei hij: 'Dat is een heel goede vraag. Het antwoord luidt, er is niet gespioneerd. Christopher heeft een veel ernstiger misdaad begaan. Hij heeft de commandant in verlegenheid gebracht.'

Zarah zei: 'Kunt u dat alstublieft eens uitleggen.'

'Het kamp is geen militaire basis,' zei Ze. 'Er zijn geen militaire geheimen te stelen. Het is een werkkamp. De gevangenen zijn dissidenten, onder wie een paar christenen en nog wat andere lui die door de godsdienst uit hun evenwicht zijn gebracht. Over het geheel genomen is het echter een goed opgeleide groep. De gevangenen, die daar levenslang blijven opgesloten hoewel ze dat niet allemaal weten, vervaardigen technische producten – onderdelen voor computers, wetenschappelijke instrumenten, enzovoort. Die onderdelen worden in het buitenland verkocht, vooral in de Verenigde Staten. Deze handel heeft de commandant, om nog maar te zwijgen van bepaalde hoge partijfunctionarissen, steenrijk gemaakt. Hij en zijn bazen willen het bestaan van het kamp geheimhouden.'

Dit klonk ernstig. Dat begrepen we allemaal, en Ze al helemaal.

'Winst en gerechtigheid kunnen niet naast elkaar bestaan,' zei hij.

'Met andere woorden,' zei Zarah, 'de commandanten en zijn vrienden zijn kapitalisten?'

'Precies,' antwoordde Ze.

Zijn gezicht was uitdrukkingsloos. Zijn leven lang was Ze een vijand van het kapitalisme geweest. Misschien was China dan wel langzaam aan het veranderen en waren de partijleiders stiekeme plutocraten geworden, Ze was nog steeds dezelfde marxistische idealist die hij altijd was geweest. Als hij verraad moest plegen om zijn idealen hoog te houden, zou hij dat doen. Ik heb veel mannen als Ze gekend en het waren allemaal goede mensen die tot alles in staat waren.

'Ik heb twee dingen voor jullie meegebracht,' zei hij. 'Een kaart en iets wat door de gevangenen is gemaakt.'

Op de kaart stond de precieze ligging van het kamp aangegeven. Het lag driehonderd kilometer van de Bedelpas, ten noorden van de Borohoro Shan in het uitgestrekte, verlaten woestijnachtige hoogland dat het grootste gedeelte van de noordwestelijke kwadrant van Xinjiang beslaat. Achter op de kaart had Ze een gedetailleerde schets van het kamp gemaakt en daarop de belangrijkste gebouwen aangegeven.

Het 'iets wat door de gevangenen is gemaakt' bleek een ontvanger te zijn, of liever gezegd een transponder die het signaal van een radiobaken oppikte en je ernaartoe leidde. Hij legde hem in mijn hand. Hij was vrij klein, ongeveer zo groot als een pakje boter, maar dan lichter.

'Jullie moeten de Christophers snel komen halen,' zei Ze. 'Binnen een week. Daarna ben ik weg en hebben jullie niemand meer die jullie kan helpen.'

Omdat Ze door de Guoanbu naar het kamp was gestuurd, kon hij onafhankelijk van de commandant zijn gezag doen gelden. Hij kon de gevangenen bijvoorbeeld op elk uur van de dag bij zich roepen voor ondervraging. Zijn plan was eenvoudig. Als we dicht in de buurt waren, zouden we een bericht voor hem achterlaten op de satelliettelefoon die David hem had gegeven. De telefoon zou uit staan zodat hij niet op een ongelegen moment begon te rinkelen, maar Ze zou elke dag om middernacht kijken of er een bericht was. Op de nacht dat hij mijn stem of die van David hoorde, zou hij de gevangenen om twee uur 's nachts bij zich roepen en de zender aanzetten. Dan konden we klokslag twee uur het kamp in komen en de reddingsoperatie uitvoeren.

'Er staan wachten langs de rand van het kamp maar er zijn geen hekken,' zei Ze. 'De bewakers kijken naar binnen, niet naar buiten. Er is nog nooit iemand geweest die het kamp probeerde bínnen te komen, zelfs niet als ze in de woestijn omkwamen van de dorst.'

Zarah vroeg: 'Wat gebeurt er als mijn vader en grootmoeder voordien in staat van beschuldiging worden gesteld?'

Ze antwoordde: 'Dat zou de zaken ingewikkelder maken maar ik geloof niet dat dat zal gebeuren. Zoals ik al heb uitgelegd, geeft de commandant de voorkeur aan pittoreske straffen.'

Ze klikte naar een andere foto en gaf Zarah de camera weer. Deze foto was een close-up van de man met de houten kraag om zijn nek.

'Die man is uw oom,' zei Ze. 'Ik heb toestemming gekregen om hem water te geven omdat hij anders van de dorst zal sterven. De commandant heeft tegen Christopher en zijn moeder gezegd dat hij de kraag zal verwijderen als ze bekennen. Maar dat geloven ze natuurlijk niet.'

Zarah staarde naar de foto. David en ik ook. Tarik glimlachte hoewel hij gebukt ging onder het gewicht van de kraag.

Zarah vroeg: 'Zou de commandant mensen van hun leeftijd zoiets aandoen?'

'Met veel genoegen,' zei Ze. 'Het zou zijn kennis over deze strafvorm verbreden, hem nieuwe gegevens verschaffen.'

Op Zarahs gezicht, net als dat van Ze Keli, stond geen enkele uitdrukking te lezen. Ze gaf hem de camera terug. Hij stak zijn hand omhoog om het haar te beletten.

'U mag hem hebben,' zei hij.

6

De afdaling vanaf de bergpas was een glibberige aangelegenheid. Toen de schemering inviel, begon het te regenen. De regen bevroor. Onze kleding knisperde terwijl we over de flinterdunne ijslaag liepen die onder onze voeten kraakte. De duisternis viel in. We konden elkaar niet zien maar hielden contact door te roepen. Ik was de op een na laatste in de rij. Een van Askars mannen vormde de achterhoede en voerde de enige pony mee die we mee naar de bergpas hadden genomen. Opeens schreeuwde de man achter me iets in het donker. Een vloek, een waarschuwing? Een seconde later gleed de pony langs me heen, glibberde met slaande hoeven over het spekgladde ijzige pad. In het donker riep ik een nutteloze waarschuwing in het Engels – nutteloos omdat de mensen vóór me niets konden doen, alleen maar stilstaan en hopen dat de pony hen niet zou raken. Het was onmogelijk hem te ontwijken zonder zelf van de berg af te glijden. Toen hield het geschreeuw plotseling op. Was de pony over een afgrond gezeild, had hij iets geraakt en zijn nek gebroken? Ik kon er niet achter komen. Ik riep David en Zarah. Ze gaven antwoord, dus waarschijnlijk stonden ze nog op hun benen. We liepen verder voetje voor voetje de berg af.

Toen we vijf uur later in de yurt aankwamen, waren we nog voltallig. Niemand zei iets over de pony die er niet meer bij was. We aten koud eten en vielen in slaap. Bij het ochtendgloren braken we het kamp op. Het was weer gaan sneeuwen. Door de vallende sneeuw vingen we een glimp op van bliksemschichten in de verte en daarna hoorden we donderslagen, alsof we wakker waren geworden op een andere planeet. Twee van de Kirgiezen gingen de berg weer op, vermoedelijk om op zoek te gaan naar de pony en de bagage te bergen die hij had gedragen. De rest, met inbegrip van Askar, liep zwijgend door en behandelde ons alsof we lucht waren.

'Ze denken dat we ongeluk brengen,' zei David.

Dat verbaasde me niet.

Ik wachtte tot we weer terug waren in het dorp en gegeten hadden, voordat ik de kwestie met Askar aanroerde. Het gesprek verliep geforceerd. Hij luisterde onbewogen. Ik deed mijn uiterste best om het oude opgewekte, krijgshaftige imago van Askar weer tot leven te roepen. Deze reddingsoperatie konden David, Zarah en ik niet zonder hulp uitvoeren. Ik wilde Kevin er in dit stadium nog niet bij betrekken, zelfs als hij en zijn team dicht genoeg in de buurt hadden gezeten om op elk moment in actie te kunnen komen. Hij had te veel goede redenen om de amforarol zelf te willen bemachtigen. Wij hadden iemand nodig die niets van de rol af wist maar wel het gebied goed kende, die een reden had om de Chinezen een slag toe te brengen en die overreed kon worden om ons te helpen.

Ik vertelde Askar alles wat Ze ons had verteld.

Hij luisterde onbewogen en zei toen: 'Vertrouw je die Han-Chinees?'

'Heb ik dan een keus? Als ik ervan uitga dat hij liegt en niets onderneem, dan zien we Zarahs vader en grootmoeder en oom – net zo goed jouw familie als die van haar en van mij – nooit meer terug.'

'Ben je er zeker van dat jullie nog hun enige hoop zijn?'

Ik overhandigde Askar de digitale camera van Ze. Hij wist precies hoe het ding werkte – beter dan ik het zelf zou kunnen – en klikte bedreven door de opgeslagen foto's heen. Toen hij de foto zag waarop Tarik de houten kraag droeg, versomberde zijn gezicht bij het zien van zijn familielid – precies wat ik gehoopt had.

Ik zei: 'Is dat Tarik niet?'

'Ja. En die oude vrouw is Kerzira.'

Ik liet Askar de kaart zien. Hij bestudeerde hem aandachtig en mat de afstanden met zijn knokkels.

'Het ligt dicht bij de bergen maar op meer dan een nacht lopen van de grens,' zei hij. 'Het is daar vlak, open terrein. Er staan geen bomen, er is geen enkele beschutting. Zelfs als we ze daar weg krijgen, dan zouden we door helikopters worden gevonden zodra de zon opkomt.'

'Zijn er geen grotten of zoiets?'

'Geen grote grotten,' zei Askar. 'Wel graftomben. Daar liggen soms mummies in, mensen die op ons lijken, niet op de Han. De Han blazen de graftomben steeds op als ze ze ontdekken omdat de mummies bewijzen dat onze voorouders eerder in Xinjiang woonden dan die van hen, en het land dus aan ons toebehoort, niet aan hen.'

'Zijn die graftomben groot?'

'Soms wel. Maar ze liggen ondergronds en zijn moeilijk te vinden. Deze mummies zijn duizenden jaren geleden begraven.'

'Maar jij weet waar ze liggen als ik het me goed herinner.'

'Misschien. We maakten er vroeger wel gebruik van maar de Han hebben veel van de graftomben die we kenden vernietigd, misschien wel allemaal. Mijn mannen en ik zijn er in geen jaren meer geweest.'

'Maar je zou ze misschien nog terug kunnen vinden.'

'Als ze er nog zijn.'

Als ze er niet meer waren, dan hadden we pech. Er was geen tijd om de boel eerst te verkennen voordat we op pad gingen. We zouden er op weg naar het kamp een moeten zien te vinden.

We hadden nog heel veel goud over. Askar wist dat want hij had de goud-staafjes in zijn handen gehad tijdens de onderhandelingen over de sakervalk. Hij vroeg echter niet ál het goud. In plaats daarvan stelde hij een honorarium voor van $2500 voor ieder van de vier Kirgizische strijders die hij nodig dacht te hebben, plus een bijdrage van $5000 aan de schatkist van de revolutie, te weten Askar zelf. Aan uitrusting en voedselvoorraden zouden we nog eens $5000 kwijt zijn.

Ik dong niet af. 'Uitstekend,' zei ik. 'Wanneer vertrekken we?'

'Vanaf nu gerekend over twee dagen, in de nacht,' antwoordde Askar. 'We rijden van Karakol naar Kazachstan en steken de grens naar Xinjiang over voorbij de bergen ten zuiden van de Dzjoengaarse Poort. Het is een verlaten gebied aan weerszijden van de grens met hier en daar een heuvel waar je dekking kunt zoeken. Er zijn wel Han-patrouilles maar die zijn niet meer zo alert als vroeger. We reizen 's nachts en verschuilen ons overdag. De Han zullen ons niet ontdekken.'

Ik hoopte dat hij daar gelijk in had. 'Hoe lang doen we erover om vanaf de grens het kamp te bereiken?'

'We komen in de tweede nacht bij het kamp aan.'

Vijf dagen. Dat werd krap.

7

Terwijl Askar zijn voorbereidingen trof, belde ik met Charley Hornblower en gaf hem een boodschappenlijstje door. Zesendertig uur later leverde de FedEx een groot pakket af in Karakol. In het pakket, beschermd door een dikke laag piepschuimkorrels zaten een laptop met een batterij op zonnecellen, een GPS en nog wat andere nuttige zaken. Het meest interessant waren de uitvergrote satellietfoto's van het werkkamp en het gebied eromheen tot tachtig kilometer in de omtrek. De foto's waren opvallend scherp. Het kamp en de woestijn zagen eruit zoals ze er op een hoogte van vijftien meter vanuit een gondel onder een luchtballon uit zouden zien. Je kon geen kentekenplaten lezen of gezichten herkennen, maar zelfs voor het ongeoefende oog waren de menselijke gestalten duidelijk zichtbaar. Charley gaf er nog een internetadres bij voor het geval we nog meer foto's nodig hadden. Door de computer aan de satelliettelefoon te koppelen konden we verbinding maken met de website van de NASA, ongeacht waar we zaten, en de beelden kiezen die we wilden hebben en betalen met een creditcard. Het was allemaal volkomen legaal en keurig geregeld, God zegene Amerika.

Twee nachten later staken we de grens over naar Xinjiang en liepen, volgens de instructies van Askar, een uur lang in het pikkedonker pal naar het oosten tot we paarden roken. Elf ruwharige pony's stonden op ons te wachten – een voor iedere rijder plus nog drie reservedieren voor Paul, Lori en Tarik. Askars mannen – gelukkig niet dezelfde chagrijnige types die ons naar de Bedelpas hadden gebracht – laadden snel onze bagage op de pony's over. Askar kwam met de grootste pony naar mij toe en gaf me een voetje. Als een paard kan kreunen, dan kreunde het arme beest onder mijn gewicht.

Hoewel het al volslagen donker was, was het pas zeven uur 's avonds toen we op weg gingen. We hadden iets minder dan twaalf uur tot zonsopgang. Askar, die voorop reed, gaf zijn paard de sporen zodat het in draf overging. Voor me kon ik de silhouetten van de andere ruiters ontwaren die op en neer wipten in hun zadel. Hoewel ik als kind paardrijles had gehad, had ik het nooit goed onder de knie gekregen. Ik bonkte op en neer op de lendenen van het paard, mijn door elkaar geschudde ingewanden bleven achter als mijn bekken het leer raakte en klotsten weer terug als ze door de zwaartekracht waren ingehaald. Na een uur of wat gingen we over in handgalop, een veel prettiger manier van reizen. Ondertussen was het me duidelijk geworden dat mijn paard een hekel aan me had. Hij bokte, schopte en draaide zich om en probeerde me in mijn been te bijten. Ik voelde met hem mee. Het dier, dat eraan gewend was om lenige, onstuimige Kirgizische ruiters te dragen, was hoogstwaarschijnlijk nog nooit eerder gekweld door zo'n volslagen incompetente ruiter die ook nog eens zo zwaar was.

Na de galop stegen we af en gingen een uurtje lopen. De sterren verschenen aan de hemel. Als we deze snelheid aanhielden zouden we tegen het ochtendgloren al tachtig kilometer in China hebben afgelegd, dus al halverwege het kamp zitten. De Kirgiezen stopten niet om de paarden te laten rusten of zelf even bij te komen. Je hoorde de paarden urineren en rook hun mest. Een paar keer rook ik ook urine van menselijke vleeseters; de Kirgiezen leegden hun blaas vanuit het zadel. Ik moest aan mijn Griekse sluipschutter denken, en al dat afval baarde me zorgen. Een ervaren spoorzoeker zou het zelfs in het donker kunnen volgen. Ik vroeg me ook af of we geen sporen achterlieten die na zonsopgang vanuit de lucht konden worden waargenomen. Hoe zouden elf paarden onzichtbaar kunnen blijven?

Het had geen zin om te piekeren. In plaats daarvan concentreerde ik me maar op de reddingsoperatie en trachtte me alles zo goed mogelijk voor te stellen afgaand op hetgeen Ze Keli me over het kamp had verteld. Ik probeerde eventuele moeilijkheden te voorzien en te voorkomen dat we gevangengenomen zouden worden of voortijdig zouden sterven. Het grootste probleem, afgezien van de bewakers, was de houten kraag van Tarik. Hij kon natuurlijk amper rennen met zo'n ding om zijn nek. Ik nam het plan nog eens door om de kraag te verwijderen. We hadden ongeveer tien minuten om de klus te klaren. Zelfs al beschikten we over een paar accuschroevendraaiers, die in het pakket zaten dat Charley ons had gestuurd, toch kon ik me niet voorstellen dat we de kraag in zo'n korte tijd konden losschroeven. Ik had om krachtiger schroevendraaiers moeten vragen, om een zaag, om goddelijke voorzienigheid.

Ongeveer een uur voor zonsopgang weerklonken de paardenhoeven luid op een steenachtige bodem. Bij het eerste ochtendgloren zagen we overal om ons heen bergen. We stegen af en liepen achter elkaar aan door een nauwe door-gang tussen hoge steile rotsen. Het werd steeds lichter. De paarden die naar schuim roken, lieten het hoofd hangen van vermoeidheid. Mijn paard was zo moe dat het iedere poging had opgegeven om me te bijten of te schoppen. Ik tuurde voor me uit in het zwakke licht en zag opeens een paard verdwijnen als-of het door de aarde werd opgeslokt. Daarna weer een paard en nog een tot ik vooraan in de rij was aangekomen en aan de rand van een gat in de grond stond.

Een van de Kirgizische strijders klauterde uit het gat omhoog, deed mijn paard een blinddoek voor, pakte de teugels en dreef hem het gat in. Ik volgde hem, kwam in het pikkedonker terecht en liep langs een aarden wal omlaag. Het paard hinnikte van angst en begon te bokken en te schoppen en werd voor-uit gejaagd door de Kirgies. Na een aantal bochten en draaien kwam ik in een diep onder de grond gelegen vertrek terecht vol door kaarsen verlichte liggen-de gestalten die door een aan opium verslaafde prerafaëliet geschilderd had-den kunnen zijn. Het waren mummies, gehuld in de resten van de kleren waar-in ze duizenden jaren geleden begraven waren. Twee mannen, een vrouw en een jong meisje. Ze hadden geen ogen en lippen en waren door hun lange rust in een kurkdroge omgeving verschrompeld en bruin geworden. En toch zagen ze er levensecht uit. Het leek alsof ze daar lagen te sluimeren, zelfs te dromen. Net als op de foto die Ze van Lori had genomen, kon je zien hoe ze er vroeger hadden uitgezien. Twee van hen hadden net zulke gouden haren als Zarah. Ze leken te glimlachen en hun tanden glommen in het kaarslicht. Vreemd genoeg had ik niet het gevoel dat ik de privacy van de mummies geschonden had. Hun glimlach leek te suggereren dat ze op onze komst hadden zitten wachten. Ik wierp ze op mijn beurt een warme glimlach toe en toen ik de kring rondkeek, zag ik dat alle anderen hetzelfde deden.

Terwijl twee van hen de paarden lieten uitrusten, ze water gaven uit plastic jerrycans en ze graan voerden, maakten de andere Kirgiezen een maaltijd klaar, zetten thee op een kookstelletje en pakten het koude schapenvlees en het brood uit stoffen zakken. Een van hen zei iets tegen ons. David vertaalde het.

'Hij zegt dat er een toiletemmer in de ruimte bij de paarden staat. Niet naar buiten gaan. Je moet de emmer gebruiken, niet de vloer.'

Er was ons niet verteld hoe de Kirgiezen heetten, met wie we reisden. Het waren allemaal pittoreske types met snorren, die patroongordels en machine-geweren over hun schouder hadden hangen, en pistolen en messen in hun broekriem hadden gestoken. Ze voelden zich helemaal thuis in de graftombe: ze waren respectvol maar voelden zich er op een vanzelfsprekende manier ze-ker van dat ze welkom waren bij deze zwijgende voorouders. De graftombe was koel, stenig en droog. De kaarsen in de grafkamer waren verplaatst zodat de mummies nu in het duister lagen. Er heerste een totale stilte. Mijn oogleden begonnen te zakken. Ik was doodmoe en had verschrikkelijk veel zadelpijn, en ik zou al het goud dat we nog over hadden graag geruild hebben tegen een heet bad. Dat was mijn laatste gedachte voordat ik in slaap viel.

De dichter Andrew Marvell had gelijk. Een graf is een prachtige en intieme plek. Maar het is niet de ideale plek om in wakker te worden. De duisternis, de stilte, de tijdloze geur van stof, het besef van waar je bent en in wat voor gezelschap je verkeert, doen je de haren te berge rijzen en maken dat heel even de paniek toeslaat. Mummies bij kaarslicht gaan nog wel. Mummies in het donker is weer een heel ander verhaal. Hun onzichtbaarheid maakt dat je je er nog meer van bewust wordt dat ze er zijn, en zoals we allemaal weten, is het voelen van een aanwezigheid veel angstaanjagender voor de geest dan de gewone realiteit. Ik pakte mijn zaklamp en knipte hem aan. Zarah zat in kleermakerszit op haar slaapzak in het donker haar haar te borstelen. David lag nog te slapen. Er waren geen Kirgiezen te bekennen.

Zarah zei: 'Het is tien uur 's ochtends. Ik denk dat de anderen buiten op wacht staan.'

'Ben je daar zeker van?'

'Alle paarden zijn er nog.'

Alsof hij dat wilde bewijzen, hoorde ik achter haar een paard snuiven. Ik was na een goede nachtrust stijver dan toen ik de nacht daarvoor van mijn arme paard was afgestegen. Ik ontvouwde het ene onwillige gewricht na het andere tot ik min of meer rechtop stond en naar de emmer strompelde. In het schijnsel van mijn zaklamp zag ik het wit van paardenogen rollen en hoeven omhooggaan. Blijkbaar vonden de paarden mij niet aangenamer ruiken dan ik hen.

Toen ik terugkwam, was David wakker geworden. Zarah had een paar kaarsen aangestoken zodat de mummies weer zichtbaar werden. Onze levende schaduwen vermengden zich met die van hen. Het tafereel was minder fraai, op een of andere manier minder sereen en minder mysterieus dan het de nacht daarvoor had geleken. Zarah haalde mueslirepen te voorschijn en deelde ze uit. We spoelden ze weg met water uit grote plastic flessen met opvallende etiketten. We zorgden ervoor geen kruimels op de grond te morsen: dat lag aan de mummies die ons stilzwijgend manieren leerden.

Ik had de kaarten van Ze, de satellietfoto's, het GPS-apparaat en andere navigatiehulpmiddelen in een onverwoestbare canvas aktetas met schouderband gestopt die ik dertig jaar geleden ooit bij Eddie Bauer had aangeschaft. In het buitenste vakje dat bedoeld was om boeken in op te bergen, zat een geladen Makarovpistool en een afschrikwekkend groot commandomes. David had in Karakol boodschappen gedaan en was hiermee teruggekomen, samen met nog een paar Russische verdovingspistolen en traangasbommen. David was een goed schutter en ik nam aan dat Zarah dat ook was, maar ikzelf had in geen jaren iemand neergestoken of -geschoten sinds ik bij de mariniers weg was. Maar als je die vaardigheden eenmaal onder de knie had, was het net als fietsen, of dat hoopte ik dan maar. Je verleerde het niet.

Met de tas over mijn schouder terwijl al mijn spieren en gewrichten hevig protesteerden, liep ik langs de helling omhoog. De ingang was met een grote platte steen afgesloten. Ik schoof de steen opzij. De zon scheen fel in mijn ogen en verblindde me heel even. Als er jagers hadden liggen wachten tot ik mijn hoofd uit het hol zou steken, dan was ik nu dood geweest. Ik zag niemand – niets wees erop dat hier mensen voorbij waren gekomen. Alle sporen van de paardenhoeven en onze eigen voetstappen waren uitgewist. Het kale landschap was leeg. Zelfs de hemel was leeg – geen wolk te zien, geen vogel, niets, alleen maar de blauwwitte zon recht boven me. Ik voelde er geen hitte van afkomen. We bevonden ons in een diep ravijn dat in de schaduw was gehuld. De omringende hoge rotswanden die ik de nacht daarvoor had gevoeld, waren nu helemaal zichtbaar. Ze zaten vol gaten van grotten waar alleen een menselijke vlieg in zou kunnen klimmen. Ik stond op en gebaarde Zarah en David me te volgen. Het had geen zin om te kruipen of te sluipen. Iedereen die het ravijn in de gaten hield had ons allang gezien. Ik hoopte dat dat ook gold voor onze Kirgizische reisgenoten, maar terwijl ik in deze leegte rondkeek en naar de stilte luisterde, vroeg ik het me af.

Opeens zei Askars stem die uit de aarde vlak achter me kwam, iets in het Kirgizisch. David, die naast me stond, vertaalde het: 'Hij zegt dat je het rotsblok weer terug moet schuiven en je voetafdrukken achter je moet uitwissen.'

Askar lag ongeveer vijf passen van ons vandaan onder een jutezak. De zak had dezelfde kleur als de aarde omdat hij onder de modder zat. De modder was verpulverd en zo rul, doordat hij kurkdroog was, dat de korrels niet aan elkaar bleven plakken. Als je erin stapte, wierp je een minizandstorm op die er lang over deed om weer te gaan liggen. We waren allemaal van top tot teen bedekt met een poederlaag van dit meelachtige stof. Askar kwam overeind en liep met grote passen naar de rotswand toe. Wij kwamen achter hem aan. Zarah pakte de jutezak op en liep achteruit terwijl ze onze voetstappen uitveegde.

We betraden een lage grot waar we in een kring plaatsnamen. De andere Kirgiezen stonden op wacht, en lagen vermoedelijk onder hun eigen jutezakken.

Askar wees even vaag in de richting van het ravijn en naar de toppen van de rotswanden. Zijn machinegeweer was in een plastic vuilniszak verpakt om hem tegen het stof te beschermen. Ik legde de satellietfoto van dit gebied op de grond en bepaalde onze positie met de GPS. Ik wees onze precieze locatie op de kaart aan. Askar trok een beleefd gezicht. Hij wist al waar we zaten en waar hij heen ging. Al die poeha en dat ingewikkelde gedoe van die buitenlanders was nergens voor nodig.

Hij stak van wal. In Askars ogen ging het om een eenvoudige reddingsoperatie – naar binnen gaan, onze vrienden vinden, met hen in ons kielzog weer naar buiten lopen, een achtervolging vermijden, ons overdag schuilhouden, 's nachts op de grens afstormen. Geen lawaai maken, geen nodeloze drukte, ze lekker verder laten slapen. Het klonk allemaal waterdicht. Operaties klinken altijd logisch op de dag voor ze worden uitgevoerd.

Zarah vroeg: 'Hoe moet het met Tarik?'

'Die komt met ons mee.'

'Met die kraag om zijn nek? En als we het nou op een lopen moeten zetten?'

'Dan laten we hem achter,' zei Askar.

'Geen sprake van,' zei Zarah.

Askar haalde zijn schouders op. Zarah wierp hem een lange, kille blik toe, schoof toen uit de kring en ging met haar rug naar hem toe zitten.

8

We vertrokken zodra het donker was geworden. Tot mijn grote opluchting gaf Askar het bevel de paarden aan de hand mee te voeren in plaats van ze te berijden om de dieren zo fit mogelijk te houden voor onze ontsnapping. We bevonden ons in een doolhof van ravijnen, geulen en steile rotswanden. Askar die vooropliep, sloeg de ene keer linksaf, dan weer rechtsaf, of liep gewoon rechtdoor met het zelfvertrouwen van een New Yorker die in een geometrisch ingedeelde stad naar zijn werk kuiert. Volgens de radium wijzerplaat van mijn oude kompas liepen we naar het oosten en noorden, recht op het werkkamp af. Het stof dat door de paardenhoeven werd opgeworpen, stompte de zintuigen af: de smaakzin, de reukzin, de tastzin, zelfs het gehoor en het gezichtsvermogen. Ik telde mijn voetstappen en volgde de leider in een waas van blind vertrouwen. De tijd vloog niet voorbij.

Om een uur of tien konden we de gloed van het kamp tegen de hemel zien. Askar liet ons halt houden. Een van zijn naamloze mannen pakte de teugels van mijn paard uit mijn handen en voerde het weg. Hij en de andere strijders kluisterden de dieren. Askar deelde bevelen uit aan zijn strijders en aan ons, wie wat zou doen op welk teken. We zouden een uur uitrusten en er dan op afgaan. Om middernacht zou David zoals afgesproken Ze op zijn satelliettelefoon bellen en een bericht in het Mandarijn achterlaten.

'Zarah blijft bij de paarden,' zei Askar.

Zarah zei: 'Nee.'

'Iemand moet bij de paarden blijven,' zei Askar. 'Anders proberen ze uit te breken.'

'Laat een van je eigen mensen dan maar hier,' zei Zarah en keek hem strak aan.

'Ik heb alle mannen nodig,' zei Askar. 'Het gaat waaien. Dan worden de paarden bang en willen ze ervandoor.'

Alsof het afgesproken werk was, wierp een briesje een paar derwisjen van stof op. Zarah liep weg de duisternis in. Askar haalde zijn schouders op. Wilde deze vrouw liever ontdekt worden en misschien omkomen in plaats van te gehoorzamen? Dan moest dat maar. Hij ging op de grond liggen en viel in slaap. Ik begon de zenuwen te voelen voor de operatie die we gingen uitvoeren. Niettemin viel ik algauw in slaap maar ik sliep wel onrustig en droomde van penibele momenten in het verleden. Toen ik weer wakker werd, zag ik dat Zarah verdwenen was. Dat maakte me zo ongerust dat ik nauwelijks in de gaten had dat de wind in kracht was toegenomen – zo krachtig dat de gloed van het kamp schuilging achter een wolk van stof. Het was een paar graden kouder geworden. De westenwind voerde een koudefront met zich mee. We waren nu allemaal gemaskerd, met sjaals die we tegen de wind en het zand voor ons gezicht hadden gebonden. Misschien ging Zarah verscholen achter een rondwaaiende wolk stof. Ik stuntelde wat in het rond om haar te zoeken maar zag geen spoor van haar, op één verontrustende aanwijzing na: de rugzak met haar spullen erin, was weg. En ook een van de accuschroevendraaiers van Charley ontbrak. Niemand had haar weg zien gaan. Er was maar één plek waar ze naartoe kon zijn gegaan – naar het kamp.

David belde Ze Keli. Askar gaf een teken aan zijn mannen dat ze konden vertrekken en ging op pad, tussen David en mij in. Het begon steeds harder te waaien. We konden de paarden nog nauwelijks zien. Askar sprak een korte zin in het Kirgizisch.

David vertaalde: 'Askar zegt dat het een nacht in een nacht is. Geknipt voor ons.'

Askar was in zijn element, blij en bloeddorstig. Allah zou voor ons zorgen. Ondanks de aanwezigheid van deze ongelovigen had hij ons deze ideale weersomstandigheden gestuurd. We zouden onzichtbaar blijven voor de bewakers in het kamp. Onze sporen zouden verwaaien.

Het leek alsof we alleen waren, alleen wij drieën. Toen doken Askars mannen uit de rondwervelende stofwind op met de paarden. Het had nu geen zin meer om ze achter te laten. Niemand in het kamp zou ze in deze sluier van stof kunnen zien of ruiken of ze boven de gierende wind uit kunnen horen. Ik ben wel geen bedoeïen, maar het was ook overduidelijk dat niemand, zelfs Askar niet, de dieren terug had kunnen vinden als we ze daar hadden achtergelaten. Dat betekende dat Zarah ze ook niet zou kunnen vinden als we haar in de zandstorm voorbij zouden lopen en ze Kalash' gouden regel volgde voor hen die in de woestijn verdwaalden en terugging naar de plek waar ze vandaan kwam.

Al snel konden we het kamp zien liggen. De zwakke lichten aan de rand van het kamp vormden wazige oriëntatiepunten. Daarachter zagen we andere, nog vagere lichten buiten de gebouwtjes. Askar kwam dichterbij en schreeuwde iets in mijn oor. Waar, wilde hij weten, was de transponder die Ze me had gegeven? Het was maar goed (alweer Allah?) dat we de paarden hadden meegebracht want in mijn ongerustheid over Zarah was ik het ding helemaal vergeten. Het hing nog aan mijn zadel, in mijn canvas aktetas. Zonder technologische ondersteuning in deze nacht in een nacht, hadden we geen schijn van kans gehad om de barak te vinden waarin Ze en zijn gevangenen op ons zaten te wachten. Ik haalde de transponder eruit en zette hem aan. Hij was voorzien van oortelefoontjes, net als een walkman. Ik deed ze in mijn oor en volgde het signaal. Het kraakte en viel weg als je te veel naar links of rechts ging maar het was luid en constant zolang je op de goede golflengte zat. Askar en de anderen strompelden in blind vertrouwen achter me aan. Ik diepte het commandomes uit de tas op en hield het in mijn rechterhand voor het geval het signaal van het radiobaken me in de armen van een bewaker deed lopen. Ik vond het heft van het mes mooi. Mijn bloed begon sneller te stromen. Ik had dit gevoel in geen jaren meer gehad. Ik genoot er nu meer van, terwijl mijn hele leven aan mijn geestesoog voorbijtrok, dan toen ik nog als tweede luitenant 's nachts op patrouille ging en mijn hele leven nog voor me had.

Uiteindelijk liep ik niet tegen een bewaker aan maar tegen een heel wachthuisje. Het signaal volgen betekende dat ik in een rechte lijn moest lopen. De transponder registreerde echter geen obstakels en ik had daar niet aan gedacht, zodat we bijna door mijn toedoen gevangengenomen of neergeschoten werden omdat ik het niet door had tot het al bijna te laat was. Het gebouwtje was een houten barak die vanbinnen en vanbuiten felverlicht was. Door het raam, vlak voor mijn neus, zag ik mannen in uniform rondlummelen. Ze stonden naar de radio te luisteren, die keihard stond.

Ik liep om het gebouwtje heen, pikte het signaal weer op en zigzagde tussen objecten door, waarvan sommige verlicht waren en andere niet. Ik hoopte dat Askar in deze doolhof zijn weg terug zou kunnen vinden want op de terugtocht zouden we geen signaal kunnen volgen en ik wist zeker dat ik zonder een signaal volledig zou verdwalen. Terwijl ik het geluid volgde, ging het steeds harder klinken. Het gebouw recht voor ons was zwak verlicht. Ik liep eromheen op zoek naar een raam. Toen ik bij de voorkant kwam, werd het lawaai in de oortelefoontjes zo hard dat ik ze uitdeed. Onmiddellijk hoorde ik het zachte zoemende geluid van een elektrisch apparaat. Het leek van de voorkant van het gebouw te komen. Ik hoefde me eigenlijk niet te verstoppen maar liet me toch maar op handen en voeten zakken en kroop naar de hoek. Ik gluurde om de hoek heen en zag iets wat ik herkende. Het was neef Tarik met de grote vierkante houten kraag om zijn nek. Zijn hoofd leek heel klein en stak net boven de kraag uit. Hij zat geknield en hield zijn knieën vast, het enige waar hij bij kon in een poging rechtop te blijven zitten ondanks het gewicht van het gevaarte.

Zarah zat voor Tarik geknield met haar rug naar me toe. Ik realiseerde wat het zoemende geluid was. Het was de accuschroevendraaier. Zarah gebruikte het apparaat om de schroeven uit Tariks kraag te verwijderen. Ze was ons vooruitgegaan om meer tijd te hebben voor die klus. Het was een enorme kraag, veel groter dan hij op de foto van Ze had geleken. Zoals Ze al had gesuggereerd, zond alleen de omvang ervan al continu een boodschap aan de man die hem droeg: hij zou ermee sterven en daarna mummificeren of wegrotten met dat ding nog steeds om zijn nek. Zarah ging methodisch te werk, zonder zich te haasten, draaide de schroeven los en liet ze in het zand vallen.

Ik wilde net hallo fluisteren toen Askar en twee van zijn mannen achter Zarah opdoken met hun machinegeweren op haar hoofd gericht. Zonder haar werk te onderbreken keek Zarah naar hen op en wees kalmpjes met haar duim naar de deur achter haar. Met hun wapens in de aanslag stormden de Kirgiezen naar binnen als een stelletje doorgedraaide moordenaars. Ik volgde hen, met mijn mes in de hand, terwijl de adrenaline door mijn lijf pompte. Askar en zijn mannen waren hier gekomen om te doden. Ze zouden geen moment aarzelen om Ze overhoop te schieten – of voor hetzelfde geld Paul of Lori.

In het Engels, een taal die deze moordenaars niet verstonden, schreeuwde ik: 'Stop!'

Ze negeerden me. Lori die op een kruk in het midden van de kamer zat, glimlachte tegen de strijders en zei iets in het Kirgizisch. Een van hen knielde naast haar neer en pakte haar hand vast. Een neef soms? De blik op zijn gezicht, die seconden daarvoor nog moordzuchtig was geweest, kon nu alleen nog maar teder worden genoemd.

Paul zei: 'Hallo, Horace.'

Hij stond achter Lori en had zijn ene hand op haar schouder gelegd. Ze reikte omhoog met haar vrije hand – de liefdevol kijkende jeugdige strijder hield haar andere hand nog steeds vast – en gaf een klopje op Pauls hand.

Ik antwoordde: 'Jij ook hallo.'

Lori zei niets en glimlachte me grootmoederlijk toe, alsof we geen gemeenschappelijke taal spraken. Na al die jaren was dat misschien ook wel zo. Ik glimlachte terug – het was ongetwijfeld een mislukte glimlach. Opnieuw schoten de goede manieren te hulp. Ik stak mijn hand uit en zei: 'Tante Lori, ik denk niet dat u me kent. Ik ben Horace Hubbard, de zoon van Elliott.'

Er lag een vriendelijke uitdrukking op haar gezicht, gereserveerd, beschaafd.

Ze pakte mijn hand vast en schudde die als de Pruisische die ze vroeger was; omhoog, omlaag, dan weer snel loslaten. Haar handpalm voelde eeltig aan, haar handdruk was stevig, haar huid warm.

Ze Keli zei: 'Misschien kan iemand Zarah even helpen. De bewakers maken elk halfuur hun ronde.'

9

Buiten was Zarah nog steeds bezig met Tariks kraag. Hij trilde van de inspanning om stil te blijven zitten onder het gewicht.

Zarah zei: 'Ik geloof dat we nog tien minuten hebben voordat de bewakers langskomen. We kunnen hem niet verstoppen.'

Tot nu toe had ze twee rijen schroeven weten te verwijderen. Er bleven er nog heel wat over, die allemaal een centimeter of vijf van elkaar zaten. Ze had langs een naad in het hout zitten werken en nu waren de twee planken wat losser van elkaar komen te zitten.

Askar was mij naar buiten gevolgd. Hij liet zich op zijn knieën zakken en rolde zich op zijn rug zodat hij de onderkant van de kraag kon bekijken.

Ik probeerde de planken open te wrikken met het commandomes en brak het lemmet af.

Askar zei iets tegen Tarik in het Kirgizisch. Tarik knikte.

In het Mandarijn zei Askar tegen mij: 'We gaan dit ding breken zonder daarbij Tariks nek te breken. Recht naar jezelf toe trekken, niet draaien. Snap je het?'

Ik knikte.

Askar zei: 'Pak jouw kant vast.'

Ik deed wat hij vroeg. Askar pakte zelf de andere kant vast.

Hij zei: 'We tellen tot drie. Gebruik al je kracht, neef.'

Hij telde in het Mandarijn. Toen hij bij drie was, begonnen we allebei in tegenovergestelde richtingen te trekken. De kraag bood weerstand, Tarik bracht een verstikt geluid voort. De planken knarsten, verschoven een beetje, begonnen toen luid te kraken, versplinterden en kwamen los in onze handen. Tarik schreeuwde het uit van de pijn.

Op dat moment doken de twee bewakers die de gewatteerde uniformen en slappe petten droegen die ik me van vroeger herinnerde, uit de storm op. Ze bleven sprakeloos van verbazing staan toen ze ons in het oog kregen. Ze brachten hun geweer omhoog. Een van hen deed zijn mond open om iets te roepen. Toen kwamen als door een wonder hun voeten opeens van de grond en viel hun geweer uit hun handen. Ze maakten een gorgelend geluid. De twee Kirgizische strijders die hun kelen hadden doorgesneden lieten de stuiptrekkende lichamen op de grond vallen en veegden hun bebloede messen aan de kleren van de dode mannen af.

10

Binnen in de keet stonden Paul en Lori te wachten, gekleed voor de reis in Kirgizische klederdracht.

Ze Keli zei: 'Jullie moeten nu gaan. Ze zullen de bewakers missen als ze de mannen op de volgende post niet op tijd aflossen.'

'We gaan zo,' antwoordde ik. 'Wat kunnen we nog voor je doen voordat we weggaan?'

'Me neerschieten,' zei Ze. Hij wees op zijn linkerschouder, vlak onder het sleutelbeen. 'Alsjeblieft geen bot of long raken. De medische voorzieningen hier zijn erg primitief.'

Hij had me ook om een sigaret kunnen vragen, zo laconiek klonk hij.

'Weet je het zeker?' vroeg ik en haalde de Makarov te voorschijn.

Ze Keli staarde nadenkend naar het grote blauwe pistool in mijn hand en haalde uit zijn broeksband een pistool van een veel kleiner kaliber te voorschijn, een originele in Duitsland gefabriceerde Walther PKK.

'Gebruik deze maar,' zei hij. Hij stopte haastig een kogel in de patroonkamer en reikte me het pistool aan met de kolf naar voren. 'Maar neem het wel mee als je weggaat.'

Ik nam Ze's pistool aan maar ik vertrouwde mezelf niet. Stel dat ik een slagader raakte?

Ze Keli zei: 'Wacht even. Neem dit ook maar mee.'

Hij gaf me de transmitter. Hij was verrassend klein. Ik stopte hem in mijn broekzak en richtte het pistool op Ze. Eigenlijk wilde ik dit helemaal niet doen. Mijn hand trilde niet maar ik had er geen vertrouwen in dat ik een plek kleiner dan een stuiver zou kunnen raken, zelfs niet op een afstand van vijftien centimeter.

Zarah kwam binnenlopen. Ik liet het pistool zakken. Ze nam de situatie in ogenschouw.

Ze Keli legde haar uit waar het om ging.

'Waarom ik?' vroeg ze.

'Liever jij dan die Kirgiezen,' antwoordde hij. 'En zoals je ziet, staat Horace niet te trappelen.'

Uitdrukkingsloos hield Zarah haar hand op voor het pistool. Ik gaf het haar. Zonder aarzelen of zonder nog iets te vragen bracht ze het omhoog en vuurde. De knal was oorverdovend. De kogel kwam er aan de achterkant van Ze's schouder weer uit met een sliert bloed achter zich aan en bleef rechtdoor vliegen dwars door de zachte houten wand van de keet.

Askar die geen woord had verstaan omdat het gesprek in het Engels was gevoerd, dacht waarschijnlijk dat Zarah gemist had. Hij bracht zijn machinegeweer omhoog om Ze af te maken, maar Lori hield hem met een enkel scherp woord in het Kirgizisch tegen.

Ze Keli keek verbaasd, zoals mensen die net zijn neergeschoten altijd kijken. Hij wankelde alsof hij elk moment het bewustzijn kon verliezen. Paul stond onmiddellijk naast hem. Hij sloeg zijn arm om Ze heen en liet hem op de grond zakken. Zarah hurkte naast hem neer, lichtte zijn bebloede hemd bij de kraag op en keek eronder. Ze raakte met haar vingertop de kapotte huid rond het nette ronde gaatje aan en bekeek het sleutelbeen.

'Niets gebroken,' zei ze tegen Ze. 'Het is een keurige wond.'

Ze Keli knikte beleefd. Hij had een shock, hij was wel bij bewustzijn maar kon niet praten of bewegen, alsof zijn hele zenuwstelsel was uitgeschakeld. Voor een Chinees had hij al een vrij lichte huid maar nu was alle kleur uit zijn gelaat weggetrokken. Paul zei niets maar ik was er honderd procent zeker van dat hij achter zou zijn gebleven om voor Ze te zorgen als hij had gedacht dat Ze in levensgevaar verkeerde.

Ze Keli, die beter dan de meeste andere mensen heel goed wist uit welk hout Paul was gesneden, voelde dat ook aan. Hij zei: 'Christopher, je moet gaan.' Zijn stem klonk verrassend krachtig.

Paul stond op. De hele familie, ook Tarik, liep op de openstaande deur af. Lori liep als een meisje van zeventien op haar tenen het trappetje af en zij wist ons het kamp uit te leiden, dat ze als haar broekzak kende.

Zodra we de benen van de paarden hadden losgemaakt en iedereen in het zadel zat, galoppeerde Askar ervandoor. Lori en Zarah volgden hem, rijdend als Kirgiezen. Ik hield me zo goed mogelijk vast en ik kan u verzekeren dat er niets, maar dan ook niets verschrikkelijkers bestaat dan je moeten vastklampen aan de rug van een galopperend paard in een razende zandstorm over ongelijk terrein, wetende dat je elk moment in een afgrond kunt rijden.

Ditmaal reed Askar niet naar een graftombe maar naar een lege grot in een gletsjer. We kwamen er vlak voor zonsopgang aan, volgens mijn horloge dan. Het stormde nog steeds hoewel de wind niet meer zo krachtig was. Het zonlicht van de dageraad dat door miljarden stofdeeltjes gebroken werd, creëerde een vreemde, glinsterende pastelkleurige regenboog in deze gortdroge woestijn. Zodra we in de grot waren aangekomen, begon Zarah Tariks nek te verzorgen. Die lag helemaal open. Tientallen splinters zaten vast in zijn bloederige huid. Terwijl Lori een zaklamp omhoog hield, haalde Zarah de splinters eruit. Daarna betten ze de wonden met wodka uit David Wongs draagbare minibar.

Het was koel en stil in de grot. Lori maakte een mestvuur – de Kirgiezen hadden blijkbaar een noodvoorraad gedroogde mest bij zich als ze onderweg waren. Zarah hakte ijs van de wand en liet het in een pan boven het vuur smelten om thee te zetten. Zarah en haar grootmoeder werkten samen alsof ze elkaar al jaren kenden en elke beweging van elkaar door en door kenden en van tevoren wisten wat de ander dacht. Iedereen kon zien dat ze het samen goed konden vinden – meer dan goed. Ze zaten op dezelfde golflengte.

In de grot, eigenlijk niet meer dan een lange smalle gang door een enorme afzetting van samengeperst ijs, was het behoorlijk koud en op de kleine vlammetjes van een paar kaarsen na, pikkedonker. Een mestvuur laat geen gloeiende houtskool achter, alleen een geur die nog een tijdje blijft hangen, dus het gaf zelfs niet de zwakke gloed van een uitdovend kampvuur af. De Kirgiezen die op schapenvachten lagen en een vilten deken om zich heen hadden gewikkeld, waren diep in slaap. Een van hen lag zelfs te praten in zijn slaap en deelde met een heldere tenorstem zo te horen scherpe bevelen uit. Na enkele slapeloze uren knipte ik mijn zaklamp aan om te kijken hoe laat het was. Elf uur. Nog uren te gaan voordat de anderen wakker werden. Ik scheen met het licht van de lamp op de wanden en de zoldering van de grot. Het ijs was smoezelig blauw.

Pauls stem zei: "'t Ziet eruit als steenzout, hè?'

'O ja? Ik ben nog nooit in een zoutmijn geweest.'

'Wat niet is kan nog komen.'

Paul, die een grapje maakte? Ik scheen met de lamp op hem. Hij zat rechtop met een vilten deken om zijn schouders geslagen. Het licht van de lantaarn trilde. Ik rilde van de kou.

Hij zei: 'Kom, dan gaan we even naar buiten.'

We zigzagden tussen de Kirgiezen door die een voor een wakker werden met een verwilderde blik in hun ogen en een wapen in de hand, toen we over hun uitgestrekte lichamen heen stapten.

De wind was afgenomen tot een stevige bries, maar er waaiden nog steeds stofwolken op. We konden misschien drie meter voor ons uit zien, niet meer. Paul had een fles water meegenomen. We namen een slok en staarden naar het omhoog kolkende stof, dat van achter verlicht werd door de zon, alsof het een of andere onaardse nieuwe kunstvorm was. In zekere zin was dat ook zo: rondwervelende kleuren en speldengaatjes van blauw licht. Paul was nooit iemand geweest die een stilte verbrak als het niet nodig was. Op dat moment was ik zelf ook niet zo in de stemming om te kletsen. Praten is overbodig op het moment dat je grootste hartenwens is vervuld, en voor mij was dat het terugvinden van de verloren Christophers geweest. Tot mijn eigen verbazing voelde ik echter voornamelijk teleurstelling. Niet dat ik niet blij was om Paul te zien of niet barstte van nieuwsgierigheid naar wat hij al die tijd had uitgevoerd. Het probleem was hoe je de draad weer moest oppakken met iemand die net terug was uit het dodenrijk.

Ik zei: 'Je bent officieel dood, weet je dat. Je ligt op Arlington begraven.'

'Dat vertelde Zarah me.'

Paul leek daar niets ongewoons aan te vinden. Per slot van rekening was dit niet de eerste keer dat hij dood werd gewaand. Niettemin vertelde ik hem tot in de details over zijn rouwdienst en teraardebestelling. Hij luisterde met zijn gebruikelijke concentratie, glimlachte zo nu en dan ironisch maar leverde geen commentaar.

Uiteindelijk zei hij: 'Ik vraag me af van wie die as was.'

Ik vertelde hem over de vreemde in zijn graf in Ulugqat en deed toen de rest van mijn odyssee uit de doeken. We waren nog niet eens in Parijs aangekomen toen Paul zijn hand omhoogstak en me gebaarde te zwijgen. De stofwolken waren iets doorzichtiger geworden en je kon er nu doorheen kijken alsof het flarden mist waren. Binnen in het stof bewoog iets. We droegen allebei geen wapens, maar we zouden allebei ook niet snel geschoten hebben.

De gestalte werd duidelijker zichtbaar toen hij dichterbij kwam en toen hij vijf passen van ons vandaan was, bleek het Askar te zijn. Hij werd vergezeld door een van zijn mannen en twee uitgeputte paarden, en hij droeg een pakje dat in een groene plastic zak was gewikkeld. Hij gaf het aan Paul.

Paul zei in het Mandarijn: 'Heb je het zonder problemen kunnen vinden?'

'Het lag waar je moeder het had achtergelaten,' zei Askar. 'Als jullie hierbuiten blijven dan hebben jullie wapens nodig.'

'Heb je de Han gezien?'

'Wel gehoord,' zei Askar. 'Ze rijden in auto's, schreeuwen naar elkaar, knallen tegen rotsblokken op. Ze zijn verdwaald maar misschien vinden ze ons toch per ongeluk. Neem deze maar.'

Askar gaf Paul zijn machinegeweer en gebaarde tegen de andere Kirgies om dat van hem aan mij te geven, samen met een zak extra munitie. Beide wapens waren ook in groene plastic zakken gewikkeld om ze tegen het zand te beschermen.

'Jullie moeten nu de wacht houden,' zei Askar. 'Gebruik je oren. Niet schieten tenzij het echt nodig is. Wij hebben slaap nodig.'

Askar en de andere man – vermoedelijk weer een neef of een zoon – gingen de grot in.

Paul legde zijn wapen op zijn schoot en pakte voorzichtig het pakje uit dat Askar hem had gebracht. Hij haalde de amforarol uit de zak en gaf hem aan mij. De rol zat nog steeds in de glazen buis en door het glas kon ik het handschrift van Septimus Arcanus zien – of wat waarschijnlijker was, het handschrift van de slaaf die het voor hem had opgeschreven. De rol was kleiner, lichter en veel gewoner dan ik me hem had voorgesteld. Ik verwachtte er half-en-half een stem uit te horen die Aramees sprak. Blijkbaar stond het op mijn gezicht te lezen.

'Wel bizar, hè?' zei Paul.

'In welk opzicht?'

'Dat je je af gaat vragen of je misschien toch gelooft.'

Ik begon luidkeels te lachen. Als zelfs de uiterst rationeel denkende Paul Christopher zich bang liet maken door dit relikwie dan had het agnosticisme geen enkele toekomst.

Op dat moment hoorden we dieselmotoren en het geloei van versnellingsbakken en ruwe stemmen die iets schreeuwden in een dialect dat ik niet verstond maar wel als Chinees herkende. De stemmen leken van heel ver weg te komen maar misschien had het stof hetzelfde effect op geluiden als op licht door het te vervormen en te verbuigen.

Paul zei: 'Ik ga Askar wakker maken.'

Hij verdween in de grot en nam de amforarol mee maar liet de groene plastic zak op de grond liggen. De zak werd door een windvlaag opgetild en schoot weg, de stofwolk in. Ik ging er bijna achteraan maar besefte dat ik meer kans liep een groep soldaten tegen het lijf te lopen dan de zak terug te vinden.

11

De wind stak op en daarmee kwamen ook stofwolken los. Ik zag geen hand voor ogen. Als ik op mijn gehoor kon vertrouwen, en onder deze omstandigheden was ik daar niet zo zeker van, reden de Han recht op de ingang van de grot af. Het leek me verstandig om een flankpositie in te nemen, daarom pakte ik snel het machinegeweer en de zak munitie en rende honderd meter naar rechts en dook weg achter een groot rotsblok. De Han reden op goed geluk naar voren en zouden blindelings moeten vuren, maar ze konden bij toeval ook raak schieten. Ik kon onze bezoekers nu heel duidelijk horen, niet alleen hun lawaaierige auto's maar ook de mannen zelf terwijl ze naar elkaar schreeuwden.

Het geluid leek recht op me af te komen. Ik ving een glimp op van het eerste voertuig toen een toevallige windvlaag een kijkgaatje in de stofwolken maakte. De auto was een Chinese uitgave van een sovjetjeep, in zandkleurige camouflagekleuren. De chauffeur droeg een stofbril en een wit stofmasker, net als de man naast hem die rechtop stond en een paar schutters die in tirailleurslinie voor de auto uit liepen. Ik rende nog eens honderd meter naar rechts en nam een nieuwe positie in achter een ander rotsblok. Ditmaal ging ik liggen om mezelf tot een kleinere schietschijf te maken. Ik was van plan om steeds naar rechts te blijven lopen tot ik achter de Han zat, om dan, als ik schoten hoorde, dichterbij te komen tot ik ze zag en het vuur op hen te openen.

Vrijwel op hetzelfde moment ontplofte er een granaat aan de andere kant van het rotsblok waarachter ik me verscholen had. Hij veroorzaakte een donderende klap en een enorme lichtflits, overal vlogen granaatscherven rond en de schokgolf maakte een gat in het stof. Heel even kon ik weer wat zien. Drie schutters lagen op een rijtje voor me, een van hen was bezig om weer een granaat op de lanceerinrichting van zijn wapen te zetten. Ze zaten allemaal geknield en hielden hun kalasjnikovs recht op mij gericht. Als ík ze kon zien, konden zij mij ook zien. Ik opende het vuur met het machinegeweer en zag een van hen achterovervallen. Een heleboel anderen, van wie sommigen zichtbaar waren en anderen weer niet, beantwoordden het vuur, waarbij de lopen van hun automatische wapens vonkten en de kogels in het rond vlogen. Ik diepte een granaat op uit de tas van Askar, trok de veiligheidspen eruit en gooide hem in de richting van het geweervuur. Zodra de granaat was ontploft, rende ik terug in de richting waar ik vandaan was gekomen. Dit keer volgden de kogels me onder het rennen, ketsten huilend op rotsen af, alsof ik een zichtbaar doel was. Toen ik stilhield en achter een andere rots neerzeeg, leek het spervuur zich daarop te concentreren.

Wat was er aan de hand? Hoe wisten ze in deze stofnevel waar ik was? Toen ging me een licht op. De transmitter. Die zat in de zak van mijn parka, waar ik hem had opgeborgen nadat Ze hem me de afgelopen nacht had gegeven. Ze vingen het signaal op. Daardoor waren ze recht naar de ingang van de grot geleid. Dat was de reden dat Askar en zijn mannen in de storm vlak langs ze heen waren gereden zonder te worden opgemerkt. Maar hoe kon het dat de zender aan stond? Ze Keli moest hem zo aan me hebben gegeven. Het was geen prettige gedachte.

Ik haalde de zender te voorschijn. Hij stond inderdaad aan. Bij de ontdekking ervan voelde ik nog het meest een diepe schaamte. Waarom had ik het ding niet gecontroleerd voordat ik het goed van vertrouwen in mijn zak had laten glijden? Ik schakelde hem uit. Na een ogenblik stopte het schieten. Wat een aangenaam gevoel gaf het dat ik nu wist hoe dat kwam. Ik stond op het punt op mijn tenen weg te sluipen, toen ik me realiseerde dat me een kans werd geboden om iets nuttigs te doen – de kans van mijn leven, hoewel dat onder de gegeven omstandigheden wel eens kort zou kunnen zijn, maar toch een kans. Ik pakte de zender – die nu was uitgeschakeld – en liep recht op de vijand af. Het was niet moeilijk ze te omzeilen omdat ze nog steeds door de stofwolken naar elkaar schreeuwden en een van hen kermde van de pijn.

Ik liep door tot ik overal om me heen stemmen hoorde. Ik zat midden tussen de aanvallers of in elk geval dichtbij genoeg. Ik vond een hoge rots, zette de zender erop en schakelde hem in. Toen liet ik me in het stof vallen alsof ik weer de enthousiaste jonge marinier was die werd beschoten door de grootvaders van deze jonkies. Geweervuur barstte van alle kanten los. Granaten explodeerden. Kreten van pijn weerklonken, het koor van de gewonden toen de Han, die geleid door het signaal van de zender blindelings in het stof schoten, mij misten maar elkaar doodschoten of verwondden. Iemand met een goed stel longen brulde het commando het vuren te staken. Ik pakte de zender en schakelde hem weer uit.

Gejammer, gevloek, de scherpe lucht van cordiet. Dankzij mijn eigen snuggerheid was ik omsingeld en was elke mogelijke uitweg door vijanden afgesneden. Het was absoluut noodzakelijk dat ik in beweging kwam voordat deze mensen weer bij zinnen kwamen en me verder zouden insluiten. Behoedzaam voegde ik de daad bij het woord. De Han maakten nog steeds veel lawaai – maakten elkaar ongetwijfeld over en weer verwijten – maar er was maar één alerte soldaat nodig die zijn mond hield en het zou met me gedaan zijn. Binnen een paar seconden liep ik hem tegen het lijf. Hij zat geknield met zijn rug naar me toe en zijn geweer in de aanslag. Hij moet mijn beweging hebben gevoeld, want hij sprong op en vuurde wild met zijn kalasjnikov terwijl hij zich omdraaide. Er was geen tijd om te richten of te schieten of weg te rennen, wat ik het liefst wilde doen, dus gooide ik mezelf zonder na te denken zijwaarts tegen de arme bange kerel aan. Met mijn volle gewicht van bijna honderdtien kilo raakte ik hem ter hoogte van zijn knieën. Zijn automatische geweer, dat nog steeds vuurde, vloog uit zijn handen en hij zakte kermend van de pijn in elkaar. Ik moet elke pees in zijn beide knieën hebben gescheurd. Ik wilde dat ik u kon vertellen dat ik stilletjes wegsloop, de rozige duisternis in die ons omringde en hem gillend achterliet. Maar zo ging het niet. Ik knielde op zijn rug, greep zijn kin en rukte zijn hoofd hard naar achter.

Ik hoorde zijn nek breken en op hetzelfde moment klonk hoefgetrappel. Een Kirgies te paard doemde uit het stof op en verdween weer, waarbij hij me op een haar na miste. Nu was hij onzichtbaar en schoot met zijn machinepistool. Iemand vuurde terug. Anderen schoten ook. De salvo's doorboorden het stof overal om me heen. Hoeven roffelden, versnellingen knarsten, afketsende kogels floten, mannen schreeuwden, gromden en gilden. Granaten ontploften. De Kirgiezen te paard vielen de Chinese vrachtwagens aan. Ik drukte me plat tegen het lichaam van de dode. Daardoor lag ik met mijn gezicht tegen het zijne. Het was een kleine ondervoede man, waarschijnlijk nog een tiener, met een boers gezicht vol acne en een platte neus. Ik had zijn hoofd nog steeds vast. Het was behoorlijk zwaar. Dit was al de tweede keer op deze tocht dat ik iemand de nek had omgedraaid. De eerste keer, in Moskou, was het niet opzettelijk gebeurd, maar het was wel een merkwaardige specialiteit om je op latere leeftijd eigen te maken.

Plotseling hield het schieten op – het automatische geweervuur althans. Ik hoorde nog wel afzonderlijke schoten tussen de momenten van stilte door. Het gevecht was voorbij en de overwinnaars waren op zoek naar de gewonden en schoten ze dood. Beide partijen gebruikten Russische wapens of Chinese kopieën ervan, zodat onmogelijk viel uit te maken wie er schoot.

Ik hoorde dichtbij nog een paard. Op doordringende fluistertoon zei iemand: 'Horace!'

Ik zei: 'Hier.'

Ik realiseerde me dat ik ook fluisterde. Ik schraapte mijn keel en schreeuwde ditmaal: 'Hier!' Zarah te paard verscheen uit het stof. Ze voerde een tweede paard mee. 'Stijg op,' zei ze. 'We moeten hier wegwezen.'

Ik was het volledig met haar eens. Maar welke kant moesten we op? Zarah scheen daar geen twijfels over te hebben. Ik besteeg het paard, hetzelfde nukkige koppige beest als waar ik steeds op had gereden. Zodra het mijn gewicht voelde, begon het te schoppen, te bokken en te steigeren. Op een of andere manier kon ik in het zadel blijven. Zarah gooide me een touw toe.

'Houd vast,' zei ze. 'Ik ga voorop.'

Ik vond het best. Ik vermoedde dat Zarah niet voor het eerst in een zandstorm op een paard zat. Ik greep het touw en liet de teugels los en liet mijn paard de anderen volgen.

We reden een paar uur lang in draf. Dat was een marteling omdat ik aan mijn onreglementaire tackle op de jonge soldaat een of twee gebroken ribben had overgehouden. Omdat we westwaarts reden en de storm naar het oosten trok, werd het zicht langzaam beter. Tegen de tijd dat we stopten om de uitgeputte paarden te laten rusten, was de lucht weer bijna blauw en in de verte, een eind onder ons, zagen we een groot meer.

Lori wees ernaar. 'Kirgizië,' zei ze.

DEEL X

1

Een week later ontmoette ik de rest van de Old Boys en de Christophers bij een klein meer aan de voet van de Žetimovheuvels, aan de noordkant van de zandvlakte van Jomon-Kŭm. Als ik erbij vertel dat deze plek ongeveer driehonderdvijfenzeventig kilometer ten noordwesten van Tasjkent ligt, niet ver van Učkuduk en vijfenzeventig kilometer van de dichtstbijzijnde onverharde weg, dan is het duidelijk waar we precies zaten: in een godverlaten oord. De Christophers waren als eersten aangekomen. Vanaf een heuveltop ongeveer een kilometer daarvandaan ving ik een glimp op van hun kamp. Het was laat in de middag. Het landschap leek hier op gekreukte kaki en was kaler dan Xinjiang, zodat het azuurblauwe meer van smeltwater een verrassend accent aanbracht – vooral omdat Zarahs sakervalk erboven hing en er in het schuin vallende licht van de ondergaande zon witter uitzag dan hij eigenlijk was.

Tegen de tijd dat ik de vallei in kwam rijden en naast de yurt had geparkeerd, stonden de Christophers alle vier klaar om me te begroeten. Zarah kuste me op de wang, Paul greep mijn hand, Lori en Tarik stonden apart en namen me met hun blauwgrijze ogen op alsof ze me nog nooit eerder hadden gezien. In zeker opzicht was dat ook zo. We hadden samen bijna zonder een woord te spreken in een zandstorm rondgetrokken en waren uit elkaar gegaan zodra we de grens over waren. Lori en Tarik waren evenzeer vreemden voor mij als ik voor hen. Eigenlijk gold dat ook voor de herrezen Paul. Ik was niet veel wijzer geworden over hoe het kwam dat hij nog in leven was of over zijn recente avonturen met Lori en Tarik dan toen we in het werkkamp in Xinjiang met elkaar waren herenigd. Toen was er geen tijd voor een familiebijeenkomst geweest, net zo min als toen we door de stofstorm reden, bij de ijsgrot in een vuurgevecht verwikkeld waren of als gekken naar de grens jakkerden.

In de yurt haalde ik bij het laatste licht van de winterse dag dat door het stookgat naar binnen viel de wodka en het eten te voorschijn die ik uit Tasjkent had meegenomen. Tarik dronk de wodka op zijn Russisch door het glas in één teug leeg te drinken. Hij sloeg op die manier drie glazen achterover, maar het spul had geen enkele uitwerking op hem. Hij was een zwijgzame, waakzame man. Afgezien van zijn huidskleur en zijn fraai gevormde neus leken Paul en hij op elkaar – qua gebaren, houding, het timbre van hun stem en hun atletische manier van bewegen. Tijdens het avondeten converseerden we beleefd en vrolijk alsof we in avondkleding aan een mahoniehouten tafel zaten en niet in een kringetje op de grond met onze vingers zaten te eten. De Christophers vertelden over de lange reis van Kirgizië hiernaartoe. Ze waren de grens 's nachts overgestoken, Lori en Tarik te voet, omdat Tarik geen paspoort had en Lori indertijd zo compleet van de aardbodem was verdwenen dat ze nog onmogelijk kon bewijzen dat ze echt bestond. Ik kon minder goed tegen de wodka dan Tarik en na een uur van beleefde algemeenheden vond ik het tijd de conversatie een nuttiger richting in te sturen door een paar onbehouwen vragen te stellen. Van alle gezichten aan tafel was alleen dat van Paul naar me toe gekeerd. Hij had gezien in wat voor bui ik was. Ik kende de tekenen – een nauwelijks waarneembaar glimlachje, een stil binnenpretje dat verborgen ging achter zijn ogen. Paul las mijn gedachten. Omdat hij me zo goed kende, wist hij wat er nu kon komen. Zo scheen het me tenminste toe. Hoe dan ook, hij nam me tegen mezelf in bescherming voordat ik mijn keel ook maar had kunnen schrapen. 'Horace,' zei hij met een verrassend heldere stem, 'zullen we een luchtje scheppen, even naar het meer kijken?'

Zarah was de hele maaltijd stil gebleven. Nu stond ze op. 'Wacht even,' zei ze. 'Lori, Tarik en ik gaan ook mee.'

Lori zei: 'O ja?'

'Ja,' zei Zarah. 'Dit is de eerste keer ooit dat de hele familie bij elkaar is geweest.'

Lori schudde haar hoofd. 'Niet vanavond,' zei ze.

'Ja, lieverd, júíst vanavond,' zei Zarah.

'Waarom júíst vanavond?'

'Ik heb ontzettend veel vragen.'

De twee vrouwen keken elkaar strak aan. Nu glimlachten ze niet tegen elkaar, maar allemachtig, wat leken ze op elkaar. Het moment werd eindeloos gerekt.

Toen zei Lori: 'Goed.'

Ze schikte haar omslagdoek, nam Zarahs hand en volgde haar de yurt uit. Het was een korte wandeling naar het meer. Als je dicht bij het water stond, rook het naar sneeuw en gaf het kou af. Paul had niets gezegd en zich nauwelijks bewogen, en was alleen maar naast me blijven lopen. Nu pakte hij een platte steen en scheerde hem over het water langs de draad van licht die de nieuwe maan over het glazige wateroppervlak legde. Vier keer ketsen. Mijn steen ketste vijf keer voordat hij zonk. Paul gooide nog een keer. Ditmaal was het zoals het altijd was geweest en zoals het ook hoorde: hij won met het bijna onhaalbare aantal van zes.

Tarik had een kleed meegenomen. Terwijl Paul en ik stenen gooiden, spreidde hij het op de grond uit en hielp zijn moeder te gaan zitten. Zarah zat met gekruiste benen tegenover haar grootmoeder, heel dichtbij haar. De drie mannen gingen ook zitten en Tarik pakte de hand van zijn moeder. Dat deed hij alsof het de gewoonste zaak van de wereld was. Paul keek toe en zelfs in dit onzekere licht zag ik dat hij vond dat het een gebaar was waar Tarik geen enkel recht toe had.

Zarah zei: 'Vertel ons nu maar wat er is gebeurd.'

'Wanneer?'

'In 1940.'

Lori knikte en begon zonder omwegen te vertellen, alsof ze deze woorden al een hele tijd had ingestudeerd. Ze had een vrij hese stem en ik vroeg me af of ze als jonge vrouw ook zo had geklonken. Als dat zo was, had dat ongetwijfeld haar aantrekkingskracht versterkt.

Op een zonnige dag in de late zomer van 1940 kwam Heydrich Lori halen toen ze in het park aan het paardrijden was. 'Meestal stuurde hij zijn mannen om me op te halen, maar die dag kwam hij zelf.'

Een van zijn mannen leidde het paard terug naar de stal. Lori stapte in Heydrichs geparkeerde auto, een lange Gestapozwarte Daimler.

'Er waren veel mensen op de been,' zei Lori. 'Mannen die op weg waren naar hun werk, vrouwen met kleine kinderen aan de hand, leden van de Gestapo die als uitkijk en luistervink voor Heydrich werkten.'

Heydrich was opgewonden. Op de achterbank van de auto trok hij een van haar rijhandschoenen uit en kuste haar hand.

'Hij zei: "Vandaag gaan we iets heel anders doen. Ik wil dat je een voorbijganger uitkiest. Een man. Een jonge, gezonde man, die ongeveer even oud is als je echtgenoot. Hij moet lang zijn. Het maakt niet uit wie, als hij maar lang is." Heydrich was gek op spelletjes; je wist nooit wat er het volgende moment zou gebeuren en hij was overal toe in staat. Ik probeerde mijn hand terug te trekken, maar hij hield hem vast. Ik zei: "Nee."

"Zoals je wilt, lieveling," zei Heydrich. "Ik heb al een lange man laten arresteren die aan de beschrijving voldoet." Hij bedoelde mijn man. Op de dagen dat hij me meenam, liet hij Hubbard altijd voor ondervraging naar het hoofd-kwartier van de Gestapo brengen, en Paul soms ook. Daardoor had hij gijze-laars en het gaf hem ook de zekerheid dat mijn man ons nooit zou verrassen. Ik wist niet wat hij van plan was, behalve dat het iets wreeds moest zijn, maar ik maakte de keus waarvan Heydrich wist dat ik die móést maken. Ik wees de eer-ste de beste lange man aan die ik zag. Hij was mager en goedgekleed, mis-schien een advocaat. Hij droeg een gouden horlogeketting en een gouden ze-gelring, maar geen trouwring. Hij las onder het lopen een opgevouwen krant. Heydrich stak zijn hand op; dat gebaar was genoeg om wie dan ook in Duits-land de dood in te sturen. Twee van Heydrichs mannen grepen de lange mage-re man en duwden hem achter in een andere zwarte auto. Zijn horloge viel uit zijn vestzak, bungelde aan zijn ketting en sloeg tegen de carrosserie van de auto. Tientallen mensen zagen het gebeuren. Ze wendden zich allemaal af.'

Heydrichs auto bracht Lori en hem naar zijn jachthut.

'Het was een prachtige dag, uitzonderlijk helder en zacht voor Berlijn,' zei Lori. 'De lunch werd in de tuin geserveerd en Heydrich vroeg me piano te spe-len – hij hield van goede muziek, maar midden op de dag hield hij van operette-wijsjes, leuke melodietjes van Léhar; hij was dol op *Dein ist mein ganzes Herz*.'

Nadat ze klaar was met pianospelen, zei Heydrich: 'Kom, lieve dame. Van-daag hebben we speciale muziek.'

Ze daalden af in de kelder van de jachthut en liepen door een gang die zo lang was, dat Lori zich realiseerde dat het een tunnel moest zijn. Een van Hey-drichs mannen ging voorop en opende een reeks deuren voor hen, en een ande-re liep achter ze aan en deed ze weer dicht. Lori kwam voor een doorkijkspiegel te staan en keek in een helverlichte kamer. De lange magere man lag naakt vast-gebonden op een tafel. Hij werd gemarteld. Hij schreeuwde het uit van de pijn.

'Ik draaide me om en hield mijn handen tegen mijn oren – stom van me, want daarmee liet ik Heydrich merken dat hij macht over me had. Hij zei: "Brengt het geschreeuw je van je stuk? Dat spijt me zeer."

Heydrich vond van zichzelf dat hij hele goede manieren had. Hij tikte op het glas en aan de andere kant van de spiegel injecteerde een van de beulen met een grote injectiespuit iets in de tong van de man.

"Novocaïne," zei Heydrich. "Hij zal je niet langer hinderen met zijn ge-schreeuw." De beulen gingen verder met hun werk.

Heydrich keek door het glas alsof hij me een prachtig tafereel liet zien, dat ook geschikt was voor de ogen van onschuldige kinderen. Wat hij me natuur-lijk duidelijk wilde maken, is dat de man die daar op de tafel lag te kronkelen, evengoed mijn man of mijn zoon had kunnen zijn. Met tedere stem zei hij toen:

"Ik heb nieuws. Ik heb een manier bedacht waarop we samen gelukkig kunnen zijn."

Toen gaf hij me instructies. Diezelfde avond, nadat mijn man en zoon uit het hoofdkwartier van de Gestapo terug waren gekomen, moest ik ze zeggen dat we alle drie zo snel mogelijk Duitsland uit moesten vluchten. Over twee dagen moesten Hubbard, Paul en ik een bepaalde trein naar de Franse grens nemen. Onze plaatsen waren al gereserveerd, de kaartjes reeds gekocht. Bij de grens zou ik door de Gestapo worden gearresteerd – zo zou het tenminste voor Hubbard en Paul lijken. Ik zou terug naar Berlijn worden geëscorteerd. Hubbard en Paul zouden over de grens naar Frankrijk worden gestuurd. Dat was Heydrichs cadeau aan mij. Daar zouden ze veilig zijn, maar ook in quarantaine worden gehouden. Geen van beiden zou Duitsland ooit nog binnen mogen. En ik mocht het land nooit meer verlaten.

"Mijn mannen zullen ervoor zorgen dat de arrestatie echt lijkt," zei Heydrich. "Je echtgenoot zal ons plannetje nooit ontdekken en jij en ik zullen altijd samen zijn."

Het ging dus eigenlijk zo ongeveer als jullie je moeten hebben voorgesteld,' zei ze. 'Ik had een overeenkomst met Reinhard Heydrich. Een ruil. Ik tegen mijn familie. Niet alleen Paul en Hubbard. Mijn volledige familie. Iedereen.'

Zarah zei: 'Zelfs dan, hoe kon u het doen?'

'Het was al te laat om nog iets anders te doen,' zei Lori. 'Het was met mij net als met Duitsland. Niets wat ik ooit vóór deze ervaring was geweest en niets wat ik ooit daarna zou kunnen worden, zou nog enige betekenis hebben.'

'Dat begrijp ik niet.'

'Je zult de enige niet zijn die dat niet begrijpt,' zei Lori. 'In twaalf jaar tijd hadden de nazi's Goethe, Beethoven, Luther, Kant, Kepler en honderden andere Duitsers die de beschaving hadden uitgevonden uit de hersenen van de mensheid weggesneden. Wat overbleef was de afschuw. Ik onderging dezelfde transformatie, net als vele anderen. Dus heb ik gedaan wat ik gedaan heb.'

'Ik zou mezelf van kant hebben gemaakt,' zei Zarah.

'Ik ook,' zei Lori. 'Maar eerst moest ik Heydrich ombrengen.'

2

Die mogelijkheid deed zich pas twee jaar later voor, nadat Heydrich haar mee naar Praag had genomen.

Lori zei: 'De contactpersoon was een kind, een meisje van negen, waar ik in het park in de Malá Strana mee bevriend was geraakt. Om de andere dag mocht ik een uur of twee buiten wandelen. Omdat Heydrich zei dat hij zich zorgen maakte over mijn veiligheid, ging een van de Gestapovrouwen die doorgingen voor mijn dienstmeisjes maar in feite mijn bewaaksters waren, altijd mee. Het kleine meisje was niet altijd in het park, maar als ze er was, speelden we samen op een bank met poppen – theekransjes, een verkleedpartij, de gebruikelijke spelletjes. Ze heette Liesl. Ze noemde mij bij mijn voornaam, Hannelore. Ik vond het leuk; het gaf wat afleiding. Overal waar je keek lag alles in de as, maar kleine meisjes speelden nog steeds met poppen. Op een gegeven moment begon het meisje me boodschappen door te spelen. Eerst begreep ik het niet. Ze verpakte ze in de "En toen zei ik dit en toen zei jij dat" – gesprekken tussen de poppen. Er werd nooit iets opgeschreven. De poppen heetten Liesl en Hannelore. Op een keer zei ze: "En toen zei Liesl: Hannelore, wij willen die slechte man doodmaken. En toen zei Hannelore: Ik zal je helpen, Liesl."

Maar ik zei het niet. Het was zó duivels om een kind te gebruiken als *agent provocateur*, dat ik zeker wist dat Heydrich erachter zat. Het kind sprak Duits alsof ze het van ontwikkelde ouders had geleerd en ze had een Duits kindermeisje, een grote, atletische, knappe vrouw met een Weens accent. Mijn Gestapobewaakster zat met het kindermeisje te praten terwijl het kleine meisje en ik met de poppen speelden. Dit kind was de enige persoon die ik in Praag kende, afgezien van Heydrich en mijn bewaaksters. Je kon trouwens overduidelijk zien dat mijn bewaakster en het kindermeisje nog meer van elkaars gezelschap genoten dan het kleine meisje en ik, zij het om heel andere redenen.'

Aanvankelijk deed Lori net of ze niet begreep wat het kind tegen haar zei. Ze beschouwde het voorval als een soort krankzinnige test van wat Heydrich hun liefde noemde, vooral omdat haar bewaakster haar altijd direct naar het kindermeisje en het kind leidde, alsof haar dat was opgedragen. Het was nu al zover gekomen dat de bewaakster en het kindermeisje elkaars hand vasthielden, en zaten te fluisteren en te giechelen. Het kind bleef maar boodschappen overbrengen: "En toen zei Liesl: Zeg me alsjeblieft dat je mijn boodschappen begrijpt. En toen zei Hannelore: Ik begrijp ze en ik wil je helpen."

Geleidelijk aan begon ik die gebeurtenissen te zien als mogelijkheid om te ontsnappen,' zei Lori. 'Als ik Heydrich verried en hij erachter kwam, zou hij me meteen vermoorden, of, wat waarschijnlijker was, me naar een kamp sturen, zodat ik dáár zou omkomen. Beide alternatieven zouden acceptabel zijn. In beide gevallen zou ik van hem zijn bevrijd, dus besloot ik het spel mee te spelen. Op een middag toen Liesl en ik met de poppen speelden en de bewaakster en het kindermeisje weer arm in arm voor de bank heen en weer liepen, en met hun hoofden dicht bij elkaar aan het fluisteren waren, zette ik de stap. Ik zei: "Hannelore zegt: Ik zal je helpen. Maar Liesl moet zeggen hoe." Het kind zei: "Hannelore moet zeggen waar hij naartoe gaat en hoe laat."

Het duurde even voordat ik de benodigde informatie had. Heydrich liet niet veel los over zijn optreden in het openbaar, maar ik ving een heleboel op omdat hij me haast elke dag opzocht en vaak over de telefoon met zijn ondergeschikten praatte. Zo hoorde ik dat hij over twee dagen op een bepaald tijdstip op een bepaalde plaats zou zijn. De volgende dag zag ik het kind en gaf haar de informatie. Het kind zei: "Dank je. Liesl zegt: We komen je op hetzelfde tijdstip ophalen. Zorg dat je klaarstaat."

Op het uur waarop Heydrich werd vermoord, kwam het kindermeisje, alleen, naar mijn appartement,' zei Lori. 'Ze zei dat ze een dag vrij had. Het was een grote, potige vrouw met een lief gezicht. De bewaakster was opgetogen haar te zien. Ze kusten elkaar – ik zag het door een kier in de deur – en verdwenen onmiddellijk een slaapkamer in.'

Even later kwam het kindermeisje de slaapkamer weer uit met een pistool in haar hand waar een geluiddemper op zat en schoot de andere bewaakster door het voorhoofd. Toen sloeg ze een boek in Heydrichs studeerkamer open, pakte er een sleutel uit en maakte er een brandkast ter grootte van een hutkoffer mee open die vol zat met juwelen, gouden munten en rijksmarken. Ze propte een deel van de juwelen en gouden munten in haar jaszakken en stopte de rest in twee handtassen. Een daarvan gaf ze aan Lori en zei: 'Draag deze.' De amforarol zat ook in de brandkast. Lori nam hem mee. Het kindermeisje legde haar vinger tegen haar lippen en opende de deur naar de hal. Toen de Gestaposchildwacht in de hal zich met een glimlach omdraaide, schoot ze hem ook dood en sleepte zijn lichaam het appartement binnen.

'Er was geen woord gesproken,' zei Lori. 'Maar nu zei het kindermeisje op fluistertoon: "Liesl zegt: Doe je jas aan en volg me."'

Het kindermeisje bracht Lori naar een bushalte. Ze namen de eerstvolgende bus. Er reden Duitse soldaten in uniform mee. Ze staarden naar Lori en het kindermeisje, maar stapten uit zonder toenadering te zoeken. Twee haltes later zei het kindermeisje: 'Ik laat je nu alleen. Stap bij de volgende halte uit. Volg de man met de groene sjaal. Deze zul je nodig hebben.'

Lori zei: 'Ze bedoelde de handtas die ze me te dragen had gegeven, vol gouden munten en rijksmarken in bankbiljetten.'

Bij de volgende halte stapte Lori uit en volgde de man volgens de instructies naar een flatgebouw, waar hij haar achterliet.

'Net als het kindermeisje was hij zwijgzaam,' zei Lori. 'In het appartement zei hij: "Over een paar dagen kom ik je ophalen. Laat geen vingerafdrukken achter. Blijf bij de ramen vandaan. Maak geen geluid. In de keuken is eten." Hij ging weg en deed de deur op slot. Het leek erop dat ik de ene voor de andere gevangenis of de ene gek voor de andere had verruild. Maar een week later, na het donker, kwam de man met de groene sjaal weer terug en liet zichzelf binnen.'

Hij nam haar mee naar een ander appartement aan de rand van de stad. Daarna werd ze van het ene pand naar het andere gebracht tot ze dicht genoeg bij de Hongaarse grens zat om naar de andere kant te lopen.

'En de rest hebben jullie zelf al ontdekt,' zei Lori. 'Dat heeft Zarah me tenminste verteld. Hongarije, Palestina, Norman Schwarz, mijn leven in de bergen.'

'Niet alles,' zei ik. 'Waarom Kirgizië?'

Het was te donker om Lori's gezicht te zien, maar toen ze antwoordde was haar stem net zo zwak als die van Paul; ik moest me inspannen om haar te kunnen verstaan. Tarik gaf haar een slokje wodka waardoor haar stem terugkwam, maar nog heser dan eerst.

'Heydrich mocht dan wel dood zijn,' zei ze, 'maar zijn mannen niet. Ik had iets gedaan waarvoor ik koste wat kost moest worden gestraft en bovendien had ik de amforarol en hun goud gestolen. Als ik naar Hubbard terug zou gaan – en hoe zou ik dat kunnen doen? – zouden ze me vinden en hem en al mijn andere dierbaren vermoorden. In de bibliotheek op het landgoed vond ik een oud logboek van een overleden lid van de familie Bathory. Er werd een reis naar Kirgizië in beschreven en het bevatte aantekeningen over de inwoners en de taal. Er zaten ook kaarten bij. Hij was het land via Afghanistan binnengekomen. Ik leerde de Kirgizische woorden vanbuiten, tekende de kaarten na en wachtte op het einde van de oorlog.'

Ik zei: 'Realiseerde u zich dat Kirgizië deel uitmaakte van de Sovjet-Unie en wat dat in 1945 voor een Duits onderdaan betekende?'

'Natuurlijk, maar dat was ten dele ook het aantrekkelijke eraan,' zei Lori. 'Het was voor een nazi de minst toegankelijke plaats op aarde, de laatste plaats waar zelfs Heydrichs mensen heen wilden of konden gaan.'

Desondanks had Lori nooit geloofd dat ze echt veilig was. Niet zolang Heydrichs mensen nog in leven waren, niet zolang ze de amforarol had en zij wisten dat ze hem had, want wie wist er buiten Lori genoeg van af om hem te stelen?

'Daarom vluchtte ze naar Xinjiang toen ze hoorde dat een oudere heer die haar zoon beweerde te zijn, naar haar op zoek was,' zei Paul. 'Ze dacht dat het een van Heydrichs mannen was. Ze had zich mij nooit voorgesteld als oudere man.'

'Maar je bent haar gevolgd?'

'Ja, met de hulp van Tarik,' zei Paul.

Ik vroeg: 'Hoe kwam het dat je hem vertrouwde, Tarik?'

Ik sprak Engels. Tarik antwoordde in dezelfde taal. 'Ik wist alles over hem, moeder had me over haar andere zoon verteld,' zei hij. 'Bovendien lijkt hij op haar. Dat wist ik. En nu zag ik het. We zijn haar toen samen gaan zoeken. We wisten waar we moesten zijn. Ze dacht dat de amforarol veilig zou zijn in het Chinese werkkamp.'

'En jullie werden door de Chinezen gepakt?'

'Nee.'

Ik zei: 'Zijn jullie dan uit vrije wil de poort van het werkkamp binnengelopen?'

Paul haalde zijn schouders op. 'Ik was de hele wereld over gereisd om haar te vinden. Ik dacht er net zo over als zij, dat je je laatste dagen net zo goed in een Chinees werkkamp kon slijten als waar dan ook, en het zou niet slechter zijn dan het kamp waar zij, mijn vader en ik in 1940 naartoe zouden zijn gestuurd als zij in die trein bij Aken ons leven niet had gered. En ach, ik ben al mijn hele leven naar haar op zoek geweest.'

Ik vermoedde dat ik nu ongeveer alles had gehoord wat ik mocht weten. Waarom de Chinezen zijn zogenaamde as naar Washington hadden opgestuurd als ze wisten dat Paul Christopher gezond en wel in Xinjiang zat, ging me gewoonweg boven de pet. Ik liet de Christophers samen achter, gezeten in een cirkel die het middelpunt vormde van een lege, uitgestrekte uithoek van de wereld. Ze praatten zachtjes met elkaar. Al snel kon ik hun zwakke stemmen niet meer horen. Nog een paar passen en ik kon hen bij het licht van de sterren ook niet meer zien.

3

Ik was enigszins verbaasd dat alle Christophers er de volgende ochtend nog waren. Kevin verscheen vlak nadat het licht begon te worden, precies volgens afspraak. Hij kwam te paard. Ditmaal ging hij gekleed als een Oezbeek, met een automatisch geweer op zijn rug, een mes in zijn riem, een pistool in een schouderholster, granaten, een verrekijker, een satelliettelefoon – de hele reut, op oorlogskleuren na. Hij en een paar van zijn mannen hadden hun kamp vijfenveertig kilometer verderop in de heuvels bij de zandvlakte van Jomon Kŭm opgeslagen. Een ander team was bij de landingsbaan in Turkmenistan gestationeerd. Elk team had een satelliettelefoon en een radiozender.

'De jongens in Turkmenistan wachten tot het gezelschap van Ibn Awad aankomt en zijn kamp opslaat,' zei Kevin. 'Als het zover is, bestuderen onze jongens het doelwit en kijken ze of er een patroon in de activiteiten valt te ontdekken, ze tellen de koppen en proberen de zwakke punten te vinden.'

'En hopen dat ze niet worden ontdekt.'

'Daar is niet veel kans op, want niemand verwacht ze daar en ze houden zich verborgen om Ibn Awads beveiligingsroutines te observeren. De bedoeling is informatie te verzamelen waardoor we de oude man ook echt gevangen kunnen nemen. Uiteindelijk moeten we de beveiliging uitschakelen, het doelwit ontvoeren en al onze mensen levend en wel naar buiten zien te krijgen.'

'Hoeveel mensen heb je nodig voor de ontvoering?'

'Minimaal acht,' zei Kevin.

'Ibn Awad heeft minstens vijftig lijfwachten.'

'Acht is genoeg,' zei Kevin.

'Ik hoop dat je gelijk hebt,' zei ik. 'Maar stel dat je hem kunt ontvoeren en Ibn Awads jihadstrijders allemaal weet te doden of uit te schakelen. Dan zit je nog steeds midden in de woestijn met honderden kilometers leeg terrein tussen jullie en de dichtstbijzijnde stad en duizenden kilometers tussen die stad en een plaats waar je veilig bent. En dan hebben we het er nog niet over dat ieder-een in die stad moslim is en klaarstaat om Ibn Awad van de ongelovigen te red-den. Hoe ga je die gevangene precies ontvoeren?'

'Door te improviseren,' zei Kevin.

'Improviseren? Je bent een interessante vent.'

Kevin lachte zijn onnavolgbare glimlachje. 'We houden contact,' zei hij.

Hij steeg op en reed weg.

4

Die middag arriveerden de andere Old Boys. We zaten in een kring op Lori's kleed, dronken thee en keken hoe Tarik tegen de blauwe lucht met de sakervalk aan het oefenen was. En Charley Hornblower bracht ons in herinnering dat het leven vol verrassingen zit. Terwijl wij allemaal naar de valk hadden zitten kijken, had hij een van zijn grote bruine enveloppen opengemaakt en de inhoud ervan voor zich op het kleed gelegd – tekst, kaarten, foto's, allemaal met stenen op hun plaats gehouden. Een fotokopie van de kaart van Kalash lag in het midden. De kaart zat vol aanduidingen met markeerstiften in verschillende kleuren en gele Post-its met aantekeningen.

'Ik denk dat ik iets interessants heb ontdekt,' zei Charley. 'Elke landingsbaan op de kaart van Kalash ligt precies op de route van de trek van de grote kraagtrap. Behalve één.'

Charleys plompe vinger wees de landingsbaan aan, die op de kaart als een dikke lichtblauwe lijn was aangegeven. Zoals Charley had gezegd vlogen de vogels precies over de landingsbanen in de Soedan, Baluchistan, Iran en Turkmenistan, waar Kevins verkenners op dit moment de kwartiermakers van Ibn Awad in de gaten hielden.

Na Turkmenistan boog de route van de vogeltrek naar het oosten af, en zat daarmee een paar honderd kilometer van de landingsbaan in de zandvlakte van Jomon-Kŭm. Dit was verontrustend nieuws. Kevin had zijn troepen bij de zandvlakte van Jomon-Kŭm geconcentreerd, minder dan tachtig kilometer bij de plek vandaan waar de Old Boys nu thee zaten te drinken. Kevin dacht dat de landingsbaan bij de zandvlakte van Jomon-Kŭm de beste plaats was om Ibn Awad te schaken. Ik vroeg niet of Charley zeker van zijn zaak was. Natuurlijk was hij dat.

Ik zei: 'Dat verbaast me.'

'Mij ook,' zei Charley. 'Maar alle feiten die ik heb kunnen vinden en alle meningen van deskundigen wijzen erop dat je de grote kraagtrap niet in deze tijd van het jaar bij de landingsbaan in Oezbekistan zult vinden. En ook niet in een andere tijd van het jaar.'

'Waar is dan de volgende rustplaats van de vogels?' vroeg Jack.

'De Sardarasteppe in Kazachstan,' zei Charley.

Jack zei: 'Kan Kevin uitwijken naar die locatie?'

'Dat moet ik hem vragen,' zei ik. 'Ik heb het met hem alleen over de zandvlakte van Jomon-Kŭm gehad als mogelijke aanvalsplaats.'

Jack knikte toegeeflijk, opeens heel kalm en meegaand, alsof dit probleem eenvoudig viel op te lossen. Maar zijn stem, zijn blik en zijn lichaamstaal zonden een boodschap uit in een persoonlijk brailleschrift dat alle aanwezigen begrepen: zeg maar dag tegen de hele operatie, jongens.

Ik zei: 'Ideeën?'

Stilte. Toen zei Paul: 'Als de grote kraagtrap niet bij de landingsbaan in Oezbekistan te vinden is, waarom staat die landingsbaan dan op de kaart?'

Dat was inderdaad de vraag. Een van de mogelijke antwoorden was dat die landingsbaan niet bestond. Maar Kevin had gezegd dat er wél een was. Een andere mogelijkheid was dat het een val was. Ik keek de kring van gezichten rond en zag geen tekenen dat iemand een ingeving had. De vraag bleef liggen. Waarom zou Ibn Awad een landingsstrook aanleggen om op de grote kraagtrap te jagen als de vogel daar niet te vinden was?

Het was Paul die de langdurige stilte verbrak. 'Misschien stopt Ibn Awad om een andere reden in de zandvlakte van Jomon-Kŭm,' zei hij.

'Zoals?'

'Bijvoorbeeld om zijn bommen te inspecteren.'

'Dát,' zei Harley, 'noem ik nog eens een interessante gedachte.'

We aten een koude avondmaaltijd en gingen vroeg naar bed. Ik lag tot vlak voor zonsopgang te woelen en te draaien en ging toen naar buiten. In deze woestijn was het zicht beter dan in Xinjiang. Zelfs als dunne sikkel gaf de maan een soort vertekend daglicht. Objecten in de verte, zoals de Žetimovheuvels, waren in een blauwe schaduw gehuld, maar goed zichtbaar.

'Het ziet er allemaal ongerept uit, hè?' zei Zarah. Haar stem was hees, nóg iets wat ze met haar grootmoeder gemeen had, maar toch krachtig en duidelijk.

Ik schrok. Ik had haar niet opgemerkt en ondanks het licht van de maan waar ik het zojuist over had, kon ik haar niet zien. Toen ging ze rechtop zitten en zag ik dat ze op het kleed had geslapen waarop we de vorige dag thee hadden gedronken.

'Maar het is niet zo ongerept als het lijkt,' zei Zarah. 'Tarik en ik hadden het er afgelopen nacht over. Hij is hier als kind met zijn vader geweest, en op een nacht toen iedereen sliep, trilde de aarde.'

'Een aardbeving?'

'Dat dachten ze toen ook, al voelde het niet echt als een aardbeving.'

Ik zei: 'Gebeurde dat hier, op de plaats van ons kamp?'

'Verder naar het westen en noorden,' antwoordde Zarah. 'Ze hadden hun kamp bij de waterput van Sarim opgeslagen, op ongeveer twee dagmarsen van hier. De put van Sarim ligt overal kilometers en kilometers vandaan, en dat is vreemd, want volgens de kaart ligt hij tussen twee grote wegen die nergens naartoe lijken te gaan en is het maar ongeveer dertig kilometer van de put naar het eindpunt van een spoorweg die in Samarkand begint en ook nergens heen loopt.'

Dat was inderdaad merkwaardig. Ik zei: 'Weet je nog meer?'

'Tarik zegt dat de spoorweg en de wegen destijds splinternieuw waren. De Russen hebben ze na de oorlog aangelegd met dwangarbeiders uit de goelags. Ze waren altijd met dat soort dingen bezig. Niemand besteedde er aandacht aan, ze bleven gewoon uit de buurt.'

'Dus de aarde trilde,' zei ik. 'En wat gebeurde er toen?'

'Na de schok zagen ze koplampen, een heleboel, die allemaal naar één punt gingen. 's Ochtends waren er heel veel Russen in uniform die bedrijvig heen en weer renden.'

Eindelijk hadden we het geluk waar we op hadden zitten wachten.

Nadat we hadden ontbeten, stapten Tarik, Charley en ik in een auto en gingen op weg naar de waterput bij Sarim. Het was een helse rit. Alleen Tarik wist precies waar we heen gingen, dus zat hij achter het stuur. Zijn Kirgizische genen hadden hem volledig in hun macht, net zoals hij de schokkende, rammelende auto in bedwang had. Charley stuiterde op de achterbank met een laptop op schoot op en neer. Hoe hij onder deze omstandigheden kon typen was me een raadsel, maar op een of andere manier kreeg hij het voor elkaar. De computer was verbonden met de satelliettelefoon.

Eindelijk riep hij: 'Ik geloof dat ik iets heb. Stoppen.'

Toen we waren uitgestapt, kregen we alle feiten te horen. Tussen 1949 en 1985 hadden in de Sovjet-Unie 596 ondergrondse kernproeven plaatsgehad. Bijna allemaal waren ze uitgevoerd in Kazachstan of op het eiland Nova Zembla in de Russische poolstreek.

'Maar,' zei Charley, 'er zijn ook twee ondergrondse proeven in Oezbekistan geweest. Een daarvan is rond de tijd geweest waar Tarik het over had.'

'Waar?'

'Hier, als Tariks herinnering klopt.'

'En met welk doel?'

'Hij staat te boek als "vreedzaam", wat betekent dat hij niet voor militaire doeleinden was,' zei Charley. 'Veel van die vreedzame ondergrondse kernproeven waren bedoeld om seismische golven te bestuderen. De Russen gebruikten ook kernexplosies voor de winning van olie en gas. En ook om ondergrondse opslagplaatsen voor vloeibaar aardgas te maken.'

'Ondergrondse opslagplaatsen?'

'Klopt,' zei Charley.

We gingen weer in de auto zitten. Toen we de plaats hadden bereikt waar Tarik dacht dat de onderaardse explosie had plaatsgevonden, was Charley als eerste de auto uit. Natuurlijk had hij een geigerteller meegenomen – onontbeerlijk gereedschap als je naar verborgen atoombommen zoekt, en haalde die te voorschijn. Charley keek op de meter en floot even.

'Denk je dat het een ondergrondse opslagplaats is?'

'Als het klopt wat Tarik heeft gezien,' antwoordde Charley, 'ligt dat voor de hand, denk je niet?'

De volgende uren reden we in steeds groter wordende kringen rond terwijl Charley met de ratelende geigerteller metingen deed en ik steeds de stand van de kilometerteller noteerde. Hierdoor kregen we uiteindelijk een idee van de omvang van het gat in de aarde. Dat besloeg al gauw enkele hectaren. We hadden geen idee hoe diep het was. Eén ding was duidelijk: het was een ideale plaats om een stuk of tien kleine atoombommen te verstoppen. De achtergrondstraling zou de straling die uit de bommen zelf weglekte, maskeren. Je kon ze onder de grond her en der verspreid verstoppen, zodat een dief of een spion misschien een van de bommen zou kunnen vinden, maar geen idee had waar de andere bommen zich in de duisternis zouden bevinden.

Van hier naar de grens met Turkmenistan, waar Darvaza-76 lag, het wetenschappelijk instituut waar de bommen volgens Michail waren gestolen, was het niet ver en het gebied waar je doorheen moest was vrijwel verlaten. We hadden geen tijd voor scepsis. Als ons geluk ons hierheen had gevoerd, moesten we maar op ons geluk vertrouwen.

De zon ging onder. Dit was niet de beste plek om te overnachten. Een paar kilometer verderop verrees een keten van kale bergen, hoger en ruiger dan de Žetimovheuvels. De horizontale zonnestralen wierpen een scherp licht op de berghelling waardoor er geen schaduwen meer waren. Ik zag iets bewegen, kneep mijn ogen tot spleetjes en zag iets anders bewegen – zweven, eigenlijk.

'Arenden,' zei Tarik.

Als het klopte wat Kalash over het gezichtsvermogen van deze vogels had gezegd, zagen ze ons acht keer beter dan wij hen.

We reden op de heuvels af.

5

Ik ging die nacht slapen op een heuveltop met het idee dat ik nog wat tijd had om de zaken te overdenken en plannen te maken. Het volgende moment lag ik op mijn rug en keek recht omhoog tegen de buik van een straalvliegtuig aan. Het vloog recht over ons heen met felle landingslichten, een uitgeklapt landingsgestel, en braakte de stank van verbrande kerosine uit. Het was op weg naar de landingsbaan op de zandvlakte van Jomon-Kŭm, en hoewel de hemel zwart was, schitterde de aluminiumhuid als een heliograaf in de stralen van de opkomende zon die net onder de horizon stond.

Ibn Awads kwartiermakers waren vroeg gearriveerd.

De zon kwam in het oosten te voorschijn. Alsof er een schakelaar was omgedraaid, verlichtten haar felle stralen de heuveltop en iets wat ik niet had verwacht te zien – Kevin. Hij zat naast me met gekruiste benen in het zand, nog steeds gekleed als Oezbeek en met zijn automatische geweer op zijn schoot. Hij fluisterde een of ander militair jargon in het microfoontje van de headset die hij droeg. Ik was nog steeds half verdoofd door het lawaai van het vliegtuig en kon Kevin niet goed genoeg verstaan om te horen wat hij zei. Een stuk of vijf mannen die tot nog toe onzichtbaar waren geweest, kwamen uit de grond te voorschijn. Ze droegen allemaal een headset net als Kevin en waren hetzelfde uitgedost en droegen dezelfde wapens als hij. Charley Hornblower leunde op een elleboog, keek verward en zag er zonder bril uit als iemand anders. Tarik staarde doodstil omhoog naar de kam van de berg. Ik volgde zijn blik en zag nog twee van Kevins mannen die daarboven op de uitkijk stonden.

Kevin zei: 'Excuses dat we je zo ruw hebben gewekt.'

'Wist je dat ze vandaag zouden komen?'

'Dat hoopte ik,' zei hij. 'Onze jongens in Turkmenistan hebben via de radio laten weten dat ze spullen hebben ingeladen en zijn opgestegen. Ik heb een bericht naar je satelliettelefoon gestuurd dat je moest oppassen. Heb je dat niet gekregen?'

'Ik heb de laatste dagen niet gekeken of ik berichten had.'

'O.'

Kevin was volkomen op zijn gemak, in zijn element, hij had alle benodigde feiten op een rijtje en beschikte over de middelen om ze naar zijn hand te kunnen zetten. De militaire procedures traden nu in werking. Op de uitkijkposten na, zaten Kevins mannen nu op hun hurken met hun wapens over de schouder en waren in de weer met in folie gewikkelde pakketten die ik herkende als veldrantsoenen van het Amerikaanse leger. Ik stond op, maar niet zo soepel als ik graag in de aanwezigheid van deze lenige jonge getuigen had willen doen en hielp Charley overeind. We liepen samen struikelend naar een rotsblok om te gaan plassen. Charley zei niets over het vliegtuig waardoor hij wakker was geschrokken, niets over de commando's die om hem heen stonden toen hij zijn ogen opendeed. Hij nam zijn verzameling ochtendpillen in.

Charley keek over zijn schouder. 'Hoeveel gaan we die vent vertellen?' fluisterde hij.

Oude gewoonten zijn hardnekkig. Charley was altijd een bureauman geweest. Er was net een vliegtuig vol moordenaars over onze hoofden gevlogen en hun leider, een moordzuchtige gek die we al maanden achternazaten, zou met de volgende vlucht meekomen, maar Charley dacht alleen maar aan geheimen bewaren.

Ik zei: 'Wat moeten we dan weglaten, Charley?'

'Om te beginnen wat we gisteren hebben ontdekt,' antwoordde hij.

'Dat zou wel eens lastig kunnen zijn.'

Ik wees op de bodem van de woestijn, honderd meter onder ons. De sporen die we hadden achtergelaten door in kringetjes rond te rijden, hadden het patroon van een schietschijf met een diameter van minstens anderhalve kilometer. Je kon ze zelfs vanuit de ruimte zien.

Ik zei: 'Charley, dit gedoe is bijna voorbij. Kevin weet waar we naar op zoek zijn; hij heeft het altijd al geweten. Wat hebben we te verbergen?'

'Niets, als Kevin inderdaad aan onze kant staat. Maar stel dat dat niet zo is?'

'In dat geval,' zei ik, 'heeft hij ons omsingeld, is het niet?'

'Dat is precies wat ik bedoel,' zei Charley.

Tarik praatte met een van Kevins mannen in wat Kirgizisch leek te zijn. Geen van de mannen zei iets tegen Charley of mij. Ze zaten als echte woestijnbewoners gehurkt in hun wijde inheemse dracht te ontbijten met kant-en-klaar maaltijden van het Amerikaanse leger. Kevin gaf ons ieder een dampend voedselpakket en een plastic lepel. Ik had runderstoofvlees en Charley macaroni met kaas. Charley zat kieskeurig in stilte te eten en zijn gebruikelijke kameraadschappelijkheid stond even op een laag pitje. Kevin hield zijn lepel in zijn vuist in plaats van in zijn vingers en schrokte zijn praktische maaltijd met praktische snelheid naar binnen. Daarna haalde hij een tandenborstel en tandpasta te voorschijn, poetste zijn tanden, spoelde zijn mond met water uit een veldfles, spuugde op de grond en wreef de witte vlek uit in het zand.

Vanwaar we stonden konden we het patroon van onze bandensporen zien. Kevin wees ernaar en zei: 'Trouwens, wat was dat allemaal? We zagen die stofwolk al van vijftien kilometer afstand.'

Ik vertelde het hem. Aanvankelijk gaf Kevin beleefd blijk van zijn twijfels, als een boer die naar een weersvoorspelling van een stadsbewoner luistert. Een onderaardse holte die door een nucleaire explosie is gemaakt? Een ondergronds reservoir met vloeibaar gas?

'Radioactief aardgas.'

'Is dat niet gevaarlijk voor de geslachtsklieren? We lopen hier al een week rond.'

'Volgens Charley is het geen Tsjernobyl, maar het is wel besmet.'

Kevin zei: 'En jullie denken dat die bommen ergens in die twee vierkante kilometer nucleaire soep zijn verstopt?'

'Ik denk dat het mogelijk is,' zei ik. 'Het is logisch om ze op een radioactieve plaats te verbergen. De achtergrondstraling maskeert hun aanwezigheid en niemand waagt zich in de buurt.'

'Michail zei dat hij al die plaatsen in de Sovjet-Unie al had doorzocht.'

'Behalve misschien die ene waar hij ons niet van heeft verteld.'

Kevin zei: 'Arme Michail, niemand vertrouwt hem. Stel dat je gelijk hebt en dat dit de goudmijn is. Hoe halen we die bommen er dan uit zonder een overdosis straling op te lopen?'

Dat was inderdaad het probleem. Tenzij je een zelfmoordcommando was.

6

Om twaalf uur 's middags steeg het vliegtuig op en verdween in zuidelijke richting. Ongeveer een uur later verschenen drie van Ibn Awads mannen met opbollende gewaden en hoofddoeken en kalasjnikovs op hun rug op motorfietsen. Ze reden zonder het te merken recht over de roos van de schietschijf van bandensporen die Charley, Tarik en ik hadden achtergelaten. Ondertussen meldden de vooruitgeschoven verkenners van Kevin, die op een andere heuvel stonden vanwaar ze de landingsbaan vijftig kilometer verder konden overzien, zich via de radio. Het vliegtuig was uitgeladen. Er werden tenten opgezet, een waterleiding werd op een bron aangesloten, de generator liep, wachtposten waren neergezet en zoals we hadden gezien waren er verkenners op uitgestuurd. Het was een godvruchtig kamp. Zodra het vliegtuig was geland was iedereen haastig naar buiten gekomen, had zijn gebedsmatje op de landingsstrook uitgespreid, zijn gezicht naar Mekka gekeerd en het ochtendgebed gezegd. Om twaalf uur deden ze het opnieuw – zelfs de wachtposten.

Waarschijnlijk zouden ze nog drie keer bidden voordat ze gingen slapen. Kevin vond het een mooi gezicht. Iedereen in het kamp van Ibn Awad zou vijf keer per dag kwetsbaar op zijn knieën en ellebogen liggen, wat vijf mogelijkheden voor een infiltratie of aanval bood. Ik kon zijn enthousiasme moeilijk delen. Ik wist dat ik bloed zou moeten ruiken, dat ik verlangend zou moeten uitzien naar de genadestoot, blij dat ik de taak kon afronden die mijn bejaarde vrienden en ik helemaal alleen op ons hadden genomen. Maar ik was moe. En geïrriteerd. Hoewel ik het grootste deel van mijn leven aan geheime operaties had gewijd, had ik me er altijd aan geërgerd – het zinloze gereis, de verspilde energie, de misplaatste bezorgdheid, de onbeduidende resultaten die je eraan herinneren hoe weinig al je inspanningen hebben uitgehaald en hoe stom je bent je leven zo te verspillen. Het is natuurlijk een spelletje van jonge mensen, maar tegen de tijd dat je dat allemaal door hebt ben je te oud om nog een ander vak te kiezen. Om maar te zwijgen van je cv dat ieder hoofd personeelszaken de stuipen op het lijf zou jagen. Ik kwam in de verleiding om weg te lopen en Kevin de rest te laten opknappen. Ik had gemengde gevoelens over het redden van de wereld, of dat deel ervan dat Ibn Awad in de as wilde leggen. Wat maakte het in het grotere geheel der dingen nou eigenlijk uit of we hem tegenhielden? Misschien was Ibn Awad wel een soort tarotkaart die voorbestemd was om te worden getrokken. Wie was ik om het noodlot te tarten? Bovendien hád ik die oude gek al eens gedood, tot ik erachter kwam dat hij net deed of hij dood was: lag nu ook in de kaarten besloten dat ik hem deze keer weer moest vermoorden of dat ik weer zou falen? We waren zo afhankelijk van gelukstreffers, van fouten die de tegenstander zou moeten maken, van het toeval dat we op het juiste moment op de juiste plaats waren, álles moest precies in elkaar grijpen. Ik was zes maanden bezig geweest om positie in te nemen op deze heuveltop in een verre uithoek van Oezbekistan en alles wat ik nu kon doen was afwachten.

Maar niet lang. Vlak voor zonsondergang kwam het vliegtuig terug en landde weer op de strook bij de zandvlakte van Jomon-Kŭm. Ibn Awad kwam het vliegtuig uit. Dat zag ik natuurlijk niet met eigen ogen, maar ik luisterde mee via een headset toen een van Kevins verkenners verslag over de landing uitbracht. Als een sportcommentator beschreef hij elke beweging van Ibn Awad. De oude man liep rechtop en zonder hulp. Hij had zijn gebruikelijke witte gewaad aan. Hij droeg geen wapens, zelfs geen ceremoniële dolk in zijn gordel. Hij had een zuurstofmasker op en de verpleger liep met de fles achter hem aan. De zon raakte de westelijke horizon, en zodra Ibn Awad onder aan de helling was gekomen, liet hij zich op een gebedskleed vallen dat voor hem was neergelegd en zei het avondgebed. Daarna liep hij zonder hulp met vaste tred, zij het langzaam, naar zijn tent. Hij was omringd door de lijfwachten die met hem waren meegekomen – een stuk of tien tot de tanden gewapende vechtersbazen. Samen met de strijders die er al waren, bracht deze verse aanvoer het aantal gevechtsklare jihadstrijders op ongeveer twintig. Voor Kevin kwam dit aantal als goed nieuws. Hij had er vijftig verwacht, maar nu waren ze maar met z'n twintigen, een verhouding van een op drie die hij als ideaal leek te beschouwen.

Zodra de duisternis inviel, gingen Kevin en zijn mannen eropuit. Zij wilden de heuvels zien te bereiken die op de landingsstrook uitkeken. Ze zagen er zo inheems uit door hun kleding en manier van doen – zelfs Tarik had ze aanvankelijk voor Oezbeken gehouden – dat ik half-en-half verwachtte dat ze ergens een stoet kamelen vandaan zouden toveren en erop zouden klimmen. Ze gingen echter te voet.

We volgden ze met verrekijkers terwijl ze de maanverlichte vlakte overstaken, een paar honderd meter looppas, daarna een normaal wandeltempo, dan weer looppas. In dit tempo zouden ze het kamp van Ibn Awad in de vroege uurtjes van de ochtend bereiken, tegen de tijd dat de maan onderging.

Terwijl Kevins mannen nog steeds te zien waren, kwamen David, Harley en Jack met een andere auto aan. Ze hadden eten en water bij zich en een verzameling wapens die alleen David had kunnen samenstellen: automatische geweren, granaten, explosieven, en zelfs een zwaar mortier en een kist met mortiergranaten. Allemaal van Russische makelij.

'De markt wordt hiermee overspoeld sinds ze het Russische leger niet meer betalen,' zei David. 'Officieren verkopen ze voor een appel en een ei.'

Ik vroeg: 'Wat gaan we ermee doen?'

'Je weet maar nooit,' zei David. 'Maar je kunt er maar beter méé verlegen zitten dan dat je eróm verlegen zit. Ik weet niet hoe het met jou was, maar ik voelde me een beetje naakt in Xinjiang.'

Harley keek peinzend naar de sporen die we op de woestijnbodem hadden achtergelaten. Hij zei: 'Misschien heb ik het mis, Charley, maar ik meen me te herinneren dat voorzover wij weten de sovjets drie ondergrondse reservoirs hebben gemaakt, allemaal ten noorden van de Kaspische Zee. Ze boorden een gat, gooiden er een waterstofbom in, sloten het gat af en lieten de bom ontploffen. Als die afging maakte hij een grote onderaardse grot. Het idee was er olie en gas in op te slaan als strategische reserve, zoals we bij ons thuis met zoutkoepels doen.'

Zoiets had ik zelf ook al gedacht, maar het was fijn het door Harley bevestigd te zien, die in zijn bloeiperiode als meesterspion meestal de eerste was die dat soort dingen wist.

'Verder is er hier in de buurt geen vloeibaar aardgas, dus moeten ze het ergens anders vloeibaar hebben gemaakt en het met tankwagens hierheen hebben gebracht,' zei Harley. 'Daarvoor diende die spoorlijn.'

'En wat betekent dat dan?' zei Jack.

'Het betekent, Jack, dat we alleen maar hoeven zoeken naar de plek waar ze het gas hebben overgeladen,' zei Harley. 'Er moet een soort pompstation zijn geweest, misschien meer dan een, en pijpleidingen. Dat betekent dat er bergplaatsen van staal en beton moeten zijn. Als je die vindt, heb je de bommen ook gevonden.'

'Als ze er zijn,' zei Jack. 'En als we ze kunnen vinden zonder een uitrusting die we niet hebben.'

'Als je onder de grond wilt zoeken zijn er nog andere manieren,' zei Harley.

'Heb je een methode in gedachten?'

'Nou,' zei Harley, 'meestal gebruik je een gevorkte stok die je van een appelboom snijdt. Een wichelroede. Hier zijn geen appelbomen in de buurt, maar misschien is een kleerhanger ook goed.'

Toevallig lag er een in de auto. Hij draaide hem uit elkaar, boog hem recht en boog hem vervolgens in de vorm van een Y. Ik mocht dan in de stad zijn opgegroeid, maar ik had genoeg tijd met Amerikaanse boeren doorgebracht om te kunnen raden wat hij van plan was. De andere stadsjongens hadden ook geen flauw benul van wat hij ging doen, wat aan de uitdrukking op Jack Philindros' gezicht wel was te zien.

Harley zei: 'David, jij hebt toch een heleboel schroot bij je. Waarom begraaf je er niet wat van in het donker?'

'Waarom?'

'Ik wil dit graag uitproberen. Ik weet niet zeker of het werkt. Begraaf de spullen minstens een halve meter diep.'

Ik ging met David mee en hielp het gat graven. We begroeven het onderstel van het mortier, een AK-47 en een paar handgranaten in aparte kuilen. De bodem zat vol stenen, zodat het een tijd duurde. We markeerden de gaten niet en het maanlicht was te zwak om de graafsporen te zien.

'Die spullen zijn we kwijt,' zei David. 'Die vinden we nooit meer terug.'

Ik was daar niet zo zeker van.

'Doe me een blinddoek om,' zei Harley toen we terug waren. 'Ik wil niet van vals spel worden beschuldigd.'

Jack kweet zich van die taak. We brachten Harley in de buurt van het ijzer, maar niet te dichtbij. Hij pakte de kleerhanger bij de schuine uiteinden van de Y vast.

'Zeg me nu in welke richting ik moet zoeken, jongens,' zei hij en begon te lopen.

Hij had ongeveer twintig passen gelopen. Toen hij boven de plek stond waar we het onderstel van het mortier hadden begraven, dook de kleerhanger naar beneden.

'Hier,' zei hij. 'Een behoorlijk groot iets.'

'Er zijn er nog meer,' zei David.

'Niet zeggen hoeveel,' zei Harley. 'Zeg maar wanneer ik alles heb gevonden.'

Hij liep langs de AK-47, die een eindje naar rechts lag, maar vond wel de granaten, die een paar passen verder lagen.

'Nog één achter je,' zei David.

Harley draaide zich om en begon in rechte lijnen heen en weer te lopen. Eindelijk was hij dicht genoeg bij de AK-47 om de straling ervan te kunnen opvangen of wat het dan ook zijn mocht, en de kleerhanger dook weer naar beneden.

'Middelgroot,' zei hij. 'Langwerpig stuk ijzer. Nog meer?'

'Dat is alles.'

Harley nam de blinddoek af. We groeven zijn vondsten op. Als kind had ik ooit gezien hoe een van onze buren in de Berkshires een bron vond met de gevorkte tak van een appelboom. Hij had het bij klaarlichte dag en zonder blinddoek gedaan, maar zijn stok was net zo op en neer gegaan als de kleerhanger van Harley, alsof hij door een onzichtbare trol aan een touwtje naar beneden werd getrokken. De bron die hij had gevonden (honorarium 2 dollar) voorzag nog steeds iedereen die er een mok in stak van ijskoud water.

'Ik wist niet dat je een wichelaar was.'

'Ik was het zelf half vergeten tot Charley me vanmorgen over de telefoon vertelde wat het probleem was,' zei Harley.

'Ik dacht dat je op deze manier alleen water kon vinden.'

'Nee hoor,' zei Harley, 'je kunt alles vinden. Honderd jaar geleden heeft mijn grootvader olie in Pennsylvania gevonden met een wichelroede van kersenhout. Hij dácht dat hij water had gevonden, tot hij een eindje gegraven had.'

'Hoe werkt het?'

'Weet ik niet. Het is me een raadsel, maar het werkt. Zit in de familie. Slaat doorgaans een generatie over.'

Jack was perplex en vroeg zich misschien af waarom de Outfit, als ze Harley hadden, al dat geld had uitgegeven aan ruimtesatellieten die op het Rijk van het Kwaad neerkeken. Maar het was waarschijnlijker dat hij niet geloofde wat hij zojuist had gezien. Harley glimlachte alleen met zijn ogen, maar met afgewend gezicht, om dit teken van hoogmoed te verbergen. Opeens schatte ik onze kansen weer wat zonniger in. Ik voelde zelfs optimisme.

7

Tarik was een man van weinig woorden. Hij sprak Kirgizisch, Engels en Mandarijn en gezien de hoeveelheid tijd die zijn energieke moeder moest hebben gehad toen hij opgroeide, had hij misschien ook Duits en Oudgrieks en wie weet welke andere talen geleerd. Een tijdlang dacht ik dat zijn zwijgzaamheid te maken had met die halve deur die de Chinezen om zijn nek hadden gehangen. Misschien had hij er een zere keel aan overgehouden of had het hem mentaal uit zijn evenwicht gebracht. Maar nee. Net als zijn halfbroer Paul was hij gewoon niet zo spraakzaam. Op een of andere manier hoorde die zwijgzaamheid bij zijn karakter. Met zijn koperkleurige huid, hoge jukbeenderen, rustige ogen en stille diepten leek hij op een andere figuur uit Centraal-Azië: Chingachgook van James Fennimore Cooper, onverzettelijk, zwijgzaam en niet meer zo jong (Tarik moet ongeveer vijftig zijn geweest), maar nog steeds een krijger.

Tarik had Harleys wichelroedendemonstratie met veel belangstelling gevolgd. Toen die voorbij was en we allemaal bewonderend om Harley heen stonden, schrokken we op toen Tarik begon te spreken.

'Wat de Russen probeerden te verbergen kunnen jullie heel duidelijk bij het maanlicht zien,' zei hij.

Ik zei: 'Wat bedoel je daarmee, Tarik?'

'Kom,' zei hij. 'Ik zal het je laten zien.'

Hij nam ons een paar meter de heuvel op naar een plek waar we de vallei konden overzien. Hij wees met zijn vinger.

'Ik zie het niet,' zei ik.

'Ik heb het ook vanavond pas voor het eerst gezien,' zei Tarik. 'Je moet zoeken naar sporen van een oude weg en van een spoorwegbedding.'

Nu Tarik me had gezegd waar ik op moest letten, zag ik het meteen. Op de woestijngrond onder ons waren twee lange evenwijdige kerven zichtbaar. De vaagste van de twee moest de weg zijn geweest. De spoorwegbedding was makkelijker te zien omdat het ooit een verhoogde spoorbaan was geweest die nu over een groter oppervlak was uitgespreid: het was duidelijk dat de weg en de spoordijk met bulldozers waren weggeschoven. En het was ook duidelijk waarom. De Russen hadden willen verdoezelen wat ze hier hadden gedaan – niet omdat ze zich schaamden omdat ze hier alwéér een bolwerk van ongerepte natuur hadden bedorven, maar omdat het een van hun vele koude-oorlogsgeheimen was.

Nét voor het eind maakte de spoorlijn een scherpe bocht naar links, liep een paar kilometer in die richting door om daarna weer een bocht naar rechts te maken. Vanwaar wij stonden op de heuveltop leken de resten van deze bijzondere spoorweg een vraagteken in spiegelbeeld.

'Daar moeten ze het gas uit de tankwagons hebben gepompt. De bocht van dat vraagteken moet vier of vijf kilometer lang zijn. Ze reden hun tankwagons in een halve cirkel op de spoorlijn en pompten ze een voor een leeg, slim als wat. Dat had ik tóén moeten weten. Waar zat je toen ik je nodig had, Tarik?'

Het was duidelijk waar het pompstation waarschijnlijk had gestaan – aan het uiteinde van de boog van het vraagteken. De maan, die nu halfvol was, gaf ons al het licht dat we nodig hadden. We reden de heuvel af en telden het aantal stappen naar het midden. Dat was een ruwe meting, maar omdat we geen landmeetapparatuur hadden, hadden we geen keus. Harley begon op en neer te lopen met zijn kleerhanger voor zich uit. Ondertussen ging Charley, die zich zonder twijfel het vijfde wiel aan de wagen voelde, met zijn geigerteller op onderzoek uit – oude volkswijsheid tegen twintigste-eeuwse wetenschap. Het was verbazend hoe ver het getik van de geigerteller, of welk mechanisch geluid dan ook, in deze levenloze plek droeg, waar geen enkel ander geluid van de natuur te horen was behalve dat van de wind.

Een paar uur voor zonsopgang dook Harleys kleerhanger naar beneden. 'Hij wordt behoorlijk naar beneden getrokken,' zei hij. 'Er moet hier iets zitten.'

Hij markeerde de plaats en bleef staan tot de rest van ons met de scheppen ter plekke was. Het zand was hier veel losser dan boven op de heuvel en doordat Tarik, David en ik om beurten groeven, schoten we flink op. Toen we tot ongeveer onze heupen in het gat stonden, stuitten we op beton.

'Het probleem is, dat het alleen beton is,' zei Harley. 'We weten nu dat hier iets zit. Maar nu moeten we ook nog de weg naar binnen vinden.'

We groeven verder. Ondanks de kou – om vier uur in de ochtend kan het niet veel warmer zijn geweest dan 5° C – zweetten we allemaal. Ik had altijd gedacht dat greppels graven de geest vrijmaakte voor lange, poëtische overpeinzingen, zoals Paul Christopher had meegemaakt tijdens zijn eerste gevangenschap in China. Ik merkte echter dat ik me constant moest concentreren op wat mijn lichaam aan het doen was. Ik begon ook blaren op mijn handen te krijgen en als ik al iets dacht, dacht ik dááraan.

Gelukkig was Tarik een leven van zweten en zwoegen gewend, zodat hij een gat kon graven en tegelijk zijn hoofd erbij kon houden. Hij was het die de koplampen vanuit het zuiden zag aankomen, vanuit de richting waarin het kamp van Ibn Awad lag. Ik telde er vijftien, die zich langzaam voortbewogen, en Tarik ook. De ogen van de anderen waren niet scherp genoeg om de lampen te kunnen tellen.

'Vijftien is een oneven getal,' zei Harley. 'Dat betekent dat er minstens één motorfiets tussen zit, of een auto met één koplamp.'

Charleys geigerteller begon te tikken. Hij zei: 'Er is veel straling hier.'

We wisten allemaal wat die koplampen betekenden: we moesten hier zo snel mogelijk weg. Aan de andere kant konden we Charleys geigerteller allemaal horen, en we wisten wat dat zeer waarschijnlijk betekende: we hadden Ibn Awads bommen gevonden vlak voordat zijn mannen eraan kwamen, die ons allemaal zouden doodschieten en ze weer zouden inpikken.

Ik zei: 'Tarik, hoe lang duurt het voordat ze hier zijn?'

'Een halfuur, misschien korter.'

David zei: 'Graven moeten we toch, denk je niet?'

Jack zei: 'Ik heb een vraag. Stel dat we de bommen vinden. Wat gaan we ermee doen als we ze hebben opgegraven? Als we ze meenemen, gaan we dood aan stralingsziekte. Als we ze hier laten liggen, gaan er op andere plaatsen een heleboel mensen dood.'

'Dat zijn zo'n beetje de mogelijkheden die we hebben, Jack,' zei Harley. 'Dus waarom graven we ze nu niet op en bedenken we later wat we ermee gaan doen?'

Hij greep de schep en stortte zich op de grond, en liet de aarde in het rond vliegen. Na zich dertig seconden tot het uiterste te hebben ingespannen gaf hij me de schep en wankelde weg terwijl hij naar zijn borst greep en naar adem hapte. Het gat was ongeveer een meter diep toen Tarik het van me overnam. Al snel klonk het alsof de schep een obstakel had geraakt. Tarik boog voorover en raakte het aan.

'Metaal,' zei hij. 'Ik denk dat het een luik is.'

Nog vijf minuten en hij had het wiel blootgelegd waarmee het luik kon worden geopend. Charley gaf hem de geigerteller. Die ratelde als een bezetene.

Charley zei: 'Ik denk niet dat je dat luik moet openmaken. Dan komt de straling naar buiten als rook uit een schoorsteen.'

Dat was een wijze raad, maar als we het luik niet openmaakten, zouden we ook niet weten wat we hadden gevonden. Tarik dacht er kennelijk ook zo over. Hij draaide aan het wiel tot we de grendels hoorden klikken en trok aan het luik. Het ging niet open. Ik ging op mijn buik liggen, stak mijn arm in het gat en greep het wiel. David deed hetzelfde. We trokken. Het luik kwam met een zuigend geluid los. Charleys geigerteller ratelde weer, nog sneller dan daarvoor.

Iemand gaf me een zaklamp aan. Ik scheen naar binnen en daar lagen de Ome Jo's in hun graftombe, alle twaalf naast elkaar. Ze leken in perfecte staat te verkeren. Volgens mijn horloge had het graven en het openen van het luik ons ongeveer een kwartier gekost. De koplampen, die nog steeds ver weg waren, hadden nu de grootte van een honkbal. We hadden misschien nog een kwartier.

David had zijn auto achteruit naar het gat gereden. De laadruimte lag vol spullen – wodka, voedsel, geweren, munitie. Ik dacht dat hij de bommen wilde inladen om ermee vandoor te gaan, maar toen zag ik dat hij een ander idee had. Terwijl Tarik en ik aan het graven waren, had hij verscheidene stukken semtex van het Rode Leger aan elkaar gekneed en schroefde nu een ontsteker in de grijze stopverfachtige bal die was ontstaan. De bal was ongeveer zo groot als een voetbal – groot genoeg om alles in een afgesloten ruimte te vernietigen.

Ondertussen had een soort insec.tenintelligentie bezit van ons genomen. We dachten allemaal – zelfs Jack – hetzelfde op hetzelfde moment: blaas die verrekte dingen op. Niemand vroeg of we tijd hadden om weg te komen of wat voor effect de explosie op de atmosfeer zou hebben of op de mensen die zich vanaf deze plaats onder de wind bevonden. De koplampen kwamen steeds dichterbij.

'We mikken het explosief door het luik en gooien het gat dicht,' zei David. 'We installeren een draadloze ontsteking, springen in de auto en geven plankgas. Als we een kilometer of vijf weg zijn, drukken we op de knop van de zender en de zaak vliegt de lucht in.'

Jack zei: 'Hebben we het over een Rússische ontsteking?'

'Wat moet ik daar nou op zeggen?' zei David. 'Dat is alles wat we hebben. We kunnen er twee gebruiken, voor het geval dat de ene het niet doet.'

David gaf me de bal. Ik liet hem door het luik zakken. Hij was met draden verbonden aan een antenne en een ontvanger. David stelde die op enige afstand op. De naderende voertuigen waren nu zo dichtbij dat we het geluid van de motoren hoorden, maar we konden nog niets zien behalve de gele koplampen. Ze reden naast elkaar. Ik kneep mijn ogen tot spleetjes om meer details te

kunnen zien. Onze eigen auto vertrok, die van David bleef staan. Hij sprong erin en schreeuwde naar me dat ik moest opschieten.

Hij sprong de auto uit en rende naar me terug.

'Wat is er aan de hand?' riep hij.

'En als het Kevin nou is?'

'Dan had hij moeten zeggen dat hij eraan kwam. Schiet op, Horace, we moeten weg.'

Drie mannen op motorfietsen schoten te voorschijn uit de stofwolk en kwamen vol gas op ons af. Ik voelde een windvlaag tegen mijn wang en hoorde de
kogels langs me heen vliegen. We sprintten naar de auto en sprongen erin. David reed weg voordat het portier dicht was en jakkerde met halsbrekende snelheid door de woestijn. Ik stak mijn hoofd uit het raampje en keek achterom.
Vanuit de stofwolk zag ik de flitsen van geweervuur toen de motorrijders met
hun automatische wapens op ons schoten. De achterruit van onze auto werd
verbrijzeld door een kogel die tussen ons door vloog en de voorruit eruit sloeg.

Als je erover nadacht, waar ik nu de tijd voor had, was er iets raars aan de
hand. Waarom schoten die mensen op ons? Tot nu toe hadden we ze geen
kwaad gedaan. We hadden de bommen gevonden, dat was zo, maar hoe wisten
zij dat? Hoe konden ze zelfs maar weten wie we waren? Maar wat deed het ertoe
of we het antwoord op al deze diepzinnige vragen wisten? Deze gasten probeerden ons om zeep te helpen ongeacht wie we waren of wat onze bedoelingen mochten zijn.

David had dat meteen begrepen. Hij maakte het dak open en gaf me een geladen kalasjnikov. Het was niet eenvoudig om mezelf en het wapen door de
nauwe opening in het dak te wurmen, maar nét toen ik dat voor elkaar had, zag
ik dat de motorrijders naast de auto waren komen rijden. Ze droegen wapperende boernoesen en merkwaardig genoeg witte glimmende valhelmen met
een zwart vizier. Degene die aan de linkerkant reed, richtte zijn geweer van een
afstand van drie meter op Davids hoofd. Een fractie van een seconde later viel
zijn wapen uit zijn hand en vloog hij achterover van zijn motor, alsof hij door
een lasso was gestrikt. Ik zag een flits, rook kruitdamp, keek achterom en zag
een geweerloop uit het zijraampje aan de achterkant steken. Tarik had de man
neergeschoten. Tot dat moment had ik niet eens gemerkt dat Tarik bij ons in de
auto zat.

De motorrijder aan de andere kant, die onkundig was van het lot van zijn
maat of hevig naar de dood verlangde, richtte zijn wapen nu op mij. Voordat ik
mijn geweer kon heffen – ik wist dat ik dat niet voor elkaar zou krijgen voordat
de motorrijder schoot – week David naar rechts uit en kegelde de motor om.

Honderd meter achter ons was de stofwolk aan het optrekken en werd doorzichtiger. Ik zag geen achtervolgers meer. Misschien waren we ontkomen. Toen keek ik links en rechts van de kolkende stofwolk die onze auto opwierp en zag ik koplampen. Voor ons, vrij dichtbij, lag de steile okerkleurige heuvel waar we ons kamp hadden opgeslagen. David klopte op mijn been. Ik stak een arm naar binnen met de bedoeling mijn hele lijf weer ledemaat voor ledemaat de auto in te vouwen. David stopte iets in mijn hand. Het was de zender van de draadloze ontsteking.

'Ik ga nu harder rijden,' zei hij.

Harder rijden? Het landschap trok nu als in een flits voorbij. Ik verwachtte dat de hotsende auto elk ogenblik over de kop kon slaan.

'Zodra we langs de voet van de berg rijden, maar nét voordat we erachter verdwijnen, druk je op de knop,' schreeuwde David. 'Hoor je me?'

We hadden geen idee wat er zou gebeuren als de bom afging. David zag de twijfel op mijn gezicht.

'Horace, dóé het gewoon. Alsjeblieft!'

David had gelijk. Dit was niet het moment voor bedenkingen. Ik snapte wat hij van plan was. Hij wilde aan de andere kant van de berg in de luwte zitten als de bom afging. Als we werden gedood voordat we op de knop hadden gedrukt, zou hij nooit afgaan. We werden niet alleen op de hielen gezeten door een stuk of twintig schutters die ons wilden vermoorden, maar hun collega's waren op dit moment hoogstwaarschijnlijk bezig de bom onklaar te maken.

De zon kwam op. David stuurde scherp naar rechts – de auto slingerde, de motor loeide – om achter de berg te komen. Ik drukte op de knop van de zender. Een eeuwigdurend moment lang hoorde én zag ik niets. Toen hoorde ik de explosie, vervormd en harder dan ik voor mogelijk had gehouden, die over ons heen kwam rollen alsof hij werd versterkt en uit een heel oude luidspreker kwam. De aarde, het hele landschap schudde zich uit als een natte hond. Een brok ter grootte van een kerk kwam van de berg los en rolde de woestijn in. Toen nog een, en daarna een lawine. De hemel vulde zich met een flakkerende gloed, geel en blauw als een gasvlam, die daarna verdween in een enorme zwarte wolk.

David worstelde met het stuur. Ik dacht dat de wagen zou omslaan en ondanks alles dacht ik aan mezelf omdat ik nog steeds met mijn hoofd en schouders uit het dak stak.

Net als dr. Oppenheimer in Nevada dacht ik: 'Wat hebben we gedaan?'

Dat is een vraag die je jezelf alleen maar stelt als je het antwoord al weet maar zou wensen dat je het niet wist.

8

Nee, we hadden geen nucleaire explosie veroorzaakt. We hadden het ondergrondse reservoir van vloeibaar gas in lichterlaaie gezet, waardoor natuurlijk een hoop straling was vrijgekomen. Het pompstation waar Ibn Awads bommen waren verborgen, was verbonden met een pijpleiding die in het ondergrondse reservoir uitkwam. Toen onze kneedbom afging, werd er een golf van vuur en hitte door de pijpleiding gejaagd. Dat veroorzaakte een onderaardse explosie die de berg haast opblies. We hadden natuurlijk op onze klompen kunnen aanvoelen dat dit zou gebeuren, maar in het heetst van de strijd hadden we niet geluisterd naar ons verstand. Op een of andere manier had de onderaardse holte de ontploffing ingedamd, maar er spoot wel een huizenhoge straal van brandend gas de lucht in op de plaats waar het pompstation had gestaan. Boven het reservoir sidderde de aarde onder blauwe vuurtongen die door scheuren in de rotsbodem lekten.

Vanaf de top van de heuvel zagen we geen spoor van menselijke wezens, dood of levend, en eigenlijk wisten we niet zeker wie we hadden gedood. Terroristen? Kevins mannen? Was dat niet hetzelfde? We veronderstelden dat de doden en gewonden mannen van Ibn Awad waren, maar onze aannamen waren al vaker onjuist gebleken.

'Goed werk,' zei Harley.

Jack zei: 'Voor we het weten hebben we half Kazachstan op onze nek.'

'Om van de milieuactivisten maar te zwijgen,' zei Charley.

Ah, het schuldgevoel van de progressieveling. We hadden zojuist een van onze twee onmogelijke doelstellingen verwezenlijkt en in plaats van dolblij te zijn, werden we overvallen door een diepe schaamte. Het was niet bepaald politiek correct om een eeuwige vlam aan te steken die werd gevoed door radioactief gas. We waren oud en wijs genoeg om beter te weten. We hadden gezondigd tegen het credo van de Outfit: help de mensheid heimelijk. We hadden de missie volbracht, maar niemand kon zeggen dat we op onze tenen waren binnengekomen en op onze tenen waren weggeslopen.

'Nou,' zei Harley. 'Niemand zal ons hiervoor bedanken en dat is op zich iets om dankbaar voor te zijn.'

Ondertussen behoorde Ibn Awad waarschijnlijk tot de weinige bevoorrechten die het vuurwerk van ver aanschouwden. Tenzij Kevin gebruikt had gemaakt van de verwarring die we hadden veroorzaakt om de oude man gevangen te nemen, maakte Ibn Awad nu aanstalten om in zijn vliegtuig te stappen. Als hij daar de kans voor kreeg, zou de hele cyclus opnieuw beginnen. Hij zou iemand anders vinden om nieuwe bommen van te kopen en deze keer zou hij ze gebruiken voordat wij of anderen de kans kregen hem te pakken. Het duurde even voordat ik mijn satelliettelefoon had gevonden en Kevins nummer had ingetoetst. De telefoon ging een paar keer over. Ik kreeg Kevins voicemail.

De landingsstrook lag vijfenveertig kilometer verder. Er was geen weg. Het zou zeker anderhalf uur kosten om er te komen. Ik wist niet zeker of we er genoeg benzine voor hadden. We hevelden de benzine uit de ene auto en goten die in de tank van de auto die ons het beste leek. David deelde wapens en munitie uit aan iedereen en alle zes klommen we in de ene auto, met Tarik achter het stuur. We reden om de plaats van de explosie heen. De likkende vlammen kronkelden over de aarde. De dampen waren verstikkend en de hitte was intens. Weer zocht ik naar lijken, maar zag er niet een. Ik weet niet waarom ik had verwacht dat ik nog lijken zou zien liggen. Iedereen die in de buurt van het pompstation was geweest – de meest waarschijnlijke plaats voor mensen die wilden voorkomen dat Davids kneedbom zou afgaan – zou door de explosie van brandend gas zijn verdampt.

9

Ruim een uur later had Tarik ons bij de landingsstrook gebracht. We zagen nergens wachtposten toen we kwamen aanrijden. Het had geen zin om voorzichtig te zijn, er was geen tijd om de boel eerst te verkennen. Tarik reed meteen de startbaan op en parkeerde de auto voor het vliegtuig. We sprongen eruit. Behalve automatische geweren hadden we ook nog twee raketwerpers bij ons. Charley en Harley, onze minst lenige commando's, kregen die wapens uitgereikt met de instructie op het vliegtuig te vuren als het probeerde op te stijgen.

De rest – Jack, Tarik, David, Ben en ik – gingen op het kamp af, met de geweren in de aanslag, in de verwachting elk moment door een salvo van een AK-47 kogels te worden neergemaaid. We roken koffie, hoorden geiten blaten achter de kookplaats en zagen kleren aan een waslijn bol staan in de wind. Er gebeurde niets. Het kamp was verlaten. Er was geen mens te bekennen, geen geluid te horen, geen spoor van leven op zes schitterende slechtvalken na, die achter in Ibn Awads tent op een stok zaten met kapjes op hun kop. Ze zaten daar volkomen onbeweeglijk, blijkbaar sliepen ze. Waren Ibn Awad en zijn mannen naar het vuur gereden dat aan de horizon brandde? Dat leek me onwaarschijnlijk en zo te zien had Tarik ook zijn twijfels, omdat hij zich omdraaide en de tent uit rende. Tegen de tijd dat ik ook buiten stond liep hij al op een drafje naar de rand van het kamp met zijn ogen strak op de grond gericht. Hij volgde de wielsporen die naar het noorden leidden, in de richting van het vuur. Na een paar seconden bleef hij staan en rende toen naar rechts, met zijn ogen nog steeds op de grond gericht. Toen bleef hij stilstaan en wees naar het oosten.

Ik kwam bij hem staan. De sporen vertelden het verhaal. Een groot aantal voertuigen was samen uit het kamp vertrokken. Na ongeveer tweehonderd meter hadden één auto en vijf motorfietsen zich van het konvooi afgesplitst en waren met een scherpe bocht naar het oosten afgebogen. De yurt lag precies ten oosten van het kamp van Ibn Awad. Het was glashelder. Ibn Awad wilde twee dingen hebben – de bommen en de amforarol. Hij had er boodschappers op uitgestuurd om de bommen te halen en was zelf achter de rol aan gegaan. Lori had de rol. Lori was in de yurt.

Tarik zei: 'We moeten erheen. Meteen.'

Tarik volgde de sporen die door het konvooi van Ibn Awad waren achtergelaten, althans, we gingen ervan uit dat het zijn konvooi was. Sinds Tarik zich bij ons had gevoegd, hadden we de GPS niet meer gebruikt. Hij leek op elk moment precies te weten waar hij zich bevond. Na een uur liet hij de auto stoppen en stapte uit om te luisteren. Door de voorruit zagen we de Žetimovheuvels. De yurt was nu heel dichtbij. Ik stapte ook uit. In de verte hoorde ik geweerschoten. Het geluid was te ver weg om te kunnen zeggen dat er met twee verschillende typen geweren werd geschoten, dus wisten we niet wat er aan de hand was: een vuurgevecht of een slachting. Het laatste leek niet het geval want er werd te veel geschoten, in aanmerking genomen dat er maar drie mensen in de yurt waren.

Tarik en ik pakten wapens uit Davids winkel in bommen en granaten in de achterbak van de auto en gingen te voet verder. David en de anderen zouden bij de auto op mijn telefoontje wachten en ons te voet volgen als ik hen nodig had. Tarik had zijn hele leven lang bergen beklommen, hij leek nooit buiten adem te raken en een onbegrensd uithoudingsvermogen te hebben. Hij liep heel snel maar ik hoefde maar twee passen te nemen tegen hij drie, en zo slaagde ik erin hem min of meer bij te houden. Tegen de tijd dat we de yurt zagen liggen, was ik buiten adem. Mijn handen trilden hevig. Als er een vijand voor mijn neus was opgedoken, en dat verwachtte ik elk moment, had ik hem waarschijnlijk niet eens met een schot hagel kunnen raken, als ik al een jachtgeweer bij me had gehad.

De yurt was in brand gestoken. Alleen de verkoolde stokken stonden nog overeind. Afgezien van deze droevige aanblik viel onmogelijk te zeggen wat er was gebeurd of wat er op dit moment aan de hand was. Er werd nog volop geschoten maar de schutters leken allemaal op de grond liggen. Het terrein waar we lagen was zo vlak en onbeschut dat niemand rechtop kon staan of zelfs maar kon kruipen, zonder beschoten te worden. Van weerszijden werd er vlak boven de grond gevuurd om de andere partij te dwingen plat te blijven liggen. Gezien de hoeveelheid munitie die daarbij verspild werd, vroeg ik me af of dat nog lang door kon gaan, maar je wist maar nooit. Als we gezien werden, zouden beide partijen voor alle zekerheid op ons schieten.

Tot nu toe waren we nog niet gezien, maar dat kon elk moment veranderen.

Tarik nam het voortouw. Hij wees naar de heuvels en zette het op een rennen zonder te kijken of ik wel achter hem aan kwam. Ik was ondertussen weer op adem gekomen of tenminste voldoende om hem bij te kunnen houden. Ik had sinds mijn schooltijd geen steek meer in mijn zij gevoeld, maar nu wel. Na een paar minuten werd ik opnieuw herinnerd aan iets wat iedere jonge atleet weet – dat je weer nieuwe energie krijgt. De stekende pijn verdween. Ik begon gemakkelijker adem te halen. Ik hoorde mijn eigen hart niet meer bonken. Mijn handen en knieën trilden niet meer.

Honderd meter hoger tegen de flank van de heuvel vond Tarik een geschikt uitkijkpunt. Ik liet me naast hem vallen. We zagen mannen in gewaden en roodgeruite Arabische hoofddoeken aan de ene, mannen in Oezbeekse kleding aan de andere kant. Er waren veel meer Arabieren dan Oezbeken, zoveel meer dat ik me afvroeg waar die toch allemaal vandaan waren gekomen. Ze konden onmogelijk in het kleine zakenvliegtuig hebben gepast dat op de landingsstrip bij Ibn Awads kamp stond. In de verte werd de zon weerkaatst door glas. Door mijn verrekijker telde ik tien pick-ups die daar stonden geparkeerd. Ibn Awad had over land versterking laten aanrukken.

Er waren zeven Oezbeken van wie er eentje dood was of in elk geval bijna, te oordelen naar de bloedvlek op zijn rug en de geknakte houding waarin hij met gespreide armen en benen op de grond lag. Ik kon hun wapens zien – de Belgische automatische geweren die Kevin en zijn mannen hadden meegenomen. Maar waar waren de Christophers? Lori, Paul en Zarah waren in geen velden of wegen te zien.

De impuls om onszelf afzijdig te houden was heel sterk. Zolang de twee vijandelijke kampen op elkaar aan het schieten waren, konden wij ons relatief vrij bewegen. En bewegingsvrijheid was precies wat we nodig hadden als we nog enige hoop koesterden de Christophers te vinden. Anderzijds stond Kevins team, in theorie althans, aan onze kant terwijl Ibn Awads mannen ontegenzeggelijk onze uiterst gevaarlijke vijanden waren. Als zij dit gevecht zouden winnen, daalde onze levensverwachting daarmee drastisch. Maar hoe zouden we de goeien kunnen helpen? Tarik en ik konden vanuit ons arendsnest toch niet het vuur openen? We zaten minstens achthonderd meter van het strijdtoneel af. We konden ons wel zijwaarts verplaatsen en enfilerend vuur openen, maar waarschijnlijk werden we dan van beide kanten met kogels doorzeefd voordat we de trekker ook maar hadden overgehaald. Ik belde David op zijn satelliettelefoon, bracht hem van de situatie op de hoogte en vertelde hem wat hij daar volgens mij aan kon doen.

Hij vroeg: 'Dus jij observeert?'

'Precies. Blijf maar aan de telefoon. Weet je nog hoe je het moet doen?'

'Vaag. Maar ik zal ongetwijfeld een hoop advies krijgen.'

Een paar minuten later kwam de auto van de Old Boys in zicht. Door de verrekijker zag ik David uitstappen en om de auto heen rennen naar de achterkant waar hij in de achterbak begon te rommelen. Een paar seconden later haastten onze jongens zich weer naar voren met zware voorwerpen. Ze zetten die in elkaar alsof ze een stel infanteristen waren die dat soort dingen dagelijks deden in plaats van eens in de vijftig jaar. Voor ik het wist hadden ze het Russische mortier opgesteld waar ik nog spottend om gelachen had toen David er de vorige dag mee aan was komen zetten.

Davids stem klonk in de hoorn. Hij hijgde. 'Wat moet het bereik zijn?'

'Doe maar zo'n vierhonderd meter,' zei ik. 'Het gaat om het effect.'

Een paar seconden later ontplofte er een granaat een paar meter achter Ibn Awads mannen. David stelde het wapen een paar graden naar rechts in. De volgende granaat belandde tussen twee op de grond liggende Arabische strijders en stelde hen allebei buiten gevecht.

'Je zit erbovenop,' zei ik. 'Nu moet je naar voren gaan. Ze liggen ongeveer een meter van elkaar.'

Door de verrekijker zag ik dat Ben – wie anders? – het mortier richtte terwijl David de granaten in de vuurmond stopte en Charley en Jack hen van munitie voorzagen. Harley juichte. Ik hoorde hun stemmen in de stilte na elke ontplofte granaat. Ze klonken als spelers langs de lijn bij een rugbywedstrijd op de middelbare school waarbij de spelers zelf de enige toeschouwers zijn. Het effect was wellicht meer te danken aan geluk dan aan goed richten, maar het bombardement veroorzaakte een ravage onder de terroristen. Na de vierde of de vijfde explosie sprongen de roodgeblokte kaffiya's overeind en trokken zich wild om zich heen schietend terug. Enkelen van hen werden daarbij neergeschoten of struikelden over de zoom van hun gewaad. Kevins mannen maaiden hen neer met geweervuur. Binnen een paar seconden was de grond bezaaid met de lichamen van Arabieren in witte jurken die er nu als van bloed doordrenkte lijkwaden uitzagen.

Ik zei in de telefoon: 'Staakt het vuren.'

'Roger,' zei David.

Dit militaire jargon klonk me vreemd in de oren maar het was een taal die we allemaal begrepen, hoewel we die al heel lang niet meer gesproken hadden.

Ik zei: 'Zorg dat je weg bent voordat ze je komen zoeken.' Tarik en ik zagen hoe de Old Boys weer in de auto stapten en naar het noorden jakkerden met een snelheid waarbij vergeleken Tariks rijstijl niets voorstelde. Op de stoffige vlakte onder ons ging Kevins team ondertussen verder met zijn schoonmaakactie. De vluchtende Arabieren hadden geen schijn van kans. Het team handelde met de snelheid en zekerheid van goed getrainde mannen die in een perfecte lichamelijke conditie verkeerden, tegen alle verwachting in toch nog leefden, en blij waren dat ze de kans kregen om genadeloos af te rekenen met hun vijanden. Ze hadden geen idee dat wij ze zojuist hadden gered uit de puinhoop waar ze door eigen toedoen in terecht waren gekomen: een stelletje reumatische, bejaarde pillenslikkers die voor het laatst hadden gevochten toen de vaders van deze jochies nog niet eens geboren waren. Het was misschien niet het juiste moment voor dit soort gedachten, maar zoals ik al eerder heb gezegd: het leven is vol ironie. Uiteindelijk moesten wij de mensen redden die we juist hadden ingehuurd om óns te redden.

10

Nu ze rechtop stonden kon ik eindelijk de gezichten zien van de mannen in Kevins team. Kevin zelf was er niet bij. De headset die hij me had geleend hing nog steeds om mijn nek. Ik deed hem op en zette hem aan. Het instrument pikte onmiddellijk de gesprekken tussen de mannen op. Ze spraken Russisch tegen elkaar. De reden daarvoor was overduidelijk: alsof ze allemaal tegelijk hadden gegrijnsd en hun aluminium sovjetgebit hadden laten zien. Kevins mannen in Boedapest hadden niets gezegd en zijn mannen in Rusland waren ook al weinig spraakzaam geweest. Tot op dit moment had ik mezelf geen moment afgevraagd hoe dat kwam. De eerste indruk is meestal de beste, en dat ontdek je vaak te laat: ik had duidelijk meer aandacht moeten hebben voor mijn eerste indruk dat Kevin te mooi was om waar te zijn.

Ik belde weer. Deze keer nam Harley op. Ik vertelde hem wat ik zojuist in de headset had gehoord.

'We komen wel naar de heuvel toe,' zei hij.

Tarik en ik klommen naar de top. Hij liep even snel een heuvel op als over vlak terrein dus ik kon hem absoluut niet bijhouden. Toen ik eindelijk het hoogste punt had bereikt stond hij op me te wachten. We konden mijlenver zien en zagen alleen de auto van de Old Boys uit het westen aankomen, die de gebruikelijke stofwolk achter zich opwierp. Ik ging rechtop staan zodat ze me zagen. Ze knipperden met hun koplampen.

Tarik stormde langs de andere kant van de heuvel naar beneden en rende met lange passen de verraderlijke brokkelige helling af. Hij wilde waarschijnlijk proberen de auto van de Old Boys onderaan tegen te houden, zodat de berg tussen de auto en Kevins team in lag. Ik volgde hem zo goed en zo kwaad als het ging, met trillende benen en bonkend hart, terwijl ik elk moment mijn evenwicht kon verliezen en een innerlijke stem me zei dat ik gek was om zulke risico's te nemen. Als ik een been brak – of een héúp op mijn leeftijd, bedacht ik opeens – dan was ik verloren. Ook al leek Tarik een geboren stuntman, hij zou nooit van zijn leven een kolos als ik de heuvel af kunnen dragen. En hij zou het waarschijnlijk niet eens proberen. Hij dacht alleen maar aan zijn moeder en zijn halfbroer en zijn nichtje. Ik trouwens ook, maar op dat moment probeerde ik alleen maar te zorgen dat mijn botten heel bleven.

De Old Boys wachtten ons onderaan op. Ik was zo buiten adem – en zo verbaasd dat ik nog heel was – dat ik even niet deelnam aan het gesprek.

Harley vroeg: 'Kun je al praten?'

Ik kon alleen maar een hand optillen en naar Tarik wijzen. Hij wist hetzelfde als ik. Waarschijnlijk nog wel meer.

Harley zei: 'Ik vind het vervelend om het te moeten vragen, Tarik. Maar je hebt hun lijken nergens zien liggen?'

Tarik antwoordde: 'Nee. Maar Horace had de verrekijker.'

Ik schudde mijn hoofd. Nee.

'Dat zou kunnen betekenen dat ze zijn meegenomen,' zei Harley. 'En de enige reden om dat te doen is dat ze de amforarol niet hebben. Als ze die bij zich hadden, hadden die lui hen doodgeschoten en de rol meegenomen. Ibn Awad of Kevin of wie dan ook, wil even rustig met hen kunnen praten.'

Voor één keer kon Ben niet met een betere verklaring komen voor de afwezigheid van de Christophers. 'Laten we ervan uitgaan dat ze weg hebben kunnen komen,' zei hij. 'Dan moeten we ons afvragen welke kant ze zijn op gegaan.'

'Wie zal het zeggen,' zei Harley.

Ik had zo'n vermoeden, gebaseerd op onze bloedverwantschap en de vele verdwijningen en herenigingen, dat onze schaapjes helemaal niet verdwaald waren maar precies datgene hadden gedaan wat Christophers in zo'n geval doen, namelijk het tegenovergestelde van wat je geacht wordt te doen.

Ik was ondertussen weer voldoende op adem gekomen en zei: 'Ze zouden niet wegvluchten. Ze zouden naar ons toe komen.'

Jack merkte op: 'Maar in die richting stond de hemel in brand.'

'Ze zouden juist die kant op gaan omdát de hemel daar in brand stond.'

'Maar waarom dan?'

Ik haalde mijn schouders op. Dit was niet het geschikte moment om een psychologisch profiel van de Christophers te schetsen, als dat al mogelijk was. Wat ze van plan waren en waar ze uithingen was, zoals gewoonlijk, voor iedereen een vraag en voor hen een weet. De enige die alles wist over Lori en over dit landschap, was Tarik. Maar natuurlijk vroeg niemand hem om zijn mening. Hij zat zwijgend voorin tussen David en mij, terwijl er over zijn hoofd heen woorden en theorieën werden uitgewisseld.

David, die ook al die tijd had gezwegen, was degene die de vraag stelde. 'Tarik, wat denk jij?'

'Als ze nog leven,' zei Tarik, 'zullen ze ons een teken geven. We moeten dichtbij genoeg zien te komen om het te kunnen zien.'

En nadat hij dat gezegd had, deed hij zijn ogen dicht en leek te gaan slapen. Ik begreep niet hoe hij dat kon tot mijn eigen ogen ook dichtvielen. Ondanks het feit dat mijn botten door elkaar werden gerammeld door de snelheid waarmee we reden, ondanks het feit dat er door alle raampjes stof naar binnen waaide, ondanks de hitte, ondanks het oude vertrouwde gevoel van misselijkheid, viel ik ook in slaap.

Ik werd wakker van het gegier van de versnellingsbak. David was in een lagere versnelling gaan rijden. De schuinstaande auto reed tegen een steile heuvel op en de versnellingsbak protesteerde daar luidkeels tegen. In de verte zag ik wolken stof naar ons toe komen – Kevins mannen, veronderstelde ik, die snel aan kwamen rijden in hun gevorderde pick-ups, of misschien waren het motorfietsen. David parkeerde de auto in de luwte van de heuvel, vlak onder de top. Tarik klom onmiddellijk naar boven. Ik kwam achter hem aan alsof we door een navelstreng met elkaar verbonden waren. Vanaf de top hadden we een goed zicht op de landingsbaan en op Ibn Awads kamp, zo'n driehonderd meter onder ons. Het vliegtuig stond nog steeds op de landingsbaan, de lege tenten stonden te flapperen in de wind. Er was geen enkel teken van leven te bespeuren op een paar arenden na die in de verte hoog in de lucht zweefden.

'Ze komen wel,' zei Tarik.

Maar waar zaten ze nu? De zon was al aan het ondergaan. Ik keek achter me. In de verte kwamen de auto's steeds dichterbij maar ze zouden deze heuvels voor het donker niet kunnen bereiken. In zekere zin was dat een geruststellende gedachte, maar het vooruitzicht in het donker door Kevin en zijn mannen of door de overlevenden van Ibn Awads lijfwacht achternagezeten te worden, stemde me niet vrolijk. Ongeveer drie kilometer ten westen van ons, achter de landingsbaan, lagen nog een paar heuvels die iets hoger waren dan de onze.

Ik haalde mijn satelliettelefoon uit mijn zak en toetste Zarahs nummer in. De telefoon ging een keer over, er werd opgenomen en toen weer neergelegd. Ik probeerde het nog eens. Zelfde resultaat. Zarahs telefoon had een nummerherkenning zoals alle satelliettelefoons, dus als zij degene was die opnam en onmiddellijk weer neerlegde, wist ze wie er belde maar had ze een reden om niets te zeggen. Tenzij iemand anders haar telefoon in bezit had. Tariks ogen waren op de tegenoverliggende heuvel gevestigd. De arenden cirkelden daar nog steeds rond, ongetwijfeld op zoek naar een slaapplek nu hun oude nest in de giftige rookwolken van het brandende gas was gehuld.

En toen, nog witter en sneller dan anders, scherp afgetekend tegen de blauwpaarse tinten van de verkleurde lucht, zag ik opeens de sakervalk vliegen. Zijn grote vleugels stuwden hem in een bijna verticale lijn omhoog en al snel zat hij tientallen meters boven de arenden. Toen dook hij naar beneden. Ik had het natuurlijk al eens eerder gezien, maar de snelheid en de loodrechte duik naar beneden benamen me de adem. Hij greep een van de arenden. De arend leek te exploderen, donkere veren en bloed vlogen in het rond. De arend schreeuwde, of dat verbeeldde ik me althans, terwijl de twee grote vogels al vechtend naar beneden tuimelden.

'Dat is het teken,' zei Tarik. 'Ze zitten daar in die heuvels.'

Terwijl hij sprak vloog de sakervalk weer moeizaam omhoog met het karkas van de arend in zijn klauwen. Met langzame vleugelslagen wist hij een grote hoogte te bereiken waar hij zijn prooi niet langer vast kon houden en de arend losliet. De sakervalk cirkelde nog een paar keer rond alsof hij nog een aanval op een tweede arend in de zin had, en vloog toen naar de heuveltop waar, zoals we nu wisten, de Christophers op ons zaten te wachten.

Het trof me: Zarah was op het idee van de sakervalk gekomen om daarmee een signaal af te geven aan Ibn Awad, om hem nieuwsgierig te maken en waardoor we hem naar ons toe konden lokken. Maar dat was nu precies wat er ging gebeuren. Het was onze bedoeling geweest om Ibn Awad te vangen. Maar nu waren wij degenen die gevaar liepen gevangengenomen te worden.

De anderen hadden de sakervalk ook zien toeslaan en wisten wat dat betekende. Er hoefde geen ingewikkeld plan te worden uitgedacht. Tarik en ik zouden in het donker proberen de Christophers te vinden en hen terugbrengen. De anderen zouden achterblijven en zichzelf zo goed mogelijk moeten verdedigen. Als we de nacht doorkwamen zouden we elkaar de volgende ochtend opbellen en beslissen wat we gingen doen. Davids verzameling dodelijke wapens – AK-47s, granaten, een restje kneedbommen – lag op een deken uitgestald. Tarik koos een reusachtig mes uit, trok een haar uit zijn hoofd en sneed die doormidden om de scherpte ervan te beproeven.

Zodra het donker was geworden, gingen Tarik en ik op pad. Ik verwachtte half-en-half dat Tarik weer met een halsbrekende snelheid de heuvel af zou rennen maar ditmaal was hij wat voorzichtiger. Toen we eenmaal beneden waren, liepen we brutaal over de landingsbaan. De woestijn bood ons geen enkele dekking dus het was volstrekt zinloos om te doen alsof dat wel zo was. Bovendien hielden onze vrienden ons vanaf de heuveltop in de gaten, met de telefoon bij de hand. Als ze zagen dat we beslopen werden, kregen we een telefoontje. De hele situatie had iets lachwekkends – Tarik en ik die in het maanlicht als een stelletje bloeddorstige jager-verzamelaars door dit niemandsland sjokten terwijl we via een satelliettelefoon contact hielden met de thuisgrot, die een kilometer verderop lag.

We bereikten de andere heuvels en begonnen aan de klim. Grote rotsblokken wierpen enorme schaduwen. In een van die schaduwplekken rustten we even uit. Ik haalde moeizaam adem, Tarik had erg hard gelopen. Nu kroop hij naar de rand van de schaduw en bleef heel lang omhoogkijken terwijl hij de bergkam bestudeerde. Hij kwam terug en ging naast me zitten en pakte mijn hand. Ik was op een vreemde manier geroerd door dit broederlijke gebaar.

Hij zei: 'Als de vijand hier zit, zal hij naar de plek gaan waar de valk is neergekomen.'

'Denk je dat Paul en de anderen daar nog steeds zitten?'

'Nee, maar met een beetje geluk ben ik daar straks wel, dus dan weet hij waar hij me kan vinden. We moeten uit elkaar gaan, jij en ik. Proberen achter hen te komen.'

'En als ik achter hen ben, wat moet ik dan?'

Tarik hield nog steeds mijn hand vast alsof hij me nooit meer terug zou zien – wat heel goed mogelijk was, leek me – glimlachte even en toen was hij weg. Helemaal weg, onzichtbaar geworden als een geest. Ik staarde in de duisternis of ik hem nog zag, want hij moest er nog zijn. Maar deze keer liet mijn vogelaarstruc me in de steek. Hij was met het zand en de stenen versmolten, geruisloos zonder zelfs maar een schaduw te werpen.

Toen ik zelf de berg beklom, voornamelijk op handen en voeten, maakte ik veel meer lawaai, veroorzaakte minilawines en gromde luid als ik uitgleed. Maar het geluk was met me. Er sprong niemand vanachter een rotsblok op me af met een wapen in de aanslag. Voorzover ik wist had ik niemands aandacht getrokken.

In de vallei glinsterde de aluminium huid van Ibn Awads vliegtuig in het maanlicht. Het kamp was in duisternis gehuld en kennelijk nog steeds verlaten. Tegenover mij, aan de andere kant, hielden de Old Boys de boel nog steeds in de gaten, of dat hoopte ik tenminste. Ik wist niet helemaal zeker waar ik liep en strompelde in de richting waar de sakervalk was neergekomen. Twee meter verder struikelde ik over een lijk. Het was nog warm. De man lag op zijn rug met starende ogen, de voorkant van zijn witte hemd was doordrenkt van het bloed. Hij had zware donkere wenkbrauwen en een volle zwarte baard. Er was geen verwonding te zien. Ik knielde, tilde zijn baard op en zag dat zijn keel was doorgesneden. Hoe, vroeg ik me af, had Tarik dat klaargespeeld zonder een deel van zijn baard af te snijden?

Het was zo stil dat ik me net zo goed in een geluiddichte ruimte had kunnen bevinden. Ik kroop van de ene schaduw naar de andere. Maar wat zou er in de schaduw op de loer kunnen liggen? Voorzover ik kon zien, niets, hoewel het lijk bewees dat dat niet het geval kon zijn. Ik bereikte de plek waar ik de saker-valk had zien landen. Daar trof ik voetsporen aan, net zichtbaar bij het schijnsel van de maan, en ik bleef ze een hele tijd volgen waarbij ik zo ingespannen naar de grond tuurde dat ik recht in de armen van een moordenaar had kunnen lopen en het pas had gemerkt als ik het mes of de kogel voelde.

De sporen werden steeds vager en liepen uiteindelijk dood. Ik stond boven op de bergkam naar de zuil van vuur aan de horizon te kijken, helemaal alleen.

11

Mijn telefoon trilde en maakte me wakker uit een diepe slaap. Zodra ik mijn ogen opendeed, wist ik dat er iets goed mis was.

Het was David Wong. Hij zei: 'Zie jij ook wat ik zie?'

Dat zag ik zeker. Het kamp van Ibn Awad was tot leven gekomen. Er brandden lichten, er liepen mannen rond, vrachtwagens en motorfietsen reden met felle koplampen door het duister. Dat alles vond in doodse stilte plaats en op Dinky Toy-schaal omdat ik er een paar kilometer van afzat en driehonderd meter hoog. Een van de miniatuurvrachtwagens bleek een tankwagen te zijn. Hij stopte naast het vliegtuig. Er sprongen mannen uit die slangen naar de brandstoftank van het vliegtuig brachten. Het was niet licht genoeg om mijn verrekijker te kunnen gebruiken. Met het blote oog zag ik silhouetten – mannen die heen en weer liepen in het schijnsel van de koplampen of even in het licht stonden als ze de flap van een tent optilden.

David zat er dichterbij en ik vroeg: 'Wie zijn die lui?'

'Misschien versterking. Iedereen slaapt hier nog, behalve ik. Heb jij de anderen al gezien, waar jij zit?'

'Nee.'

David ging door met in mijn oor fluisteren. Ik was gedesoriënteerd en ondanks de opwinding van het moment sliep ik nog half. Omdat ik met mijn gedachten heel ergens anders was, drongen zijn woorden niet meteen tot mij door, maar één zin bleef in mijn hoofd hangen hoewel ik hem niet eens bewust had gehoord.

'Wat zei je daar?' vroeg ik.

David antwoordde: 'Iemand is zojuist Ibn Awads tent binnengegaan met de sakervalk.'

Dat maakte me klaarwakker. Als ze de valk hadden, hadden ze de Christophers ook, hetzij dood of levend. En als ze de Christophers hadden, hadden ze ook de amforarol. Dat besef maakte een gevoel in me los dat nieuw voor me was – woede, ongecontroleerde, overrompelende fysieke woede die door mijn hele lichaam en geest trok alsof een primitieve Horace uit de steentijd uit zijn hol was gesprongen en in mijn huid was gekropen. Mijn gedachten gingen razendsnel. Het zou nog ongeveer twee uur donker blijven. Dat gaf me net genoeg tijd om deze berg af te rennen, het vlakke terrein over te steken, het vijandelijke kamp binnen te dringen en iemand te vermoorden. Het deed er niet toe wie.

Ik zei zelfs geen gedag tegen David. Voor ik het wist zat ik al halverwege de berg. Waarschijnlijk zou ik niet eens gemerkt hebben dat ik al halverwege zat als ik niet over nog een oriëntatiepunt gestruikeld was – alweer een dode fedajien. Ook zijn keel was doorgesneden. Ik bleef even staan om zijn AK-47 en munitie te pakken, en om twee gladde eivormige Russische handgranaten uit zijn hemd te plukken. Ze kleefden van het bloed door de jaap in zijn keel. Onder me werden er automatische geweren afgevuurd. De schutters richtten niet op mij maar schoten in de lucht. Blijkbaar hadden ze iets te vieren. Alweer een slecht teken.

Vlak bij het kamp reden verkenners op motorfietsen als insecten in het rond. Ik liep tussen hen door alsof ik onzichtbaar was. Ik stond in het donker en keek naar een verlichte wereld. De vijand stond in het licht en keek de duisternis in. Het werd bijna licht. Ik moest toeslaan voordat de zon opkwam en we weer evenveel konden zien. Het personeel van de tankwagen was bezig om de slangen weer op grote haspels te draaien. Ik kroop dichterbij. Het grondpersoneel liep om het vliegtuig heen te darren, inspecteerde de buitenkant, controleerde wat zulke mensen nu eenmaal controleren, tuurde aandachtig in de motoren. Er kwam een man aanlopen. Hij hinkte enigszins. Heel even viel er licht op zijn gezicht. Ik herkende hem – het was kapitein Khaldun, de piloot van Kalash el Khatar die me met Kalash' Learjet van Caïro naar de woestijn en weer terug had gevlogen. Dit was een grappig toeval maar het verbaasde me niet. Het was het zoveelste voorbeeld van verraad. Kapitein Khaldun liep om het vliegtuig heen met zijn klembord in de hand en voerde zelf ook een inspectie uit. De ene zijde van het vliegtuig werd beschenen door de koplampen van een rijtje geparkeerde vrachtwagens die blijkbaar bij moesten lichten. De andere zijde was in het duister gehuld dat nog donkerder leek door het contrast. Ik stond ongeveer dertig meter van het vliegtuig af. Kapitein Khaldun, nog steeds de humorloze, vastberaden kerel die me bij Jef Jef el Kébir had afgezet, was zo verdiept in zijn bezigheden dat hij me niet zag. Ik wachtte nog even tot hij achter de staart van het vliegtuig verdween en liep toen zonder me verborgen te houden naar de vleugel, nam een aanloopje als een achttienjarige die omhoogspringt om een basketbal in het net te deponeren en gooide de granaten die ik van de dode man had gepakt, zonder de pinnen eruit te trekken in de straalmotor. Dit mag misschien roekeloos lijken, maar ik was echt niet zo stom dat ik de regels van het spionagevak helemaal aan mijn laars lapte. Als je bij een operatie in actie moet komen, boek je meer succes als je het schaamteloos en openlijk doet in plaats van subtiel te werk te gaan. Iemand die sluipt zal eerder opvallen dan een gek die nergens bang voor is en zich gedraagt alsof er geen gevaar dreigt. Zodra ik in het licht stapte, zette ik het op een lopen en holde recht op Ibn Awads tent af. Voordat een van de vele bewakers me neer kon schieten was ik al binnen.

Daar zat Ibn Awad op een tapijt, gekleed als een pelgrim in grof geweven kleren, zijn wrongel te eten. Achter hem, op een stok, zaten de sneeuwwitte sakervalk en een stuk of vijf slechtvalken. Ibn Awad keek op en kneep zijn ogen tot spleetjes – hij had altijd al vrij slechte ogen gehad – en zei zowaar: 'Jij!' In het Arabisch natuurlijk.

De twee lijfwachten achter hem hadden de fout gemaakt hun geweren om hun nek te hangen in plaats van ze schietklaar te houden. Terwijl ze worstelden om hun wapens af te doen schoot ik ze allebei dood met mijn kalasjnikov. Dat maakte binnen in de tent een gigantisch lawaai. Door de schoten schrokken de valken op – uit mijn ooghoek zag ik flapperende vleugels – maar het ontging de mensen buiten omdat zij zelf nog steeds vrolijk in de lucht aan het schieten waren.

Voordat mijn oren ophielden met tuiten, kroop Ibn Awad op handen en voeten naar de achterkant van de tent, met zijn benige achterwerk in de lucht, terwijl hij verstikkende geluiden voortbracht. Ik dacht dat ik hem per ongeluk had verwond, maar dat was het niet. Ik had niet Ibn Awad verwond maar twee van zijn valken doodgeschoten, die van hun stok waren gevallen door de rondvliegende kogels uit het volle magazijn dat ik op de lijfwachten had leeggeschoten. Ibn Awad zat bedroefd naar de gebroken lijven van zijn lievelingsdieren te kijken. Hij had totaal geen oog voor de twee mannen die zojuist hun leven voor hem hadden gegeven.

Ik zei: 'Ouwe man, draai je om en kijk me aan.'

Ibn Awad hoorde me wel maar zijn aandacht was op belangrijker zaken gericht. Hij treurde om zijn vogels, hield er een in elke hand zodat ik hun bebloede verentooi kon zien, hun slap hangende kopjes en hun doffe gele ogen die niet meer glinsterden, en goed begreep wat ik had aangericht.

Ik zei: 'De eigenaren van de sakervalk. Waar zijn ze?'

Ibn Awad haalde zijn schouders op. Zijn onverschilligheid was zo overduidelijk dat je die haast rook. Hij was duidelijk niet bang voor me. Hij wist dat ik goede redenen had om hem niet neer te schieten en waarschijnlijk geloofde hij ook, maar dan had hij het mis, dat ik nog steeds de rationeel denkende man was die hij van vroeger kende en vertrouwde.

Ik vroeg weer: 'Welke orders heb je je mannen gegeven ten aanzien van mijn neef en nicht?'

Hij haalde weer zijn schouders op. Dat maakte me razend. Ik veranderde opnieuw in de woeste holenmens. Ik greep Ibn Awad, gooide hem over mijn schouder, en stormde via de achterkant van de tent naar buiten, de duisternis in. De oude man was waarschijnlijk nog nooit eerder in zijn leven door ongelovige handen aangeraakt, laat staan dat hij als een opgerold tapijt door een dief werd weggedragen. Hij bood geen tegenstand; dat had hij ook niet gekund, zelfs als hij het had gewild. Zijn graatmagere benige lichaam voelde aan alsof er geen enkele kracht in school. Gelukkig voor mij was Ibn Awad een asceet. Doordat hij al jarenlang net genoeg at om in leven te blijven, woog hij zo te voelen nog maar vijfenveertig kilo, dus kon ik me vrij snel met hem door het duister bewegen. Elke keer als een van mijn voeten de grond raakte, maakte Ibn Awad een geluidje, dat tussen een grom en een kreun in zat, alsof iedere schok hem totaal verraste.

Na ongeveer vierhonderd meter hard rennen (waar haalde ik die energie toch vandaan?) bereikte ik een flink rotsblok in de vorm van een altaar en zette Ibn Awad daarbovenop. Er was niemand achter ons aan gekomen. Ik kon het amper geloven maar daar leek het wel op. De kerels die Ibn Awad moesten beschermen waren zo druk in de weer geweest met het startklaar maken van zijn vliegtuig om te ontsnappen, dat ze niet gemerkt hadden wat er in de tent gebeurde. Ze zouden voor een verrassing komen te staan als ze naar binnen gingen en de martelaars en de valken aantroffen, en zagen dat de krankzinnige man verdwenen was.

12

Eindelijk kwam de zon op. Precies op het moment dat het eerste streepje van de dageraad aan de oostelijke hemel verscheen, knielde Ibn Awad op zijn platte rotsblok neer, met een piepende adem, weeklagend en gebaren makend terwijl hij vurig begon te bidden. Gewoonlijk blijf ik onbewogen onder uitingen van religieuze gevoelens, maar vreemd genoeg wist hij me te ontroeren. Heel even voelde ik weer sympathie voor hem, zoals in het verleden voordat mijn opdracht anders begon te luiden. Het is verrassend hoe mild je wordt als je de vijand aanraakt. Maandenlang had ik Ibn Awad van een afstand zitten demoniseren. Nu zat ik zo dicht bij hem dat ik hem naar adem hoorde snakken om met Allah te kunnen praten; ik had zijn zuurstoftankje niet meegenomen en hij leed duidelijk aan longemfyseem. Hij rook vaag naar kruidnagel; ik vroeg me af hoe dat kwam. Zijn handen die de juiste gebaren maakten zoals voorgeschreven in een moslimgebed, waren zo bruin dat het bloed van de valken nauwelijks te zien was. Het viel hem vast zwaar dat hij zich niet eerst had kunnen wassen, maar ik nam aan dat het de gelovige in extreme situaties wel was toegestaan om ongewassen te bidden. Zijn drukke gebaren, daar boven op die rots, moesten vanaf het kamp duidelijk zichtbaar zijn maar niemand leek het te zien. Dat was niet zo verwonderlijk. De meeste mensen in het kamp waren ook aan het bidden.

Het zag ernaar uit dat zijn verdwijning nog niet was opgemerkt. Mannen in lange gewaden waren druk bezig het kamp op te breken en alles op de vrachtwagens te laden. De een na de ander zakten de tenten in elkaar tot er nog maar twee waren overgebleven – de grote tent van Ibn Awad waarin de dode fedajien en valken lagen te wachten tot ze gevonden werden, en nog een andere, kleinere tent. Daar konden alleen de Christophers in zitten. In gedachten zag ik hen daar vastgebonden en gekneveld, alle vier – Tarik ook als hij tenminste nog leefde – op een rijtje zitten, wachtend op het lot dat hun gijzelaars voor hen in petto hadden. Wat dat lot ook mocht zijn, het bracht waarschijnlijk geen verlossing met zich mee, want in de ogen van hun gijzelaars waren zij ongelovigen en als ze stierven, stierven ze als honden zonder hoop op een hemel. Ibn Awad was klaar met bidden en ging op zijn hurken zitten. Hij keek me kalm aan en had een blauwige gelaatskleur door het tekort aan zuurstof, maar er stond absoluut geen angst te lezen in zijn ogen. Ik bedacht dat ik hem nog steeds goed genoeg kende om te weten wat hij nu dacht. Hij leek te wachten tot er iemand zou komen om me te vermoorden. Wat hem betrof lag alles in de handen van God, en daar hoorde ik ook bij als de bizarre Wreker die voortdurend in zijn leven opdook en zijn plannen dwarsboomde. Hij was Job, ik was Satan die over de aarde zwierf en zijn liefde voor de almachtige op de proef stelde die hem zoveel redenen had gegeven om hem lief te hebben – oliebronnen, een missie om het kwaad op aarde uit te roeien, zelfs een soort verrijzenis nadat de moordaanslag was mislukt en Claus Bücher zijn wonden had geheeld. Je voelde zijn onderwerping aan de goddelijke wil. Hij wist dat zijn huidige situatie slechts een test was, dat hij slechts werd gesard door de Schepper van het universum die hem nooit echt leed zou berokkenen, dat hij uiteindelijk de vijanden van het geloof op aarde zou doden zoals hij was voorbestemd om te doen, en het paradijs zou betreden.

Opeens lichtten zijn ogen op en veranderden van uitdrukking, en ik draaide me razendsnel om, wapen in de aanslag in de verwachting zijn tuig achter me te zien. In plaats daarvan zag ik – u raadt het al – Kevin uit het stof opduiken met een stralende brede glimlach op zijn gezicht dat met camouflagekleuren was beschilderd. Ik was absoluut niet verbaasd. Kevin staarde naar Ibn Awad die hem op zijn beurt ook aanstaarde, nog altijd even sereen, alsof hij op een vrolijk commandoteam uit Ohio had zitten wachten.

Kevin zei: 'We hebben je daarnet zien rennen. Goeie brandweergreep heb je, Horace.'

We? Ik keek achter hem en ja hoor, daar lagen zijn mannen languit in het zand. Ze hadden daar natuurlijk al die tijd al gelegen. Maar waarom? Waar hadden ze op liggen wachten? Wat voor zin had het om in het donker op een doelwit af te sluipen als je vervolgens ging zitten wachten tot het licht was om het aan te vallen? Ik stelde geen vragen. Dat had ook al geen zin.

Hoffelijk als altijd zei Kevin: 'Ik begrijp niet waarom je ons nodig dacht te hebben, Horace.' Hij wuifde naar de zuil van vlammen en de sluier van rook in het noorden en wees toen op de gevangene op het rotsblok. 'Je bent een eenmans-actiefilm.'

Hij stond nu rechtop alsof elke noodzaak om zich verborgen te houden was weggevallen en hij niets te vrezen had van de zwerm gewapende schurken die druk rondliepen in het kamp. Hij had Ibn Awads zuurstoftankje bij zich. Heel voorzichtig, zelfs teder, plaatste hij het masker over de mond en neus van de oude man en draaide toen het kraantje open. Ibn Awad haalde een minuut lang krampachtig adem en begon toen weer normaal te ademen. Kevin gaf hem een klopje op de arm.

De lucht kwam in beweging. Vierhonderd meter verderop zoog Ibn Awads tent het briesje naar binnen, blies het toen weer naar buiten en hing slap. Nog steeds was er niemand naar binnen gegaan om te kijken hoe het met Ibn Awad was. Plotseling werd alles duidelijk, de stukjes van de puzzel vielen op hun plaats, en het drong tot me door dat daar een reden voor was: Ibn Awad hóéfde helemaal niets te vrezen. Hij was zelf een gevangene. De mannen die ik had gedood waren zijn gijzelaars geweest, niet zijn lijfwachten – Kevins mannen, niet zijn eigen mannen. De oude gek had me zo vriendelijk aan zitten kijken omdat hij dacht dat ik hem gered had.

Ik vroeg: 'Kevin, wat ben je eigenlijk van plan?'

'Mijn missie afmaken,' antwoordde hij.

'Juist. Heb jij mijn neef en nicht onder jouw hoede?'

'Niet echt. Maar ze zijn wel in leven en ik heb geen belangstelling voor hen. Anderen wel.'

'Anderen? Welke anderen?'

Hij gebaarde met zijn hoofd naar het kamp. 'Die kerels daar. Het zijn Turkmenen en ik geloof dat ze een losgeld verwachten.'

'Losgeld?'

'Ik ben bang van wel. En compensatie voor twee van hun vrienden wie Tarik de keel heeft doorgesneden voordat we hem te pakken kregen en hem voor de wraak van de Turkmenen konden behoeden en ik kan je verzekeren dat dat geen lollig gezicht is.'

'Horen die Turkmenen bij jou?'

'Zo ver zou ik niet willen gaan,' zei Kevin. 'Laten we zeggen dat we samenwerken. Het is onze gewoonte om met plaatselijke mensen te werken. Daar waren onze mensen in Turkmenistan mee bezig, ter plekke mensen ronselen om mee te werken. Ze hebben het kamp schoongeveegd en Ibn Awad gevangengenomen. Ik denk dat ze ook wel betaald willen worden voor de twee Turkmenen die jij hebt afgemaakt.'

'Wat voor soort losgeld heb jíj hen betaald?'

'Ze mogen alles hebben behalve het vliegtuig en Ibn Awad,' zei Kevin. 'Daarom zijn ze zo blij en schieten ze in de lucht, en zo.'

Extatisch zou een beter woord zijn geweest, te oordelen naar de hoeveelheid munitie die nog steeds in het blauwe uitspansel werd afgevuurd.

Ik zei: 'Eerlijk gezegd, Kevin, ben ik de kluts een beetje kwijt. Als jouw Turkmeense vrienden alles krijgen behalve Ibn Awad, wie krijgt Ibn Awad dan?'

Kevins glimlach kreeg iets verontschuldigends. 'Wij.'

'En "wij" is vast niet jij en ik.'

Hij schudde zijn hoofd.

'Jij en wie dan?'

'Dat mag ik niet zeggen. Maar die ouwe baas krijgt een goed tehuis.'

Ik voelde walging opkomen. Het was te laat om nog spelletjes te spelen. Het beest van afgelopen nacht werd weer wakker in me en ik kwam erg in de verleiding om Ibn Awad gewoon dood te schieten en zo een eind te maken aan zijn levensgeschiedenis. Er waren echter nog andere mensen aan wie ik moest denken en ik besefte ook dat ik zelf dood zou zijn voordat ik mijn vinger van de trekker had gehaald als ik werkelijk deed wat mijn reptielenbrein me nu opdroeg om te doen.

Niettemin drukte ik de loop van mijn kalasjnikov tegen Ibn Awads hart. Op uiterst vriendelijke toon vroeg ik: 'Zeg, ik zag toevallig dat kapitein Khaldun zich bij het gezelschap heeft gevoegd.'

Kevin scheen verbaasd. 'Kennen jullie elkaar?'

'Heb je kapitein Khaldun even van Kalash el Katar geleend?'

'Goh, jij weet ook een hoop, Horace. Het antwoord luidt: ja. We hadden er geen vertrouwen in dat de piloot van Ibn Awad ons hier veilig uit zou loodsen.'

'Is dat weer zo'n voorbeeld van met de plaatselijke bevolking samenwerken of kennen jij en Kalash elkaar al langer?'

Kevin keek me niet langer aan maar glimlachte tegen de lucht alsof hij zat te wachten op een advies waarvan hij wist dat het nooit zou komen. Hij slaakte een hoorbare zucht.

'Hoor eens,' zei hij. 'Het doel van deze operatie was de bommen van Ibn Awad onschadelijk maken en hem elimineren omdat hij een bedreiging voor de mensheid vormt. Voornamelijk dankzij jou en je maten is dat allemaal gelukt. Wat maakt het nou uit hoe het verdergaat of wie Ibn Awad krijgt?'

'Dus je gunt mij alle eer en zelf neem je Ibn Awad als je rechtmatig aandeel?'

'Zoiets. Horace, zou je misschien willen ophouden met je wapen in het lichaam van de gevangene te porren?'

'Je wilt hem dus levend?'

'Natuurlijk. Wat voor nut heeft hij als hij dood is?'

'Wat voor nut heeft hij levend? Wat ga je met hem doen? Alle vragen over hem zijn beantwoord. Het heeft geen zin om elektroden op hem te zetten om hem aan te praten te krijgen, want hij zou Allah alleen maar danken voor de foltering.'

'Dat zijn we helemaal niet van plan. Horace, alsjeblieft, het wordt tijd dat we allemaal maken dat we hier wegkomen. Het verbaast me dat het Oezbeekse leger er nog niet is.'

'Als je niet van plan bent hem te ondervragen,' zei ik, 'wat ga je dan wel doen? Ga je hem aan Kalash verkopen, of zo?'

Kevin negeerde die felle vragen. Hij had zijn blik op Ibn Awad gevestigd die zo rustig en ongeïnteresseerd voor zich uit zat te kijken dat je zou denken dat hij een heel potje valiumpillen had geslikt.

Kevin zei: 'Hij is écht gek, hè?'

'Dat, of hij is eengeworden met de onnoembare, en praten God en zijn engelen echt met hem,' antwoordde ik. 'Maar goed, hoe vriendelijk en ongevaarlijk hij ook mag lijken, ik ben niet van plan hem los te laten voordat ik de details weet. Aan wie ga je hem uitleveren?'

In feite was ik helemaal niet van plan om de oude man los te laten, wat Kevin ook zou antwoorden. Hij had te veel geld, koesterde te veel haat tegen de grote Satan, en stelde te veel vertrouwen in de idee dat het leven op aarde tijdelijk was en van nul en generlei waarde, behalve als kans om valse religies uit te roeien. Maar ik begon nu wel een patroon te zien. Deze hele geschiedenis was begonnen met Kalash. Zou hij nu ook eindigen met Kalash?

Ik hield de loop van mijn geweer nog steeds tegen Ibn Awads borst gedrukt. Kevin begon nu beslist onvriendelijk te kijken. Hij zei: 'Weet je, ze hebben ons er altijd voor gewaarschuwd niet met voormaligen in zee te gaan.'

'Met wie niet in zee te gaan?'

'Voormalige agenten. Old Boys. Mensen als jij. Jullie ouwe zakken zijn gevaarlijk.'

Ik haalde mijn mobieltje uit mijn zak en toetste de geheugencode van het nummer van Kalash in. Als hij hier zo nauw bij betrokken was als ik vermoedde, zat hij vast op een telefoontje te wachten.

En dat bleek ook het geval. Hij nam zelf de telefoon op en herkende mijn stem.

'Ah, Horace. Het is beestenweer hier in Parijs. Hoe is het in Oezbekistan?'

'Bewolkt.'

'Dat hoorde ik. Je bent me er een, Horace.'

'Ik sta hier met onze gemeenschappelijke vriend Kevin en je neef.'

'Heeft iemand een geweer op je gericht?'

'Nog niet. Maar ik heb wel een geweer op Ibn Awad gericht.'

'Dan zitten we allebei in een lastige situatie. Mag ik Kevin even spreken?'

'Nee.'

'Juist. Waarom bel je me dan? Wat wil je?'

'Zekerheid. Wat ben je precies met je neef van plan?'

'Dat heb ik je gezegd. Een eiland in de zon waar hij rustig kan bidden. Op een of andere manier heb ik op grond van vroegere ervaringen het gevoel dat die oplossing jou niet zal aanstaan.'

'Ik beschik niet over de middelen om hem een gelukkig en gezond leven te bieden in een verpleegtehuis.'

'Nee, natuurlijk niet. Maar als zijn familielid heb ík natuurlijk wel verplichtingen tegenover hem, begrijp je. Ik wil het niet verknallen voor de Dag des Oordeels.'

Ik had nog één vraag, de enige die ertoe deed. Ik verwachtte een eerlijk antwoord. Waarschijnlijk zou Kalash niet liegen tegen een inferieur wezen als ik. Ik stond onder hem. Niet alleen was ik in elk opzicht zijn mindere – zelfs mijn ziel van schrootijzer, als ik er al één had, was veel minder waard dan zijn gouden ziel – maar hij ging er ook van uit dat ik over enkele seconden dood zou zijn. Ik was daar bijna net zo zeker van als hij, maar ik brandde van nieuwsgierigheid. Ik was jaren van mijn leven kwijtgeraakt door mijn banden met Ibn Awad. Wat er overbleef was nauwelijks de moeite waard.

Ik vroeg: 'Als je je neef eenmaal onder je hoede hebt, kun je ook over zijn rijkdommen beschikken, nietwaar?'

'Ik geloof wel dat ik dan een soort van zaakwaarnemer zou worden, ja.'

Hij had het over miljarden dollars. Ibn Awad was nog steeds de baas in zijn land met zijn gigantische olievoorraden. Ik was wel goed maar niet gek, en de gedachte dat zoveel rijkdom in handen zou komen van een cynicus als Kalash deed me het bloed in de aderen stollen. Niet omdat Kalash nergens om gaf, maar juist omdat hij diep in zijn hart wel degelijk om iets gaf en wel zoveel dat hij het geheim wilde houden. En in het tijdperk van terrorisme, een tijdperk waarin twee versies van dezelfde god met elkaar aan het worstelen waren in de hoofden van de fanatici van twee beschavingen, moest hij wel dezelfde missie toegedaan zijn als de geobsedeerde Ibn Awad. Dit was niet een eenvoudig geval van het ene kwaad voor het andere verruilen. Kalash was veel gevaarlijker dan Ibn Awad omdat hij tien keer intelligenter was en bij zijn volle verstand. Hij zou de klus klaren: snel, efficiënt en meedogenloos.

Hij mocht dat geld nooit in handen krijgen.

Ik zei: 'Heb je een ogenblikje? Ik wil even iets aan Kevin vragen.' Tegen Kevin zei ik: 'Geef je mij de Christophers, alle vier, als ik Ibn Awad laat leven?'

Kevin haalde zijn schouders op. 'Ik vind het best.'

'Nee. Je moet het me kunnen garanderen. Ik loop met Ibn Awad naar het vliegtuig. Paul, Zarah, Lori en Tarik moeten op de landingsbaan staan wachten. Jij moet ons bij die Turkmenen weg zien te krijgen en ons de grens over brengen naar Kazachstan.'

Kevin knikte. 'Dat zijn een heleboel "moeten",' zei hij. 'Maar vooruit dan.'

Ik sprak in de hoorn. 'Heb je dat gehoord?'

'Elk woord,' zei Kalash. 'Natuurlijk mag je de Christophers hebben. Ik zou niet willen dat die oude Paul iets overkwam. Maar ik wil de amforarol hebben.'

'Is dat de prijs?'

'De amforarol, en mijn arme neef, gezond en wel.'

'Ik wil dat je het me belooft.'

'Vertrouw je erop dat ik me daaraan zal houden? Ik ben geroerd.'

Ik zei: 'Hebben we een afspraak of niet?'

'Afgesproken,' zei Kalash. 'Ga heen in vrede.'

13

Het was een klein eindje lopen naar de landingsbaan maar Kevin had wat in zijn headset gemompeld en toen we daar aankwamen stonden de Christophers daar al te wachten. Ze zagen er nog steeds hetzelfde uit, alleen had Tarik zijn arm in een mitella. Tot mijn verbazing had Zarah de sakervalk op haar arm zitten met een kapje op zijn kop. Toen Ibn Awad haar onbedekte gezicht en loshangende haren zag wendde hij zijn hoofd af en spuwde op de grond, met ogen die glinsterden van rechtschapen woede en walging. Kevin kreeg Zarah ook in het oog maar reageerde op een wat christelijker manier. Ik dacht even dat zijn ogen uit hun kassen zouden vallen, en ik moet zeggen dat ze ook wel een beeldschoon plaatje vormde met haar wapperende haren die voor haar gezicht waaiden, de enorme albasten vogel die zijn klauwen in haar slanke onderarm had gezet, en de rondwervelende demonen en het lawaai en de rook van de chaos om ons heen.

Kapitein Khaldun zat al in de cockpit. De deur van het vliegtuig stond open, de vliegtuigtrap stond op zijn plaats. Ibn Awads onbeheerste reactie op de zedeloze Zarah had maar heel even geduurd. Hij werd weer de passieve ouwe sok die hij de hele ochtend al was geweest. Het was vreemd hoe volkomen onschuldig hij eruitzag in zijn katoenen gewaad en zwarte tulband en blote voeten. Hij hield zijn hoofd een tikje scheef alsof hij dingen hoorde die wij allemaal niet konden horen. Er lag een flauw glimlachje op zijn gezicht. Als hij stemmen hoorde, waren het ongetwijfeld troostende stemmen.

Kevin zei: 'Zullen we hem aan boord brengen?'

'Ga jij met hem mee?'

'Nee. Ik vertrek met de kerel die mij hier gebracht heeft. Was dat niet de afspraak?'

'Hoe moet het dan met Ibn Awad?'

'Er zijn verzorgers voor hem geregeld. Een arts en een mannelijke verpleger. Ibn Awad schijnt ze te kennen.'

'Hoe heet de arts?'

'Mubarak.'

Ik begon te lachen. Kevin wierp me een scherpe blik toe. Wat wist ik nog meer wat ik niet geacht werd te weten? Het werd tijd om Ibn Awad op het vliegtuig te zetten. In deze laatste seconden vond ik het vreselijk om dat te doen. Dertig bebaarde Turkmenen stonden met hun vingers aan de trekker en hielden me scherp in de gaten, met een haast theatrale dreigende blik in hun ogen. Ik wist absoluut niet wat er met de Christophers en mij zou gebeuren nadat ik Ibn Awad had laten gaan, en vooral nadat de granaten hun werk aan de linkermotor hadden gedaan. Ze zouden in elk geval niet vriendelijk en aardig reageren. Kevins mannen, die nadrukkelijk een eind van ons af gingen staan om duidelijk te maken dat ze niet bij ons hoorden, waren onze beste om niet te zeggen onze enige hoop om hier levend en heelhuids uit te komen. Toch wist ik nog steeds niet wat de moedertaal van Kevins mannen was – en van Kevin zelf trouwens ook niet.

'Tijd om hem aan boord te brengen,' zei Kevin. 'Maar eerst moeten jij en ik nog iets regelen.'

Zijn stem klonk veelbetekenend. Paul keek me vragend aan. Zarah ook. De amforarol was nergens te zien maar Lori had hem nooit zichtbaar bij zich gedragen.

Ik wenkte Paul en gaf hem de kalasjnikov. Terwijl hij Ibn Awad onder schot hield, liep ik op Lori af die een eindje van de anderen afstond. Tarik ging dichter bij haar staan alsof hij haar zelfs tegen mij moest beschermen. Ik kon het hem niet kwalijk nemen. De lucht knetterde van de spanning, de Turkmenen stond in een kring om ons heen. Ze konden Kevins bedoelingen niet raden, er heerste verwarring. Lori scheen zich er net zo min van bewust te zijn als Ibn Awad.

Praten met Lori was meestal eenrichtingverkeer. Alles wat je zei nam ze eenvoudigweg op in de volslagen stilte die diep in haar binnenste leek te zitten. Ik legde haar uit dat Ibn Awad de amforarol wilde hebben en dat we die met het vliegtuig mee moesten geven, omdat we anders waarschijnlijk zouden sterven en dan zou de rol van haar dode lichaam worden afgenomen.

Ze zei: 'Wat gaat hij ermee doen?'

'Daar hoeft u zich geen zorgen over te maken.'

'Wat probeer je mij te zeggen?'

'Dat de rol uit uw leven zal verdwijnen. Uit Zarahs leven. Hij zal voor uw ogen ophouden te bestaan. Begrijpt u dat?'

'Ben je daar zeker van?'

'Op mijn erewoord.'

Lori keek naar Zarah, ze wierp haar een lange blik toe, alsof ze naar zichzelf keek in een andere tijd en plaats, en misschien herinnerde ze zich Heydrich en wie weet wat nog meer. En toen reikte deze vrouw die de amforarol onder haar hoede had gehad, die hem meer dan zestig jaar op haar huid had gedragen en er alles voor had opgegeven, onder haar ruim vallende Kirgizische rokken, haalde hem te voorschijn en gaf hem aan mij. Tariks adem stokte. Ze legde een moederlijke hand op zijn wang en heel even, toen ze tegen haar zoon, de zoon van wie zij hield, glimlachte, zag ze eruit zoals ze eruit moest hebben gezien toen ze nog op Zarah leek.

Ik gaf de rol aan Kevin. Plechtig begeleidden we Ibn Awad naar het vliegtuig. Een vijandig kijkende jonge man in een witte doktersjas die naar ik aannam Mubarak was en een mannelijke verpleger stonden ons onder aan de vliegtuigtrap op te wachten. Ze hielpen hem de trap op. Kevin en ik volgden, Kevin droeg het zuurstoftankje en de amforarol. Aan boord gaf hij het zuurstoftankje aan de verpleger en de amforarol aan de arts, die hem uit zijn hand rukte en in een bagagevak boven zijn hoofd smeet.

Ibn Awad werd in een grote stoel vastgezet die iets weg had van een tandartsstoel, eerder geschikt voor een executie dan voor een reis. De verpleger zette de zuurstoftank vast in de stoel naast hem. Ik probeerde Ibn Awads blik te vangen; dit zou de laatste keer zijn dat ik hem zag en tot mijn verbazing voelde ik de behoefte om op een of andere manier afscheid van hem te nemen. De oude man ademde moeiteloos door het slangetje in zijn neus, zijn ogen staarden in het niets, hij had een glimlachje op zijn gezicht en hield zijn hoofd een beetje schuin. Hij leek naar iets prettigs te luisteren. We zouden geen afscheid nemen. God had hem zijn boodschappers gestuurd. Hij was me al vergeten.

Mubarak zei: 'Eruit.'

Hij keek alsof hij een naald vol cyaankali of pestbacillen in mijn arm zou steken als ik niet onmiddellijk rechtsomkeert maakte en mijn walgelijke kafirziektekiemen mee zou nemen. Ik stapte uit.

Op de landingsbaan, terwijl kapitein Khaldun het vliegtuig naar de startbaan taxiede, gaf ik de ongeduldige Turkmenen de sakervalk en het goud dat we nog over hadden als afkoopsom voor hun doden. Ze waren niet tevreden met het bedrag. Kevin hielp met de onderhandelingen, praatte met de Turkmenen in hun eigen taal en schreeuwde boven het geloei van de motoren uit terwijl het vliegtuig een draai maakte en toen snelheid begon te maken om op te stijgen.

Het ging de lucht in en klom steil, bijna verticaal, omhoog om de heuvels te ontwijken, en maakte toen een scherpe bocht om de zuil van vlammen recht voor ons te vermijden. En toen, net toen ik begon te vrezen dat ze ontdekt en verwijderd waren, ontploften de granaten die ik in de linkerstartmotor had gegooid. Het vliegtuig trilde maar bleef doorvliegen. Ik keek Kevin aan die zoveel zorg had getoond voor het zuurstoftankje van Ibn Awad. Hij keek op zijn horloge, alsof hij aan het aftellen was. Een seconde later klonk er een tweede explosie, ditmaal in de cabine. Er schoten vlammen uit de ronde raampjes. Er brak een vleugel af. Als een brandend baken maakte het vliegtuig een radslag, braakte onderdelen uit en viel vervolgens uit elkaar.

Kevin glimlachte breed. 'Zuurstof,' zei hij. 'Betrouwbaar spul.'

De Turkmenen keken allemaal omhoog en wezen naar de regen van brokstukken.

Kevin riep: 'Houd je klaar.'

Een van zijn mannen stopte naast ons in een gloednieuwe terreinwagen.

Kevin zei: 'Wegwezen. En snel.'

Ik sprong achter het stuur. Tarik tilde zijn moeder op en kwam achter me aan. Zarah en Paul gingen op de achterbank zitten. Kevin was zo vriendelijk geweest om voor iedere passagier een geladen kalasjnikov te regelen. We reden weg. Kevin en zijn mannen maakten geen aanstalten om de Turkmenen tegen te houden die achter ons aan kwamen. Het waren de Old Boys op de heuvel die ons in veiligheid brachten. Ze lieten een stuk of wat mortiergranaten op de Turkmenen vallen, waarbij een paar auto's vernield werden. De overlevenden keerden om en vluchtten weg.

Het was natuurlijk mijn verbeelding maar ik meende een schooljongensachtig gejuich vanaf de heuveltop te horen.

Epiloog

Paul Christopher besloot voor iedereen dood te blijven behalve voor zijn moeder, Tarik en Zarah. Ze zijn met zijn vieren vertrokken, ik weet niet waarnaartoe en ik ga ze ook niet achterna. Ik hoop dat ik Paul en Zarah nog eens terugzie, maar als dat niet gaat, hebben we nog altijd Oezbekistan, om nog maar te zwijgen van Xinjiang en nog een aantal andere plekken waar ze zich maar beter niet kunnen vestigen.

Nadat we terug waren in de Verenigde Staten, hadden de Old Boys en ik nog maar weinig contact met elkaar. We waren niet echt vrienden van elkaar geweest voordat we op zoek gingen naar de graal, gewoon een stel kerels die hetzelfde leven hadden geleid en ongeveer dezelfde rekeningen hadden te vereffenen. Het was niet zo dat het contact verwaterde, zoals tussen soldaten na een oorlog, maar we dommelden weer weg in een saai bestaan. Al met al, denk ik, waren we gelukkiger dan we zouden zijn geweest als we deze laatste dwaasheid niet hadden begaan. Het dagelijkse leven is een dekmantel voor geheim agenten. In de golfspeler, de barbecue-expert, de liefhebbende grootvader, schuilt de moordenaar die zich dat nog allemaal herinnert en zit te wachten tot om middernacht de telefoon gaat en de omfloerste stem die hij zo goed van vroeger kent, zegt: 'Ze hebben je in Berlijn nodig.' De meesten van ons hadden nooit echt verwacht dat de telefoon weer zou gaan rinkelen, dus Jack en Charley, Harley, David en Ben, en vooral ik, hadden alle reden om Paul Christopher dankbaar te zijn voor dat ene laatste tripje op kosten van de zaak.

Met de opbrengst van de verkoop van mijn huis in Georgetown leidde ik een comfortabel leven. Washington leek daarvoor niet de aangewezen plaats. Ik verhuisde naar de Harbor, het familiehuis in de Berkshires en rommelde daar wat aan in het gezelschap van geesten wier afgemeten passen over de krakende zoldervloer ik van kindsbeen af kende. Ik woonde alleen en beperkte me tot twee wodka's per dag, waagde me soms aan een perzik, en richtte mijn geest volledig op de toekomst, wat een aangenaam Ruritanië was vergeleken bij de verschroeide continenten uit mijn verscheidene vorige levens.

Natuurlijk was Harley degene die besloot dat er een reünie moest komen. Hij regelde alle uitnodigingen en op een dag in november, de dag waarop een herdenkingsplechtigheid werd gehouden voor de vermiljoenkleurige urn die zogezegd Pauls as bevatte, arriveerden alle Old Boys. Ze leken ouder, kleiner, kalmer en minder eigenzinnig. Het gesprek verliep haperend. Het had geen zin om elkaar te vertellen wat we al wisten, namelijk dat wat we ook gedaan hadden, het er eigenlijk niet toe deed. Ons werk bestond niet en had nooit bestaan in de annalen van de geschiedenis of in de herinneringen van degenen die ons hadden gevraagd het te doen. Alles, vanaf onze onschuldige jeugdjaren, was een geintje, een grap, een spel, en zoals dat met spelletjes gaat, had het spel dat we nu gespeeld hadden, ons laatste spel, eigenlijk helemaal niets veranderd. Er werd niet gezegd *weet je nog die dag dat Horace en Kevin hetzelfde vliegtuig opbliezen*, niet gesproken over het fotoalbum met de merkwaardige nieuwe vrienden die we tijdens onze reizen hadden gemaakt, en daarna voor altijd waren kwijtgeraakt. Of, dat hoopten we tenminste want we wisten dat er altijd wel weer een nieuwe bom zou komen, een andere gelovige, dat er opnieuw iemand blindemannetje zou spelen, en dat het op een dag anders zou aflopen.

Onder het eten, dat Christopheriaans was in zijn halfrauwe eenvoud – gerookte vis, koude soep, saignant gebakken vlees en de eeuwige asperges – dronken we verscheidene flessen Montrachet en Romanée Contis uit de goed voorziene kelder die Paul me had nagelaten. We hadden het over zijn voorkeur voor pinotdruiven en zijn succes bij de vrouwen. Tegen zonsondergang liepen we de heuvel op naar het familiegraf, met een fles Perrier-Jouët in een ijsemmer, om een toast uit te brengen bij Christophers graf.

Wat zeg je, Horace? Heb je nou zelfs een nepgrafsteen met zijn naam erop laten plaatsen?

Ik niet – Stephanie, voor wie de begrafenis in Arlington niet voldoende was geweest. Ze had een handvol as achtergehouden die naar zij beweerde van Paul was, had die hier laten begraven en een fraaie, handgemaakte gepolijste grafsteen laten plaatsen met Pauls naam en geboorte- en overlijdensdatum erin gegraveerd. Ik trof de steen toen ik terugkwam uit Kazachstan en je zou kunnen zeggen dat Paul, voor Stephanie tenminste, eindelijk aan de aarde was toevertrouwd. Op twee plaatsen nog wel, met een derde die nog moest worden aangewezen – en Paul kennende, zou die anoniem blijven.

Ik schonk de champagne in. Herinneringen gingen rond in het kringetje bebrilde ogen die op Pauls monument neerkeken, een laatste vermomming in steen.

'Op oude tijden, oude vrienden, op alles wat oud is,' zei Harley.

We namen een slok. De plastic glazen stuiterden tegen de nepgrafsteen. De champagne had, zoals het hoorde, een halfzoete nasmaak die nog een tijdje op de tong bleef hangen.

Aan de lezer

Het netwerk is een fictief verhaal waarin op geen enkele manier verwezen wordt naar levende personen of ware gebeurtenissen. Dat geldt in het bijzonder voor het personage van Ibn Awad dat in twee eerdere romans van mij een rol speelde: *The Better Angels* (1979) en *Shelley's Heart* (1997). In die eerdere verhalen steunde hij een golf van zelfmoordaanslagen, wat vijfendertig jaar geleden als een dusdanig bizarre fantasie werd beschouwd dat velen dachten dat lezers dat maar moeilijk zouden kunnen geloven. Daarentegen zijn enkele van de gebeurtenissen zoals die beschreven zijn in de amforarol, gebaseerd op het Evangelie volgens Johannes. Als het om louter informatie ging, heb ik zoals gewoonlijk, getracht me aan de feiten te houden. Voor details over het leven, het landschap en de archeologie van Xinjiang heb ik gebruik gemaakt van de herinneringen van Robert M. Poole en de werken van Tom Allen. Sommige details over het leven op een landgoed in Hongarije heb ik uit de recensie van András Nagy over *The memoirs of a 'Proud Hungarian'* door Tibor Scitovsky, verschenen in het herfstnummer van de *Hungarian Quaterly* in 1999. Voor het materiaal over de valkerij heb ik voornamelijk geput uit de elfde editie van de *Encyclopaedia Britannica*, maar ook uit mijn eigen herinneringen aan een vroegere vriendschap met een valkenier die mijn kinderen eens een afgerichte steenarend uit het Atlasgebergte cadeau deed. (Hun moeder sloeg het geschenk af.) Voor de satellietgegevens over de migratie van de grote kraagtrap ben ik Thery Bailey en dr. Fred Launay veel dank verschuldigd voor hun artikel in *Arabian Wildlife*. De gegevens over de sovjet Naukograds heb ik van de website globalsecurity.com gehaald. Details over 'vreedzame' ondergrondse nuclaire tests in de Sovjet-Unie heb ik verkregen via http://nuclearweaponarchive.org. De rest is louter fictie.